COLLECTION FOLIO

# Elizabeth Jane Howard

# Étés anglais
## La saga des Cazalet I

*Traduit de l'anglais
par Anouk Neuhoff*

Quai Voltaire

*Titre original :*
THE LIGHT YEARS. THE CAZALET CHRONICLES
VOL. I

*© Elizabeth Jane Howard, 1990.*
*© La Table Ronde, 2020, pour la traduction française.*

Elizabeth Jane Howard est née à Londres en 1923. Elle a eu une brève carrière d'actrice et de mannequin avant de commencer à écrire, dans les années 1940. Son premier roman, *The Beautiful Visit*, a été récompensé en 1951 du prix John-Llewellyn-Rhys. Elle est l'autrice de quatorze autres romans, dont la saga des Cazalet, devenue un classique contemporain au Royaume-Uni – où elle a été adaptée en série pour la BBC – et qui a rencontré un grand succès en France depuis sa parution en 2020. Elizabeth Jane Howard est morte le 2 janvier 2014 dans le Suffolk, après s'y être retirée dans les années 1990.

*À Jenner Roth*

# ARBRE GÉNÉALOGIQUE DE LA FAMILLE CAZALET

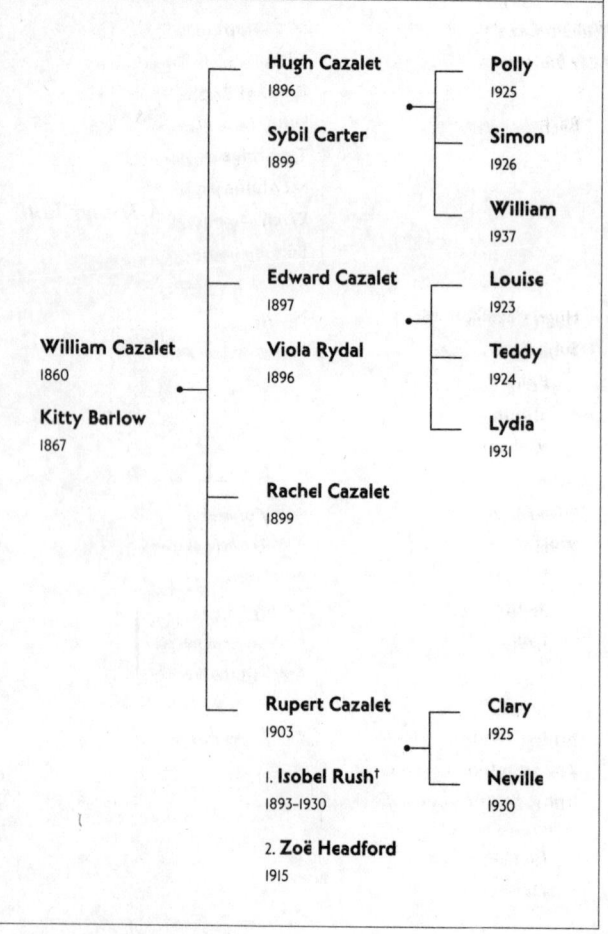

# FAMILLE CAZALET & DOMESTIQUES

**William Cazalet** alias le Brig
**Kitty Barlow** alias la Duche, épouse

---

**Rachel** fille, célibataire

---

**Hugh Cazalet** fils aîné
**Sybil Carter** épouse
    **Polly**
    **Simon**
    **William** alias Wills

---

**Edward Cazalet** deuxième fils
**Viola Rydal** alias Villy, épouse
    **Louise**
    **Teddy**
    **Lydia**

---

**Rupert Cazalet** troisième fils
**Zoë Headford** deuxième épouse
**Isobel Rush**[†] première épouse, morte en mettant Neville au monde
    **Clarissa** alias Clary
    **Neville**

---

**Mrs Cripps** cuisinière
**Eileen** femme de chambre
**Peggy et Bertha** bonnes
**Dotty** fille de cuisine
**Tonbridge** chauffeur
**McAlpine** jardinier
**Wren** garçon d'écurie
**Billy** aide-jardinier

---

**Nanny**
**Inge** domestique allemande

---

**Emily** cuisinière
**Phyllis** femme de chambre
**Edna** bonne
**Nanny**
**Edie** femme de ménage à la campagne
**Bracken** chauffeur d'Edward

---

**Ellen** bonne d'enfants

# PREMIÈRE PARTIE

# LANSDOWNE ROAD

## 1937

La journée commença à sept heures moins cinq, lorsque le réveil, offert à Phyllis par sa mère pour son premier poste de domestique, sonna sans se lasser jusqu'à ce qu'elle l'éteigne. Edna, dans l'autre lit en fer grinçant, se retourna avec un grognement et cala son dos contre le mur ; même en été elle détestait se lever, et en hiver Phyllis était parfois obligée de lui arracher draps et couvertures. Phyllis se redressa, dégrafa sa résille et enleva ses bigoudis : c'était sa demi-journée de congé, et elle s'était lavé les cheveux. Elle quitta son lit, ramassa l'édredon tombé par terre pendant la nuit et tira les rideaux. Le soleil redécora la pièce, transformant le lino en nappe de caramel, parant de bleu ardoise les ébréchures du broc en émail sur la table de toilette. Elle déboutonna sa chemise de nuit en pilou et se lava comme sa mère le lui avait appris : le visage, les mains, puis, avec circonspection, les aisselles, à l'aide d'un gant plongé dans l'eau froide. « Remue-toi », lança-t-elle à Edna. Elle vida ses eaux usées dans le seau et entreprit de s'habiller. Elle ôta sa chemise de nuit et, en sous-vêtements, enfila sa robe de travail en coton vert foncé. Elle posa sa charlotte sur ses boucles cylindriques sans les coiffer, et noua le tablier autour de sa taille. Edna, dont la toilette était encore plus sommaire le matin, réussit à s'habiller alors qu'elle était encore à moitié au lit, exactement comme en hiver : il n'y avait pas de chauffage dans la chambre et jamais, au grand jamais, elles n'ouvriraient la fenêtre. À sept heures dix, dans la maison endormie, toutes deux étaient prêtes à descendre discrètement l'escalier. Phyllis s'arrêta au premier étage et ouvrit la porte d'une chambre. Elle tira les rideaux et entendit la perruche qui s'agitait impatiemment dans sa cage.

« Miss Louise ! Il est sept heures et quart.
— Oh, Phyllis !
— Vous m'avez demandé de vous réveiller.
— Il fait beau ?
— Un soleil magnifique.
— Enlève le linge sur Ferdie.
— Si je le laisse, vous vous lèverez plus vite. »

Dans la cuisine, au sous-sol, Edna avait déjà mis la bouilloire à chauffer et disposait leurs tasses sur la table récurée. Il fallait préparer deux théières : la marron foncé à rayures pour les bonnes, dont Edna montait une tasse à Emily, la cuisinière, et celle en Minton blanc qui, déjà placée sur un plateau avec ses tasses et soucoupes assorties, son pot à lait et son sucrier, était destinée à l'étage. C'était Phyllis qui s'occupait du thé matinal de Mr et Mrs Cazalet. Elle irait prendre ensuite toutes les tasses à café et tous les verres du salon qu'Edna aurait commencé à aérer et à nettoyer. Avant tout, cependant, leur tasse de thé indien bien fort et bien brûlant. Pour en haut, c'était du thé de Chine, dont Emily disait qu'elle ne supportait déjà pas l'odeur, alors, l'avaler, n'en parlons pas. Elles burent debout, avant même que le sucre n'ait eu le temps de fondre.

« Comment va ton bouton ? »

Phyllis se tâta prudemment l'aile du nez.

« J'ai l'impression qu'il désenfle un peu. Heureusement que je ne l'ai pas pressé.

— Je te l'avais dit. » Edna, qui n'en avait pas, faisait autorité dans le domaine. Ses conseils, abondants, gratuits et contradictoires, n'en étaient pas moins réconfortants : ils montraient sa solidarité, estimait Phyllis.

« C'est pas comme ça qu'on fera fortune. »

Ni autrement, d'ailleurs, songea Edna, maussade. Malgré ses problèmes de peau, Phyllis avait une chance folle. Edna trouvait Mr Cazalet vraiment adorable, et pourtant c'était Phyllis, et non pas elle, qui le voyait en pyjama chaque matin.

\*

Dès que Phyllis eut refermé la porte, Louise bondit de son lit pour aller ôter le linge de la cage. L'oiseau sautilla, simulant l'affolement, mais elle savait qu'il était content. Sa chambre, qui donnait sur le jardin de derrière, recevait un peu le soleil du matin, et Louise avait la conviction que c'était bon pour lui. La cage de Ferdie se trouvait sur la table face à la fenêtre à côté du bocal à poisson rouge. La chambre, exiguë, était pleine à ras bord de ses richesses : ses programmes de théâtre, les cocardes et les deux coupes minuscules qu'elle avait gagnées à des gymkhanas, ses albums de photos, son petit meuble en buis dont les minces tiroirs renfermaient sa collection de coquillages, ses animaux en porcelaine sur le manteau de cheminée, son tricot en cours sur la commode non loin de son rouge à lèvres chéri qui avait l'air orange vif mais qui devenait rose sur la bouche, sa crème de soin Pond's et sa boîte de talc Californian Poppy, sa meilleure raquette de tennis et, surtout, ses livres, qui allaient de *Winnie l'ourson* à ses dernières et plus précieuses acquisitions, deux volumes de chez Phaidon Press offrant des reproductions de Holbein et Van Gogh, ses deux peintres préférés du moment. La chambre accueillait une commode remplie de vêtements qu'elle ne portait jamais ou presque, et un bureau, cadeau de son père pour son dernier anniversaire, taillé dans un chêne anglais dont le grain s'était révélé extrêmement singulier, et qui contenait ses trésors les plus intimes : une photo de John Gielgud dédicacée par l'acteur, ses bijoux, un très maigre paquet des lettres que son frère Teddy lui avait envoyées de l'école et qui, bien que potaches et facétieuses, étaient néanmoins les seules lettres de garçon en sa possession, et ses bâtons de cire à cacheter qui, d'après elle, composaient certainement la collection la plus vaste du pays. La chambre hébergeait aussi une vieille et imposante malle remplie de déguisements : des robes du soir perlées dont sa mère ne voulait plus, en mousseline de soie ou en satin, des vestes en velours frappé, des foulards et des châles vaporeux à l'aspect vaguement oriental et franchement suranné, des boas dont les plumes sales vous chatouillaient les narines, un peignoir chinois brodé à la main rapporté de voyage par quelque parent, et des pantalons et autres tuniques de satinette qui, tous, servaient de costumes lors des spectacles familiaux. Quand on l'ouvrait, la malle sentait le très vieux parfum, la naphtaline et l'effervescence – cette dernière odeur, aux nuances un peu métalliques, venant, selon Louise, de toutes les broderies d'or et d'argent ternies présentes sur certains vêtements. Se déguiser et jouer la comédie était une occupation d'hiver ; on était maintenant en juillet et à la veille des interminables et merveilleuses vacances d'été. Elle enfila une tunique de lin avec une chemise Aertex – écarlate, sa préférée – et sortit promener Derry.

Derry n'était pas son chien. Elle n'avait pas le droit d'en avoir, et, un peu pour entretenir son ressentiment à ce sujet, elle promenait chaque matin un antique bull-terrier du voisinage autour du pâté de maisons. Si elle le promenait, c'était aussi parce que la maison où il vivait la fascinait. Elle était très grande – on l'apercevait depuis son jardin de derrière –, mais complètement différente de sa propre maison, comme, d'ailleurs, des maisons de toutes ses amies. Il n'y avait pas d'enfants dedans. Le domestique qui lui ouvrait s'éclipsait toujours pour aller chercher Derry, lui laissant le temps de flâner dans le vestibule de marbre blanc et noir jusqu'à la porte à deux battants d'une galerie qui donnait sur le salon. Tous les matins la pièce était dans un état de luxueux désordre d'après-nouba : elle sentait la cigarette égyptienne – comme celles que fumait Tante Rachel – et elle était toujours pleine de fleurs, des fleurs au puissant parfum – des jacinthes au printemps, des lys en ce moment, des œillets et des roses en hiver ; elle était jonchée de coussins de soie colorés, et on y voyait des dizaines de verres, des boîtes de chocolats entamées et parfois des tables de bridge avec des jeux de cartes et des carnets de marques munis de crayons à pompon. Régnait toujours là une lumière crépusculaire, les rideaux de soie crème à demi tirés. Louise avait l'impression que les propriétaires, qu'elle ne croisait jamais, étaient fabuleusement riches, probablement étrangers et sans doute pas mal décadents.

Derry, réputé avoir treize ans, soit quatre-vingt-onze selon le Tableau des âges canins qu'elle avait établi, était plutôt barbant à promener car l'exercice se limitait à des arrêts fréquents et prolongés au pied d'une succession de réverbères. Mais elle aimait tenir un chien en laisse : elle pouvait sourire aux gens avec une fierté de propriétaire qui leur faisait croire que l'animal était le sien, et elle vivait dans l'espoir qu'un des occupants de la maison ou un de leurs amis décadents se serait endormi dans le salon et qu'elle pourrait l'examiner à loisir. La promenade devait être courte car Louise était censée faire une heure de piano avant le petit déjeuner à neuf heures moins le quart, et puis, avant cela, elle devait prendre un bain froid parce que Papa disait que c'était excellent pour la santé. Elle avait quatorze ans, et elle se sentait tantôt extrêmement jeune et prête à tout, tantôt languissante de vieillesse... épuisée, dès qu'il s'agissait de s'acquitter d'une obligation.

Après avoir ramené Derry, elle rencontra le laitier, dont elle connaissait bien la jument Peggy : elle lui avait fait pousser de l'herbe sur un morceau de flanelle parce que Peggy n'allait jamais à la campagne et que quiconque avait lu *Black Beauty* savait qu'il était abominable pour un cheval de ne jamais être mis au pré.

« Glorieuse journée, fit observer Mr Pierce, tandis qu'elle caressait le nez de Peggy.

— Oui, n'est-ce pas. »

« Que j'ai vu de glorieux matins... » marmonna-t-elle lorsqu'elle l'eut dépassé. Quand elle se marierait, son mari la trouverait extraordinaire car elle disposait d'une citation de Shakespeare pour toutes les situations, absolument toutes les situations envisageables. D'un autre côté, il se pouvait qu'elle ne se marie pas : Polly disait que le sexe était rasoir et qu'on ne pouvait pas vraiment en faire abstraction si on se mariait. À moins que Polly ne se trompe, bien sûr ; elle se trompait souvent, et Louise avait remarqué qu'elle qualifiait souvent de rasoir les choses qui ne lui plaisaient pas. « Tu n'y connais rien, George », ajouta-t-elle. Son père appelait George tous ceux qu'il ne connaissait pas, tous les hommes, s'entend, et c'était une de ses expressions préférées. À la porte d'entrée, elle donna trois coups de sonnette pour que Phyllis sache que c'était elle. « Je ne veux à l'union de deux âmes sincères admettre empêchement. » Le ton était un peu bourru, mais non dénué de noblesse. Si seulement elle était égyptienne, elle pourrait épouser Teddy à la manière des Pharaons, et, après tout, Cléopâtre était le fruit de six générations d'inceste, quoi que puisse être l'inceste. Le pire inconvénient quand on n'allait pas à l'école, c'était qu'on savait des choses totalement différentes, et elle avait commis l'erreur stupide durant les vacances de Noël d'affirmer à sa cousine Nora, qui, elle, allait à l'école, que le sexe était un truc dépassé, autrement dit elle n'avait rien découvert du tout. Phyllis ouvrit la porte au moment où elle s'apprêtait à resonner.

\*

« Louise risque d'arriver.
— Sûrement pas. Elle est sortie promener le chien. » Avant qu'elle ne puisse ajouter quoi que ce soit, il plaqua sa bouche, ourlée de sa moustache broussailleuse, contre la sienne. Au bout d'un moment, elle remonta sa chemise de nuit et il grimpa sur elle. « Villy chérie », dit-il trois fois avant de jouir. Il n'avait jamais su s'y prendre avec Viola. Quand il eut terminé, il poussa un profond soupir, ôta sa main du sein gauche de sa femme et lui embrassa la gorge.

« Le thé de Chine. Je ne sais pas comment tu fais pour toujours sentir la violette et le thé de Chine. Tout va bien ? » ajouta-t-il. Il posait toujours cette question.

« À merveille. » En son for intérieur, elle appelait cela un pieux mensonge et, au fil des années, ce mensonge avait fini par acquérir une tonalité presque douillette. Bien sûr, elle aimait son mari, alors que dire d'autre ? Le sexe était pour les hommes, après tout. Les femmes, du moins les femmes bien, n'étaient pas censées apprécier l'acte, mais sa propre mère avait signifié, la seule fois où elle ait jamais un tant soit peu abordé le sujet, que la plus grave erreur possible était de se refuser à son mari. Villy ne s'était donc jamais refusée et si, il y a dix-huit ans, elle avait souffert d'un choc non négligeable accompagné d'une vive douleur en comprenant ce qui se passait réellement, la pratique avait réduit ces sensations-là à un simple dégoût empreint de patience. Sans compter qu'elle y voyait une façon appropriée de prouver son amour.

« Fais-moi couler un bain, mon chéri, cria-t-elle tandis qu'il quittait la pièce.

— J'y vais de ce pas. »

Elle se resservit une tasse de thé, mais comme il était froid, elle se leva et alla ouvrir la grande armoire en acajou pour décider de ce qu'elle allait mettre. Ce matin, elle devait emmener Nanny et Lydia chez Daniel Neal afin d'y acheter des tenues d'été, après quoi elle devait déjeuner avec Hermione Knebworth puis retourner avec elle dans sa boutique pour voir si elle pouvait y dénicher une robe du soir ou deux : à cette époque de l'année, Hermione avait coutume de solder certains articles avant que les Londoniens ne s'absentent pour l'été. Ensuite elle devait impérativement passer voir Maman parce qu'elle n'y était pas arrivée hier, mais elle ne resterait pas longtemps car elle devait rentrer se changer pour le théâtre et le dîner prévus avec les Waring. Pas question, toutefois, de se rendre dans la boutique d'Hermione sans un petit effort d'élégance... Elle opta pour la robe de lin grège bordée d'un galon bleu roi qu'elle avait achetée là-bas l'année dernière.

La vie que je mène, se dit-elle, et ce n'était pas une idée nouvelle, plutôt une réitération, est celle qu'on attend de moi : ce qu'attendent les enfants, ce que Maman a toujours attendu, et, bien sûr, ce qu'attend Edward. C'est le lot des femmes qui se marient, or la plupart des femmes mariées n'ont pas un conjoint aussi beau et aussi gentil qu'Edward. Ne pas avoir le choix – du moins ne plus avoir le choix – ajoutait la dimension séduisante du devoir : elle était une personne sérieuse condamnée à une existence plus superficielle que ne l'y aurait portée son tempérament (si la situation avait été différente). Elle n'était pas malheureuse ; c'était simplement qu'elle aurait pu connaître une vie bien plus intense.

Tandis qu'elle traversait le palier vers le vaste dressing-room de son mari accueillant leur baignoire, elle entendit Lydia, au dernier étage, crier après Nanny, signe qu'on lui nattait les cheveux. À l'étage du dessous, un exercice en do majeur de von Bülow commença au piano. Louise s'entraînait.

*

La salle à manger avait des portes-fenêtres qui donnaient sur le jardin. Elle était meublée de l'essentiel : un ensemble de huit belles chaises Chippendale, cadeau du père d'Edward pour leur mariage, une grande table en bois noir actuellement recouverte d'une nappe blanche, un buffet avec des chauffe-plats électriques où mijotaient rognons, œufs brouillés, tomates et bacon, des murs couleur crème, quelques tableaux en placage de bois coloré, et des appliques (de fausses Robert Adam) dotées de petits abat-jour en demi-lune, un feu au gaz dans la cheminée et un vieux fauteuil en cuir défoncé dans lequel Louise aimait se pelotonner pour lire. L'effet général était sobrement laid, mais personne n'y prêtait la moindre attention, à l'exception de Louise qui trouvait cette décoration terne.

Attablée, Lydia tenait ses couverts comme le Tower Bridge en train de s'ouvrir tandis que Nan lui découpait une tomate avec du bacon. « Si tu me donnes des rognons, je les recracherai », avait-elle averti. Une bonne partie de la conversation matinale avec Nan consistait en menaces réciproques, mais comme ni l'une ni l'autre ne prenait son adversaire au mot, il était difficile de savoir quelles auraient pu être les conséquences si elles les avaient mises à exécution. En l'occurrence, Lydia savait pertinemment que Nan n'annulerait pour rien au monde l'excursion chez Daniel Neal, et Nan savait que jamais de la vie Lydia ne recracherait ses rognons ou quoi que ce soit devant Papa. Papa, quant à lui, s'était penché pour lui embrasser le sommet du crâne comme il le faisait chaque matin, et elle avait senti sa merveilleuse odeur boisée mêlée d'eau de lavande. Il trônait à présent en bout de table avec devant lui une grande assiette de tout et le *Telegraph* appuyé contre le compotier. Les rognons ne le dérangeaient pas le moins du monde. Il les tailladait, l'horrible jus sanguinolent s'écoulait, et il l'épongeait avec du pain frit. Lydia but quelques gorgées de son lait très bruyamment pour lui faire lever les yeux. En hiver il mangeait de pauvres oiseaux morts qu'il avait tués : des perdrix et des faisans aux petites pattes noires recroquevillées. Il ne leva pas les yeux, mais Nan s'empara du mug de Lydia pour le mettre hors de sa portée. « Mange ton petit déjeuner », ordonna-t-elle de la voix douce qu'elle prenait aux heures des repas dans la salle à manger.

Maman entra. Elle adressa son joli sourire à Lydia, et contourna la table pour l'embrasser. Elle sentait le foin et une variété de fleur qui donnait à Lydia l'envie d'éternuer mais pas tout à fait. Elle avait de jolis cheveux bouclés mais avec dedans des mèches blanches qui l'inquiétaient parce que Lydia ne voulait pas qu'elle meure, jamais, et les gens qui avaient des cheveux blancs pouvaient facilement mourir.

Maman demanda : « Où est Louise ? » Question stupide puisqu'on l'entendait s'exercer au piano.

Nan dit : « Je vais la chercher.

— Merci, Nan. La pendule du salon s'est peut-être arrêtée. »

Au petit déjeuner, Maman prenait des Grape-Nuts, du café et des toasts, avec son minuscule petit pot à lait personnel. Elle ouvrait son courrier, des lettres qui avaient été introduites par la fente de la porte d'entrée pour glisser ensuite sur le sol ciré du vestibule. Lydia avait eu du courrier, une fois : pour son dernier anniversaire, ses six ans. Elle était également montée sur un éléphant, avait eu droit à du thé dans son lait, et arboré sa première paire de chaussures à lacets. Ce jour-là avait été le plus beau de sa vie, ce qui n'était pas peu dire, puisqu'elle avait déjà beaucoup vécu. Le piano se tut et Louise surgit, suivie de Nan. Elle adorait Louise qui était extrêmement vieille et portait des bas en hiver.

Lou déclara : « Tu déjeunes dehors, Maman, je le devine à ta tenue.

— Oui, ma chérie, mais je serai rentrée pour te voir avant que nous ne ressortions, Papa et moi.

— Vous allez où ?

— Au théâtre.

— Voir quoi ?

— Une pièce qui s'appelle *La Charrette de pommes*. De George Bernard Shaw.

— Quelle chance tu as ! »

Edward leva la tête de son journal. « Nous y allons avec qui ?

— Les Waring. On dîne avec eux avant ; à sept heures précises. Soirée habillée.

— Tu diras à Phyllis de me sortir ce que je dois mettre.

— Moi je ne vais jamais au théâtre.

— Louise ! Ce n'est pas vrai. Tu y vas toujours à Noël. Et pour ton anniversaire.

— Pour les anniversaires, ça ne compte pas. Je veux dire, je n'y vais pas en temps normal. Si je dois en faire ma carrière, il faut que j'aille au théâtre. »

Villy ne releva pas. Elle regardait la première page du *Times*. « Oh, mon Dieu. La mère de Mollie Strangway est morte. »

Lydia demanda : « Elle avait quel âge ? »

Villy dressa la tête. « Je ne sais pas, ma chérie. Elle était sûrement assez vieille.

— Est-ce que ses cheveux étaient complètement blancs ? »

Louise demanda : « Comment le *Times* sait-il de quels morts ils doivent parler ? Il y a forcément bien plus de gens qui meurent dans le monde qu'il ne peut en entrer dans une seule page. Comment choisissent-ils desquels parler ? »

Son père répondit : « Ils ne choisissent pas. Les gens qui veulent que ce soit publié paient pour ça.

— Si tu étais le roi, tu devrais payer aussi ?

— Non... le roi, c'est différent. »

Lydia, qui avait cessé de manger, demanda : « Jusqu'à quel âge vivent les gens ? » Mais elle le dit tout bas et personne ne parut l'entendre.

Villy, qui s'était levée pour se resservir du café, remarqua la tasse vide d'Edward et la remplit à nouveau en disant : « C'est le jour de congé de Phyllis, je vais m'occuper de ton smoking. Essaie de ne pas rentrer trop tard.

— Jusqu'à quel âge vivent les mères ? »

Voyant la mine de sa fille, Villy s'empressa de répondre : « Elles vivent une éternité. Pense à la mienne... et celle de Papa. Elles sont affreusement vieilles et elles vont très bien toutes les deux.

— Bien sûr, on peut toujours se faire assassiner... ça peut arriver à n'importe quel âge. Pense à Tybalt. Et aux Princes dans la Tour.

— Ça veut dire quoi, assassiner ? Louise, ça veut dire quoi, assassiner ?

— Ou se noyer. Faire naufrage », poursuivit-elle d'un ton songeur. Louise aurait adoré faire naufrage.

« Louise, tais-toi, je te prie. Tu ne vois pas que tu bouleverses ta sœur ? »

Mais il était trop tard. Lydia avait éclaté en sanglots et elle hoquetait. Villy la prit dans ses bras et la serra contre elle. Louise, rougissante, bouda pour mieux cacher sa honte.

« Allons, mon canard. Tu verras que je vivrai très, très vieille : tu seras adulte depuis longtemps et tu auras de grands enfants formidables qui porteront des chaussures à lacets...

— Et des vestes de cavalière ? » Lydia sanglotait encore, mais elle avait envie d'une veste de cavalière – en tweed, avec une fente dans le dos et des poches pour quand elle faisait du cheval –, et le moment semblait idéal pour l'obtenir.

« Nous verrons. » Elle reposa Lydia sur sa chaise et Nan dit : « Finis ton lait. » La fillette avait soif et elle obéit.

Edward, qui avait fait les gros yeux à Louise, demanda : « Et moi ? Tu ne veux pas que je vive pour toujours moi aussi ?

— Pas autant. Mais, bien sûr que je le veux. »

Louise dit : « En tout cas, moi je le veux. Quand tu auras plus de quatre-vingts ans, je te promènerai, tout édenté et tout baveux, dans un fauteuil roulant. »

Son père éclata de rire comme elle l'espérait, et cette plaisanterie la réhabilita.

« Je meurs d'impatience. » Il se leva et, emportant son journal, quitta la pièce.

Lydia commenta : « Il est parti aux toilettes. Faire la grosse commission.

— Ça ira, dit sèchement Nanny. On ne parle pas de ces choses-là à table. »

Lydia dévisagea Louise avec des yeux sans expression, sa bouche imitant en silence des glouglous de dindon. Louise, comme prévu, s'esclaffa.

« Les enfants, les enfants », fit mollement Villy. Lydia était parfois désopilante, mais il fallait ménager l'*amour-propre*\*[1] de Nanny.

« Monte, ma chérie. Vas-y... nous n'allons pas tarder.

— À quelle heure devons-nous être prêtes, madame ?

— Dix heures, je dirais, Nanny.

— Je veux voir mes chevaux ! » Lydia était descendue de sa chaise en se tortillant, et s'était ruée vers les portes-fenêtres, que Louise lui ouvrit.

« Tu viens. » Elle saisit la main de Louise.

Ses chevaux étaient attachés à la grille du jardin de

---

1. Les expressions en italiques suivies d'un astérisque sont en français dans le texte. *(Toutes les notes sont de la traductrice.)*

derrière. Il s'agissait de longs bâtons de différentes couleurs : une branche de platane pour le cheval pie ; un bâton argenté pour le cheval gris ; une branche de hêtre ramassée dans le Sussex pour le cheval bai. Ils avaient tous des licous compliqués faits de bouts de ficelle, des pots de fleurs remplis d'herbe tondue à côté de chacun d'eux, et leurs noms inscrits à la craie sur des morceaux de carton. Lydia détacha le gris et commença à arpenter le jardin au petit galop. De temps en temps, elle esquissait un saut maladroit et grondait sa monture. « Tu ne dois pas ruer comme ça. »

« Regarde-moi sur mon cheval, cria-t-elle. Lou ! Regarde-moi ! »

Mais Louise, qui redoutait de fâcher Nan et qui avait presque une heure avant l'arrivée de Miss Milliment pour finir *Persuasion*, se contenta de dire : « Je t'ai vue. Je t'ai regardée », et s'en alla... aussi nulle qu'une grande personne.

\*

Edward, après avoir embrassé Villy dans l'entrée et reçu son feutre gris des mains de Phyllis, qui, à d'autres périodes de l'année, l'aidait à enfiler son pardessus, ramassa son exemplaire du *Timber Trades Journal* et sortit. Garée devant la maison, la Buick, noire et étincelante, l'attendait. Il eut la vision habituelle d'un Bracken assis au volant, pareil à une statue de cire, avant que l'homme, sursautant à l'apparition de son patron comme si on lui avait tiré dessus, ne jaillisse tel un diable de la voiture pour lui ouvrir la portière arrière.

« Bonjour, Bracken.
— Bonjour, monsieur.
— Aux docks.
— Très bien, monsieur. »

Leur échange – le même chaque matin, sauf quand

Edward voulait se rendre ailleurs – s'arrêta là. Edward s'installa confortablement et tourna avec indolence les pages de sa revue, mais il ne la lisait pas : il organisait sa journée. Quelques heures au bureau, à s'occuper du courrier, puis il irait vérifier où en étaient les échantillons de placage d'orme, dont le bois provenait des piles de l'ancien Waterloo Bridge. Le bois séchait depuis un an, mais ils avaient commencé à le découper la semaine dernière, et aujourd'hui, enfin, ils allaient découvrir si l'intuition du Patriarche avait été juste ou catastrophique. C'était exaltant. Ensuite, il avait un déjeuner à son club avec plusieurs responsables du Great Western Railway qui aboutirait, il en était quasi certain, à une grosse commande d'acajou. Une réunion directoriale avec le Patriarche et son frère l'après-midi, des lettres à signer, puis il aurait peut-être le temps de prendre un thé avec Denise Ramsay, qui présentait le double avantage d'être pourvue d'un mari souvent en déplacement à l'étranger et dépourvue d'enfants. Mais il n'y avait pas de roses sans épines : Denise était un peu trop disponible et par conséquent un peu trop amoureuse de lui. Après tout, leur « histoire », comme elle la qualifiait, n'avait jamais été vouée à devenir sérieuse. En définitive, il n'aurait sans doute pas le temps de la voir puisqu'il devait rentrer se changer pour le théâtre.

On aurait demandé à Edward s'il était amoureux de sa femme, il aurait répondu bien sûr que oui. Il n'aurait pas ajouté que, malgré dix-huit ans d'un bonheur et d'un confort indéniables et de trois splendides enfants, Villy n'aimait pas vraiment l'aspect charnel de la vie conjugale. C'était très courant chez les épouses… un pauvre gars au club, Martyn Slocombe-Jones, lui avait confié un soir tard après une partie de billard et pas mal d'excellent porto que sa femme en avait tellement horreur qu'elle ne le laissait faire que quand elle voulait un bébé. C'était pourtant une femme sacrément séduisante, et une épouse merveilleuse, avait dit Martyn. À d'autres égards. Ils avaient cinq enfants, et Martyn ne pensait pas qu'elle daignerait en concevoir un sixième. La poisse pour lui. Quand Edward avait suggéré qu'il cherche sa consolation ailleurs, Martyn s'était borné à le dévisager de ses yeux marron pleins de tristesse : « Mais je suis amoureux d'elle, mon vieux, je l'ai toujours été. Jamais regardé une autre femme. Vous savez comment c'est. » Et Edward, qui ne savait pas, acquiesça quand même. Au moins ne perdrait-il pas son temps avec Marcia Slocombe-Jones. Ce n'était pas grave : il y avait des tas d'autres filles à se mettre sous la dent. Quelle chance il avait ! Être revenu de France non seulement en vie, mais relativement indemne ! En hiver, ses bronches le tracassaient à cause du gaz qui avait flotté dans les tranchées des semaines durant, mais à part cela... Il était revenu de la guerre, était tout de suite entré dans l'entreprise familiale, avait rencontré Villy lors d'une soirée et l'avait épousée dès que le contrat qui la liait à sa compagnie de ballet avait expiré et qu'elle s'était pliée à l'ordre du Patriarche de mettre un terme à sa carrière. « Pas question d'épouser une fille qui a d'autres choses en tête. Si le mariage n'est pas son unique carrière, ça ne fera pas un bon mariage. »

C'était une attitude on ne peut plus victorienne, bien sûr ; n'empêche, ça se défendait. Chaque fois qu'Edward regardait sa mère, ce qu'il faisait rarement mais avec une grande affection, il la voyait comme le parfait reflet des convictions de son père : une femme qui avait rempli sereinement toutes ses responsabilités familiales et avait en même temps conservé ses passions juvéniles... pour son jardin, qu'elle adorait, et pour la musique. À plus de soixante-dix ans, elle était tout à fait apte à jouer des doubles concertos avec des professionnels. Incapable de déceler les nuances plus sombres et plus complexes du caractère qui distinguent une personne d'une autre, il n'arrivait pas à comprendre pourquoi

Villy n'était pas aussi heureuse et épanouie que la Duche. (Le goût victorien de sa mère pour un mode de vie très simple – rien de riche dans la nourriture et pas de chichis ni aucune prétention quant à son apparence ou l'administration de sa maison – lui avait valu, il y a longtemps, le surnom de Duchesse, abrégé en « Duche » par ses enfants, puis rallongé en « Duchessa » par ses petits-enfants.) Il n'avait jamais empêché Villy d'avoir des enthousiasmes : ses bonnes œuvres, l'équitation et le ski, ses emballements pour les instruments de musique les plus variés, ses activités artisanales – filage, tissage, etc. –, et lorsqu'il pensait aux femmes de ses frères – Sybil était trop intellectuelle pour lui et Zoë trop accaparante –, il avait l'impression de ne s'en être pas trop mal tiré...

\*

La cousine de Louise, Polly Cazalet, arriva avec une demi-heure d'avance pour les cours, car Louise et elle avaient fabriqué de la crème pour le visage avec du blanc d'œuf, du persil haché et de l'hamamélis, sans oublier une goutte de cochenille pour donner à la mixture une teinte rosée. Leur création avait pour nom « Crème Prodigieuse », et Polly avait confectionné de magnifiques étiquettes vouées à être collées sur les différents pots qu'elles avaient récupérés auprès de leurs mères respectives. La crème reposait dans une jatte à pudding dans l'abri de jardin. Elles projetaient de la vendre aux tantes et aux cousines, et à Phyllis à un prix plus bas parce qu'elles savaient que cette dernière n'avait pas beaucoup d'argent. Les pots devraient afficher des prix différents de toute façon car ils étaient de tailles et de formes différentes. Ils avaient été lavés par Louise et se trouvaient également dans l'abri de jardin. C'est là que Louise avait tout caché, avec le fouet mécanique et les six œufs qu'elle avait volés dans le garde-manger pendant qu'Emily était sortie faire les courses. Elles avaient donné une partie des jaunes à la tortue de Louise, qui n'en avait pas raffolé, même une fois mélangés aux pissenlits (sa nourriture préférée) venant du jardin de Polly.

« Je trouve qu'elle a une drôle de tête. »

Elles regardèrent à nouveau la mixture, l'adjurant intérieurement d'être plus appétissante.

« À mon avis, la cochenille n'était pas une très bonne idée... elle était un peu verte.

— La cochenille est censée rosir les choses, idiote. »

Polly rougit. « Je sais, mentit-elle. Le problème, c'est que le mélange est devenu tout liquide.

— Ça n'empêchera pas la crème d'être bonne pour la peau. De toute manière, elle va finir par durcir. »

Polly plongea dans la mixture la cuillère qu'elle avait apportée pour la mise en pot. « Le vert ne vient pas du persil ; il y a une espèce de croûte dessus.

— Ça arrive.

— Ah bon ?

— Bien sûr. Pense à la crème caillée.

— Tu ne crois pas qu'on devrait peut-être l'essayer sur nous avant de la vendre ?

— Arrête de chipoter. Tu colles les étiquettes et moi je mets en pot. Les étiquettes sont superbes », ajouta-t-elle, et Polly rougit à nouveau. Les étiquettes disaient « Crème Prodigieuse » et, dessous, « Appliquez généreusement le soir. Métamorphose assurée ». Certains des pots étaient trop petits pour les étiquettes.

Miss Milliment arriva avant qu'elles n'aient terminé. Elles firent semblant de ne pas entendre la sonnette, mais Phyllis sortit les avertir.

« Pas la peine de lui en vendre à elle, marmonna Louise.

— Je croyais que tu avais dit...

— Je ne veux pas dire elle. Je veux dire Miss M.

— Seigneur, non. Ce serait porter de l'eau à la

rivière. » Polly comprenait souvent les expressions de travers.

« Porter de l'eau à la rivière voudrait dire que Miss M est déjà belle comme le jour. » Cette méprise les fit se tordre de rire.

Miss Milliment, une femme gentille et extrêmement intelligente, avait, comme Louise le souligna un jour, une tête pareille à un énorme vieux crapaud. Lorsque sa mère l'avait réprimandée pour sa méchanceté, Louise avait répliqué qu'elle aimait les crapauds, mais c'était une réponse malhonnête car une tête qui était parfaitement acceptable pour un crapaud n'avait rien de très ragoûtant chez un être humain. Après cet incident, l'apparence, certes étonnante, de Miss Milliment ne fut plus commentée qu'en privé avec Polly. Entre elles, les deux cousines lui avaient inventé une existence de tragédie permanente, ou plutôt plusieurs existences, vu qu'elles n'étaient pas d'accord sur les probables infortunes de leur malheureuse préceptrice. Un fait incontesté à son sujet était son âge canonique : elle avait été la préceptrice de Villy, laquelle avait reconnu qu'elle paraissait déjà vieille à son époque, et Dieu sait que cela ne datait pas d'hier. Elle écrivait « chymiste » et bien sûr « chymie », et avait un jour raconté à Louise que, dans sa jeunesse, elle cueillait des églantines dans Cromwell Road. Elle sentait les vieilles nippes chaudes et rances, effluves particulièrement perceptibles quand on l'embrassait, ce que Louise, en guise de pénitence, se forçait à faire depuis la remarque sur le crapaud. Elle habitait Stoke Newington, venait cinq matins par semaine leur faire la classe pendant trois heures, et, le vendredi, elle restait déjeuner. Aujourd'hui elle portait son tailleur en jersey vert bouteille avec un petit chapeau de paille de même couleur garni d'un ruban en gros-grain, perché juste au-dessus de son chignon de cheveux gris aussi serré que gras. Elles attaquèrent la matinée, comme elles le faisaient toujours, en lisant du Shakespeare à voix haute durant une heure et demie.

Aujourd'hui, il s'agissait des deux derniers actes d'*Othello*. Louise lisait le rôle-titre. Polly, qui préférait les rôles de femmes – sans paraître se rendre compte que ce n'étaient pas les meilleurs –, faisait Desdémone, et Miss Milliment Iago, Emilia et tous les autres personnages. Louise, qui préparait secrètement les textes à l'avance, avait appris le dernier monologue d'Othello par cœur, et heureusement, car lorsqu'elle atteignit le passage

*Je vous en prie, dans vos lettres, – quand vous raconterez ces faits lamentables, – parlez de moi tel que je suis ; n'atténuez rien, – mais n'aggravez rien,*

les larmes lui montèrent aux yeux, et elle n'aurait pas, sinon, été capable d'arriver au bout. À la fin, Polly demanda : « Les gens sont vraiment comme ça ?

— Comme quoi, Polly ?

— Comme Iago, Miss Milliment.

— Je ne pense pas qu'ils soient très nombreux. Bien sûr, il y en a peut-être plus que nous ne croyons, car chaque Iago doit trouver un Othello pour exercer sa perfidie.

— Comme Mrs Simpson avec le roi Edward ?

— Bien sûr que non. Polly, tu es stupide ! Le roi était amoureux de Mrs Simpson... c'est complètement différent. Il a tout abandonné pour elle alors qu'il aurait pu tout avoir s'il l'avait abandonnée, elle. »

Polly, le rouge au front, marmonna : « Mr Baldwin pourrait *très bien* être Iago. »

De son ton apaisant, Miss Milliment expliqua : « Les deux situations ne sont pas comparables, Polly, même s'il était certainement intéressant de ta part d'essayer. Bon, nous ferions mieux de nous mettre à la géographie. J'ai hâte de voir la carte que vous deviez me dessiner. Veux-tu aller chercher l'atlas, Louise ? »

\*

« Cette robe est faite pour toi.

— Elle est ravissante. Sauf que je n'ai jamais porté cette couleur. »

Villy avait revêtu une des robes soldées d'Hermione : en mousseline de soie vert-jaune, son corsage présentait un décolleté en V très échancré bordé de perles dorées, avec une petite cape plissée accrochée à ses bretelles perlées. La jupe à godets, d'une coupe toute simple, épousait ses hanches minces avant de s'évaser avec souplesse en une vaste corolle flottante.

« Je te trouve divine dans cette robe. Demandons à Miss MacDonald ce qu'elle en pense. »

Miss MacDonald apparut aussitôt. C'était une femme d'âge indéterminé, toujours habillée d'une jupe de flanelle grise à fines rayures et d'un chemisier de tussor. Dévouée à Hermione, elle dirigeait la boutique lors des fréquentes absences de sa patronne. Hermione menait une vie mystérieuse composée de soirées, de week-ends, de parties de chasse en hiver et d'amusantes réfections d'appartements qu'elle achetait dans le quartier de Mayfair puis louait à des tarifs exorbitants à des gens qu'elle croisait dans des fêtes. Tout le monde était amoureux d'elle : l'adulation universelle dont elle faisait l'objet assurait sa réputation. Quel que soit l'amant du moment, il était perdu dans une foule de soupirants apparemment désespérés et prêts à tout. Elle n'était pas belle, mais toujours superbe et impeccable ; sa voix traînante dissimulait une intelligence supérieure et un courage effréné à la chasse, comme, d'ailleurs, dans tous les domaines nécessaires. Hugh, le frère d'Edward, avait été amoureux d'elle pendant la guerre. Il aurait figuré parmi les vingt et un prétendants à lui avoir demandé sa main durant cette période, mais elle avait épousé Knebworth, puis, peu après la naissance de leur fils, avait divorcé. Elle savait s'y prendre avec les épouses, mais elle avait une authentique affection pour Villy, à qui elle accordait toujours des rabais très intéressants.

Villy, debout comme en transe dans la robe diaphane qui semblait l'avoir transformée en fragile créature exotique, vit que Miss MacDonald était admirative.

« On la croirait faite pour vous, Mrs Cazalet.

— La bleu nuit ferait plus d'usage.

— Dites, Lady Knebworth ! Et celle en dentelle *café au lait\** ?

— Excellente idée, Miss MacDonald. Oui, allez la chercher. »

Dès qu'elle posa les yeux sur la robe en question, Villy sut qu'il la lui fallait. Il les lui fallait toutes, et ce « toutes » incluait une robe moirée lie-de-vin aux énormes manches ballon faites de roses en ruban qu'elle avait essayée tout à l'heure.

« C'est une réelle torture, n'est-ce pas ? » Hermione avait décidé que Villy, qui était venue acheter deux robes, en achèterait trois, mais elle connaissait assez son amie pour savoir qu'une privation était indispensable. S'ensuivirent des chuchotements.

« Combien coûtent-elles ?

— Miss MacDonald, combien ?

— La moirée fait vingt livres, la mousseline quinze, et la dentelle et la crêpe bleu nuit sont à seize chacune. C'est bien cela, Lady Knebworth ? »

Il y eut un bref silence, le temps que Villy s'efforce en vain de faire l'addition. « Je ne peux pas en prendre quatre, de toute façon. C'est hors de question.

— Je crois, glissa Hermione du ton de la réflexion, que la bleue est un peu trop évidente pour toi, mais les autres sont toutes parfaites. Et si nous faisions la moirée et la dentelle à quinze livres chacune, et que nous y ajoutions la mousseline pour dix livres ? À quel total arrivons-nous, Miss MacDonald ? » (Elle le savait pertinemment, mais elle savait aussi que Villy n'était pas douée pour les chiffres.)

« Nous arrivons à quarante livres, Lady Knebworth. »

Sans l'ombre d'une hésitation, Villy s'écria : « Je les prends. C'est très mal de ma part, mais je ne peux pas résister. Elles sont toutes divines. Tant pis, je ne sais pas ce que dira Edward.

— Il va les adorer. Faites préparer les paquets, Miss MacDonald, je suis sûre que Mrs Cazalet voudra emporter ses robes tout de suite.

— J'en mettrai une ce soir. Merci infiniment, Hermione. »

Dans le taxi en allant chez sa mère, Villy songea : J'ai vraiment honte de moi. Avant, je n'achetais jamais de robes de plus de cinq livres. Mais elles seront inusables, et j'en ai assez de porter les mêmes tenues. Et puis nous sortons beaucoup, ajouta-t-elle presque comme si elle se justifiait auprès de quelqu'un, et j'ai été diablement raisonnable au moment des soldes de janvier. Je n'ai acheté que du linge de maison. Et à Lydia, que des choses dont elle avait besoin. Hormis la veste d'équitation, mais elle en rêvait tellement. Les courses avec Lydia avaient donné lieu à plusieurs crises de larmes. La fillette détestait enfiler ses pieds dans le fluoroscope lorsqu'elle essayait des chaussures neuves.

« Je veux pas avoir d'affreux pieds verts ! » avait-elle protesté. Ensuite, elle avait pleuré parce que Nan avait dit qu'elle n'avait pas l'âge pour une veste d'équitation, et elle avait encore pleuré parce que Nan ne l'avait pas laissée la porter dans le bus du retour. Elles avaient acheté des tricots de peau Chilprufe pour l'hiver prochain, deux paires de chaussures, une jupe en serge plissée bleu marine assortie d'un maillot de corps et une adorable petite veste en veloutine coordonnée. Un chapeau cloche en lin pour l'été et quatre paires de chaussettes de coton blanc avaient complété leurs achats. En réalité, Lydia ne voulait que la veste. Elle aurait voulu des bas comme Lou et non des chaussettes qui faisaient bébé, et une veste en velours écarlate et non pas bleu marine. Elle n'aimait pas ses chaussures d'intérieur parce qu'elles avaient une bride et un bouton et non pas des lacets. Villy estimait mériter une récompense après tout cela. Surtout qu'il fallait encore s'occuper de Louise, et de Teddy quand il rentrerait de pension, mais lui n'aurait pas besoin de grand-chose. Elle contempla les trois merveilleuses boîtes contenant ses robes et s'attela à une tâche délicate : décider laquelle elle mettrait pour le théâtre.

\*

Il faisait tellement beau que Miss Milliment alla à pied jusqu'à Notting Hill Gate pour déjeuner à l'ABC. Elle prit un sandwich à la tomate et une tasse de thé, et puis, comme elle avait encore faim, un flan pâtissier. Son déjeuner lui coûta en conséquence presque un shilling, soit plus qu'elle n'aurait dû se permettre. Elle lut le *Times* pendant son déjeuner, gardant les mots croisés pour son long trajet de retour en métro. Sa logeuse lui fournissait un repas du soir correct et des toasts et du thé pour le petit déjeuner. Elle aurait aimé pouvoir s'offrir une radio pour ses soirées, car ses yeux souffraient des lectures intensives qu'elle leur imposait. Depuis que son père, un pasteur à la retraite, était mort, elle avait toujours habité ce qu'elle appelait des « garnis ». Dans l'ensemble, ça ne la dérangeait pas, elle ne s'était jamais beaucoup souciée de son intérieur. Il y a des années, l'homme qu'elle pensait épouser était mort pendant la guerre des Boers, et son chagrin avait fini par se muer en humble résignation : elle ne lui aurait pas donné un foyer très confortable. À présent, elle enseignait. Quelle aubaine, quand Viola lui avait écrit pour qu'elle fasse la classe à Louise et par la suite à sa cousine Polly. Avant ce miracle, elle commençait à désespérer : l'argent laissé par son père lui procurait tout juste un toit sur la tête, et elle avait fini par ne plus avoir de quoi régler le bus jusqu'à la National Gallery, sans parler de l'entrée aux expositions payantes. La peinture était sa passion, en particulier les impressionnistes français, et, parmi eux, Cézanne était son dieu. Elle songeait parfois avec une pointe d'ironie qu'il était bizarre qu'on ait si souvent dit d'elle qu'elle faisait « un bien vilain tableau ». Elle était, effectivement, une des personnes les plus laides qu'elle ait jamais vues de sa vie, mais une fois rendue à l'évidence, elle avait cessé de se préoccuper de son aspect physique. Elle s'habillait en recouvrant son corps de tout ce qui lui tombait sous la main, et au prix le plus modique ; elle prenait un bain par semaine (la logeuse facturait les bains supplémentaires), et elle avait récupéré les lunettes à monture d'acier de son père qui faisaient très bien l'affaire. Comme il était difficile ou trop coûteux pour elle de laver son linge, ses vêtements n'étaient pas très propres. Le soir elle lisait de la philosophie, de la poésie ou des ouvrages sur l'histoire de l'art, et, le week-end, elle allait voir des tableaux. Les voir ! Elle les scrutait, elle se plantait devant, elle les examinait jusqu'à ce qu'ils soient assimilés dans les replis les plus secrets de son être massif pour constituer sa mémoire et se transformer, ainsi digérés, en nourriture spirituelle. La vérité – la beauté de la vérité, la façon dont cette vérité pouvait parfois transcender l'apparence ordinaire des choses – l'émouvait et l'excitait ; en son for intérieur, elle n'était qu'émerveillement. Les cinq livres hebdomadaires qu'elle gagnait en faisant la classe aux deux jeunes filles lui permettaient de voir tout ce qu'elle avait le temps de voir et de mettre un peu d'argent de côté en prévision des années où Louise et Polly n'auraient plus besoin de ses services. À soixante-treize ans, elle aurait peu de chances de retrouver un emploi. Elle était solitaire, et parfaitement habituée à cela. Elle laissa deux pence à la serveuse et trottina de son pas zigzagant de myope jusqu'à la station de métro.

\*

Phyllis attaqua sa demi-journée de congé en se rendant chez Pontings. Il y avait des soldes d'été et il lui fallait des bas. Elle inspecterait également les autres rayons, même si elle savait qu'elle serait cruellement tentée d'acheter quelque chose – un chemisier, ou bien une robe d'été superflue. Passant par Campden Hill, elle alla à pied jusqu'à Kensington High Street afin d'économiser le prix du trajet. C'était une campagnarde et marcher ne lui faisait pas peur. Elle portait son manteau d'été, en flammé gris pâle, avec sa jupe, le chemisier que Mrs Cazalet lui avait offert pour Noël, et un chapeau de paille qu'elle avait depuis des lustres et rafraîchissait de temps à autre. Elle avait des gants de coton gris et son sac à main. Phyllis gagnait trente-huit livres par an et elle envoyait à sa mère dix shillings par mois. Cela faisait maintenant quatre ans qu'elle était fiancée au jardinier en second du domaine où son père avait été garde-chasse jusqu'à ce que son arthrite le contraigne à prendre sa retraite. Être fiancée à Ted faisait désormais partie du décor de son existence : ce n'était plus très excitant, à vrai dire ça ne l'avait jamais été, car ils avaient su dès le départ qu'ils n'auraient pas les moyens de se marier avant très longtemps. Et puis, elle le connaissait depuis toujours. Elle était devenue domestique et était partie pour Londres ; ils se voyaient à peu près quatre fois par an : lorsqu'elle rentrait à la maison pendant ses quinze jours de vacances et les rares fois où elle arrivait à le persuader de venir à Londres pour la journée. Ted détestait Londres, mais c'était un gentil garçon et il acceptait de venir de temps en temps, surtout en été, parce que le reste de l'année, entre le froid et les autres complications, le couple n'avait nulle part où aller. Ils s'installaient dans des salons de thé et allaient au cinéma, et c'était le moment qu'elle préférait parce que, avec un peu d'encouragement, il passait son bras autour d'elle, elle l'entendait respirer et le film ne lui laissait jamais aucun souvenir. Une fois par an elle le ramenait pour le thé à Lansdowne Road, ils s'attablaient dans la cuisine avec Emily et Edna qui voulaient absolument le gaver, et même s'il s'éclaircissait souvent la voix, il restait muet et laissait refroidir son thé. Toujours est-il qu'elle mettait de côté dix shillings par mois en vue de se marier, ce qui lui laissait deux livres trois shillings et trois pence pour ses jours de congé, ses vêtements et tout le nécessaire, et l'obligeait à faire attention. Mais elle avait quasiment trente livres à la Poste. C'était chouette d'avoir son avenir assuré, et elle avait toujours voulu rouler un peu sa bosse avant de se ranger. Elle irait inspecter les rayons chez Pontings, ferait un tour à Kensington Gardens et trouverait un banc agréable où s'asseoir au soleil. Elle aimait bien regarder les canards et les petits bateaux sur le Round Pond, puis elle prendrait le thé chez Lyons avant d'atterrir au Coronet ou à l'Embassy à Notting Hill Gate, selon le cinéma qui passerait le film avec Norma Shearer. Elle aimait Norma Shearer parce que Ted avait dit un jour qu'elle lui ressemblait un peu.

Chez Pontings, les bas étaient en solde. Trois paires pour quatre shillings. Le magasin était toujours plein de monde. Elle contempla avec envie les présentoirs de robes d'été soldées à trois shillings. Il y en avait une imprimée de boutons-d'or avec un col Claudine qui aurait été parfaite pour elle, elle le savait, mais elle eut l'idée de génie de faire un saut chez Barkers pour voir si elle pouvait dénicher des coupons afin de s'en fabriquer une. Elle eut de la chance. Elle trouva un joli voile vert orné d'un treillage de roses – trois mètres pour une demi-couronne. Une affaire ! Edna, qui était habile couturière, avait des patrons, donc elle n'avait pas à en acheter. Six pence économisés valaient mieux que six pence dépensés, aurait dit sa mère. Quand elle arriva enfin au Round Pond, elle était très fatiguée ; le soleil lui avait sûrement donné sommeil car elle s'endormit, et dut ensuite demander l'heure à un monsieur. Devant elle au bord du bassin il y avait maintenant toute une bande d'enfants crasseux déguenillés, certains pieds nus, avec un bébé dans un vieux landau cabossé. Ils pêchaient des épinoches qu'ils mettaient dans un pot à confiture et, après le départ du monsieur, l'un d'entre eux lança : « Auriez-vous l'amabilité de me donner l'heure ? » et ils hurlèrent de rire et se mirent à psalmodier la phrase, à l'exception du bébé qui avait une tétine dans la bouche. « C'est très malpoli », dit-elle en se sentant rougir. Mais les gamins étaient vulgaires et n'en tinrent aucun compte. Jamais sa mère ne lui aurait permis de sortir dans un état pareil.

Phyllis avait un peu mal à la tête et, l'espace d'un moment de panique, elle se dit que c'étaient peut-être ses règles qui arrivaient. Elle aurait eu alors quatre jours d'avance, et dans ce cas il allait lui falloir rentrer directement car elle n'avait rien sur elle. En retraversant les jardins vers Bayswater Road, elle réfléchit et conclut que non, c'était impossible. Autrement, elle aurait beaucoup plus qu'un seul bouton. Phyllis approchait des vingt-quatre ans ; elle était domestique depuis un peu plus de dix ans. Quand elles avaient « débarqué » – c'était son premier poste et, affolée par le sang, elle était allée voir en pleurs la femme de chambre en chef –, Amy lui avait simplement montré comment plier les bandes de flanelle et expliqué que ça arrivait à tout le monde et que ça survenait tous les mois. Ce fut la seule fois où elle entendit évoquer le sujet, hormis celle où Mrs Cazalet lui avait indiqué à quel endroit on rangeait la flanelle dans le placard à linge. Mais Mrs Cazalet n'avait pas soufflé mot, ce qui, vu qu'elle était une dame, n'avait rien de surprenant, et même si Edna et elle savaient très bien quand l'autre les avait, elles prenaient exemple sur leur maîtresse et n'en parlaient jamais non plus. C'était quand même un drôle de truc, mais si ça arrivait à tout le monde, ça ne devait pas être grave. Les tampons de flanelle étaient fourrés dans un sac à linge sale et envoyés à la blanchisserie chaque semaine : sur la liste, ils étaient appelés « serviettes hygiéniques ». Naturellement, les bonnes avaient un sac distinct. En tout cas, là, ce n'était pas ça : elle prit deux tasses de thé et une brioche aux fruits secs, et quand elle arriva au Coronet, elle se sentait beaucoup mieux.

\*

Polly était restée déjeuner avec Louise après les cours. Il y avait également Nan et Lydia. Le repas était composé d'un hachis de viande brun foncé avec de gros spaghettis pâles. Lydia les appela des vers blancs et reçut une gifle parce que sa mère n'était pas là, mais elle ne pleura pas beaucoup car elle avait étalé sa veste d'équitation sur le fauteuil de lecture en cuir de Louise, histoire de l'admirer tout en mangeant. Louise parla d'Othello presque sans arrêt, mais Polly, qui s'inquiétait des sentiments d'autrui et qui voyait bien qu'Othello n'intéressait pas beaucoup Nan, lui demanda ce qu'elle tricotait et où elle allait passer ses vacances. Nan confectionnait une liseuse rose pour sa mère et partait en vacances à Woburn Sands dans quinze jours. Un des pires inconvénients de ce semblant de conversation avec Nan était que Louise allait l'accuser de faire de la lèche alors que ce n'était pas du tout ça : elle pouvait parfaitement comprendre qu'on ne s'intéresse pas à Othello.

Lydia dit : « La mère de Nan n'a pas de bonnes jambes. Elle est obligée de les garder en l'air tout le temps pour éviter de les perdre. Elles doivent vraiment être mal en point, ajouta-t-elle après réflexion.

— Ça suffit, Lydia, on ne parle pas des jambes des gens à table. »

Ce qui pousse justement tout le monde à y penser, se dit Polly. Au dessert, il y avait de la mousse de groseille à maquereau, qu'elle n'aimait pas, sans oser le dire. Lydia n'avait pas de tels scrupules.

« Ça sent le vomi. Un vomi verdâtre mal digéré. » Nan extirpa la fillette de son siège et l'emmena hors de la pièce.

« Sangdieu! s'exclama Louise, qui avait tendance à employer des jurons qu'elle jugeait shakespeariens. Pauvre Lydia. Cette fois elle n'y coupera pas. » Et, en effet, elles entendirent des plaintes étouffées à l'étage au-dessus.

« Je n'en veux pas.

— Rien d'étonnant. Je n'aime pas trop ça non plus. On ferait mieux d'aller s'occuper de notre Crème Prodigieuse. Dis-moi, tu as drôlement léché les bottes de Nan.

— Pas du tout, je t'assure. »

Quand elles eurent fini de remplir les pots et de les étiqueter, elles montèrent les ranger dans la chambre de Louise. Puis elles allèrent s'allonger sur la pelouse du jardin de derrière en attendant le passage du marchand de glaces Wall's avec son triporteur. Elles prirent chacune une Snofrute puis se rallongèrent sur l'herbe et discutèrent des vacances et de ce qu'elles feraient quand elles seraient grandes.

« Maman veut que je sois présentée à la Cour.

— Quoi... être une débutante ? » Louise avait du mal à contenir son mépris. « Tu n'as quand même pas renoncé à avoir un vrai métier ?

— Qu'est-ce que je pourrais faire ?

— Tu es plutôt douée en peinture. Tu pourrais devenir peintre.

— Je pourrais être présentée à la Cour et ensuite devenir peintre.

— Ça ne marche pas comme ça, Polly... je t'assure. Tu irais à tous ces bals avec des garçons idiots qui n'arrêteraient pas de te demander en mariage et tu serais fichue d'accepter d'en épouser un par pure gentillesse. Tu sais bien que tu es nulle pour dire non.

— Je n'épouserais pas quelqu'un que je n'aime pas.

— Même ça, ça ne suffit pas, quelquefois. » Elle repensait avec mélancolie à John Gielgud et à tous ces rêves où elle lui sauvait la vie de façon si spectaculaire et courageuse qu'il était obligé de l'épouser. Ils vivaient dans un luxueux appartement – le summum de la sophistication : elle ne connaissait qu'une famille qui habitait un appartement –, se donnaient la réplique dans toutes les pièces du répertoire et dînaient de homard et de café liégeois.

« Pauvre Lou ! Tu t'en remettras ! »

Louise sourit de son sourire spécial, ce sourire triste et héroïquement vulnérable qu'elle avait travaillé devant le miroir de la salle de bains. « Non. Ce n'est pas le genre de choses dont on se remet.

— Sans doute que non.

— En fait, de temps en temps, ça ne me déplaît pas. Tu sais... imaginer ce que ça ferait. Et puis je n'y pense pas en permanence. » Elle savait qu'en disant cela elle était en dessous de la vérité : il lui arrivait de ne pas y penser pendant des jours d'affilée. Je suis le genre de personne malhonnête qui ne peut pas supporter d'être malhonnête à cent pour cent, songea Louise.

Elle regarda Polly : étendue sur le dos, elle avait les yeux fermés pour les protéger du soleil. Même si Polly avait une douzaine d'années, soit un an de moins qu'elle, elle ne faisait pas son âge. Elle était d'une franchise absolue, sans aucune fourberie. On la disait souvent dénuée de tact : si vous lui demandiez ce qu'elle pensait, elle vous répondait, à condition qu'elle le sache, mais son honnêteté lui causait beaucoup d'indécision, quand ce n'était pas de la souffrance. Elle vous regardait de ses yeux bleu foncé relativement petits quand vous lui posiez des questions, des questions comme est-ce qu'elle pourrait monter à bord d'un sous-marin, achever son cheval s'il avait la jambe cassée, ou mourir pour son pays sans lâcher le morceau si elle était une espionne et qu'elle se faisait prendre, et vous voyiez alors son front laiteux se creuser de petits plis obliques tandis qu'elle continuait à vous dévisager tout en cherchant en elle la vérité, souvent en vain. « Je ne sais pas, disait-elle fréquemment. J'aimerais savoir, mais je ne suis pas sûre, comme toi. » Mais Louise, en son for intérieur, savait pertinemment qu'elle ne prenait des décisions que selon son humeur, et que l'incertitude de Polly était, en réalité, plus sérieuse. Cela l'agaçait, mais elle respectait Polly. Polly ne faisait jamais semblant, ne posait jamais pour la galerie, comme disait Nan, ne prenait pas ses désirs pour des réalités. Et puis elle était incapable du moindre mensonge. Louise ne mentait pas vraiment – c'était un crime très grave dans la famille Cazalet –, mais elle passait une grande partie de son temps dans la peau d'autres gens, qui naturellement pensaient et voyaient les choses d'une manière différente, si bien que ce qu'elle disait dans ces moments-là comptait pour du beurre. Être une actrice exigeait ce genre de flexibilité, et même si Polly la taquinait parfois sur son côté girouette, et si elle taquinait Polly sur son excès de sérieux et son ignorance, les taquineries s'arrêtaient là. Leurs peurs les plus terribles et les plus réelles étaient sacro-saintes : Louise manquait cruellement d'indépendance (elle ne supportait pas d'être éloignée de sa famille et redoutait d'être envoyée en pension), et Polly était terrifiée à l'idée qu'il y ait une autre guerre où ils mourraient tous gazés et en particulier son chat Pompée, qui, étant un chat, n'aurait sûrement pas droit à un masque à gaz. Polly faisait autorité dans ce domaine. Son père possédait pas mal de livres sur la guerre ; il avait combattu, était revenu avec une main en moins, une bonne centaine d'éclats d'obus dans le corps qu'on n'avait pas pu retirer, et il avait d'atroces migraines, les pires du monde, disait sa mère. Et puis tous les gens sur la photo de sa commode – des soldats vêtus d'amples uniformes jaunâtres – étaient morts, à part lui. Polly dévorait tous les livres de son père et lui posait de petites questions faussement anodines qui ne faisaient que lui confirmer que les récits qu'elle lisait – le massacre, les kilomètres de boue et de barbelés, les obus et les chars et, surtout, les terribles gaz toxiques auxquels Oncle Edward avait miraculeusement réussi à survivre – étaient entièrement vrais : un véritable cauchemar ininterrompu qui avait duré plus de quatre ans. S'il y avait une autre guerre, elle ne pourrait qu'être pire, car les gens n'arrêtaient pas de répéter que les navires, les avions, les armes et tout ce qui pouvait empirer les choses avaient été perfectionnés grâce aux progrès scientifiques. La prochaine guerre serait deux fois plus abominable et durerait deux fois plus longtemps. Au fond d'elle-même, elle enviait Louise de n'avoir peur que du pensionnat. Sa cousine avait déjà quatorze ans et, d'ici deux ou trois ans, elle serait trop âgée pour qu'on l'y envoie. Mais personne n'était trop âgé ou trop jeune pour subir la guerre.

Louise dit : « Tu as combien d'argent de poche ?

— Je sais pas.

— Regarde. »

Polly ouvrit docilement la fermeture éclair de la petite bourse en cuir qui pendait à un cordon autour de son cou. Plusieurs pièces et quelques sucres grisâtres dégringolèrent dans l'herbe.

« Tu ne devrais pas mettre les sucres pour les chevaux avec ton argent.

— Je sais.

— Ils sont sûrement empoisonnés maintenant. » Elle se redressa. « On pourrait aller à Church Street et je pourrais revenir prendre le thé avec toi.

— Très bien. »

Toutes deux adoraient cette rue, surtout la partie du haut, près de Notting Hill Gate, pour des raisons différentes. Louise hantait la boutique d'animaux qui regorgeait de spécimens plus tentants les uns que les autres. Couleuvres, tritons, poissons rouges, tortues et énormes lapins blancs côtoyaient toutes ces bêtes dont elle rêvait mais auxquelles elle n'avait pas droit : une multitude d'oiseaux, de souris, de cochons d'Inde, de chatons et de chiots. Polly n'avait pas toujours la patience d'attendre que Louise ait inspecté l'ensemble de la ménagerie, et lorsqu'elle s'ennuyait trop, elle allait dans le magasin d'à côté, une brocante qui débordait sur le large trottoir et où on trouvait absolument tout, des livres d'occasion aux articles de porcelaine en passant par les stéatites, l'ivoire, le bois sculpté, les perles et les meubles, mais aussi, parfois, des objets dont l'usage demeurait totalement mystérieux. Les tenanciers de la boutique, deux hommes, n'étaient pas très expansifs : le père passait la majeure partie du temps allongé sur une méridienne en velours rouge décoloré à lire un journal, et le fils restait assis sur une chaise dorée, les pieds posés sur un énorme meuble-vitrine renfermant un brochet naturalisé, à manger des brioches à la noix de coco et à boire du thé. « Ça sert à élargir les gants », disait le père quand on l'interrogeait ; le fils ne savait jamais rien. Aujourd'hui Polly avait déniché une paire de très grands bougeoirs bleu et blanc passablement fendillés et dont l'un avait un morceau qui manquait en haut, mais qu'elle trouvait extrêmement beaux. Il y avait aussi une assiette, en céramique, décorée de fleurs bleues et jaunes, bleu delphinium et jaune soleil, avec quelques feuilles vertes... la plus belle assiette qu'elle ait jamais vue, ou presque. Les bougeoirs coûtaient six pence et l'assiette quatre : trop chers.

« Il manque un morceau sur celui-là, dit-elle en indiquant le bougeoir ébréché.

— C'est du Delft. » L'homme baissa son journal. « Combien as-tu ?

— Sept pence et un demi-penny.

— Tu vas devoir choisir. Je ne peux pas te les céder pour si peu.

— Vous les laisseriez à combien ?

— Pas moins de neuf pence. L'assiette est portugaise.

— Je vais demander à mon amie. »

Polly retourna à toute vitesse dans la boutique d'animaux, où Louise était en pleine discussion. « J'achète un poisson-chat, annonça-t-elle. J'en ai toujours voulu un et le marchand dit que c'est la bonne saison.

— Tu peux me prêter un peu d'argent ? Jusqu'à samedi ?

— Combien ?

— Un penny et demi.

— D'accord. Mais je ne vais pas pouvoir prendre le thé avec toi, parce que je veux ramener mon poisson-chat à la maison. » Le poisson-chat était dans un pot à confiture auquel le marchand avait ajouté une anse en ficelle. « Il est adorable, non ? Regarde ses adorables petites moustaches.

— Adorables. » Polly n'en raffolait pas, mais savait qu'il fallait de tout pour faire un monde.

Elle regagna sa brocante et donna neuf pence au marchand, qui emballa très sommairement l'assiette et les bougeoirs dans de vieux journaux ramollis. « Oh, Polly ! Tu passes ta vie à acheter de la porcelaine. Qu'est-ce que tu vas faire de tout ça ?

— Pour chez moi quand je serai grande. Je suis loin d'en avoir assez. Je peux en acheter encore des tonnes. Les bougeoirs viennent de Delft, ajouta-t-elle.

— Ça alors ! Tu veux dire comme Vermeer ? Voyons voir. Ils seront plus beaux une fois nettoyés.

— Je sais. » Elle mourait d'impatience de rentrer les laver.

Elles se séparèrent. « À demain.

— J'espère que ton poisson-chat ira bien. »

\*

« Et quand pars-tu pour le Sussex ? »
Villy, qui l'avait dit au moins trois fois à sa mère, répondit un peu trop patiemment : « Vendredi.
— Mais c'est après-demain !
— Oui, Maman, je te l'ai déjà dit. »
Sans tenter de dissimuler son incrédulité, Lady Rydal répliqua : « J'ai dû oublier. » Elle soupira, remua légèrement dans son fauteuil mal rembourré et se mordit les lèvres de douleur. Cette grimace était censée montrer à Villy qu'elle souffrait, et qu'elle souffrait en silence, lui faire subodorer par là les mille autres maux qu'elle endurait également en silence. C'était une vieille dame superbe et assez théâtrale : entre l'arthrite et une sorte d'indolence victorienne (elle avait saisi le prétexte d'un premier élancement pour ne plus quitter son fauteuil, n'empruntant l'escalier qu'une fois par jour, et se rendant dans la salle à manger pour le déjeuner et le dîner accompagnée d'une robuste canne à embout en caoutchouc), non seulement elle s'était empâtée, mais son ennui était devenu chronique. Seul son visage conservait un saisissant aspect autocratique : le front noble, les yeux immenses au bleu myosotis aujourd'hui délavé, le teint de porcelaine et les petits festons de peau sillonnés d'une myriade de rides minuscules, la bouche exquisément ciselée à la Burne-Jones, tout proclamait qu'elle avait été une beauté. Ses cheveux étaient à présent d'un blanc argenté, et elle portait toujours de lourds pendants d'oreilles – des perles et des saphirs – qui tiraient sur ses lobes. Jour après jour elle demeurait assise, gisant sur son énorme fauteuil telle une magnifique épave, méprisant les piètres tentatives de sauvetage effectuées par ses enfants lors de visites comme celle de Villy en ce moment. Elle ne pouvait rien faire, mais savait comment tout devait être fait ; son goût en

matière d'administration domestique, de nourriture, de fleurs, était à la fois original et très sûr, mais elle jugeait que nulle occasion désormais ne méritait ses efforts, et l'extravagance et la gaieté dont Villy se souvenait étaient aujourd'hui croupissantes, altérées par ses lamentations. Elle considérait que sa vie était une tragédie ; si, en épousant un musicien, elle s'était mésalliée, elle fit néanmoins grand cas de son veuvage : même deux ans après la mort de son mari, elle continuait à s'habiller en noir et gardait les stores à demi baissés dans le salon. Elle estimait qu'aucune de ses deux filles n'avait fait un beau mariage, et elle n'aimait guère la femme de son fils. Elle était trop impressionnante pour favoriser l'amitié, et même ses deux fidèles domestiques étaient appelées par leur nom de famille. D'après Villy, elles ne restaient que par respect et affection envers leur défunt maître, mais l'inertie était contagieuse et la maison en était imprégnée : les pendules faisaient tic-tac avec lassitude ; les mouches bleues bourdonnaient contre les fenêtres à guillotine, puis sombraient dans la stupeur. Si elle ne disait ou ne faisait pas quelque chose, Villy craignait de s'endormir.

« Raconte-moi. » C'était une des ruses familières de Lady Rydal. Cette demande associant une prétendue ouverture d'esprit à une absence totale de curiosité, il n'était pas évident de répondre. Soit la réponse assommait ostensiblement Lady Rydal, soit elle comportait un des multiples éléments que Lady Rydal réprouvait. Elle réprouvait toute allusion à la religion faite par un autre qu'elle (frivolité) ; elle considérait la politique comme un sujet inapproprié pour une grande dame (Margot Asquith et Lady Astor n'étaient pas des femmes qu'elle inviterait chez elle) ; toute discussion touchant la vie privée de la famille royale était vulgaire (elle était sans doute la seule personne à Londres qui, dès le début de cette affaire, avait cessé de mentionner Édouard VIII et n'avait jamais prononcé le nom de Mrs Simpson) ; toute référence au corps – son apparence, ses besoins et, pire que tout, ses pulsions – était absolument taboue (même la santé s'avérait une matière épineuse, puisque seuls certains maux étaient admissibles pour les femmes). Villy, comme d'habitude, se rabattit sur le sujet des enfants, pendant que Bluitt, la bonne, débarrassait le thé. Ce fut un succès ; affichant son sourire indulgent, Lady Rydal écouta sa fille lui décrire les caprices de Lydia chez Daniel Neal, prêta l'oreille à la dernière lettre de Teddy envoyée de l'école, et demanda avec affection des nouvelles de Louise, pour qui elle avait une tendresse particulière. « Il faut que je la voie avant qu'elle ne disparaisse à la campagne. Dis-lui de me téléphoner et nous ferons en sorte qu'elle me rende visite. »

Dans le taxi du retour, Villy songea que ce serait difficile étant donné qu'ils partaient dans deux jours pour le Sussex.

*

Edward, qui avait congédié Bracken une fois qu'il l'eut ramené au bureau après le déjeuner, récupéra ses clés de voiture auprès de sa secrétaire, regarnit son étui à cigarettes en argent en puisant dans le coffret en ébène que Miss Seafang gardait toujours rempli sur son immense table de travail, et consulta sa montre. Quatre heures tout juste passées... largement le temps pour le thé, si le cœur lui en disait. La réunion directoriale avait été annulée parce que le Patriarche avait voulu partir pour le Sussex et que Hugh souffrait d'une de ses migraines. Si le Patriarche n'avait pas voulu partir, la réunion se serait tenue, et Hugh y aurait participé, en plissant les yeux, blême et silencieux hormis pour s'empresser d'acquiescer à la moindre proposition. Il n'était pas question d'évoquer les migraines de Hugh ; il s'agaçait puis s'emportait dès qu'on manifestait une quelconque inquiétude, de sorte qu'on ne disait rien, ce qui ne faisait qu'accroître le malaise d'Edward. Il aimait son frère et il s'en voulait atrocement d'être sorti indemne de la guerre alors que Hugh était en si mauvaise santé à cause d'elle.

Miss Seafang passa sa tête impeccablement coiffée dans l'entrebâillement de la porte. « Mr Walters serait reconnaissant si vous pouviez lui accorder quelques instants, Mr Edward. »

Edward regarda à nouveau sa montre, et ses traits exprimèrent la surprise et l'anxiété. « Dieu du ciel ! Demandez-lui d'attendre lundi, voulez-vous ? Je suis déjà en retard à un rendez-vous. Dites-lui que je le verrai à la première heure lundi.

— Vous pouvez compter sur moi.

— Que ferais-je sans vous ! » Il lui adressa un sourire éblouissant, ramassa son chapeau et s'en alla.

*

Durant tout le trajet de métro puis de bus pour rentrer chez elle, Miss Seafang se répéta cette remarque, savourant et accentuant le sourire de son patron jusqu'à ce qu'il acquière une dimension romantique – mais courtoise, naturellement. Il la comprenait et pour la première fois quelqu'un avait conscience de sa valeur profonde. Il l'avait tellement idéalisée qu'elle aurait aimé lui cacher les aspects trop sérieux de sa personnalité : sa rigueur, un savoir-faire pour la pâtisserie et son dévouement envers ses neveux et nièces.

*

Il ne s'agissait pas tant de se demander s'il avait envie de prendre le thé avec Denise, songeait Edward en roulant vers l'ouest, mais de se comporter convenablement. Il n'avait pas parlé à la pauvre petite de ses vacances parce qu'il savait qu'elle serait contrariée et il avait horreur de la voir contrariée. Et puis, la semaine prochaine, quand Villy serait établie dans le Sussex et que Denise s'attendrait à ce qu'il soit plus libre, il ne le serait pas du tout parce que, dans ces moments-là, la famille serrait les rangs et, à part un soir à son club, tous ses dîners seraient pris. Donc, en réalité, il était obligé d'aller la voir. Le sens des responsabilités le disputait chez lui à l'excitation : il était de ces êtres chanceux qui se plaisaient véritablement à bien se conduire.

*

Denise était étendue sur le canapé dans son salon vert, vêtue d'une robe d'après-midi noire agrémentée d'une large ceinture rouge. Elle se leva d'un bond gracieux lorsque sa bonne l'annonça.

« Edward ! Merveilleux ! Tu ne peux pas imaginer à quel point je m'ennuyais !

— Tu n'en as pas l'air, pourtant.

— C'est que, soudain, tout va mieux. » Elle lui effleura la joue : ses ongles étaient peints de la même couleur que sa ceinture ; une petite bouffée de Cuir de Russie caressa les narines d'Edward. « Du thé ? Ou du whisky ?

— Je ne crois pas que...

— Chéri, tu dois boire quelque chose, sans quoi Hildegarde trouvera ça bizarre.

— Du whisky, alors. Quel nom saugrenu pour une bonne.

— Elle est allemande, donc pas si saugrenu. Dis-moi stop.

— Je suppose que je voulais dire... saugrenu d'avoir une bonne allemande.

— Oh, l'agence en avait plein. Elles ne coûtent pas plus cher et elles travaillent bien plus dur. Des tas de gens se laissent convertir. »

Il y eut un silence ; Edward buvait son verre à petites gorgées, puis, non parce qu'il voulait savoir, mais parce qu'il trouvait toujours ce moment un peu délicat, il demanda : « Qu'est-ce que tu lisais ?

— Le nouveau Angela Thirkell. Assez amusant, mais je parie que tu ne lis pas de romans. Je me trompe, chéri ?

— Très honnêtement, non. » Il ne lisait pas du tout, en fait, mais par chance elle n'insista pas, si bien que ce détail devint une pierre supplémentaire dans l'édifice de ce qu'elle ignorait de lui. Plus le temps passait depuis qu'ils se connaissaient, plus les éléments de ce genre s'accumulaient.

Elle s'était réinstallée sur le canapé. De là où il se tenait, il avait vue sur sa jolie nuque, que mettait en valeur son épaisse et courte crinière coupée au carré...

« Tu crois qu'on pourrait monter ?

— Je me disais que tu n'allais jamais le proposer. »

Denise faisait une maîtresse merveilleuse – apparemment passive, mais le feu brûlait sous la glace. Elle avait un corps étonnamment voluptueux ; habillée, elle paraissait juvénile, mais, nue, elle était la sensualité incarnée. Il lui dit que c'était déshabillée qu'elle était le plus belle, mais il aurait mieux fait de s'abstenir. « J'ai l'impression d'être une putain ! », et ses grands yeux gris pâle s'emplirent de larmes. Mais ce n'était finalement peut-être pas à cause de cette réflexion, car elle reprit : « J'ai cru comprendre que tu allais en Cornouailles pour tes vacances. » Oui, répondit-il, comment le savait-elle ? « Je suis tombée sur Villy chez le coiffeur. C'était il y a plus d'une semaine, et tu ne me l'as toujours pas dit ! » Il lui expliqua combien il avait horreur de la contrarier. « Tu veux dire que tu serais parti comme ça sans me prévenir ? », et là elle se mit à pleurer pour de bon. Il la prit dans ses bras et la berça en disant bien sûr que non, est-ce qu'elle croyait vraiment qu'il ferait une chose aussi minable ? Bien sûr que non et puis ce n'était que pour une quinzaine de jours. « C'est affreux comme je t'aime. » Il le savait. Il lui refit l'amour et cela sembla la réconforter. « Entre nous, c'est un sacré truc, non ? » commenta-t-elle, sur quoi, ayant plus ou moins acquiescé, il lui rappela qu'il ne ferait jamais rien pour blesser Villy, qu'il aimait aussi. « Et elle est ta femme. » Et puis, elle ne devait pas oublier Nigel, un type formidable qui, comme chacun savait, lui était totalement dévoué... Il consulta sa montre pour pouvoir annoncer plus facilement qu'il lui fallait partir : bon Dieu, regarde-moi l'heure qu'il est, il devait absolument filer. Et il fila, promettant de lui faire signe la semaine suivante, mais ce serait une semaine infernale... il ferait de son mieux.

\*

Polly remonta lentement Church Street en direction de chez elle : le journal ramolli battait autour de ses bougeoirs. C'était une merveilleuse soirée ensoleillée ; le ciel était bleu, un bleu tout en douceur, et les gens avaient une allure estivale. Les lustres dans la boutique de Mrs Crick émettaient de fabuleux reflets bleus et verts à l'éclat surnaturel. Polly se demanda qui les achetait : elle ne voyait jamais personne sortir de la boutique avec un lustre, et elle se dit que des valets de pied venaient sans doute très tôt le matin pour les ramener dans des palais. D'énormes bidons de lait se dressaient devant la crémerie dont les murs, à l'intérieur, étaient couverts de magnifiques carreaux verts, blancs et crème. Polly avait décidé d'avoir une pièce dans sa maison exactement pareille à cette crémerie : pas pour être une crémerie, mais une petite pièce où s'installer pour peindre. Louise avait demandé pourquoi ne pas y élever des crapauds, puisque la pièce serait d'une fraîcheur parfaite pour eux, mais Polly n'aurait que des chats dans sa maison, un chat blanc et un chat magicien noir et blanc aux très longues moustaches. Eh oui, à ce moment-là, Pompée serait mort : il était déjà vieux – au moins huit ans, d'après le vétérinaire –, et avait été renversé par des voitures, sinon tout à fait écrasé, à quatre reprises ; sa queue, cassée au bout, pendait de façon biscornue, et il se déplaçait avec raideur pour un chat. Elle se sermonnait sans cesse pour ne pas penser à sa mort, mais d'autres idées l'y ramenaient quand même, et sa gorge se serrait alors et se mettait à la brûler. Il pourrait vivre encore huit ans, mais elle n'aurait toujours pas sa propre maison à cette date-là. Elle avait économisé vingt-trois livres, quatorze shillings et six pence en vue de l'acheter, mais les maisons valaient des centaines de livres et elle devrait sauver la vie de quelqu'un, peindre le tableau le plus extraordinaire ou découvrir durant l'été un trésor enfoui pour avoir l'argent nécessaire. Ou bien la construire. Dans le jardin, il y aurait la tombe de Pompée. Elle venait de tourner dans Bedford Gardens et était presque arrivée. Elle s'essuya les yeux sur un morceau du journal : il sentait le fish and chips et elle regretta son geste.

Elle dut poser les bougeoirs et l'assiette par terre pour entrer. La porte donnait directement sur le salon en longueur. Maman jouait du Rachmaninov, un prélude, très fort et très vite, si bien que Polly s'assit sans bruit le temps qu'elle finisse. Le morceau était familier parce que Maman le travaillait inlassablement. Un plateau de thé était posé à côté du canapé, mais on n'y avait pas touché : il y avait des sandwichs à la pâte d'anchois et un gâteau au café, mais Polly savait que les manger passerait pour une offense à la musique, et comme sa mère ne tolérerait en aucun cas chez elle une telle absence de mélomanie, Polly patienta. À la fin du morceau, elle s'écria : « Oh, Maman, tu fais vraiment des progrès !

— C'est vrai, tu trouves ? C'est un peu mieux, n'est-ce pas ? »

Sa mère quitta le piano et, d'un pas lourd, traversa lentement la pièce vers Polly et le thé. Elle était grosse à faire peur, pas tout le corps, mais le ventre : Polly aurait un petit frère ou une petite sœur dans quelques semaines.

« Je te sers le thé ?

— S'il te plaît, ma chérie. » Elle s'écroula sur le canapé. Elle portait une robe de lin, vert cendré, qui ne concédait rien à sa grossesse.

« Tu te sens bien ?

— Un peu fatiguée, mais oui, ma chérie, bien sûr que je vais bien. Tu es en vacances, ça y est ?

— Non, c'est demain. Mais on a terminé *Othello*. Vous sortez, ce soir ?

— Je t'ai dit que oui. Au Queen's Hall. *Othello* me paraît une pièce bizarre pour des enfants de votre âge. *Le Songe d'une nuit d'été* m'aurait semblé beaucoup plus adapté.

— Nous lisons tout Shakespeare, alors, forcément, nous en arrivons aux pièces que tu juges bizarres, Maman. C'est Louise qui a choisi. Chacune choisit quelque chose, tu comprends. »

C'était drôle comme, avec les adultes, il fallait répéter indéfiniment les mêmes choses. Peut-être était-ce pour ça que les bébés naissaient avec d'aussi grosses têtes : la tête restait la même et la personne grandissait, mais ça voulait dire que la place dans le cerveau pour se souvenir des choses était limitée et que plus on vivait, plus on en oubliait. Quoi que Maman en dise, elle était fatiguée, elle avait des marques bleutées sous les yeux, le reste de son visage était d'une espèce de blanc verdâtre, et son ventre ressemblait à un ballon sous sa robe. Ce serait nettement mieux si les bébés étaient des œufs, mais les gens pesaient peut-être trop lourd pour les couver. On aurait pu se servir de bouillottes...

« Polly ! Ça fait deux fois que je te demande ! Qu'y a-t-il dans ce journal crasseux ?

— Oh, juste des trucs que j'ai achetés dans la boutique à côté de la boutique d'animaux.

— Qu'est-ce que tu as acheté ? »

Polly déballa l'assiette et la lui montra. Puis elle déballa les bougeoirs et les lui montra. Comme elle l'avait deviné, ils ne remportèrent pas un franc succès.

« Je ne comprends pas pourquoi tu t'obstines à acheter tous ces objets dépareillés. Qu'est-ce que tu vas en faire ? »

Polly étant incapable de mentir, elle s'abstint de répondre.

« Enfin bon, ma chérie, ça m'est égal, mais ta chambre regorge de bric-à-brac. Pourquoi te faut-il toutes ces babioles ?

— Je les trouve jolies, et j'aurai besoin de choses à moi quand je serai grande. Louise a acheté un poisson-chat. Tiens, d'ailleurs, tu achetais quoi quand tu avais mon âge ?

— Ne dis pas "tiens, d'ailleurs" comme ça, Polly, c'est mal élevé.

— Pardon.

— J'achetais des meubles pour ma maison de poupée. Celle avec laquelle tu ne joues jamais.

— J'ai joué avec, Maman, je t'assure. » Elle avait essayé de l'aimer, mais tout était déjà prêt : il n'y avait rien à faire sinon changer la disposition des meubles et des services à thé. Même les poupées avaient déjà des noms, si bien qu'elle n'avait pas du tout l'impression qu'elles étaient à elle.

« Dire que je l'ai gardée toutes ces années pour quand j'aurais une fille... »

Elle regarda Polly si tristement que Polly ne put le supporter.

« Peut-être que le nouveau bébé l'aimera.

— Ça me fait penser : je voulais avoir une petite conversation avec toi à ce sujet. »

Une demi-heure plus tard, Polly monta pesamment dans sa chambre avec ses emplettes. Sa chambre ! On l'en expulsait pour ce fichu bébé. C'était ça la petite conversation. Sa chambre était la plus grande et la plus ensoleillée du dernier étage, et voilà qu'une affreuse nounou et le bébé allaient la récupérer, et qu'elle allait être reléguée dans la petite du fond : à peine la place pour quoi que ce soit. Elle ne pourrait plus contempler l'allumeur de réverbères, le facteur, le laitier ni aucune de ses amies. Elle serait coincée à l'arrière de la maison sans autre vue que les cheminées sur les toits. Simon devait garder sa mansarde sous prétexte que c'était un garçon (mais en quel honneur, pour l'amour du ciel ?). Et ce n'était pas comme si elle était seule en jeu ; il y avait aussi Pompée, qui ne risquait pas de comprendre. « Ce n'est pas juste », marmonna-t-elle. Cela paraissait en effet tellement injuste et tellement abominable que les larmes commencèrent à couler sur son visage. Simon, pensionnaire, était absent presque tout le temps, alors pourquoi lui fallait-il une chambre avec des plafonds en pente et de ravissantes petites fenêtres ? Autant qu'elle vive avec Pompée dans le placard à linge... Pas étonnant que Maman ait fait toute une histoire à propos de sa porcelaine. Il n'y avait de place pour rien dans ce cagibi qui n'était qu'une chambre de substitution. Elle aussi était sûrement une enfant de substitution. Cette pensée la fit sangloter. C'était ça. On ne voulait pas d'elle dans la famille. Elle se jeta sur le sol à côté de Pompée, couché dans un carton de robe sur une couverture qu'elle avait mis une éternité à lui tricoter. Il dormait. Quand elle le réveilla pour lui annoncer la nouvelle, ses yeux, qui s'ouvrirent aussitôt, se changèrent en fentes de plaisir tandis qu'il s'étirait avec volupté sous sa main. Mais lorsqu'elle lui pleura dessus, il éternua et se leva sur-le-champ. Elle avait déjà remarqué qu'il semblait indifférent aux sentiments des autres. Si seulement ils avaient un vrai jardin, il y aurait une brouette, et alors elle pourrait y charger toutes ses affaires et aller habiter chez Louise dont la maison était beaucoup plus grande. Quand ses parents seraient partis à leur concert, elle téléphonerait à sa cousine pour savoir si elle pouvait emprunter leur brouette. Elle entendit la porte d'entrée au rez-de-chaussée, ce qui voulait dire que Papa était de retour.

\*

D'habitude, Hugh Cazalet prenait lui-même le volant. Lire en voiture lui faisait mal aux yeux, et sans rien pour le distraire de la technique du pilote, il s'énervait, avec une irritation plus ou moins prononcée, contre la conduite du chauffeur. Aujourd'hui, toutefois, il avait été saisi d'une de ses migraines juste avant un rendez-vous pour déjeuner qu'il n'avait pas été en mesure d'annuler : liés par d'autres engagements, Edward et le Patriarche ne pouvaient le remplacer auprès de son client, un jeune architecte prometteur travaillant (avec un peu trop de zèle, d'après Hugh) pour le ministère du Commerce. Il avait donc pris un taxi pour se rendre au Savoy, puis mangé du bout des dents avec un parfait inconnu dont il avait constaté assez vite qu'il ne l'appréciait pas beaucoup. Boscombe trouva le moyen de paraître suffisant tout en l'appelant monsieur, ce qui donna à Hugh l'impression d'être un vieux barbon alors qu'il ne devait pas y avoir entre eux plus de six ou sept ans de différence d'âge. L'homme portait en outre un nœud papillon, ce que pour rien au monde Hugh n'aurait fait en l'absence d'un smoking, et des chaussures bicolores caramel et blanc tout aussi critiquables : il était un peu rustre, en résumé. Mais il cherchait des placages pour les ascenseurs d'un grand immeuble de bureaux qu'il avait conçu, ou du moins qu'il supervisait, et la firme Cazalet disposait d'un stock incomparable de bois durs que Hugh était chargé de vendre. La nourriture le requinqua, mais l'alcool s'avéra un problème. La courtoisie exigeait que Hugh boive avec son invité : il prit un sherry à l'apéritif, pensant (comme d'habitude et à tort) qu'il lui ferait peut-être du bien, un peu de bourgogne blanc avec le poisson, et réussit à éviter le porto avec le fromage, mais, à ce moment-là, sa tête lui faisait un mal du diable. Ils convinrent d'une visite aux docks pour que Boscombe puisse examiner des échantillons plus grands que des carrés de dix centimètres, et Hugh fut enfin à même de signer l'addition et de s'échapper. Un autre taxi et il fut de retour au bureau, où il put avaler à nouveau quelques pilules. Il demanda à Mary, sa secrétaire, de prendre ses appels et de ne pas le déranger jusqu'à la réunion, prévue à trois heures et demie, puis s'allongea sur son chesterfield et dormit profondément.

Sa secrétaire le réveilla avec une réjouissante tasse de thé et l'annonce plus réjouissante encore que la réunion était annulée. « Mrs Cazalet a téléphoné pour vous rappeler le concert de ce soir. Oh, et Mr Cazalet père a dit que Carruthers vous ramènerait chez vous. »

Il la remercia, agacé, et elle se retira. Dans ce satané bureau, les nouvelles se répandaient à toute allure, et on le traitait comme un vieux birbe sous prétexte qu'il avait un peu mal à la tête. La rage et l'humiliation que lui causait son malheureux organisme se déchargeaient sur tous ceux qui tenaient compte de ses douleurs : son père, pour prendre la liberté de lui commander un chauffeur, sa secrétaire, pour raconter à tout le monde qu'il faisait une petite sieste. Cette idiote ne pouvait donc pas la fermer ? Il aurait pu se faire ramener par Edward, s'il avait voulu un chauffeur, et emmener Sybil au concert en taxi. Il alluma une Gold Flake pour se calmer, et rejoignit sa table de travail afin d'appeler Edward par l'interphone. Mais son frère était parti, l'informa la secrétaire d'Edward, il était parti il y a une demi-heure. Une photo de Polly et Simon était posée sur son bureau. Simon regardait fixement l'appareil avec une expression de bravade affirmée ; souriant dans son uniforme scolaire gris composé d'une chemise et d'une culotte courte, il avait un voilier modèle réduit sur ses genoux marqués de cicatrices. Quant à Polly, sa chère Polly, elle était assise en tailleur dans les herbes hautes : rêveuse, elle ne regardait pas son frère, mais quelque part au loin. Elle portait une robe sans manches qui avait légèrement glissé sur une de ses épaules osseuses et sa mine était à la fois sévère et vulnérable. « Je réfléchissais », avait-elle expliqué quand il avait pris le cliché et lui avait demandé ce qui se passait. Polly ! Elle était comme un trésor secret pour lui. Chaque fois qu'il pensait à elle il se sentait béni des dieux. Il n'avait jamais dit à personne à quel point elle comptait pour lui, pas même à Sybil, qui, décidément, et il était parfois obligé de lui en faire la remarque, cajolait un peu trop Simon. Enfin bon, un troisième enfant viendrait équilibrer les choses... Il écrasa sa cigarette, récupéra son chapeau et se mit en quête de Carruthers.

\*

Louise s'ennuya un peu pendant le thé avec Lydia et Nanny, car Maman n'était pas encore rentrée. Certes elle montra son poisson-chat à Lydia, mais celle-ci ne lui manifesta aucun intérêt. « Les poissons sont barbants, dit la fillette. À moins que tu lui apprennes à se laisser caresser... » Elle ne quitta pas sa veste d'équitation de tout le goûter : elle mourait de chaud, avait les joues écarlates et mit du miel sur une des manches. Cette bévue provoqua un esclandre : Nanny nettoyait toujours cette pauvre Lydia comme s'il s'agissait d'une punition. Louise s'esquiva de la nursery dès la fin du goûter en prétextant des devoirs à faire. L'ennui avec les gens de six ans c'était qu'ils étaient en réalité d'une compagnie assez assommante, et Louise avait beau aimer Lydia, elle avait hâte que sa sœur atteigne un âge plus raisonnable. Mais, si ça se trouve, elle ne me rattrapera jamais : j'aurai toujours lu les livres avant elle, ou bien, lorsqu'elle aura le droit de descendre dîner avec les grands ou pourra décider de l'heure de son coucher, je jouirai moi-même de cette faveur depuis des années et la chose n'aura plus du tout l'air d'un privilège. Sauf que, bien sûr, quand elles seraient grandes, cela n'aurait plus d'importance, car les adultes, grosso modo, se valaient tous quel que soit leur âge.

Elle flâna jusque dans l'entrée où l'*Evening Standard* avait été glissé par la fente de la boîte aux lettres, et l'emporta sur son perchoir au-dessus du monte-plats. Excellent poste d'observation, il lui permettait d'intercepter Maman dès son retour et la protégeait de Lydia au cas où la gamine l'aurait cherchée. Les journaux s'avéraient en général assommants, à part la rubrique théâtre et la page de quelqu'un du nom de Corisande, qui semblait aller à des tas de fêtes somptueuses et décrivait les tenues dans un style ému pétri d'admiration. Elle essaya de trouver une photo de John Gielgud pour sa collection, mais il n'y en avait pas. La maison semblait extrêmement silencieuse : rien que le tic-tac de l'horloge de parquet dans la salle à manger. Pas la peine d'aller déverrouiller la bibliothèque du salon pour lire un des romans dont Maman disait qu'ils n'étaient pas de son âge, car Maman, justement, risquait de rentrer d'une minute à l'autre. Sinon, ne lui venaient à l'esprit que des distractions qui ne la tentaient pas : dessiner la carte des îles Britanniques comme l'avait demandé Miss Milliment, tâcher de vendre à Edna un pot de leur crème pour le visage avant qu'elle ne devienne trop liquide, passer du temps avec son poisson-chat (la remarque de Lydia lui avait un peu gâché le plaisir), relire *Black Beauty* et pleurer un bon coup, ou travailler au cadeau de Noël de Maman – un étui à aiguilles brodé dans un minuscule point de croix au motif assez terne dont elle s'était lassée. C'était sa vie et elle la gaspillait ; les minutes s'égrenaient, et tout ce qui se passait, c'était qu'elle respirait et qu'elle vieillissait. Et si rien ne se produisait de toute son existence ? Si elle demeurait simplement là, au-dessus du monte-plats, à vieillir ? On serait obligé de lui faire parvenir des vêtements plus grands et des sandwichs, et comment irait-elle aux toilettes ? Il y avait bien des gens qui vivaient sur des colonnes, des saints un brin crasseux l'avaient fait. Mais pas elle, parce qu'elle devait donner à manger à Ferdie et au poisson... Sauf que, si elle pouvait partir en vacances en les laissant à Emily ou à Phyllis, elle pouvait tout à fait vivre sur une colonne. N'importe qui serait ravi de nourrir des oiseaux ou des poissons appartenant à une sainte. L'ennui quand on était une sainte c'était que la situation ne semblait pas très agréable sur le moment, c'était seulement après, aux yeux des autres, après la mort de l'intéressée. Opérer un miracle serait merveilleux... être une martyre, non. Mais peut-être qu'on pouvait être une sainte sans être une martyre...

Elle entendit un taxi. « Faites que ce soit elle. S'il vous plaît, mon Dieu, faites que ce soit elle. »

Dieu accéda à sa demande : c'était elle. Louise sauta de son perchoir au moment précis où sa mère ouvrait la porte. Elle portait trois énormes boîtes qui avaient l'air de contenir des robes. Louise se précipita pour enlacer Villy et une des boîtes tomba.

« Chérie ! Ce que tu peux être maladroite ! »

Louise rougit. « Je sais, admit-elle avec insouciance. Je crois que je suis née comme ça.

— C'est parce que tu ne regardes pas ce que tu fais. » Cette remarque lui parut d'une telle absurdité – soit on faisait quelque chose, soit on regardait, mais on ne pouvait pas regarder ce qu'on faisait – qu'elle prit les boîtes et monta pesamment à l'étage sans un mot.

Villy retirait ses gants et vérifiait s'il y avait des messages sur la table de l'entrée. « Madame, Mrs Castle a téléphoné. Pas de message.

— Louise ! N'ouvre pas ces boîtes avant que j'arrive ! Louise !

— Oui. Non, je veux dire, je ne vais pas les ouvrir. »
Villy se rendit dans le petit bureau sombre où elle réglait les factures de la maison et où se trouvait le téléphone. Sa sœur ne laissait jamais de message quand elle appelait, en général parce que ce qu'elle avait à dire était trop déprimant et compliqué pour être transmis dans un message. Elle donna le numéro à l'opératrice et, tandis qu'elle attendait que Jessica réponde, elle se demanda avec une appréhension qu'elle savait égoïste ce dont il pouvait s'agir cette fois-ci. Elle n'avait pas beaucoup de temps pour se changer, et elle devait préparer les affaires d'Edward...

« Jessica ! Bonjour. J'ai eu ton message. Qu'est-ce qui se passe ?
— Je ne peux pas te le dire, là. Mais je me demandais si on pouvait déjeuner demain.
— Chérie, c'est vendredi. C'est le jour où Miss Milliment reste déjeuner, et puis c'est la fin des cours pour Louise, et Teddy rentre de pension... Bien sûr, tu pourrais te joindre à nous, mais...
— Nous ne pourrions pas discuter. Je comprends bien. Mais si je venais un peu tôt, est-ce que tu crois...
— Oui, viens tôt. Il y a un problème, j'imagine ?
— Pas exactement. Raymond a eu une nouvelle idée.
— Oh, Seigneur !
— Je te raconterai demain. »

Villy raccrocha. Pauvre Jessica ! La plus belle de la famille, un an de moins, mais mariée la première à vingt-deux ans, juste avant la bataille de la Somme, dans laquelle son mari avait eu une jambe emportée et, pire, les nerfs très ébranlés. Il venait d'une famille pauvre ; il aurait dû faire carrière dans l'armée. Il possédait autrefois, et possédait encore, d'une certaine façon, un charme naturel immense ; tout le monde l'aimait. Son caractère coléreux et son incapacité congénitale à se tenir au moindre projet n'affleuraient qu'après que vous aviez mis votre argent dans son élevage de volaille ou, dans le cas de Jessica, que vous l'aviez épousé. Jessica avait beau ne jamais se plaindre, il était évident qu'elle trouvait la vie de sa sœur idéalement insouciante, et cette comparaison tacite effrayait Villy. Si, en effet, elle avait tout, pourquoi se sentait-elle si frustrée ? Elle monta lentement à l'étage en essayant de ne pas approfondir ce mystère.

\*

Quand Polly fut montée, boudant de toute évidence, Sybil sonna pour qu'Inge débarrasse le plateau du thé. Elle était épuisée. Avoir un autre bébé après un si long intervalle semblait décidément tout bouleverser. La maison n'était pas assez grande pour eux, mais Hugh l'adorait. Quand Simon était là, pendant les vacances, et que Polly se trouvait dans les lieux elle aussi toute la journée, ils n'avaient aucun endroit où se réfugier à part leurs chambres. Nanny Markby avait bien fait comprendre que la nursery n'était pas censée accueillir les aînés. Bien sûr, ils seraient tous dans le Sussex cet été, mais Noël risquait de se révéler très difficile. Elle s'extirpa du canapé pour aller refermer le piano. Elle ne se rappelait pas avoir autant souffert du dos lors de ses précédentes grossesses.

Inge entra. Elle s'immobilisa dans l'encadrement de la porte en attendant qu'on lui dise quoi faire. Une domestique anglaise n'aurait pas eu besoin qu'on la guide, songea Sybil. « Voulez-vous débarrasser le plateau du thé, je vous prie, Inge ? »

Elle regarda la jeune fille empiler les assiettes et charger le plateau. Elle ne payait pas de mine : une large charpente et un teint blafard, des cheveux gras d'un blond filasse et des yeux bleu pâle un peu globuleux, dont l'expression était soit éteinte, soit fuyante. Sybil était gênée par l'aversion instinctive qu'elle éprouvait envers Inge. S'ils n'avaient pas été sur le départ, elle se serait séparée d'elle, mais elle ne voulait pas que Hugh ait à se débattre avec une nouvelle recrue en son absence. Quand le plateau fut chargé, Inge dit : « La cuisinière veut safoir à quelle heure vous foulez dîner.

— Sans doute pas avant dix heures... après le concert. Dites-lui de laisser le nécessaire dans la salle à manger, puis elle pourra aller se coucher. Et Miss Polly prendra son dîner sur un plateau dans sa chambre à sept heures. »

Inge ne répondant pas, Sybil demanda : « Vous m'avez comprise, Inge ?

— *Ja*, répondit la bonne, les yeux braqués sur le ventre de Sybil, sans bouger.

— Merci, Inge. Ce sera tout.

— Vous êtes très grosse pour un seul bébé.

— Vous pouvez disposer, Inge. »

Après un silence et un infime haussement d'épaules, l'Allemande finit par se retirer avec le plateau.

Elle ne m'aime pas non plus, se dit Sybil. La façon dont la bonne l'avait regardée avait quelque chose de... elle ne trouvait pas le mot. Quelque chose d'assez horrible, un œil froid et critique. Elle grimpa l'escalier avec lassitude jusqu'à sa chambre, se dépêtra de sa robe verte et enfila son kimono. Remplissant d'eau chaude le lavabo, elle se lava le visage et les mains. Dieu merci, ils avaient fait poser un lavabo dans leur chambre : la salle de bains se trouvait sur un palier un demi-étage au-dessus, et gravir les marches était très éprouvant pour elle. Elle se déchaussa et enleva ses mi-bas. Elle avait les chevilles enflées. Ses cheveux qui, disait Hugh, avaient la couleur de l'acajou brut, étaient coiffés en un petit chignon sur sa nuque et coupés court sur son front. Une frange à la Du Maurier, disait aussi Hugh. Elle dégagea les épingles puis secoua la tête pour libérer sa chevelure. En réalité, il n'y avait que *déshabillée*\* qu'elle se sentait mieux. Elle jeta un coup d'œil au lit conjugal et ne résista pas à l'envie de s'y étendre.

Pour une fois, le bébé ne donnait pas de coups de pied. C'était merveilleux d'être allongée. Attrapant un oreiller sous le dessus-de-lit, elle installa sa tête dessus et s'endormit presque tout de suite.

\*

Edward, conscient d'être passablement en retard, se faufila dans la maison, posa son feutre sur la table de l'entrée et grimpa les marches deux à deux avant de pénétrer directement dans la chambre. Là il trouva Louise, comme déguisée, et Villy assise devant sa glace en train de se peigner.

« Bonjour, bonjour, lança-t-il.

— Je suis Simpson, annonça Louise.

— Bonjour, chéri », dit Villy, tournant son visage vers son mari pour qu'il l'embrasse. Un petit pot de fard à joues était ouvert sur la coiffeuse assez peu garnie.

Edward pivota pour serrer Louise dans ses bras, mais elle se raidit et se déroba. « Papa ! Je suis *Simpson* !

— Et je ne peux décemment pas accepter que tu embrasses ma femme de chambre », intervint Villy.

Il croisa son regard dans le miroir de la coiffeuse et lui fit un clin d'œil. « Je suis absolument navré. Je ne sais pas ce qui m'a pris. J'ai le temps de prendre un bain ?

— Simpson, pourriez-vous faire couler un bain pour Mr Cazalet ? Ensuite, vous pourrez me sortir mes grenats.

— Oui, madame. » Dans le rôle de Simpson, Louise se dirigea vers la porte, puis elle se souvint. « Papa ! Tu n'as pas remarqué !

— Remarqué quoi ? »

Louise désigna sa mère, eut un geste pour indiquer sa propre tenue, et chuchota quelque chose qui ressemblait à « toi ». Puis elle tapa du pied et s'écria : « Papa, ce que tu peux être stupide !

— Ça suffit, Louise.
— Maman, je m'appelle Simpson.
— Alors va tout de suite faire couler le bain de Mr Cazalet, ou j'irai chercher mes grenats moi-même.
— Très bien, j'y vais, madame...
— De quoi parlait-elle ?
— J'ai une nouvelle robe. » Villy se leva pour la lui montrer. « Elle te plaît ?
— Ravissante. Vraiment très jolie. Elle te va bien. » En toute honnêteté, il la trouvait assez triste. « Hermione te l'a faite ?
— Oh, non, mon chéri. Elle était en solde. À vrai dire, j'en ai acheté trois. J'ai un peu mauvaise conscience.
— Tu as tort. » Il se sentait d'humeur enjouée, tout à coup. « J'aime que tu sois bien habillée, tu le sais. »
Lorsqu'il eut disparu dans son dressing, Villy se planta devant sa grande glace. Il n'avait pas été très emballé par la robe. Que voulez-vous, les hommes ne se rendaient pas compte. C'était une robe pratique, parfaite pour aller au théâtre, et qui lui allait bien ; la berthe autour du décolleté dissimulait ses seins petits et tombants. À force de les bander pour avoir l'allure de garçonne en vogue dans les années vingt, ils avaient perdu leurs muscles. Tous les matins, à l'insu d'Edward, elle faisait des exercices dans l'espoir de les raffermir, mais ils n'avaient pas l'air de s'améliorer. Le reste de sa silhouette était en bon état. Elle se rassit à sa coiffeuse et appliqua avec soin sur ses joues deux légères touches de rouge : Maman lui avait toujours dit que le maquillage était vulgaire et Edward prétendait ne pas en raffoler, mais elle avait remarqué que les femmes qu'il semblait trouver le plus divertissantes ne lésinaient pas dessus. Hermione, par exemple. Bouche écarlate, ongles peints et mascara bleu nuit... Elle prit son rouge à lèvres dans le tiroir et en mit à peine un soupçon. Comme il était carmin foncé, le résultat s'avéra assez étrange, et elle frotta ses lèvres l'une contre l'autre pour

l'étaler. Une goutte d'Origan de Coty derrière les oreilles et elle était fin prête.

Louise revint et les grenats furent extraits de leur mince écrin en cuir quelque peu cabossé : des grenats XVIIIe taillés en baguette, un collier et des pendants d'oreilles assortis. Elle attacha les boucles d'oreilles pendant que Simpson bataillait avec le fermoir du collier.

« Vous pourrez me sortir mon velours frappé et mon sac perlé marron pendant que je vais dire bonne nuit à Miss Lydia.

— Très bien, madame. Madame, Maman, je suis obligée de dîner avec Nanny ? Je ne pourrais pas avoir simplement un plateau dans ma chambre ?

— Ça alors, pourquoi donc ?

— Elle est atrocement ennuyeuse à table. Elle l'est tout le temps, mais on le remarque encore plus à table.

— Tu ne crois pas que ça risque de la vexer ?

— Je pourrais dire que j'ai mal à la tête.

— Bon, d'accord. Juste pour ce soir. »

Lydia était déjà couchée dans la nursery de nuit. Elle avait encore ses nattes et de petites vrilles humides s'échappaient autour de ses oreilles. Elle portait une chemise de nuit de flanelle bleue. Sa veste d'équitation était drapée sur une chaise près de son lit. Les rideaux étaient tirés, mais la lumière d'été du soir s'infiltrait par les interstices entre les anneaux et par la fente, au milieu, où les deux pans ne se rejoignaient pas tout à fait. La fillette se redressa dès que sa mère pénétra dans la pièce, et s'écria : « Oh, quel beau hibou tu fais ! »

Villy fut irrésistiblement touchée. « Mais je ne peux pas chanter d'une voix aussi douce et charmante que la Minette[1].

— Tu es douce et charmante. Louise a dit que vous

---

1. Allusion au poème-comptine d'Edward Lear « The Owl and the Pussy-cat » (Le hibou et le chaton).

alliez au théâtre. Quand est-ce que je pourrai aller voir une pièce ?

— Quand tu seras plus grande. À Noël, peut-être.

— Louise a dit que s'il y avait un incendie dans un théâtre, les gens ne pourraient pas sortir. Il n'y aura pas d'incendie dans ton théâtre, dis ?

— Bien sûr que non. Et les gens peuvent sortir.

— Tu pourrais avoir un accident de voiture.

— Ma chérie, non. Pourquoi est-ce que tu t'inquiètes ?

— Je ne veux pas qu'il t'arrive quelque chose. Jamais.

— Ma chérie, il ne m'arrivera rien », et Villy se demanda pourquoi cette affirmation la rendait triste.

« J'adore ma veste de cavalière. Tu veux bien défaire mes nattes, s'il te plaît ? Elles sont beaucoup trop serrées pour la nuit. Nan prépare toujours les choses pour le jour d'après ; elle ne pense jamais au moment présent. Elles me font mal ! Elles m'arrachent tous les cheveux. »

Villy défit les élastiques et dénoua les tresses trop serrées. Lydia secoua la tête. « Bien mieux, Maman. Surtout, je compte sur toi pour revenir. Tu es plutôt vieille, et les vieilles personnes doivent faire attention. Tu ne fais pas vieille, ajouta-t-elle loyalement, mais je sais que tu l'es. Après tout, je te connais depuis toujours. »

La bouche de Villy se contracta, mais elle dit : « Je comprends. Bon, il faut que je file, mon canard. » Elle se pencha. Quand Lydia la serrait dans ses bras, la fillette retenait sa respiration, si bien que les câlins ne pouvaient durer très longtemps. « S'il te plaît, dis à Nan que c'est toi qui as défait mes nattes.

— Oui. Dors bien. À demain matin. »

Elle alla parler à Nanny. Lorsqu'elle redescendit du dernier étage, Edward émergeait de son dressing, embaumant l'eau de lavande et absolument magnifique dans son smoking ; Louise tapait du pied contre la plinthe à l'entrée de la chambre de sa mère.

« Tu lui as dit ? s'enquit-elle aussitôt.

— À Nan ? Oui, oui. Où est mon manteau, Simpson ?

— Sur ton lit. Et je ne suis plus Simpson : j'ai enlevé mon tablier. Maman, tu n'as pas vu mon nouveau poisson-chat, ajouta-t-elle en la suivant dans la chambre.

— Ça attendra demain.

— Oh, non, viens le voir maintenant. Il ne sera plus nouveau demain.

— Louise, nous devons vraiment y aller... »

Edward, désormais dans le vestibule, cria : « Villy ! Grouille-toi ! On va être en retard.

— Oh, Maman ! Ce n'est pas juste ! Ça ne te prendrait qu'une seconde !

— Tu me fatigues, Louise. » Tandis qu'elle passait devant la chambre de sa fille en gagnant l'escalier, elle ajouta : « Il y a une sacrée pagaille là-dedans. Combien de fois t'ai-je dit que ce n'était pas gentil envers les domestiques de laisser ta chambre dans un état pareil ? »

Suivant sa mère, Louise, boudeuse, marmonna : « Je ne sais pas. » Au pied de l'escalier, Villy se retourna : « Range-la, ma chérie, tu seras mignonne. Allez, bonne nuit. » Elle se pencha pour embrasser sa fille, qui tendit son visage sans souffler mot, d'un air de sacrifice.

« Bonne nuit, Lou », cria Edward. La porte d'entrée claqua et ils disparurent. Il n'y avait que trois petites choses sur le sol ! Comme si ça faisait une sacrée pagaille ! Quand les choses étaient sur le sol, on pouvait les voir, on savait donc où elles étaient. Parfois les adultes exagéraient et les enfants en faisaient les frais. Au moins, demain, Teddy serait là et elle aurait quelqu'un d'intéressant à qui parler. Un jour, elle jouerait dans une pièce à Londres, et ses parents, alors affreusement vieux, viendraient la voir et la supplieraient de dîner avec eux après le spectacle, mais John Gielgud et elle seraient attendus à une réception du plus grand chic. « Vous êtes trop vieux, je le crains, serait-elle obligée de leur expliquer. Vous feriez mieux d'aller vous coucher avec un bol de Grape-Nuts sur un plateau. » Cette pensée la rasséréna, et elle alla dans le salon. Ouvrant la bibliothèque fermée à clé, elle y prit *La Passe dangereuse* de Somerset Maugham et monta avec à l'étage. Dans la chambre de ses parents, elle essaya le fard à joues de Maman, et pendant qu'elle était en train de se barbouiller, Edna entra pour préparer les lits.

« Vous devriez pas faire ça, Miss Louise.

— Je sais, répondit-elle avec hauteur. Mais il faut bien que je sache ce que ça fait, puisque, quand je serai actrice, je serai couverte de maquillage. Tu ne le répéteras pas, d'accord ?

— On verra ça », dit Edna, étalant sur le matelas le pyjama de Mr Edward, une merveille de soie couleur lie-de-vin, enchantée d'accomplir pour une fois la mission de Phyllis.

Finalement, et pour plus de sûreté, Louise dut lui donner un pot – le plus petit – de Crème Prodigieuse en échange de son silence.

\*

Une des choses qui déplaisaient le plus à Hugh chez la bonne, c'était la manière dont, le soir, elle semblait toujours être à l'affût de son retour. Ce soir, il eut à peine le temps de retirer la clé de la serrure qu'elle était là. Elle essaya de s'emparer de son chapeau au moment où il le posait sur la table de l'entrée. Résultat, il tomba par terre.

« Je suis fenue votre manteau pour prendre », expliqua-t-elle en ramassant le chapeau. On aurait dit une accusation aguicheuse, songea-t-il, se répétant pour la millième fois d'éviter les préjugés contre les Allemands.

« Je n'ai pas de manteau, dit-il. Où est Mrs Cazalet ? »

Inge haussa les épaules. « Montée elle est un moment. » Se tenant toujours beaucoup trop près de lui, elle ajouta : « Vous foulez je fais un verre de whisky ?

— Non, merci. » Il fut bel et bien obligé de la frôler pour monter l'escalier. L'ascension lui provoqua un élancement dans la tête ; il s'aperçut qu'il appréhendait le Queen's Hall, mais il était tellement horrifié à l'idée de décevoir Sybil que rien n'aurait pu l'inciter à le lui avouer.

Elle était couchée sur le flanc, à moitié enveloppée du kimono de soie vert que le Patriarche avait rapporté de Singapour (chaque belle-fille en avait eu un, mais la Duche avait choisi les couleurs : vert pour Sybil, bleu pour Viola et pêche pour Zoë), ses pieds minces déchaussés d'un blanc émouvant, un bras tendu sur lequel un écheveau de veines délicates courait de l'intérieur de son poignet jusque dans la paume de sa jolie main. Lorsqu'il se pencha sur elle, un sein, dur comme du marbre, blanc et veiné, le bouleversa : ses membres semblaient trop fragiles pour soutenir l'énorme masse de son corps.

« Hé bonjour ! » Elle tapota le lit. « Raconte-moi ta journée.

— Assez banale. Tu as vu le médecin ? »

Elle opina, remarquant sur la tempe de Hugh le petit tic nerveux au-dessus de son œil droit. Le pauvre trésor avait eu une de ses migraines.

« Qu'a-t-il dit ?

— Eh bien, en fait, d'après lui, même s'il n'a pas pu distinguer le battement des deux cœurs, nous avons sans doute Tralali en plus de Tralalère.

— Oh, mon Dieu ! » Il fut tenté de dire : « Pas étonnant que tu sois exténuée », mais ce n'était pas ce qu'il pensait, ou seulement en partie.

« Cela ne t'inquiète pas ? » Cela l'inquiétait, elle : elle se demandait si Nanny Markby réussirait à s'occuper de deux enfants ; si Hugh consentirait à déménager ;

si l'accouchement se révélerait deux fois plus douloureux...

« Bien sûr que non. C'est très excitant. » Il se demandait comment diable il assumerait les frais de scolarité si c'étaient des garçons.

Sybil se redressa avec effort pour s'asseoir sur le bord du lit. « Ça explique un peu que je fasse la taille d'une maison... Je ne l'ai pas dit à Polly, au fait.

— Tu ne crois pas, compte tenu de cette nouvelle, qu'il vaudrait mieux t'abstenir d'aller dans le Sussex ?

— Je n'y resterai pas si longtemps que ça. Une petite semaine. Sinon, je verrai à peine Simon. » Son dos lui faisait encore mal. À moins que ce ne soit d'être restée dans la même position.

« Tu veux vraiment sortir ce soir ?

— Bien sûr que oui. » Elle était résolue à ne pas le décevoir. « Sauf si toi tu n'en as pas envie ?

— Ah, mais si. Tout va bien. » Il savait quel prix elle attachait aux concerts. Il allait reprendre des cachets ; ils lui permettaient en général de tenir. « Où est Polly ?

— En haut à faire la tête, j'en ai peur. J'ai dû l'avertir de son déménagement. Elle en fait toute une histoire.

— Je monte en vitesse lui dire bonne nuit. »

\*

À plat ventre sur le sol, Polly dessinait ce qui ressemblait à une carte. Ses cheveux raides et soyeux, plus dorés et moins roux que ceux de sa mère, pendaient de chaque côté de la résille en velours noir censée les retenir, cachant son visage.

« Coucou, me voilà.

— Je sais. Je connais ta voix.

— Qu'est-ce qui se passe, Poll ? »

Il y eut un silence, puis Polly déclara d'un ton distant : « Tu ne dois pas dire "me voilà", mais "me voici". J'aurais cru que tu le savais.

— Me voici.
— Je sais. Je connais ta voix.
— Qu'est-ce qui se passe, Poll ?
— Rien. Je déteste les devoirs de géographie. » Elle planta violemment son crayon dans le papier, qu'elle transperça. « Bravo, tu m'as fait bousiller ma carte ! » Elle lui adressa un regard de reproche mêlé d'angoisse et deux larmes jaillirent de ses yeux.

Il s'assit par terre et passa son bras valide autour de sa fille.

« Ce n'est pas juste ! Simon a la plus belle chambre ! Il reçoit un cadeau chaque fois qu'il revient de pension et pas moi ! Il reçoit un cadeau la veille de chaque nouveau trimestre et pas moi ! Un chat, ça ne se déménage pas, ça revient toujours dans sa pièce habituelle, et je déteste cette nouvelle nounou : elle sent l'éther et elle n'aime pas les filles. Elle n'arrête pas de parler de mon petit frère. Qu'est-ce qu'elle en sait, d'abord ? Si vous continuez comme ça, tous tant que vous êtes, j'irai vivre chez Louise. Je serais partie depuis longtemps si Pompée acceptait de monter dans une brouette ! » Elle reprit son souffle et guetta la réaction indignée de son père : il sut à cela qu'elle allait déjà mieux.

« Je ne supporterais pas que tu me quittes pour aller vivre chez Louise, dit-il.

— Cela t'horrifierait vraiment profondément ?
— Sans l'ombre d'un doute.
— C'est déjà ça. » Elle essayait de prendre un ton bougon, mais il voyait qu'elle était contente.

Il se releva. « Allons jeter un coup d'œil à ta nouvelle chambre, voir comment on pourrait l'arranger.

— Si tu veux, Papa. » Elle chercha sa main, mais c'était le mauvais bras. Donnant une rapide petite caresse à la chaussette de soie noire qui enfermait son moignon, elle dit : « Ce n'est pas grave du tout, par rapport à une tranchée pendant la guerre : je suis sûre que je finirai par en raffoler à la longue. »

Sa mine était sévère tant elle s'évertuait à cacher le souci qu'elle se faisait pour lui.

\*

Dès que ses parents furent partis, Polly se précipita sur le téléphone qui se trouvait au fond du salon près du piano. Elle décrocha et plaça le combiné contre son oreille. Bientôt, l'opératrice dit : « Numéro, s'il vous plaît.
— Park, un, sept, huit, neuf. » Il y eut un déclic, puis Polly entendit la sonnerie et pria pour que ce ne soit pas Tante Villy qui réponde.
« Allô ?
— Allô ! Lou ! C'est moi... Polly. Tu es toute seule ?
— Oui. Ils sont allés au théâtre. Et les tiens ?
— Au concert. Je t'appelle parce que je vais avoir une nouvelle chambre. Mon père dit que je peux la faire peindre de la couleur que je veux. Que penserais-tu de noir ? Et puis il va faire poser des étagères partout sur les murs pour mes bibelots... partout jusqu'en haut pour que je puisse tout caser ! Du noir, ça irait bien pour la porcelaine, non ? »

Il y eut un silence au bout du fil. Puis Louise objecta : « Les gens n'ont pas de murs noirs, Polly, j'aurais cru que tu savais ça.
— Pourquoi pas ? Les gens portent bien des vêtements noirs et il existe des tulipes noires.
— *La tulipe noire*\* était en fait d'un rouge très foncé. Je le sais, j'ai lu le livre. D'un certain Alexandre Dumas. C'est un livre français, en fait.
— Tu ne sais pas lire le français.
— Il est tellement célèbre qu'on le trouve en anglais. Et je sais lire le français, ajouta-t-elle, peut-être pas au point de le comprendre parfaitement, mais bien sûr que je sais le lire. »

Louise semblait d'une humeur massacrante, et Polly prit des nouvelles du poisson-chat.

« Il va bien, mais il n'a pas l'air de trop se plaire avec les autres poissons. » Puis, tandis que Polly cherchait un autre sujet apaisant, elle poursuivit : « Je m'ennuie à cent sous de l'heure. J'ai mis plein de fard sur mes joues et je lis un roman qui s'appelle *La Passe dangereuse*. Il y a du sexe dedans. Mais il est loin de valoir *Persuasion*.

— Tu crois que du rouge foncé, ce serait bien ?

— Tu pourrais prendre du papier imitation ciel et coller dessus une frise avec des mouettes de différentes tailles. Qu'est-ce que tu en dis ?

—. On ne les verrait pas avec toutes les étagères.

— Surtout, ne mets pas de blanc crème, c'est trop barbant. Tout est couleur crème ici, comme tu sais. Ça va avec tout, d'après Maman, mais pour moi ça veut juste dire qu'on ne remarque rien. Prends du rouge foncé, ajouta-t-elle dans un sursaut de générosité. Tu as fait ta carte de géographie ?

— Je l'avais faite, mais je l'ai abîmée. Et toi ?

— Non. Rien que d'y penser, les bras m'en tombent. À quoi bon dresser la carte d'un endroit qui en a déjà une ? Si encore c'était une île déserte inexplorée... Tu veux que je te dise ? La vie qu'on nous impose n'a aucun sens. Pas étonnant que je m'ennuie à mourir.

— Évidemment, pour eux, c'est facile, renchérit Polly, entrant dans le jeu de sa cousine. C'est pas eux qui doivent potasser après le dîner pour apprendre les dates des rois d'Angleterre, retenir les exportations australiennes ou faire des divisions à rallonge à propos de sacs de farine.

— Je suis complètement d'accord avec toi. Bien sûr, ils prétendent que tout ça, ils le savent déjà, mais c'est simple comme bonjour de les prendre en défaut. La vérité, c'est qu'ils ne pensent qu'à leur plaisir. » Cette coalition contre leurs parents avait enfin adouci Louise.

« Ils ne nous laissent même pas finir les cours à temps

pour aller chercher Teddy et Simon. Eux ils peuvent y aller et pas nous. Ça non plus, c'est pas juste.

— En fait, Polly, c'est à double tranchant. Teddy et Simon n'aiment pas qu'on vienne les chercher... sauf si c'est Bracken.

— Pourquoi ça ?

— À cause des autres garçons. Les pères, ça va, mais les mères sont trop risquées, avec leurs tenues ridicules et leur côté expansif. »

Louise ne dit rien des sœurs, et Polly se garda de l'interroger. Elle tenait tellement à ce que Simon ait une bonne opinion d'elle qu'elle préféra ne pas insister.

« Demain à cette heure-ci ils seront rentrés. Ils auront droit à un dîner spécial.

— On y aura droit aussi.

— Mais ce n'est pas nous qui le choisissons. Dis donc, Polly, ce fard à joues... pas moyen de le faire partir.

— Essaie de baver dans ton mouchoir et de frotter.

— Tu penses bien que j'ai essayé. Le rouge déteint sur le mouchoir et reste quand même sur ma figure. Je n'ai pas envie de passer toute la nuit avec.

— Essaie un peu de Crème Prodigieuse.

— Tu as raison. J'en ai donné un pot à Edna. C'est quoi le dîner pour Simon ?

— Du poulet rôti et des meringues. Et celui pour Teddy ?

— Du saumon froid avec de la mayonnaise et du soufflé au chocolat. Je déteste la mayonnaise. Je prendrai mon saumon sans sauce. »

Leurs plateaux arrivèrent, mais elles continuèrent à bavarder, si bien qu'en définitive la soirée se révéla très agréable.

*

« Hé ! Dis ! Tu es réveillé ? »

Simon ne répondit pas. Il en avait marre de Clarkson.

Il demeura étendu sans bouger car il ne faisait pas complètement noir dans le dortoir et Clarkson devait être en train de l'observer.

« Écoute, Cazalet junior, je sais que tu es réveillé. Je voulais seulement te demander un truc. »

Quelle foutue malchance d'être coincé dans un dortoir de trois, surtout quand Galbraith était le troisième. C'était lui le plus âgé, un élève de sixième, mais il était fou des chouettes et avait l'habitude de sortir après l'extinction des feux pour aller les épier. Au fond, Simon ne lui en voulait pas car il leur avait bien graissé la patte, non seulement avec des barres chocolatées, mais aussi des cartes-images de paquets de cigarettes extrêmement rares : Galbraith ne collectionnait que les cartes d'histoire naturelle. Toujours est-il qu'il se retrouvait coincé avec Clarkson, qui était obsédé par des sujets que Simon n'avait tout simplement aucune envie d'aborder.

« Enfin quoi, comment elles savent que c'est le pipi qui va sortir... et pas l'autre truc ?

— Je ne sais pas.

— Enfin quoi... j'ai vérifié et il n'y a qu'un seul endroit. Tu crois que Davenport s'est trompé ?

— Pourquoi tu lui demandes pas si tu es si curieux ?

— C'était pas à moi qu'il parlait, mais à Travers. Je ne peux pas lui demander, c'est un *prefect*. Comme si tu ne le savais pas, ajouta-t-il.

— Donc, ça ne te regardait pas, je me trompe ? Et si tu la fermais un peu ?

— Et si tu allais te faire cuire un œuf ? Et si tu t'attachais deux pierres autour des pieds et que tu sautais dans la piscine ? Et si tu... » Clarkson était lancé, et parti pour énumérer les milliers de choses que Simon pourrait faire si celui-ci ne l'arrêtait pas.

« Psst ! fit Simon. Quelqu'un vient ! »

C'était faux, mais ça lui cloua le bec, car la dernière chose dont Galbraith les avait menacés si la directrice découvrait qu'il n'était pas là – les découper l'un et l'autre au canif en tout petits morceaux, histoire qu'elle n'y voie que du feu, puis les donner à manger à son rat – les avait tellement terrifiés que leur loyauté était absolue. Clarkson avait assommé (et effrayé) Simon tout le trimestre avec ses radotages sur les morceaux qui leur feraient le plus mal et sur le temps qu'ils mettraient à mourir. Ainsi demeuraient-ils tous deux allongés à attendre, et Simon se prit-il à réfléchir avec délectation à ce qu'il ferait à peine rentré à la maison – démonter la grue en Meccano qu'il avait construite lors des dernières vacances, et attaquer le pont tournant que Dawson avait dit avoir fait (il laisserait Polly l'aider à démonter la grue mais pas à construire le pont), manger du gâteau au chocolat pour son goûter avec, dessus, des noix et des violettes confites, et Maman qui aurait pris soin de lui choisir une part avec un cerneau entier...

« Tu sais ce que Galbraith a dit d'autre ?

— Quoi ?

— Il a dit qu'il avait une tante sorcière. Et qu'il pourrait la pousser à nous jeter un sort si on le dénonçait. Tu crois qu'elle pourrait ? Enfin quoi, tu crois qu'elle pourrait vraiment nous transformer en quelque chose ? Comme dans *Macbeth* ? » *Macbeth* était la pièce qu'ils devaient présenter au trimestre suivant, et tout le monde l'avait lue en cours d'anglais. Un silence s'établit tandis qu'ils envisageaient cette possibilité, bien plus effrayante, selon Simon, que de se voir découpé en morceaux : l'opération, à la longue, se serait forcément remarquée. Puis Clarkson demanda nerveusement : « En quoi tu voudrais le moins être transformé ?

— En chouette, répondit Simon sans hésiter, parce que, sinon, Galbraith m'observerait toutes les nuits. » Clarkson gloussa, sur quoi Simon ajouta : « Attention ! Tu te mets à hululer toi aussi ! » Clarkson fut saisi d'un fou rire et Simon dut se lever et le frapper à maintes reprises avec son oreiller pour réussir à le faire taire.

Quand Clarkson eut crié « pouce ! » plusieurs fois, Simon le laissa tranquille à condition qu'il la boucle pour la nuit. Il en aurait été incapable, mais en entendant Galbraith escalader la gouttière, tous deux firent aussitôt semblant de dormir. Simon, néanmoins, resta éveillé des heures, à penser à la tante de Galbraith...

Dans un dortoir bien plus grand à l'autre bout du bâtiment, Teddy Cazalet, étendu sur le dos, priait : « Par pitié, mon Dieu, faites qu'elle ne vienne pas me chercher à la gare. Mais, si elle vient, faites au moins qu'elle ne m'embrasse pas devant tout le monde. Faites au moins qu'elle m'épargne ça. Et faites qu'elle ne porte pas cet affreux chapeau ridicule qu'elle avait le jour de la fête sportive. Par pitié, mon Dieu. L'idéal... faites simplement qu'elle ne vienne pas. »

*

« Tu es bien là ?

— Mmm. » Elle sentit sa moustache qui cherchait son visage dans le noir. Il ne tenta pas de l'embrasser sur la bouche, mais, pour plus de sûreté, elle précisa : « Atrocement sommeil. Délicieux, non, ce dîner chez Mary ? Elle était ravissante, non ?

— Pas mal, oui. La pièce était un peu bavarde, j'ai trouvé.

— Mais intéressante.

— Oh, oui. Un malin, ce George Bernard Shaw. N'empêche, je ne suis pas d'accord avec lui. À l'écouter, on finirait tous assassinés dans notre lit. »

Elle se tourna sur le flanc. « Chéri, je te préviens, je suis crevée. » Au bout d'un moment elle ajouta : « Tu n'as pas oublié que Bracken venait chercher Teddy ? Je veux dire, j'irai, bien sûr, mais Bracken n'est pas de trop pour porter la malle.

— Tu ferais mieux de rester là. J'ai dit à Hugh qu'on prendrait Simon, ce qui signifie le double de barda.

— Teddy sera affreusement déçu si je ne vais pas le chercher. J'y vais chaque fois.
— Il s'en remettra. » Il l'enlaça, caressant la peau douce sur son épaule.
« Eddie... je suis fatiguée... c'est vrai.
— Bien sûr, je comprends. » Il lui donna une petite tape puis roula sur le côté. Il ferma les yeux et s'endormit presque tout de suite, mais le soulagement et la culpabilité qui allait avec empêchèrent Villy de s'assoupir avant un certain temps.

\*

Miss Milliment était assise dans son lit dans la petite chambre sur l'arrière qu'elle occupait à Stoke Newington. Elle portait une immense chemise de nuit de flanelle en forme de polochon et, par-dessus, une des vestes de pyjama de son père. Elle sirotait son verre d'eau chaude coutumier, obtenu en plaçant une casserole à bouillir sur le petit réchaud à gaz que sa logeuse, récalcitrante, l'avait autorisée à installer uniquement à cet effet, et lisait du Tennyson. Pour lui procurer davantage de lumière, l'ampoule de quarante watts accrochée au plafond était dépourvue d'abat-jour. Ses cheveux pendaient en deux tresses couleur coquille d'huître de chaque côté des multiples plis de son menton flasque et sinueux. À intervalles réguliers, elle était obligée de retirer ses lunettes pour en essuyer la buée : Tennyson et l'eau chaude se liguaient pour lui brouiller la vue. Cela faisait des années qu'elle n'avait pas lu le poète lauréat, comme elle le qualifiait encore, mais il avait surgi dans son esprit au milieu de son repas. Pourquoi le cœur de mouton farci ou, au demeurant, la compote de pomme à la crème anglaise lui avaient-ils évoqué Tennyson ? Évidemment, cela ne venait pas de la nourriture, mais du fait de prendre son repas seule dans la salle de séjour de Mrs Timpson, une pièce tellement silencieuse et inhospitalière que mâcher et avaler, ou simplement respirer l'air ambiant avec ses relents de chou cuit, avait quelque chose d'audacieusement perturbateur. Miss Milliment dînait là chaque soir, implacable succession de menus se répétant toutes les deux semaines, mais ce soir, alors qu'elle cherchait à se remonter le moral en pensant au déjeuner de demain à Lansdowne Road, l'idée que, la semaine prochaine, il n'y aurait pas de déjeuner du vendredi, ni les six semaines suivantes, l'avait assaillie. Aussi soudaine et douloureuse que le souffle au cœur dont elle souffrait, la panique survint et, très vite, avant que la terreur ne s'enracine, elle l'étouffa. Ces vacances d'été quand elle avait l'âge de Polly... à Hastings, c'était ça ? (La nostalgie était réconfortante, mais elle glissait comme un vieil édredon.) Ou bien à Broadstairs ? Elle se souvenait d'un jardin clos et d'un abri grillagé dans lequel elle était entrée avec Jack et où elle avait mangé des framboises, mais elle n'en avait pas mangé beaucoup parce qu'un oiseau était emprisonné dans la cage et qu'elle avait passé la majeure partie du temps à essayer de l'en faire sortir... Mais quel rapport entre l'abri et Tennyson ? Ah, oui, elle avait laissé la porte de l'abri ouverte pour l'oiseau, et quand les adultes s'en étaient aperçus, son frère, qui avait cinq ans de plus et ne faisait pas de sentiment, n'avait pas hésité à la dénoncer. En guise de punition, elle avait dû apprendre par cœur une centaine de vers des *Idylles du roi*. C'était la première fois qu'elle mesurait le fossé incroyable qui existait entre les gens et ce qu'ils provoquaient. Tennyson avait été une révélation ; la punition, c'était la trahison de Jack. S'efforçant de ne pas se remémorer les misères que ce dernier lui avait causées – il demeurait un compagnon gentiment neutre, voire aimable, pendant des semaines, puis, sans prévenir, l'abandonnait –, elle se demandait pourquoi les trahisons semblaient se graver plus profondément dans la mémoire que les révélations. Car, après tout, elle avait toujours Tennyson, et Jack était mort. Comme elle l'avait adoré ! C'était pour lui qu'elle avait prié Dieu de la rendre plus jolie... « Ou rien qu'un peu jolie, en fait, cela suffira. » C'était pour lui qu'elle avait mis un frein à son intelligence, sachant d'une certaine manière depuis le début qu'il ne supporterait pas d'être à la traîne. Mais il lui avait fallu des années pour comprendre qu'en réalité il avait honte d'elle, qu'il ne voulait pas qu'elle soit dans les parages quand ses amis venaient au presbytère, et l'excluait de toutes ses sorties éventuelles.

La première fois qu'elle s'était entendu décrire comme un laideron, elle avait douze ans. Elle était en train de lire en haut d'un pommier quand son frère et son ami Rodney étaient arrivés d'un pas nonchalant. Elle avait commencé par se dire qu'il serait rigolo de rester cachée, mais s'était presque immédiatement rendu compte qu'elle n'avait pas d'autre solution. Ils n'avaient pas dit grand-chose à son sujet, mais ils avaient ri... Jack avait ri, et quand Rodney avait fait remarquer qu'elle avait une tête en poire, Jack avait répondu : « Elle n'y peut rien. C'est une brave fille, au fond, mais, simplement, personne ne voudra d'elle. » Pourquoi ressassait-elle ces douloureux souvenirs ? C'était une manie qu'elle avait toujours déconseillée aux jeunes élèves dont elle avait la charge. Seulement voilà (quand elle était fatiguée, bien sûr), elle ne pouvait s'empêcher de se demander (parfois) si une autre voie n'aurait pas pu s'offrir à elle, quelque chose qu'elle aurait pu faire et qui aurait peut-être changé sa vie. Elle avait par exemple supplié Papa de l'envoyer à l'université, mais le peu d'argent qui subsistait après les études de Jack avait été gardé pour établir son frère dans la profession qu'il choisirait. Ainsi avait-elle dû renoncer à briguer une vraie carrière professorale. Puis, à la mort de Tante May, naturellement, elle avait dû rester à la maison pour s'occuper de Papa. Cela s'était passé, bien sûr, des années après qu'elle eut perdu Eustace. Eustace était un des vicaires de Papa qui s'était engagé comme aumônier militaire et était mort au Transvaal. Elle n'avait jamais compris comment il avait pu être accepté dans l'armée alors qu'il était encore plus myope qu'elle. Mais il avait été incorporé, et Papa n'avait pas autorisé leurs fiançailles sous prétexte qu'Eustace allait demeurer absent pendant une durée indéterminée. Elle avait promis à Eustace que cela ne changerait rien, mais, évidemment, en définitive, cela avait eu son importance : elle n'avait pas récupéré les « effets personnels » d'Eustace, elle n'avait même pas bénéficié du titre de fiancée. Pas de bague, rien que quelques lettres et une mèche de ses cheveux blond roux... Les lettres avaient vieilli, l'encre prenant une teinte marron rouille sur le mince papier jaunissant, mais la mèche de cheveux avait gardé exactement la même couleur blond roux, aux reflets singulièrement brillants. Au fond, Papa s'était félicité qu'Eustace soit mort, déclarant, comme si ce commentaire constituait un magnifique hommage, qu'il n'aurait pas aimé devoir la partager avec qui que ce soit. Eh bien, cette épreuve lui avait été épargnée : son père l'avait eue pour lui seul jusqu'à quatre-vingt-dix ans ou presque, alors qu'il était désormais hypocondriaque, tyrannique et sénile. Des amis bienveillants avaient décrit sa mort comme une miséricorde, mais de son point de vue à elle, la miséricorde survenait un peu tard. La pension de son père s'était éteinte avec lui, et Eleanor Milliment avait découvert la liberté des années après que celle-ci eut pu présenter pour elle une quelconque valeur pratique. Sur les recommandations du notaire de son père, elle avait vendu le contenu du cottage, car selon de nombreux amis de Papa, pétris de bienveillance, elle n'aurait jamais les moyens d'y habiter. Les collections de timbres et de papillons de son père atteignirent des montants étonnamment élevés, mais certaines aquarelles de l'Italie du Nord signées Edward Lear partirent à peine plus cher que le prix de leurs cadres.

Mr Snodgrass se déclara profondément déçu du peu de profit réalisé par la vente. Cependant, une fois que le notaire et autres obligeants conseillers eurent été payés, le capital restant fut investi afin de rapporter à l'héritière une rente d'une petite soixantaine de livres par an, somme qui, comme le souligna de manière irréfutable le vieux général de brigade Harcourt-Skeynes, était toujours mieux que rien. Tant de choses auraient pu correspondre à cette triste description qu'elle eut du mal à y voir une remarque encourageante, mais le général de brigade était connu pour son sens de l'humour. « Et toi, Eleanor, tu es connue pour rabâcher et te coucher trop tard », énonça-t-elle tout haut. Il n'y avait plus personne aujourd'hui pour l'interpeller par son prénom, aussi l'utilisait-elle chaque fois qu'elle avait besoin de se sermonner. Elle devait aller au petit coin, dire ses prières, puis ce serait l'extinction des feux.

\*

Dans leur salle à manger éclairée aux chandelles, Sybil et Hugh dégustaient leur repas froid : du pâté en croûte de chez Bellamy dans Earl's Court Road et une salade de laitue, tomate et betterave, avec une bouteille de vin du Rhin. (Sybil préférait le vin blanc.) La pièce, en rez-de-chaussée, était sombre, et il y faisait très chaud à cause du fourneau dans la cuisine voisine. Elle était également un peu petite pour la quantité de meubles qu'elle contenait : une table ovale à double piétement, huit chaises Hepplewhite et un long et étroit buffet aux lignes courbes. Malgré les portes-fenêtres entrebâillées pour aérer, les flammes des chandelles ne bougeaient pas.

« S'il a raison, je suppose qu'il faudra bien.
— Il n'a pas entendu de deuxième cœur.
— Mais on doit envisager cette possibilité. Cette probabilité, rectifia-t-il.

— Chéri, je n'ai pas une grande envie de déménager... trop de chambardement. De toute manière, tu sais que j'adore cette maison. » Maintenant qu'il semblait accepter enfin l'idée d'un déménagement, elle tenait à ce qu'il croie qu'elle y répugnait autant que lui.

« Je pense que ce sera assez excitant. »

Ce duel de prévenances réciproques auquel ils se livraient depuis seize ans impliquait entre eux d'arranger un peu la vérité ou de la dissimuler complètement. Dictée par les bonnes manières ou l'affection, cette afféterie avait pour but d'atténuer la monotonie de la vie conjugale et d'aplanir ses aspérités, et ils ne mesuraient ni l'un ni l'autre la tyrannie d'une telle attitude. Hugh repoussa son assiette ; il rêvait d'une cigarette.

« Fume, je t'en prie, mon chéri.

— Tu es sûre que ça ne te dérange pas ? »

Elle secoua la tête. « Mais je mangerais volontiers des groseilles à maquereau. »

Lorsqu'il revint avec les fruits et se fut allumé sa Gold Flake, Sybil suggéra : « Bien sûr, une solution serait d'envoyer Polly en pension. »

Hugh se retourna vivement, et un élancement lui perfora le crâne. « Non, je ne crois pas que ce soit une bonne idée », déclara-t-il enfin, avec une douceur exagérée et comme s'il avait accordé à un sujet sans intérêt sa plus courtoise attention. Pour prévenir toute contestation, il reprit : « J'ai envie d'un bureau à moi depuis des années. Au moins, j'aurai de quoi occuper mes soirées d'été pendant que tu seras à la campagne.

— Je veux choisir avec toi !

— Bien sûr, je vais seulement prospecter. Est-ce qu'on prend du café ?

— Toi, tu en veux ?

— Uniquement si toi oui... »

En fin de compte, ils renoncèrent au café et décidèrent d'aller se coucher. Pendant que Hugh verrouillait les portes, Sybil gravit pesamment l'escalier, ses chaussures à la main. Ses pieds avaient tellement enflé qu'elle passait son temps à se déchausser, puis à ne pas pouvoir se rechausser.

« Tu voudras bien jeter un coup d'œil sur Polly, mon chéri ? Je n'ai pas le courage d'affronter encore un étage. »

Polly était allongée sur le flanc face à la porte, qui était entrouverte. Sa table de nuit avait été déplacée de façon que, sans bouger, elle puisse contempler dessus les grands bougeoirs et l'assiette en faïence appuyée contre sa lampe de chevet. Il y avait une petite tache de dentifrice au coin de sa bouche. Pompée était couché dans le creux de ses genoux repliés. Entendant Hugh (ou remarquant la lumière en provenance de la porte), il ouvrit les yeux puis les referma aussitôt, comme s'il n'avait jamais vu quelqu'un d'aussi ennuyeux de sa vie.

*

Phyllis rêvait : elle rêvait qu'elle portait une robe de velours de toute beauté et un collier de rubis, mais elle savait qu'elle n'allait pas au bal ni quoi que ce soit parce qu'on allait lui couper la tête, ce qui n'était pas juste, au fond, car tout ce qu'elle avait fait, c'était dire qu'il était vraiment très beau en pyjama. Mais Sa Majesté avait employé le drôle de mot d'« adulterre » et décrété qu'elle devait mourir. Elle n'avait jamais beaucoup aimé Charles Laughton, qui était loin d'avoir l'élégance du duc de Windsor, et ce n'était pas parce qu'elle portait la tenue de Merle Oberon qu'elle était elle. Tout ça était une effroyable erreur, mais quand elle essaya de le leur expliquer, elle constata qu'elle n'arrivait pas à parler du tout : elle hurlait à l'intérieur et aucune parole ne sortait, quelqu'un la poussait, et si elle ne réussissait pas à hurler on allait l'exécuter, et quelqu'un continuait à la pousser...

« Phyl ! Réveille-toi !

— Oh ! Oh, j'ai fait un de ces cauchemars ! »
Mais Edna n'avait pas envie de savoir. « Tu m'as réveillée. Tu fais toujours ça quand tu finis sur du fromage. » Elle regagna son lit et rabattit les draps sur sa tête.

Après s'être dite absolument désolée (le simple son de sa voix s'avérait rassurant), Phyllis resta allongée les yeux ouverts, contente d'être elle-même et hésitant à se rendormir de peur de se changer à nouveau en quelqu'un d'autre. Elle savait qu'elle aurait dû manger une tartine de pâté plutôt que du fromage. Elle pensa au coton vert avec des roses dessus ; il ferait joli avec un piqué blanc et des gants blancs assortis ; elle se tourna sur le côté et bientôt elle se retrouva étendue sur une de ces chaises longues en osier qu'ils avaient pour le jardin, et Mr Cazalet se penchait vers elle avec un cocktail en disant : « Vous êtes tout à fait ravissante, Phyllis, en vert. On vous l'a déjà dit, je suppose ? » Mais on ne le lui avait jamais dit, parce que Ted ne disait jamais des choses comme ça... Mr Cazalet avait une moustache exactement comme Melvyn Douglas, ce qui devait faire bizarre quand il embrassait, mais c'était le genre de choses auxquelles on pouvait s'habituer... qu'on lui en donne la plus petite occasion et elle... et elle... s'habituerait...

\*

Zoë Cazalet raffolait du Gargoyle Club ; elle en raffolait. Elle forçait Rupert à l'y emmener pour son anniversaire, mais aussi à la fin de chaque trimestre, si Rupert vendait un tableau, pour leur anniversaire de mariage, et systématiquement quand elle allait se retrouver coincée à la campagne durant des semaines avec les enfants comme maintenant. Elle adorait s'habiller : elle avait deux robes « Gargoyle », dos nu toutes les deux, une noire et une blanche, et, avec l'une comme avec l'autre, elle portait ses souliers de bal vert vif et ses longs pendants d'oreilles en strass qui pouvaient facilement passer pour des diamants. Elle adorait aller à Soho le soir, voir toutes les poules lorgner Rupert et les restaurants illuminés où des taxis arrivaient sans arrêt, emprunter la ruelle perpendiculaire à Dean Street, puis prendre l'austère petit ascenseur pour monter et entendre l'orchestre dès que les portes s'ouvraient, directement sur le bar, avec ses dessins de Matisse. Elle ne les trouvait pas extraordinaires, au grand dam de Rupert, qui les jugeait excellents. Ils s'offraient un verre au comptoir, du gin vermouth. Il y avait toujours un ou deux beaux messieurs à l'air intelligent occupés à boire seuls, et elle appréciait le regard averti qu'ils promenaient sur elle ; ils voyaient tout de suite qu'elle valait quelque chose. Puis un serveur leur annonçait que leur table était prête, et ils emportaient un deuxième verre dans la grande salle dont les murs étaient tapissés de carreaux de miroir. Le chef d'orchestre lui souriait immanquablement et la saluait comme s'ils venaient tous les soirs, ce qui, bien sûr, n'était pas le cas, loin de là, ils n'auraient pas pu. Ils choisissaient leur menu et dansaient jusqu'à ce qu'on leur serve l'entrée, et l'orchestre jouait « The Lady Is a Tramp » parce que les musiciens savaient qu'elle adorait ce morceau. Lorsqu'elle l'avait épousé, Rupert n'était pas très bon danseur, mais il s'était suffisamment amélioré, du moins au fox-trot, pour que l'exercice soit amusant.

À présent la soirée était presque terminée ; ils étaient assis devant des tasses de café noir et Rupert lui demandait si elle avait envie d'un brandy. Elle fit non de la tête. « Deux brandys. » Il croisa son regard. « Tu vas changer d'avis.

— Comment tu le sais ?

— C'est toujours comme ça. »

Il y eut un silence ; puis elle lâcha d'un ton distant : « Je n'aime pas qu'on me trouve prévisible. »

Zut ! songea Rupert. Elle allait bouder... ils étaient à deux doigts d'une scène.

« Mon chou ! Tu es pleine de surprises, mais au bout de trois ans, il est normal que je te connaisse un peu. Allons, Zoë ! » Il saisit la main de sa femme, qui demeura inerte dans la sienne. Au bout d'un moment, il la porta à ses lèvres pour la baiser. Elle feignit d'ignorer son geste, mais il savait que ce témoignage de respect lui faisait plaisir.

« Je vais t'expliquer où est le problème, dit-elle, comme pour conclure une longue discussion sur le sujet. Si tu sais tout de moi, tu ne m'aimeras plus.

— Bon sang, qu'est-ce qui te fait croire une chose pareille ?

— Les hommes sont comme ça. » Elle posa son coude sur la table, calant son menton dans ses mains, et le dévisagea avec mélancolie. « Enfin quoi, un jour je serai vieille et grosse, mes cheveux seront gris, je n'aurai plus rien de nouveau à te dire et tu t'ennuieras comme un rat mort.

— Zoë... je t'assure...

— J'aurai un double menton, ou même triple. »

Le serveur apporta leurs brandys. Rupert s'empara du sien. Tenant le verre dans ses mains en coupe, il fit tournoyer l'eau-de-vie avec délicatesse pour humer son arôme.

« Je ne t'aime pas uniquement pour ton physique, affirma-t-il.

— Tu es sûr ?

— Évidemment. » Il vit des larmes dans ses yeux merveilleux et son cœur se serra. « Ma petite chérie, évidemment que non. » Le répéter l'en persuadait. « Allons danser. »

Dans la voiture, en rentrant à Brook Green, il remarqua qu'elle s'était endormie et roula prudemment, pour ne pas la réveiller. Je la mettrai au lit, et après je monterai jeter un coup d'œil sur les enfants sans qu'elle le sache.

Il la laissa dans son siège le temps d'ouvrir la porte de la maison. En remontant le sentier, il vit que les lumières étaient allumées dans la nursery et son cœur fit un bond dans sa poitrine. Quand il revint chercher Zoë, elle s'était réveillée.

« Aide-moi, Rupert, je me sens un peu vaseuse.

— Je te tiens. » Il la souleva dans ses bras et la porta, dans la maison, dans l'escalier, et jusque dans leur chambre. Tandis qu'il essayait de l'étendre sur le lit, elle lui agrippa le cou. « Je t'aime terriblement.

— Je t'aime aussi. » Il se libéra de son étreinte et se redressa. « Couche-toi vite. Je reviens dans une minute. » Il s'enfuit, fermant la porte avant qu'elle n'ait pu protester.

Il grimpa l'escalier à toute allure, deux marches à la fois. Ellen l'accueillit sur le palier.

« Qu'y a-t-il, Ellen ? C'est Nev ?

— À vrai dire, c'est Clary qui a fait un cauchemar. En venant me voir, elle a réveillé Nev et il a eu une crise. »

Il la suivit dans la chambre dans laquelle elle dormait avec Neville. Assis droit comme un *i* avec sa veste de pyjama déboutonnée, l'enfant s'efforçait de respirer, y parvenant péniblement à ce qui semblait être la toute dernière seconde. La pièce empestait le benjoin et le menthol.

Rupert alla s'asseoir sur le lit de son fils. « Alors, mon petit Nev. »

Neville inclina la tête. Ses cheveux étaient dressés en touffes sur son crâne comme de l'herbe. Après une autre interminable et laborieuse aspiration sifflante, il lâcha : « L'air… ne veut pas entrer. » Une nouvelle pause, puis le garçon ajouta avec dignité : «'strêmement dur. » Ses yeux étincelaient de peur.

« Je m'en doute. Envie d'une histoire ? »

L'enfant opina avant de se remettre à étouffer ; Rupert fut tenté de le prendre dans ses bras, mais cela ne serait d'aucune aide au pauvre gamin.

« Bon, tu te souviens des règles ? Chaque fois que je m'arrête, tu dois respirer. Il était une fois une méchante sorcière et la seule créature qu'elle aimait au monde était un petit – Rupert s'arrêta et, d'une certaine façon, en profita lui aussi pour respirer – dinosaure noir et vert qui s'appelait Staggerflanks. Staggerflanks dormait dans un panier à dinosaure fait de houx et de chardons car il aimait se gratter le dos contre leurs piquants. Il mangeait des escargots et du porridge au petit déjeuner, des scarabées et du riz au lait au déjeuner et – ça allait un peu mieux, lui semblait-il – des couleuvres et de la gelée au dîner. » L'enfant était désormais captivé ; il était plus attentif qu'il n'avait peur. « Le jour de son anniversaire, alors qu'il mesurait à peine deux mètres... »

Vingt minutes plus tard, Rupert se tut. Neville, la respiration encore légèrement sifflante mais régulière, s'était assoupi. Son père le couvrit, puis se pencha pour embrasser son front chaud et moite. Endormi, il ressemblait incroyablement à Isobel : le même front bombé avec de fines veines bleues sur les tempes, la même bouche bien dessinée... Rupert se posa la main sur les yeux tandis que lui revenait la dernière image de sa femme : étendue dans leur lit, épuisée par ses trente heures de travail, tâchant de lui sourire et se vidant de son sang. Après, il avait voulu l'enlacer, mais elle n'était plus qu'une chose, un poids mort dans ses bras, absente et ne lui offrant aucun réconfort.

« Vous l'avez bien calmé. » Ellen faisait chauffer un peu de lait dans une casserole sur le palier. Elle portait sa grosse robe de chambre écossaise et ses cheveux, dans son dos, pendaient en une natte d'un blanc jaunâtre.

« Je ne sais pas ce que nous ferions sans vous.

— Le problème ne se pose pas : je suis là, Mr Rupert.

— Ce lait est pour Clary ?

— Il faut que je la gronde. Elle n'écoute rien. Je lui ai expliqué dix fois qu'elle pouvait venir me trouver, mais sans faire de bruit... elle n'a pas besoin de réveiller ce pauvre trésor et de l'effrayer par son raffut. Je lui ai expliqué qu'il n'y avait pas qu'elle sur terre, mais pas moyen de la raisonner. Enfin, que voulez-vous qu'on y fasse ? » conclut-elle en versant le lait dans un mug décoré de canards. C'était sa formule fétiche face aux difficultés ou aux contrariétés.

« Je vais le lui apporter. Allez vous recoucher. Vous avez besoin de dormir.

— Très bien, dans ce cas, je vous dis bonne nuit. »

Le mug à la main, il entra dans la chambre des enfants. Une veilleuse était allumée au chevet de Clary, qui était assise en boule, les bras autour des genoux.

« Ellen t'a préparé un bon lait chaud. »

Sans le prendre, elle dit : « Tu en as mis du temps. Qu'est-ce que tu fabriquais ?

— Je racontais une histoire à Nev. Pour l'aider à respirer.

— Il est stupide. Tout le monde sait respirer.

— Pour les asthmatiques, c'est très difficile. Tu le sais pertinemment, Clary, ne sois pas méchante.

— Je ne suis pas méchante. Ce n'est pas ma faute si j'ai fait un cauchemar.

— Bien sûr que non. Bois ton lait.

— Pour que tu puisses redescendre et me laisser. De toute façon, je n'aime pas le lait chaud... cette peau horrible à la surface.

— Bois-le pour faire plaisir à Ellen.

— Je ne veux pas faire plaisir à Ellen, elle ne m'aime pas.

— Clary, ne dis pas de bêtises. Bien sûr qu'elle t'aime.

— On sait toujours quand on est aimé ou non. Personne ne m'aime. Toi, par exemple, tu ne m'aimes pas.

— N'importe quoi. Je t'aime énormément.

— Tu as dit que j'étais méchante et que je disais des bêtises. »

Elle le contemplait, furieuse ; il vit les traces poisseuses des larmes sur ses joues rondes piquées de taches de rousseur, et déclara plus tendrement : « Je peux t'aimer quand même. Personne n'est parfait. »

Aussitôt, et sans le regarder, Clary marmonna : « Toi, tu es parfait. Je te trouve parfait. » Sa voix tremblait. Le lait s'agita dans la tasse.

Rupert enleva la peau à la surface et la mangea. « Tiens, ce n'est pas une preuve, peut-être ? Moi non plus je n'aime pas la peau du lait.

— Papa, je t'aime tellement fort ! » Elle aspira profondément et but tout le lait d'un trait. « Je t'aime plus fort que tous les hommes de la planète réunis. Je voudrais que tu sois le roi.

— Pourquoi donc ?

— Parce que tu serais à la maison toute la journée. Les rois ne sortent pas de chez eux.

— Eh bien, les vacances commencent demain, alors je serai là. Bon, maintenant, je vais te border. »

Elle se rallongea, il l'embrassa, et elle sourit pour la première fois. Elle lui prit la main et l'appliqua contre sa joue. Elle dit : « Oui, mais pas la nuit. On n'est pas ensemble la nuit.

— On le sera tous les jours, dit-il, voulant finir sur une note plus légère. Bonne nuit, dors bien.

— Et fais de beaux rêves, conclut Clary. Papa ! Je pourrais avoir un chat ?

— On parlera de ça demain. »

Tandis qu'il fermait la porte, elle précisa : « Polly en a un.

— Bonne nuit, répéta Rupert avec une ferme résolution.

— Bonne nuit, Papa chéri », répondit-elle d'un ton guilleret.

Voilà qui est réglé, songea-t-il en redescendant. Du moins pour le moment. Mais tandis qu'il atteignait sa porte de chambre, toujours fermée, il se sentit soudain incroyablement fatigué. Clary ne pouvait pas avoir de chat à cause de l'asthme de Nev, et ce serait un grief de plus qu'elle aurait contre lui. Il ouvrit la porte en priant pour que Zoë soit endormie.

Elle ne dormait pas, bien sûr. Elle était assise dans le lit, son châle sur les épaules, sans rien faire, à l'attendre. Il avait déjà retiré sa cravate et l'avait abandonnée sur sa commode lorsqu'elle observa : « Tu as été long. » Sa voix avait ce timbre contenu qu'il avait appris à redouter.

« Clary a fait un cauchemar. Elle a réveillé Nev, et il a eu une crise assez sévère. J'ai eu du mal à le rendormir. »

Il posa sa veste sur le dossier d'une chaise, puis y prit place afin de se déchausser.

« Tu sais, je me disais... » Son timbre était faussement affable. « Tu ne crois pas qu'Ellen est un peu dépassée ?

— Dépassée par quoi ?

— Les enfants. Enfin bon, je sais qu'ils ne sont pas faciles, mais elle est censée être leur nounou, après tout.

— Elle est leur nounou, et une excellente nounou. Elle fait tout pour eux.

— Pas tout, mon chéri. Enfin, si elle faisait tout, tu ne serais pas obligé d'endormir Neville, si ? Sois raisonnable.

— Zoë, je suis fatigué, je n'ai pas envie qu'on se dispute à propos d'Ellen.

— On ne se dispute pas. Je fais juste remarquer que si tu ne peux jamais avoir une soirée pour toi – et chaque fois qu'on sort, bizarrement, il se passe toujours quelque chose comme ça –, elle ne peut pas être aussi fabuleuse que tu parais le penser !

— Je te l'ai dit, je n'ai pas envie de discuter de ça maintenant, au milieu de la nuit. Nous sommes tous les deux fatigués...

— Parle pour toi !

— Très bien. Je suis fatigué... »

Mais il était trop tard : elle était décidée à faire une scène. Il essaya le silence. Elle se contenta de répéter que, peut-être, il n'avait jamais réfléchi à ce que c'était pour elle : de ne jamais le sentir tout à fait à elle, jamais, pas une seule minute. Il protesta et elle bouda. Il lui cria après et elle fondit en larmes, sanglotant jusqu'à ce qu'il ne puisse plus le supporter et soit obligé de la prendre dans ses bras pour l'apaiser, et de s'excuser, jusqu'à ce qu'elle s'écrie, ses yeux verts noyés de larmes, qu'il n'imaginait pas à quel point elle l'aimait, et qu'elle tende sa bouche, débarrassée à présent du rouge à lèvres écarlate qui ne lui avait jamais plu, afin qu'il l'embrasse. « Oh, Rupert chéri ! Oh, Rupert ! » Percevant son désir, il reconnut le sien. Il l'embrassa alors, et ne put plus s'arrêter. Même après trois ans de mariage, il était impressionné par sa beauté, et lui rendait hommage en omettant ses autres travers. Elle était très jeune, se raisonnait-il lors des nombreuses occasions comme celle-ci ; elle allait grandir, et il refusait de réfléchir à ce que cela donnerait. C'était seulement après lui avoir fait l'amour, alors qu'elle était tendre et affectueuse, et parfaitement adorable, qu'il réussissait à dire : « Tu es une petite chose égoïste, tu sais. » Ou encore : « Tu es une gamine irresponsable. La vie n'est pas toujours rose. » Elle le regardait docilement et répondait d'un air contrit : « Je sais. Tu as raison. » En l'occurrence, il était quatre heures du matin lorsqu'elle se tourna sur le flanc et qu'il fut enfin autorisé à dormir.

## HOME PLACE

### 1937

Rachel Cazalet se réveillait toujours de bonne heure, mais en été, à la campagne, elle se réveillait avec le concert matinal des oiseaux. Dans le silence qui suivait, elle buvait une tasse de thé provenant de la Thermos près de son lit, mangeait un biscuit Marie, lisait un autre chapitre des *Sparkenbroke*, un roman par trop intense, selon elle, quoique bien écrit, et, tandis que la vive lumière grise commençait à remplir la pièce (elle dormait rideaux ouverts pour avoir le plus d'air frais possible), donnant à l'éclairage de sa lampe de chevet une teinte jaune sale, presque sinistre, elle l'éteignait, se levait, enfilait sa robe de chambre en lainage et ses pantoufles informes (incroyable, la façon dont elles avaient fini par ressembler à des fèves), et remontait à pas de loup les larges couloirs silencieux avant de descendre trois marches pour rejoindre la salle de bains. Cette pièce, orientée au nord, avait des murs lambrissés de pitchpin de teinte vert foncé. Elle restait aussi froide qu'un cellier, même en été, et ressemblait au box d'un cheval de luxe. Juchée sur ses pattes de lion en fonte, la baignoire présentait une coulure vert-de-gris sous ses antiques robinets en cuivre à pastilles de porcelaine, dont les joints n'avaient jamais été vraiment étanches. Elle fit couler son bain, mit en place le tapis de liège et verrouilla la porte. Le tapis s'était gondolé, et il fléchit lorsqu'elle posa le pied dessus ; c'était censé être la salle de bains des enfants, et ce genre de détail ne les dérangeait pas. D'après la Duche, le tapis convenait encore parfaitement. Dans son esprit, les bains n'étaient pas faits pour être agréables : l'eau devait être tiède, « bien meilleur pour toi, ma chérie », le savon était du savon antiseptique Lifebuoy, tout comme le papier de toilette était du papier rugueux Izal, « plus hygiénique, ma chérie ». À trente-huit ans, Rachel estimait qu'elle pouvait prendre un bain d'une chaleur scandaleuse, et utiliser le savon Pears à la glycérine qu'elle gardait dans sa trousse de toilette. C'étaient principalement les petits-enfants qui avaient à subir ces impératifs de santé et d'hygiène. Quel bonheur qu'ils viennent tous. Mais cela engendrait une foule de choses à faire. Rachel adorait tout autant ses trois frères, mais pour des raisons différentes : Hugh parce qu'il avait été blessé pendant la guerre et se montrait extrêmement courageux et stoïque à ce sujet, Edward parce qu'il était merveilleusement séduisant, comme le Brig dans sa jeunesse, sans doute, et Rupert parce qu'il était un peintre sensationnel, qu'il avait vécu un drame épouvantable quand Isobel était morte, qu'il faisait un père absolument fabuleux, qu'il se montrait indulgent avec Zoë qui était… très jeune, et en premier lieu parce qu'il la faisait crever de rire. Mais, évidemment, elle les aimait autant tous les trois et, évidemment aussi, elle n'avait pas de préféré parmi les enfants qui poussaient à une vitesse folle. Elle les avait aimés surtout quand ils étaient bébés, mais c'étaient de braves gamins, qui disaient souvent les choses les plus désopilantes. Et puis elle s'entendait bien avec ses belles-sœurs, à part Zoë, peut-être, qu'elle ne connaissait pas encore suffisamment. Ce devait être difficile pour elle de débarquer à retardement dans une famille aussi vaste et aussi unie, avec toutes ces coutumes, ces traditions et ces plaisanteries qu'il fallait lui expliquer. Elle prit la décision d'être particulièrement gentille avec

Zoë, ainsi qu'avec Clary, qui devenait plutôt boulotte, la pauvre, même si elle avait de jolis yeux.

À présent Rachel avait mis ses jarretelles, son caraco, son jupon, sa culotte en maille, ses bas ajourés en laine peignée couleur café et ses grosses chaussures marron qui brillaient comme de la mélasse tant Tonbridge s'appliquait à les cirer. Elle opta aujourd'hui pour son tailleur en jersey bleu (le bleu était de loin sa couleur favorite), qu'elle assortit de son nouveau chemisier en soie de Macclesfield – bleu, à rayures d'un bleu plus foncé. Elle se brossa les cheveux, avant de les tortiller en un chignon lâche qu'elle épingla sur sa nuque sans se regarder dans la glace. Elle attacha à son poignet la montre en or que le Brig lui avait offerte pour ses vingt et un ans, et piqua sur sa poitrine la broche en grenat dont S lui avait fait cadeau pour un anniversaire, peu après leur rencontre. Elle la portait tous les jours ; c'était le seul bijou qu'elle mettait. Elle jeta un coup d'œil réticent dans le miroir. Elle avait une belle peau, des yeux pétillants d'intelligence et d'humour ; son visage, agréable, mais pas exceptionnel – elle se comparait parfois à un chimpanzé au teint blême –, était complètement naturel et dénué de vanité. Elle coinça un petit mouchoir blanc sous le bracelet de sa montre, ramassa les listes qu'elle avait établies durant toute la journée précédente, et descendit prendre son petit déjeuner.

La maison était à l'origine une ferme de taille modeste, construite vers la fin du XVIIe siècle dans le style typique du Sussex : sa façade à colombages était recouverte d'un bardage de tuiles à partir du premier étage. Il ne restait du bâtiment que deux petites pièces au rez-de-chaussée, entre lesquelles un étroit escalier assez raide, face à la porte d'entrée, menait à trois chambres à coucher reliées par deux penderies. Les lieux avaient été connus sous le nom de Home's Place à l'époque où ils appartenaient à un certain Mr Home.

À un moment donné, dans les années 1800, le cottage avait été transformé en maison de maître. Deux grandes ailes avaient été ajoutées de part et d'autre pour former les trois côtés d'un carré : là, on avait utilisé de la pierre couleur miel, percée d'immenses fenêtres à guillotine, et coiffée d'un toit d'ardoises bleues à l'aspect lisse. Une aile comprenait une salle à manger et un salon aux vastes dimensions, ainsi qu'une troisième pièce dont les fonctions avaient varié, et qui servait actuellement de salle de billard ; l'autre aile accueillait la cuisine, la salle des domestiques, l'office, le cellier, les réserves et la cave à vins. Cette extension proposait également huit chambres supplémentaires au premier étage. Les Victoriens avaient complété le côté nord du carré par une série de petites pièces sombres alignant en bas le quartier des domestiques, un local pour les bottes, une armurerie, un réduit pour l'énorme et bruyante chaudière, une salle de bains supplémentaire et des toilettes, et, au-dessus, des chambres d'enfant avec la salle de bains déjà mentionnée. Le résultat de ces diverses aspirations architecturales constituait un ensemble anarchique bâti autour d'un hall dans lequel un escalier menait à une galerie ouverte d'où on pouvait rejoindre les chambres. Ce puits ouvert, avec son plafond tout près du toit, était éclairé par deux dômes vitrés qui fuyaient tellement par mauvais temps que des seaux et des gamelles devaient être répartis dessous en divers points stratégiques. On y avait froid en été et on y gelait le reste de l'année. La maison était chauffée par des feux de bois et de charbon au rez-de-chaussée ; certaines chambres avaient des cheminées, mais la Duche les jugeait superflues hormis pour les malades. Il y avait deux salles de bains, une pour les femmes et les enfants au premier étage, une pour les hommes (et les domestiques une fois par semaine) au rez-de-chaussée. Les domestiques avaient leurs propres toilettes ; le reste de la maisonnée partageait les deux w.-c. contigus aux salles de bains. L'eau chaude pour les chambres était tirée à l'évier de service au premier étage et transportée chaque matin dans des bidons en cuivre fumants.

Le petit déjeuner se prenait dans le salon de la partie cottage de la maison. La Duche était victorienne en ce qui concernait son grand salon et sa salle à manger, n'utilisant cette dernière que pour le dîner et le premier jamais, à moins de recevoir. Les parents de Rachel étaient maintenant installés à la table à abattants où la Duche préparait du thé avec l'eau chaude de la bouilloire qui reposait sur un réchaud à alcool. William Cazalet avait devant lui une assiette d'œufs au bacon et le *Morning Post* appuyé contre le compotier de marmelade. Il était en tenue d'équitation, laquelle incluait un gilet jaune citron et une large cravate de soie foncée que maintenait une épingle ornée d'une perle. Il lisait son journal avec un monocle en plissant l'autre œil, de sorte que son sourcil blanc broussailleux touchait presque sa pommette rubiconde. La Duche, habillée à peu près comme sa fille mais avec, au bout d'une chaîne, une croix de nacre et de saphir sur son chemisier de soie, remplit la théière en argent et reçut le baiser de Rachel, dans de subtils effluves de violette.

« Bonjour, ma chérie. J'ai bien peur qu'il ne fasse très chaud pour leur voyage. »

Rachel déposa un baiser sur la tête de son père et s'assit à sa place, où elle remarqua aussitôt qu'il y avait une lettre de S.

« Sonne pour demander d'autres toasts, tu veux ?

— Absolument inique ! » bougonna William. Il ne précisa pas ce qui était inique, et ni sa femme ni sa fille ne le lui demandèrent, sachant très bien qu'il leur répondrait de ne pas tourmenter leurs jolies petites cervelles avec ça. Son journal était pour lui comme un collègue récalcitrant avec qui il pouvait toujours, heureusement, avoir le dernier mot.

Rachel accepta sa tasse de thé, décida de se réserver pour plus tard le plaisir de lire sa lettre, et la rangea dans sa poche. Quand Eileen, leur femme de chambre de Londres, arriva avec les toasts, la Duche dit : « Eileen, voudrez-vous avertir Tonbridge que j'aurai besoin de lui à dix heures pour aller à Battle et que je verrai Mrs Cripps dans une demi-heure ?

— Très bien, ma'me.

— Ma chère Duche, tu ne veux pas que j'aille à Battle à ta place ? »

La Duche, qui étalait une très fine couche de beurre sur son toast, leva les yeux. « Non, merci, ma chérie. Je veux toucher un mot à Crowhurst de son agneau. Et je dois aller chez Till's : j'ai besoin d'une nouvelle corbeille de jardin et d'un sécateur. Tu as prévu quoi ? »

Rachel s'empara d'une de ses listes. « Je me disais, Hugh et Sybil dans la Chambre bleue, Edward et Villy dans la Chambre pivoine, Zoë et Rupert dans la Chambre indienne, Nanny et Lydia dans la nursery de nuit, les deux garçons dans l'ancienne nursery de jour, Louise et Polly dans la Chambre rose, et Ellen et Neville dans la chambre d'amis de derrière... »

La Duche réfléchit un instant, puis s'enquit : « Et Clarissa ?

— Oh Seigneur ! Il va falloir lui mettre un lit de camp dans la Chambre rose.

— Je pense que ça lui plaira. Elle voudra être avec les grandes. Will, est-ce que je me charge de parler à Tonbridge, pour la gare ?

— Oui, ma chère Kitty. J'ai rendez-vous avec Sampson.

— Je pense que nous déjeunerons tôt aujourd'hui, pour que les bonnes aient le temps de débarrasser et de dresser le thé dans le hall. Est-ce que cela t'ira ?

— Fais comme tu veux. » Il se leva puis se dirigea d'un pas lourd vers son bureau, où il pourrait allumer sa pipe et terminer son journal.

« À quoi s'occupera-t-il quand tous les travaux seront finis ici ? »

La Duche regarda sa fille et répondit simplement : « Ils ne seront jamais finis. Il y aura toujours quelque chose. Si tu as le temps, tu pourras peut-être cueillir les framboises, mais ménage-toi un peu.

— Toi aussi. »

Avec dix-sept personnes qui arrivaient, il y avait en effet beaucoup à faire. La Duche passa une demi-heure très sérieuse avec Mrs Cripps. Elle prit place sur la chaise qu'on lui tira à la grande table de cuisine récurée, pendant que Mrs Cripps, les bras croisés, calait sa masse imposante contre le fourneau. Alors qu'elles établissaient les menus du week-end, Billy, l'aide-jardinier, surgit avec deux grandes corbeilles remplies de petits pois, de fèves et de laitues romaines. Il posa les paniers sur le sol de l'office, puis resta planté sans rien dire à dévisager Mrs Cripps et la Duche.

« Excusez-moi, ma'me. Qu'est-ce que tu veux, Billy ?

— Mr McAlpine a dit de ramener les corbeilles pour les pommes de terre. » Il chuchotait ; sa voix muait, et cela le mettait mal à l'aise. En outre, dernièrement, il s'était mis à lorgner les dames.

« Dottie ! » beugla Mrs Cripps, de son cri le plus raffiné. Quand Madame n'était pas là, elle hurlait de façon stridente. « Dottie ! Où est passée cette fille ?

— Elle est là-bas derrière. » Autrement dit, aux cabinets, comprit fort bien Mrs Cripps.

« Excusez-moi, ma'me », répéta-t-elle, en se rendant dans l'office.

Une fois les corbeilles vidées et rendues à Billy avec la consigne de rapporter des tomates avec les pommes de terre, elle revint au problème des repas. La Duche inspecta les restes d'une volaille bouillie, qui, selon Mrs Cripps, ne suffiraient pas pour faire des croquettes pour le déjeuner, mais Madame déclara qu'avec un œuf supplémentaire et un peu plus de panure, cela pourrait aller. Elles eurent leur dispute habituelle à propos du soufflé au fromage. Mrs Cripps, qui avait obtenu sa place comme simple cuisinière, maîtrisait depuis peu l'art de faire les soufflés et se plaisait à l'exercer à la moindre occasion. La Duche était contre les préparations au fromage le soir. En définitive, elles s'accordèrent sur un soufflé au chocolat en dessert, vu qu'ils ne seraient que neuf à table au dîner. « Demain au déjeuner nous serons onze, puisque deux des enfants seront avec nous, ce qui fera huit dans le hall. »

Plus dix dans la cuisine, songea Mrs Cripps.

« Et le saumon pour ce soir ? Est-ce qu'il résistera à cette chaleur ? » (William s'était vu offrir un saumon par un de ses amis du Club.)

« Il faudra le faire froid, ma'me. Je vais le pocher ce matin, pour plus de sûreté.

— Ce sera très bien.

— Et j'ai mis des concombres sur la liste, ma'me. McAlpine dit que les nôtres ne sont pas mûrs.

— Quel dommage ! Eh bien, Mrs Cripps, je ne vais pas vous retenir : vous avez du pain sur la planche. Je suis sûre que tout sera parfait. »

Elle s'en alla, laissant Mrs Cripps à sa besogne consistant à préparer deux kilos de pâte, à pocher le saumon, à mettre au four deux énormes gâteaux de riz, à préparer un quatre-quarts et une fournée de galettes d'avoine à la mélasse, et à émincer et hacher la poule pour les croquettes. Dottie, qui surgit dès qu'elle entendit partir la Duche, se fit gronder et assigner la tâche d'écosser les petits pois, d'éplucher cinq kilos de pommes de terre et de nettoyer à fond l'énorme bidon destiné à contenir les dix litres de lait frais que devait livrer la ferme voisine. « Et surtout tu l'ébouillantes bien après l'avoir nettoyé pour que le lait ne tourne pas. »

À l'étage, les femmes de chambre, Bertha et Peggy, s'employaient à faire les lits : les deux à baldaquin pour Mr et Mrs Hugh et Mr et Mrs Edward, celui plus petit pour Mr et Mrs Rupert, les cinq petits lits en fer aux minces matelas un peu durs pour les aînés des enfants, les lits des nounous, le grand lit à barreaux pour Neville, et le lit de camp pour Lydia. Rachel tomba sur elles dans la Chambre rose et les informa qu'il allait falloir un autre lit de camp pour Miss Clarissa. Elle distribua ensuite le nombre requis de serviettes de bain et d'essuie-mains pour les différentes chambres, et régla la question de la quantité de vases de nuit nécessaires. « À mon avis, deux pour chacun des dortoirs d'enfants, et un pour chacune des autres chambres. On en aura suffisamment ? s'enquit-elle avec un sourire.

— Seulement si on prend celui que Madame n'aime pas.

— Vous pourrez le mettre dans la chambre de Mr Rupert. Ne le donnez pas aux enfants, Bertha. »

La nursery de jour et la Chambre rose avaient du lino sur le sol, et des rideaux en vichy que la Duche avait cousus sur la Singer préhistorique les après-midi de pluie. Le mobilier était en bois brut peint en blanc, l'éclairage une unique ampoule au plafond munie d'un abat-jour en verre opalin. C'étaient des chambres d'enfants. Les chambres de ses frères et belles-sœurs étaient mieux aménagées. Elles étaient dotées de tapis de corde bordés de bois teinté et ciré, et la Chambre pivoine présentait un tapis turc encadré de la même façon. Les meubles étaient en acajou ; il y avait des coiffeuses à psyché couvertes de napperons au crochet blancs, et des tables de toilette en marbre avec broc en porcelaine et cuvette assortie. La Chambre bleue possédait une méridienne ; Rachel avait mis Hugh et Sybil dans cette chambre-là pour que Sybil puisse se reposer si elle en avait envie. La perspective d'un nouveau bébé était extrêmement excitante. En réalité, elle adorait les bébés, surtout les nouveau-nés. Elle aimait les mouvements subaquatiques de leurs mains, le retroussement méticuleux de leurs lèvres rose pâle, leurs yeux couleur ardoise qui s'efforçaient de vous distinguer, puis devenaient lointains. Les nourrissons étaient tous des amours. Rachel était secrétaire honoraire d'une institution nommée l'Hôtel des Tout-Petits et qui s'occupait de jeunes enfants, jusqu'à l'âge de cinq ans, temporairement ou définitivement rejetés. Si des parents, surtout des musiciens ou des gens de théâtre, partaient en tournée, ils pouvaient laisser leur enfant là pour un coût assez modeste. Quant aux bébés qui arrivaient comme ça dans un carton, enveloppés dans des couvertures ou parfois du papier journal, ils étaient recueillis à titre gratuit : l'hôtel était une œuvre de bienfaisance disposant d'une sœur infirmière à plein temps et d'une directrice. Pour avoir du personnel et augmenter les maigres subsides de l'institution, on formait des jeunes filles à devenir bonnes d'enfants. Rachel adorait ce travail et le trouvait utile, chose primordiale à ses yeux, et étant vouée elle-même à ne jamais avoir d'enfant, elle avait grâce à lui un flot régulier de bébés, tous en manque d'amour et d'attention. Une partie de sa tâche consistait à aider les enfants rejetés à être adoptés, et il était affreux de voir comment, à mesure qu'ils prenaient de l'âge, leurs chances s'amenuisaient. C'était parfois très triste.

Elle passait en revue les chambres des adultes, vérifiant que le papier doublure des tiroirs était propre, que les boîtes capitonnées sur les tables de chevet contenaient des biscuits Marie, que les bouteilles d'eau Malvern étaient pleines, que les penderies avaient un nombre de cintres suffisant... tous ces détails dont, à son retour de Battle, elle pourrait annoncer à la Duche qu'ils avaient été réglés, lui évitant ainsi de s'affoler. Les biscuits, friables et peu appétissants, avaient perdu tout leur croustillant. Elle rassembla les boîtes qu'elle emporta dans l'office afin de les regarnir.

Mrs Cripps, un grand moule à tarte en équilibre sur le plat de sa main gauche, éliminait avec un couteau noir la pâte qui débordait autour. Quand Rachel lui transmit le message pour Eileen, elle répondit que les filles pourraient manger les vieux biscuits lors de la pause du matin. Il faisait une chaleur étouffante dans la cuisine. La figure au teint singulier de Mrs Cripps – un jaune verdâtre – était luisante de sueur, des mèches brunes raides et grasses s'échappaient de ses pinces à cheveux géantes, et sa façon de loucher sur la tarte au bout de son long nez pointu la faisait plus que jamais ressembler à une sorcière obèse. Des blocs de pâte gisaient en croissants de lune sur la table farinée, mais ses doigts couleur saucisse n'étaient pas blanchis au-delà des articulations : elle avait comme on dit un sacré tour de main. En voyant la tarte, Rachel repensa aux framboises et réclama un récipient où les mettre.

« Le panier à fruits est dans le cellier, Miss. J'ai envoyé Dottie chercher un peu de persil. » Elle entendait par là qu'elle n'avait pas envie d'aller chercher le panier, mais qu'elle était consciente que Miss Rachel n'aurait pas dû avoir à le faire.

« J'y vais », dit aussitôt Rachel, comme l'avait prévu Mrs Cripps.

Le cellier était frais et assez sombre avec sa fenêtre qu'obturait un fin grillage : devant pendaient deux papiers tue-mouches surpeuplés. Des aliments à tous les stades de leur vie trônaient sur la longue plaque de marbre : les restes d'un rôti sous une cage en mousseline, des morceaux de gâteau de riz et de blanc-manger sur des assiettes de cuisine, du caillé en train de figer dans un saladier en verre taillé, de vieilles cruches craquelées et jaunies remplies de jus de viande et de bouillon, de la compote de pruneaux dans une jatte à pudding et, à l'endroit le plus froid sous la fenêtre, l'énorme saumon argenté, l'œil éteint après son récent pochage, gisait à la manière d'un dirigeable échoué. Le panier se trouvait sur le plancher en ardoise : le jus des fruits avait taché de rouge et de magenta le papier qui le tapissait.

En ouvrant la porte de devant sur ce qui était jadis le jardin du cottage, elle fut assaillie par la chaleur, par le bourdonnement des abeilles et celui de la tondeuse à moteur, et par le parfum du chèvrefeuille, de la lavande et des roses anciennes, d'une couleur pêche très claire, qui ceignaient le porche d'une couronne luxuriante. La rocaille de la Duche, sa toute dernière fierté, resplendissait de fleurs. Rachel prit à droite et suivit le sentier contournant la maison. Du côté ouest, une pente raide aboutissait au court de tennis que McAlpine était en train de tondre. Il portait son chapeau de paille à galon noir, un pantalon aux jambes aussi étroites que des tuyaux de poêle et, malgré la canicule, il avait gardé sa veste, car on pouvait le voir de la maison. Dans le potager, il osait l'enlever. En l'apercevant, il s'arrêta, au cas où elle aurait quelque chose à lui dire. « Belle journée », cria-t-elle, et il toucha son front en signe d'acquiescement. Belle pour certains, songea-t-il. Il aimait bien les pelouses, mais le court de tennis s'abîmait en un clin d'œil avec toute cette smala qui le piétinait allègrement. Il ne pouvait pas confier la tondeuse à Billy, qui était pétrifié rien qu'à la regarder, mais il s'inquiétait pour ses poireaux et pestait contre le temps infini qu'il passait à aller transférer l'herbe coupée dans sa brouette. Il avait néanmoins bonne opinion de Miss Rachel, et ne lui en voulait pas de cueillir ses framboises, comme, à en croire son panier, elle s'apprêtait à le faire. Elle ne laissait jamais l'abri ouvert, contrairement à certains qu'il ne nommerait pas. C'était une brave dame bien saine, quoique trop maigre ; elle aurait dû se marier, mais peut-être n'était-ce pas dans sa nature. Il regarda le soleil. Presque l'heure de se faire offrir une tasse de thé par Mrs Cripps ; elle n'était pas commode, ça non, mais son thé était sacrément bon...

Billy, accroupi sur le sentier courant entre les principaux parterres de plantes herbacées, coupait le gazon qui les bordait. Maladroit avec ses cisailles, il les ouvrait trop grand et taillait l'herbe avec une incompétence farouche. Il devait s'y reprendre à plusieurs fois pour que la zone concernée soit bien nette, mais Mr McAlpine lui sonnerait les cloches s'il ne s'appliquait pas. Il lui arrivait d'arracher une motte de terre avec ses cisailles, et il était obligé de la remettre en place en espérant que le jardinier ne s'apercevrait de rien. Il avait une ampoule à la main droite qui avait éclaté, et la peau était partie. Régulièrement, il léchait la terre salée qui se déposait sur la plaie.

Il avait proposé de tondre, mais la chose était exclue depuis le jour où la machine l'avait lâché : ce n'était pas sa faute, l'engin avait besoin d'une révision, mais on lui avait fait porter le chapeau. Quelquefois ce boulot était pire que l'école. Dire qu'il s'était imaginé qu'en la quittant ses ennuis seraient terminés. Une fois par mois il rentrait chez lui et Maman était aux petits soins, mais ses sœurs travaillaient maintenant comme domestiques, ses frères étaient bien plus âgés, et Papa n'arrêtait pas de lui répéter qu'il avait une chance folle d'apprendre son métier sous les ordres de Mr McAlpine. Au bout de quelques heures, il ne savait plus où traîner sa carcasse et il regrettait ses amis, qui avaient tous trouvé des postes ailleurs. Il était habitué à faire des trucs en bande : à l'école, ils étaient une petite troupe à aller ensemble à la pêche, ou, durant la saison, à cueillir le houblon pour se faire des sous. Ici il n'y avait personne avec qui faire des trucs. Il y avait Dottie, mais c'était une fille et il ne savait jamais sur quel pied danser avec elle, et puis elle le traitait comme un gamin alors qu'il faisait un boulot d'homme, ou presque, en tout cas il gagnait sa vie, exactement comme elle. Parfois il se demandait s'il n'allait pas devenir marin, ou chauffeur de bus ; le bus, ce serait mieux parce que les femmes prenaient le bus ; il ne serait pas chauffeur, mais receveur, pour pouvoir voir leurs jambes...

« Tu travailles très dur, à ce que je vois, Billy.

— Oui, ma'me. » Il suça son ampoule et Rachel repéra aussitôt sa blessure.

« Ce n'est pas joli joli. Viens me voir quand tu auras mangé, je te mettrai un pansement. » Puis, constatant qu'il avait l'air non seulement gêné mais anxieux, elle ajouta : « Eileen te dira où me trouver », et elle poursuivit son chemin. Elle, elle était gentille, en dépit de ses jambes noueuses et trop maigres, faut dire qu'elle avait l'âge de Maman, c'était une dame bien.

\*

William Cazalet consacra sa matinée à ses activités préférées. Il s'installa avec le journal dans son bureau, qui était sombre et bourré de gros meubles – la pièce était autrefois le deuxième petit salon de l'ancien cottage –, à s'inquiéter plaisamment du fait que le pays s'en allait à vau-l'eau : ce Chamberlain ne lui paraissait guère mieux que Baldwin, son prédécesseur ; les Allemands semblaient être les seuls à posséder le sens de l'organisation ; il était regrettable que George VI n'ait pas de fils, et il était à l'évidence un peu tard à présent ; si on créait bel et bien un État en Palestine, il doutait que suffisamment de Juifs aillent là-bas pour changer quelque chose dans sa branche : les Juifs étaient ses principaux concurrents dans le commerce du bois de construction et ils y excellaient, mais aucun ne détenait le stock de bois durs dont disposait l'entreprise Cazalet, tant en qualité qu'en variété. Sur son immense table de travail étaient éparpillés des échantillons de placage : bois noir, padouk d'Andaman, pyinkado, ébène, noyer, érable, laurier et bois de rose. Ces échantillons n'étaient pas destinés à la vente, il aimait simplement les avoir avec lui. Souvent, il faisait fabriquer des boîtes avec les premières découpes de placage effectuées dans des billes particulièrement prisées, qui avaient vieilli des années durant. La pièce contenait une douzaine de ces coffrets, et il y en avait d'autres à Londres. À part ça, le décor présentait un tapis turc au rouge et au bleu éclatants, une bibliothèque vitrée frôlant le plafond bas, plusieurs vitrines renfermant d'énormes poissons naturalisés – il attirait régulièrement les visiteurs dans son antre pour pouvoir leur raconter comment il les avait attrapés –, et, sur l'appui de fenêtre, rendant les lieux un peu moins sinistres, de grands pots de géraniums rouge vif en pleine floraison. Les murs étaient garnis de gravures sur trois rangées : des gravures de chasse, des gravures indiennes et des gravures de batailles, pleines de fumée, de vestes écarlates et d'yeux révulsés de chevaux en train de se cabrer. Des journaux qu'il avait lus s'entassaient sur des chaises. De lourdes carafes à moitié remplies de whisky et de porto trônaient sur une table marquetée, avec les verres appropriés. Une statue de dieu hindou en bois de santal, cadeau d'un rajah lorsqu'il était en Inde, se dressait sur un classeur composé de minces tiroirs dans lesquels il rangeait sa collection de coléoptères. Son bureau était presque entièrement recouvert de plans d'architecture, car il projetait de transformer une partie des écuries : étaient prévus deux garages en bas, et, au-dessus, un logement pour Tonbridge et sa famille – sa femme et son petit garçon. Les travaux étaient bien entamés, mais il n'arrêtait pas de penser à des améliorations, aussi avait-il demandé à Sampson, le contremaître, de le retrouver sur le chantier. Une des quatre pendules sonna la demi-heure. Il se leva, prit sa casquette de tweed sur le crochet derrière la porte, et se dirigea d'un pas lent vers les écuries. Tandis qu'il marchait, il repensa à ce type sympathique qu'il avait rencontré dans le train... comment s'appelait-il ? Ça commençait par un C, lui semblait-il. De toute façon, il le saurait quand le couple viendrait dîner ; naturellement, il avait invité également Mme Machin-Chose. Le hic, c'était qu'il n'arrivait pas à se souvenir s'il avait prévenu Kitty ; en fait, s'il n'arrivait pas à se souvenir, c'était sans doute qu'il ne lui avait rien dit. Il devait remonter un peu de porto ; le Taylor 1923 serait parfait.

Les écuries étaient construites de chaque côté de la cour. À gauche se trouvaient les stalles où il mettait ses chevaux ; à droite, les anciens box servant de remises. Wren était en train de panser sa jument alezane, Marigold ; il reconnut le doux chuintement répétitif avant d'atteindre la porte. Il n'y avait pas trace de Sampson. Les autres bêtes remuèrent sur leur litière à son approche. William aimait ses chevaux, il montait chaque matin que Dieu faisait, et il en gardait un en pension à Londres, un grand gris de seize mains du nom de Whistler. Whistler était là maintenant, dans une stalle, et William se renfrogna.

« Wren ! Je vous avais demandé de le sortir. Il est en vacances.

— Faut d'abord que j'attrape ce poney. Y a pas mèche une fois que j'ai sorti l'autre. »

Fred Wren était un homme petit, au corps nerveux et sec. On aurait cru que toute sa personne avait été comprimée ; c'était un garçon d'écurie devenu jockey, mais qu'une mauvaise chute avait rendu boiteux. Cela faisait presque vingt ans qu'il travaillait pour William. Une fois par semaine il se saoulait tellement qu'on se demandait comment il parvenait à escalader l'échelle jusqu'au fenil où il dormait. Ces excès étaient connus mais tolérés, car il était par ailleurs un excellent palefrenier.

« Mrs Edward va arriver, pas vrai ?

— Aujourd'hui. Tout le monde arrive.

— J'ai appris ça. Mrs Edward ira bien sur l'alezan cuivré. Elle a une bonne assiette, Mrs Edward. Y en a pas beaucoup des comme elle.

— Très juste, Wren. » Il donna une petite tape à Marigold, puis tourna les talons.

« Une chose, monsieur. Vous pourriez dire à ces ouvriers de nettoyer leur ciment ? Ils bouchent mes canalisations.

— Je le leur dirai. »

Et dites-leur d'enlever leurs échelles le soir, et de pas confondre ma cour avec une porcherie. Des copeaux, des seaux et mon eau qu'ils utilisent à gogo... Ah ça, j'en ai ma claque de leur culot, à cette bande de lascars. Voilà ce que ruminait Wren en regardant s'éloigner son employeur. Pas moyen d'arrêter ce vieux birbe, pourtant : il allait finir par démolir les écuries, ça l'étonnerait pas. Il avait le frisson rien que d'y penser. Au début, quand il avait débarqué ici, il n'était pas question d'automobiles ni de rien de ce genre. Aujourd'hui il y en avait deux, d'affreuses choses qui empestaient. Si Mr Cazalet se mettait dans la tête d'en acheter d'autres, où mettrait-il ces engins ? Pas dans mes écuries, se dit-il, un peu tremblant. Il était bien plus âgé que les autres ne devaient l'imaginer, et il n'aimait pas les temps modernes.

Les doléances de Wren sur les canalisations firent réfléchir William. Les nouveaux aménagements allaient nécessiter un accès à l'eau. Il allait peut-être falloir creuser un autre puits. Comme ça, le jardin et les écuries pourraient être alimentés, et le jardin n'utiliserait plus l'eau de la maison... Oui ! Il allait jouer les sourciers après le déjeuner. Il parlerait du problème à Sampson, mais Sampson n'y connaissait absolument rien en puits... il ne serait pas fichu de trouver de l'eau même si sa vie en dépendait. Galvanisé par cette nouvelle perspective, il mit le cap vers les garages.

\*

Tonbridge tint la portière ouverte pour Madame, et la Duche monta avec gratitude à l'arrière de la vieille Daimler. La voiture était fraîche après la chaleur de la grand-rue, et y régnait une faible odeur de livre de prières. Le coffre était occupé par la grosse commande d'épicerie ; la corbeille de jardin et le sécateur achetés chez Till's étaient posés sur la banquette à côté d'elle, et une caisse d'eau de Malvern sur le siège devant.

« Nous devons juste passer prendre ma commande chez le boucher, Tonbridge.

— Très bien, ma'me. »

Elle dégagea légèrement une épingle qui semblait vouloir s'enfoncer dans son crâne à travers son chapeau. Il ferait trop chaud pour cueillir les roses ; elle allait devoir attendre le soir. Elle se reposerait un court moment après le déjeuner, puis sortirait dans le jardin. Par un temps pareil, elle se reprochait chaque minute qu'elle ne pouvait pas passer là-bas.

Le boucher apparut avec le paquet contenant son agneau. Il s'était montré navré que la dernière commande ait pu laisser à désirer. Il souleva son canotier tandis que la Daimler reprenait sa route.

Tonbridge s'était trompé dans les desserts. « Je voulais un assortiment de fruits, pas seulement des groseilles à maquereau. Vous allez devoir les rapporter, j'en ai peur. »

Tonbridge retourna à pas lents dans la boutique. Il n'aimait pas se charger des desserts, et devoir rapporter les groseilles lui déplaisait fortement car la tenancière était sèche avec lui et lui rappelait Ethyl. Il s'exécuta, bien sûr. Tout cela faisait partie de son travail.

Il ramena la Duche à la maison à la vitesse lugubre de trente à l'heure – allure qu'il réservait d'ordinaire à Mrs Edward ou Mrs Hugh lorsqu'elles étaient enceintes. La Duche ne remarqua rien ; la conduite était pour les hommes, et ils pouvaient rouler à l'allure qu'ils voulaient. La seule chose qu'elle ait jamais conduite était une carriole quand elle était beaucoup plus jeune. Mais elle sentait que l'affaire des desserts avait contrarié Tonbridge et, une fois à la maison, lorsqu'il l'aida à sortir de voiture, elle dit : « Vous serez sans doute extrêmement soulagé quand les garages seront finis, et que vous aurez un joli appartement pour votre famille. »

Il la regarda. Ses tristes yeux marron aux paupières inférieures violacées ne changèrent pas d'expression, et il répondit : « Oui, ma'me, sans doute », avant de refermer la portière après elle. En emmenant la voiture à la porte de derrière afin de la décharger, il se dit non sans morosité que sa seule chance d'échapper à Ethyl allait bientôt s'évanouir. Elle débarquerait ici, à le harceler, à se plaindre du manque d'animation, avec ce gamin qui pleurnichait constamment, et sa vie serait aussi épouvantable que quand ils vivaient à Londres. Il devait bien exister une issue, mais il ne voyait pas laquelle.

*

Eileen avait été à la traîne toute la matinée. Celle-ci avait pourtant bien commencé : elle avait terminé le ménage des pièces de réception avant le petit déjeuner. Mais tandis qu'elle lavait tasses, assiettes et ustensiles utilisés, elle s'aperçut que l'ensemble de la vaisselle destinée aux repas des enfants n'avait pas servi depuis Noël : il fallait tout nettoyer et, bien sûr, Mrs Cripps ne pouvait pas se passer de Dottie, et Peggy et Bertha avaient la totalité des chambres du haut à préparer. Eileen n'aimait pas protester, mais elle pensait vraiment que Mrs Cripps aurait pu en parler aux filles et faire le nécessaire plus tôt. Tout n'était pas bouclé, or le déjeuner étant prévu de bonne heure dans la salle à manger, elles n'auraient pas la cuisine pour elles avant presque deux heures de l'après-midi. Elle était dans l'office : elle roulait des boules de beurre emperlées de gouttes d'eau afin de les mettre dans des raviers en verre pour le déjeuner et le dîner de ce jour-là.

La porte était ouverte et elle entendait Mrs Cripps qui criait quelque chose à Dottie, laquelle n'arrêtait pas de trotter dans le couloir en transportant la vaisselle. Des odeurs de gâteaux et de galettes d'avoine lui parvenaient de la cuisine, lui rappelant qu'elle mourait de faim : elle ne mangeait jamais beaucoup au petit déjeuner et n'avait eu droit qu'à un petit gâteau en milieu de matinée. À Londres, Mrs Norfolk proposait un vrai repas assis pour la pause de onze heures – du saumon en boîte ou un beau morceau de cheddar –, mais il faut dire qu'elle n'avait pas à cuisiner pour autant de monde que Mrs Cripps. Eileen accompagnait toujours la famille à la campagne pour Noël et les vacances d'été. À Pâques, elle avait ses quinze jours de congé et Lillian, la bonne de Chester Terrace, venait la remplacer. Cela faisait sept ans qu'Eileen travaillait pour la famille ; elle les aimait bien, mais elle adorait Miss Rachel, une des dames les plus gentilles qu'elle ait jamais rencontrées. Elle ne comprenait pas pourquoi Miss Rachel ne s'était jamais mariée, mais supposait que, comme tant d'autres, elle avait connu une déception pendant la guerre. Elle aurait beaucoup de besogne tout l'été, ça ne faisait aucun doute. Mais elle aimait voir les enfants s'amuser, et Mrs Hugh allait bientôt accoucher et il y aurait à nouveau un bébé à Noël. Bon, voilà pour le beurre. Elle prit le petit plateau de raviers pour le mettre dans le cellier et faillit heurter Dottie : cette fille ne regardait jamais où elle allait. La pauvre, elle avait un rhume d'été et un très vilain bouton de fièvre sur la lèvre malgré toute la crème de beauté qu'Eileen lui avait gentiment prêtée. Elle transportait un immense plateau avec la vaisselle de la cuisine afin de dresser le couvert dans la salle des domestiques.

« Tu ne devrais pas tant charger ton plateau, Dottie. Tu risques un méchant accident. »

Mais on pouvait s'adresser le plus aimablement du monde à cette fille, elle avait toujours l'air terrifiée. Eileen se doutait qu'elle avait le mal du pays, car elle se souvenait de ce qu'elle avait ressenti au début, quand elle était devenue domestique : elle pleurait chaque soir toutes les larmes de son corps, et passait ses après-midi à écrire à la maison, mais Maman n'avait jamais répondu à ses lettres. Elle n'aimait pas repenser à cette époque. N'empêche, il fallait en passer par là. C'était pour le mieux en définitive. Elle alla dans la cuisine vérifier l'heure. Midi et demi... elle devait s'activer.

Mrs Cripps était déchaînée, à remuer des marmites, à mettre des plats au four et à en sortir d'autres. La table de la cuisine était à moitié encombrée de jattes, de casseroles, d'appareils de pâtisserie ainsi que du hachoir et de pichets vides, tout cela attendant d'être lavé.

« Où est cette petite ? Dottie ! Dottie ! » Elle avait d'immenses taches sombres sous les bras, et ses chevilles faisaient des bourrelets autour des brides de ses chaussures noires. Elle ôta une cuillère en bois d'une casserole à double fond, y plaça son index à plat, goûta puis s'empara du sel. « Vois si tu peux me la trouver, veux-tu, Eileen ? Il y a tout ça à ranger, et il faut secouer la grille du fourneau... je ne sais pas ce qu'ils mettent dans le charbon de nos jours, je ne sais vraiment pas. Dis-lui de se dépêcher, si elle connaît le sens du mot. »

Rêveuse, Dottie s'employait à disposer sur la table fourchette puis couteau, et enfin cuillère. Elle s'interrompait après chaque geste, reniflant et regardant dans le vide.

« Mrs Cripps a besoin de toi. Je vais finir de mettre la table. » Dottie lui lança un regard traqué, s'essuya le nez sur sa manche et détala.

Eileen entendait les filles rire et bavarder avec Mr Tonbridge, rentré de Battle avec les courses. Après tout, les filles pourraient mettre le couvert et elle-même pourrait aider Mr Tonbridge. Elle savait où se rangeaient les choses ; on ne pouvait pas en dire autant de Peggy ou de Bertha. Mais elle avait à peine remis le beurre, la crème et la viande dans le cellier et l'eau de Malvern dans son office qu'elle apprit que Mrs Cripps était en train de servir. Rebroussant chemin à la hâte, elle traversa la cuisine et le vestibule jusqu'à la salle à manger pour y allumer les lampes à alcool sous le chauffe-plat de la desserte, puis revint dans le vestibule où elle sonna le gong annonçant le déjeuner, avant de retourner dans la cuisine où plats et assiettes étaient déjà empilés sur le grand plateau en bois. Elle eut juste le temps de retraverser le vestibule avec son chargement et de mettre en place les assiettes et les plats, quand la famille surgit pour le déjeuner.

\*

Quatre heures plus tard ils étaient presque tous arrivés : les adultes prenaient le thé dans le jardin, et les enfants dans le hall avec Nanny et Ellen. Ils étaient arrivés dans trois voitures : Edward avait déchargé les valises et Louise avait transporté la sienne, au demeurant extrêmement lourde, dans le hall. Tante Rach les avait accompagnés pour leur indiquer les chambres. Elle avait essayé d'aider Louise à porter sa valise, mais la fillette ne l'avait pas laissée faire : tout le monde savait que Tante Rach avait des problèmes de dos, quel que soit le sens de cette expression. Elle était ravie d'être dans la Chambre rose et, puisqu'elle était la première, elle s'attribua le lit près de la fenêtre. Elle vit le lit de camp et comprit que Clary dormirait avec Polly et elle. Quelle plaie ! Clary avait beau avoir douze ans (comme Polly), elle semblait bien plus jeune, sans compter qu'elle n'était pas très rigolote, et qu'il fallait être gentille avec elle parce que sa mère était morte. Peu importe, c'était merveilleux d'être ici. Elle déballa juste assez ses affaires pour sortir son jodhpur : elle projetait de monter à cheval tout de suite après le thé. À la réflexion, mieux valait vider complètement sa valise, sans quoi on risquait de lui ordonner d'aller le faire quand elle serait occupée à autre chose. Elle suspendit les trois robes de coton que Maman l'avait forcée à emporter et fourra tout le reste dans un tiroir, à l'exception de ses livres, qu'elle arrangea avec soin sur sa table de chevet. *Les Grandes Espérances*, parce que Miss Milliment leur avait assigné ce roman comme lecture d'été, *Raison et Sentiments*, parce qu'elle ne l'avait pas lu depuis au moins un an, un drôle de vieux bouquin intitulé *Le Monde, le vaste monde*, parce que Miss Milliment avait dit que, quand elle était jeune, elle pariait toujours avec une amie que, quelle que soit la page où elles ouvriraient le livre, l'héroïne serait en train de pleurer, et, bien sûr, son Shakespeare. Elle entendit une voiture et pria pour que ce soit Polly. Elle avait besoin de quelqu'un à qui parler : Teddy était distant ; il ne répondait précisément à aucune question sur son école et, pendant le trajet, n'avait même pas daigné jouer aux plaques d'immatriculation. Faites que ce soit Polly. S'il vous plaît, mon Dieu, faites que ce soit Polly.

\*

Polly était contente d'arriver. Elle avait toujours mal au cœur en voiture, même si elle n'allait jamais vraiment jusqu'à vomir. Ils s'étaient arrêtés deux fois pour elle, une fois sur la colline après Sevenoaks et une fois après avoir passé Lamberhurst. Chaque fois, elle était sortie de voiture en trébuchant et avait tenté de dégobiller, en vain. En plus, elle s'était disputée avec Simon pendant le voyage. Au sujet de Pompée. Simon avait dit que les chats ne remarquaient pas si leurs maîtres s'en allaient, ce qui était un mensonge éhonté. Pompée l'avait regardée faire sa valise et avait cherché à grimper dedans. Il dissimulait ses sentiments devant les autres, c'était tout. Il avait même essayé de lui remonter le moral en partant s'installer dans la cuisine... en mettant entre eux la plus grande distance possible. Maman n'avait pas cessé de répéter : Enfin, tu n'es pas excitée d'aller à Home Place ? Elle l'était, mais, c'était bien connu, on pouvait ressentir deux choses en même temps, et sans doute davantage. Elle n'était pas sûre qu'Inge soit gentille avec lui bien qu'elle lui ait offert un pot de Crème Prodigieuse pour la soudoyer, mais Papa avait dit qu'il serait de retour lundi et elle savait qu'elle pouvait lui faire confiance. Néanmoins, Papa lui manquerait. Dans la vie, ce qu'on gagnait d'un côté, on le perdait de l'autre. Après sa crise de larmes à Londres et sa nausée en voiture, voilà qu'elle avait mal à la tête. Tant pis. Tout de suite après le thé, Louise et elle iraient retrouver ensemble leur arbre préféré – un vieux pommier qu'elles comparaient à une maison, et dont les branches figuraient différentes pièces. C'était leur arbre, à Louise et elle ; l'horrible Simon n'aurait pas le droit d'y grimper. Il avait reçu l'ordre de porter la valise de Polly dans sa chambre, mais à peine avaient-ils disparu du champ de vision des adultes qu'il l'avait lâchée en disant : « Porte-la donc toi-même. » « Espèce de goujat ! » avait-elle répliqué en la récupérant et en commençant à gravir les marches. « Espèce de fumier ! » Elle avait tout récemment appris ces deux terribles insultes quand Papa les avait employées pendant le trajet à propos d'un chauffeur de bus et d'un homme en voiture de sport. Oh là là ! Entre Pompée et Simon, elle avait bien des soucis. Mais apparut cette chère Louise en haut de l'escalier, qui vola pour l'aider à monter sa valise. Sauf que Louise était en tenue d'équitation, ce qui signifiait pas d'arbre après le thé. Décidément, ce qu'on gagnait d'un côté, on le perdait de l'autre.

\*

Zoë et Rupert avaient fait un voyage épouvantable ; Zoë avait suggéré que Clary parte en train avec Ellen et Neville, mais la fillette avait piqué une telle crise que Rupert avait cédé, et accepté qu'elle vienne avec eux. Leur voiture, une petite Morris, n'était pas assez grande pour toute la famille, et Clary, à l'arrière, était cernée par les bagages. Elle n'avait pas tardé à dire qu'elle avait mal au cœur et à vouloir aller devant. Zoë avait répondu qu'elle n'aurait pas dû venir en voiture si elle devait être malade, et qu'elle ne pouvait pas aller devant. Clary avait alors été malade, rien que pour la faire bisquer. Ils avaient été obligés de s'arrêter, et Papa avait tenté de nettoyer, mais l'odeur était horrible et tout le monde était fâché contre elle. Puis ils avaient crevé, et Papa avait dû changer la roue pendant que Zoë restait assise à fumer sans prononcer un mot. Clary était descendue de voiture et s'était excusée auprès de Papa, qui avait été gentil et avait dit qu'il imaginait qu'elle n'y pouvait rien. Horreur, ils étaient encore dans Londres quand c'était arrivé. Papa avait dû décharger le coffre pour atteindre ses outils et Clary avait essayé de l'aider, mais il avait dit que ce n'était pas la peine. Il s'exprimait de cette voix patiente qui indiquait, d'après elle, qu'il était atrocement malheureux, mais en cachette. Il l'était forcément : la chose la plus terrible au monde lui était arrivée et il devait continuer à vivre et à faire comme si de rien n'était. Elle s'efforçait, bien sûr, d'imiter sa bravoure, car elle savait que la douleur était cent fois pire pour lui. Peu importait l'amour qu'elle lui vouait, il ne compenserait jamais la perte. Le reste du voyage, personne ne parlait plus, et elle avait chanté pour égayer son père. Elle avait chanté « Early One Morning » et « The Nine Days of Christmas », et quelque chose qui s'appelait une « aréa » de Mozart. Elle n'en connaissait que les trois premiers mots, puis elle avait dû faire « la la la », mais c'était une jolie mélodie, une de ses préférées. Elle avait enchaîné avec le « Raggle Taggle Gypsies O », mais quand elle en était arrivée aux « Ten Green Bottles », Zoë lui avait demandé de la fermer un peu, et donc, bien sûr, elle avait dû se taire. Papa l'avait remerciée pour son joli récital : ça avait fait les pieds à Zoë, na ! Elle avait passé le reste du voyage à avoir envie de faire pipi, sans oser demander à Papa de s'arrêter à nouveau.

Lydia et Neville s'étaient bien amusés dans le train. Neville aimait les trains plus que tout au monde, ce qui était logique puisqu'il voulait être mécanicien quand il serait grand. Lydia le trouvait très gentil. Ils avaient joué au morpion, mais ce n'était pas très drôle car ils étaient aussi forts l'un que l'autre. Neville voulait grimper avec elle sur le porte-bagages au-dessus des banquettes – il disait qu'un garçon de sa connaissance voyageait toujours là-haut –, mais Nan et Ellen le leur avaient interdit. Elles leur avaient permis d'aller dans le couloir, ce qui était très excitant quand ils traversaient des tunnels et qu'ils apercevaient des étincelles rouges dans l'obscurité enfumée, tandis que flottait une agréable odeur indéfinissable. « Le seul problème, dit Lydia après réflexion quand on leur ordonna de revenir dans le compartiment, si tu conduis une locomotive, c'est de savoir où tu habites. Parce que, où que soit ta maison, tu seras toujours en vadrouille, non ?

— J'emporterai une tente. Je la planterai dans des endroits comme l'Écosse ou la Cornouailles... ou le pays de Galles ou l'Islande. Où je voudrai, conclut-il pompeusement.

— Tu ne peux pas conduire un train jusqu'en Islande. Les trains ne roulent pas sur la mer.

— Si. Papa et Zoë vont à Paris en train. Ils montent dedans à la gare Victoria, ils dînent et ils dorment, et quand ils se réveillent ils sont en France. Donc ils traversent bien la mer. Et toc ! »

Lydia garda le silence. Elle n'aimait pas les disputes, et décida de ne pas ergoter. « Je suis sûre que tu seras un très bon mécanicien.

— Je t'emmènerai gratuitement chaque fois que tu auras envie. J'irai à trois cents à l'heure. »

Il remettait ça. Rien n'allait à trois cents à l'heure.

« Qu'est-ce que tu es le plus impatient de retrouver une fois qu'on sera là-bas ? » Elle avait posé la question par politesse, la réponse ne l'intéressait pas outre mesure.

« Mon vélo. Et les fraises. Et le marchand de glaces Wall's.

— Les fraises sont finies, Neville. Il y aura des framboises.

— Je m'en fiche. J'aime toutes les baies. Toutes-les-baies-me-laissent-bouche-bée. » Il éclata de rire, sa figure devint rose vif et il faillit tomber de sa banquette. Ellen fit remarquer qu'il disait des bêtises ; il se calma quand on lui ordonna de tirer la langue et qu'on lui frotta le bas du visage avec un mouchoir mouillé de sa salive. Lydia regarda la scène avec dégoût, mais juste au moment où elle commençait à éprouver un certain sentiment de supériorité, Nan lui fit exactement la même chose.

« Vous avez attrapé plein de taches de suie en restant dans le couloir, je vous l'avais dit ! » Cela signifiait sûrement qu'ils arrivaient bientôt et elle avait hâte.

\*

Les Cazalet étaient une famille qui aimait embrasser. Lorsque les premiers (Edward et Villy) arrivèrent, ils embrassèrent la Duche et Rachel (les enfants embrassèrent la Duche et firent un câlin à Tante Rach) ; quand la deuxième fournée (Sybil et Hugh) arriva, ils firent la même chose, puis les frères et belles-sœurs s'embrassèrent : « Comment vas-tu, ma chérie ? » ; quand Rupert et Zoë arrivèrent, lui embrassa tout le monde, tandis que Zoë marquait légèrement le visage de ses beaux-frères de son rouge à lèvres écarlate et offrait une joue crémeuse à la bouche de ses belles-sœurs. La Duche, assise dans un transat au dossier vertical, sur la pelouse de devant sous l'araucaria, attendait que chauffe la bouilloire en argent afin de préparer un thé indien corsé. Alors qu'ils l'embrassaient tour à tour, elle effectuait en silence son examen éclair de la santé de chacun : Villy était un peu maigre, Edward avait l'air en pleine forme, comme toujours ; Louise grandissait trop vite, Teddy atteignait l'âge ingrat ; Sybil paraissait exténuée, et Hugh donnait l'impression d'avoir souffert d'une de ses migraines ; Polly devenait jolie, il fallait s'abstenir coûte que coûte de commenter son physique ; Simon était beaucoup trop pâle : l'air marin lui ferait du bien ; Rupert semblait complètement éreinté et avait besoin de se remplumer ; quant à Zoë... là, les remarques lui manquèrent. Incurablement honnête, elle s'avouait qu'elle n'aimait pas Zoë et n'arrivait pas à s'habituer à son apparence qui, selon elle, était un brin tapageuse, un peu comme une actrice. La Duche n'avait rien contre les actrices en général, c'était simplement qu'on n'imaginait pas en compter une dans la famille. Ces observations tacites ne furent perçues que par Rachel, qui s'empressa de s'extasier sur le tailleur en tussor que sa belle-sœur portait avec un chandail au crochet blanc et un long sautoir de corail. Clary n'avait embrassé personne, et s'était précipitée tout droit dans la maison.

« Elle a été malade dans la voiture, expliqua Zoë d'un ton neutre.

— Elle est tout à fait remise maintenant », dit vivement Rupert.

Rachel se leva. « Je vais aller voir.

— Oui, vas-y, ma chérie. À mon avis, les framboises à la crème seront trop riches pour elle, elle va devoir s'en passer. »

Rachel fit semblant de ne pas entendre sa mère. Elle trouva Clary qui sortait des toilettes du rez-de-chaussée.

« Tu vas bien ?

— Pourquoi je n'irais pas bien ?

— Zoë a dit que tu avais été malade dans la voiture. Je me suis dit que peut-être...

— C'était il y a longtemps. Je suis dans quelle chambre ?

— La rose. Avec Polly et Louise.

— Ah. Très bien. » Sa valise trônait dans le couloir devant les toilettes. Elle l'empoigna. « J'ai le temps de défaire ma valise avant le thé ?

— Je suppose. De toute façon, tu n'es pas obligée de prendre le thé si ça ne te tente pas.

— Je vais très bien, Tante Rachel... crois-moi. Je vais tout à fait bien.

— Tant mieux. Je voulais juste être sûre. Parfois on se sent très mal après avoir vomi. »

Clary fit un pas hésitant vers Rachel, posa sa valise, puis, un bref instant, serra violemment sa tante dans ses bras. « Je suis aussi coriace que de vieilles bottes en caoutchouc. » Une expression de doute traversa son visage. « D'après Papa. » Elle reprit sa valise. « Merci de t'inquiéter pour moi », conclut-elle avec cérémonie.

Rachel la regarda monter lourdement à l'étage. Elle se sentait triste. Son dos lui faisait mal, et cette douleur lui rappela de prendre un coussin pour Sybil.

Lorsqu'elle regagna la compagnie, Zoë était en train de raconter à Villy qu'elle avait assisté aux simples messieurs à Wimbledon, Sybil décrivait à la Duche la nounou qu'elle avait trouvée, Hugh et Edward parlaient boutique, et Rupert se tenait un peu à l'écart, assis sur la pelouse, les mains autour des genoux, à contempler ce tableau familial. Tout le monde fumait à part Sybil. La Duche interrompit Sybil pour dire : « Jetez votre thé, ma chérie, il va être froid. Je vais vous en servir une autre tasse. »

Rachel tendit le coussin à Sybil, qui se souleva avec reconnaissance pour qu'on le lui mette en place.

Zoë, qui observait la scène, lorgnait Sybil à la dérobée en se demandant comment on pouvait s'afficher avec une allure aussi monstrueuse. Elle pourrait au moins porter une tunique ample, ou quelque chose, au lieu de cette affreuse robe verte toute tendue sur son ventre. Seigneur ! Elle espérait ne jamais être enceinte.

Rachel prit une Abdulla dans le coffret sur la table à thé puis chercha autour d'elle de quoi l'allumer. Villy brandit son petit briquet vert ; Rachel la rejoignit.

« Le court est prêt pour un tennis », annonça-t-elle, mais avant que quiconque n'ait pu répondre, ils entendirent la voiture arriver. Des portières claquèrent et, quelques secondes plus tard, Lydia et Neville franchirent en courant le portail blanc. « On est allés à presque cent à l'heure.

— Dieu du ciel ! » s'exclama la Duche en l'embrassant. Surexcité, se dit-elle. Tout cela va finir par des pleurs.

« J'ai parié avec Tonbridge qu'il ne pouvait pas rouler vite, alors il a accéléré !

— Il a roulé à sa vitesse normale, déclara Lydia d'un ton guindé, en se penchant vers sa grand-mère. Neville est un peu jeune pour son âge », chuchota-t-elle, mais très fort.

Neville se rebiffa. « Je suis moins jeune pour mon âge que toi ! Comment est-ce qu'on peut être jeune pour son âge, d'abord ? On n'aurait pas l'âge qu'on a si on était jeune pour cet âge-là !

— Ça suffit, Neville, dit Rupert à son fils, lui couvrant de la main le bas du visage. Embrasse tes tantes et va te préparer pour le thé.

— Alors seulement une. » Il embrassa bruyamment la joue de Sybil.

« Les autres aussi », ordonna Rupert.

Le gamin poussa un soupir théâtral mais s'exécuta. Lydia, qui avait déjà embrassé tout le monde, termina par Villy, sur qui elle se jeta.

« Tonbridge a un cou très rouge, qui devient rouge foncé si on parle de lui dans la voiture, dit-elle.

— Il ne faut pas parler de lui. Il faut lui parler à lui, ou pas du tout.

— Oh, c'était pas moi. C'était Neville. J'ai juste remarqué.

— Arrêtez avec vos histoires, dit la Duche. Filez donc rejoindre Ellen et Nanny. » Ils la regardèrent, puis déguerpirent sur-le-champ.

« Ma parole, ils sont impayables, non ? Ce qu'ils peuvent me faire rire. » Rachel écrasa sa cigarette.

« Alors, et ce tennis ? » Elle se demandait si Villy était vexée que sa belle-mère ait gourmandé Lydia, et elle savait que Villy adorait le tennis.

« Je suis partant, dit aussitôt Edward.

— Hugh, va jouer, je t'en prie. Je viendrai vous regarder. » Sybil rêvait de se reposer un peu dans la fraîcheur de leur chambre, mais elle ne voulait pas priver Hugh de son tennis.

« Je jouerai avec plaisir si on a besoin de moi. » Mais il n'en avait pas envie. Il avait envie de s'allonger dans un transat et de lire, de passer un moment tranquille.

Pour une fois, pourtant, ils n'eurent pas à se sacrifier aux besoins présumés de l'autre, car Zoë, se levant d'un bond, annonça son désir de jouer et déclara qu'elle montait en vitesse se changer. Rupert déclara sur-le-champ que, dans ce cas, il jouerait aussi, et le double fut constitué. La Duche se proposait d'aller couper ses roses fanées et d'en cueillir des fraîches, et Rachel, voyant que tout le monde semblait heureux et occupé, venait de décider qu'elle pouvait aller dans sa chambre lire la lettre de Sid. À ce moment-là, son père sortit de la maison.

« Bonjour, bonjour, tout le monde. Kitty, tout s'arrange, parce que, je me souviens maintenant, les Machin Chose ne peuvent pas rester dîner, ils passent juste prendre un verre.

— Qui ça, mon cher ?

— Le gars que j'ai rencontré dans le train. Impossible de me rappeler son nom, mais c'était un type très sympathique et, bien sûr, j'ai aussi invité sa femme. Je n'aurais pas dû monter le porto, mais j'imagine que nous arriverons à le boire.

— À quelle heure les as-tu invités ? Parce que le dîner est à huit heures.

— Oh, je n'ai pas précisé l'heure. Ils viendront vers six heures, d'après moi. De Ewhurst... c'est là que le type a dit habiter. Rachel, tu peux m'accorder une minute ? Je veux te lire la fin du chapitre sur le Honduras britannique avant de commencer à comparer leur acajou avec la variété d'Afrique de l'Ouest.

— Tu me l'as déjà lu, Papa chéri.

— Ah bon ? Eh bien, tant pis, je vais te le relire. » La prenant par le bras, il l'entraîna fermement dans la maison.

« Pourquoi le laisses-tu prendre le train ? demanda Hugh à sa mère tandis qu'elle se mettait en quête de son sécateur et de sa corbeille de jardin. S'il allait avec Tonbridge en voiture, il ne rencontrerait pas autant de monde.

— Quand il va avec Tonbridge, il veut absolument prendre le volant. Et comme il s'obstine à rouler du côté droit, Tonbridge refuse de le lui laisser. Au moins, s'il voyage en train, aucun des deux n'est obligé de céder.

— La police ferme les yeux ?

— Non, bien sûr. Mais la dernière fois qu'ils l'ont arrêté, ton père est descendu très lentement de voiture et leur a expliqué qu'il avait toujours circulé à cheval de ce côté-là de la route et qu'il n'allait pas changer aujourd'hui sous prétexte qu'il était en auto, et au bout du compte ce sont les policiers qui se sont excusés. Il devra bientôt renoncer : sa vue est vraiment trop mauvaise. Il faudra que tu lui parles, mon chéri, je suppose que toi il t'écoutera.

— J'en doute. »

Ils se séparèrent, et Hugh monta à l'étage s'assurer que Sybil allait bien. Il emprunta l'escalier du cottage, évitant les enfants tous en train de goûter dans le hall.

Le goûter était presque fini, et les aînés étaient pressés d'avoir l'autorisation de sortir de table. Ils avaient tous eu droit à la tartine de pain beurré obligatoire, suivie d'autant de tartines de confiture qu'ils voulaient (la Duche était contre l'alliance du beurre et de la confiture, que, condamnation suprême, elle jugeait « un peu riche »), puis il y avait eu des galettes aux flocons d'avoine et du gâteau, et, encore après, des framboises à la crème, le tout arrosé de grandes tasses du lait crémeux que Mr York avait livré de la ferme ce matin-là. Ellen et Nanny présidaient, soucieuses de leur statut respectif, et plus attentives et autoritaires avec les enfants dont elles avaient la charge qu'elles ne l'étaient à Londres. Polly et Simon, n'ayant pas de nounou, relevaient d'un territoire indéfini, ce qui semblait les assagir. Les bonnes manières rendaient les gens ennuyeux, se disait Louise. Elle donna un coup de pied à Polly sous la table, et celle-ci, comprenant le signal, demanda : « S'il vous plaît, on peut se lever ?

— Quand tout le monde aura fini », répondit Nanny.

Neville traînait. La tablée entière le regardait. Lorsqu'il s'en aperçut, il se mit à engloutir ses framboises au point d'en avoir les joues gonflées.

« Arrête ! » ordonna sèchement Ellen, sur quoi le garçon s'étrangla. Il ouvrit la bouche et une bouillie de framboises pas très ragoûtante atterrit sur la table.

« Les autres peuvent se lever. » Ils obéirent avec reconnaissance, juste au moment où la bataille commençait.

« Vous allez où ? lança Clary à Polly et Louise, consciente qu'elles essayaient de l'exclure.

— Voir Joey », répondirent les deux cousines en courant vers la porte nord. Elles ne voulaient pas d'elle. Clary décida de partir en exploration de son côté. Au début, elle ne prit pas garde à sa destination, trop occupée à détester tout le monde ; Louise et Polly se liguaient toujours contre elle, comme les filles à l'école. Si elle les avait accompagnées voir Joey, elles ne l'auraient pas laissée le monter, ou lui auraient simplement accordé un petit tour sur son dos à la fin. De toute façon, elle était en short et les courroies des étriers lui auraient cruellement pincé les genoux. Les pleurs de Neville lui parvenaient d'une fenêtre du haut : ça lui apprendrait, à cet imbécile. D'un coup de pied, elle envoya valser une pierre et se fit mal à l'orteil…

« Attention ! » C'étaient ces horribles Teddy et Simon sur leurs vélos. Ce qu'il y avait d'horrible avec ces deux-là, c'était qu'ils ne lui adressaient pas du tout la parole. Ils ne parlaient qu'entre eux ou avec les adultes, mais en général, au bout de quelques jours de vacances, ils s'adoucissaient un peu. Elle se trouvait maintenant au coin de la maison, d'où, à gauche, elle voyait le court de tennis. Elle entendait les joueurs crier : « Zéro-quinze » ou « À toi ! ». Elle aurait pu proposer de ramasser les balles, mais elle n'avait aucune envie de voir Zoë : merci, sans façons. Elle entendit Papa rire aux éclats en loupant une balle. Il ne prenait pas le jeu très au sérieux, contrairement aux autres. À droite s'étendait la majeure partie du jardin et, au loin, commençait le potager. Ce serait sa destination. Elle remonta le sentier cendré le long des serres, dont les vitres étaient barbouillées de peinture blanche. La Duche, coiffée de son grand chapeau, était en train de s'occuper de ses roses, et Clary décida de passer par l'intérieur des serres pour ne pas être vue. La première sentait le brugnon : les arbres poussaient en espalier contre le mur. Au-dessus de sa tête se déployait une immense vigne dont les fruits ressemblaient à de petites perles vertes enveloppées de buée. Les grappes ne devaient pas être mûres du tout, mais elles étaient très jolies, songea-t-elle. Elle palpa un ou deux brugnons, et l'un lui tomba dans la main. Ce n'était pas sa faute, il s'était détaché tout seul. Elle le mit dans la poche de son short pour le manger en catimini. Il y avait des multitudes de pots de géraniums et de chrysanthèmes à peine en bouton ; le jardinier les présentait à l'Exposition florale. La dernière serre regorgeait de tomates, des jaunes et des rouges ; leur odeur était délicieuse et tellement puissante qu'elle lui chatouillait les narines. Elle en cueillit une minuscule pour la goûter ; elle était aussi sucrée qu'un bonbon. Elle en cueillit trois autres qu'elle fourra dans son autre poche. Elle referma la porte de la dernière serre et sortit dans l'air plus frais, mais toujours doré. Le ciel était bleu pâle avec une traînée de petits nuages pareils à des plumes. Près du portillon du jardin potager il y avait un énorme arbuste aux fleurs violettes qui ressemblaient à celles du lilas, mais plus pointues ; il était envahi de papillons : des blancs, des orange avec du noir et du blanc, des petits bleus, et un seul jaune citron avec de minuscules nervures sombres, le plus beau de tous, à son avis. Elle les observa un moment en regrettant de ne pas savoir leurs noms. Parfois ils ne tenaient pas en place et allaient de fleur en fleur sans même s'arrêter. Ils pompent sûrement le miel de chaque petite fleur, se dit-elle. Ils sont obligés de continuer jusqu'à ce qu'ils en trouvent une qui soit pleine.

Elle décida de venir les voir souvent : à la longue, ils finiraient peut-être par la connaître, même s'ils n'avaient rien de très humain, ils faisaient penser à des fantômes ou des fées ; *eux* n'avaient pas besoin d'humains, les veinards.

Dans le potager, entouré de murs, il faisait très chaud et l'air était immobile. Il y avait un long parterre de fleurs pour les bouquets, et le reste était des légumes. Des pruniers à quetsches et à reines-claudes poussaient contre les murs, ainsi qu'un énorme figuier, dont les feuilles étaient rêches au toucher et sentaient l'imperméable tiède. Il avait énormément de figues, et certaines étaient tombées par terre, mais elles étaient encore vertes, dures et brillantes.

« Viens voir ce que j'ai trouvé ! »

Elle n'avait pas remarqué Lydia, qui était accroupie sur le sol entre deux rangées de choux.

« Qu'est-ce que tu as trouvé ? demanda-t-elle, imitant une voix d'adulte, c'est-à-dire blasée.

— Des chenilles. Je les ramasse comme animaux de compagnie. Voilà la boîte où je les mets. Je vais faire des trous dans le couvercle avec la plus petite aiguille à tricoter de Nan parce qu'elles ont besoin de respirer, mais elles ne pourront pas s'échapper. Je peux t'en donner si tu veux. »

Lydia était gentille. Clary n'avait pas vraiment envie de chenilles, elle était trop grande pour ça, mais elle était heureuse qu'on lui en propose.

« Je peux t'aider si tu veux, dit-elle.

— On devine où elles sont à cause des feuilles un peu mangées. Seulement, s'il te plaît, fais attention en les attrapant. Comme elles n'ont pas d'os, on ne peut pas savoir quand on leur fait mal.

— D'accord... Est-ce que tu veux les toutes petites ? demanda Clary, qui venait d'en trouver toute une armée sur une seule feuille.

— Quelques-unes, parce qu'elles tiendront plus longtemps. Les plus grosses iront dans des cocons et elles ne seront plus des animaux de compagnie. Enfin, à part la taille, elles se ressemblent comme deux gouttes d'eau, ajouta-t-elle au bout d'un moment. Leurs petites têtes noires sont exactement pareilles : ça ne sert à rien de leur donner des noms. Je ne vais pas prendre la peine de les baptiser.

— Comme pour les moutons. Même si elles ne leur ressemblent pas beaucoup. »

Cette remarque fit rire Lydia, qui dit : « Il n'y a pas de bergers pour les chenilles. Les bergers connaissent très bien leurs moutons. C'est Mr York qui me l'a dit. Il connaît ses cochons et ils ont tous des noms. »

Quand Clary estima qu'elles en avaient trop, et que Lydia décréta qu'il y en avait assez, elles allèrent regarder s'il restait des fraises parce que Lydia dit qu'elle avait soif et que si elle entrait dans la maison boire de l'eau, Nan lui mettrait la main dessus et l'obligerait à prendre un bain. Mais les seules fraises qu'elles trouvèrent étaient toutes à moitié mangées par des bêtes. Clary confia à Lydia qu'elle voulait un chat, et que son père avait dit qu'ils allaient y réfléchir.

« Et ta mère, qu'est-ce qu'elle dit ?
— Ce n'est pas ma mère.
— Oh ! » s'exclama Lydia. Avant d'ajouter : « Je sais que ce n'est pas ta mère, en fait. Pardon.
— Ce n'est pas grave », dit Clary. Mais ça l'était.
« Tu l'aimes bien ? Tante Zoë, je veux dire ?
— Je n'ai aucun sentiment pour elle.
— Mais même si tu en avais, ça ne pourrait pas être la même chose, si ? Je veux dire, personne ne pourrait être comme une vraie mère. Oh, Clary, je suis tellement triste pour toi ! C'est tragique, ce qui t'est arrivé. Je te trouve incroyablement courageuse ! »

Clary se sentit extraordinaire. Personne ne lui avait jamais rien dit de ce genre. C'était drôle ; elle se sentait plus légère : que quelqu'un soit au courant rendait ce secret moins douloureux. En effet, Ellen avait l'horrible manie de changer brusquement de sujet, et Papa ne parlait jamais d'elle, il n'avait plus prononcé une seule fois l'expression « ta mère », et lui avait encore moins raconté toutes les choses qu'elle voulait savoir. C'était plus fort que lui, il avait trop de mal à évoquer la question, et elle l'aimait beaucoup trop pour vouloir aggraver sa souffrance, par conséquent il n'y avait personne... Lydia pleurait. Elle ne faisait pas de bruit, mais sa lèvre tremblait et les larmes qui jaillissaient tombaient sur le paillage des fraises.

« Je ne supporterais pas que ma mère meure, dit-elle. Je ne supporterais vraiment pas...
— Elle ne va pas mourir, protesta Clary. C'est la personne la plus en forme que j'aie vue de ma vie !

— C'est vrai ? Tu es sûre, la plus en forme ?
— Absolument. Tu dois me croire, Lyd. Je suis bien plus grande que toi et je sais ce genre de choses. » Elle chercha dans sa poche un mouchoir pour la fillette, et se souvint des tomates. « Regarde ce que j'ai ! »

Lydia mangea les trois tomates, qui la ravigotèrent. Clary se sentait pleine de sagesse et de bienveillance. Elle offrit le brugnon à Lydia, et Lydia dit : « Non, prends-le », et Clary insista : « Non, tu dois le prendre. Il le faut. » Elle voulait que Lydia ait tout. Là-dessus, récupérant les chenilles, elles gagnèrent l'abri de jardin pour voir si Mr McAlpine avait toujours ses furets.

*

Teddy et Simon, sur leurs vélos, firent le tour de la maison puis celui des écuries, pour finalement rejoindre la route de Whatlington et remonter l'allée jusqu'au Moulin. Leur grand-père avait acheté cette bâtisse et était en train de la restaurer afin de la transformer en maison de vacances supplémentaire pour la famille. Les deux garçons ne parlaient pas beaucoup ; ils devaient s'habituer à leur situation nouvelle. Ils n'étaient plus à l'école, Teddy n'était plus un *prefect* et Simon un petit, ils étaient des cousins en vacances qui pouvaient se taquiner mutuellement. Sur le chemin du retour, Teddy demanda à Simon : « On leur permet de jouer au Monopoly avec nous ? »

Et Simon, secrètement ravi d'être consulté, répondit le plus négligemment possible : « Vaudrait mieux, sinon elles vont faire un tas d'histoires. »

*

Sybil passa un délicieux moment tranquille à croquer des biscuits Marie – elle avait tout le temps faim entre les repas – et à lire *La Citadelle* de Cronin, un auteur qui avait été médecin, comme Somerset Maugham.

D'habitude, elle avait des lectures plus sérieuses : elle était de ceux qui lisent plus pour s'instruire et être éclairés que pour le plaisir, mais là elle se sentait incapable du moindre effort intellectuel. Elle avait emporté la pièce de T. S. Eliot *Meurtre dans la cathédrale*, qu'elle avait vue avec Villy au Mercury, et *L'Ascension de F6* d'Auden et Isherwood, or elle n'avait pas du tout envie de les lire. C'était merveilleux d'être à la campagne. Elle aurait vraiment aimé que Hugh puisse rester toute la semaine avec elle, mais Edward et lui devaient se relayer au bureau, et Hugh voulait être libre au moment de la naissance du bébé. Ou des bébés : à en juger par l'activité dans son ventre, elle était pratiquement sûre qu'ils étaient deux. Ensuite, ils allaient vraiment devoir veiller à ne plus en avoir. L'ennui, c'était que Hugh avait horreur de toutes les formes de contraception ; au bout de dix-sept ans, elle aurait volontiers mis un terme à toutes ces affaires-là, mais Hugh, à l'évidence, ne partageait pas ce sentiment. Elle se demanda vaguement comment Villy se débrouillait, car Edward ne devait pas être homme à s'entendre dire non. Non qu'on soit censée refuser, de toute façon. À la naissance de Polly, ils avaient plus ou moins décidé que deux enfants suffiraient ; ils étaient bien plus pauvres à l'époque, et Hugh redoutait les frais de scolarité s'ils avaient d'autres fils, alors ils avaient composé avec son diaphragme, ses douches vaginales, le gel Volpar et les retraits in extremis au point que toute l'affaire était devenue un tel tracas qu'elle avait totalement cessé d'y prendre plaisir, même si, bien sûr, elle n'en avait jamais soufflé mot à son mari. Mais l'année dernière, début décembre, ils avaient passé de divines vacances de neige à Saint-Moritz, et le premier soir, alors qu'ils avaient mal partout après avoir skié, Hugh avait commandé une bouteille de champagne pour qu'ils la boivent en mijotant tour à tour dans un bain brûlant. Elle l'avait poussé à y aller en premier, car il s'était fait mal à la cheville, et ensuite il s'était assis pour la regarder. Lorsqu'elle avait voulu sortir de la baignoire, il avait déployé une immense serviette de bain blanche dont il l'avait enveloppée. Il l'avait serrée dans ses bras, lui avait enlevé ses épingles à cheveux et l'avait délicatement allongée sur le tapis de bain. Elle s'apprêtait à protester, mais il lui avait posé la main sur la bouche en faisant non de la tête et en l'embrassant, et ça avait été comme au début de leur mariage. Après cela, ils avaient fait l'amour toutes les nuits, et parfois aussi l'après-midi, et Hugh n'avait pas eu une seule de ses migraines. Sa grossesse n'avait donc rien de surprenant et elle était contente, car Hugh était aux anges et toujours absolument adorable avec elle. J'ai beaucoup de chance, se disait-elle. Rupert est le plus amusant, et Edward le plus beau, mais je n'échangerais Hugh pour aucun des deux.

« Je m'attendais à te trouver endormie. » Il entra dans la chambre un verre de sherry à la main. « Je t'ai apporté ça pour te requinquer.

— Oh, merci, chéri. Je ne dois pas trop boire sinon je m'écroulerai au dîner.

— Bois ce que tu veux et je finirai.

— Mais tu n'aimes pas le sherry !

— Si, ça dépend des moments. Mais je me suis dit qu'avec ça, tu pourrais échapper aux inconnus qui viennent à l'apéritif.

— Tu as fait quoi pendant que je me reposais ?

— J'ai lu un peu, et puis le Patriarche m'a appelé pour bavarder. Il veut construire un court de squash derrière les écuries. Apparemment, l'idée vient d'Edward. Il a commencé à choisir l'emplacement.

— Ce sera bien pour Simon.

— Et Polly. Pour nous tous, en fait.

— Je n'arrive pas à imaginer que je pourrai un jour refaire du sport.

— Mais si, ma chérie. Le court ne sera pas fini avant

les vacances de Noël. Tu seras mince comme un fil à ce moment-là. Tu veux prendre un bain ? Dans ce cas, tu ferais bien d'y aller en vitesse avant que les joueurs de tennis et les enfants rappliquent. »

Elle secoua la tête. « J'en prendrai un demain matin.

— Et vous aussi, pas vrai ? » dit-il en lui caressant le ventre. Il se remit debout. « Il faut que j'enlève ces chaussures. » Chez les Cazalet, tous les hommes avaient de longs pieds osseux et passaient leur temps à changer de chaussures.

Sybil lui rendit le verre de sherry. « Je n'en veux plus. »

Il le vida d'un trait. Comme une potion, se dit-elle. « Au fait, comment va-t-on les appeler ?

— Il n'y aura peut-être qu'un garçon ou qu'une fille.

— Alors ?

— Que penses-tu de Sebastian ?

— Un peu prétentieux pour un garçon, non ? Je me disais que ce serait une bonne idée de l'appeler William, comme le Patriarche.

— Si ce sont des jumeaux, on pourra prendre les deux prénoms.

— Et si ce sont des filles ? Ou une seule fille ?

— Je me disais peut-être Jessica.

— Non. Je préfère les noms simples. Jane ou Anne. Ou Susan.

— Évidemment, il pourrait y avoir un garçon et une fille. Ce serait l'idéal. »

Ils avaient déjà eu cette conversation, mais avant que l'éventualité de jumeaux ne survienne. Ils n'étaient pas d'accord sur les prénoms, même s'ils avaient fini par s'accorder sur celui de Simon, et Hugh avait été autorisé à choisir Polly alors qu'elle aurait préféré Antonia. Là, Sybil dit : « Anne, c'est joli.

— J'étais en train de me dire que Jess ne serait pas si mal. Où as-tu mis mes chaussettes ?

— Tiroir du haut à gauche. »

Une voiture se fit entendre dans l'allée.

« Voilà sûrement les invités mystère.

— Je dois avouer que je suis plutôt contente que tu n'invites pas tous les gens que tu croises à boire un verre ou à dîner.

— Je ne prends pas assez le train. Veux-tu que je me charge d'expédier Polly et Simon dans leur chambre ?

— C'est leur premier soir, qu'ils en profitent. Ils rentreront en même temps que Louise et Teddy.

— OK. » Il se passa un peigne dans les cheveux, lui envoya un baiser et s'en alla.

Sybil quitta son lit et gagna la fenêtre ouverte ; l'air avait un chaud parfum de rose et de chèvrefeuille, les merles juchant pour la nuit émettaient leurs cliquetis métalliques et le ciel, que striaient de petits nuages vaporeux comme du duvet, virait à l'abricot. Un poème de Walter de la Mare, « Fare Well », lui vint à l'esprit. Se penchant davantage par la fenêtre, elle attira une rose vers elle pour la humer. « Puisque pour voir nature en fleurs, cinquante années sont peu d'espace[1]... » Cela ressemblait peu à Housman de s'accorder cinquante années de vie supplémentaires. Elle avait trente-huit ans, et l'idée que l'accouchement puisse s'avérer difficile, voire mortel, ressurgit. Les pétales de la rose commencèrent à tomber, et la fleur, quand elle la lâcha, n'avait plus que ses étamines en retrouvant sa place. Non, elle ne pouvait pas mourir, on avait besoin d'elle. Le Dr Ledingham était merveilleux, et l'infirmière Lamb un trésor. C'était simplement un de ces moments où la douleur prenait le pas sur la raison de la douleur. Elle n'avait jamais avoué à Hugh à quel point elle avait été effrayée, la première fois, avec Polly, ni qu'elle avait été plus terrifiée encore avec Simon : la fable selon laquelle on ne se souvenait pas de ses

---

1. « Le Cerisier », poème de A. E. Housman tiré du recueil *A Shropshire Lad*, ici traduit par Delia Morris et André Ughetto.

accouchements n'était qu'un de ces contes de bonnes femmes lénifiants.

\*

Polly et Louise n'avaient pas monté Joey en fin de compte. Il était encore dehors, avait dit Mr Wren. Il n'avait pas eu le temps de l'attraper, mais elles pouvaient essayer si elles voulaient, et il leur avait donné le licou. Elles pouvaient l'attraper et le rentrer pour la nuit, et puis elles pourraient le monter le lendemain matin. Comme il avait l'air un peu fâché, elles n'avaient pas discuté. Louise avait dérobé une poignée d'avoine pour la mettre dans sa poche avec les morceaux de sucre que Polly avait subtilisés au goûter. Nan l'avait vue, mais l'une et l'autre savaient qu'elle ne dirait rien car Polly n'était pas sous sa responsabilité. Elles avaient longé le sentier ombragé et humide à travers le champ : Polly avait été piquée par des orties mais elle avait résisté en se frictionnant avec des feuilles de patience.

« Allons, dépêche-toi, avait dit Louise. Si on l'attrape vite, on aura le temps de faire un tour sur son dos. »

Mais elles ne l'avaient pas attrapé du tout. Il se tenait dans un coin du champ, silhouette massive et poil lustré, à brouter la riche herbe verte. Il leva la tête lorsqu'elles l'appelèrent et les regarda approcher. Il y avait un petit nuage de mouches autour de sa tête et sa queue fouettait l'air régulièrement. Tête-bêche à côté de lui, Whistler broutait aussi. En voyant les filles, il se dirigea vers elles au cas où elles auraient une gâterie pour lui.

« On va devoir donner un peu d'avoine à Whistler, pour être justes.

— D'accord. Tu prépares le licou et moi je le nourris. »

Elles auraient dû faire l'inverse, songea Louise. Elle était sûre que Polly n'allait pas réussir à mettre le licou, et en effet. Whistler plongea son nez soyeux dans les grains d'avoine et en fit tomber plein sur le sol. Alléché, Joey approcha pour réclamer sa part. Elle referma la main puis la tendit à Joey, qui attrapa l'avoine avec habileté. Mais dès que Polly chercha à lui passer un bras autour de l'encolure, il rejeta la tête en arrière et s'éloigna au petit galop, s'immobilisant tout près de là et les défiant de réessayer. Whistler faillit renverser Louise en lui cognant la main pour quémander.

« La barbe ! Tu prends le sucre, je m'occupe du licou.
— Pardon », fit Polly, contrite. Elle savait qu'elle n'était pas très douée pour ce genre de choses. Elle avait – un tout petit peu – peur de Joey.

Elles retentèrent la manœuvre avec le sucre et ce fut le même manège, sauf que cette fois Joey rabattit ses oreilles sur son crâne et prit un air très méchant. Lorsqu'il n'y eut plus de sucre, Joey refusa obstinément de s'approcher d'elles, et même Whistler finit par se désintéresser de l'affaire.

« Je parie que Mr Wren savait très bien qu'il ne se laisserait pas attraper, déclara Louise avec humeur. Il aurait pu s'en occuper lui-même.
— On va aller lui dire. »

Elles enjambèrent la barrière en silence, et Polly crut que Louise était sur le point d'éclater. Pourtant, elle dit soudain : « Ce n'était pas ta faute pour le licou. On ne va pas aller parler à Mr Wren. Il n'est jamais gentil avec nous quand il a cette figure toute rouge.
— Rouge comme une tomate.
— C'est affreux, non, avec ses yeux d'un bleu si froid ?
— Qui irait mettre du rouge tomate avec du bleu, je te le demande ? renchérit Polly. Bon, qu'est-ce qu'on fait ? On va voir notre arbre ? »

À sa grande joie, Louise acquiesça aussitôt. Le morceau de corde, dont elles se servaient pour escalader la partie escarpée la plus dure du début, pendait exactement à l'endroit où elles l'avaient laissé à Noël. Elles ramassèrent des pâquerettes que Louise mit dans sa poche pour grimper, et lorsqu'elles furent confortablement calées sur la meilleure branche qui rebiquait à une extrémité si bien qu'elles pouvaient s'asseoir face à face, l'une le dos appuyé contre la branche, l'autre contre le tronc, Louise partagea les pâquerettes entre elles et toutes deux confectionnèrent des guirlandes pour décorer leur arbre.

Louise, qui se rongeait les ongles, était obligée de fendre les tiges avec les dents pour enfiler les fleurs, tandis que Polly utilisait le plus long de ses ongles. Elles discutèrent des vacances, et de ce qu'elles avaient le plus envie de faire. Louise avait envie d'aller à la plage, et notamment d'essayer la piscine de St Leonards. Polly voulait pique-niquer à Bodiam. Son anniversaire et celui de Simon tombaient en août, et ils auraient le droit de choisir le programme du jour. « Simon va choisir le chemin de fer Romney, Hythe et Dymchurch », déclara Polly tristement. Puis elle ajouta : « Clary a aussi son anniversaire, tu te souviens ?

— Oh, mon Dieu ! Qu'est-ce qu'elle va choisir ?

— On pourrait l'influencer.

— En prétendant qu'on n'a aucune envie de faire une chose alors qu'en réalité on en meurt d'envie.

— Ce n'est pas influencer. C'est... » Polly chercha le mot. « C'est comploter.

— Pourquoi faut-il qu'elle loge dans la même chambre que nous ? Je ne l'aime pas beaucoup, en fait. Mais Maman dit que je dois me forcer parce qu'elle n'a plus de mère. Ça, je comprends. Ça doit être terrible pour elle.

— Elle a Tante Zoë, dit Polly.

— Elle ne m'a pas l'air très maternelle. Féminine, ça oui, mais pas maternelle. Il y a des gens qui ne sont pas faits pour ce genre de choses, tu sais. Regarde Lady Macbeth...

— Tante Zoë ne ressemble pas du tout à Lady Macbeth. Je sais que tu trouves Shakespeare merveilleux mais, franchement, les gens d'aujourd'hui n'ont pas grand-chose à voir avec ses personnages.

— Bien sûr que si ! »

Elles se querellèrent un peu à ce sujet, et Louise eut le dessus en affirmant que la nature imitait l'art, et que ça ne venait pas d'elle mais de quelqu'un de très compétent dans ce domaine. Le soleil se coucha, et le verger, jusque-là vert doré, devint brumeux et d'un vert cendré mêlé d'ombres violettes, alors que la température baissait. Elles commencèrent à penser au lait et aux biscuits du coucher, et à leurs mères venant leur dire bonne nuit.

\*

« Rupert et toi n'avez qu'à prendre votre bain en premier... Je peux parfaitement attendre et, de toute façon, il faut que j'aille voir si Nan est bien installée. Tu viens, chéri ? »

Edward, qui enroulait le filet, la rejoignit. Zoë les regarda monter les marches menant à la terrasse. Edward passa un bras autour des épaules de Villy et lui dit quelque chose qui la fit rire. Ils avaient gagné haut la main : ils auraient remporté les trois sets si Edward, le meilleur joueur, n'avait pas fait une série de doubles fautes et perdu son service. Elle devait reconnaître que Villy jouait bien, elle aussi, un jeu sans frime, régulier, avec un revers efficace ; elle ne manquait quasiment aucune balle. Zoë, qui n'aimait pas perdre, trouvait que Rupert ne prenait pas le jeu suffisamment au sérieux ; il était bon à la volée, mais parfois, au filet, il lui avait laissé des balles qu'il aurait dû frapper, et bien sûr, souvent, elle les avait ratées. Au moins, Sybil n'avait pas joué ; elle servait par en dessous et se contentait de rire quand elle loupait, en demandant qu'on lui envoie des balles moins rapides. Le pire quand on jouait avec elle, c'était que tout le monde faisait comme si elle était du même niveau que les autres. Ils étaient tous tellement gentils entre eux. Avec elle aussi, ils étaient gentils, mais elle savait que c'était uniquement parce qu'elle avait épousé Rupert. Elle n'avait pas l'impression qu'ils l'appréciaient vraiment.

« Je vais prendre un bain, cria-t-elle à Rupert, occupé à ramasser les balles. Je te laisserai l'eau. » Elle avait gravi le perron d'un pas léger avant qu'il n'ait eu le temps de répondre.

Au moins, l'eau était chaude. Elle s'était demandé comment elle pourrait décemment s'octroyer le premier bain, et voilà que Villy, à sa grande surprise, le lui avait offert sur un plateau. La salle de bains, quant à elle, était une pièce affreuse : glaciale, et atrocement laide, avec ses murs en pitchpin et son appui de fenêtre toujours jonché de cadavres de mouches bleues. Elle s'était fait couler un bain tellement brûlant qu'elle put à peine s'y allonger et se détendre. Ces vacances familiales ! Si les Cazalet raffolaient tant de leurs petits-enfants, ils auraient pu s'occuper de Clarissa et Neville, et les laisser Rupert et elle prendre de vraies vacances en tête à tête. Mais chaque année, à part celle de leur mariage où Rupert l'avait emmenée à Cassis, ils étaient obligés de séjourner ici des semaines et des semaines, et elle n'avait presque jamais Rupert pour elle seule, excepté au lit. Sinon, les journées étaient consacrées à faire des choses avec toute la marmaille, chacun voulant que les enfants s'amusent, ce qu'ils auraient fait de toute façon, en jouant entre eux. Elle n'était pas habituée à un tel esprit de clan ; ce n'était absolument pas sa conception des vacances.

Le père de Zoë était mort pendant la bataille de la Somme alors qu'elle avait deux ans. Elle n'avait aucun souvenir de lui, même si Maman disait qu'il jouait à dada avec elle quand elle avait dix-huit mois. Sa mère avait dû prendre un emploi chez Elizabeth Arden à maquiller des clientes toute la journée, et Zoë avait été envoyée en pension à l'âge de cinq ans. Un endroit du nom d'Elmhurst près de Camberley. Elle était de loin la plus jeune pensionnaire et tout le monde la gâtait. Elle avait bien aimé l'école ; c'étaient les vacances qu'elle avait détestées dans le petit appartement couleur pêche de West Kensington, avec sa mère absente toute la journée et une succession d'aides maternelles assommantes pour s'occuper d'elle. Des trajets en autobus et des promenades dans Kensington Gardens, des escales dans des salons de thé, voilà l'idée que ces dames se faisaient d'une sortie réussie. À l'âge de dix ans, elle était déjà résolue à partir de la maison le plus tôt possible. En grandissant, elle se voyait systématiquement confier le rôle de l'héroïne dans les pièces de théâtre scolaires, non parce qu'elle était douée pour la comédie, mais parce qu'elle était jolie. Elle avait décidé qu'elle monterait sur les planches dès qu'elle quitterait l'école. Il n'était pas question qu'elle finisse comme sa mère, qui, en dehors de son boulot sinistre, avait connu un défilé de vieux bonshommes ennuyeux comme la pluie : elle avait même failli en épouser un, pour renoncer quand Zoë lui avait raconté ce qu'il avait essayé de lui faire un jour que Maman n'était pas là. Il y avait eu une scène effroyable et, après cet épisode, sa mère avait cessé de se teindre les cheveux, se plaignant à tout bout de champ de la dureté de son existence.

Le seul sujet sur lequel sa mère et elle étaient en parfait accord était le physique de Zoë. Joli bébé, Zoë était devenue une enfant au charme extraordinaire, qui avait même réussi à échapper à la phase ingrate de l'adolescence. Elle avait toujours gardé sa silhouette élancée, n'avait eu ni boutons ni cheveux gras, et sa mère, experte en matière de physique, avait compris de bonne heure que sa fille allait être une beauté, et peu à peu, tous les espoirs qu'elle avait nourris pour sa propre sécurité et son propre confort – un homme gentil qui veillerait sur elle et lui épargnerait le besoin de travailler si dur – furent reportés sur Zoë. Zoë deviendrait tellement splendide qu'elle pourrait épouser qui elle voudrait, à savoir, pour Mrs Headford, un homme si fortuné qu'entretenir sa belle-mère ne serait pour lui qu'une formalité. Guidée par sa mère, Zoë avait donc dû apprendre à se bichonner : soigner ses superbes cheveux épais avec du henné et du jaune d'œuf, brosser ses cils chaque soir avec de la Vaseline, tamponner ses yeux en alternant eau chaude et eau froide, déambuler des livres sur la tête, dormir avec des gants de coton après s'être enduit les mains d'huile d'amande, et mille autres recettes. Bien qu'elles n'aient pas de femme de ménage, Zoë n'avait jamais été censée effectuer ces tâches-là, non plus que cuisiner ; sa mère avait acheté une machine à coudre d'occasion pour lui confectionner de jolies robes et elle lui tricotait ses pulls, et quand Zoë, à seize ans, décrocha son certificat de fin d'études et déclara qu'elle en avait assez des cours et voulait faire du théâtre, Mrs Headford, qui avait maintenant un peu peur de sa fille, avait tout de suite accepté. On avait vu des ducs épouser des comédiennes, et puisqu'elle n'était pas en mesure de faire valoir sa fille dans des soirées mondaines, cette solution paraissait viable. Elle indiqua à Zoë qu'elle ne devait en aucun cas épouser un acteur, lui fabriqua pour les auditions une robe verte toute simple divinement seyante qui était assortie à ses yeux, et attendit la gloire et la fortune de sa fille. Mais le manque de talent d'actrice de Zoë était masqué par son manque d'expérience, et après que deux directeurs de théâtre lui eurent conseillé de s'inscrire dans une école de comédie, Mrs Headford comprit qu'elle était bonne pour payer à nouveau des études à sa fille. Pendant deux ans, Zoë fréquenta l'Académie d'Elsie Fogerty et apprit l'élocution et le mime, elle apprit à marcher convenablement, un peu à danser, et même à chanter. Rien n'y fit. Elle était tellement ravissante et déployait tellement d'efforts que ses professeurs s'acharnèrent à la transformer en actrice bien plus longtemps qu'ils ne l'auraient fait si elle avait eu un physique plus quelconque. Peine perdue : elle demeurait aussi guindée, aussi empruntée et aussi totalement incapable de s'approprier la moindre réplique. Son unique talent semblait résider dans le mouvement ; elle aimait danser et, en définitive, il fut décidé d'un commun accord qu'elle ferait mieux de se concentrer sur cette discipline-là. Elle quitta l'école et prit des cours de claquettes et de danse moderne. La seule chose dont on pouvait se féliciter, c'est que même si nombre d'élèves de l'école de théâtre étaient tombés amoureux d'elle, Zoë avait gardé ses distances. Fermant les yeux sur la raison évidente de cette attitude, Mrs Headford présuma hâtivement que sa fille était « raisonnable » et ne perdait pas de vue l'objectif fixé.

Zoë était restée en relation avec une amie d'Elmhurst, une fille du nom de Margaret O'Connor. Margaret habitait Londres et quand elle se fiança à un médecin, « très vieux, mais extrêmement gentil », elle invita Zoë à aller danser avec eux. « Ian amènera un ami », précisa-t-elle. L'ami était Rupert. « Il en a bavé. Il a besoin qu'on lui remonte le moral », lui confia Margaret dans les toilettes du Gargoyle Club. Rupert trouva que Zoë était la plus belle fille qu'il ait vue de sa vie. Zoë tomba instantanément et éperdument amoureuse de Rupert. Six mois plus tard, ils étaient mariés.

« ... Tu es là ? »

Zoë sortit de la baignoire, s'enveloppa dans une serviette et déverrouilla la porte.

« On se croirait dans un bain turc !

— C'est mieux qu'un igloo. Je suppose qu'il va faire un froid glacial dans la salle à manger, comme d'habitude ? »

L'expression fermée sur le visage de Rupert lui fit regretter sa remarque. Il détestait qu'elle critique ses parents. Il entra dans le bain et commença à se laver vigoureusement la figure. Elle se pencha et embrassa son front ruisselant.

« Pardon !
— De quoi ?
— Rien. Je vais mettre ma robe imprimée de marguerites. D'accord ?
— Très bien. »
Elle le laissa.

Je l'emmènerai au ciné à Hastings la semaine prochaine, se dit Rupert. Elle n'a jamais connu de vraie vie de famille, voilà pourquoi ça lui semble si étrange. L'idée qu'elle puisse se réjouir d'en avoir été privée s'évanouit sans qu'il ait le temps de l'approfondir.

\*

Neville et Lydia étaient assis chacun à un bout de la baignoire. Neville faisait la tête parce que Lydia l'avait laissé tomber. Quand elle dit n'éclabousse pas, alors qu'il l'avait à peine fait, il donna dans l'eau un violent coup de talon et l'éclaboussa pour de bon. Ellen et Nan étaient descendues chercher leur dîner, il pouvait donc agir à sa guise. Il s'empara de l'éponge et la brandit d'un air menaçant, en la mesurant du regard. Puis il posa l'éponge sur le sommet de son propre crâne, et elle eut un rire admiratif. « Moi je ne peux pas faire ça. Je n'aime pas avoir l'eau du bain dans les yeux.

— J'aime avoir l'eau du bain partout. Même que je la bois. » Il porta l'éponge à sa bouche et se mit à téter bruyamment.

« Elle est toute savonneuse... tu vas être malade.

— Non, parce que j'ai l'habitude. » Il téta encore un peu pour lui montrer. À la longue, c'était moins bon, et il arrêta. « Je pourrais boire la baignoire entière si je voulais.

— Sûrement. J'ai vu un furet manger un morceau de lapin avec la fourrure.

— Si c'était un morceau, le lapin devait être mort.

— C'était peut-être un lapin entier et il était en train de manger le dernier morceau.

— J'aurais aimé voir ça. C'était où ?

— Dans l'abri de jardin. Dans une cage... le furet est à Mr McAlpine. Il avait des petits yeux rouges. Je crois qu'il était enragé.

— Tu as vu combien de furets dans ta vie ?

— Pas beaucoup. Seulement quelques-uns.

— Tous les furets mangent des trucs, tu sais. » Il essayait d'imaginer à quoi ressemblait un furet ; il n'avait jamais vu d'animal aux yeux rouges.

« Je viendrai le voir avec toi demain, proposa-t-il. J'ai l'habitude de ce genre de trucs.

— D'accord.

— On a quoi pour dîner ? J'ai une de ces faims !

— Tu as gâché tes framboises, lui rappela Lydia.

— Seulement les quatorze dernières. J'en ai quand même avalé un peu. Mêle-toi de tes oignons, ajouta-t-il. Et puis, crotte, ferme-la ! »

Villy entra dans la salle de bains avant que Lydia n'ait pu riposter. « Dépêchez-vous, les enfants. On est nombreux à vouloir prendre un bain. » Elle tendit une serviette et Lydia sortit de la baignoire pour se réfugier dans ses bras. « Et toi, Neville ?

— Ellen va venir m'aider », répondit-il. Mais Villy prit une autre serviette et l'aida à sortir.

« Il a dit un gros mot, Maman ! Tu sais ce qu'il vient de dire ?

— Non, et je ne veux pas le savoir. Tu dois arrêter de cafarder, Lydia... ce n'est pas bien du tout.

— Non, c'est vrai, reconnut Lydia. Il a dit des choses affreuses, mais je ne te répéterai pas ce que c'était. Tu me feras la lecture, Maman ? Pour que je ne m'ennuie pas pendant le dîner ?

— Pas ce soir, ma chérie. Nous avons des invités pour l'apéritif et je ne me suis pas changée. Demain. Mais je viendrai te dire bonne nuit.

— Ah ça, j'espère bien.
— Ah ça, elle espère bien, répéta Neville, imitant Lydia. Elle trouve que c'est le moins que tu puisses faire. » Il fit un grand sourire à Villy, dévoilant les brèches roses où commençaient à pointer des dents immenses.

*

Edward décida d'aller boire un whisky soda avec le Patriarche en attendant que la salle de bains se libère. Il avait un problème sur un des docks dont il tenait à discuter sans que son frère soit là. L'occasion semblait bonne car Hugh avait été embarqué par la Duche pour un tour du jardin. Il passa donc la tête par la porte du bureau, et son père, qui était assis à sa table de travail en train de couper un cigare, l'invita à entrer.

« Sers-toi un whisky, mon garçon, et donne-m'en un. »

Edward s'exécuta, et s'installa dans un des grands fauteuils en face de son père. William poussa le coffret à cigares vers son fils, puis lui tendit le coupe-cigares. « Bon. Qu'est-ce qui te tracasse ? »

Toujours étonné de la perspicacité de son père, Edward répondit : « Eh bien, père, je me tracasse un peu pour Richards.

— Il nous tracasse tous. On va devoir s'en séparer, tu sais.

— C'est ce dont je voulais discuter. À mon avis, il ne faut pas se précipiter.

— Je ne peux pas garder un chef de quai qui n'est pratiquement jamais là ! Jamais quand on a besoin de lui, en tout cas.

— Richards en a vu de toutes les couleurs à la guerre, tu sais. Il a été blessé à la poitrine et il ne s'en est jamais remis.

— C'est pour cette raison que nous l'avions embauché

au départ. Pour lui donner sa chance. Mais une entreprise, ce n'est pas l'Armée du salut.

— Je suis parfaitement d'accord. Mais somme toute, Hugh... » Il s'apprêtait à objecter que la santé de Hugh n'était pas excellente et que personne n'aurait envisagé de le virer, lui, quand le Patriarche l'interrompit.

« Hugh est d'accord avec moi. Il pense que nous ne sommes peut-être pas obligés de nous débarrasser totalement de lui, mais que nous pourrions lui confier un travail plus facile... moins de responsabilités.

— Et moins de salaire ?

— Eh bien, on devra peut-être ajuster sa rémunération. Ça dépendra de ce qu'on pourra lui trouver. »

Il y eut un silence. Edward savait que si le Patriarche se braquait, rien ne saurait l'ébranler. Il en voulut un instant à Hugh d'avoir abordé le sujet avec leur père derrière son dos, avant de se rendre compte que c'était exactement ce qu'il était en train de faire. Il insista.

« Richards est un brave type, tu sais. Il est profondément loyal ; la boîte compte beaucoup pour lui.

— Bon sang, j'espère bien ! J'espère bien que tous nos employés sont loyaux... le contraire serait malheureux. » Il s'adoucit un peu, et reprit : « On pourrait lui trouver quelque chose. Le charger de la gestion des camions. Je n'ai jamais eu une très haute opinion de Lawson. Ou bien l'employer dans les bureaux.

— On ne peut pas le payer six cents livres par an pour un emploi de bureau !

— Eh bien... le nommer agent commercial. Le payer à la commission. À ce moment-là, à lui de se démener. »

Edward se représenta Richards avec sa carcasse malingre et ses yeux marron affligés. « Ça n'irait pas. Ça n'irait pas du tout.

— Qu'est-ce que tu suggères ?

— J'aimerais y réfléchir. »

William vida son whisky. « Il est marié, il me semble. Des enfants ?

*Home Place. 1937*

— Trois, et un autre en route.
— On trouvera quelque chose. Quant à Hugh et toi, vous feriez bien de vous concentrer sur le choix de son remplaçant. Il faut absolument dénicher quelqu'un de compétent. » Il scruta Edward de ses yeux bleus perçants. « Tu es bien placé pour le savoir.
— Oui, père.
— Tu files ?
— Je vais prendre un bain. »
Quand il fut parti, William s'aperçut qu'Edward n'avait jamais argué que Richards travaillait bien, ce qui donnait raison à Hugh.

\*

Rachel, de sa chambre, vit que les invités mystère étaient arrivés. Ils franchirent le portail blanc de cette démarche incertaine et tâtonnante qu'ont les gens quand ils s'approchent d'une maison inconnue dont la porte d'entrée n'est pas immédiatement visible. Elle rangea la lettre de Sid dans la poche de son cardigan ; inutile de la lire maintenant, elle gâcherait son plaisir en se dépêchant. Toute la journée elle avait essayé de trouver un moment tranquille où elle ne serait pas interrompue dans sa lecture, et n'y avait pas réussi, à cause de sa gentillesse et de son sens du devoir, mais aussi du monde qui grouillait dans tous les sens. Elle devait à présent aller aider la Duche à découvrir comment diable s'appelaient les visiteurs. Cette difficulté fut aplanie lorsqu'elle entendit son père émerger de son bureau et déclarer à tue-tête en les accueillant : « Bonjour, bonjour, bonjour. Ravi que vous soyez venus. Complètement oublié votre nom, j'en ai peur, mais ça nous arrive à tous tôt ou tard. Pickthorne ! Bien sûr ! Kitty ! Les Pickthorne sont là ! Bon, que puis-je vous offrir à boire, Mrs Pickthorne ? Une goutte de gin ? Toutes mes belles-filles boivent du gin ; une boisson infecte, mais les dames semblent l'apprécier. »

Rachel perçut le tintement du chariot à alcools qu'on sortait de la maison : poussé par Hugh, apparemment. Peut-être pourrait-elle lire sa lettre avant de descendre ? À cet instant on frappa à sa porte. Un petit coup timide qui manquait passablement d'expérience.

« Entrez ! »

C'était Clary ; elle se tenait là, une main agrippant l'autre, autour de laquelle était noué un bandage blanchâtre.

« Qu'y a-t-il, Clary ?
— Rien de grave. Sauf que j'ai peut-être la rage.
— Enfin voyons, qu'est-ce qui te fait croire ça, mon canard ?
— J'ai emmené Lydia voir le furet de Mr McAlpine dans l'abri de jardin. Et puis Nan est venue la chercher et elle est partie, et alors je suis retournée regarder le furet, et il avait arrêté de manger le lapin parce qu'il n'en restait pas grand-chose et il avait l'air tellement seul dans sa cage que je l'ai laissé sortir et alors il m'a mordue, un peu, pas beaucoup, mais le sang a perlé et il faut prendre un fer très chaud ou quelque chose et brûler la morsure, et je ne suis pas assez courageuse et je ne sais pas où se trouvent les fers dans cette maison, de toute façon. C'est ce qui est raconté dans un livre de Louisa May Alcott et Papa est dans le bain et il ne m'a pas entendue, alors je me suis dit que tu pourrais m'emmener chez le vétérinaire ou quelque chose... » Elle déglutit et ajouta : « Mr McAlpine va être furieux et très fâché, alors est-ce que, toi, tu pourrais lui parler ?
— Montre-moi un peu cette main. »

Attrapant la menotte grise toute brûlante, Rachel en retira ce qui se révéla être une des chaussettes de Clary. La morsure, à son index, n'avait pas l'air profonde. Tandis qu'elle lavait la blessure avec l'eau de son broc, et prenait de l'iode et un pansement dans son armoire à pharmacie, Rachel expliqua que la rage avait été éradiquée en Angleterre et qu'il était donc superflu de cautériser la plaie. Clary fut courageuse avec l'iode, mais quelque chose continuait à la tourmenter.

« Tante Rach ! Est-ce que tu pourrais venir avec moi m'aider à le remettre dans sa cage ? Pour que Mr McAlpine n'en sache rien ?

— Je nous vois mal y arriver toutes seules. Tu dois aller voir Mr McAlpine et t'excuser. Il se chargera de le récupérer.

— Oh, non, Tante Rach ! Il va être affreusement en colère.

— Je vais venir avec toi, mais c'est à toi de t'excuser. Et promettre de ne jamais recommencer une bêtise pareille. C'était très vilain de faire ça.

— Je n'avais pas réfléchi. Et je suis désolée.

— Oui, eh bien, c'est à lui qu'il faut le dire. Allons-y. »

La lecture de sa lettre fut encore différée.

\*

Les Pickthorne restèrent jusqu'à huit heures vingt, heure à laquelle une remarque accidentelle lâchée par le maître de maison convainquit finalement Mrs Pickthorne qu'en réalité ils n'étaient pas invités à dîner. « Il faut vraiment qu'on file », dit-elle par deux fois, avec hésitation, puis avec désespoir. Son mari, qui l'avait entendue la première fois, avait fait semblant du contraire, repoussant jusqu'à la dernière minute le conflit conjugal qui l'attendait. En pure perte. William se leva avec entrain et, saisissant l'avant-bras de Mrs Pickthorne d'une poigne fort douloureuse, l'escorta jusqu'au portail, si bien qu'elle dut semer ses adieux *en route*\* par-dessus son épaule. Mr Pickthorne fut obligé de suivre : il se débrouilla pour oublier son chapeau, un panama, mais la fillette qui avait fait circuler des petits biscuits ronds alla le lui chercher, comme le lui ordonna Oncle Edward.

« Il faudra revenir bientôt », cria William lorsqu'ils furent enfin dans leur voiture. Mr Pickthorne esquissa un sourire vague et fit grincer son embrayage avant de s'éloigner avec fracas dans l'allée. Mrs Pickthorne fit mine de ne pas entendre.

« Je pensais qu'ils ne partiraient jamais ! s'exclama William alors qu'il refranchissait le portail d'un pas lourd.

— Ils croyaient que tu les avais invités à dîner, dit Rachel.

— Oh, je ne pense pas. Ce n'est pas possible. Tu crois que je les avais invités ?

— Bien sûr que oui, intervint la Duche avec calme. Tu es vraiment pénible, William. C'est très injuste pour ces pauvres malheureux.

— Ils vont rentrer se disputer et se faire la tête autour d'une boîte de sardines, commenta Rupert. Je n'aimerais pas être à la place de Mr Pickthorne. Ce sera entièrement sa faute. »

Eileen, qui rôdait depuis une bonne demi-heure, vint les avertir que le dîner était servi.

\*

« Ce qu'il a dit – quatrième tentative pour lui –, c'était : "Il faut que vous veniez dîner." Et plus tard, au moment où on descendait du train, il a précisé : "Venez vers six heures boire un verre."

— Exactement !

— Eh bien, c'est entièrement ma faute, comme d'habitude, résuma-t-il, pour rompre quelques minutes d'un silence hostile.

— Et ça arrange tout, c'est ça ? Tout est ta faute et il n'y a rien à ajouter ?

— Mildred, tu sais que je ne peux pas t'empêcher de dire ce qui te chante.

— Je n'ai aucune envie de m'étendre sur le sujet... Il n'y a rien à manger à la maison, annonça-t-elle peu après.

— On pourra ouvrir une boîte de sardines.

— Des sardines ! Des sardines ! répéta-t-elle, comme s'il s'agissait de souris en boîte, comme s'il fallait être fou pour penser à mettre des choses pareilles dans une boîte. Tu pourras manger des sardines si tu les aimes tant. Tu sais très bien ce qu'elles me font. »

Je sais surtout ce que j'aimerais te faire, songea-t-il. J'aimerais t'étrangler tout doucement, et puis te balancer dans le puits. La cruauté de cette pensée et l'aisance et la rapidité avec lesquelles elle lui était venue l'épouvantèrent. Je suis un mari aussi abominable que Crippen, se dit-il. Incroyablement maléfique. Il lui posa une main sur le genou. « Désolé d'avoir gâché ta soirée. Déjà que tu n'as pas souvent l'occasion de t'amuser... Peu importe ce que je mange. Ce que tu improviseras sera parfait, comme toujours. » Il lui jeta un coup d'œil et vit qu'il avait touché juste.

« Si seulement tu écoutais les gens, soupira-t-elle. Bon, je suppose qu'on a des œufs. »

\*

Le dîner s'éternisait, songeait Zoë. Il y avait au menu du saumon froid avec des pommes de terre nouvelles et des petits pois, arrosés d'un vin du Rhin assez délicieux – William, qui considérait le vin blanc comme une boisson de dames, avait bu une bouteille de bordeaux –, puis un soufflé au chocolat, et enfin du Stilton avec du porto. Mais le repas traînait en longueur car ils discutaient tous si activement qu'ils oublièrent de prendre des légumes lorsqu'on les leur offrit, et les hommes se resservirent de saumon, et puis, bien sûr, de tous les légumes – Rupert se leva pour faire circuler les plats et, pendant l'ensemble de l'opération, les convives parlaient de plusieurs choses à la fois, de théâtre, ah, ça au moins, ça l'intéressait, mais pas les œuvres françaises, ni Shakespeare, ni les pièces en vers. Edward s'était soudain tourné vers elle pour lui demander quelles pièces elle aimait, et quand elle avait avoué qu'elle n'en avait pas vu récemment, il avait mentionné une pièce intitulée *En français, messieurs*, et pile au moment où elle se disait que le titre avait l'air bien ennuyeux, il avait pouffé et s'était écrié : « Tu te souviens, Villy, de cette actrice merveilleuse, Kay quelque chose, quand un des personnages masculins a dit : "Elle m'a donné le feu vert", et que l'autre a répliqué : "De toute façon, elle est plutôt avare de ses feux rouges ?" » Villy avait alors hoché la tête et souri comme pour lui faire plaisir, et Edward s'était à nouveau tourné vers Zoë : « Je crois que tu devrais voir cette pièce un jour, elle te ferait rire. » Elle aimait bien Edward, et elle sentait qu'elle l'attirait. Tout à l'heure, alors qu'ils entraient dans la salle à manger, il s'était extasié sur la robe qu'elle portait. C'était une robe de voile bleu marine imprimée de grandes marguerites blanches à cœur jaune avec un décolleté en V assez profond : elle était sûre qu'Edward la reluquait et, quand elle avait tourné la tête pour le regarder, c'était bien le cas. Il lui avait adressé un petit sourire assorti d'un clin d'œil. Elle avait essayé de froncer les sourcils mais, en fait, ce moment avait été le plus agréable du dîner, et elle s'était demandé s'il n'était pas en train de tomber amoureux d'elle. Évidemment, ce serait terrible, mais elle n'y serait pour rien. Elle se montrerait distante, mais très compréhensive ; elle se laisserait sans doute embrasser une fois, parce qu'une fois ne comptait pas ; elle serait prise au dépourvu, du moins se l'imaginerait-il. Mais elle lui expliquerait combien ce serait mal, car Rupert en aurait le cœur brisé, et, de toute manière, elle aimait Rupert. Ce qui était vrai. Ils déjeuneraient au Ivy. Cela, après le baiser. Le déjeuner servirait à mettre les choses au clair. Maintenant qu'elle était mariée, elle n'était presque plus jamais invitée à déjeuner, et, en tant qu'artiste peintre, Rupert était bien trop pauvre pour qu'elle puisse emmener des gens au restaurant. Il la supplierait de l'autoriser à la voir de temps en temps. Elle commença à se demander si, peut-être, elle ne l'y autoriserait pas...

« Chérie ! Ce n'était pas l'homme qui n'arrêtait pas de te regarder au Gargoyle ?

— Quel homme ?

— Tu sais qui je veux dire. Le petit bonhomme aux yeux globuleux.

— Non, je ne sais pas. Je ne demande pas leur nom aux gens qui me regardent ! »

Elle eut le sentiment d'avoir marqué un point, mais il y eut quelques secondes de silence, puis Sybil lâcha : « Dylan Thomas dans un night-club ? Tiens donc ! »

Rupert confirma : « Oui, c'était lui. »

La Duche dit : « Autrefois on voyait les poètes partout. Il n'y a qu'aujourd'hui qu'ils semblent se terrer en sous-sol. Ils étaient on ne peut plus *persona grata* dans ma jeunesse. On les rencontrait au déjeuner et à des occasions aussi parfaitement ordinaires.

— Duche chérie, le Gargoyle est au quatrième étage.

— Ah bon ? Je m'imaginais tous les night-clubs en sous-sol, je ne sais pas pourquoi. Je ne suis jamais allée dans un night-club. »

William commenta : « Trop tard maintenant. »

À quoi elle répondit, sereine : « Bien trop tard », avant de sonner pour qu'Eileen vienne débarrasser.

Edward se rendit plus attachant encore en disant : « Jamais compris l'intérêt de la poésie. Jamais pigé où ces types veulent en venir. »

Et Villy, qui l'avait entendu, protesta : « Enfin, chéri, tu ne lis jamais rien. Inutile de prétendre qu'il n'y a que la poésie que tu ne lis pas. »

Tandis qu'Edward déclarait avec bonhomie qu'une intellectuelle dans la famille suffisait amplement, Zoë examina Villy d'un œil attentif. Elle ne semblait pas assortie à Edward, bizarrement. Elle était un peu... eh bien, on ne pouvait pas dire qu'elle n'était pas séduisante, mais elle n'avait rien d'éblouissant. Elle avait un nez osseux et trop gros, un visage osseux surmonté d'épais sourcils très foncés, pas gris comme ses cheveux, et une silhouette juvénile qui manquait néanmoins de charme. Ses yeux, marron, n'étaient pas vilains, mais ses lèvres étaient trop minces. Il était tout compte fait surprenant que le bel Edward ait épousé quelqu'un comme elle. Bien sûr, elle était extrêmement douée pour des tas de choses... non seulement l'équitation et le tennis, mais elle jouait aussi du piano, et d'une sorte de flûte, elle lisait des ouvrages français, faisait de la vraie dentelle pour les taies d'oreiller, reliait les livres dans un cuir souple très soyeux, et tissait des sets de table pour ensuite les broder. Il semblait qu'il n'y ait rien qu'elle ne sache faire, ni aucune raison particulière pour qu'elle fasse toutes ces choses : Edward était bien plus riche que Rupert. Elle avait également ce que la mère de Zoë, et par voie de conséquence Zoë, appelait des relations, même si Zoë n'émettait plus jamais ce genre de remarques à haute voix. Le père de Villy était baronnet. Villy avait un portrait de lui dans un cadre en argent dans leur salon ; l'homme avait un aspect affreusement démodé, avec une moustache blanche à la gauloise, un col cassé avec une cravate serrée, et de grands yeux mélancoliques. Il avait été compositeur, et assez célèbre, comme Zoë espérait que Rupert le deviendrait. Il y avait beaucoup d'argent à récolter grâce aux portraits, si on peignait les gens qu'il fallait. Lady Rydal, quant à elle, était une authentique virago. Zoë ne l'avait rencontrée qu'une fois, ici, peu après son mariage. La Duche l'avait invitée quelques jours parce qu'ils aimaient tous beaucoup Sir Hubert et avaient été désolés pour elle quand il était mort. Lady Rydal avait bien fait comprendre qu'elle réprouvait le vernis à ongles, les fillettes qui portaient des shorts, le cinéma et les femmes qui buvaient de l'alcool. Bref, une véritable rabat-joie.

« ... Qu'en pensez-vous, Zoë la silencieuse ?

— Rupert dit que je suis incapable de penser. » Elle n'avait pas écouté et n'avait pas la moindre idée de ce dont il s'agissait. Pas la moindre.

« Je n'ai jamais dit ça, ma chérie. J'ai dit que tu fonctionnais à l'intuition. »

La Duche dit : « Les femmes sont parfaitement capables de réflexion. Elles ont simplement des sujets de réflexion différents.

— Je ne vois vraiment pas pourquoi Zoë devrait penser à Mussolini, dit Edward.

— Bien sûr que non ! Moins elle pense à ce genre de choses, mieux ça vaut ! N'allez pas tourmenter votre jolie petite cervelle avec cet horrible dictateur italien, ajouta gentiment le Brig à l'adresse de sa bru. Même s'il faut reconnaître qu'il a bien fait de planter des eucalyptus et d'assécher tous ces marécages. Il faut lui accorder cela.

— Brig chéri ! Tu parles comme s'il les avait plantés lui-même, s'écria Rachel, les traits plissés par l'amusement. Tu l'imagines ? En train de se pencher, les boutons de son uniforme prêts à craquer... ? »

Sybil, qui, jusque-là, avait écouté avec tendresse l'interminable récit du Brig sur son deuxième séjour en Birmanie, intervint : « Mais il a aussi construit d'assez belles routes, non ? Les a fait construire, j'entends.

— Bien sûr que oui, confirma Edward. Il a créé de l'emploi, il a mis les gens au travail. Et, ma foi, je parie qu'ils travaillent plus dur que les Anglais ! Je me dis parfois qu'un dictateur ne ferait pas de mal à ce pays. Regardez l'Allemagne ! Regardez Hitler ! Regardez ce qu'il a fait pour son peuple ! »

Hugh était choqué. « On ne veut pas d'un dictateur, Ed ! Tu ne peux pas penser ça !

— Évidemment qu'on ne veut pas d'un dictateur ! Ce qu'il nous faut, c'est un brave gouvernement socialiste. Quelqu'un qui comprenne les classes ouvrières. Les gens travailleraient s'ils y étaient correctement incités. » Rupert promena un regard de défi sur sa famille tory. « La clique actuelle ne pense qu'à préserver le statu quo. »

Le soufflé au chocolat arriva et les détourna de ce dangereux sujet trop souvent débattu, même si Zoë entendit Edward marmonner qu'il ne voyait pas ce qu'on pouvait reprocher au statu quo.

Après le soufflé, Sybil et Villy annoncèrent qu'elles montaient dire bonne nuit aux enfants, et Zoë, qui ne voulait pas que ses belles-sœurs constatent le peu d'affection que Clary avait pour elle, demeura sans bouger. Rachel, qui avait compris, dit qu'elle allait chercher ses cigarettes. La Duche suggéra qu'elles laissent les hommes entre eux pour le fromage et le porto.

\*

Louise et Polly avaient pris leur bain ensemble. Elles laissèrent l'eau pour Clary comme on le leur avait demandé, mais leur cousine n'était pas dans les parages, et elles ne voyaient pas pourquoi elles partiraient à sa recherche. Elles se brossèrent les cheveux et nattèrent ceux de Louise, opération compliquée car ils n'étaient pas encore assez longs pour une tresse digne de ce nom. Elle avait décidé de les laisser pousser, et ainsi, quand elle serait actrice, elle n'aurait pas à porter de perruques. « Sauf que si tu joues quelqu'un de très âgé, il faudra bien que tu en mettes une blanche », objecta Polly. À quoi Louise répondit que la seule personne âgée qu'elle rêvait de jouer, et elle disait bien « jouer », pas interpréter, c'était le roi Lear, or c'était injuste, mais on ne laissait pas encore les femmes incarner les grands rôles shakespeariens.

« Il faudra sans doute que je commence par Hamlet, dit-elle.

— Tu pourrais très bien jouer Rosalind... ou Viola. Elles sont toutes les deux habillées en homme.

— N'empêche ça reste des femmes. C'est tout le problème. Je vais mettre l'élastique... d'habitude, on tord la tresse. Tu sais, Polly, tu devrais vraiment réfléchir à ce que tu vas faire dans la vie... tu vieillis, il est temps que tu te décides.

— J'en ai bien conscience. Je crois que ça ne me déplairait pas d'épouser quelqu'un, déclara-t-elle au bout de quelques minutes.

— C'est nul ! Se marier, tout le monde peut le faire !

— Je savais que tu dirais ça. » Louise n'allait pas tarder à émettre d'atroces suggestions. Elle l'avait fait tellement souvent que Polly s'imaginait qu'à la longue elle serait à court d'idées, mais non.

« Poissonnière ? Tu pourrais porter un long tablier et un joli petit canotier.

— J'aurais horreur de ça. C'est trop bizarre et trop affreux quand il y a du sang qui sort des poissons.

— Tu serais douée pour les disposer sur l'étal.

— Si ce n'étaient pas des poissons, peut-être.

— Arrête de faire ta chochotte, Polly. Tu ne pourras jamais être quoi que ce soit, sinon. Moi, vois-tu, je vais devoir poignarder des gens et les étrangler, et aussi m'évanouir dans des escaliers.

— Si tu continues comme ça, je préfère lire.

— D'accord, j'arrête. Allons retrouver Teddy et Simon pour jouer au Monopoly. »

Mais, dans la salle de classe, Teddy et Simon étaient au milieu d'une partie qui semblait interminable.

« On jouera la prochaine avec vous, dit l'un, mais c'était une fausse promesse puisqu'ils avaient de fortes chances d'être envoyés se coucher avant la fin.

— Vous pouvez rester ici à condition de la boucler », dit l'autre, et bien sûr, elles prirent leurs plateaux-repas et retournèrent dans leur chambre. En essayant de claquer la porte, Louise renversa presque tout son lait.

« Si seulement Pompée était là ! Il adore le lait renversé. Bien plus que dans une soucoupe. » Elles épongèrent le lait avec un gant de toilette, et Polly proposa gentiment d'aller en redemander.

« S'il te plaît, demande-le dans un mug. J'ai horreur de boire le lait dans un verre... il a toujours l'air coupé d'eau. »

Après le dîner, elles se mirent au lit. Polly s'attela à son tricot, un gros pull d'un rose très pâle, auquel elle travaillait depuis les vacances de Noël, et Louise attaqua *Le Monde, le vaste monde*. Elle ne tarda pas à renifler et à s'essuyer les yeux sur le drap. « Tout ce qui a rapport à Dieu paraît toujours triste », dit-elle. Polly cessa de tricoter – au moins, elle avait avancé de presque trois centimètres – et se mit à lire *The Brown Fairy Book* d'Andrew Lang, car il n'était pas très amusant de ne pas lire quand les autres lisaient. Elle alluma une lampe et des papillons de nuit entrèrent dans la chambre : des petits voletant tout légers et des gros qui se cognaient contre l'abat-jour.

Lorsque Villy et Sybil arrivèrent, elles demandèrent tout de suite où était Clary.

Polly répondit : « Aucune idée », Louise ajouta : « On l'avait complètement oubliée », mais toutes deux savaient que ça allait barder. Après quelques questions, les deux femmes partirent à la recherche de la disparue. Puis Tante Rachel entra et leur posa la même question.

« On ne sait pas, Tante Rach, franchement. Elle n'est pas venue dans la salle de classe pour le dîner. On lui a laissé le bain. » Louise tenta de faire passer cela pour une marque de gentillesse, mais sans y parvenir car ce n'en était pas une. Tante Rachel ressortit aussitôt de la chambre, et elles l'entendirent parler à leurs mères. Elles se regardèrent.

« Ce n'est pas notre faute.

— Mais si, dit Polly. On n'a pas voulu qu'elle vienne avec nous après le goûter.

— Zut ! L'ennui, c'est qu'à cause d'elle je me sens abominable, ce qui fait que je l'aime encore moins. »

Après un silence, Polly dit : « Si tu te sens abominable, ce n'est pas à cause d'elle, mais de notre façon de la traiter. On va devoir... » À ce moment-là, Tante Villy revint et Polly se tut.

« Maintenant, écoutez, vous deux. Vous ne devez pas vous liguer contre Clary. Qu'est-ce que vous diriez si elle se liguait avec une de vous deux contre la troisième ?

— Je t'assure, on ne s'est pas liguées contre elle », affirma Louise, mais Polly lâcha : « On promet de ne pas recommencer. »

Tante Villy ne releva pas : « C'est à toi que j'en veux le plus, Louise, parce que tu es la plus grande. » Elle rabattait les draps de Clary, puis elle ouvrit la valise cabossée de la fillette. « Vous auriez pu au moins l'aider à déballer ses affaires.

— Polly a le même âge que Clary, et elle, je ne l'aide pas à défaire sa valise. »

Tante Sybil reparut : « Elle est introuvable. Rachel va demander en cuisine, mais je crois que nous allons devoir prévenir Rupert.

— Tu veux qu'on aille à sa recherche, Tante Syb ? »

Mais sa mère rétorqua : « Il n'en est pas question. Vous allez ranger ses affaires bien soigneusement, et l'une de vous ira récupérer son dîner dans la salle de classe. Je suis très mécontente de toi, Louise.

— Je suis désolée. Je suis vraiment désolée. » Louise se précipita sur la valise et entreprit de sortir les vêtements de Clary.

Polly quitta son lit pour aller récupérer le plateau. Elle sentait que sa mère n'était pas aussi fâchée que

Tante Villy l'était contre Louise, laquelle, elle le savait, était maintenant réellement bouleversée. Elle vit que sa mère s'en était aperçue elle aussi. Leurs yeux se croisèrent, puis Sybil demanda : « Avez-vous la moindre idée de l'endroit où elle pourrait être ? »

Polly réfléchit de toutes ses forces, mais elle n'était pas Clary, alors comment réfléchir comme elle ? Elle fit non de la tête. Les mères s'en allèrent et Louise pleura.

Finalement, Rupert fut prévenu, les oncles se joignirent aux recherches, et même Zoë arpenta le court de tennis en appelant Clary. Certains allèrent aux écuries, au cottage du jardinier, dans les serres et jusque dans le bois. Ce fut Rachel qui la trouva. Elle était montée dans sa chambre prendre un manteau pour participer aux recherches à l'extérieur et elle avait découvert Clary endormie par terre. Elle s'était fabriqué un petit lit avec des coussins de fauteuil, et le manteau de Rachel lui couvrait le corps. Elle dormait à poings fermés, ses chaussures de toile à côté d'elle. Sur l'oreiller de Rachel se trouvait un mot. « Chère Tante Rach, j'aime mieux dormir dans ta chambre. J'espère que ça ne te dérange pas. Je ne me suis pas déshabillée, parce que j'avais froid. Baisers. Clary. » Rupert dit qu'il allait la réveiller et lui parler, puis la ramener dans sa chambre, mais Rachel déclara qu'il valait mieux la laisser là et dota la fillette d'une vraie couverture et d'un vrai oreiller.

On but donc le café très tard ce premier soir, puis la Duche et Villy jouèrent quelque temps en duo, ce que Zoë trouva affreusement assommant car cela signifiait qu'on ne pouvait pas parler. Sybil alla se coucher en premier, et Hugh annonça qu'il montait avec elle.

« C'était quoi, cette histoire, d'après toi ?

— Eh bien, Louise et Polly sont très amies. Elles se voient presque tous les jours à Londres. Je suppose que Clary s'est sentie exclue.

— Laisse, je vais t'aider. » Il lui retira ses épingles à cheveux, les déposant une à une dans la main qu'elle lui tendait. « Tu es trop fatiguée, l'accusa-t-il, si tendrement que les yeux de Sybil s'embuèrent.

— Trop fatiguée pour tenir mes bras en l'air. Merci, mon chéri.

— Je vais te déshabiller. »

Elle se mit debout et il lui ôta par en haut sa robe de grossesse.

« Villy en a rajouté avec Louise. Elle exagère toujours.

— Cela ne nous regarde pas. » Lui dégrafant son soutien-gorge, il fit glisser les bretelles sur ses bras. Elle descendit sa culotte, s'en dégagea, puis envoya promener ses sandales. Elle demeura plantée devant lui, nue, grotesque et magnifique. « Où est ta chemise de nuit ?

— Sur le lit, je crois. Chéri. Tu dois en avoir assez de me voir avec cette allure-là.

— Cette allure-là me laisse pantois. » Il ajouta d'un ton plus léger : « C'est un privilège de pouvoir t'admirer. Mets-toi au lit.

— Ça ne doit pas être très facile pour Rupert.

— Ne va pas t'inquiéter pour lui. »

Elle se coula laborieusement sous les draps.

« Si seulement tu ne repartais pas lundi...

— Je dois pouvoir m'arranger avec Edward si tu y tiens.

— Non, non. J'aime mieux t'avoir avec moi à Londres quand le bébé sera né. »

Il alla écarter les rideaux. Le matin, il était réveillé par le jour, mais il savait, ou croyait savoir, qu'elle les préférait ouverts.

« Tu n'es pas obligé de les ouvrir. Ça m'est vraiment égal.

— J'aime qu'ils soient ouverts, mentit-il. Tu le sais.

— Bien sûr. » Elle renonçait de bon cœur à les garder fermés, car elle savait qu'il aimait respirer. D'accord, le jour la réveillait, mais c'était un faible prix à payer pour un homme qu'elle aimait si fort.

\*

« ... et je pense franchement que si Zoë assumait un tant soit peu son rôle de belle-mère, cette pauvre petite Clary serait une enfant beaucoup plus facile.
— Elle est extrêmement jeune, tu sais. Elle trouve sans doute la famille regroupée un peu écrasante. Je l'aime bien, ajouta-t-il.
— Je le sais, que tu l'aimes bien. » Villy dévissa ses boucles d'oreilles et les rangea dans leur petit écrin fatigué.

« Heureusement que quelqu'un l'apprécie... à part Rupert, j'entends.
— Je ne crois pas qu'apprécier soit le terme qui convient. Il est fou d'elle, ce n'est pas du tout la même chose.
— Ces nuances sont beaucoup trop subtiles pour moi, j'en ai peur. » Il parlait indistinctement, car il avait retiré son dentier pour le nettoyer.

« Chéri, tu sais pertinemment ce que je veux dire. C'est ce qu'on appelle le sex-appeal. » Villy prononça cette sentence sur un ton facétieux qui ne dissimulait pas son dégoût.

Edward, qui avait tout à fait conscience du sex-appeal de Zoë, mais sentait que c'était un terrain glissant, changea de sujet pour parler de Teddy. Il écouta aimablement sa femme lui raconter à quel point elle s'inquiétait pour la vue de leur fils, et Edward ne trouvait-il pas qu'il était trop jeune pour quitter son école, et qu'il avait incroyablement grandi ce dernier trimestre ? Elle continua à babiller alors qu'ils s'étaient mis au lit et qu'il avait envie qu'elle se taise.

« Premier soir des vacances », dit-il en l'embrassant, sa main caressant les petits cheveux bouclés tout soyeux qu'elle avait sur la nuque.

Villy s'éloigna de lui un instant, mais simplement pour éteindre la lumière.

\*

« ... j'essaie, je t'assure, mais elle ne m'aime pas, c'est tout !

— Je pense qu'elle sent que tu ne l'aimes pas.

— De toute manière, c'est à Ellen de savoir où elle est. Je veux dire... elle n'est quand même pas censée s'occuper uniquement de Neville ? Elle est censée être leur nounou, non ?

— Clary a douze ans : un peu grande pour une nounou... Mais je suis d'accord avec toi, elle aurait dû vérifier que Clary était couchée. »

Zoë ne répondit pas. Ayant détourné les reproches, elle se sentait moins coupable, et moins intransigeante.

Rupert, qui se brossait les dents, recracha dans le seau hygiénique. Il dit : « J'aurai une conversation avec Ellen demain. Et Clary aussi, bien sûr.

— Très bien, chéri. » Chose agaçante, son acquiescement avait l'air d'une concession. Mais laquelle ? Je ne veux pas qu'on se dispute, se rappela-t-il à l'ordre. Il lui jeta un coup d'œil pour voir où elle en était de son démaquillage, toujours interminable. Elle appliquait cette espèce de lotion transparente contenue dans un flacon : elle avait presque fini. Elle surprit son regard dans la glace de la coiffeuse et esquissa un de ses lents sourires confiants ; il regarda apparaître la fossette si affriolante sous sa pommette droite, et la rejoignit, ôtant le kimono de ses épaules. Fraîche comme l'albâtre, chatoyante comme les perles, sa peau avait la chaude blancheur des roses. Ces pensées, il les eut, mais s'abstint de les formuler ; l'adoration profonde qu'il avait pour elle ne pouvait être énoncée ; quelque part, il savait que l'image de Zoë et sa personne ne se confondaient pas, et il ne pouvait s'accrocher à l'image qu'en dissimulant sa fascination.

« Il est grand temps que je te mette au lit, dit-il.

— Très bien, chéri. »

Quand il lui eut fait l'amour, et qu'elle se fut tournée sur le côté avec un soupir de contentement, elle dit : « Je ferai des efforts avec Clary, je te le promets. »

Il ne put s'empêcher de repenser à la dernière fois qu'elle avait dit cela et répondit comme auparavant : « J'en suis sûr. »

\*

Ma chérie, je me demande si tu sauras jamais à quel point tu l'es ? Je ne sais pas quelle longueur fera cette lettre, car j'écris ces mots dans la salle commune, où, comme tu sais, tous ceux qui veulent souffler entre deux séries de cours viennent fumer une cigarette, boire une tasse de café, et, malheureusement, bavarder. Ce qui fait que je suis souvent interrompue et, d'ici une douzaine de minutes, Jenkins junior surgira pour massacrer une petite pièce de Bach parfaitement inoffensive. Mercredi était une journée merveilleuse, n'est-ce pas ? Je me dis parfois, ou peut-être y suis-je obligée, que nous profitons plus de nos précieux moments ensemble que les gens qui ne connaissent pas nos difficultés, qui peuvent se retrouver et se montrer affectueux ouvertement et quand il leur plaît. Mais oh, comme tu me manques ! Tu es la créature la plus rare, la plus miraculeuse... une personne bien meilleure que moi sur tous les plans imaginables. Quelquefois je voudrais que tu ne sois pas si absolument bonne... si altruiste, si généreuse et si infatigable dans tes attentions et ta gentillesse envers chacun. Je suis avide ; je te veux pour moi seule. Cela ne fait rien, je sais que ce n'est pas possible ; je ne reproduirai jamais ma conduite inqualifiable du soir où nous sommes allées au concert : plus jamais de ma vie je ne pourrai entendre du Elgar sans rougir de honte. Je sais que tu as raison ; ma sœur dépend de moi de mille manières – ces foutues finances comme tu les appelles –, et tu as tes parents, qui ont tous deux fini par se reposer sur toi. Mais parfois je rêve que nous sommes enfin libres d'être seules toi et moi. Tu es tout ce que je désire. Je voudrais vivre dans un wigwam avec toi, ou un hôtel de bord de mer... le genre à avoir des œillets en papier sur les tables du dîner et des clients avec des demi-bouteilles de vin qui ont leurs initiales marquées sur l'étiquette. Ou dans une ravissante maison Tudor sur la Great West Road, avec un cerisier rose et un cytise, et un sentier aux dalles irrégulières... N'importe quel logis, ma très chère R, serait transfiguré par ta présence. Mais il ne faut pas prendre ses désirs pour des réalités...

Oh, Jenkins junior ! Les pellicules dégringolaient sur son violon d'où sortaient les sons les plus atroces : les cris d'un petit animal pris dans un piège. J'ai l'air cruelle, mais il ment quand il prétend s'exercer : cet enfant n'a rien d'attendrissant. Ce que je m'apprêtais à dire, c'était que si j'appelais en début de semaine prochaine, peut-être cette chère Duche m'inviterait-elle à passer la nuit ? Ou, à défaut, à déjeuner ? Ou, audace suprême, peut-être pourrais-tu me retrouver à la gare, et pourrions-nous déjeuner quelque part à Battle et aller nous promener ? Ce ne sont là que de folles suggestions ; quand j'appellerai, il suffira que tu dises que ce n'est pas possible pour que ça ne le soit pas. Le simple fait d'entendre ta voix sera merveilleux. Écris-moi, mon cher cœur, écris-moi je t'en supplie...

« Tante Rach ? »

D'instinct, elle replia la lettre et la cacha. « Oui, ma puce, je suis là.

— Tout va bien ? Tu n'es pas fâchée ? »

Rachel sortit de son lit et s'agenouilla sur le sol à côté de sa nièce. « J'ai été extrêmement honorée d'avoir été choisie. » Avec douceur, elle dégagea la frange de Clary de son front. « Nous bavarderons tranquillement demain. Endors-toi maintenant. Tu as assez chaud ? »

Clary parut étonnée. « Je ne sais pas. Comment je me sens ?

— Tu as assez chaud. » Rachel se pencha et l'embrassa.

« Si j'avais vraiment la rage tu ne pourrais pas m'embrasser parce que je mordrais, non ?

— Qu'est-ce que tu es encore allée lire ?

— Rien. Quelqu'un m'en a parlé à l'école. Une méchante fille d'Amérique du Sud. Elle ne te plairait pas, elle est vraiment méchante.

— Bonne nuit, Clary. Allez zou !

— Tu vas dormir tout de suite ?

— Oui. »

Et alors, bien sûr, elle fut obligée de remiser la lettre et d'éteindre la lumière.

\*

Le samedi, Villy alla faire du cheval avec son beau-père, Edward et Hugh jouèrent au tennis avec Simon et Teddy, Rupert emmena Zoë déjeuner à Rye, Polly et Louise se relayèrent sur Joey pour apprendre à monter. Rattrapé par Wren et condamné à arpenter pendant une heure au trot et au petit galop le même champ ridicule, il se vengea en se gonflant quand on le sella si bien que la sangle faisait à peine le tour de son énorme ventre gavé d'herbe, puis en se dégonflant si bien que la selle bascula et que Polly se retrouva par terre. Avec Louise, il ne réussit qu'à balancer sa queue si brusquement qu'il lui frappa les yeux au moment où elle tentait de se hisser en selle.

Clary emmena Lydia voir les papillons, puis elles découvrirent un tas de sable laissé par les maçons. Clary eut une idée. « C'est une très longue idée », dit-elle, d'un ton sévère, car Neville s'accrochait à leurs basques et elle voulait le dissuader, mais sa tactique échoua. « Je veux participer », affirma-t-il, et, à la fin, elle se résigna. Sous la direction de Clary, ils entreprirent de transporter la quasi-totalité du sable dans une cachette derrière l'abri de jardin.

Rachel cueillit d'autres framboises, mais aussi des groseilles et des cassis pour que Mrs Cripps fasse des puddings aux fruits rouges, tapa des extraits des *Journaux* de John Evelyn pour le livre de son père, puis rejoignit Sybil sous l'araucaria pour faufiler des mètres de ruflette sur du chintz vert foncé que la Duche piquerait à la machine après le déjeuner.

La Duche eut son entretien matinal avec Mrs Cripps. L'épave du saumon fut inspectée ; il n'en restait pas assez pour qu'il soit servi froid avec de la salade : on allait le transformer en croquettes pour le dîner, et il serait suivi d'une charlotte russe. (C'était un compromis entre elles, Mrs Cripps n'aimant pas faire les croquettes et la Duche trouvant que la charlotte russe était un dessert trop riche pour le soir.) Pour le déjeuner du dimanche, il y aurait de l'agneau rôti et du pudding aux fruits rouges. Une fois cette question réglée, elle fut libre de passer la matinée dans son jardin, à éliminer les fleurs fanées, à tailler les quatre pyramides de buis postées au bout des bordures de plantes herbacées qui gardaient le cadran solaire, tandis que Billy balayait et ramassait ce que coupait sa patronne.

À midi, chacun avait trop chaud pour poursuivre ces différentes activités. Les pères estimaient qu'ils avaient travaillé assez longtemps sur le service de Teddy et le revers de Simon, et les garçons, dans l'attente frénétique du déjeuner – encore une heure à tenir –, opérèrent leur raid éclair traditionnel sur les boîtes de biscuits près du lit de leurs parents. Aujourd'hui, la razzia fut facile ; le sachant dehors, ils raflèrent tous les biscuits de la chambre d'Oncle Rupert, puis les mangèrent dans les toilettes du rez-de-chaussée.

Villy, après la promenade à cheval, dut accompagner William dans son inspection des nouveaux bâtiments. Elle rêvait d'enlever sa tenue de cavalière, mais son beau-père, habillé de pied en cap en chemise de flanelle, gilet de gabardine jaune citron, veste de tweed, culotte de gabardine et bottes de cuir, semblait indifférent à la chaleur, et passa une bonne heure à lui expliquer non seulement ce qui avait été fait, mais les divers plans qui avaient été rejetés.

Louise et Polly, abandonnées par Wren censé retourner voir les autres chevaux, firent chacune un tour de plus sur Joey, qui suait énormément et se montrait de moins en moins enclin à coopérer ; il s'était mis à ambler et à s'arrêter pour arracher des touffes d'herbe. « Il sent très bon mais il n'obéit pas beaucoup, dit Polly en mettant pied à terre. Tu veux encore faire un tour ? »

Louise secoua la tête. « Si seulement ils étaient deux, on pourrait aller faire une vraie promenade. Tiens-le pendant que j'enlève la selle. » Polly, qui au fond était loin d'aimer monter à cheval autant que Louise, jubila. Elle se disait que, maintenant, elles allaient avoir le reste de la journée pour faire des choses nettement plus agréables. Elle caressa le nez soyeux de Joey, mais il chassa sa main avec impatience : c'était du sucre et non de la tendresse qu'il attendait. Après l'avoir dessellé, Louise le débarrassa de sa bride. Il resta immobile un instant, puis, agitant la tête avec un mouvement théâtral, il s'éloigna au petit galop pour se mettre hors de portée. « J'ai bien peur qu'il ne nous aime pas beaucoup, en fait », commenta Louise. Elle avait la réputation d'être merveilleuse avec les animaux, et Joey ne se comportait pas du tout comme s'il partageait cette conviction.

« Il te préfère à moi », déclara Polly, toujours loyale ; sans avoir besoin d'en parler, elle savait ce que Louise ressentait. Elles quittèrent le champ et longèrent le chemin de terre jusqu'aux écuries en se relayant pour porter la selle.

*

Clary avait passé une bonne matinée. La totalité du sable avait été entassée dans un vieux châssis de couches dans le potager. Le couvercle vitré avait depuis longtemps disparu et le fond constituait une frontière idéale pour son idée. Tout d'abord, le sable devait être aplati pour être parfaitement lisse : elles essayèrent avec leurs pieds nus, mais leurs mains s'avérèrent plus efficaces. Clary se révéla la plus douée et, afin d'avoir la tranquillité nécessaire pour travailler convenablement, elle envoya les autres chercher des choses.

« Quel genre de choses ? » Neville devenait grincheux. « Qu'est-ce qu'on fait ? Pourquoi on n'irait pas prendre de l'eau pour fabriquer de la boue ? se plaignit-il.

— La ferme. Si tu ne veux pas jouer avec nous, tu n'as qu'à t'en aller. Ou bien tu fais ce que dit Clary. C'est la plus grande.

— Je ne veux pas m'en aller. Je veux vraiment jouer. Je veux savoir ce qu'on fabrique, c'est tout. Je n'ai pas envie de perdre mon temps, ajouta-t-il, un rien grandiloquent.

— Ton temps ! pouffa Lydia, s'efforçant de trouver la comparaison la plus dérisoire qu'elle connaisse. Il ne vaut pas un clou rouillé. »

Clary expliqua : « Nous faisons un jardin. Nous avons besoin de haies, et de gravier pour les sentiers, et... oui... et d'un lac ! Et d'arbres, et de fleurs... on a besoin de tout ! L'un de vous va ramasser le gravier, mais du très fin. Tu vas te charger de ça, Neville. Va dans la serre prendre une boîte à graines pour le stocker.

— Et moi, je fais quoi ?
— Tu es de garde près du sable. Et tu vas racler la mousse en bas du mur, là, ajouta-t-elle en voyant que Lydia avait l'air déçue.
— Où tu vas ?
— Je reviens tout de suite. »

En revenant de son incursion aussi discrète que fructueuse dans la maison – les ciseaux à ongles de Zoë dans sa trousse de manucure et la petite glace ronde dans les toilettes des bonnes –, Clary tomba sur une corbeille remplie de chutes de buis (Billy avait été appelé pour le repas). Les idées fourmillaient dans sa tête : avec les ciseaux, elle pourrait planter de l'herbe et la couper court de sorte qu'elle forme une pelouse, et le buis pourrait faire une mini-haie en bordure du sentier de gravier – ou bien il pourrait composer un motif pour des parterres de fleurs. Les possibilités étaient infinies pour aboutir au plus beau jardin du monde. Exceptionnellement, elle était contente que Polly et Louise ne soient pas là ; elles auraient pu avoir des suggestions, or elle voulait que ce jardin soit sa création exclusive.

À son retour, elle découvrit que Lydia, lasse d'arracher la mousse, avait cueilli des pâquerettes qu'elle enfonçait n'importe comment dans le sable. « Je plante les fleurs pour toi », annonça-t-elle. Clary la laissa s'amuser à une extrémité du bac. Lydia était petite : il ne fallait pas trop lui en demander, et Clary savait que quand on était petite, on n'aimait pas qu'on vous le fasse sentir.

Alors que Neville revenait avec une misérable poignée de gravier, mais tout un tas de bricoles sans la moindre utilité, ils entendirent Ellen qui les appelait pour qu'ils rentrent se préparer avant de déjeuner.

« C'est un secret absolu, avertit Clary. Défendu d'en dire un mot. Vous direz qu'on a joué dans le verger. On ressortira après le déjeuner et on fera tout bien comme il faut.

— Mais nous, on doit faire notre fichue sieste, lui rappela Neville. Pendant toute une fichue heure.

— Ce n'est pas juste !

— Moi aussi je faisais la sieste, s'empressa de préciser Clary avant que Lydia ne s'énerve. Quand tu auras douze ans, tu ne seras plus obligée.

— Et si je n'ai jamais douze ans ? » L'hypothèse lui semblait très improbable.

« Je les aurai avant toi, dit Neville. Il y aura des vacances où tu seras la seule à devoir faire la sieste.

— Ne vous disputez pas. Si vous rentrez tout barbouillés de larmes, ils vont se demander ce qu'on a fabriqué. »

Imprimant sur leurs visages une neutralité de conspirateurs, ils se dirigèrent vers la maison.

\*

À une heure, Eileen sonna le gong pour le déjeuner.

« Dieu du ciel ! Je n'ai pas préparé la trousse ! » Rachel se leva d'un bond, sentit dans son dos l'élancement familier qui se rappelait toujours à son souvenir quand elle faisait un mouvement inconsidéré, et entra en hâte dans la maison. « Ne vous embêtez pas pour les rideaux », cria-t-elle, au cas où Sybil se fatiguerait à essayer de les plier et de les transporter. La trousse, rangée dans un tiroir de la table de jeux dans le salon, était un petit sac en lin avec les initiales R.C. brodées au point de chaînette en coton bleu. Il lui servait jadis à mettre sa brosse et son peigne, mais à présent il contenait huit fiches en carton : six vierges et deux marquées S.A.M. Quand les enfants, une fois débarbouillés, descendirent déjeuner, chacun tira une fiche du sac. Ce rituel découlait d'un décret de la Duche, selon lequel deux enfants devaient être autorisés à déjeuner dans la salle à manger afin qu'ils apprennent à bien se tenir à table en présence d'adultes ; la méthode de sélection avait été élaborée pour faire cesser les chamailleries et autres éternelles allégations d'injustice. Aujourd'hui, Simon décrocha un des billets gagnants, puis Clary.

« Je n'en veux pas, dit-elle, remettant vivement le bulletin dans la trousse. Mon père n'est pas là, tu comprends », expliqua-t-elle à Rachel. En réalité, elle avait peur que Lydia et Neville ne vendent la mèche à propos du jardin si elle n'était pas présente pour les arrêter.

Rachel céda. « Mais la prochaine fois tu devras respecter les règles », dit-elle avec douceur.

Neville était en retard pour le déjeuner. Il descendit avec Eileen qui lui tenait la main, signe incontestable d'humiliation après de mauvais agissements.

« Pardon pour le retard. Neville avait perdu ses chaussures de toile.

— J'en avais perdu qu'une. » Les histoires qu'on pouvait faire pour une malheureuse chaussure le dépassaient. En fin de compte, Teddy tira la deuxième fiche, ce dont il fut profondément reconnaissant. Il n'était pas encore prêt à effectuer le difficile passage d'une société scolaire exclusivement masculine – à part la directrice et l'institutrice française, toutes deux l'objet d'une constante dérision clandestine – aux repas et aux conversations avec toutes ces femmes et tous ces bébés.

Il décida de s'asseoir à côté de Papa et Oncle Hugh, et, comme ça, il pourrait parler avec eux soit de cricket, soit, peut-être, de sous-marins, pour lesquels il s'était récemment pris de passion. Le déjeuner comprenait du petit salé sauce au persil (la Duche témoignait d'un mépris très victorien pour la saison lorsqu'elle concevait les menus), avec des pommes de terre nouvelles et des petits pois, suivi d'une tarte à la mélasse raffinée. Simon avait horreur des petits pois, mais sa mère les mangea à sa place. Plutôt un « gros pois » elle-même, songea-t-il avant de s'étrangler à essayer de ne pas rire de sa blague ; il ne voulait pas vexer sa mère, et personne n'aurait aimé être qualifié de gros pois. Le fou rire le reprit ; Papa lui donna une claque dans le dos, et son assiette se renversa sur la nappe... un repas drôlement gênant.

Teddy dévora comme un ogre : il se servit deux fois de tout, avant d'engloutir des biscuits et du fromage. Il avait décidé de jouer au tennis avec Simon tout de suite après le déjeuner, parce que, plus tard, les adultes accapareraient sans doute le court. Papa avait dit qu'il pouvait s'entraîner tout seul au service, mais ce n'était pas très amusant s'il n'y avait personne pour renvoyer les balles, et pire, personne pour lui indiquer si elles étaient bonnes ou non. S'il y mettait du sien, il pourrait finir par jouer pour l'Angleterre. La pensée du panneau « Cazalet/Budge » à Wimbledon lui donnait des frissons dans la nuque. BUDGE PULVÉRISÉ PAR UN NOUVEAU JOUEUR DE GÉNIE ! proclameraient les gros titres. Bien sûr, ce ne serait peut-être plus Budge à ce moment-là, mais qu'importe... bon sang de bonsoir, ce serait une semaine rudement excitante. Le truc serait de convaincre Fred Perry d'être son entraîneur ; personne au monde ne pouvait être meilleur que Fred. C'était nul de ne pas pouvoir s'entraîner en hiver à l'école, mais il pourrait se mettre au squash ou au jeu de paume pour rester dans le bain. Il décida d'écrire à Fred Perry pour lui demander conseil. Papa et Oncle Hugh n'avaient pas fait des interlocuteurs passionnants : ils s'étaient disputés pour savoir s'il fallait ou non acheter un engin qui s'appelait un dictaphone pour le bureau. Papa en voulait un parce que, d'après lui, ce serait plus efficace, mais, d'après Oncle Hugh, la dictée prenait autant de temps avec une machine qu'avec une secrétaire, et il était partisan de la touche personnelle. Les femmes parlaient de bébés et de trucs nuls dans ce genre. Seigneur ! Il était content de ne pas être une femme. Devoir porter des jupes et être bien plus faible... ne presque jamais rien faire d'intéressant comme aller au pôle Sud ou être pilote de courses, et puis, d'après Carstairs, le sang coulait à flots entre leurs jambes chaque fois que c'était la pleine lune. Cette histoire ne tenait pas debout parce que c'était la pleine lune tous les mois et qu'elles mourraient d'hémorragie, et puis, de toute façon, il n'avait jamais vu de femme saigner comme ça, mais Carstairs aimait les choses sanglantes, il parlait tout le temps de vampires, de la Charge de la Brigade légère et de la Peste noire. Il serait détective quand il serait grand, il enquêterait sur des meurtres. Teddy était heureux de ne plus voir Carstairs. Sa nouvelle école surgit dans son esprit à la manière d'un iceberg : ce qu'il en voyait – et c'était seulement un cinquième... ou un sixième ? – était effrayant, aussi effrayant que lorsqu'il serait véritablement obligé d'y aller. Dans une éternité... les vacances venaient à peine de commencer. Il croisa le regard de Simon de l'autre côté de la table et, mimant un revers avec son bras, il envoya valser son verre d'eau.

\*

Le déjeuner dans le hall fut difficile pour Clary pour des raisons qu'elle n'avait pas imaginées. Neville et Lydia se conduisirent magnifiquement, ne dirent pas un mot sur leur jardin, et Clary proposa de partir à la recherche de la chaussure manquante de Neville, ce qui plut à Ellen. Mais Polly, qui s'en voulait d'avoir à nouveau exclu Clary en allant faire du cheval avec Louise sans même lui demander si elle avait envie de venir, suggérait à présent toutes sortes de choses que Louise et elle pourraient faire l'après-midi avec Clary, comme se rendre au ruisseau dans le bois pour y installer un barrage, puis, voyant le manque d'enthousiasme de Clary, un tournoi de tennis ou la construction d'une cabane. « Bon alors, qu'est-ce que tu aimerais faire ? » demanda-t-elle enfin.

Clary sentait les yeux de Lydia et Neville fixés sur elle. « Aller à la plage », répondit-elle. La plage signifiant voitures et grandes personnes, elle savait que Polly et Louise ne pourraient pas l'aider sur ce point. Elles renoncèrent ; il était de notoriété publique, observa Louise, qu'ils devaient aller à la plage le lundi et pas avant.

\*

Après le déjeuner, Villy emmena Sybil à Battle acheter de la flanelle et de la laine blanche. Elles avaient prévu cette expédition lors du petit déjeuner, mais avaient tacitement décidé de ne rien dire de leur projet pour éviter que les enfants ne réclament à cor et à cri de les accompagner. Elles roulaient maintenant dans un silence paisible, se coulant sans effort dans leur relation estivale coutumière. Elles se voyaient à Londres, évidemment, mais plus à cause de l'affection que se portaient leurs maris que par choix personnel. Or, étant toutes deux devenues membres à vie de la famille Cazalet à peu près en même temps, elles avaient eu des années de proximité naturelle pour développer une sorte d'intimité sans complications que ni l'une ni l'autre ne connaissait avec personne d'autre. Elles avaient épousé les deux frères deux ans après la guerre : Sybil s'était mariée en janvier, Villy et Edward au mois de mai suivant. Les frères avaient suggéré un double mariage, ils avaient même envisagé un double voyage de noces, mais cette éventualité avait été écartée, car Villy devait terminer son contrat avec les Ballets russes, et Sybil voulait se marier avant que le congé de son père ne s'achève et qu'il ne reparte pour l'Inde. La marraine de Sybil avait représenté la branche maternelle (sa mère était morte en Inde l'année précédente), Edward avait été garçon d'honneur, et ils étaient allés à Rome pour leur voyage de noces – Hugh avait dit que la France lui évoquait trop de souvenirs qu'il voulait oublier. Edward les avait emmenés voir Villy danser avec les troupes des Ballets russes à l'Alhambra, et Sybil avait été profondément impressionnée de constater que Villy était bel et bien une danseuse professionnelle. Ils avaient vu *Petrouchka* (Villy était une des paysannes russes), et Sybil, dont c'était la première sortie au ballet, avait été bouleversée par Massine dans le rôle-titre. Après, ils avaient attendu Villy à l'entrée des artistes ; elle était apparue vêtue d'un manteau à col de fourrure blanche, et ses cheveux, longs à l'époque, étaient coiffés en chignon avec une petite flèche en argent plantée dedans. Ils étaient tous allés dîner au Savoy, et Villy semblait la personne la plus sophistiquée et la plus flamboyante que Sybil ait jamais rencontrée. Sous son manteau, elle portait une robe en mousseline de soie noire brodée de perles de cristal d'un vert et d'un bleu étincelants qui laissait voir ses genoux fins et élégants, et elle avait aux pieds des souliers de satin vert. À côté, sa robe beige, en velours frappé garni de dentelle irlandaise, paraissait bien terne. Villy bouillonnait d'énergie et, aiguillonnée par Edward, elle avait parlé toute la soirée des Ballets russes et de leurs tournées ; elle avait raconté Paris, ses répétitions avec Matisse qui leur renversait des pots de peinture sur la tête, et des semaines sans être payée, à vivre d'un demi-litre de lait par jour et à devoir rester allongée entre les répétitions et les représentations ; elle avait raconté Monte-Carlo et ses auditoires resplendissants ; les disputes entre Massine et Diaghilev, et les jeux d'argent où certains membres de la troupe perdaient tout leur salaire en l'espace d'une soirée.

À l'époque, il lui avait semblé incroyable et héroïque de la part de Villy de renoncer à une telle existence pour convoler, mais Villy, qui paraissait aussi amoureuse d'Edward que lui l'était d'elle, avait fait peu de cas de cet exploit. Ils s'étaient mariés dans la maison de Villy à Albert Place, et son père avait composé pour la cérémonie une suite pour orgue dont le *Times* avait rendu compte. Respectueuse de la mode, Villy s'était fait couper les cheveux à la garçonne pour le mariage, auquel Sybil avait assisté en souffrant de terribles nausées... sa première grossesse, celle qui s'était terminée par un fils mort-né. Elles avaient peu de choses en commun à part le fait d'être mariées à deux frères, mais, avec les Cazalet, être mariées à des frères signifiait des réunions régulières et fréquentes : des soirées où les frères jouaient aux échecs, des vacances d'hiver où ils allaient au ski. Sybil n'avait aucun talent pour ce sport : elle se foulait invariablement la cheville et, une fois, se cassa même la jambe, alors que Villy descendait à toute vitesse les pistes les plus audacieuses avec un brio et une habileté qui lui valaient l'admiration générale. Les deux couples jouaient au bridge et au tennis. Ils allaient au théâtre et dans des restaurants où ils dînaient et dansaient. Un soir, au Hungaria, Villy dit quelque chose en russe au chef d'orchestre ; il joua du Delibes et Villy dansa seule sur la piste dégagée et tout le monde applaudit. Lorsqu'elle était revenue à leur table et qu'Edward avait lâché négligemment : « Bravo, ma chérie », Sybil avait remarqué des larmes dans les yeux de Villy, et s'était demandé si renoncer à sa carrière avait finalement été si facile pour elle. Villy n'évoqua plus jamais l'époque où elle était danseuse ; elle continua à jouer son rôle d'épouse et, par la suite, celui de mère de Louise, puis de Teddy et Lydia, comme si cette parenthèse n'avait jamais existé. Mais Sybil avait observé son énergie tourbillonnante, qui, tel un torrent, se ruait dans toutes les brèches possibles. Villy se procura un métier à tisser et tissa du lin et de la soie. Elle apprit à jouer de la cithare et de la flûte. Elle apprit à monter, et ne tarda pas à entraîner les chevaux pour les Life Guards – l'une des deux femmes à Londres autorisées à le faire. Elle travailla pour la Croix-Rouge, emmena des enfants aveugles au bord de la mer. Elle pilota un dériveur dans de petites régates. Elle apprit le russe en autodidacte ; durant une courte période elle adhéra à une secte Gurdjieff (Sybil ne découvrit ce détail que parce que Villy tenta de l'enrôler). Certaines de ses lubies, comme la secte, se révélaient éphémères. Résistant à une envie soudaine de lui demander si elle était heureuse, Sybil dit : « Les magasins, à Battle, risquent d'être fermés.

— Dieu du ciel ! Évidemment que oui. Quelles sottes ! Nous pourrions pousser jusqu'à Hastings.

— Le magasin de Whatlington sera ouvert.

— Tu crois ? » Villy ralentit, cherchant un endroit où tourner.

« Curieusement, il l'est presque toujours. Ils auront de la laine blanche. Et sûrement aussi de la flanelle.

— Très bien. » Villy s'arrêta devant une allée privée et fit demi-tour.

« Quel manque de sens pratique. Si seulement j'avais gardé les anciens vêtements de Simon. Mais je n'aurais jamais cru en avoir besoin à nouveau.

— Moi aussi j'ai tout bazardé. On ne peut pas tout garder, dit Villy. Je t'aiderai, si tu veux.

— Ce serait adorable. Je n'oublierai jamais cette robe de baptême que tu avais faite pour Teddy. » La batiste blanche la plus fine, avec des fleurs des champs brodées au fil blanc, et toutes les coutures jointes par des jours à fils tirés. Le genre d'ouvrage normalement effectué par des religieuses.

« Je te la prêterai, si tu veux. Je n'aurai pas le temps d'en refaire une.

— Ce n'est pas ce que je voulais dire. Il me faut simplement quatre chemises de nuit en flanelle et un châle. »

Gravissant la colline pour se rendre à la boutique de Whatlington, elles passèrent devant le portail blanc de la maison. « Je suis sûre que la Duche donnerait un coup de main, dit Villy.

— Elle est occupée à faire une de ses ravissantes robes en tussor pour l'anniversaire de Clary.

*Home Place. 1937*

— Seigneur ! J'avais oublié. Qu'est-ce que tu lui offres ?
— Aucune idée. Je ne sais pas vraiment ce qu'elle aime. Ce n'est pas une petite fille très heureuse, n'est-ce pas ? Rupert dit qu'elle a du mal aussi à l'école. Mauvais bulletin, avertissements, et, apparemment, elle ne s'est pas fait d'amies.
— Et puis ce n'est pas sûr que Zoë les accueillerait très bien si elle en avait. »
Ni l'une ni l'autre n'aimaient Zoë, et toutes deux savaient qu'elles étaient sur le point de lui régler son compte, comme elles le faisaient systématiquement pour aboutir à la conclusion qu'elles devaient vraiment arrêter de médire. Cette fois elles arrêtèrent parce qu'elles avaient atteint leur destination, une vieille ferme à bardeaux peinte en blanc, dont le rez-de-chaussée avait été assez sommairement converti en boutique. On y vendait un peu de tout : de l'épicerie, des légumes, des sachets de graines, du chocolat, des cigarettes, des élastiques et des boutons, de la laine à tricoter, des œufs, du pain, des panamas, des corbeilles de jardin, des mugs à motifs chinois et des théières marron, des cotons Tootal à fleurs, des rubans de papier tue-mouches, des graines pour oiseaux et des biscuits pour chiens, des paillassons et des bouilloires. Mrs Cramp sortit un rouleau de flanelle blanche et en découpa les cinq mètres requis. Mr Cramp, à l'autre comptoir, débitait du bacon à la machine. Un attrape-mouche surpeuplé était suspendu au-dessus, heurtant son crâne chauve chaque fois qu'il ramassait une tranche pour la poser sur la balance, et un vieux cadavre racorni dégringolait alors parfois sur le comptoir tel un cassis desséché. Sa cliente, lancée dans le récit de quelque mésaventure, se tut lorsque Sybil et Villy entrèrent dans la boutique, et seul le climat – pas une goutte de pluie depuis quinze jours et l'air de vouloir continuer comme ça jusqu'aux moissons – fut commenté tant que ces dames se trouvèrent dans le magasin.

« Et de la laine blanche, Mrs Hugh. De la Patons deux fils, ce ne serait pas ce que vous cherchez ? Sinon, nous avons de la Shetland.

— C'est moi qui ferai le châle », dit Villy. Elles choisirent la Shetland, et Sybil acheta une bobine de coton blanc.

« Mrs Cazalet mère va bien, j'espère ? Parfait. »

La flanelle fut emballée dans une feuille de papier kraft et nouée avec de la ficelle. La laine fut rangée dans un sac en papier. Mrs Cramp évitait le ventre de Sybil comme la peste.

Mais dès que Villy et Sybil furent sorties de la boutique, la commerçante lâcha : « Je veux bien être pendue si elle n'est pas à deux doigts d'accoucher. »

Et Mrs Miles, qui achetait le bacon, renchérit : « Ça ne m'étonnerait pas que ce soient des jumeaux. »

Mrs Cramp fut choquée. Elle seule était habilitée à faire des remarques sur ses clientes. « Non. Les dames n'ont pas de jumeaux. Ça ne s'est jamais vu. »

Dans la voiture, Villy demanda : « Tu ne crois pas que Clary devrait quitter l'école et suivre les cours de Miss Milliment avec nos deux filles ?

— Ce serait mieux pour elle. Mais tu crois que Rupert pourrait se permettre ce luxe ?

— Deux livres dix par semaine ! C'est forcément moins cher que l'école où elle va.

— Il bénéficie sans doute d'un tarif spécial en tant que professeur. Si ça se trouve, il ne paie rien du tout, à part les à-côtés.

— Nos deux filles aussi ont certains besoins.

— Rachel pourrait contribuer. Ou la Duche pourrait parler au Brig. Ou bien toi, lors d'une de vos balades à cheval. Il t'écouterait sans doute... tu t'entends tellement bien avec lui.

— Commençons par Rupert. » Villy ignora le compliment de Sybil comme elle le faisait de tous les compliments désormais. « Il y aurait le trajet à payer, bien sûr. Il lui faudrait marcher jusqu'à Shepherd's Bush puis prendre le métro. Mais au moins elle connaîtrait une ambiance familiale, et c'est ce qui lui manque. Je ne pense pas qu'elle ait beaucoup cela à la maison. »

Sybil observa : « Quand même, Zoë finira bien par fonder une famille.

— Jamais de la vie ! Je suis sûre qu'elle ne veut pas d'enfants.

— Comme nous le savons, la question n'est pas toujours d'en vouloir ou pas. »

Villy jeta à Sybil un coup d'œil stupéfait. « Ma chérie ! Tu ne... voulais pas...

— Pas vraiment. Bien sûr, maintenant, je suis contente.

— Bien sûr. » Ni l'une ni l'autre n'osèrent se mouiller davantage : elles avaient touché l'eau, sans se risquer plus avant.

*

Dans l'ensemble, la journée de Rupert et Zoë fut très bonne. Ils allèrent en voiture à Rye, assez lentement car Rupert savourait sa première matinée de vacances, le plaisir d'être à la campagne et le temps radieux. Ils longèrent des champs de blé parsemés de coquelicots et des champs où le houblon était presque mûr, traversèrent des bois de chênes et de châtaigniers et empruntèrent de petites routes dont les hauts talus étaient couverts de fraises des bois, de stellaires et de fougères, et les haies décorées des dernières églantines à présent blanchies par le soleil, passèrent dans des villages émaillés de cottages à bardeaux blancs dont les jardins, resplendissant de roses trémières, de phlox et de roses, étaient parfois agrémentés d'une mare et de canards blancs, aperçurent de petites églises grises entourées d'ifs et de tombes tapissées de lichen, des champs déjà fauchés, et des fermes au fumier fumant où picoraient des poules marron et blanc. Ils s'arrêtaient de temps en temps parce que Rupert voulait regarder certains éléments de plus près, et Zoë, même si elle ne comprenait pas vraiment pourquoi il y tenait, restait assise, comblée, à l'observer. Elle adorait sa gorge avec sa grosse pomme d'Adam, la façon dont ses yeux bleu foncé se rétrécissaient en examinant ce qui l'intéressait et le petit sourire à demi gêné qu'il lui adressait une fois satisfait, tandis qu'il débrayait et redémarrait.

« Ah, cette région ! s'exclama-t-il. Pour moi, c'est la plus belle d'Angleterre.

— Tu connais toutes les autres ? »

Il rit. « Bien sûr que non. Je m'autorise juste un brin de chauvinisme ! »

Lors de la dernière de ces haltes, il descendit de voiture ; elle le suivit, et ils allèrent s'accouder à une barrière. Ils étaient sur une crête, d'où ils pouvaient contempler sur des kilomètres en contrebas tous les éléments qu'ils avaient admirés séparément durant le trajet : disséminés devant eux, ils formaient une vaste étendue verte, dorée et rayonnante, que vernissaient les rayons du soleil. Rupert lui prit la main.

« Ma chérie. Tu ne trouves pas cette vue sensationnelle ?

— Si. Et le ciel est d'un si joli bleu. » Elle réfléchit un instant, puis ajouta : « Le genre de bleu que le ciel est seul à avoir, non ?

— Tu as tout à fait raison... excellente remarque ! » Il lui pressa la main, enchanté de la perspicacité de sa femme. « Un commentaire tellement évident que personne ne le fait. Que personne n'y pense, se rattrapa-t-il en voyant son expression. Non, vraiment, Zoë chérie, je suis sérieux. » Et il l'était : il voulait de tout cœur qu'elle soit capable d'apprécier autre chose que leur couple.

À Rye, il lui acheta des cadeaux. Ils descendaient à pied une des rues escarpées en direction du port et ils repérèrent une minuscule vitrine encombrée de bijoux et de pièces d'argent, avec, sur le devant, un plateau de bagues anciennes. Rupert décida de lui en offrir une et ils entrèrent dans la boutique. Il en choisit une avec un diamant en rose dont l'anneau était orné d'émail noir et blanc, mais la bague ne plaisait pas à Zoë. Elle avait envie d'une émeraude entourée de diamants en rose qui coûtait vingt-cinq livres... trop chère. Elle se rabattit sur une opale de feu cernée de semences de perles qui ne coûtait que dix livres, et Rupert l'obtint pour huit. Ils ignoraient que c'était une opale de feu avant que le vendeur ne le leur apprenne ; ils trouvaient simplement que la pierre était d'une merveilleuse couleur orange vif, mais Zoë se montra encore plus emballée une fois renseignée. « Elle est vraiment originale ! s'exclama-t-elle, tendant sa blanche main pour qu'ils admirent l'effet produit.

— Elle n'irait pas à tout le monde, madame, mais elle est parfaite sur vous. »

« Alors, madame... fit Rupert lorsqu'ils furent ressortis. Quels sont vos prochains désirs ? »

Elle avait envie d'un livre à lire le soir quand la compagnie était occupée à coudre, à jouer du piano ou à une autre activité. Ils allèrent dans une librairie et elle choisit *Autant en emporte le vent*, que, paraît-il, tout le monde lisait, et qui était supposé contenir de belles scènes de passion. Ils déjeunèrent ensuite dans un pub, ou plutôt dans le jardin du pub : jambon-salade avec de la mayonnaise Heinz et une demi-pinte de bière brune pour Rupert, et un panaché pour Zoë. Ils ne parlèrent pas des enfants pendant le déjeuner, ni après, quand ils se rendirent à Winchelsea, où Rupert voulait voir les vitraux de Douglas Strachan. Alors qu'ils regagnaient Home Place, Zoë s'exclama : « Oh, mon chéri, quel bon moment nous avons passé, et puis j'adore ma bague. »

Rupert acquiesça : « N'est-ce pas ? Maintenant il nous faut retrouver le giron familial. La foule déchaînée.

— La foule déchaînée ?

— C'est un roman de Thomas Hardy.
— Ah. » C'était fou tout ce qu'il connaissait.
« Et il nous faut réfléchir à un truc formidable à faire avec les enfants demain.
— J'ai l'impression qu'ils sont très heureux avec leurs cousins et tout ça.
— Oui. Mais je voulais dire avec tous les enfants. Nous devons mettre la main à la pâte. »
Elle garda le silence. Il ajouta avec délicatesse : « Tu sais, ma chérie, je crois que tu aurais une autre approche de la vie de famille si tu avais un bébé. Si nous avions un bébé, précisa-t-il.
— C'est trop tôt. Je ne me sens pas assez vieille.
— Eh bien, un jour, tu le seras. » Elle avait vingt-deux ans et elle n'était certes pas d'une grande maturité pour son âge.
« De toute manière, dit-elle, je ne pense pas qu'on en ait les moyens. À moins que tu trouves un autre travail. Ou que tu deviennes célèbre ou je ne sais quoi. Nous ne sommes pas riches... pas comme Hugh et Edward. Eux ont du personnel. Sybil et Villy n'ont pas à faire la cuisine. »
Ce fut son tour à lui de rester silencieux. Ellen se chargeait de presque toute la cuisine, et Clary et lui déjeunaient dehors quotidiennement, mais la pauvre petite Zoë, de fait, avait horreur des fourneaux, et, en trois ans, avait tout juste appris à mettre une poêle sur le feu ou à ouvrir une boîte de conserve.
« Bon, dit-il enfin, ne supportant pas de gâcher leur journée d'excursion, ce n'était qu'une suggestion. Réfléchis-y. »
Une suggestion ! S'il avait tant soit peu soupçonné ce qu'elle ressentait à l'idée d'avoir un enfant, il n'en parlerait même pas. Sa peur, une véritable panique, l'empêchait de surmonter sa vision de la grossesse – grossir de plus en plus, avoir les chevilles gonflées, marcher en se dandinant, souffrir de nausées – et de

l'accouchement, cette douleur effroyable qui risquait de durer des heures et des heures, qui risquait même de la tuer comme dans certains romans. Pas que dans des romans, d'ailleurs : la première femme de Rupert était morte de cette façon-là ! Mais même si elle ne mourait pas, c'en serait fait de sa silhouette. Elle aurait des seins flasques avec des mamelons trop grands, comme Villy et Sybil qu'elle avait vues en maillot de bain, sa taille s'épaissirait et elle aurait ces horribles rayures sur le ventre et les cuisses – Sybil, là encore. Villy semblait avoir échappé à ça, et aux varices. Villy, mais pas Sybil... Alors, bien sûr, Rupert cesserait de l'aimer. Il ferait semblant quelque temps, sans doute, mais elle ne serait pas dupe. Parce qu'elle était sûre d'une chose, c'était qu'il n'y avait que son physique qui intéressait les gens et qui les séduisait : elle n'avait rien d'autre, au fond, pour les appâter ou pour les garder. Elle s'était servie de ce physique toute sa vie pour obtenir ce qu'elle voulait, et elle n'avait jamais rien tant voulu que Rupert. Alors, maintenant, elle devait utiliser ce physique pour le retenir. Elle savait, sans se mettre martel en tête, qu'elle n'était pas très douée, que ce soit pour faire les choses ou les analyser ; sa mère avait toujours dit que ce n'était pas important si on possédait la beauté, et Zoë avait parfaitement assimilé cette notion. Pourquoi Rupert ne comprenait-il pas ? Il avait déjà deux enfants, qui coûtaient une fortune et constituaient une source d'angoisse permanente. Quelquefois, elle aurait voulu qu'il ait trente ans de plus, qu'il soit trop vieux pour avoir envie de s'attacher à quelqu'un d'autre, trop vieux, en tout cas, pour vouloir être père, comblé d'être simplement avec elle. Au cours de leurs trois ans de mariage, il n'avait évoqué la possibilité d'avoir un bébé que deux fois : une fois au début, quand il avait présumé qu'elle aurait envie de tomber enceinte, et puis, six mois plus tard, quand elle s'était sottement plainte de devoir s'embêter avec un diaphragme. Il avait dit : « Je suis on ne peut plus d'accord avec toi. Pourquoi ne pas cesser d'en mettre, et laisser faire la nature ? » Elle avait réussi à s'extraire de ce guêpier, expliqué qu'elle voulait d'abord s'habituer à être une femme mariée ou un boniment de ce genre, n'importe quoi pour qu'il arrête de parler de ça, et, à partir de là, elle avait mis en place le diaphragme longtemps avant que Rupert ne rentre de l'école et n'en avait plus jamais touché mot. Elle s'était dit que, peut-être, il avait renoncé à l'idée ; à présent, il était affreusement clair que non. Le reste du trajet jusqu'à la maison s'effectua dans le silence.

*

Clary travailla dur tout l'après-midi. D'abord, ce fut une course fébrile contre la montre, car elle savait que quand Lydia et Nev auraient fini leur sieste ils se précipiteraient dehors et voudraient se rendre utiles, mais seraient dans ses pattes et feraient tout de travers. Pourtant ils ne surgirent pas ; en fait, les nounous les avaient emmenés faire une promenade bougonne dans la chaleur jusqu'au magasin de Whatlington, et, à mesure que le temps passait et qu'ils n'arrivaient pas, Clary se sentit autorisée à procéder plus lentement, s'interrompant pour réfléchir à la prochaine étape. Le miroir était en place, enfoncé dans le sable ; on aurait dit de l'eau, et elle le borda de mousse, ce qui améliora encore l'impression générale. Elle fabriqua une jolie haie de minuscules brins de buis plantés serrés dans le sable : elle dut s'y reprendre à deux fois, car elle n'avait pas suffisamment affermi le sable au départ. Puis elle créa un sentier de gravier qui longeait la haie jusqu'au lac, puis une autre haie lui parut nécessaire du côté nu, et elle la fabriqua. Les pâquerettes de cette pauvre Lydia commençaient à se faner, et elle les retira ; inutile de mettre des fleurs, il lui fallait des plantes. En plus, celles-ci devraient être repiquées dans la terre, une bonne terre bien fine, sans quoi elles mourraient. Elle alla chercher du terreau dans l'abri de jardin et confectionna un parterre qui s'avéra carré au début et presque ovoïde à la fin. Elle cueillit du mouron rouge, et de la véronique – tout en longueur, mais elle remplit l'espace –, ainsi que quelques orpins dans le mur du potager, et une toute petite fougère. C'était mieux, mais comme il restait toujours beaucoup de vides, elle coupa plusieurs brins de lavande pour les placer à l'arrière en bouquets. Disposées de cette façon, les fleurs ressemblaient à des plantes, et vu qu'elles étaient sèches, elles se moqueraient d'être de simples tiges. Elles avaient très belle allure. Faire le jardin entier allait prendre des semaines, songea-t-elle. C'était ce qu'il y avait de bien dans ce projet. Elle avait besoin d'arbres, et d'arbustes, et peut-être d'un petit banc pour que les gens s'assoient au bord du fameux lac qu'elle devait lustrer en permanence avec de la salive, son doigt et une de ses chaussettes, car le sable s'y mettait à la moindre occasion. Il restait à créer la pelouse, qui serait constituée de touffes d'herbe plantées bien serrées et qu'elle taillerait avec les ciseaux à ongles de Zoë. La cloche du thé retentit. Elle n'avait pas envie d'y aller, mais ils ne manqueraient pas de venir la chercher si elle n'arrivait pas. Elle se mit donc en branle, emportant la chaussure de Neville pour faire plaisir à Ellen. En regagnant la maison, elle songea que, peut-être, il ne lui déplairait pas que quelqu'un voie son jardin : Papa, ou Tante Rach ? Les deux, décida-t-elle.

\*

Après le thé, tous les enfants s'adonnèrent au Jeu de l'Œil de Lynx, un des traditionnels jeux de vacances qu'ils avaient inventés. Teddy avait un peu le sentiment d'être trop grand pour ce jeu, et Simon prétendait que lui aussi, même si ce n'était pas vrai. Le jeu, conçu par Louise, était une sorte de cache-cache, sauf qu'on ne dénichait pas les gens, on devait les repérer et pouvoir les identifier. La chose impliquait une mobilité constante de la part des pourchassés, qui, une fois attrapés, étaient enfermés dans une vieille niche à chien jusqu'à ce qu'ils soient secourus par un ami. Le chasseur ne gagnait que s'il arrivait à attraper tous les autres joueurs et à les incarcérer. Lydia et Neville, qui passaient le plus clair de leur temps dans la niche car ils étaient faciles à attraper, adoraient particulièrement ce jeu parce qu'ils y jouaient avec les autres, même s'ils trouvaient injuste de se faire si souvent capturer, alors que Polly, par exemple, presque jamais. Hugh et Edward jouaient au tennis.

Villy et la Duche jouaient chacune au piano – des concertos de Bach –, et Sybil et Rachel s'employaient à tailler les chemises de nuit sur la table du petit salon. Nanny lisait à haute voix des articles du magazine *Nursery World* à Ellen, pendant que celle-ci repassait. Dans son bureau, le Brig rédigeait pour son livre un chapitre sur la Birmanie et ses forêts de teck. La journée, qui avait été chaude et dorée avec un ciel d'un bleu ininterrompu, se parait d'ombres plus longues, peuplée à présent de moucherons et autres moustiques, mais aussi de jeunes lapins furetant dans le verger.

Flossy, qui autorisait Mrs Cripps à être sa maîtresse parce qu'elle l'associait à sa pitance, se leva de sa chaise en osier dans la salle des domestiques, étira son corps totalement reposé et, se coulant par la fenêtre à battants, s'esquiva pour sa chasse nocturne. C'était une chatte écaille et blanc, au pelage rustique, qui, comme l'avait un jour fait observer Rachel, ressemblait à la plupart des Anglais bien nourris, en cela qu'elle ne chassait que pour le sport et se montrait très déloyale dans ses méthodes. Elle savait exactement à quel moment les lapins sortaient dans le verger et, parmi eux, il y en aurait au minimum un qui n'aurait pas la moindre chance face à sa redoutable expérience.

\*

Quand Rupert et Zoë étaient revenus de leur excursion, Zoë avait annoncé qu'elle allait prendre son bain avant que tous les enfants et les joueurs de tennis n'utilisent l'eau chaude. Rupert, seul dans leur chambre, se rendit à la fenêtre d'où il pouvait voir sa sœur et Sybil en train de coudre sous l'araucaria. Elles étaient assises dans des fauteuils en osier sur la pelouse verte bien régulière, tandis que, derrière elles, la haie d'ifs vert foncé donnait à leurs robes d'été – la bleue de Rachel et la verte de Sybil – une sorte de délicatesse aquatique. Une table en vannerie était placée entre elles, sur laquelle se trouvaient une boîte à ouvrage et un plateau de thé chargé de tasses à motif chinois ; une pile d'un tissu couleur crème complétait le tableau. Même pas besoin, dans le cadre, de la bordure herbacée, ni du portail blanc qui s'ouvrait sur l'allée. Il brûlait de peindre la scène, mais le temps qu'il prépare son matériel, elles risquaient d'avoir disparu : il voulait les dessiner depuis la fenêtre où il se tenait, mais Zoë allait revenir et cela n'irait pas. Fouillant dans son sac en toile, il y prit son plus grand bloc à dessin et sa boîte de pastels, puis se glissa par le petit escalier jusqu'à la porte d'entrée.

\*

« Ce n'est pas juste ! Vous n'avez pas dit que vous arrêtiez de jouer ! »

Louise ouvrit la porte de la niche.

« On vous le dit maintenant.

— Jusqu'ici on ne le savait pas. Ce n'est pas juste !

— Écoutez, on vient d'arrêter, dit Polly. On ne

pouvait pas vous le dire avant, puisqu'on n'avait pas encore arrêté. »

Lydia et Neville s'extirpèrent de la niche. Ils ne voulaient pas que le jeu s'arrête et ils trouvaient cela trop injuste. Ni l'un ni l'autre n'avait eu l'occasion d'être l'Œil de Lynx.

« Teddy et Simon en avaient marre. Ils sont partis à la chasse. On n'est plus assez nombreux pour jouer comme il faut. » Clary les rejoignit.

« De toute façon, c'est l'heure de votre bain. On va venir vous chercher d'une minute à l'autre.

— La barbe !

— Ne fais pas attention à lui, dit Louise de sa voix la plus agaçante.

— Franchement, Louise, tu es énervante ! Vraiment trop énervante ! »

En disant cela, Lydia avait exactement le même ton qu'Hermione, l'amie de Maman ; Louise ne put s'empêcher d'admirer le mimétisme, mais pas question de le reconnaître. Deux comédiennes dans la famille, merci bien ! Elle adressa à Polly leur signal secret et elles se mirent à courir, soudain, et très vite, laissant en plan Lydia et Neville, qui entreprirent de les suivre, mais furent rapidement distancés. Leurs cris de rage ne firent qu'indiquer à Ellen et Nanny l'endroit où ils étaient, et ils se retrouvèrent embarqués vers leur bain.

\*

Quand Clary alla chercher Papa et Tante Rachel pour leur montrer son jardin, elle s'aperçut qu'aucun des deux n'était disponible. Papa, assis sur la grande table en bois qui servait pour prendre le thé dehors, dessinait Tante Rach et Tante Syb, les regardant tour à tour, puis traçant brusquement des traits irrités sur son bloc. Elle l'observa un moment : il fronçait les sourcils et, de temps en temps, il aspirait profondément. Parfois il effaçait avec son doigt les traits qu'il avait tracés. Dans sa main gauche, il tenait un petit bouquet de pastels dans lequel il remettait celui qu'il avait utilisé puis en prenait un autre. Clary se dit qu'elle pourrait lui tenir le bouquet de craies, mais alors qu'elle s'approchait pour le lui proposer, Tante Rach porta son doigt à ses lèvres, si bien qu'elle ne dit rien. Ne pouvant pas aller demander à Tante Rach de venir, car, dans ce cas, elle serait entrée dans le cadre, elle se contenta de s'asseoir dans l'herbe et d'étudier son père. Une mèche de ses cheveux n'arrêtait pas de tomber sur son front osseux et il n'arrêtait pas de l'écarter ou de secouer la tête. Je pourrais lui tenir les cheveux, songea-t-elle. Pourquoi n'y a-t-il rien de ce genre que je puisse faire pour lui, histoire qu'il ne puisse pas se passer de moi ? « Clary m'est indispensable », expliquerait-il aux gens qui viendraient admirer son tableau. Elle serait adulte, les cheveux en chignon et des jupes nettement sous le genou comme ses tantes, et son visage serait mince et intéressant, comme celui de Papa, et les hommes – dans les taxis et les orangeries comme à Kensington Gardens – la demanderaient en mariage, mais elle les repousserait tous pour s'occuper de Papa. Elle ne se marierait jamais car elle lui était totalement indispensable, et étant donné que Zoë serait morte après avoir mangé des rillettes de viande par temps de canicule – erreur toujours fatale, d'après la Duche –, elle serait tout ce que Papa avait au monde. Papa serait célèbre, et elle serait...

« Rupert ! Où as-tu mis mon livre ? Rupert ! »

Clary leva les yeux, et Zoë était là, en kimono, en train de crier par la fenêtre ouverte de leur chambre.

Il y eut un silence tandis qu'elle regardait les traits de son père changer, puis changer à nouveau pour prendre une expression de patiente bonne humeur.

« Tu as dû le laisser dans la voiture.
— Je croyais que tu l'avais pris.

— Non, ma chérie. » En se tournant vers sa femme, il aperçut Clary. « Clary va aller te le chercher.
— Quel livre ? » Elle se leva à contrecœur. Si Papa le lui demandait, elle était obligée d'y aller.
« *Autant en emporte le vent*, cria Zoë. Monte-le-moi, veux-tu, Clary chérie, tu seras un ange. »
Clary fila. Elle ne s'était jamais sentie moins angélique de sa vie. Zoë n'avait dit cela que pour faire croire qu'elle l'aimait bien, alors que rien n'était plus faux. Et je ne l'aime pas non plus, songea-t-elle, pas le moins du monde, même pas un tout petit peu. Je la hais ! Et ça lui donnait une raison de plus pour la haïr. Elle ne haïssait personne d'autre, ce qui prouvait qu'elle n'était pas haineuse de nature, mais à cause de Zoë elle se sentait horrible, et parfois méchante : des idées comme celle des rillettes avariées ne lui seraient jamais venues à propos de quelqu'un d'autre. Mais elle avait envisagé des dizaines de façons dont Zoë pourrait mourir, et si Zoë mourait d'une de ces façons-là, ce serait sa faute. Elle espérait qu'il y aurait une autre façon à laquelle elle n'avait pas pensé ; c'était obligé : les gens pouvaient mourir de presque tout. Une morsure de serpent ou un fantôme qui lui causerait une crise cardiaque, ou bien un truc qu'Ellen appelait une hernie et qui avait l'air très grave. Voilà qu'elle remettait ça... décidément, ce serait sa faute. Elle ferma les yeux et retint sa respiration pour couper court à ses pensées. Là-dessus, elle ouvrit la portière, et trouva le livre sur la banquette arrière.

\*

La soirée se changea en nuit, une nuit chaude et paisible. Rendus fous, des papillons heurtaient obstinément les abat-jour en parchemin, faisant parfois tomber sur l'ouvrage de Sybil une poudre argentée. On lui avait laissé toute la longueur du canapé pour qu'elle puisse se reposer. Le Brig et Edward jouaient aux échecs en fumant des havanes. Ils jouaient très lentement, avec de temps à autre des grognements admiratifs devant l'ingéniosité de l'adversaire. La Duche était en train de poser les manches ballon sur la robe de tussor destinée à Clary, richement rehaussée de smocks rouge cerise : la Duche était célèbre pour la splendeur de ses smocks. Zoë était pelotonnée dans un fauteuil défoncé à lire *Autant en emporte le vent*. Hugh, qui s'occupait du phonographe et avait choisi la sonate posthume en si bémol de Schubert, connue pour être un des morceaux préférés de la Duche, écoutait la musique les yeux clos. Villy brodait au point de croix noir un de ses innombrables sets de table en lin brut. Vautré dans un fauteuil à l'autre bout de la pièce, jambes tendues et bras ballants par-dessus les accoudoirs, Rupert écoutait la musique tout en observant les autres. C'était fou ce qu'Edward ressemblait à leur père... Le même front, avec les cheveux implantés en pointe au milieu et les tempes dégarnies, beaucoup plus chez Edward que chez leur père. Les mêmes sourcils broussailleux, les mêmes yeux gris-bleu (mais avec cette façon de vous regarder bien en face qui venait de la Duche et qui constituait un des plus grands attraits de leur mère : « Je ne suis pas du tout d'accord », disait-elle toujours, avec cette franchise si attachante). Les mêmes pommettes hautes, la même moustache militaire. Celle du Brig, hormis le fait qu'elle était blanche, était plus longue et plus touffue ; Edward disciplinait la sienne, lui gardant un aspect militaire plus strict. Leurs mains avaient la même forme avec de longs doigts et des ongles un peu concaves, celles du Brig parsemées de taches de vieillesse, celles d'Edward hérissées de poils. Le plus curieux avec les moustaches, c'était que la bouche disparaissait. Elle devenait un attribut négligeable, tout comme sans doute le menton quand il arborait une barbe. Edward, cependant, possédait un charme qui semblait ne venir ni de leur mère ni de leur père. Il était sans conteste le plus beau des trois frères, mais son charme découlait surtout de son ignorance apparente de la beauté qui était la sienne et de l'effet qu'elle produisait sur les gens. Les vêtements, par exemple, devenaient chics du simple fait qu'il les portait : ce soir, une chemise de soie blanche avec un foulard de soie vert bouteille noué autour du cou et un pantalon en lin de la même couleur. À la réflexion, toutefois, il avait forcément pensé à sa tenue, il en avait choisi les éléments, alors peut-être n'était-il pas si inconscient de son physique, après tout ? Il savait assurément que les femmes le trouvaient séduisant. Même les plus imperméables à son charme étaient immédiatement sensibles à son aura : Zoë, par exemple, affirmait que, s'il n'était pas son genre, elle comprenait que certaines puissent le juger très attirant. Une partie de ce pouvoir tenait à la façon dont Edward donnait toujours l'impression de s'amuser, de vivre dans le présent, de s'y consacrer totalement, sans jamais paraître se soucier de ce qui existait en dehors.

Rupert, six et sept ans de moins que ses frères, avait échappé à la guerre : il était écolier au moment où ses frères se trouvaient en France. Hugh avait été le premier à partir – il s'était enrôlé dans les Coldstream Guards –, et Edward, dans l'impossibilité de le rejoindre en raison de son âge, s'était engagé dans le Machine Gun Corps quelques mois plus tard. Edward n'avait pas tardé à décrocher sa première croix de la Valeur militaire et avait été recommandé pour la croix de Victoria. Mais quand Rupert avait tenté de l'interroger sur les motifs de cette citation, pour pouvoir impressionner par procuration ses camarades d'école, Edward avait répondu : « Pour avoir pissé sur une mitrailleuse, mon vieux... histoire de la rafraîchir un peu. Elle était trop chaude et elle s'était enrayée. » Il avait pris une mine embarrassée. « Sous le feu ennemi ? » Oui, Edward avait reconnu que ça canardait pas mal. Puis il avait changé de sujet.

À l'âge de vingt et un ans, il était commandant avec une barrette à sa croix de la Valeur militaire, et Hugh, capitaine, avait obtenu sa croix et avait été blessé. Lorsqu'ils étaient enfin rentrés de la guerre, ni l'un ni l'autre ne voulaient en parler. Dans le cas de Hugh, Rupert sentait qu'il ne supportait pas de l'évoquer, tandis qu'avec Edward, c'était plus comme s'il en avait fini avec tout cela et ne s'intéressait qu'à ce qui allait lui arriver maintenant... rejoindre l'entreprise familiale et épouser Villy. Hugh, lui, n'était plus le même. Sa blessure à la tête lui occasionnait de violentes migraines, il avait perdu une main, sa digestion était difficile et il faisait parfois d'affreux cauchemars. Mais ce n'était pas tout : Rupert avait remarqué, et continuait à remarquer, qu'il y avait quelque chose dans son expression, dans ses yeux, un air égaré, un air d'effarement, d'angoisse, même. Si vous l'interpelliez et qu'il vous regardait en face – comme Edward, comme leur mère –, on percevait cet affolement avant qu'il ne se noie dans une anxiété bienveillante, puis, de là, dans sa tendresse habituelle. Il aimait sa famille, ne cherchait jamais de compagnie au-dehors, ne regardait jamais une autre femme, et vouait une affection particulière à tous les enfants, surtout les nourrissons. Chaque fois qu'il regardait Hugh, ou pensait à lui, Rupert, de manière absurde, se sentait coupable de ne pas avoir partagé l'enfer que son frère avait connu.

La sonate de Schubert prit fin et Sybil, sans lever les yeux de son ouvrage, demanda : « Au lit, mon chéri ?

— Si tu es prête. » Il rangea le disque, alla vers sa mère et l'embrassa. Elle lui tapota la joue.

« Dors bien, mon chéri.

— Je vais dormir comme un loir. Je dors toujours bien, ici. » Alors qu'il rejoignait sa femme, il adressa à Rupert un petit sourire, puis, comme pour juguler tout accès de sentiment, il lui fit un clin d'œil. Rupert le lui rendit : c'était un rite entre eux.

Les ouvrages furent rangés, et l'assemblée s'apprêta à monter se coucher. Rupert regarda Zoë, totalement absorbée ; il ne l'avait jamais vue aussi captivée par un livre.

« L'idée d'un lit pourrait-elle te tenter ? »

Elle leva la tête. « Il est si tard que ça ?

— La soirée avance. Ce doit être un livre merveilleux.

— Excellent. Il parle de la guerre de Sécession en Amérique », ajouta-t-elle, insérant un marque-page dans le volume. Villy eut une moue dédaigneuse et croisa fugitivement le regard de Sybil. Elle avait discuté de ce roman avec sa belle-sœur quand il était sorti plus tôt cette année-là. Elle l'avait emprunté à Hermione et l'avait parcouru : l'héroïne avait une personnalité aussi peu profonde qu'une assiette à soupe, et ne pensait qu'aux hommes, aux robes et à l'argent. Sybil avait objecté que les passages sur la guerre de Sécession étaient paraît-il assez bons, et Villy, qui n'avait pas lu ces passages-là, avait répliqué qu'ils lui semblaient jouer un rôle très secondaire. Sybil lui avait dit que ce ne devait pas être un livre pour elle. Confiant son ouvrage de couture à Hugh pour qu'il le lui tienne, Sybil descendit ses jambes du canapé : comme elle n'arrivait pas à se lever toute seule, Rupert accourut l'aider. Villy décida d'aller se coucher elle aussi, et d'être endormie avant qu'Edward ne termine sa partie.

« Où est Rachel ? » demanda quelqu'un, et la Duche, rangeant ses lunettes à monture d'acier dans leur étui brodé, répondit : « Montée de bonne heure : elle avait un peu mal à la tête. »

En fait, Rachel était allée dans le bureau du Brig après le dîner pour téléphoner à Sid, avec qui elle avait eu une délicieuse, et dispendieuse, conversation de six minutes visant à régler les détails de sa venue. Lundi avait été décrété une bonne date pour cette visite, car la quasi-totalité de la famille serait partie à la plage. « Dans ce cas, ils auront pris toutes les voitures, tu ne crois pas ? » s'était inquiétée S. Mais Rachel pensait que non, et, si besoin, elle pourrait aller à Battle à vélo attendre le train. Sid, toute à son bonheur d'imaginer Rachel sur une bicyclette, avait été difficile à interrompre, mais, quand même, c'était le téléphone de ses parents. Lorsqu'elle le fit remarquer, Sid répondit simplement : « Oui, mon ange », et continua à discourir. C'était pour cette raison que l'entretien avait duré six minutes au lieu des trois jugées de rigueur dans la famille pour les appels longue distance. Après ce coup de fil, et ne pouvant, bien sûr, partager avec les autres sa joie et son excitation, Rachel avait décidé de lire au lit et de se coucher tôt. Lorsqu'elle avait croisé Eileen avec le plateau du café dans le vestibule, elle lui avait demandé de prévenir Mrs Cazalet qu'elle avait mal à la tête et ne redescendrait pas. En montant l'escalier, cependant, elle se dit qu'elle allait passer voir les filles afin de s'assurer que Clary s'habituait bien. Louise et Polly étaient couchées – Louise lisait, Polly tricotait –, et Clary, à plat ventre par terre, était en train d'écrire dans un cahier. Rachel fut flattée qu'elles soient si contentes de la voir. « Assieds-toi sur mon lit, Tante Rach. Mon livre est affreusement triste... il parle tout le temps de Dieu et de gens qui fondent en larmes. Il se passe au Canada avec une méchante tante dans l'histoire. Pas du tout comme toi », précisa-t-elle. Rachel s'assit sur le lit de Louise. « Et Polly, qu'est-ce qu'elle fait ?

— Un pull-over. Pour Maman. Pour Noël. Il était pour son anniversaire mais comme c'est un secret c'est vraiment dur de trouver du temps pour tricoter. Ne lui dis pas.

— Ça m'a l'air très difficile. » En effet : un point rose pâle compliqué comme de la dentelle avec des pompons dessus. « Ça tombe bien qu'on appelle ça vieux rose, dit Polly. Il paraît bien moins frais que quand j'ai commencé.

— Le vieux rose était dans le vent l'année dernière,

dit Louise. Le temps que tu finisses, il sera complètement démodé. Mais comme ta mère ne suit pas beaucoup la mode, ça ne devrait pas la déranger.

— Quand une couleur vous va bien, il n'y a pas de raison de s'en priver, dit Polly.

— Les gens aux cheveux auburn sont censés porter du vert. Et du bleu.

— Tu m'as l'air d'une sacrée autorité en matière de mode, Louise. » La fillette avait besoin qu'on la mouche un peu. Rachel se tourna vers Clary, qui n'avait pas cessé d'écrire. « Et toi, qu'est-ce que tu fais ?

— Pas grand-chose.

— Tu écris quoi ? Un journal ?

— Rien qu'un livre.

— Comme c'est chouette ! Et il parle de quoi ?

— Pas grand-chose. C'est l'histoire d'un chat qui comprend tout ce qu'on dit en anglais. Il est né en Australie mais il est venu trouver l'aventure en Angleterre.

— Et la quarantaine ? protesta Louise. Ce n'est pas possible.

— Comment ça, pas possible ? Bien sûr que si.

— Non. Il serait obligé de passer six mois en quarantaine.

— Tu pourrais peut-être signaler ça, avant de le faire s'installer en Angleterre », dit gentiment Polly.

Clary referma son cahier puis se mit au lit sans un mot.

« Voilà qu'elle boude. »

Rachel était désemparée.

« Tu es très désagréable, Louise.

— Je n'ai pas fait exprès.

— Ce n'est pas une excuse. Tu ne peux pas dire des choses désagréables, puis prétendre que tu n'as pas fait exprès.

— Non, tu ne peux pas, renchérit Polly. C'est un défaut, et à la longue, il ne fera qu'empirer. La vérité, c'est que tu râles de ne pas avoir pensé à écrire un livre. »

*Home Place. 1937*

Rachel remarqua que cette flèche avait atteint sa cible. Louise rougit puis dit à Clary qu'elle était désolée, et Clary répondit que ce n'était pas grave.

Rachel les embrassa tour à tour : elles avaient toutes une merveilleuse odeur de cheveux humides, de dentifrice et de savon Vinolia. Clary la serra dans ses bras en chuchotant qu'elle avait une surprise à lui montrer demain matin. Louise s'excusa à nouveau en susurrant ; Polly se contenta de glousser et de dire qu'elle n'avait rien à chuchoter.

« Soyez gentilles entre vous. Extinction des feux dans dix minutes.

— C'est complètement arbitraire ! entendit-elle Louise s'indigner après son départ. C'est trop arbitraire ! Si encore elle avait dit neuf heures et demie ou dix heures, je comprendrais, mais pourquoi c'est toujours dix minutes après son départ... ? » Cette petite récrimination, au moins, aurait le mérite de les unir.

\*

Le lundi, Hugh laissa Sybil au lit, avala un rapide petit déjeuner avec la Duche, qui s'était levée de bonne heure dans ce but, et partit pour Londres à sept heures et demie. Il estimait que Sybil ne devait pas aller à la plage, et supplia sa mère de la dissuader. La Duche acquiesça ; la journée promettait d'être caniculaire, il y avait plein d'oncles et tantes pour s'occuper de Polly et Simon, et, effectivement, il n'était pas idéal de rester assise sur des galets brûlants sous un soleil de plomb quand, comme Sybil dans son état actuel, on n'était pas en mesure de se baigner. Hugh, qui, après le petit déjeuner, résista à la tentation de remonter embrasser sa femme – il ne voulait pas la réveiller une nouvelle fois –, se sentit soulagé. Sybil, étendue dans le lit et rêvant de le voir ressurgir, guetta le bruit de sa voiture et se leva à temps pour la voir disparaître au bout de l'allée. Elle était complètement réveillée à présent, et décida de s'octroyer le luxe d'un long bain avant que quelqu'un d'autre n'accapare les lieux.

*

Il était plus de dix heures quand ils furent prêts à partir. Ils utilisèrent trois voitures, bourrées de serviettes de plage, de maillots de bain, de paniers de pique-nique, de plaids et de tout l'équipement personnel que chacun estimait nécessaire pour son plaisir. Les plus jeunes enfants avaient des pelles et des seaux, ainsi qu'une épuisette : « Ce qui n'a pas de sens, Neville, puisqu'il n'y a pas une seule crevette à pêcher. » Les nounous emportèrent de quoi tricoter et *Nursery World*, Edward son appareil photo. Zoë prit *Autant en emporte le vent*, son nouveau maillot de bain dos nu – bleu marine avec un nœud en piqué blanc sur la nuque et au creux des reins – et des lunettes noires ; Rupert un carnet de croquis et des fusains ; Clary une boîte à biscuits pour y mettre des coquillages ou ce qu'elle trouverait ; Simon et Teddy, qui avaient récemment appris à jouer au bésigue, deux jeux de cartes ; Louise *Le Monde, le vaste monde* et un pot de Crème Prodigieuse (la mixture ne se gardait pas bien : elle était devenue toute liquide au fond avec une espèce d'écume verte en surface, mais Louise était d'avis qu'il fallait la finir), et Polly prit son appareil photo Brownie – son plus beau cadeau, datant de son dernier anniversaire.

Villy emporta un livre sur Nijinsky et sa femme dans un sac de plage qui contenait aussi un pot de Pommade Divine et du sparadrap, sans oublier un maillot de bain de rechange – elle avait horreur de rester dans un maillot mouillé. Edward, Villy et Rupert étaient censés conduire les voitures, qui regorgèrent bientôt de passagers, lesquels, quand les autos s'ébranlèrent, étaient déjà tout poisseux et, pour certains, en larmes à cause de la chaleur et de leur conviction d'avoir été placés dans la mauvaise voiture.

Mrs Cripps les regarda partir de la fenêtre de sa cuisine. Non seulement elle avait préparé des petits déjeuners complets pour tout le monde, mais elle s'activait depuis sept heures du matin à garnir des sandwichs avec des œufs durs, des sardines, du fromage et ses rillettes de porc maison, à emballer pour le dessert des bananes, du gâteau au carvi et des galettes d'avoine. Elle avait maintenant un peu de temps pour prendre une bonne tasse de thé avant que Madame ne vienne lui donner les consignes du jour.

Pour des raisons qu'elle ne souhaitait pas éclaircir, Rachel eut du mal à avertir la Duche de ses projets. Elle décida de ne pas réclamer la voiture ; la bicyclette, malgré la chaleur, lui laisserait beaucoup plus de liberté. Cependant, quand la Duche tomba sur elle au petit déjeuner et l'interrogea sur son programme, Rachel se sentit obligée de le divulguer, et annonça que Sid et elle déjeuneraient aux Gateway Tea Rooms. La Duche, qui considérait les repas dans les hôtels ou les restaurants, ou même les salons de thé, comme une dépense absurde et une pratique déplacée, insista pour que Rachel ramène Sid à déjeuner et, avant que sa fille n'ait pu protester, elle sonna pour qu'Eileen demande à Tonbridge d'avancer la voiture dans une demi-heure. Nous pourrons aller faire une promenade après déjeuner, se dit Rachel. Ce sera aussi bien, en fait. Presque aussi bien. Elle avait renoncé à batailler car Sybil était entrée en boitant dans le petit salon, s'excusant de son retard, et s'était écroulée dans un fauteuil avec un soulagement flagrant. Elle avait perdu l'équilibre en sortant de la baignoire, expliqua-t-elle ; elle semblait s'être tordu la cheville. Rachel, qui avait été auxiliaire bénévole durant les dernières années de guerre, tint à examiner l'entorse. La cheville de Sybil était très enflée et à l'évidence extrêmement douloureuse. La Duche alla chercher de l'hamamélis et Rachel une bande Velpeau avec un peu de ouate, et la cheville fut bandée.

« Tu ferais vraiment bien de la surélever », affirma Rachel, qui plaça une deuxième chaise devant Sybil puis posa délicatement le pied blessé sur un coussin. Se retrouvant assise dans une position qui n'était pas du tout confortable, Sybil commença presque aussitôt à souffrir du dos. Elle avait mis une éternité à s'habiller à cause de sa cheville et elle se sentait déjà fatiguée... ce n'était pourtant que le début de la journée. Rachel partit pour Battle, et la Duche, ayant servi le thé et commandé de nouveaux toasts pour Sybil, se rendit dans la cuisine pour voir Mrs Cripps. Quand Eileen apparut avec les toasts, Sybil lui demanda un coussin pour son dos, et pendant qu'on allait le lui chercher, elle regarda le journal du matin, resté ouvert sur la page internationale. Un certain pasteur Niemöller avait été arrêté après avoir célébré un office dans un endroit du nom de Dahlem... elle n'avait jamais entendu parler de ce patelin. À la réflexion, elle n'avait pas envie de lire le journal, et, en réalité, elle n'avait pas envie non plus d'avaler quoi que ce soit. Elle se pencha en avant pour qu'Eileen glisse le coussin derrière elle et, à ce moment-là, Sybil eut l'impression qu'une main agrippait lentement sa colonne vertébrale dans le bas de son dos. À peine s'en était-elle aperçue que l'étreinte se relâcha et s'évanouit complètement. C'est vraiment très bizarre, se dit-elle, avant d'être soudain happée dans un tourbillon de panique aveugle qui la paralysa. Cette terreur, elle aussi, se dissipa, et de petits fragments d'une peur plus cohérente affleurèrent dans son esprit. Polly et Simon étaient arrivés en retard, Polly de onze jours et Simon de trois. Elle était entre trois et quatre semaines avant terme, la chute ne pouvait pas avoir porté atteinte à l'enfant – aux enfants –, Hugh devait être arrivé à Londres maintenant, la chute l'avait secouée, c'était tout... Ridicule ! Elle entreprit de s'inspecter pour se rassurer. Elle transpirait, ses aisselles la picotaient, et lorsqu'elle se toucha le front, il était tout moite. Quant à son dos... lui, au moins, allait bien à présent, hormis la légère douleur qu'elle ressentait lorsqu'elle adoptait une mauvaise position ou gardait trop longtemps la même.

Elle bougea son pied, et fut presque soulagée par le violent élancement qu'elle éprouva. Les entorses pouvaient faire un mal de chien, mais cela n'allait pas plus loin. Elle avait la bouche sèche, et elle but du thé. Ce n'était vraiment pas de chance, elle avait prévu un petit tour dans le jardin, qu'elle n'avait pas eu l'occasion d'explorer cette année. Elle s'imagina marchant pieds nus sur la pelouse bien entretenue, encore fraîche de rosée, douce et moelleuse : elle avait vraiment envie d'aller se promener. La frustration la rendait irritable... que fabriquait Eileen à rôder autour d'elle ?

« Vous allez bien, Mrs Hugh ?

— Très bien. Je me suis tordu la cheville, c'est tout.

— Ah, alors c'est ça. » Eileen sembla rassurée. « C'est vrai, une entorse, ça peut être drôlement douloureux. » Elle ramassa son plateau. « Surtout, sonnez si vous avez besoin de quoi que ce soit, madame. » Se penchant par-dessus la table, elle plaça la clochette en cuivre à la portée de Sybil. Puis elle s'en alla.

Je serais peut-être mieux à Londres : je ne serais pas aussi loin de tout. J'aurais pu repartir avec Hugh, prendre un taxi depuis le bureau. Elle ne pouvait décidément pas rester assise comme ça, c'était trop inconfortable. Elle avait envie de téléphoner à Hugh pour voir ce qu'il en pensait, mais cela n'aurait fait que l'inquiéter, donc il n'en était pas question. Si elle se levait pour aller prendre une des cannes dans le bureau du Brig – juste de l'autre côté du couloir –, elle pourrait se rendre dans le jardin. Elle arriverait sûrement à marcher si elle avait une canne. Elle pivota et souleva sa jambe de la chaise ; sa cheville réagit par un foudroiement tellement atroce que ses yeux se remplirent de larmes. Peut-être ferait-elle mieux de sonner Eileen pour qu'elle aille la lui chercher... Elle sentit à nouveau la poigne sur sa colonne, pas douloureuse, mais menaçante, vibrante d'une promesse de douleur. Soudain, elle se souvint. Ce n'était que le début : l'étreinte se changerait en étau, puis en une lame qui descendrait lentement le long de son dos, fendant sa colonne vertébrale et s'arrêtant quelques secondes après être devenue intolérable, puis semblant disparaître, mais, en réalité, mijotant un autre assaut, plus meurtrier... Il fallait qu'elle se lève, qu'elle atteigne... Prenant appui sur la table, elle se mit debout, puis repensa à la clochette, désormais hors de portée, et tandis qu'elle se penchait pour s'en saisir, elle sentit un flux chaud sur ses cuisses : elle était en train de perdre les eaux. Ah non, ce n'était pas prévu comme ça ! se dit-elle, tandis que les larmes commençaient à ruisseler sur ses joues. Elle attrapa la clochette et sonna, sonna, sonna frénétiquement pour qu'on vienne à son secours.

Et on vint, bien sûr, beaucoup plus vite qu'il ne lui sembla. On la fit rasseoir dans le fauteuil, et la Duche envoya Eileen chercher Wren ou McAlpine, celui qu'elle trouverait en premier, pendant qu'elle téléphonait au Dr Carr. Il était parti faire ses visites, mais on pouvait le joindre, et il allait venir sur-le-champ. La Duche n'avoua pas à sa bru qu'il était sorti, annonça calmement qu'il était en chemin, et qu'Eileen et un des hommes allaient la monter dans sa chambre, et qu'elle, la Duche, ne la quitterait pas avant l'arrivée du médecin. « Tout va bien se passer », affirma-t-elle, du ton le plus rassurant qu'elle put adopter, mais elle avait peur, et aurait aimé que Rachel soit là. Rachel était toujours merveilleuse dans les situations difficiles. Il n'était pas bon que Sybil ait perdu les eaux si tôt ; elle ne voyait aucune trace de sang, et ne voulait pas affoler Sybil en l'interrogeant là-dessus. Si seulement Rachel était là, pensa-t-elle presque avec colère ; elle qui était tout le temps là avait trouvé le moyen de s'absenter en un moment pareil. Sybil se mordait les lèvres en essayant d'éviter de hurler ou de pleurer. La Duche prit une de ses mains dans les siennes et la serra fort ; elle se souvenait que cela faisait du bien d'être empoignée de la sorte, et elle maintint cette conspiration du silence jugée normale pour les femmes comme elles lors des accouchements. La douleur devait être subie et oubliée, mais elle n'était jamais réellement oubliée, et en regardant la détresse muette de Sybil, elle ne se la rappelait que trop bien. « Allons, allons, mon canard, dit-elle. Ce sera un bébé adorable... vous verrez. »

\*

Rachel aurait aimé avoir plus de temps pour se préparer à retrouver Sid. Elle aurait également aimé pouvoir déjeuner au White Hart seule à seule avec elle, mais elle n'aurait jamais osé contrevenir aux désirs de la Duche dans ce domaine, pas plus, d'ailleurs, que dans aucun autre. Cette docilité ne datait pas d'hier. Il y a vingt ans, elle avait eu l'excuse d'être trop jeune, avec ses dix-huit ans. Le jeune homme en question l'avait exhortée à une plus grande liberté, mais au fond, bien sûr, elle n'avait aucune envie d'être libre avec lui. En vieillissant, la raison de son obéissance était devenue l'âge de ses parents plus que son âge à elle, et l'idée qu'à trente-huit ans elle ne puisse toujours pas organiser son temps pour son plaisir ou, en l'occurrence, pour son plaisir et celui de Sid, ne l'affectait pas outre mesure. C'était dommage, mais s'appesantir sur ses propres désirs serait morbide, un adjectif très Cazalet qui impliquait la plus sévère condamnation.

Aussi, installée à l'arrière de la voiture, regardait-elle le bon côté des choses. C'était une splendide journée chaude et chatoyante, et Sid et elle feraient ensemble une promenade absolument merveilleuse après le déjeuner : peut-être même emporteraient-elles des biscuits Osborne avec une Thermos, et pourraient-elles échapper au thé familial.

Tonbridge roulant comme à son habitude à quarante-cinq à l'heure, elle brûlait de lui demander d'aller plus vite, mais il n'avait jamais été en retard pour un train et lui demander d'accélérer aurait paru ridicule.

En fait, ils étaient en avance, comme elle l'avait prévu. Elle allait attendre sur le quai, expliqua-t-elle au chauffeur, lequel précisa alors qu'il avait quelque chose à passer prendre chez Till's pour McAlpine.

« Allez-y, nous nous retrouverons devant chez Till's », lui dit Rachel, ravie d'avoir su saisir l'occasion.

La gare était très paisible. L'unique porteur arrosait les parterres de fleurs : géraniums rouge vif, lobélies bleu foncé et alysses à fleurs blanches, vestiges de la ferveur décorative suscitée par le Couronnement. À l'autre bout attendait un unique voyageur accompagné d'un enfant : à en juger par le pique-nique et le seau avec la pelle en bois qui renflaient leur sac de courses, ils allaient à Hastings passer la journée à la mer. Rachel franchit la passerelle vers l'endroit où ils étaient assis, puis décida qu'elle n'avait pas envie de parler : elle voulait accueillir Sid en silence. Elle fut contente lorsque le train, dans des bouffées de fumée, se rapprocha lentement car elle avait conscience de manquer d'amabilité. Puis le convoi s'arrêta et les portières se rabattirent, des gens descendirent et Sid marcha vers elle en souriant, vêtue de son tailleur en tussor marron à veste ceinturée, tête nue, cheveux coupés ras et teint bronzé.

« Ohé ! s'exclama Sid, et elles s'étreignirent.

— Je vais la porter.

— Hors de question. » Sid récupéra la petite mallette à l'aspect professionnel qu'elle avait posée pour saluer Rachel, et enfila son bras dans celui de son amie.

« Je t'imaginais en train de pédaler pour venir

m'accueillir, mais je comprends que la passerelle t'ait découragée. Tu as l'air fatiguée, ma chérie. Tu l'es ?

— Non. Et je ne suis pas venue à vélo. J'ai bien peur que nous ne coupions pas à Tonbridge et à un déjeuner à la maison.

— Ah !

— Mais nous ferons une merveilleuse promenade après, et je me disais que nous emporterions notre thé pour ne pas avoir à revenir le prendre.

— Ça me paraît une excellente idée. » Cette phrase fut prononcée avec résolution et Rachel lança un regard à son amie pour déceler chez elle une trace d'ironie, mais il n'y en avait aucune. Sid croisa son regard, lui fit un clin d'œil et déclara : « Tu es adorable, mon ange, de toujours vouloir que tout le monde soit heureux. J'étais sérieuse. C'est bel et bien une excellente idée. »

Elles sortirent de la gare dans un silence qui, pour Rachel, était délicieusement complice, et, pour Sid, si plein de ravissement qu'elle était incapable de parler. Mais quand elles passèrent devant les portes de l'abbaye, elle dit : « Si nous emportons un pique-nique, les enfants risquent de vouloir venir, non ?

— Ils sont tous à la plage. Ils ne rentreront pas avant le goûter.

— Ah ! Voilà qui s'arrange de la plus admirable manière.

— Et je me disais que tu pourrais rester dormir. Il y a un lit de camp que nous pourrions mettre dans ma chambre.

— C'est vrai, ma chérie ? Mais je dois tout de même attendre que la Duche m'invite.

— Elle t'invitera. Elle t'apprécie beaucoup. Quel dommage que tu n'aies pas apporté ton violon. Mais tu pourrais emprunter celui d'Edward. Tu sais qu'elle adore jouer des sonates avec toi. Comment va Evie ?

— Je te raconterai dans la voiture. » Evie était la sœur de Sid, renommée pour les petits maux, souvent imaginaires, dont elle souffrait. Elle travaillait comme secrétaire à temps partiel pour un musicien célèbre et comptait sur Sid, avec qui elle habitait, pour gérer leurs maigres ressources et prendre soin d'elle chaque fois qu'elle en avait besoin ou envie.

Ainsi, dans la voiture, alors que Sid lui tenait la main, Rachel demanda-t-elle des nouvelles d'Evie. Elle apprit qu'elle avait le rhume des foins, et peut-être un ulcère – même si le médecin n'y croyait pas vraiment –, et qu'elle comptait sur Sid pour l'emmener en vacances au bord de la mer dans le courant du mois d'août. Toutes deux avaient beau juger charmant, bien qu'un peu risible, de respecter les convenances en présence de Tonbridge, elles n'avaient en réalité aucune envie de parler d'Evie. Elles s'observaient ou, plutôt, Sid lorgnait Rachel sans parvenir à détourner le regard, et Rachel se trouvait subjuguée par ces petits yeux marron écartés, tellement éloquents, et se sentait rougir quand Sid, gloussant, émettait quelque cliché inversé du genre « à quelque chose bonheur est bon » de la voix qu'elle utiliserait pour lire une devise sur un biscuit, puis ajoutait « c'est ce qu'on dit, n'est-ce pas », badinage qui détendait l'atmosphère jusqu'à la blague suivante. Tonbridge, qui avait hâte de déjeuner et roulait légèrement plus vite, ne comprenait pas un mot de leur charabia.

À peine s'étaient-elles arrêtées au portail qu'Eileen, qui les guettait à l'entrée, se précipita dehors et annonça : Madame a dit que Miss Rachel devait monter immédiatement dans la chambre de Mrs Hugh car le bébé arrivait et le docteur n'était toujours pas là. Rachel bondit hors de la voiture sans un regard en arrière et s'engouffra dans la maison. Oh, Seigneur ! songea Sid. La pauvre chérie. Elle parlait de Rachel.

Sybil était assise dans son lit, calée contre des oreillers ; elle refusait de s'allonger convenablement, ce en quoi, d'après la Duche, elle avait tort, mais elle était bien trop inquiète et affolée pour insister. Rachel le ferait, et Rachel était enfin là. « Le médecin va venir, s'écria la Duche avec un petit plissement de front vers sa fille pour dire "ne me demande pas quand". Si tu veux bien rester avec elle, je vais m'occuper des serviettes. Les bonnes sont en train de faire bouillir de l'eau. » Là-dessus, elle s'éclipsa, contente d'avoir une mission à accomplir. Elle commençait à trouver les douleurs de Sybil très difficiles à supporter. Rachel tira une chaise et s'assit près de sa belle-sœur.

« Ma chérie. Que puis-je faire pour t'aider ? » Avec un hoquet, Sybil se jeta en avant poings crispés, appuyant sur le matelas de chaque côté de ses cuisses. « Rien. Je ne sais pas. » Un peu plus tard, elle dit : « Aide-moi... à me déshabiller. Vite... avant la prochaine. » Entre deux contractions, Rachel l'aida donc à ôter sa robe, sa combinaison et sa culotte, puis à enfiler une chemise de nuit. L'opération prit un temps fou étant donné qu'elles étaient obligées de s'interrompre à chaque contraction et que Sybil agrippait la main de Rachel au point de lui broyer les os.

« Et s'il naît avant que le médecin arrive ? demanda Sybil, et Rachel comprit qu'elle était terrifiée par cette pensée.

— On se débrouillera. Tout va bien se passer, l'apaisa-t-elle, bien qu'elle n'ait pas la moindre idée de ce qu'il fallait faire. Tu ne dois pas t'inquiéter, ajouta-t-elle, lui dégageant les cheveux du front. J'ai été auxiliaire médicale, souviens-toi. »

Sybil sembla réconfortée par cette remarque. Elle adressa à Rachel un petit sourire confiant : « J'avais oublié. Bien sûr, ça me revient. » Elle se radossa un moment et ferma les yeux. « Tu peux m'attacher les cheveux ? Je ne veux pas les avoir dans le cou... » Mais le temps que Rachel trouve sur la coiffeuse le ruban de mousseline indiqué, Sybil fut à nouveau assaillie par la douleur, et sa main chercha à tâtons celle de Rachel.

« Oh, mon Dieu... faites que le docteur arrive », pria

intérieurement Rachel tandis que Sybil laissait échapper une plainte.

« Désolée... On se croirait un peu chez Mary Webb, non ? À s'agripper aux colonnes de lit et tout ça ? » Et alors que Rachel souriait de cette vaillante petite boutade, Sybil ajouta : « N'empêche, c'est plutôt douloureux.

— Je sais que ça fait mal, ma chérie. Tu es incroyablement courageuse. »

À ce moment-là, toutes deux perçurent le bruit d'une voiture, sûrement le médecin, et Rachel alla à la fenêtre. « Le voilà ! s'exclama-t-elle. C'est formidable, non ? » Mais Sybil, qui avait fourré son poing dans sa bouche et se mordait les articulations pour ne pas hurler, sembla ne rien entendre.

C'était un vieux monsieur, un vénérable Écossais à la moustache et aux cheveux roux mouchetés de blanc. Il entra dans la chambre, posa sa mallette et retira sa veste. Il relevait ses manches tout en parlant.

« Eh bien, eh bien, Mrs Cazalet, j'ai appris que vous aviez fait une petite chute dans la salle de bains ce matin et que votre bébé avait décidé de montrer son nez. » Il balaya la pièce du regard, aperçut le broc et la cuvette et entreprit de se laver les mains. « Bon, je peux très bien me débrouiller avec de l'eau froide, mais nous allons avoir besoin d'eau chaude. Peut-être pouvez-vous nous procurer cela, Miss Cazalet, pendant que j'examine la patiente ? Et j'aurai besoin de vous dans cinq minutes », ajouta-t-il, alors que Rachel quittait la pièce.

Sur le palier, elle découvrit les bonnes avec des seaux d'eau chaude munis de couvercles, et une pile de serviettes posée sur le coffre à linge. Au rez-de-chaussée, elle trouva la Duche avec Sid. Sa mère était profondément agitée. « Rachel ! Je crois que je dois prévenir Hugh.

— Évidemment que tu dois.

— Mais Sybil m'a suppliée de ne pas le faire. Elle ne

veut pas qu'il s'inquiète. Ça me gêne de faire exactement l'inverse de ce qu'elle veut. »

Rachel regarda Sid, qui regardait la Duche avec une gentillesse protectrice qui renforça l'amour de Rachel. Sid intervint : « Je ne pense pas que ce soit la question. Je crois que Hugh serait extrêmement contrarié qu'on ne l'avertisse pas de ce qui se passe.

— Bien sûr, vous avez raison, acquiesça la Duche, reconnaissante. Le bon sens de Sid ! Je suis vraiment contente que vous soyez là. Je vais tout de suite lui téléphoner. »

Quand elle fut partie, Sid tendit à Rachel son étui en argent cabossé : « Prends une cigarette. Tu m'as l'air d'en avoir besoin. »

Rachel, qui fumait d'ordinaire des cigarettes égyptiennes et trouvait les Gold Flakes trop fortes, accepta : sa main tremblait quand Sid la lui alluma. « C'est affreux, dit cette dernière. Affreux, cette souffrance. Je n'avais pas idée. Est-ce que le médecin fait venir une infirmière ?

— Pas tout de suite apparemment. Il a essayé sa sage-femme habituelle mais elle était auprès d'une patiente. Quant à l'infirmière visiteuse, elle ne peut pas venir avant l'après-midi. Il m'a expliqué ce qu'il fallait faire. Je suis désolée pour notre journée.

— On n'y peut rien.

— Est-ce que tu as été invitée à rester ?

— Oui. Mrs Cripps est censée préparer un pique-nique pour le goûter et moi détourner les troupes au retour de la plage... tenir les enfants à l'écart. C'est étrange, non ? » Après une hésitation, elle ajouta : « Cette obligation qu'on a, lors des événements les plus importants de la vie, de se tenir à l'écart et d'ignorer ce qui se passe ?

— C'est qu'ils risqueraient de l'entendre crier. Note bien... Sybil ne ferait sûrement pas de bruit si elle pouvait s'en empêcher.

— Exactement. »

Percevant l'expression un tantinet moqueuse de Sid, Rachel, comme souvent, prit conscience de l'exotisme de son amie... c'était du moins ainsi que, dans sa tête, elle qualifiait la chose. La mère de Sid était une Juive portugaise que son père avait rencontrée lors d'une tournée de l'orchestre dans lequel il jouait. Il l'avait épousée et lui avait fait deux filles, Margot et Evie, avant de les abandonner et de partir pour l'Australie ; il était toujours évoqué sous le surnom, assez amer, de Mr Sidney. Elles avaient eu une existence dure et pauvre, et leur mère avait fini par succomber à la tuberculose et au mal du pays (sa famille l'avait reniée au moment de son mariage). Sid n'aurait su dire ce qui avait été le pire. Mais ces différents malheurs, ajoutés au fait qu'elle venait d'une famille de musiciens, lui conféraient une sorte d'exotisme, qui, justement, semblait la rendre plus à même d'affronter les problèmes que ne l'avait jamais été la famille de Rachel. « Fermer les yeux ne résout rien », lui avait dit Sid un jour. À la mort de sa mère, Margot avait renoncé à ce prénom qu'elle avait toujours détesté pour se rebaptiser Sid. Comme beaucoup de couples de milieux très différents, les deux amies avaient l'une vis-à-vis de l'autre une attitude ambivalente : Sid se rendait compte que, toute sa vie, Rachel avait été excessivement protégée des réalités financières ou affectives, et pourtant si elle désirait être la personne qui la protégeait le plus, elle ne pouvait résister à la tentation de lui lancer des piques sur le côté très « bourgeoisie anglaise » de son existence ; Rachel, qui savait que Sid avait non seulement dû se débrouiller par elle-même, mais également aider sa mère et sa sœur, respectait son indépendance et son autorité, mais voulait que Sid comprenne que les euphémismes, la discrétion et la retenue qui faisaient partie intégrante de la vie familiale des Cazalet servaient uniquement de socle à l'affection et aux bonnes manières. « Je peux comprendre, avait déclaré Sid lors d'un de leurs premiers conflits, et ne pas être d'accord pour autant. Tu saisis la nuance ? » Mais Rachel ne saisissait pas du tout ; pour elle, comprendre signifiait être tacitement d'accord.

Certaines de ces considérations leur revenaient à l'esprit, mais en l'occurrence ni l'une ni l'autre n'avaient le temps de leur prêter attention. Rachel écrasa sa cigarette. « Il faut que j'y retourne... Tu peux demander à la Duche de dire à une des bonnes de m'apporter un tablier ?

— Bien sûr. Courage. Préviens-moi s'il y a quoi que ce soit que je puisse faire.

— Je n'y manquerai pas. »

Je n'aurai qu'à exécuter à la lettre les ordres qu'il me donnera, se raisonna Rachel en montant l'escalier. Et puis, c'est complètement ridicule d'être aussi incommodée par le sang. Je n'aurai qu'à penser à autre chose.

\*

Décidément, Cooden n'était pas la meilleure plage pour les enfants, se dit Villy, déplaçant son postérieur sur les énormes galets et s'efforçant de trouver un bout de digue plus confortable pour son dos. Même par une journée calme et caniculaire comme celle-là, la mer était étonnamment froide : d'un bleu acier au large, elle formait près d'eux une houle bleu-vert qui se soulevait sans fin et déferlait sur le rivage escarpé en une frange crémeuse, avant de s'évanouir et de retrouver sa couleur verte, aspirée sous la vague suivante. Cela ne dérangeait pas les garçons, qui avaient appris la natation à l'école, mais les filles redoutaient de ne plus avoir pied : elles boitillaient sur les galets, pataugeaient quelques mètres, nageaient deux ou trois brasses avec persévérance, puis Villy les rappelait. Claquant des dents, gelées et glissantes comme des poissons, elles se faisaient frictionner le dos, se voyaient proposer des morceaux de chocolat noir Terry's ou du Bovril bouillant. Il n'y avait pas de piscines naturelles pour Lydia et Neville, et presque pas de sable ; Lydia se fit emporter par le reflux et pleura amèrement pendant une éternité malgré les efforts de Villy pour la consoler. Neville, qui avait contemplé la scène avec horreur, annonça qu'il ne s'approcherait pas de la mer aujourd'hui, « à part pour mettre de l'eau dans mon seau ». « Alors tu n'auras pas de chocolat », avait dit Clary, qui s'entendit aussitôt ordonner de se mêler de ses affaires par Ellen, occupée à attacher un mouchoir au panama de Neville avec des épingles de sûreté, si bien qu'un carré de linge blanc recouvrait ses épaules osseuses déjà rouges. Coiffées de leurs chapeaux et vêtues de leurs cardigans gris sur leurs modestes robes de coton ceinturées, Ellen et Nanny étaient assises, jambes étendues devant elles, avec leurs gros bas de coton couleur chair que terminaient des souliers noirs à double bride, et leur tricot sur les genoux. Une journée à la plage devait être un supplice pour elles, se dit Villy. Ni l'une ni l'autre n'auraient un seul instant imaginé se baigner : leur autorité sur les enfants était chancelante, sapée par la présence des parents, mais les deux nounous se sentaient quand même responsables : il ne fallait pas que Lydia et Neville attrapent froid, qu'ils prennent un coup de soleil, ou fraient avec des enfants inconnus auprès de qui ils pourraient contracter quelque chose.

Nanny, qui avait commencé à rhabiller Lydia, fut interrompue par Edward annonçant qu'il allait la prendre sur ses épaules, tandis que Rupert allait prendre Neville : ils n'aimaient ni l'un ni l'autre l'idée que leurs rejetons aient peur de l'eau. « Dites aux garçons de revenir, quand vous serez là-bas », cria Villy. (Ceux-ci mettraient leur point d'honneur à ne pas sortir de l'eau tant qu'ils n'y seraient pas forcés.) Elle jeta un regard vers Zoë, qui, assise sur un plaid et blottie contre la

*Home Place. 1937*

digue, se tartinait les jambes, seule partie de son corps au soleil. C'était un peu vulgaire de faire cela en public, songea Villy, bientôt saisie de scrupules. Quoi que fasse cette pauvre fille, il faut que j'y trouve à redire. Rupert avait essayé de la convaincre de se baigner, mais elle ne voulait pas, prétendant que l'eau était trop froide. Elle n'avait jamais avoué à aucun des Cazalet qu'elle ne savait pas nager.

Villy regarda Edward et Rupert entrer dans la mer, Lydia et Neville cramponnés fébrilement à leur dos tels de petits crabes. Quand ils se mirent à nager, Lydia hurla d'excitation et Neville de peur, leurs hurlements se mêlant aux cris aquatiques d'autres enfants terrorisés par les vagues, refusant d'entrer dans l'eau, pétrifiés par le froid, ou craignant d'être éclaboussés par les autres baigneurs. Les pères continuèrent à nager jusqu'à ce que Rupert manque être étranglé par Neville et soit contraint de rentrer. Le chapeau de Neville s'était envolé et Villy regarda Simon et Teddy faire la course pour le récupérer, pareils à deux petites loutres.

Les filles, désormais en short et chemise Aertex, commençaient à s'inquiéter du déjeuner. Polly et Clary ramassaient des galets plats et les mettaient dans la boîte à biscuits de Clary ; apparemment indifférente à l'inconfort des cailloux, Louise, allongée sur le ventre, lisait et s'essuyait régulièrement les yeux avec une serviette de bain.

« Dans combien de temps ? demanda l'une d'elles.

— Dès que les autres seront revenus et se seront changés. » Rupert fit signe à Edward qui portait maintenant Lydia et interpellait les garçons.

Lydia revint triomphante et frigorifiée ; Edward la déposa à côté de Villy, contre qui elle s'appuya, nattes dégoulinantes et dents s'entrechoquant.

« J'ai nagé bien plus loin que toi, cria-t-elle à Neville.

— Tu es gelée, ma chérie. » Villy l'enveloppa dans une serviette.

« Pas du tout. Je meurs de chaud. Je fais exprès de claquer des dents. Je vais te montrer comment Nan s'habille le matin. Regarde ! » Tenant la serviette autour d'elle, elle se détourna, puis, singeant la bienséance, elle imita les contorsions laborieuses de quelqu'un qui peinerait à enfiler un corset. Edward croisa le regard de Villy et ils réussirent tous deux à ne pas s'esclaffer.

Teddy et Simon revinrent sans tarder quand Edward cria : « Déjeuner ! » Ils sortirent de l'eau à toutes jambes, courant aisément sur les galets, leurs cheveux plaqués sur la tête, les bretelles de leurs maillots de bain tombant sur leurs épaules. Chouette baignade, dirent-ils, ils seraient bien restés dans l'eau. Pas la peine de se changer puisqu'ils allaient y retourner tout de suite après déjeuner. Certainement pas ! s'exclama Edward. Ils devaient d'abord digérer. On attrapait des crampes et on risquait de se noyer si on se baignait tout de suite après un repas.

« Tu connais quelqu'un qui se soit vraiment noyé, Papa ? demanda Teddy.

— Des dizaines. Allez, change-toi. Et fissa.

— Ça veut dire quoi, fissa ? demanda Lydia nerveusement.

— Ça veut dire "vite" en arabe, expliqua Louise. Maman, est-ce qu'on peut commencer à déballer le déjeuner ? Juste pour voir ce qu'il y a ? »

Zoë aida à déballer le pique-nique, et les nounous, cessant de peigner les cheveux et de s'agacer à la vue des taches sur le maillot de bain de Lydia, étalèrent un plaid pour que les enfants s'y assoient. Zoë était contente parce que Rupert s'était agenouillé à côté d'elle et lui avait ébouriffé les cheveux en demandant comment allait son petit rat de bibliothèque : elle avait eu l'impression d'être intéressante d'une manière différente. Les enfants dévorèrent comme des ogres, à part Lydia qui refusa son œuf dur en disant qu'il était mort. « Pas question que je mange un œuf mort », décréta-t-elle, si bien que Teddy le mangea à sa place. Neville renversa son jus d'orange sur le plaid et Clary se fit piquer par une abeille et pleura jusqu'à ce que Rupert aspire le dard et explique que c'était bien pire pour l'abeille, qui devait maintenant être on ne peut plus morte. Après le déjeuner, Lydia et Neville furent contraints de faire la sieste à l'ombre de la digue à côté des nounous, les adultes fumèrent, et les aînés, disposant sur les galets bancals les cartes qu'ils avaient apportées, jouèrent à un jeu de gymnastique mentale. Clary était de loin la plus douée, semblant ne jamais oublier une carte, même si, comme le fit remarquer Simon, certaines rebiquaient à cause des galets et demeuraient visibles si on trichait, ce dont il avait l'air de soupçonner la gagnante. Puis les garçons voulurent se rebaigner, prétendant qu'on le leur avait promis. La marée descendait, et les autres décidèrent d'aller patauger, maintenant que c'était possible. Seigneur ! songea Zoë. Cela n'en finira jamais. Elle avait atteint le passage d'*Autant en emporte le vent* où Mélanie commençait à accoucher et où Scarlett n'arrivait pas à faire venir le médecin, et décida qu'elle n'avait pas envie de lire cela maintenant. Rupert marchait le long de la plage main dans la main avec Clary, qui levait les yeux vers son père en balançant le bras. Peut-être que si je m'améliorais avec ses enfants, il n'en voudrait pas d'autres, se dit Zoë. L'idée semblait bonne, quoique difficile à mettre en œuvre. Elle s'imagina soignant Neville alors qu'il souffrait d'une pneumonie ou d'une maladie mortelle de ce genre ; elle s'imagina le veillant nuit après nuit, lui caressant le front et refusant de quitter son chevet une seule seconde, jusqu'à ce qu'il soit déclaré hors de danger. « Il te doit la vie, ma chérie, dirait Rupert, et moi je te serai éternellement redevable. » Elle se trouvait une certaine ressemblance avec Scarlett : belle, courageuse et d'une grande franchise. Elle inciterait Rupert à lire le livre et il s'en rendrait compte.

À quatre heures, tout le monde était prêt à rentrer, même si les enfants refusaient de l'admettre. « C'est obligé ? On est là depuis à peine une minute. » Peaux de banane, coquilles d'œuf, croûtes de sandwichs et mugs en bakélite furent rangés, les effets personnels perdus retrouvés et restitués à leurs propriétaires, les clés égarées puis récupérées. Ils attaquèrent la remontée de la plage et du chemin de terre jusqu'aux voitures qui, garées au soleil, étaient de vraies fournaises. Villy, Rupert et Edward baissèrent les vitres, mais les sièges étaient brûlants, et Neville refusant de s'y asseoir, il fallut le placer sur les genoux d'Ellen. Edward conduisait leur Buick, et Villy la vieille Vauxhall du Brig, dont la boîte de vitesses faisait des siennes car elle avait été maniée par une multitude de non-propriétaires, et que la voiture n'était plus toute jeune. Rupert emmena Zoë et Ellen dans sa Ford avec Neville, mais aussi Lydia, qui avait réclamé à cor et à cri d'aller avec son cousin sous prétexte qu'ils avaient commencé à jouer aux devinettes. Clary était contente d'aller avec Villy et les filles ; Nan monta à l'avant dans la voiture d'Edward, ce qui la combla d'aise, et les garçons à l'arrière. Ils roulèrent en tandem, Villy devant au cas où sa voiture tomberait en panne. Les filles se disputèrent la place à l'avant, Louise arguant qu'elle était l'aînée et Clary qu'elle était malade à l'arrière. Villy trancha en faveur de Clary. Le soleil lui avait donné mal à la tête et elle avait hâte de se tremper dans un bain tiède et de s'installer sur la pelouse pour faire de la couture avec Sybil. « Enfin, c'est bon pour eux de se baigner un peu et de respirer l'air marin... »

*

En regagnant la chambre, Rachel constata que le Dr Carr avait mystérieusement transformé la pièce : d'un lieu de fébrilité affolée, elle était devenue un endroit où se déroulait un événement sérieux à l'issue prévisible. Sybil était maintenant couchée sur le flanc, les genoux remontés contre son ventre, et le Dr Carr lui appliquait une compresse froide sur la cheville.

« Mrs Cazalet se débrouille décidément très bien, annonça-t-il, le col est plus qu'à moitié dilaté, et le bébé se présente dans le bon sens. Nous aurons besoin de serviettes à lui mettre dessous, vous pourrez demander qu'on nous monte la balance de cuisine, et puis vous pouvez lui frictionner le dos, ici, en bas, de chaque côté de la colonne quand les douleurs arrivent, et lui dire de respirer. Plus la contraction est forte, Mrs Cazalet, plus vous devez respirer à fond. Y a-t-il une petite table où je puisse poser mon attirail, Miss Cazalet ? Y a-t-il une sonnette dans cette pièce ? Ah ! Parfait, alors, nous pourrons appeler en cas de besoin. Respirez, Mrs Cazalet, essayez de vous détendre et de respirer.

— Oui », répondit Sybil. Elle n'avait plus l'air aussi effrayée, remarqua Rachel. Elle gardait les yeux rivés sur le médecin avec une expression de confiance et de docilité qui confinait à de l'adoration.

Les serviettes furent étalées, une table fut recouverte d'une nappe propre, et des forceps, des ciseaux et un flacon avec des tampons de gaze à proximité y furent dûment disposés. Peggy apporta la balance de cuisine, précisant avec un respect mêlé de crainte que Mrs Cripps l'avait nettoyée en personne, et reçut l'ordre de remplacer l'eau chaude des seaux toutes les vingt minutes de sorte qu'elle soit suffisamment chaude au moment propice. Tout cela exigeait de la méthode et de la détermination, or une fois les choses organisées, la méthode persista, mais la détermination sembla faiblir. Rachel, qui savait qu'elle ne savait rien, commença à se demander combien de temps cela allait prendre. Tout de même, si on avait déjà eu des enfants, c'était sûrement plus rapide, non ? Mais plus rapide que quoi ? Après un laps de temps indéfini mais très long, le Dr Carr examina à nouveau Sybil. « Inutile de quitter la pièce,

Miss Cazalet... » Lorsqu'il eut terminé, il se redressa avec un petit grognement, déclara que ce n'était pas pour tout de suite et annonça qu'il devait téléphoner à sa femme pour lui dire de demander à son associé d'assurer la permanence du soir. Rachel lui indiqua où se trouvait l'appareil, puis alla se rasseoir auprès de Sybil étendue immobile sur le dos. Elle avait les yeux fermés et cette attitude, avec ses cheveux dégagés de son front et leurs racines foncées par la sueur, lui donnait l'apparence d'un gisant. Elle ouvrit les yeux, sourit à Rachel et dit : « Polly avait mis un temps fou, mais Simon a été très rapide. Il ne sera pas long, dis ?
— Le bébé ?
— Le docteur. Ah, ça y est. » Mais il ne s'agissait pas du bébé, seulement d'une autre contraction. Elle bascula sur le flanc pour que Rachel puisse lui masser le dos.

La Duche avait fait tout ce qui avait pu lui venir à l'esprit. Elle avait téléphoné à Hugh le plus calmement possible et suggéré qu'il passe chez lui récupérer les habits de bébé avant de revenir. Oui, le médecin était là. Le Dr Carr avait une bonne réputation d'accoucheur. Et Rachel donnait un coup de main, tout allait bien. En retournant dans la cuisine, elle avait découvert que Mrs Cripps avait mis tout le monde à l'ouvrage. Les bonnes préparaient des sandwichs et dressaient un petit plateau de charcuterie et de salade pour le déjeuner ; chargée de grands brocs en émail, Dottie déambulait, titubante, pour aller remplir sur le fourneau la casserole et la bouilloire géantes, et Mrs Cripps en personne, son visage verdâtre tout luisant d'énergie et de sueur, astiquait comme une forcenée le support de la balance de cuisine, pendant que Billy s'employait à rentrer de nouveaux seaux de charbon destinés à alimenter le fourneau. Il régnait une ambiance de sombre excitation. Mrs Cripps avait proclamé tout à l'heure que les accouchements étaient risqués pour les dames et qu'elle ne serait pas étonnée qu'il arrive quelque chose à Mrs Hugh, sur quoi Dottie avait fondu en larmes théâtrales et dû être giflée par une des bonnes pour avoir, comme le fit remarquer Mrs Cripps, une bonne raison de pleurer. Quand la Duche apparut, toute la ruche suspendit ses activités pour contempler la porteuse de nouvelles, quelles que soient celles-ci.

« Mrs Hugh va bien, et le médecin est là. Mr Hugh sera de retour ce soir. Miss Sidney et moi déjeunerons dans le petit salon, mais nous mangerons à peine. Je vois que tout le monde est très occupé, alors je ne vous dérangerai pas. Les autres ne devraient pas rentrer de la plage avant quatre heures, Mrs Cripps, mais faites que les paniers du goûter soient prêts pour quand ils arriveront.

— Oui, ma'me. Et désirez-vous qu'on serve le déjeuner tout de suite, ma'me ? »

La Duche consulta la montre à son poignet, sous le bracelet de laquelle était glissé un fin mouchoir de dentelle.

« À une heure et demie, merci, Mrs Cripps. »

En quittant la cuisine, elle marqua une halte dans le vestibule ; elle se demandait si elle devait monter voir comment s'en sortait Rachel, si elle avait besoin de quelque chose. Puis elle se souvint que Sid avait été laissée en plan sans rien pour la distraire, et elle lui apporta le *Times* et un verre de sherry, lui annonça que le déjeuner serait bientôt prêt, et qu'elle revenait dans une seconde. Elle se faisait un sang d'encre à l'idée que ce pauvre bébé n'ait rien à se mettre sur le dos à sa naissance. Il y avait peu de chance que Hugh revienne à temps avec ses vêtements et, dans l'intervalle, l'enfant aurait besoin d'être tenu au chaud. Dans sa chambre à coucher, qui était toute de mousseline blanche et de murs en badigeon bleu pâle, la Duche retrouva le châle en cachemire blanc que Will lui avait rapporté d'un de ses voyages en Inde. Au fil des ans et des lavages, il était devenu blanc crème, mais il était toujours aussi doux et léger que du duvet. Il ferait l'affaire. Elle le drapa sur la rampe devant la chambre de Sybil. Puis elle descendit déjeuner.

*

Bien que sa mère lui ait répété plusieurs fois que tout allait bien et qu'il ne devait pas s'inquiéter, Hugh, évidemment, s'inquiétait. Si c'étaient des jumeaux ? se tourmentait-il, tandis qu'il roulait vers Bedford Gardens. Des jumeaux pouvaient signifier des complications, et il n'aimait pas se dire que Sybil était privée de son médecin traitant et de la sage-femme qu'elle connaissait. Si seulement c'était arrivé hier, songea-t-il, ou, mieux encore, dans trois semaines comme prévu. Pauvre trésor ! Elle avait dû en faire trop ; nous n'aurions pas dû aller à ce concert, mais elle avait l'air de tellement y tenir. Quand il était entré dans le bureau du Patriarche pour le prévenir, son père avait souri en s'exclamant : « Ça alors ! », mais il avait semblé très calme, et quand Hugh avait déclaré qu'il partait sur-le-champ, après un crochet par la maison, le Patriarche avait grommelé : « Une affaire de femmes. Tu ferais mieux de rester à l'écart tant que ce n'est pas fini, mon garçon. »

Mais, après un coup d'œil perçant sur son fils aîné – d'une nervosité imprévisible depuis cette fichue guerre –, il avait dit que bien sûr Hugh devait y aller s'il le jugeait nécessaire. Lui-même arriverait ce soir, avait-il ajouté, par son train habituel.

Bedford Gardens était merveilleusement paisible : la plupart des gens étaient partis avec leurs enfants. Il gara sa voiture, remonta le sentier et entra dans la maison. Alors qu'il claquait la porte, il entendit du bruit à l'étage, le bruit de quelqu'un qui traverse une pièce en courant... la chambre conjugale. Il posa son chapeau sur la table du vestibule et il s'apprêtait à monter quand

Inge apparut en haut de l'escalier. Fortement maquillée, elle arborait, il la reconnut aussitôt, la robe de soie rose que Sybil avait achetée l'année dernière pour un mariage. Elle le dévisageait comme un intrus, au point qu'il fut contraint de dire : « C'est moi, Inge.

— Je croyais pas que vous rentrer avant ce soir.

— Eh bien, le bébé arrive, et je suis revenu prendre ses vêtements.

— Ils sont dans la nursery », dit-elle, avant de disparaître. Quand il atteignit l'étage, la porte de la chambre était fermée, et il supposa que la bonne était dans la pièce en train de ranger fébrilement. Il avait immédiatement décidé de faire comme s'il n'avait pas reconnu la robe : s'il la renvoyait maintenant, il serait alors obligé de rester jusqu'à ce qu'elle parte, et cela le retarderait. Bouillant de rage, il continua son ascension jusqu'à la nursery : les habits reposaient dans une corbeille. Il trouva une valise, les renversa dedans, puis referma la valise. La porte de la chambre était toujours fermée. Il redescendit dans le salon et se rappela qu'il devait aller chercher son appareil pour prendre des photos de Sybil et de l'enfant. Son bureau, situé au bout de la pièce, était sens dessus dessous comme après un pillage : tiroir ouvert et papiers dans tous les coins. Nom d'un chien ! Il n'avait plus le choix : il devait la virer.

C'était déjà assez contrariant qu'elle endosse les vêtements de Sybil et utilise son maquillage – il doutait néanmoins que sa femme ait autant de fards que ça –, mais dévaliser son bureau... cherchait-elle de l'argent ? Elle se comportait comme une vulgaire voleuse, ou bien, et ce soupçon le gagna de manière désagréable, comme une sorte d'espionne. Dieu sait pourtant qu'il n'y avait rien à espionner. C'était ridicule. Non, pas complètement... elle était allemande, non ? Il ne l'avait jamais appréciée et il ne pouvait plus la laisser seule dans la maison à présent ; elle serait fichue de déguerpir avec tous les objets de valeur qu'elle pourrait emporter, ou de mettre le feu à la baraque, allez savoir. Il posa l'appareil photo à côté de la valise, et remonta à l'étage.

Cela lui prit exactement une heure. Elle avait éparpillé tous les vêtements de Sybil dans la pièce, ses chaussures, ses bijoux, tout. Il lui ordonna de remettre ses propres vêtements, de faire ses bagages et de s'en aller. Elle devait avoir quitté la maison dans une demi-heure et, avant tout, elle devait lui rendre les clés. Elle tendit sa lèvre inférieure et jura dans sa barbe en allemand, mais elle ne protesta pas. Il attendit dans le couloir qu'elle ait revêtu sa robe de coton, puis patienta dans la chambre pendant qu'elle faisait ses bagages à l'étage au-dessus. La pièce empestait le parfum de Sybil, Tweed, qu'il lui offrait à chaque anniversaire. Il tenta de mettre de l'ordre, de raccrocher quelques affaires dans l'armoire, mais il régnait une telle pagaille qu'il désespéra. Son cœur battait à grands coups sous l'effet de la colère, et il sentait poindre une migraine... il ne manquerait plus que ça pour son long trajet. « Dépêchez-vous ! » cria-t-il dans l'escalier. Elle mit très longtemps, mais finit par surgir chargée de deux valises à l'évidence bourrées à craquer. « Les clés », exigea-t-il. Le scrutant avec une haine farouche, elle les lui fourra violemment dans la main.

Et là, avec une extrême lenteur, et une horrible précision, elle lui cracha dessus. « *Schweinhund !* » lança-t-elle.

Il la dévisagea à son tour : pâles et plissés, les yeux de l'Allemande étaient pleins d'une froide malveillance. Il s'essuya le visage du revers de la main. La haine qu'il ressentait pour elle le terrifia. « Sortez, dit-il. Sortez avant que j'appelle la police. » Il la suivit au rez-de-chaussée, la regarda ouvrir la porte et la claquer avec férocité derrière elle.

Il alla dans la salle de bains et se lava la figure et la main, rinçant l'une et l'autre à maintes reprises sous l'eau froide. Il avala plusieurs pilules, puis se dit qu'il ferait mieux de s'assurer que la maison était correctement verrouillée. Elle ne l'était pas. La porte de derrière donnant sur la cuisine était entrebâillée. Après ce constat, il fit le tour du sous-sol et du rez-de-chaussée pour vérifier que toutes les fenêtres étaient bien fermées. Puis il repensa à Pompée, mais quand il retrouva enfin le pauvre animal, il était sur le lit de Polly et il était mort... étranglé avec le cordon de la robe de chambre d'hiver de la fillette. Le chat adoré de Polly, la créature qu'elle aimait le plus au monde. C'était trop. Il s'assit sur le lit de sa fille et enfouit son visage dans ses mains. Durant quelques secondes, il sanglota, jusqu'à ce qu'un message remontant aux prémices de son éducation lui enjoigne de s'arrêter ; il se calma et se moucha. Il regarda Pompée, étendu tout raide, le cordon toujours enroulé autour de son cou. Ses yeux à demi ouverts brillaient encore ; son pelage était chaud. En défaisant le cordon, il s'aperçut qu'il avait été habilement noué. Il se fit alors la réflexion qu'étrangler un chat sans aucun bruit n'était pas chose facile, à moins d'avoir une certaine pratique... cette pensée lui causa un frisson de répugnance. Il devait se ressaisir. Il enveloppa Pompée dans une serviette de bain et le transporta au rez-de-chaussée, avec le projet de l'enterrer dans le jardin de derrière, mais un regard sur la terre desséchée jonchée de racines d'iris le fit changer d'avis. Il emmènerait Pompée dans le Sussex, trouverait le moment adéquat pour parler à Polly et l'aiderait à l'enterrer... la Duche leur trouverait un bon emplacement pour la tombe. Il devait, quoi qu'il en soit, avouer à Polly que Pompée était mort, mais surtout pas de quelle manière. Elle ne devait jamais savoir de quelle cruauté les gens étaient capables ; son chagrin serait déjà assez grand. Je lui achèterai un autre chat, se promit-il en chargeant la voiture et en plaçant Pompée au fond du coffre. Je lui achèterai une vingtaine de chats... tous les chats qu'elle voudra.

« J'ai toujours trouvé que la sœur d'Adila était mille fois meilleure qu'elle. Plus discrète... moins extravagante. »

Bien qu'en désaccord avec cette remarque – l'extravagance la choquait nettement moins que la Duche –, Sid était néanmoins enchantée que le sujet des violonistes se révèle pour son hôtesse la distraction idéale. Elles étaient passées d'une admiration aussi profonde que partagée pour Szigeti et Huberman aux sœurs d'Aranyi. Sid affirmait à présent qu'elles étaient merveilleuses ensemble, qu'elles se mettaient mutuellement en valeur, et qu'elles excellaient, par exemple, à jouer du Bach. Les yeux de la Duche luisaient d'intérêt.

« Vous les avez entendues jouer du Bach ? Elles devaient être sensationnelles.

— Pas en concert. Chez un ami un soir. Elles ont soudain décidé d'en jouer. C'était inoubliable.

— Mais, à mon avis, Jelly n'aurait jamais dû interpréter ce concerto de Schumann. Il était clair qu'il ne voulait pas qu'on le joue ; elle a eu tort de ne pas respecter ses volontés.

— Elle avait redécouvert le manuscrit, ce devait être difficile de résister. »

Se sentant sur un terrain glissant – d'après la Duche, s'il était difficile de résister à une chose, il fallait d'autant plus y résister – elle ajouta :

« Bien sûr, c'est en partie parce que Somervell a écrit ce concerto pour Adila qu'elle a joué bien plus souvent en public que sa sœur. Et ces danses hongroises de Brahms en rappels ! Merveilleuses, vous ne trouvez pas ? La numéro cinq, par exemple. »

Sid était d'accord... personne ne pouvait mieux interpréter une danse hongroise qu'une Hongroise.

La Duche se tamponna les lèvres avec sa serviette,

puis la roula et la glissa dans son anneau en argent. « Avez-vous entendu ce nouveau jeune homme... Menuhin ?

— J'étais à son premier concert à l'Albert Hall. Il a joué le concerto d'Elgar. Une interprétation extraordinaire.

— J'ai toujours été gênée par les enfants prodiges. Ce doit être atrocement dur pour eux... pas de véritable enfance et puis tous ces voyages. »

Sid pensa à Mozart, et demeura silencieuse. La Duche reprit : « Mais je l'ai entendu et il est fabuleux... une telle compréhension de la musique et, bien sûr, ce n'est plus un enfant. Mais c'est intéressant, non ? Tous les gens que nous avons cités, sans parler de Kreisler et de Joachim, sont des Juifs ! Il faut leur accorder cela. Ce sont de remarquables violonistes ! » À ce moment-là, elle regarda Sid en rougissant un peu. « Chère Sid, j'espère que vous... »

Et Sid, malheureusement habituée à ce manteau d'antisémitisme qui semblait envelopper les Anglais, répondit avec la bonne humeur consommée qu'il lui avait fallu cultiver depuis l'enfance : « Chère Duche, c'est la vérité ! J'aimerais pouvoir dire que je le suis aussi, mais je ne me fais pas d'illusions sur mon talent... peut-être est-ce mon sang non juif qui m'a empêchée d'accéder aux sommets.

— Je ne pense pas que ce soit important. Le principal est de prendre plaisir à jouer. »

Et d'arriver un peu à en vivre, songea Sid, qui s'abstint d'apporter cette précision.

La Duche était toujours turlupinée par la « gaffe » qu'elle avait commise. « Chère Sid ! Nous vous apprécions tellement. Rachel vous idolâtre, vous savez. Restez donc quelques jours, que vous puissiez vous voir un peu plus toutes les deux. J'espère que vous aurez le temps. »

Elle tendit la main vers Sid, qui la prit comme si elle

était pleine de miettes aussi appétissantes qu'irrésistibles. « Vous êtes très aimable, chère Duche. Je serai ravie de rester un jour ou deux. »

Troublés, les yeux francs de la Duche s'éclaircirent et elle donna une petite tape sur la main de Sid. « Et peut-être pourrons-nous jouer ensemble... l'amateur et la professionnelle ?

— Ce serait formidable. » Le Gagliano d'Edward était infiniment meilleur que son propre violon. Son propriétaire n'en jouait plus jamais ; l'instrument reposait à la campagne, dans son étui, encore revêtu de l'étiquette « Cazalet junior » de l'époque où Edward était écolier.

La Duche sonna Eileen pour qu'elle débarrasse, puis se leva de table.

« Je vais peut-être aller voir s'il leur faut quelque chose là-haut. Vous voulez bien tendre l'oreille pour guetter les troupes qui reviennent de la plage ?

— Bien sûr. »

Après le départ de la Duche, Sid alluma une autre cigarette et se dirigea nonchalamment vers les fauteuils en osier dehors sur la pelouse. De là, elle pouvait voir l'allée et le portail. L'habituel maelström de sentiments contradictoires agitait son esprit : l'indignation devant cette effrayante manie de mettre les gens dans le même sac pour des motifs de race ; la gratitude larvée mais irrépressible d'être considérée comme une exception à la règle – le complexe de la métisse, sans doute –, mais Sid avait d'autres raisons pour rechercher avidement l'approbation, sinon l'affection, des raisons dont ni la Duche ni aucun membre de sa famille, ni les gens avec qui elle travaillait ni absolument personne, à part peut-être Evie, ne sauraient jamais rien si elle pouvait l'éviter... et ces raisons se nommaient Rachel, son cher amour secret si précieux. Il fallait qu'il reste secret si elle voulait garder Rachel, et la vie sans Rachel était pour elle une perspective insupportable. Evie n'était pas réellement au courant, mais elle avait des soupçons et avait déjà commencé à utiliser sa satanée intuition pour manœuvrer sa sœur... par exemple, cette maudite quinzaine à la mer dont elle prétendait avoir besoin. Evie percevait toujours quand l'attention n'était pas essentiellement fixée sur elle et, selon l'occurrence, se faisait d'autant plus ingénieusement exigeante. Or cette occurrence-ci, la grande affaire de sa vie, était de la dynamite. Si seulement j'étais un homme, aucune de ces cachotteries ne serait nécessaire. Mais elle ne voulait pas être un homme. Rien n'est simple, se dit-elle. Et pourtant, si, une chose l'était : elle aimait Rachel de tout son cœur et rien ne pouvait être plus simple que cela.

\*

Sybil était étendue jambes écartées et genoux relevés, la colline de son ventre lui masquant tout hormis le crâne du Dr Carr, rose pâle et brillant, tandis que le médecin se penchait pour vérifier où en étaient les choses. Pendant longtemps il ne s'était rien passé du tout : les contractions avaient continué, mais le col de l'utérus ne s'était pas dilaté davantage ; la situation semblait bloquée. Le Dr Carr se montrait merveilleusement rassurant, mais Sybil était tellement fatiguée et en avait tellement assez de souffrir qu'elle voulait par-dessus tout que la douleur s'arrête, or, depuis une heure, des heures, si ça se trouve, il semblait n'y avoir aucune raison pour qu'elle s'arrête jamais. Au milieu de l'examen, une autre contraction, atroce, la ravagea, énorme, pareille à un raz-de-marée, et elle tenta de s'y soustraire en se contorsionnant, en vain, car le Dr Carr lui maintenait les jambes.

« Poussez, Mrs Cazalet... allez-y... poussez, maintenant. » Sybil poussa, mais cet effort accrut la souffrance. Elle secoua mollement la tête et arrêta de pousser : la douleur reflua, emportant toute sa force avec elle. La sueur lui piqua les yeux, puis ce furent les larmes. Elle geignit : c'était injuste de l'empêcher de bouger et d'aggraver les choses de la sorte quand elle était trop épuisée pour en supporter davantage. Elle chercha faiblement Rachel des yeux, mais le Dr Carr était en train de discuter avec elle et elle était trop loin. Elle se sentait abandonnée, laissée en plan par l'un comme par l'autre.

« Vous vous en sortez très bien, Mrs Cazalet. À la prochaine contraction, respirez à fond et poussez pour de bon. »

Elle lui demanda s'il se passait enfin quelque chose. « Oui, oui, votre bébé est en train de sortir, mais vous devez l'aider. Ne combattez pas les douleurs, épousez-les. Accompagnez-les, vous y êtes presque. » Elle poussa encore deux fois, et puis, juste avant la troisième, elle sentit la tête du bébé, lourde pierre ronde logée en elle, qui recommençait à bouger, et elle cria non seulement de douleur mais d'excitation à l'idée que son enfant jaillisse de ses entrailles. Dès lors, les deux ou trois dernières vagues, qui semblèrent pourtant la submerger avec une violence renouvelée, ne l'englou- tirent pas comme auparavant : l'attention de son corps était entièrement concentrée sur la sensation incroyable de cette tête en route vers la sortie. Elle vit Rachel au- dessus d'elle avec un petit tampon blanc et refusa le chloroforme : elle avait été anesthésiée pour ses deux accouchements précédents mais ne voulait rien man- quer du voyage de ce dernier enfant. Elle se redressa pour pouvoir assister à sa venue au monde. Le docteur secoua la tête en regardant Rachel, qui reposa le tam- pon. Sybil laissa échapper un long soupir sifflant, puis la tête émergea – yeux hermétiquement fermés, maigres cheveux brunis d'humidité –, suivie des épaules fripées, et soudain le reste du petit corps de têtard atterrit sur le lit. Le Dr Carr noua le cordon puis le coupa, attrapa le bébé par les chevilles et administra une claque déli- cate sur son dos glissant maculé de sang. Le visage du bébé se chiffonna comme si l'enfant était désespéré de quitter son élément liquide, puis sa bouche s'ouvrit et il expulsa son premier souffle en un pauvre cri chevrotant. « Un magnifique garçon », déclara le Dr Carr. Il souriait. Les yeux de Sybil scrutaient le médecin avec une imploration muette. Il la regarda avec une tendre bienveillance, presque comme s'ils étaient amants, et lui plaça le bébé dans les bras. Rachel, observant le visage de Sybil au moment où elle recevait la petite créature ensanglantée, qui pleurait désormais férocement, fondit en larmes. La pièce était pleine d'émotion et d'amour.

Soudain le Dr Carr recouvra son sens pratique. Il ordonna à Rachel de mettre de l'eau chaude dans une cuvette pour laver le nouveau-né pendant qu'il s'occupait du placenta. Rachel attacha une serviette autour de sa taille puis, avec précaution, ôta l'enfant des bras de Sybil. Elle était terrifiée à l'idée de lui faire mal. Le Dr Carr s'en aperçut et lança avec brusquerie : « Il n'est pas en verre, il ne va pas se casser. » Lui prenant le nouveau-né, il l'allongea sur le dos dans la cuvette. « Soutenez-lui la tête et passez-lui l'éponge sur le corps. Comme ça. » Là-dessus, il retourna auprès de Sybil.

Le bébé, qui avait cessé de pleurer, se prélassait dans le bain, ses yeux ardoise, désormais ouverts, errant dans la pièce, ses doigts s'ouvrant et son poing se refermant, ses genoux tournés vers l'extérieur, ses pieds à angle droit par rapport à ses jambes, une bulle de mucus jaillissant d'une narine. Le Dr Carr, qui semblait d'une vigilance sans faille, regarda l'enfant, puis lui nettoya les narines avec un tortillon de coton hydrophile. Le bébé se renfrogna, arqua le dos de sorte que toutes ses côtes minuscules affleurèrent, et se remit à pleurer. Sa peau, de la teinte nacrée d'un coquillage, était aussi douce qu'une rose. Tendant un bras ou une jambe, il effectuait de lents mouvements aléatoires, et, quelquefois, il donnait l'impression d'examiner Rachel, mais son regard demeurait impénétrable. Elle le lava avec minutie, et presque avec humilité : il paraissait à la fois très vulnérable et très majestueux.

« Vous pouvez le sortir et l'essuyer, puis nous le mettrons sur la balance. Je vous fiche mon billet qu'il dépasse les trois kilos, mais nous devons en être sûrs. À nous, Mrs Cazalet. » La pièce s'emplit soudain de l'odeur du sang chaud. Il était cinq heures moins le quart.

*

Hugh atteignit Home Place vingt minutes après la naissance de son fils. Il avait crevé en chemin et avait eu du mal à changer la roue. En entrant, il trouva la Duche en train de faire manger à Rachel des sandwichs au jambon accompagnés de thé. Mrs Pearson, la sage-femme, était arrivée, et le Dr Carr, après une rapide tasse de thé, était retourné auprès de sa patiente pour la mise au monde du deuxième bébé – c'étaient bien des jumeaux, en fin de compte –, mais, d'après lui, cela ne prendrait pas longtemps. Rachel alla à la voiture avec son frère chercher les habits de bébé.

« J'aimerais voir Sybil. Tu crois que je peux monter ? demanda-t-il alors qu'ils regagnaient la maison.

— Hugh chéri, ce n'est pas à moi qu'il faut poser la question ! Tu fais quoi, d'habitude ?

— Eh bien, Sybil n'aime pas que je la voie avant que tout soit impeccable, mais ce n'était pas comme ça, les autres fois.

— Il faut qu'on monte les habits, de toute façon. Pour l'instant, ton fils se contente d'un châle en cachemire.

— Il va bien ?

— Il est merveilleux ! »

La ferveur de Rachel était telle qu'il la regarda avec un petit sourire.

« Je ne savais pas que les tantes pouvaient être si *éprises**.

— C'est que je l'ai vu naître. Mrs Pearson n'a pas pu venir tout de suite, alors j'ai donné un coup de main.

— Elle a beaucoup souffert ?

— Ce n'est jamais une partie de plaisir, je crois. Elle a été extraordinaire, très courageuse et très vaillante. Le Dr Carr a dit que, d'après lui, le deuxième irait à toute vitesse, s'empressa-t-elle d'ajouter, craignant d'avoir trop insisté sur les difficultés.

— Ah, très bien, tu es une perle, Rach. J'espère qu'ils vont me laisser la voir... juste une seconde. »

Mais lorsqu'ils atteignirent la chambre, Mrs Pearson vint à la porte, demanda quelque chose à Sybil, puis se retourna pour dire à Hugh que Mrs Cazalet l'embrassait mais préférait le voir plus tard. Et Hugh, certain que sa femme avait besoin de Mrs Pearson à son chevet, n'osa pas demander à la sage-femme de lui montrer son fils.

\*

Sybil, à nouveau dans les affres d'un accouchement atrocement pénible, rêvait d'avoir Hugh auprès d'elle, mais il n'était pas question qu'il la voie, ne serait-ce qu'un bref instant, dans cet état. Les choses n'avançaient pas, le premier bébé l'avait déchirée, et malgré les promesses du Dr Carr, elle avait l'impression que cette torture allait durer éternellement, ou jusqu'à ce qu'elle soit totalement vidée. En fait, l'épreuve continua encore une heure et demie, délai à la fin duquel il fut évident que le bébé ne sortirait pas par la tête, mais par le siège. Le Dr Carr dut utiliser des forceps pour maintenir ensemble les jambes du bébé et, à ce moment-là, Sybil accepta volontiers le chloroforme, si bien que cette fois elle ne vit pas la petite créature contusionnée et meurtrie qui naquit avec le cordon autour du cou et qu'on ne parvint pas à faire respirer. On prolongea l'anesthésie pour l'expulsion du placenta, on lava l'accouchée et on la recousit, puis le Dr Carr s'assit à son chevet jusqu'à ce qu'elle soit suffisamment réveillée pour apprendre la mort de l'enfant. Elle demanda à le voir et on le lui montra. Elle regarda le minuscule corps blanc et flasque, puis tendit la main pour lui toucher la tête. « Une fille. Hugh va être tellement triste. » Une larme solitaire glissa sur sa joue : elle était trop épuisée pour pleurer.

Il y eut un silence ; puis le médecin dit avec douceur : « Vous avez un fils magnifique. Voulez-vous que votre mari monte vous voir tous les deux ? »

Une demi-heure plus tard, le Dr Carr grimpa avec lassitude dans sa vieille Ford. Il avait été appelé la nuit précédente, avait assuré les consultations du matin puis effectué cinq visites avant l'accouchement de Mrs Cazalet, et il n'était plus tout jeune. Malgré ses quarante années d'expérience, la naissance d'un bébé l'émouvait toujours, et il ressentait envers les parturientes un attendrissement qu'il n'éprouvait pas, sans cela, à l'égard de ses patientes. C'était vraiment un coup de malchance que le deuxième enfant soit mort-né, mais au moins elle avait le premier. Ah ça mon Dieu, il avait tout tenté pour ce deuxième bébé... elle ne saurait jamais à quel point. Il s'était obstiné à comprimer ce minuscule thorax alors qu'il savait depuis plusieurs minutes que c'était peine perdue. Mrs Pearson avait voulu envelopper l'enfant dans un linge, le dissimuler, mais il avait su que la mère tiendrait à le voir. Lorsqu'il était redescendu, on lui avait offert un verre de whisky, et il avait averti Mr Cazalet que sa femme étant très fatiguée, il ne devait pas rester trop longtemps avec elle ; tout ce qu'il lui fallait, c'était une bonne tasse de thé et du sommeil. Surtout pas d'effusions, allait-il ajouter, mais en regardant le visage du père, il devina qu'il n'y en aurait pas. Il avait l'air d'un brave homme très raisonnable... pas comme certains, souvent ivres, qui se montraient pétulants et facétieux. Il devait aller retrouver Margaret. Autrefois, après un accouchement, il rentrait chez lui volubile, excité, et même exalté, d'avoir assisté à ce miracle ancestral. Mais ils avaient perdu leurs deux fils à la guerre ; depuis, sa femme ne supportait plus ce genre de récits et il gardait ses émotions pour lui. Elle était devenue une ombre, consentante, passive, pleine de banales petites remarques sur la maison, le temps qu'il faisait et le dur traitement qu'il infligeait à ses vêtements, et puis il lui avait acheté un chiot, sur lequel elle s'était mise à discourir sans fin. L'animal était aujourd'hui un chien obèse trop gâté, dont elle continuait à parler comme s'il s'agissait d'un chiot. C'était la seule chose qu'il avait trouvé à faire pour elle, son chagrin à lui n'ayant jamais été jugé comparable au sien. Cela aussi, il l'avait gardé pour lui. Mais quand il était seul dans la voiture comme maintenant, et avec un peu de whisky dans l'organisme, il pensait à Ian et Donald jamais évoqués à la maison, et qui, lui semblait-il, seraient totalement oubliés, n'étaient sa propre mémoire et leurs noms sur le monument du village.

\*

« Je t'assure, je lui ai demandé, et elle a seulement répondu : t'occupe. » Louise regardait sa mère avec ressentiment : de l'autre côté de la clairière, celle-ci fumait, riait et bavardait avec Oncle Rupert et une dénommée Margot Sidney. Polly, Clary et elle avaient quitté le pique-nique principal, d'ailleurs terminé depuis un moment, afin d'avoir une discussion sérieuse sur la façon exacte dont les femmes mettaient les bébés au monde, mais elles n'arrivaient nulle part. Relevant sa chemise, Clary avait tripoté son nombril d'un air sceptique et suggéré que la chose avait peut-être lieu par là, mais Polly, secrètement horrifiée, avait aussitôt déclaré qu'un nombril n'était pas assez grand. « Les bébés sont assez imposants, tu sais : à peu près une poupée de taille moyenne.

— Il y a plein de plis à l'intérieur. Peut-être qu'il s'étire.

— Ce serait bien mieux si on pondait simplement des œufs.

— Les gens sont trop lourds pour des œufs. Ils les casseraient en les couvant, et il y aurait du bébé brouillé partout.

— Tu es répugnante, Clary. Non. J'ai peur que ça ne se passe... » Elle se pencha vers Polly et chuchota : « Entre les jambes.

— Non !

— C'est le seul endroit qui reste.

— Qui est répugnante, maintenant ?

— Ce n'est pas moi. Je n'y suis pour rien. C'est du bon sens, ajouta-t-elle d'un ton hautain, essayant de s'habituer à cette idée épouvantable.

— Un bon sens plutôt dégoûtant, commenta Clary.

— À mon avis, fit Polly, songeuse, c'est seulement un genre de pépin, assez gros comparé à un pamplemousse. Le médecin le met dans une cuvette d'eau chaude, et alors il explose, un peu comme ces fleurs japonaises dans leurs coquillages, et il se change en bébé.

— Tu es complètement idiote. D'après toi, pourquoi elles grossissent tellement si c'est seulement un pépin ? Regarde Tante Syb. Tu crois franchement que ce qu'elle a dans son ventre c'est seulement un pépin ?

— En plus, c'est connu pour être dangereux », dit Clary. Elle paraissait effrayée.

« Ça ne peut pas être si dangereux que ça, protesta Louise. Regarde tous les gens à qui ça arrive... » Repensant soudain à la mère de Clary, elle ajouta : « Tu as peut-être raison pour le pépin, Polly, c'est fort possible. » Elle adressa à cette dernière un énorme clin d'œil, pour lui faire comprendre.

Peu après, Tante Rachel vint leur annoncer que Tante Sybil avait eu un petit garçon, et une fillette qui était morte, qu'elle était terriblement fatiguée, alors voulaient-ils bien, tous, rentrer calmement à la maison et ne pas faire de bruit ? Simon, en haut d'un arbre, répondit : « À la bonne heure » et continua à jouer au cochon pendu en demandant aux autres de regarder, mais Polly se précipita sur Tante Rachel et déclara qu'elle voulait aller voir sa mère et le bébé sur-le-champ. Tout le monde était content de rentrer à la maison.

Rachel et Sid s'esquivèrent vers six heures pour aller se promener. Remontant l'allée, elles rejoignirent la barrière qui menait au bois d'un pas rapide, presque furtif, de peur qu'un membre de la famille ne les aperçoive et ne propose de les accompagner. Une fois dans le bois, elles longèrent sans se presser l'étroit sentier qui conduisait aux champs. Rachel était exténuée ; elle avait mal au dos d'être restée courbée au-dessus du lit de Sybil, et la nouvelle de l'enfant mort-né l'avait fortement bouleversée. Lorsqu'elles atteignirent l'échalier s'ouvrant sur le pré qui s'élevait en pente douce devant elles, Sid suggéra qu'elles se contentent d'aller s'asseoir au pied du grand chêne solitaire qui se dressait quelques mètres avant le bois. Rachel acquiesça avec reconnaissance. J'aurais pu proposer de marcher huit kilomètres, si vannée soit-elle, elle aurait acquiescé de la même façon. Cette pensée emplit Sid d'une tendre exaspération ; l'absence d'égoïsme de Rachel la stupéfiait, transformant souvent les décisions en une épineuse affaire de perspicacité.

Rachel cala son dos contre le chêne et accepta la cigarette que Sid lui alluma avec le petit briquet en argent qu'elle lui avait offert comme cadeau d'anniversaire après leur rencontre, il y a presque deux ans. Elles fumèrent quelque temps en silence. Les yeux de Rachel semblaient fixés sur le pré vert et doré émaillé de coquelicots, de marguerites et de boutons-d'or, mais pas comme si elle le voyait réellement, tandis que Sid contemplait le visage de Rachel. Son teint magnifique était pâle et ses traits tirés ; au-dessus de ses pommettes hautes, ses yeux bleus étaient embrumés et assombris par l'épuisement, et sa bouche, tremblante, était contractée de petits pincements résolus comme si elle se retenait de pleurer. Sid lui attrapa la main. « Raconte-moi, ça te fera du bien.

— Ça semble tellement cruel ! Tant de souffrances et d'efforts, et puis ce pauvre petit être mort-né ! Une horrible malchance, tellement épouvantable !

— Mais il reste un bébé. Imagine s'il n'y en avait eu qu'un.

— Bien sûr. D'après toi, est-ce que sa jumelle manquera toujours au survivant ? On dit que les jumeaux ont des liens profonds, non ?

— Seulement s'ils sont identiques, je crois.

— Oui, très juste, j'avais oublié. Le plus affreux, c'est que je ne peux pas m'empêcher d'être soulagée d'avoir échappé au deuxième accouchement. J'aurais pleuré comme une madeleine.

— Chérie, tu n'y étais pas, et si tu y avais été, tu n'aurais sans doute pas pleuré par égard pour Sybil, et quand bien même, cela n'aurait pas été la fin du monde. Pleurer n'est pas un crime.

— Non, mais cela ne se fait pas quand on a mon âge.

— Ah bon ? »

Voyant l'expression tendre et ironique de Sid, Rachel expliqua lentement : « On nous a inculqué que grandir c'était, entre autres, apprendre à ne pas pleurer. Ce n'est autorisé que pour la musique, par patriotisme, ou des choses comme ça.

— Elgar doit être une véritable aubaine, dis donc. »

La référence à l'auteur de « Land of Hope and Glory » fit rire Rachel. « C'est certain. Je me demande comment les Cazalet faisaient pour pleurer avant Elgar !

— La préhistoire de la famille Cazalet est le cadet de nos soucis.

— Tu as raison. » Prenant le petit mouchoir blanc

coincé à son poignet, elle s'essuya les yeux. « Ce qu'on peut être ridicule, parfois ! »

Elles se mirent à parler d'elles. Rachel interrogea Sid sur les vacances à la mer que réclamait Evie, et Sid répondit que ce projet ne la tentait absolument pas, se gardant de préciser qu'elle aurait du mal à en assumer le coût – l'aisance financière de l'une et le manque d'argent de l'autre les mettaient réciproquement mal à l'aise –, et Rachel demanda à Sid si elle se sentait tenue d'y aller parce que Evie en avait réellement besoin, auquel cas Sid pourrait choisir Hastings, comme ça Evie et elle pourraient venir toutes les deux à Home Place, pour déjeuner et ainsi de suite. Sid répondit qu'elle avait peur qu'Evie ne découvre le pot aux roses à leur sujet.

« Mais, chérie, il n'y a rien à découvrir ! »

C'était à la fois vrai et faux, Sid le savait. Elle précisa : « C'est quelqu'un de très jaloux. Très possessif.

— Tu es tout ce qu'elle a au monde. Je trouve ça compréhensible. »

Elle s'arrange pour que je le sois, songea Sid, sans le dire tout haut. Comme nombre de gens qui reprochaient aux autres de ne pas se livrer davantage, Sid conservait des jardins secrets. Sa loyauté envers Evie était l'un d'eux. Rachel, incapable de manipulation, ne pouvait pas l'envisager chez les autres. Soudain, Rachel soupira de contentement et dit : « C'est vraiment formidable que tu sois là. » Elle fit cette déclaration avec une affection tellement sincère que Sid se permit de l'enlacer et de l'embrasser pour la première fois ce jour-là, un plaisir exquis mais d'une nature différente pour chacune.

\*

Hugh espérait l'avoir dissimulé, mais il avait été choqué en voyant Sybil. Elle gisait à plat sous un drap propre, les cheveux dénoués sur le carré blanc de l'oreiller, et, au milieu de toute cette blancheur, son visage paraissait d'un gris cireux et ses yeux étaient fermés. Il lui trouva l'air d'une moribonde, mais Mrs Pearson, venue lui ouvrir, déclara gaiement : « Voici votre mari, Mrs Cazalet », comme si de rien n'était. « Je descends une seconde demander qu'on lui prépare du thé », ajouta-t-elle avant de s'éclipser dans un frou-frou.

Hugh chercha une chaise, qu'il approcha du lit.

Sybil avait ouvert les yeux en entendant Mrs Pearson, et à présent elle regardait son mari sans la moindre expression. Il lui prit la main pour la baiser ; elle fronça légèrement les sourcils, referma les yeux, et deux larmes roulèrent lentement sur ses joues. « Pardon. C'étaient des jumeaux. J'ai glissé. Pardon. » Elle esquissa un mouvement dans le lit et tressaillit.

« Ma petite chérie, ce n'est rien.

— Non ! Il a essayé de la faire respirer. Elle n'a jamais respiré. Tant d'efforts pour qu'elle ne vive même pas.

— Je sais, ma chérie. Mais pense à cet adorable petit garçon. Est-ce que je pourrais le voir ?

— Il est là-bas. »

Tandis que Hugh contemplait le profil de son fils, couché sur le côté et farouchement endormi, elle dit : « Lui, il va bien. Lui, il est en pleine forme. » Sur quoi elle ajouta : « Mais je sais que tu voulais une fille. »

Il revint auprès d'elle. « Il est merveilleux. Et j'ai déjà une fille délicieuse.

— Elle était tellement plus petite ! Tellement minuscule... fragile. Quand je l'ai touchée, sa tête était encore chaude. Personne ne l'aura jamais connue... à part moi. Tu sais ce que je voulais ?

— Non. » Il avait du mal à parler.

« Je voulais qu'elle retourne dans mon ventre... pour qu'elle soit à l'abri. » Elle le regarda avec des yeux mouillés de larmes. « Je le voulais de tout mon cœur.

— J'ai envie de te prendre dans mes bras, mais c'est

difficile quand tu es allongée sur le dos. » Incapable de se retenir, il laissa échapper un unique sanglot dénué de pleurs, et porta la main de sa femme à son visage.

Aussitôt, elle se redressa pour le serrer contre elle. « Tout va bien. Je voulais que tu le saches, pas te... ne sois pas triste ! Ce n'est pas comme si... quand il se réveillera, tu verras comme il est beau... il ne faut pas que tu sois triste... pense à Polly... mon chéri... » Et tandis qu'elle le serrait contre elle, qu'elle le consolait de son chagrin à elle, il commença à en mesurer l'étendue, et la compassion qu'elle lui inspirait se trouva absorbée par l'amour qu'elle lui vouait. Il la prit dans ses bras et la replaça avec soin sur l'oreiller, lui lissant les cheveux, l'embrassant doucement sur la bouche, lui disant qu'elle avait raison, qu'ils avaient Polly, et qu'il l'aimait tout comme son nouveau fils. Lorsque Mrs Pearson revint avec le thé, ils se tenaient la main.

*

En entendant que Polly et Simon allaient voir leur petit frère, dont le couffin avait été placé à cette fin dans le dressing de Hugh, les autres enfants réclamèrent à grands cris d'être autorisés à y aller eux aussi. Plus tard, en montant dire bonne nuit à Lydia, Villy surprit la discussion de sa fille avec Neville à propos du bébé.

« Il ne m'a pas plu, c'est tout, disait Neville. Je ne vois pas ce qu'on peut lui trouver.

— C'est vrai, il était un peu... rouge et ratatiné... comme un vieillard, mais en tout petit.

— S'il commence comme ça, il donnera quoi, plus tard, d'après toi ?

— Je tremble rien que d'y penser.

— Tu trembles, pouffa-t-il. Moi je tremble pas. Je le trouve tout bonnement horrible. Je préférerais avoir un labrador plutôt que ça.

— Neville ! Après tout, c'est un *naître* humain.

— Peut-être. Peut-être pas. »
À cet instant-là, Villy, se composant un visage sérieux, les interrompit.

*

Après que Polly eut vu son petit frère, Hugh annonça qu'il voulait lui parler.
« Maintenant ? » Elle avait prévu de jouer au Monopoly avec Louise et Clary.
« Oui.
— Ici ?
— Je me disais que nous pourrions faire un tour dans le jardin.
— Très bien, Papa. Il faut juste que je prévienne les autres. Je te retrouve dans l'entrée dans une seconde. »
Il l'entraîna vers le banc à côté du court de tennis et ils s'y assirent tous les deux. Il y eut un bref silence. Polly commença à s'inquiéter.
« Qu'est-ce qu'il y a, Papa ? » Le visage de son père semblait très anguleux, comme quand il était fatigué. « Rien de grave ?
— Eh bien, si, en fait. »
Elle lui empoigna la manche. « Ce n'est pas à propos de Maman, dis ? Tu ne m'as pas laissée la voir ! Elle va... parfaitement bien, n'est-ce pas ?
— Non, non, protesta-t-il, affolé par le désarroi de sa fille. Non, Maman est simplement très, très fatiguée. Elle s'est endormie et je ne voulais pas qu'on la réveille. Tu la verras demain matin. Non, c'est... » Il lui servit alors son histoire minutieusement préparée. Eh bien, voilà, il avait dû passer à la maison récupérer les affaires de bébé, et, en redescendant de la nursery, il avait vu Pompée allongé sur le lit ; il était allé le caresser et avait découvert qu'il était mort... il avait dû mourir paisiblement dans son sommeil, ce qui était affreusement triste, mais en même temps, de son point

de vue, la meilleure façon de mourir pour un chat. « Il ne s'est rendu compte de rien, Poll... il s'est simplement endormi et il ne s'est pas réveillé. Ce qui, bien sûr, dit-il en la regardant avec gravité, est beaucoup plus triste pour toi que pour lui.

— Ce qui, bien sûr, à choisir, est le mieux », dit-elle. Elle avait pâli, et sa bouche tremblait. « Ça a dû être horrible pour toi ! Entrer dans la chambre et le trouver comme ça ! Pauvre Papa ! » Elle jeta ses bras autour de lui, pleurant amèrement. « Oh, pauvre Pompée qui est mort ! Il n'était pas si vieux que ça... pourquoi est-il mort de cette façon ? Tu crois qu'il pensait que je ne reviendrais pas, et...

— Je suis sûr que cela n'avait rien à voir. Et puis nous ne savons pas quel âge il avait. Il était sans doute bien plus vieux qu'il n'en avait l'air. » Il avait été acheté chez Selfridges, cadeau de Rachel, sa marraine, pour son neuvième anniversaire. « Il était adulte quand tu l'as eu.

— Oui. Ça a dû être un choc épouvantable pour toi.

— C'est vrai. Tu veux un mouchoir ? »

Elle l'accepta et se moucha deux fois. « Il avait sûrement utilisé ses neuf vies. Papa ! Tu ne l'as pas juste jeté à la poubelle, dis ?

— Grands dieux, non ! En fait, je l'ai ramené ici. Je me suis dit que tu voudrais peut-être lui organiser un véritable enterrement... »

Elle lui lança un regard d'une gratitude si rayonnante que son cœur se serra. « Oui. Ça me plairait bien. »

En regagnant la maison, ils évoquèrent la vie remarquable de Pompée, ou plutôt ses vies successives : écrasé trois fois, coincé deux jours en haut d'un arbre avant que les pompiers ne le récupèrent, enfermé dans la cave à vins durant on ne sait combien de temps... « Mais ça ne fait que cinq vies, déclara tristement Polly.

— Il avait sans doute utilisé les autres avant que tu le connaisses.

— C'est sûrement ça. »

Alors qu'ils approchaient de la maison, elle s'exclama : « Papa ! Je pensais à un truc... ça ne veut peut-être pas dire qu'il a eu neuf vies dans la peau du même chat ; ça veut peut-être dire qu'il va être neuf chats différents. Donc, huit autres.

— Possible. Eh bien, conclut Hugh, si tu aperçois un chaton qui pourrait être Pompée au seuil d'une nouvelle vie, dis-le-moi, et je te l'achèterai.

— Oh, Papa, c'est vrai ? Je vais bien guetter, alors. »

\*

Ainsi débuta cet été-là, qui se confondit dans la tête de beaucoup d'entre eux avec d'autres étés, mais se distingua dans leur souvenir comme celui de la naissance du jeune William, sans parler de cette triste affaire du deuxième bébé. Un été que Polly se rappela comme celui de la mort de Pompée et de son superbe enterrement ; que le vieux William Cazalet se rappela comme celui où il réussit à acquérir Mill Farm à deux pas de Home Place ; qu'Edward se rappela comme l'été où, ayant proposé de remplacer Hugh au bureau, il fit la connaissance de Diana ; que Louise se rappela comme celui où ses règles débarquèrent ; que Teddy se rappela comme celui où il tira son premier lapin et où sa voix commença à muer ; que Lydia se rappela comme l'été où elle avait été enfermée dans l'abri à fruits par les garçons qui l'avaient oubliée, étaient partis jouer au polo-bicyclette puis avaient déjeuné, où on ne s'était préoccupé de son absence qu'à la moitié du repas (c'était le jour de congé de Nan), et où elle s'était rendu compte qu'une fois les groseilles à maquereau terminées, elle allait mourir de faim ; un été que Sid se rappela comme celui où elle finit par comprendre que Rachel ne quitterait jamais ses parents, mais qu'elle, Sid, ne pourrait jamais quitter Rachel ; que Neville se rappela comme celui où sa dent branlante était tombée alors qu'il était sur son petit vélo dont il ne pouvait descendre qu'en percutant un obstacle, si bien qu'il l'avait avalée et n'avait osé le dire à personne, mais avait constamment redouté qu'elle ne le morde à l'intérieur ; que Rupert se rappela comme l'été où il s'aperçut qu'en épousant Zoë il avait renoncé à la possibilité d'être un peintre sérieux, et allait devoir rester professeur pour lui procurer ne serait-ce que ce qu'elle considérait comme le strict nécessaire ; un été que Villy se rappela comme celui où elle s'ennuya tellement qu'elle décida de se mettre au violon par elle-même et construisit une maquette du Cutty Sark qui était trop grande pour entrer dans une bouteille, contrairement au bateau plus petit qu'elle avait confectionné l'été précédent ; que Simon se rappela comme celui des vacances où Papa lui apprit à conduire à coups d'allers et retours dans l'allée au volant de la Buick ; que Zoë se rappela comme l'horrible été où elle eut trois semaines de retard et se crut enceinte ; que la Duche se rappela comme l'été où les pivoines fleurirent pour la première fois ; que Clary se rappela comme celui où elle se cassa le bras en tombant de cheval alors que Louise lui donnait un cours d'équitation, où, dans une crise de somnambulisme, elle arriva dans la salle à manger alors qu'ils étaient tous en train de dîner et s'imagina que c'était un rêve, et où Papa la prit dans ses bras pour la ramener dans son lit ; que Rachel se rappela comme l'été où elle assista pour de bon à la naissance d'un bébé, mais aussi l'été où son dos commença véritablement à la torturer, pour ne la laisser tranquille que par intermittence jusqu'à la fin de ses jours. Et que Will, dont c'était le premier été, ne se rappela pas du tout.

# DEUXIÈME PARTIE

## HOME PLACE

### Fin de l'été 1938

« Je me demande pourquoi, s'interrogea une fois de plus Jessica, il faut qu'il se montre à ce point abominable au moment du départ... » Ce n'est pas comme s'il n'avait pas été invité. Edward et Villy étaient toujours charmants avec lui, mais il rechignait à les côtoyer. Pire, pourtant, il ne refusait pas complètement non plus : en général, comme maintenant, il disait qu'il viendrait sans doute le dernier week-end de la quinzaine. Cette annonce aux allures de menace lui permettait par ailleurs de laisser entendre que sa femme l'abandonnait volontairement. Mais des vacances gratuites à la campagne pour les enfants ne se refusaient pas, et, si elle était honnête avec elle-même – ce que, bien sûr, elle se figurait être en permanence –, elle ne serait pas mécontente de prendre un bol d'air sans avoir à se mettre aux fourneaux, à s'inquiéter de faire durer l'argent du ménage avec quatre enfants à demeure qui nécessitaient tellement de nourriture qu'elle était épuisée rien que d'y penser, et encore, elle ne parlait pas de la lessive et du repassage... Ah, le bonheur d'être assise sur une pelouse à siroter un gin-citron vert pendant que quelqu'un d'autre s'occupait du dîner !

Il était de retour, debout sur le seuil de la chambre, attendant avec une patience exagérée qu'elle ferme sa valise. Il insistait toujours pour charger la voiture à sa place, geste faussement bienveillant destiné à accroître ses remords. Même avec la galerie sur le toit, il n'était pas évident de caser les bagages de cinq personnes. Maniaque, il en fit tout un plat, exigeant que les valises de la famille soient rassemblées sur le trottoir à côté de l'auto avant de commencer.

« Désolée, chéri », lança-t-elle du ton le plus enjoué possible.

Il ramassa la valise et haussa les sourcils. « On croirait que tu pars pour six mois. » Il faisait cette remarque chaque fois qu'elle partait, et elle avait depuis longtemps renoncé à expliquer qu'on avait besoin d'autant de choses pour quinze jours que pour six mois. En le regardant clopiner lourdement dans l'escalier avec la valise, elle fut gagnée par son habituel sentiment de culpabilité et de pitié. Pauvre Raymond ! Il détestait son métier d'intendant dans une école publique locale ; c'était un homme qui avait besoin de se dépenser physiquement pour être de bonne humeur, or sa jambe le lui interdisait. Né dans un milieu aisé, il n'avait plus aucune fortune, à part certaines espérances du côté d'une tante acariâtre, qui insinuait à intervalles réguliers qu'elle changerait peut-être d'avis et lui léguerait, non pas son argent, mais sa collection d'œuvres d'art, comprenant un Watts, un Landseer et plus de cinq cents aquarelles assez indigestes peintes par son défunt mari. Il n'empêche, s'il recevait bel et bien l'argent de sa tante, celui-ci ne ferait pas long feu : il le dilapiderait pour un quelconque projet aussi insensé que catastrophique. Il n'était pas très doué pour travailler avec les gens – il s'énervait facilement et sortait de ses gonds de façon inopinée –, mais d'un autre côté il n'avait pas le moindre sens des affaires et avait donc besoin d'un associé. Elle le savait, il n'allait pas tarder à quitter son emploi actuel pour se consacrer à quelque nouvelle entreprise : les fonds nécessaires proviendraient forcément de la vente de cette maison-ci, et ils se verraient contraints de trouver un logis encore moins agréable et meilleur marché. Non qu'elle raffole de cette bâtisse. « Authentique joyau Tudor mitoyen », comme elle l'avait décrite à Edward pour le faire rire, la maison avait été construite peu après la guerre par des spéculateurs immobiliers dans le cadre du programme d'expansion urbaine le long de la grand-route rejoignant East Finchley. Elle comportait de pauvres petites pièces, des couloirs si étroits qu'il était difficile de les emprunter avec un plateau sans s'érafler les phalanges, et les murs présentaient déjà de grandes fissures obliques. Les fenêtres, gauchies, laissaient entrer la pluie, et la cuisine sentait constamment l'humidité. Elle disposait, à l'arrière, d'un petit jardin en longueur au bout duquel se trouvait une remise que Raymond avait installée pour son projet de champignonnière. Elle était désormais utilisée par Judy comme une maison où recevoir ses amies. Heureusement, en fait, car, étant la plus jeune, elle avait la plus petite chambre, tellement petite qu'il n'y avait pas de place pour autre chose que son lit et sa commode.

« Jessica ! Jessica !

— Papa t'appelle, Maman !

— C'est le laitier, Maman. Il veut être payé. »

Elle paya le laitier, envoya Christopher secouer ses sœurs aînées, alla dans le salon s'assurer qu'elle avait fermé le piano et le recouvrit du châle à motif cachemire qui le protégeait du soleil, ordonna à Judy d'aller aux toilettes et enfin, quand elle ne trouva plus rien d'autre à faire, elle sortit par la porte principale, remonta le sentier aux dalles irrégulières pour gagner le portail, à présent ouvert, Nora juchée dessus, et assister aux ultimes étapes du chargement.

« L'objet de l'entreprise, Christopher, au cas où tu ne l'aurais pas compris, est d'empêcher les valises de glisser.

— Je sais, Papa.

— Tu sais, tu sais ? C'est vraiment incroyable qu'il ne

te soit pas venu à l'esprit de passer une ficelle dans les poignées, dans ce cas ! J'imagine que je suis obligé d'en conclure que tu n'es tout bonnement pas très malin. »

Christopher, écarlate, grimpa sur le marchepied et se mit à enfiler la ficelle dans les poignées. En regardant ses bras maigres blancs comme du papier sous ses manches retroussées et son pan de chemise qui pendait de son pantalon alors qu'il s'étirait, Jessica sentit l'amour et la haine converger en elle au spectacle de son fils et de son mari, l'un faisant de son mieux, l'autre de son pire. Elle leva les yeux vers le ciel : le bleu de tout à l'heure s'était mué en un gris pâle laiteux, il n'y avait pas un souffle d'air, et elle se demanda s'ils atteindraient le Sussex avant que n'éclate un orage.

« Ça m'a l'air merveilleux, dit-elle. Où est Angie ?
— Elle attend en haut. Elle ne voulait pas rester dehors dans la chaleur, répondit Nora.
— Eh bien, va la chercher. Je croyais que tu étais censé dire à tes sœurs de descendre, Christopher.
— Je suis sûr qu'il l'a fait, chéri, mais tu connais Angie. Appelle-la, Nora. »

Judy, la benjamine, émergea de la maison. Elle s'approcha de sa mère et lui fit comprendre qu'elle voulait chuchoter. Jessica se pencha.

« J'ai essayé, Maman, mais il n'est pas sorti une goutte.
— Ce n'est pas grave. »

Angela, arborant un tailleur en lin bleu de Moygashel qu'elle avait fait elle-même, descendit lentement l'allée. Elle avait aux pieds ses chaussures blanches et tenait à la main des gants de coton blanc ; elle avait l'air de se rendre à un mariage. Jessica, qui savait que c'était pour impressionner sa Tante Villy, ne dit rien. Tout juste dix-neuf ans, Angela était, depuis peu, devenue à la fois rêveuse et exigeante. « Pourquoi est-ce qu'on n'est pas plus riches ? » se lamentait-elle quand elle voulait davantage d'argent de poche – qu'elle appelait « allocation vestimentaire » – et que Jessica était obligée de lui dire non. « L'argent n'est pas tout », avait-elle déclaré un jour en présence de Nora, qui avait répliqué du tac au tac : « Non, mais c'est quelque chose, quand même ? Enfin, je veux dire, ce n'est pas *rien*. »

Raymond leur disait maintenant au revoir. Il embrassa la joue pâle et passive d'Angela – Papa transpirait, et elle avait tout bonnement horreur de la transpiration –, puis Nora, qui le serra dans ses bras avec une telle vigueur qu'il en fut heureux. « Allons, du calme ! » s'exclama-t-il. Il donna à Christopher une claque brutale sur l'épaule, et Christopher marmonna quelque chose avant de se dépêcher de monter dans la voiture.

« Au revoir, Papa, dit Judy. Je suis sûre que tu vas te régaler avec Tante Lena. Embrasse Trottie pour moi. » Trottie était le carlin de Tante Lena. Un nom absurde, avait souligné Nora, car le chien était tellement gros que jamais de la vie il n'aurait pu trotter.

Angela s'installa avec soin dans le siège passager à l'avant.

« Tu aurais pu demander, observa Nora.

— Je suis l'aînée. Je n'ai pas à demander.

— Mais c'est vrai, comment j'ai pu oublier ça. » C'était une imitation par trop exacte de son père lorsqu'il jouait les maîtres d'école sarcastiques, songea Jessica. Elle embrassa le visage brûlant et moite de son mari et lui adressa ce petit sourire d'intimité machinale qui le mettait secrètement en rage.

« Bon, j'espère que vous vous amuserez plus que moi, dit-il.

— Il n'y aura pas que nous, alors on devrait », répondit gaiement Nora. Elle avait un don pour décocher la flèche du Parthe.

Sur ces mots, ils se mirent en route.

\*

Ces temps-ci, Louise avait l'impression que, quoi qu'elle soit en train de faire, sa mère l'interrompait pour l'obliger à faire autre chose, qu'elle n'avait aucune envie de faire, et encore moins si elle était déjà occupée. Ce matin sa mère l'empêcha d'aller à la plage avec Oncle Rupert, Clary et Polly, sous prétexte que ses cousins arrivaient et qu'il serait grossier de ne pas être là pour les accueillir.

« Ils ne trouveraient pas du tout ça grossier.

— L'avis que tu leur prêtes ne m'intéresse pas, rétorqua Villy. Et puis, je suis sûre que tu n'as pas rangé ta chambre.

— Elle n'a pas besoin d'être rangée. »

En réponse à cet argument, Villy saisit sa fille par le bras et l'entraîna à l'étage vers la grande mansarde située sur l'arrière que Louise allait devoir partager avec Nora et Angela.

« J'en étais sûre... La bonne vieille porcherie. » Elle ouvrit d'un coup sec un tiroir où Louise avait fourré des vêtements déjà portés et d'autres affaires.

« Combien de fois t'ai-je expliqué qu'il était dégoûtant de ranger tes culottes avec le reste ? » C'est elle qui rendait ça dégoûtant, songea Louise. Elle réussit toujours à me rabaisser, presque comme si elle me détestait. Pour toute réponse, elle dégagea complètement le tiroir et en renversa le contenu sur son lit.

« Et des livres ! Je t'assure, Louise ! C'est quoi, ce bouquin ?

— *Les Aventures galantes d'un épicier*. Ça parle de la Chine du XVI$^e$ siècle, expliqua Louise d'un ton boudeur, mais elle était inquiète.

— Ah. » Villy savait que les filles étudiaient la Chine avec Miss Milliment et qu'elles s'étaient prises de passion pour tout ce qui était chinois. Sybil lui avait parlé de la collection de stéatites de Polly, et la chambre de Louise, à Londres, regorgeait de petits fragments de broderie. « Bon, tu n'as qu'à poser tous tes livres sur la cheminée. Arrange-toi pour que la pièce soit jolie, tu seras gentille, et tu pourras peut-être cueillir quelques roses à mettre sur la coiffeuse, que tu es priée de débarrasser pour faire de la place pour les affaires d'Angela. Fais vite, parce que Phyllis va vouloir préparer leurs lits. » Sur quoi elle s'en alla, laissant Louise passablement soulagée. Elle décida de tout ranger à la perfection, puis d'aller lire dans le hamac près de la mare aux canards. Elle avait beau ne pas comprendre grand-chose à ce roman chinois, elle savait qu'il contenait pas mal de trucs que sa mère désapprouverait profondément. Il traitait presque exclusivement de sexe, mais sous des formes si mystérieuses que Louise, qui avait commencé à le lire pour s'informer, se sentait plus déboussolée que jamais. N'empêche, la nourriture, les vêtements et certaines péripéties la fascinaient, et puis l'ouvrage était pas mal long, ce qui constituait le premier critère pour ses achats de livres d'occasion, car elle ne recevait toujours que six pence d'argent de poche par semaine et se trouvait perpétuellement à court de lectures.

C'étaient leurs premières vacances à Mill Farm. La maison avait été achetée et donnée par le Brig à ses fils pour héberger leurs familles. Cette fois, à cause de Tante Jessica et de ses cousins, c'était leur propre famille qui y logeait, plus Neville et Ellen, pour tenir compagnie à Lydia. Les autres habitaient tous plus loin sur la route, à Home Place, mais ce petit monde se réunissait tous les jours. Mill Farm était une bâtisse à clins blanche dotée d'un toit de tuiles. On y accédait par une allée bordée de marronniers qui s'achevait en une courbe cérémonieuse devant la porte d'entrée. Sur le côté de l'allée et face à la maison s'étendait un enclos qui avait dû être jadis un verger : il contenait encore quelques cerisiers et quelques poiriers très anciens, et dans un petit creux près du bout de l'enclos côté route se trouvait la mare aux canards, interdite aux enfants les plus jeunes car Neville était tombé dedans dès le premier soir. Il était ressorti tout vert de lentilles d'eau. Comme le dragon dans *Where the Rainbow Ends*, commenta Lydia, cette pièce pour enfants qu'on l'avait emmenée voir à Noël pour lui faire plaisir et qui l'avait terrifiée. La maison était encore une ferme peu de temps avant que le Brig ne la rachète. Elle ne comprenait alors que quatre chambres et deux mansardes à l'étage, et une grande cuisine-salle de séjour en bas, si bien qu'il avait passé six mois entêtants à concevoir puis à construire une aile à l'arrière du bâtiment, soit quatre chambres supplémentaires et deux salles de bains en haut, et, au rez-de-chaussée, un grand salon-salle à manger et un petit bureau extrêmement sombre qui donnait sur les murs de l'ancienne étable. Il avait fait installer l'électricité dans la maison, mais l'eau provenait de deux puits, dont l'un était déjà à sec, et le robinet d'eau froide de la cuisine crachait paraît-il de temps en temps de la fourrure de lapin. La Duche était intervenue dans la décoration intérieure, toute en murs blancs et tapis de coco, pseudo-chintz à motifs floraux et grands abat-jour en parchemin. Il y avait des cheminées dans le salon-salle à manger, un nouveau fourneau dans la cuisine et un petit foyer dans la plus belle (vieille) chambre, mais à part cela la maison n'avait pas de chauffage. Pas faite pour l'hiver, s'était dit Villy en découvrant les lieux. Elle était meublée de tout ce que les différentes familles pouvaient avoir en trop : des lits en fer, une ou deux jolies pièces qu'Edward avait dénichées chez Mr Cracknell à Hastings, quelques tableaux de Rupert et un phonographe antédiluvien dans un meuble en laurier. Surmonté d'un cornet, il présentait, dans sa partie basse, un emplacement pour les disques, que les enfants, les jours de pluie, écoutaient sans relâche : « The Teddy Bears' Picnic », « The Grasshoppers' Dance », la valse « L'Or et l'Argent », et puis, le préféré de Louise, Noel Coward chantant « Don't Put Your Daughter On The Stage, Mrs Worthington ». Cette dernière chanson, ils

*Home Place. Fin de l'été 1938*

l'entonnaient chaque fois que les adultes leur demandaient de faire des choses qui leur déplaisaient ; c'était devenu pour eux une sorte de « Marseillaise », observa Villy. Il y avait à l'arrière encore plusieurs corps de ferme, derrière lesquels les champs de houblon se déployaient avec une luxuriante géométrie.

Villy avait amené leur cuisinière, Emily, mais aussi Phyllis, que venait aider une femme du coin prénommée Edie. Arrivant chaque jour sur sa bicyclette, elle assurait la quasi-totalité des tâches ménagères. Nanny était partie au printemps quand Lydia avait commencé à fréquenter l'école de Miss Puttick le matin, et comme il avait été décidé que Neville habiterait à la ferme pour jouer avec Lydia, Ellen était venue avec lui, et s'occupait des deux enfants. Cet arrangement laissait Villy relativement libre de monter à cheval, de jouer au tennis, de poursuivre sa pratique acharnée du violon, de lire Ouspensky et de méditer sur ces fameuses émotions négatives auxquelles elle était singulièrement encline, de s'adonner un peu au jardinage, et d'aller faire les courses à Battle pour ces repas à n'en plus finir. Aujourd'hui, Edward, qui s'accordait un long week-end, était allé à Rye avec Hugh jouer au golf. Quand il repartirait pour Londres, Jessica et elle inviteraient leur mère à passer la semaine. C'était, si on veut, un événement, du moins une chose que Villy se sentait tenue de faire, et qui permettrait à Lady Rydal de voir tous ses petits-enfants à la fois. Villy, cependant, sachant que sa sœur serait très fatiguée, s'était débrouillée pour qu'elle jouisse d'une semaine tranquille avant l'arrivée de leur mère. Elle s'était inquiétée à l'idée de laisser Edward à Londres avec uniquement Edna pour s'occuper de lui, mais il avait dit qu'il irait à son club, et, certes, il avait l'air de sortir beaucoup. Elle se faisait une fête d'avoir Jessica pour elle seule ; même si Raymond était censé les rejoindre à un moment ou un autre, elles auraient largement le temps de discuter. Discuter signifiait parler du mari de Jessica, et de Louise, devenue bien pénible ces derniers temps. Villy commençait sérieusement à se demander si elle n'aurait pas dû l'envoyer en pension… il suffisait de voir Teddy ! Au bout de trois trimestres, il lui semblait s'être nettement amélioré, il était calme, poli, plutôt taciturne, mais ça valait mieux que d'être bruyant, et loin d'être aussi égoïste, lunatique et narcissique que Louise. Il y a un an, Louise aurait été tellement excitée à la perspective du séjour de ses cousins qu'elle n'aurait pas envisagé un instant d'aller à la plage, et elle était trop grande à présent pour vivre dans un foutoir pareil. Si on lui demandait de faire la moindre chose, elle boudait. Edward prenait toujours son parti, la traitait comme si elle était déjà une adulte : il lui avait acheté la chemise de nuit la plus inconvenante pour son dernier anniversaire, l'emmenait au théâtre et dîner au restaurant, rien que tous les deux, la faisant veiller jusqu'à pas d'heure, si bien qu'elle était d'une humeur de dogue le lendemain. Il la présentait aux gens comme sa fille aînée et un cœur à prendre, ce qui agaçait Villy au plus haut point, bien qu'elle ne sache pas vraiment pourquoi. Enfin, peut-être quinze ans était-il simplement un âge difficile ; c'était encore une enfant, en réalité. Si seulement Edward voulait bien la traiter comme telle.

\*

« À mon avis, nous sommes bons pour une autre guerre. » Hugh ne le regardait pas, et s'exprimait du ton tranquille et désinvolte qui signifiait qu'il était sérieux.

« Ma parole ! Qu'est-ce qui te fait dire ça ?

— Enfin, regarde ! Les Allemands ont annexé l'Autriche. Ce fichu Hitler fait des discours tous azimuts sur la force et la puissance du Troisième Reich. Ces rumeurs selon lesquelles toutes ces jeunes Allemandes venues jouer les domestiques seraient ici en mission de propagande. Toutes ces parades militaires. On ne s'acharne pas à développer son armée si on n'a pas l'intention de se battre. Tous ces Juifs qui arrivent, la plupart sans rien. D'après toi, pourquoi font-ils ça ?

— Ils savent sans doute qu'Hitler ne veut pas d'eux.
— Exactement.
— Ça, je ne vais pas le lui reprocher. On ne serait pas mécontents s'il y en avait un peu moins dans notre branche. » Edward demeurait convaincu que tout succès dans l'entreprise était dû à ses efforts et à ceux du Patriarche, et tout échec à l'infâme virtuosité commerciale des Juifs. C'était un préjugé, plus qu'une constatation, une de ces maximes qui acquièrent de la véracité à force d'être répétées par ceux qui les énoncent. Hugh n'était pas d'accord avec cette idée ou, plutôt, il trouvait en effet que leurs homologues juifs étaient plus doués qu'eux, mais ne voyait aucune raison pour qu'il en soit autrement. Il garda le silence.

« Quoi qu'il en soit, les Juifs sont parfaitement capables de se débrouiller tout seuls, conclut Edward. Nous n'avons vraiment pas à nous en faire pour eux. Il y a des Juifs que j'aime bien, d'ailleurs... Sid, par exemple, une sacrée brave fille.

— Quand tu as dit ça, elle a répondu que c'était sans doute parce qu'elle n'était qu'à moitié juive.

— Exactement ! Au moins, elle a de l'humour sur la question.

— Tu en aurais si les gens s'en prenaient à toi sous prétexte que tu es anglais ?

— Bien sûr que oui. La première qualité des Anglais est leur capacité à rire d'eux-mêmes. »

Mais eux choisissent leurs sujets de dérision, songea Hugh. Ils ont recours à l'euphémisme et au flegme dans les situations d'urgence, assimilent cela à du courage, et...

« Écoute, mon vieux. Je sais que tu t'inquiètes sincèrement. Mais les Boches n'oseront pas s'attaquer à nous. Pas à nouveau... pas après la dernière fois. Et puis un type au club m'a expliqué que le matériel qu'ils produisent, les chars, les véhicules blindés et le reste, ce n'était que de la camelote. Tout ça c'est pour la frime. »

Ils se trouvaient dans le club-house de Rye après leur partie de golf. Hugh, s'il adorait ce sport, n'y jouait pas souvent : avec sa main manquante, il ne faisait guère d'étincelles. Mais Edward insistait pour qu'ils jouent ensemble, et redoublait de prévenances, ratant des putts et ainsi de suite pour ne pas gagner trop facilement. « De toute façon, mon vieux, tu as fait plus que ta part la dernière fois », conclut-il, avant de s'apercevoir qu'il n'aurait rien pu dire de pire.

Il y eut un silence, puis Hugh demanda : « Tu ne penses pas sérieusement que je m'inquiète pour ma peau à moi ? » Le tour de sa bouche était devenu blême, signe qu'il était très en colère.

« Ce n'était pas ce que je voulais dire. Ce que je voulais dire, c'est qu'il n'y a pas l'ombre d'une chance qu'une guerre éclate, mais que si je me trompe, ce sera le tour des jeunes. Pas question que je me porte volontaire.

— Menteur, fit Hugh, mais avec un léger sourire. Bon, mangeons un morceau. »

Ils s'enfilèrent de grandes portions des excellents œufs brouillés pour lesquels le club était célèbre, puis du fromage et du céleri avec une pinte de bière. Ils parlèrent boutique, et se demandèrent si l'idée du Patriarche d'inviter Rupert à travailler dans l'entreprise était si bonne que cela. D'après Hugh, peut-être, mais Edward pensait que non. Avec son énergie inépuisable, leur père était non seulement en train de rédiger un article sur la technique photographique de classification des bois durs, mais, ayant terminé à Home Place la construction d'un court de squash pour la famille, il envisageait à présent de créer une piscine et continuait de se rendre quotidiennement au bureau, même si sa vue baissait et que Tonbridge refusait désormais de lui laisser le

*Home Place. Fin de l'été 1938*

volant, ce qui n'était pas plus mal, commenta Edward, étant donné que le Brig circulait du côté droit de la route qu'il soit à cheval ou en voiture. « Tu me diras, les gens du coin ont l'habitude... N'empêche, si sa vue continue à faiblir, il ne pourra plus faire le trajet en train tout seul. »

Hugh, qui s'apprêtait à allumer sa cigarette, interrompit son geste : « Jamais il ne pourra se retirer des affaires, ça le tuerait.

— Je suis bien d'accord. Mais, à nous deux, on pourra s'arranger pour qu'il continue à participer. »

Sur le chemin du retour, Hugh demanda : « C'est comment, Mill Farm ?

— Je trouve qu'on y est bien. Villy prétend que la maison sera glaciale en hiver, mais les enfants l'adorent. Bien sûr elle est plus occupée qu'à Home Place. Avec le ménage, et tout ce qui s'ensuit.

— J'imagine.

— Jessica et sa petite famille arrivent aujourd'hui. Et la vieille mégère la semaine prochaine. Je pense que je m'absenterai pour l'occasion.

— Tu veux venir à la maison ? Je serai seul.

— Merci, mon vieux, mais je pense rester tranquille. "Le vendredi soir c'est Amani", si tu vois ce que je veux dire... Pas que le vendredi, d'ailleurs. »

Cette référence mystérieuse à une célèbre publicité pour un shampooing signifiait qu'Edward avait une liaison. Quoique jamais ouvertement mentionnée entre eux, elle était connue de Hugh aussi sûrement que s'ils en parlaient. Edward avait toujours eu des liaisons : lorsqu'il s'était marié, Hugh avait cru que c'en serait terminé – lui-même une fois marié avec Sybil n'aurait jamais eu l'idée de regarder une autre femme –, mais peu de temps après, peut-être deux ans, il avait remarqué certains petits détails qui l'avaient poussé à s'interroger. Edward quittait parfois le bureau assez tôt, ou bien, en entrant à l'improviste, Hugh le surprenait au téléphone et son frère mettait un terme à sa conversation d'un ton sec et professionnel. Un jour, il avait sorti un mouchoir qui avait dessus une grande tache rose cyclamen : quand il avait vu que Hugh fixait l'étoffe des yeux, il avait remarqué la tache à son tour et roulé le mouchoir en une petite boule avant de le jeter dans la corbeille avec une grimace volontairement ironique. « Oh là là, quelle négligence », avait-il commenté. Et Hugh, d'abord furieux en pensant à Villy, les avait plaints tous les deux.

Là, il dit : « Je repartirai avec toi lundi, si tu permets. Comme ça je laisserai la voiture à Sybil.

— Bien sûr, mon vieux. Je pourrai te prendre le matin pour aller au bureau, de toute façon. »

Au printemps, Sybil et Hugh avaient déménagé et s'étaient installés à Ladbroke Grove dans une maison plus grande, située à deux pas de chez Edward et Villy. La nouvelle maison avait représenté une lourde dépense, presque deux mille livres, et, bien sûr, étant plus grande, elle avait nécessité davantage de meubles, et Hugh n'avait donc pas acheté pour Sybil la petite auto qu'ils avaient prévu d'acquérir.

« Tu te souviens de cette première voiture que le Brig avait achetée, dans laquelle il nous emmenait à Anglesey pour nos vacances d'été ? Quand on s'asseyait à l'arrière et que les pneus n'arrêtaient pas de crever ? »

Edward s'esclaffa. « On avait du mal à tenir la cadence. Heureusement qu'on était deux pour réparer.

— Et la Duche avec son éternelle voilette verte pour le voyage...

— J'adore les voilettes chez les femmes. Ces petits chapeaux avec une voilette qu'elles rabattent sur leur nez. Hermione en portait toujours. Elle était absolument superbe avec... et désirable. Pas étonnant qu'on ait tous eu envie de l'épouser. Et toi, tu l'avais demandée en mariage ? »

Hugh sourit. « Bien sûr. Pas toi ?

— Tu penses bien ! À l'en croire, elle aurait épousé son vingt et unième prétendant. Je me suis souvent demandé qui étaient les autres.

— Ils doivent être morts, pour la plupart. »

Edward, qui ne voulait pas que la guerre revienne sur le tapis et que Hugh se mette à broyer du noir, s'empressa de dire : « Son mariage n'a pas dû faire cesser les propositions.

— Parle pour toi !

— C'est vrai, mon vieux, je suis revenu à l'assaut. Après son divorce, évidemment. » Hugh lui lança un regard goguenard. « Évidemment. »

\*

« Elle aurait pu venir si elle avait vraiment voulu.

— Tu crois ?

— Je le sais. Quand elle veut vraiment quelque chose, Louise y arrive toujours. J'ai peur que notre musée ne l'intéresse pas vraiment. »

Clary essaya de prendre un air navré mais, au fond, elle ne l'était pas. Ce qu'elle aimait surtout, c'était avoir Polly rien que pour elle. Depuis qu'elle suivait les leçons de Miss Milliment, elle passait presque tout son temps avec ses deux cousines, qui avaient toujours été meilleures amies, et comme elle voulait que Polly devienne sa meilleure amie, Louise, naturellement, allait devoir renoncer à ce titre. Elle ajouta : « Elle a drôlement vieilli cette année... des nénés énormes. » Clary lissa avec fierté sa poitrine toute plate.

« Elle n'y peut rien ! se récria Polly, choquée.

— Je sais. Mais il n'y a pas que les nénés. Il y a son attitude. Elle me traite comme un bébé.

— Moi aussi, un peu, concéda Polly. En tout cas, je lui ai dit qu'on faisait notre réunion-musée après le thé. Ses cousins arrivent aujourd'hui, mais ils joueront sûrement au tennis, et alors on pourra se retrouver au musée.

— Je continue à estimer que tu devrais être présidente. Après tout, c'est toi qui y as pensé.

— Louise est la plus grande.

— Je ne vois vraiment pas ce que ça peut faire. C'était ton idée. Je vote pour qu'on vote. Je vote pour toi, tu votes pour toi... elle va devoir démissionner.

— Hum, je ne suis pas sûre que ce soit forcément juste. »

À la plage à Camber, elles étaient allongées tout près du bord, si bien que quand elles enfonçaient leurs orteils dans le sable, l'eau surgissait, légèrement fraîche et délicieuse. Le déjeuner était terminé : Rupert, responsable du groupe – Zoë avait mal à la tête et n'était pas venue –, avait construit un immense château très élaboré avec des douves autour, soi-disant pour amuser Neville et Lydia, mais ceux-ci n'avaient pas tardé à se lasser.

« On ne peut pas en faire grand-chose, expliqua Lydia à son oncle.

— Non... ce n'est pas un château très intéressant pour nous, renchérit Neville. En fait, on préfère en construire un nous-mêmes. »

Ce qu'ils firent. Comme ils l'avaient bâti trop près de l'eau, l'édifice ne voulait pas tenir et n'arrêtait pas de s'écrouler, et les enfants se reprochaient mutuellement leur erreur. Puis ils en bâtirent un autre trop haut sur la plage, de sorte que Neville avait beau aller sans cesse chercher des seaux d'eau pour les douves, celles-ci se vidaient toujours entre-temps.

Rupert, qui avait vite admis qu'il avait construit ce château pour son propre plaisir, s'appliquait à découper des créneaux sur les quatre tours d'angle à l'aide de son couteau à palette. Il était totalement concentré et c'était ce qu'il voulait : retrouver cette merveilleuse absorption dans l'activité du moment, si fréquente chez les enfants. « Comme quand je peins », songea-t-il avec désarroi. Il n'avait pas produit un seul tableau. Il était paresseux, toujours trop fatigué après une journée de cours. Les enfants accaparaient une bonne partie de ses loisirs. Et il y avait Zoë, bien sûr. Au fond, Zoë n'aimait pas qu'il peigne : elle réussissait l'exploit de vouloir un mari peintre mais qui ne peigne pas. Il avait fait cette découverte à Noël lorsqu'il avait voulu passer dix jours avec un copain des beaux-arts : Colin avait un atelier et ils étaient censés se partager un modèle et travailler... Mais Zoë voulait rejoindre Edward et Villy au ski à Saint-Moritz, et elle avait tellement pleuré et boudé qu'il avait capitulé. Il n'avait ni le temps ni les moyens de faire les deux. « Je ne vois pas pourquoi tu ne pourrais pas peindre en Suisse si tu y tiens vraiment », avait-elle lâché après avoir obtenu gain de cause.

Ces vacances avaient été bizarres, agréables d'une façon inattendue. Elles étaient en fait bien trop chères pour lui, et il s'était rendu compte après coup que son frère, avec autant de générosité que de discrétion, avait payé pour eux tous : les boissons, les dîners au restaurant, les cadeaux aux femmes et à tous les enfants, les remontées mécaniques, les locations de patins pour Zoë qui préférait patiner, etc. Edward avait également été très gentil avec Zoë, restant souvent à la patinoire avec elle pendant que Villy et lui partaient skier. Villy était une skieuse extraordinaire : téméraire, gracieuse et très rapide. Il n'arrivait pas vraiment à la suivre, mais il aimait sa compagnie. Les tenues de ski flattaient sa silhouette d'adolescente, et elle portait un bonnet de laine rouge vif qui la faisait paraître jeune et fringante malgré ses cheveux poivre et sel. Un jour, alors qu'ils étaient sur le télésiège et qu'il contemplait les pentes d'un blanc éclatant marquées d'ombres violettes, le ciel d'azur sans nuages et les arbres d'un noir d'encre dans la vallée en contrebas, il s'était tourné vers elle pour s'extasier sur tant de beauté, mais, en voyant son visage, il n'avait rien dit. Elle était assise, son coude sur la rambarde du télésiège, une main gantée contre sa joue, ses épais sourcils, tellement plus sombres que ses cheveux, légèrement froncés, ses paupières à demi baissées de sorte qu'il ne pouvait lire l'expression de ses yeux, sa bouche, qu'il avait toujours admirée comme un trait plus esthétique que sensuel, singulièrement pincée : l'ensemble de sa physionomie laissait penser que quelque chose n'allait pas. « Villy ? » fit-il, indécis. Elle le regarda.

« Je dois me faire arracher toutes les dents. Le dentiste m'a écrit la semaine dernière. » Avant même qu'il n'ait le temps de lui prendre la main, elle eut un atroce petit sourire artificiel et s'exclama : « Oh, et puis, quelle importance ! De toute façon, pour ce qu'il restera de nous !

— Je suis vraiment désolé, dit-il, soudain moins attendri.

— Parlons d'autre chose. »

Il fit un dernier effort. « D'accord, mais c'est affreux pour toi !

— Je m'y habituerai.

— Est-ce que... tu l'as dit à Edward ?

— Pas encore. Cela ne devrait pas le déranger. Après tout, il s'est fait extraire presque toutes les siennes.

— C'est différent pour les femmes », commença Rupert.

Il essayait d'imaginer comment Zoë réagirait à une annonce pareille. Seigneur ! Ce serait la fin du monde pour elle !

« Tout est différent pour les femmes, dit Villy. Je me demande bien pourquoi... »

Ils avaient atteint le sommet. Le chapitre fut clos et elle n'aborda plus jamais le sujet.

Tous les soirs, ils dînaient puis dansaient. Si les deux femmes adoraient danser et ne voulaient jamais s'arrêter, lui était tellement ivre d'oxygène et d'exercice qu'il se demandait comment eux trois, et notamment Edward, réussissaient à tenir. À minuit, il tombait de fatigue, mais Zoë voulait toujours rester jusqu'à ce que l'orchestre remballe ses instruments. Ensuite, tous les quatre, traînant les pieds, montaient rejoindre leurs chambres contiguës au premier étage de l'hôtel et se plantaient devant leurs portes : Edward embrassait Zoë, Rupert embrassait Villy ; les belles-sœurs unissaient leurs joues pendant la brève seconde qu'exigeait le protocole familial, puis se séparaient enfin pour la nuit. Zoë, qui appréciait tellement son séjour que son plaisir commençait à avoir de faux airs de reproche (si c'étaient ces choses-là qui la rendaient heureuse, pourquoi ne pouvait-il les lui offrir plus souvent ?), envoyait valser ses chaussures, descendait la fermeture éclair de sa nouvelle robe écarlate et déambulait dans sa combinaison vert pâle avec les nouveaux pendants d'oreilles en strass qu'il lui avait offerts pour Noël, s'asseyant au bout du lit quelques secondes pour enlever ses bas, gagnant la coiffeuse pour attacher ses cheveux en arrière avec une grande pince en écaille afin de se crémer le visage, bavardant, récapitulant joyeusement les événements de la journée, tandis que lui, déjà couché, l'observait, heureux de la voir si comblée.

« Tu n'es pas content que je t'aie forcé à venir ? demanda-t-elle un soir.

— Si, dit-il, tout en flairant le danger.

— Edward a proposé ce matin que nous allions tous dans le sud de la France cet été. Villy et lui y sont allés en voyage de noces, mais je n'y ai jamais été. Qu'est-ce que tu en penses ?

— Ce serait sûrement formidable.

— À t'entendre, nous n'irons pas.

— Ma chérie, je ne crois pas que nous ayons les moyens d'aller deux fois en vacances à l'étranger. De toute façon, nous ne pouvons pas laisser à nouveau les enfants.

— Ils sont parfaitement heureux avec ta famille.
— Tu ne peux pas demander à Hugh et Sybil de se coltiner tout le boulot.
— J'aurais pensé que le sud de la France ferait un endroit merveilleux pour peindre.
— Oui, sans doute. Mais pas dans nos moyens cette année. De toute façon, si je prends des vacances pour peindre, je ne ferai que ça. Pas du tout ta notion des vacances.
— Qu'entends-tu par là, Rupert ?
— J'entends par là, répondit-il, déjà fatigué de sa propre rancœur, que je peindrais sans arrêt. Je ne t'emmènerais ni à la plage, ni à des pique-niques, ni danser toute la nuit. Je ne voudrais que travailler.
— Ah ça ! Dès qu'il s'agit d'être sérieux dans ton travail...
— Justement, non. Si j'étais sérieux, comme tu dis, je travaillerais quoi qu'il advienne. Je ne me laisserais pas distraire par toi ou qui que ce soit d'autre. »
Elle pivota sur le tabouret de la coiffeuse. « Que veux-tu dire, "qui que ce soit d'autre" ?
— Tu n'aimes pas que je peigne, Zoë.
— Que veux-tu dire, "qui que ce soit d'autre" ? »
Il y avait eu un bref silence : la stupidité de Zoë commençait à l'effrayer. Puis, voyant qu'elle s'apprêtait à réitérer sa question ridicule, il expliqua : « Je veux dire que rien ne me distrairait. Ni toi ni quoi que ce soit d'autre. Mais ça ne fait rien. Je ne suis pas sérieux, je ne suis pas sérieux du tout.
— Oh, chéri ! » Elle vint aussitôt s'asseoir sur le lit. « Oh, chéri ! Tu as l'air si triste, et je t'aime tellement ! » Elle lui passa les bras autour du cou et ses cheveux parfumés et soyeux lui encadrèrent le visage. « Ça m'est égal que nous soyons pauvres... je t'assure ! Tout m'est égal du moment que je suis avec toi ! Je pourrais prendre un emploi à temps partiel, si tu veux... si ça peut aider ! Et je trouve que tu es un peintre fabuleux.

Je le pense vraiment, crois-moi ! » Elle redressa la tête pour le dévisager, pleine d'adoration et sincèrement contrite.

Alors qu'il l'enlaçait et l'attirait dans le lit, il découvrit, avec une stupéfaction affligée mais reconnaissante, qu'il pouvait l'aimer sans l'admirer – contrairement à ce qu'il avait craint. Plus tard, réveillé tandis qu'elle dormait, il songea : je l'ai épousée, et elle s'est toujours donnée à moi de tout son être. C'est moi qui lui ai attribué une part mystérieuse qu'elle garderait enfouie. Mais je me trompais : il n'y a aucun mystère chez elle. La découverte était douloureuse et ahurissante ; puis il se dit que s'il l'aimait suffisamment, elle changerait peut-être. Il n'était pas encore capable, ou désireux, d'accepter que la chose était peu probable, voire impossible ; il s'accrochait à l'idée plus agréable selon laquelle les gens pouvaient éventuellement être transformés par l'amour, mais ne le pouvaient en aucun cas s'ils en étaient privés.

À partir de cette nuit-là, il avait constaté que la clairvoyance, en soi, ne modifiait ni les attitudes ni le comportement ; que c'était davantage une question de petits efforts permanents, parfois dérisoires, mais ces derniers mois, lorsqu'elle l'ennuyait ou l'agaçait – sensations qu'il avait jusqu'alors jugées inacceptables dans leur relation –, il réussissait aussi de temps en temps à éprouver une certaine tendresse pour elle, et il était devenu très protecteur à son égard en présence d'autres gens. Quelquefois, souvent, comme ce soir-là, les limites de Zoë réveillaient son hostilité envers elle, et sa colère envers lui-même de ne pas les avoir repérées plus tôt.

« Papa ! Quel beau château ! Papa, tu ne voudrais pas imiter le lion de mer pour montrer à Polly ? Pas tout de suite, bien sûr, s'empressa d'ajouter Clary. Je sais que tu as besoin d'un canapé comme plongeoir et on n'a pas de chaussettes pour faire les poissons. Mais après le thé ? »

À Noël, quand on avait donné aux adultes des notes sur dix pour leur drôlerie, leur générosité et leur côté boute-en-train, Rupert était arrivé en tête pour la drôlerie, haut fait dont Clary n'était pas peu fière ; le lion de mer de son père et son gorille, bientôt mué en King Kong, avaient été profondément admirés, et comme Villy l'avait fait remarquer, aux yeux des enfants, les plaisanteries les plus répétées étaient les meilleures.

« Polly a déjà vu mon lion de mer.

— Pas depuis une éternité, Oncle Rupe. Je te jure, j'ai presque oublié.

— D'accord. Après le thé. Une seule fois. Bon, maintenant, je crois qu'il est temps de rentrer.

— Ah, bon. Mais est-ce qu'on pourra s'arrêter acheter des glaces ?

— Je dirais que c'est fort possible. Qui remballe les affaires de pique-nique ?

— On s'en occupe », dirent en chœur les deux fillettes. Rupert s'assit au pied de la dune pour fumer une cigarette en les regardant s'activer. Il était content que Clary soit devenue si amie avec Polly, et les cours avec Miss Milliment semblaient avoir été extrêmement bénéfiques. Maintenant qu'elle avait Polly comme amie, elle était beaucoup plus facile à la maison, moins jalouse de Neville, moins agressive avec Zoë, et bien moins possessive avec lui. Elle grandissait. À la voir avec Polly, on ne lui aurait pas donné le même âge. L'une et l'autre avaient grandi cette année, mais si Polly s'était développée avec harmonie et était désormais plutôt ravissante, avec les cheveux cuivrés de Sybil, un teint de lait et de roses, des yeux bleu foncé brillants quoique assez petits et de longues jambes minces et élégantes, Clary était simplement montée en graine et était maigre comme un coucou. Ses cheveux châtain foncé, encore coiffés avec une frange, étaient complètement raides, son visage cireux, et ses yeux, qui ressemblaient de façon saisissante aux yeux gris-bleu pleins de candeur et de curiosité de sa mère, constituaient, malgré leurs cernes fréquents, son plus grand atout. Elle avait le nez un peu retroussé et, quand elle souriait, il y avait une brèche à l'endroit où elle s'était fait arracher une dent du haut ; le dentiste avait dit qu'elle en avait trop, et à présent elle portait un douloureux appareil censé supprimer l'intervalle. Ses bras étaient comme des baguettes, et elle avait les longs pieds osseux des Cazalet. Durant l'année écoulée elle était devenue maladroite : elle trébuchait, renversait des choses, comme si elle n'était pas habituée à la taille qu'elle faisait. « Clary ! Viens ici une seconde. Je veux un câlin, c'est tout.

— Oh, Papa ! Je meurs déjà de chaud ! » Mais elle lui rendit son câlin et lui planta un baiser sur le front si fermement qu'il sentit le métal de l'appareil dentaire. « Tu meurs de chaud ! fit-il, moqueur. Quand tu ne meurs pas de chaud, tu meurs de froid, ou bien tu meurs de faim, ou tu tombes de fatigue... Tu ne peux jamais te sentir comme tout le monde ?

— Disons, une fois sur un million, répondit-elle avec insouciance. Surtout, ne laisse pas Neville rapporter cette méduse ! Elle ne fera qu'empester et mourir, ou se renverser dans la voiture et se blesser.

— Et puis, intervint Polly, ce n'est pas un animal de compagnie ! Impossible, même avec un très gros effort, d'imaginer une méduse en animal de compagnie !

— Moi je pourrais ! protesta Neville. Je serai la première personne au monde à y arriver. Je l'appellerai Bexhill et je vivrai avec elle. »

\*

À midi à Mill Farm le soleil avait disparu, il n'y avait pas un souffle d'air et il faisait extrêmement chaud ; le ciel était comme du plomb et les oiseaux se taisaient. Edie, rapportant dans un panier le linge récupéré sur la corde, dit qu'elle ne serait pas étonnée qu'il y ait de l'orage, et Emily, de mauvaise humeur à cause de la chaleur du fourneau et du marchand de poisson qui n'était pas passé – donc, pas de glace, résultat, le beurre était tout huileux et le lait en train de tourner –, s'exclama : « Il ne manquait plus que ça ! » Elle détestait la campagne et considérait l'orage comme un inconvénient rural de plus. La cuisine avait été peinte d'un vert pâle assez fade, couleur dont Villy avait vanté le pouvoir apaisant sur le caractère irascible des cuisinières, mais le résultat n'était pas probant. Le personnel avait déjà déjeuné – d'un bon ragoût de mouton et d'une tarte à la mélasse –, seulement Phyllis, qui souffrait d'une de ses migraines, avait à peine touché à son assiette, et s'il y avait une chose qu'Emily ne supportait pas, c'était que les gens chipotent à table. Une bonne averse purifierait l'atmosphère, déclara Edie, et vu que les vaches là-bas derrière dans le champ de Garnet étaient couchées, la pluie était probable, et devait-elle remplacer les papiers tue-mouches dans le cellier ? Emily répondit que Madame avait oublié d'en commander d'autres, et il faudrait s'en contenter. Phyllis s'écria : « Oh non, ce n'est pas possible ! » Ils lui retournaient l'estomac chaque fois qu'elle allait chercher quelque chose, et elle se plaqua la main sur la bouche comme si elle allait vomir. Emily suivit donc Edie dans le cellier pour inspecter les rubans. Ils pendaient, immobiles, tels des cordons de sonnette victoriens richement incrustés de jais et, comme le fit remarquer Edie, ils n'étaient plus de la moindre utilité. « Cet endroit a toujours grouillé de mouches. Ils vendent des attrape-mouches à l'épicerie. J'en prendrai un paquet demain matin en venant, si vous voulez.

— Autant enlever ceux-là, alors », répondit Emily. La gentillesse d'Edie la stupéfiait – la jeune fille semblait prête à faire toutes sortes de choses alors que rien ne l'y obligeait –, et elle ne savait réagir qu'en râlant. « Foutues mouches ! marmonna-t-elle à l'intention de Phyllis. On n'a jamais de mouches comme ça à Londres ! »

*Home Place. Fin de l'été 1938*

*

Ayant passé la moitié de la matinée à organiser la maison, Villy se trouvait un peu désœuvrée. Elle avait des choses à faire, bien sûr, mais rien d'une suprême importance. Comme ma vie, songea-t-elle. Elle s'adonnait à l'apitoiement sur soi comme un buveur clandestin s'adonne à la boisson : elle ne pouvait s'en passer et se cramponnait à la conviction que personne ne soupçonnerait jamais son vice tant qu'elle le cantonnait aux moments où elle était seule. En fait, à la manière de ces buveurs qui refusent catégoriquement un verre lorsqu'il leur est offert, elle balayait d'un geste la sollicitude que son comportement suscitait parfois chez les autres. Elle ne voulait pas que ses chagrins soient réduits à de simples frustrations, son sens du tragique assimilé à du malheur ou, pire, à de la malchance ou à une erreur stratégique. La vertu, à ses yeux, devait être sacrificielle, et elle avait renoncé à tout pour épouser Edward. « Tout », c'est-à-dire sa carrière de danseuse. À l'époque, ce choix avait paru non seulement raisonnable, mais naturel. Elle était tombée amoureuse d'un homme dont elle voyait bien qu'il attirait toutes les femmes – elle se souvenait de la façon dont, peu après l'avoir rencontré, elle avait remercié Dieu que Jessica soit déjà mariée, sans quoi elle n'aurait eu aucune chance –, et quand il était – très vite – devenu clair que ses intentions étaient sérieuses, elle s'était surprise, la deuxième fois qu'il l'avait emmenée les voir, à dire spontanément aux parents d'Edward durant le déjeuner que danser et s'occuper d'un mari n'étaient pas compatibles. Elle ne s'était pas rendu compte sur le moment que cette décision était la plus importante de sa vie ; à l'époque, quand elle y réfléchissait, elle pensait renoncer à pas grand-chose en faveur de tout.

Mais au fil des années, des années de douleur et de dégoût pour ce que sa mère avait appelé un jour « le côté horrible de la vie conjugale », des années de solitude remplies d'occupations futiles ou d'ennui absolu, de grossesses, de nounous, de domestiques et d'élaboration d'innombrables menus, elle avait fini par considérer qu'elle avait renoncé à tout pour pas grand-chose. Elle était parvenue à cette conclusion par de petites étapes dont elle avait à peine conscience, comblant chaque fois son insatisfaction au moyen de quelque nouvelle activité qui, vu sa nature perfectionniste, ne tardait pas à l'accaparer. Mais dès qu'elle avait maîtrisé l'art, le savoir-faire ou la technique que requérait l'activité en question, elle s'apercevait que son ennui était intact et se bornait à attendre le moment où elle cesserait de s'amuser avec un métier à tisser, un instrument de musique, une philosophie, une langue, une œuvre de charité ou un sport, et se retrouverait confrontée à l'absurdité essentielle de son existence. Ainsi privée de divertissement, elle retombait dans une sorte de désespoir chaque fois qu'une occupation la trahissait, échouant à lui procurer la *raison d'être\** qui avait été le motif initial pour lequel elle avait embrassé ladite occupation. Le désespoir était le nom qu'elle donnait intérieurement à son état ; ses souffrances, jamais divulguées, s'apparentaient à une serre peuplée d'espèces exotiques dénommées tragédie, abnégation, cœur brisé et autres ingrédients héroïques censés composer son martyre secret. Étant donné qu'elle se voyait comme un être totalement distinct du reste du monde, elle ne pouvait avoir aucune amie assez proche pour renverser ce regrettable état de choses. Mais ayant elle-même largement dépassé le stade du vulgaire malheur, elle savait le reconnaître chez d'autres, et faire preuve envers eux d'une réelle bienveillance aussi active qu'efficace. On aurait dit quelqu'un qui souffrait d'un lumbago et faisait de bon cœur la vaisselle pour quelqu'un qui souffrait d'une migraine. Les accidents, la maladie ou la pauvreté déclenchaient sa générosité : elle avait veillé Neville toute la nuit durant une crise d'asthme afin qu'Ellen puisse dormir un peu, c'était elle qui avait emmené le frère d'Edie, épileptique, voir un spécialiste à Tunbridge Wells, et elle qui, tous les ans, s'arrangeait pour acheter un tailleur ou une robe qui aille à Jessica, puisque sa sœur ne pouvait jamais s'offrir de tenues neuves. Pour le reste, elle se demandait, parfois non sans malaise, pourquoi elle ne pouvait pas être comme la Duche, comblée par son jardin et sa musique, ou comme Sybil, qui se délectait de son bébé et de sa nouvelle maison, ou même comme Rachel, que semblaient épanouir ses œuvres de bienfaisance et son parfait dévouement à ses parents. Sa complète incapacité à manifester un tel dévouement à sa propre mère lui vint à l'esprit. Lady Rydal était célèbre pour imposer des normes de conduite auxquelles aucun être vivant n'avait jamais été en mesure de se conformer, encore moins une fille. Jessica, qui avait failli réussir cet exploit, avait bien sûr tout gâché en épousant un misérable désargenté, quoique bel homme et élégant : étant donné la beauté de sa fille et son naturel accommodant, Lady Rydal avait eu pour elle des visées bien plus élevées qu'un roturier doté de charme et de médailles... Ce mariage constituait une tragédie personnelle de plus à affecter à son existence – « Ma pauvre Jessica chérie a gaspillé ses ressources » –, et comme elle le disait fréquemment à Villy et à quiconque se retrouvait coincé à prendre le thé avec elle, personne au monde ne comprendrait jamais l'anxiété que lui causait cette déception. Non, décidément, le dévouement filial était très bien pour Rachel : après tout, Rachel, dans la vie, n'avait pas grand-chose d'autre.

Villy avait maintenant vérifié la chambre des filles. Hormis pour les fleurs, Louise avait, par bonheur, tenu parole. La chambre était aussi bien rangée qu'un petit dortoir dans une école, les lits étaient faits, des serviettes propres drapaient le support sur pied, la coiffeuse était nue et les livres de Louise entassés sur la tablette de cheminée. Villy regarda par la fenêtre au moment précis où la voiture de sa sœur tournait dans l'allée. Elle descendit à leur rencontre.

\*

Louise, après avoir rangé la chambre, avait emporté son livre dans le hamac, mais se révéla incapable de se concentrer. C'était encore, étrange et contrariante, une des caractéristiques nouvelles de sa vie : l'été dernier, elle n'avait pensé qu'à partager équitablement avec Polly une chose comme un hamac, et quand venait son tour de profiter de la chose en question, elle s'y jetait à corps perdu comme si son existence résidait tout entière dans cette chose. Aujourd'hui, quelle que soit l'activité, c'était son existence qui avait la préséance ; elle se faisait l'effet d'une personne plus vaste, plus disparate, qui ne s'engageait jamais à fond : quoi qu'elle fasse, une partie d'elle demeurait sur la touche, à persifler, à lâcher des commentaires insidieux : « Tu es bien trop vieille pour ce livre... de toute façon, tu l'as déjà lu. » L'âge jouait dans l'affaire un rôle prépondérant ; elle semblait toujours trop jeune ou trop vieille pour l'occupation concernée.

L'été dernier elle n'avait pas du tout ce sentiment-là. Elle croyait dur comme fer à la Crème Prodigieuse qu'elle avait confectionnée avec Polly. Elle avait participé avec le plus grand sérieux à l'enterrement de Pompée, avait organisé toute la cérémonie, jusqu'à la Duche qui jouait la *Marche funèbre*, fenêtres du salon grandes ouvertes. Elle avait tressé une couronne de belladone ; Pompée avait été enveloppé dans une vieille veste de velours noir appartenant à Tante Rachel et le goûter d'enterrement était composé de mûres et de sandwichs au Marmite qui, Polly en avait convenu, témoignaient plus de respect au défunt que la confiture de fraises. Polly et elle passaient des heures dans leur pommier

*Home Place. Fin de l'été 1938*

ou sur leurs lits à se tordre de rire en échangeant des blagues idiotes, à jouer au polo-vélo avec les garçons, et à l'Ogre ou à l'Œil de Lynx avec tous les autres. Aujourd'hui, quand ces distractions étaient proposées – par Lydia et Neville, et souvent Polly et Clary –, elle n'avait jamais vraiment envie de s'y prêter. Elle cédait de temps en temps, parce qu'elle avait jadis aimé ces jeux, puis quittait souvent la partie au milieu car, à vrai dire, elle ne s'amusait plus. Elle aimait encore aller à la plage et jouer au tennis, mais elle voulait jouer avec les adultes, alors que les adultes s'attendaient en général à ce qu'elle joue avec les enfants.

Elle avait cru d'abord que le problème venait du fait d'habiter Mill Farm et non plus Home Place. Elle n'aimait pas Mill Farm. Les lieux paraissaient exigus et plutôt sombres après l'autre maison. Mais ce n'était pas cela. Et ça n'avait pas commencé pendant les grandes vacances. Le phénomène semblait remonter au dernier trimestre d'automne quand Clary était venue prendre des cours avec Polly et elle. Elle avait vite compris que Miss Milliment avait un faible pour Clary. Clary travaillait dur, et était étonnamment douée pour rédiger. Elle avait écrit un long poème et presque toute une pièce de théâtre, très drôle et assez maligne, sur des adultes obligés bon gré mal gré de passer une journée entière dans la peau de gamins. Louise avait fait remarquer que l'idée n'était pas originale – regardez *Vice Versa* –, mais Miss Milliment avait assuré que l'originalité dépendait moins de l'idée que du traitement, et Louise, ce n'était pas la première fois, s'était sentie mouchée. Elle s'était par ailleurs rapidement aperçue que Polly et Clary étaient en train de devenir meilleures amies : la chose la contrariait en même temps qu'elle la soulageait. Polly ne semblait pas mûrir à la même vitesse qu'elle. C'était en partie à cause de ses règles, qui avaient été un choc horrible puisque personne ne lui en avait soufflé mot jusqu'à ce jour où elle avait ressenti une douleur inhabituelle et, en allant aux toilettes, avait cru qu'elle se vidait de son sang. Maman prenait le thé dans le salon avec quelqu'un de la Croix-Rouge, et Louise avait dû supplier Phyllis d'aller lui demander de venir la voir. Et même si, bien sûr, elle avait été grandement soulagée quand Maman lui avait affirmé qu'elle n'allait pas mourir, cela n'avait rien de réjouissant pour autant. Maman lui avait expliqué que c'était une chose affreuse qui arrivait aux filles une fois par mois, et qui durerait des années et des années ; c'était une chose dégoûtante, mais tout à fait normale, qui avait un lien avec les bébés, mais quand Louise essaya d'en savoir davantage (comment une chose tout à fait normale pouvait-elle être dégoûtante ?), sa mère, qui avait assurément l'air dégoûtée, déclara qu'elle ne souhaitait pas en discuter maintenant, et est-ce que Louise voulait bien ramasser sa culotte restée par terre et aller la laver ? Et en mettre une propre, avait-elle ajouté, comme si Louise était trop dégoûtante pour y penser toute seule. À partir de là, quand Louise avait mal à la tête et des crampes d'estomac, sa mère demandait, d'une manière singulière qu'elle finit par détester, si elle était indisposée. C'est sous ce qualificatif que la situation était évoquée. Louise avait découvert que le phénomène s'appelait les « ours » à Noël quand, prise au dépourvu, elle avait été contrainte de réclamer une serviette à Tante Zoë et que Tante Zoë avait sorti d'une boîte un objet extraordinairement hygiénique qu'on pouvait jeter au lieu de devoir le fourrer dans un sac immonde pour être lavé. « Tu veux dire que tu utilises ces atroces bouts de tissu qu'il faut garnir de coton, comme on avait à l'école ? C'est carrément victorien ! Ma pauvre petite, tu as tes règles, ça n'a rien de si terrible ! Toutes les femmes les ont », ajouta-t-elle d'un ton amical et léger qui rasséréna vivement Louise. « J'ai chaque fois des boutons », lui avait confié la jeune fille, qui rêvait d'en parler. « Ce n'est pas de chance, mais ça devrait passer. Laisse-les tranquilles, n'y touche surtout pas. » Et Zoë, en cadeau de Noël, avait fait essayer à Louise une crème merveilleuse qui coûtait les yeux de la tête, ce dont Louise lui avait été infiniment reconnaissante, pas tant pour la crème que pour avoir daigné aborder le sujet. Elle trouvait très étrange que personne ne l'ait jamais fait. La seule chose que sa mère ait dite, c'était qu'il ne fallait à aucun prix en parler, surtout pas aux garçons, ni même à Polly. Mais la fois suivante, quand Villy lui demanda si elle était indisposée, sa fille répondit : « Je ne suis pas indisposée, j'ai simplement mes règles. Tante Zoë les appelle comme ça, et je vais faire pareil. » En observant sa mère, Louise comprit qu'elle était contrariée mais ne pouvait protester. Lorsqu'elle en parla à Polly, pour éviter que sa cousine ne soit aussi effrayée qu'elle, Polly se contenta de dire : « Je sais. Maman m'a expliqué. J'espère seulement que je ne les aurai pas avant très, très longtemps. » Louise avait alors d'autant moins digéré que sa mère ne l'ait pas prévenue. C'était à se demander si elle n'avait pas fait exprès pour la terroriser. À partir de là, elle avait guetté chez sa mère aussi bien les signes d'affection que de son contraire, les notant dans son journal secret et les additionnant chaque mois. Jusque-là, le contraire l'emportait haut la main, sauf en mars, où, en rentrant de chez Polly, elle avait surpris sa mère en pleurs sur le canapé du salon, ce qui était du jamais-vu. Se ruant vers le canapé, elle s'était agenouillée et l'avait suppliée de lui dire ce qui se passait. Sa mère avait ôté les mains de son visage, et Louise avait vu que celui-ci était tout gonflé et contusionné et que ses yeux baignés de larmes étaient effarés. « On m'a arraché toutes mes dents... » Elle se toucha les joues et se remit à pleurer.

« Oh, Maman chérie... » Louise se sentait submergée de pitié, et d'amour. Des larmes lui montèrent aux yeux à elle aussi, et elle aurait voulu serrer sa mère dans ses bras, la débarrasser de sa douleur, l'endosser à sa place, mais elle avait peur de lui faire encore plus mal en l'étreignant. Toujours est-il que sa mère la traitait en égale, ce qui n'était encore jamais arrivé, et Louise voulait absolument incarner l'amie idéale.

Sa mère cherchait un mouchoir dans sa poche et essayait de sourire. « Ma chérie, je ne veux pas t'inquiéter... » Elle avait l'air d'avoir toutes ses dents, finalement. Sa mère vit la réaction de Louise et expliqua : « Il m'a forcée à les mettre sans attendre. Mais oh ! Louise, ce qu'elles font mal ! C'est fou.

— Il ne vaudrait pas mieux que tu les enlèves ? Juste quelque temps ?

— Il a dit de les garder.

— Tu veux que j'aille te chercher de l'aspirine ?

— J'en ai pris, mais ça ne fait pas beaucoup d'effet. » Au bout d'un moment, elle ajouta : « Tu crois que je peux en reprendre ? » Là encore, elle s'adressait à une égale.

« Évidemment. Et tu serais mieux au lit avec une bouillotte. » Louise se leva d'un bond pour sonner. « Je vais même dire à Phyllis d'en monter deux.

— Je ne veux pas que les domestiques me voient comme ça.

— Non, bien sûr que non, Maman chérie. Je vais m'occuper de toi. Laisse-moi faire. »

Et elle avait tout pris en main. Elle avait aidé Villy à monter, l'avait aidée à se déshabiller, avait déniché des chaussettes de lit et trouvé sa liseuse en dentelle : sa mère grelottait. Elle avait allumé le radiateur à gaz, tiré les rideaux, couru à la porte quand Phyllis avait frappé et lui avait ôté les bouillottes des mains en l'empêchant de voir la malade. Elle avait administré l'aspirine et arrangé les oreillers, remonté l'édredon et, tout du long, sa mère avait paru consentante et pleine de reconnaissance.

« Tu es une bonne petite infirmière, dit-elle, souffrant manifestement.

— Tu veux que je reste avec toi ?
— Non, ma chérie. Je vais essayer de dormir. Préviens Papa, veux-tu ? Quand il rentrera.
— Bien sûr. » Louise se pencha et embrassa le doux front moite de Villy. « Je vais laisser ta porte entrouverte : comme ça, tu pourras appeler si tu as besoin de quelque chose. »

Elle resta assise dans l'escalier très longtemps, installée à mi-étage pour entendre si sa mère appelait et voir quand son père rentrerait. Elle se demandait si peut-être elle ne devrait pas sacrifier sa carrière d'actrice pour devenir infirmière. Elle s'imaginait déambulant sans bruit la nuit avec une lampe dans des salles sombres, soulageant les souffrances angoissées de soldats blessés d'une caresse de ses mains délicates mais expérimentées, apaisant leurs derniers instants de sa voix suave... « Elle a tout abandonné... on la réclamait pourtant à Hollywood... le duc de Hongrie était fou d'elle... »

« Lou ? Mais enfin, qu'est-ce que tu fabriques assise là ? » Elle s'était précipitée au rez-de-chaussée pour avertir son père. « Seigneur ! Bien sûr ! » On aurait dit qu'il avait oublié. « Où est-elle ? » Louise avait expliqué ce qu'elle avait fait, et son père avait dit excellent, quel bon sens tu as, mais d'un ton si admiratif qu'avoir du bon sens paraissait presque séduisant. Elle le suivit à l'étage, lui intimant de ne pas faire de bruit.

« Je ne la réveillerai pas, je vais juste passer la tête par la porte. »

Elle dormait. Il mit un doigt sur ses lèvres et alla dans son dressing. Puis il fit signe à Louise.

« Je me demandais si vous accepteriez de dîner avec moi ce soir, Miss Cazalet ? Si vous n'êtes pas déjà prise ?
— Il se trouve que je suis libre.
— File te changer, alors. Je te retrouve dans le salon dans vingt minutes. »

Elle se changea et revêtit la robe qu'Hermione, ô

surprise, lui avait offerte pour Noël, et que sa mère trouvait beaucoup trop femme pour elle. C'était une merveilleuse robe de mousseline bleu pâle, qui ne tolérait, dessous, ni soutien-gorge, ni maillot de corps, ni rien hormis une culotte puisqu'elle était dos nu... une robe qui faisait totalement femme. Elle avait relevé ses cheveux à l'aide d'un tas de peignes – l'édifice ne semblait pas très sûr, mais tant qu'elle ne secouait pas la tête et ne riait pas trop, il tiendrait certainement – et, avec, elle portait le bijou qu'elle avait reçu à Noël, un collier d'opales et de semences de perles offert par Oncle Hugh, son parrain. Elle avait mis son rouge à lèvres Tangee, de la poudre de riz beige et du parfum prélevé dans le minuscule flacon dont lui avait fait cadeau Tante Zoë et qui s'appelait Evening in Paris. Elle s'en appliqua une touche généreuse derrière chaque oreille, après quoi elle se serait volontiers regardée dans la glace, mais le seul miroir en pied se trouvait dans la chambre de sa mère. Oh, pauvre Maman ! songea-t-elle, espérant cependant que sa mère soit endormie, car elle savait que celle-ci n'approuverait pas ce genre de métamorphose. Lorsqu'elle fut prête, elle plaqua son oreille contre la porte de la chambre, puis regarda furtivement à l'intérieur ; sa mère dormait toujours. Elle rassembla ses jupes et descendit majestueusement l'escalier.

Phyllis avait apporté les boissons, et son père était en train de se préparer un cocktail.

« Ma parole ! Tu es d'un chic !

— C'est vrai ? » Chic n'était peut-être pas le mot approprié, mais, après tout, il s'agissait de son père. Il se rattrapa en lui proposant un sherry, ce qui prouvait qu'il la prenait au sérieux.

Ils passèrent une soirée délicieuse : soufflé au poisson et faisan rôti suivis d'huîtres à l'anglaise, son père lui servit un verre de chacun des deux vins – un du Rhin et un bordeaux –, il mit ensuite un disque sur le phono – du Tchaïkovski, son musicien préféré – et il

*Home Place. Fin de l'été 1938*

lui raconta qu'il allait jadis à vélo du Hertfordshire à Londres pour assister aux BBC Proms. C'était là qu'il avait entendu cette symphonie pour la première fois : plus de trente kilomètres à pédaler dans chaque sens, mais ça valait le coup. Il régla le volume pas très fort, à cause de la malade, et quand Phyllis apporta le café, il commanda un consommé pour sa femme. « Apportez-le ici et Miss Louise le montera. »

Mais Louise le persuada de s'en charger, car elle redoutait ce que sa mère allait dire de sa robe. Puis cette crainte lui parut futile et mesquine, et elle décida qu'elle irait l'embrasser une fois en robe de chambre. Lorsque son père redescendit, il déclara : « Ta mère se sent mieux ; elle dit qu'il est l'heure d'aller te coucher, et elle aimerait te dire bonsoir.

— Oh, Papa ! Je ne suis pas du tout fatiguée !

— J'en suis convaincu, mais n'empêche. »

Elle alla embrasser son père. Il l'enlaça et lui planta un baiser sur la joue, puis un autre, auquel elle ne s'attendait pas, sur la bouche. Sa moustache la piqua et, l'espace d'une seconde, elle sentit quelque chose de flasque et de mouillé puis comprit qu'il s'agissait de sa langue. C'était horrible : il avait dû tirer la langue par mégarde et Louise, gênée pour lui, se tortilla pour se dérober à son étreinte. « Bonne nuit, alors », dit-elle sans regarder le visage de son père, avant de quitter la pièce en courant. Une fois en haut, elle se dit : pauvre Papa... Il avait de fausses dents, comme Maman maintenant, et embrasser les gens était peut-être compliqué à cause de ça.

Maman était allongée, calée contre une montagne d'oreillers. Elle avait mangé un peu de soupe, dit-elle. Exactement ce qu'il lui fallait. « Tu as passé une bonne soirée avec Papa ?

— Oh, oui. On a mis de la musique.

— Très bien, ma chérie. Et merci mille fois d'avoir été si mignonne avec moi.

— Ça va mieux ? Ça fait moins mal ?

— Je crois. » Il était clair que non. « Je vais reprendre de l'aspirine et Papa dormira dans la pièce à côté cette nuit. Allez, file, ma chérie.

— J'y vais. » Elle s'aperçut qu'elle brûlait de rejoindre sa chambre et de fermer sa porte avant que son père ne monte. C'était nouveau, elle n'avait encore jamais ressenti cela. Elle ne mentionna pas la soirée avec son père dans son journal.

Elle entendit la voiture de ses cousins dans l'allée, et décida qu'elle était contente qu'ils viennent. Angela était sans doute déjà trop vieille pour être vraiment rigolote, mais Louise avait toujours bien aimé Nora qui, quoique pas très jolie – assez vilaine, en fait –, était loin d'être aussi laide que Miss Milliment. Quant à Christopher, il était nettement plus intéressant que Teddy ou Simon : l'année dernière il raffolait des papillons, et ils étaient partis à la chasse armés de filets et d'un bocal d'endormissement. Après, ils s'étaient allongés dans un champ de blé où ils avaient croqué des épis, et il lui avait raconté à quel point il détestait son école, et à quel point il trouvait la vie à la maison assez atroce aussi parce que son père s'en prenait tout le temps à lui. Louise, qui avait grandi dans l'idée familiale que le mari de Tante Jessica n'était pas le genre de personne qu'elle aurait dû épouser, avait ardemment compati, inventant même des horreurs sur son propre père pour remonter le moral de Christopher. Sauf que maintenant je ne serais plus obligée d'inventer, se dit-elle. Mais, bien sûr, je ne pourrais pas lui raconter ça. Elle y repensa, pour la première fois depuis l'incident. En effet, après la soirée où il l'avait invitée à dîner au Ivy pour son anniversaire, soirée qui avait été absolument merveilleuse jusqu'à leur retour à la maison, quand il lui avait enjoint de ne pas faire de bruit (« Il ne faut pas réveiller Maman ») et qu'elle lui avait jeté les bras autour du cou pour le

*Home Place. Fin de l'été 1938*

serrer contre elle et le remercier de son magnifique cadeau, la scène s'était reproduite, mais en pire. Il l'avait embrassée de la même manière abominable, sauf que cette fois il avait glissé sa main sous sa robe et lui avait pétri le sein, pendant que son autre bras l'étreignait tellement fort qu'elle n'avait pas pu faire cesser le baiser, et n'avait réussi à se libérer qu'au moment où il avait décollé sa bouche et commencé à dire quelque chose sur le fait qu'elle grandissait. « Pas du tout ! » avait-elle riposté, craignant de vomir, avant de gravir plusieurs marches en courant. Mais elle avait oublié sa robe longue et son talon s'était pris dedans, si bien qu'elle avait dû s'arrêter pour le dégager, et que, en se redressant, elle l'avait vu qui se tenait là à la regarder – il était devenu un ennemi – tout sourire au bas de l'escalier.

Elle était restée plantée dans le noir derrière la porte fermée de sa chambre, envahie d'une terreur indicible, comme dans un rêve effroyable, sauf que ce n'était pas un rêve. Il allait monter l'escalier... d'une minute à l'autre... il risquait d'entrer dans sa chambre : pas de clé... comment pourrait-elle l'arrêter ? Cette pensée s'imposa à elle, encore et encore, mais elle était incapable de réagir. Elle était incapable de bouger. Elle entendit ses pas dans l'escalier et fut seulement capable de rester plantée les mains plaquées sur sa bouche pour s'empêcher de hurler. Mais de toute façon la terreur avait dévoré sa voix, et son cri muet n'aurait fait qu'approfondir le silence.

Ses pas – devenus l'unique chose qui comptait – se rapprochèrent, atteignirent le palier devant sa porte – un temps d'arrêt –, puis ils se dirigèrent vers son dressing, et il s'écoula un temps indéterminé avant qu'elle ne l'entende traverser le palier pour gagner la chambre où dormait sa mère et refermer la porte. Elle perçut alors un son horrible, comme un haut-le-cœur mêlé d'un sanglot, et quand elle alluma la lumière, elle comprit qu'il devait venir d'elle, puisqu'il n'y avait personne d'autre dans la pièce.

Elle ne se souvenait pas de grand-chose après cela : elle se revoyait simplement courbée au-dessus de son lavabo à essayer de vomir. Soudain elle se demanda pourquoi elle n'était pas montée immédiatement dans la chambre de sa mère afin de la réveiller et de tout lui raconter. Mais aussitôt elle sut que sa mère aurait été très en colère, elle lui aurait reproché d'être vicieuse et dégoûtante, et l'ennemi, lui, aurait aggravé les choses en acquiesçant, et peut-être, après tout, était-ce réellement sa faute à elle, puisqu'elle avait à présent tellement honte. Elle ravala sa révolte et ne vomit pas. Le lendemain, au petit déjeuner, il était exactement comme d'habitude, comme si rien ne s'était passé, comme si elle avait tout inventé et qu'il n'était pour rien dans l'histoire. Sa mère, quant à elle, attendit qu'il soit parti travailler pour déclarer que plus personne ne voudrait lui faire de cadeaux si elle persistait à se montrer si ingrate et boudeuse. Elle s'appropria la clé d'une autre chambre qui fonctionnait aussi pour la sienne et, par la suite, tâcha de ne jamais se trouver seule avec lui. Mais elle n'avait personne à qui se confier. C'était ça le pire.

L'extrême malaise qui s'emparait d'elle chaque fois qu'elle croisait son père l'enveloppa à nouveau, c'était une immense couverture grise qui lui causait un sentiment de trahison bizarrement doublé de culpabilité, mais aussi, dès qu'elle faisait l'effort d'y réfléchir, de peur, car le simple fait de se remémorer sa soirée d'anniversaire la faisait trembler et lui donnait mal au cœur ; elle avait la bouche sèche et n'arrêtait pas de déglutir alors qu'elle n'avait rien à déglutir. Elle allait peut-être devoir partir de chez elle, ce qu'elle avait toujours redouté, et qu'elle ne redoutait pas moins maintenant qu'une peur plus grande l'habitait.

« Oh, mon Dieu ! Si seulement on pouvait revenir à l'été dernier quand rien n'allait mal ? » Mais c'était impossible. « Pour ce qu'il restera de nous », se plaisait à dire sa mère presque à tout propos, une remarque exaspérante car c'était cette indifférence à ce qui pouvait advenir qui rendait la vie totalement vaine. Peut-être l'était-elle. Peut-être était-ce une gigantesque et terrible évidence que les adultes dissimulaient aux enfants, comme le fait que le Père Noël n'existait pas, ou que les filles avaient leurs règles tous les mois ; peut-être l'âge adulte, qu'elle avait toujours attendu avec impatience, ne signifiait-il que cela. Non, c'étaient forcément des bêtises. Les gens ne pourraient pas être aussi joyeux si tel était le cas. Et puis il y avait Dieu, qui était censé être bon envers les gens et avoir édicté les lois selon lesquelles la vie était vaine ou non. Elle décida d'avoir une conversation très sérieuse sur la vie avec Nora, qui avait un an de plus, pour voir si elle pouvait lui apprendre quoi que ce soit d'utile. Ragaillardie à cette perspective, elle retourna dans la maison.

\*

« Alors, ma chérie ? Comment ça va ? »

Villy avait installé Jessica dans la chaise longue en osier du salon. Le déjeuner était terminé, et les enfants s'étaient dispersés. Blottie dans l'énorme fauteuil informe en face de sa sœur, Villy avait allumé une Gold Flake, prête à bavarder tranquillement. Une table sur laquelle était posé un plateau à café les séparait ; Villy avait tiré les stores de la fenêtre sud, et la pièce était baignée d'une lumière délayée dont la fraîcheur reposante était propice à l'intimité.

Jessica soupira, et sourit, puis croisa ses chevilles élégantes, étirant ses longs bras blancs de chaque côté de sa tête avant de dire : « C'est le paradis ici. Tu peux me croire. Le trajet a été cauchemardesque. Ce pauvre Christopher a été malade, Judy n'arrêtait pas de vouloir faire pipi, Nora se disputait avec Angela pour s'asseoir à l'avant et le moteur s'est mis à chauffer quand on a attaqué cette colline, tu sais, à la sortie de Lamberhurst, je crois...

— Enfin, tu es là maintenant. Et Mère n'arrive pas avant la semaine prochaine. Et Edward part pour Londres demain. On sera toutes les deux, à part la marmaille. Nous dînons à Home Place ce soir, mais tu as tout le temps pour souffler.

— Divin ! » Elle ferma ses yeux aux lourdes paupières et pendant un moment le silence régna dans la pièce, excepté le lointain tic-tac de l'horloge de parquet dans l'entrée.

Puis Villy, d'une voix chargée de neutralité, demanda : « Comment va Raymond ?

— Très fâché que je l'abandonne, le pauvre chéri. Il part voir Tante Lena demain. Je ne pense pas que ça le réjouisse beaucoup. »

Autre petit silence, puis Jessica reprit : « Elle a quatre-vingt-onze ans, mais hormis le fait qu'elle n'entend pas un traître mot de ce qu'on dit, elle est en excellente santé. Tu me diras que quand on ne fait absolument rien du matin au soir à part avaler quatre repas par jour et malmener ses domestiques, on n'a aucune raison d'être épuisée.

— Mais elle est très attachée à Raymond, non ?

— Elle l'adore. Seulement il y a cet autre neveu assez abominable... celui qui a émigré au Canada et dont elle rebat pas mal les oreilles de Raymond.

— J'imagine, commença délicatement Villy, que quand elle... enfin quoi, ça changera tout ?

— Oh, ma chérie ! Je n'en suis plus si sûre aujourd'hui. Dès que Raymond met la main sur la moindre somme d'argent, il échafaude toujours un projet nébuleux qui en nécessite beaucoup plus, et alors, bien sûr, tout va de travers parce qu'il n'y avait pas suffisamment d'argent au départ. Tiens, son idée de prendre les chiens en pension quand les maîtres s'en vont... Il n'avait pas pensé

que la majeure partie de l'année les gens ne bougent pas, et qu'ils partent tous au même moment en août, ni que construire des niches individuelles allait coûter une fortune et, malgré cela, on avait un chien dans chaque pièce, et là-dessus les niches ont pourri pendant l'hiver et plus moyen d'y mettre de chien. Alors, à vrai dire, je crains plutôt la mort de Tante Lena. Raymond ne supporte pas son travail actuel ; il serait prêt à tout pour y échapper. » Affichant son irrésistible sourire vaincu, elle ajouta : « Mais avec lui, c'est ce *tout* que je redoute.
— Ton mari est impossible !
— Oui, il est impossible, mais c'est le père des enfants. Il peut être absolument adorable, parfois. »

Villy assimilait cette qualité au charme, dont on lui avait toujours appris à se méfier ; le charme, aux yeux de leur mère, était l'apanage des vauriens. Lady Rydal s'était méfiée d'Edward pour son charme, et s'il était plus riche que Raymond, cette vertu se trouvait entachée car sa fortune provenait du commerce, une situation qui l'avait contrainte à se montrer aussi ouverte d'esprit qu'elle avait toujours prétendu l'être. Cependant, Edward, sans même faire d'effort, avait réussi à la charmer là où Raymond en avait été incapable. Et comme Lady Rydal avait, en tout état de cause, placé moins d'espérances en Villy qu'en Jessica, Edward s'était avéré un gendre satisfaisant. C'était cette pauvre Jessica qui portait tout le poids de la déception maternelle. En regardant sa sœur, qui dans leur jeunesse la rendait si jalouse, Villy éprouva une bouffée d'affection, de pitié et d'attendrissement. Jessica était affreusement maigre ; son visage préraphaélite, aux traits blêmes à peine colorés par le soleil qui filtrait à travers les stores verts du salon, était hâve ; elle avait des ombres terreuses sous les yeux et dans le creux de ses joues sous ses pommettes hautes, de fines rides tombantes sillonnaient chaque côté de sa bouche pâle finement ciselée, et ses pauvres mains jadis magnifiques étaient désormais rugueuses, épaissies par les corvées de lessive et de vaisselle...

« ... même s'il peut se montrer atrocement intraitable avec Christopher.

— Quoi ?

— Raymond... Il veut toujours que Christopher soit robuste et athlétique... tout ce qu'il était lui-même. Or Christopher est du genre rêveur et, comme il est en pleine croissance, encore plus maladroit que d'habitude. Les choses sont un peu compliquées. Je n'arrête pas de demander à l'un de bien vouloir excuser l'autre.

— Je trouve Christopher très mignon.

— Il n'a pas les talents de ton Teddy.

— Je suis sûre qu'il est bien plus intelligent. »

Jessica prit la remarque non pas comme un hommage à l'intelligence de son fils, mais comme une critique de ses capacités sportives. Elle répliqua d'un ton assez froid : « Je ne pense pas qu'il soit particulièrement intelligent. »

Autrement dit, ce cher Teddy était un parfait crétin, ce que bien sûr il n'était pas. Elle alluma une autre cigarette. Jessica se demandait quand le thé allait arriver.

« Angela est très en beauté. Exactement comme toi, bien sûr, ravissante. » Leurs filles constituaient un terrain moins glissant, et Villy brandissant là un superbe rameau d'olivier, Jessica s'empressa de le saisir. « Villy, je ne sais plus quoi faire d'elle. Elle a décroché son diplôme de justesse. Elle ne s'intéresse à rien à part les vêtements et son physique, qui l'obsède littéralement. Tu crois que nous étions aussi égocentriques à son âge ?

— L'occasion ne se présentait pas. Je veux dire, tout le monde savait que tu étais belle, mais on n'en parlait pas. Mère aurait piqué une crise.

— Tu te doutes que je ne passe pas mon temps à lui répéter qu'elle est ravissante. Mais les autres, si. Elle semble convaincue que ça lui donne droit à une vie bien plus excitante que celle que nous pouvons lui offrir, et, qui plus est, qu'elle ne devrait pas avoir à lever le petit doigt pour l'obtenir. On n'aurait pas dû l'envoyer en France. C'est depuis son retour qu'elle est devenue boudeuse et apathique comme ça.

— Sûrement une phase. Qu'est-ce que tu comptes faire d'elle ?

— Je voudrais qu'elle suive un cours de sténodactylo, car il va bien falloir qu'elle trouve un emploi. Ça ne l'emballe pas. Mais enfin, elle ne veut pas être infirmière, et il n'est pas question qu'elle enseigne, alors quoi d'autre ? »

Villy reconnut qu'elle ne voyait pas d'autre solution. « Bien sûr, elle se mariera, finit-elle par dire.

— Oui, mais, chérie, avec qui ? Nous ne sommes pas en mesure de recevoir et il est exclu qu'elle participe à la saison mondaine. Ça signifie simplement qu'elle ne rencontrera personne de convenable. Que vas-tu faire pour Louise ? ajouta-t-elle.

— Eh bien, quand elle aura fini avec Miss Milliment, nous l'enverrons en France, naturellement. Après, je n'y ai pas réfléchi. Elle continue de vouloir être actrice.

— Au moins, elle a envie de quelque chose. Elle a beaucoup grandi cette année, non ? »

Ce fut le tour de Villy de soupirer. « Elle boude, elle aussi, et peut être extrêmement pénible par moments. Je crois qu'elle a été dépitée par l'arrivée de Clary. Polly et elle sont devenues très amies depuis que Clary a commencé les cours avec Miss Milliment... à trois c'est plus compliqué. Et puis, bien sûr, Edward la gâte trop et l'encourage sans arrêt à se donner des airs d'adulte, ce qui est absurde à quinze ans. Est-ce que tu as eu des problèmes avec Nora ? Non, sûrement pas. Nora a toujours été un ange. » Elle dit cela sur un ton d'insistance. Nora ayant toujours été la plus ingrate physiquement, il fallait bien lui trouver des qualités pour compenser.

« Elle a toujours été une enfant facile, même si elle ne s'entend plus très bien avec Angela en ce moment.
— Un peu jalouse sans doute. »

Jessica lança un coup d'œil pénétrant à sa sœur : c'était drôle, décidément, que les gens prêtent toujours aux autres les sentiments qu'ils éprouvaient eux-mêmes... Elle protesta : « Oh, non, Nora n'a jamais été jalouse de quiconque. » Puis, incapable de résister, elle ajouta : « Tu te souviens de la fois où tu m'avais coupé les cheveux et les avais mis dans une boîte à biscuits que tu avais enterrée dans le jardin de derrière ?
— Ce n'était qu'une mèche ! »

Juste assez pour que j'aie l'air idiote à la remise des prix, songea Jessica, qui précisa pourtant : « Mère était toujours très dure avec toi, je trouvais. Tout ce foin quand tu as voulu être danseuse. Alors que tu étais si douée !
— C'est Papa qui m'a soutenue.
— Tu étais sa préférée.
— Ils étaient épouvantables pour ça, non ? Ils n'avaient aucun scrupule !
— Au moins, cela nous aura appris à ne pas faire de différence. »

Elles pensèrent l'une et l'autre à leurs fils, si extraordinaires, avant de se persuader que, quoi qu'il arrive, elles ne trahissaient pas leur préférence. Là-dessus, Judy les interrompit, déclarant qu'elle en avait marre de sa sieste, demandant ce qu'elle pouvait faire, quand Lydia allait revenir, et si on allait bientôt goûter... Elle portait un short et un maillot de corps jauni. « Angela est enfermée dans la salle de bains, et j'ai été obligée de me servir du pot, ajouta-t-elle.
— Judy, je t'ai déjà dit de ne pas te promener dans la maison en maillot de corps. Tu n'en as pas besoin par ce temps, de toute façon.
— Si. » Elle se caressa le torse. « Je l'adore. »

On entendit dans l'allée le bruit d'une voiture qui arrivait.

« C'est sûrement Lydia et Neville qui reviennent, dit Villy. Tu pourras goûter avec eux.

— Va d'abord mettre ta chemise Aertex bleue, ma chérie. Tu ne voudrais pas qu'ils te voient comme ça.

— Alors là, je m'en moque complètement. » Mais voyant l'expression de sa mère, elle s'exécuta.

Rupert, transportant un ballot de serviettes humides et un panier à pique-nique, remplaça la fillette dans l'encadrement de la porte. Il avait l'air de mourir de chaud.

« Deux enfants restitués plus ou moins indemnes... Où est-ce que je mets ça ? Ah, Jessica. Je ne t'avais pas vue ! » Il gagna la chaise longue et ils s'embrassèrent.

« Rupe, tu as l'air épuisé. C'était très gentil d'embarquer tout ce petit monde. Reste prendre une tasse de thé. » Villy sonna, et Phyllis, occupée à faire des tartines dans l'office malgré un violent mal de tête, regarda la pendule de la cuisine et nota qu'il était à peine plus de quatre heures alors que le thé était censé être servi à la demie. Cela dit, ils ne dînaient pas là, et aussitôt le goûter des enfants fini et la vaisselle terminée, elle pourrait monter se coucher avec de l'aspirine.

« Phyllis, nous voulons simplement une théière pour nous trois. Les enfants goûteront à l'heure habituelle.

— Bien, ma'me. » Elle ramassa le plateau du café.

« J'ai bien peur que Neville n'ait rapporté une méduse.

— Tu ne lui as pas expliqué qu'elle allait mourir ?

— Bien sûr que si. Mais il veut en faire son animal de compagnie. » Il se tourna vers Jessica. « C'est son asthme. Il réclame sans arrêt un chat ou un chien, or ils lui seraient fatals. Alors nous avons droit à des poissons rouges, des vers de terre et des tortues... et maintenant cette fichue méduse. »

Il s'écroula sur le canapé et ferma les yeux. « Seigneur ! Les gamins sont exténuants, non ? On a beau les épuiser, il suffit d'une glace pour les requinquer. Ils ont passé tout le trajet de retour à imaginer les plus épouvantables façons de mourir. J'ai intérêt à prévenir Ellen que Neville fera sûrement des cauchemars cette nuit. » Il rouvrit les yeux. « Comment va Raymond ?

— Bien. Il est allé voir sa tante. Il viendra la semaine prochaine, sans doute.

— Ah, parfait. » Rupert aimait bien Raymond, avec qui, sans pouvoir définir exactement lesquels, il se sentait des points communs.

Il y eut un court silence paisible, puis Angela fit son entrée dans le salon. Son entrée, c'était bien le mot, songea Villy. La jeune fille s'immobilisa une seconde dans l'embrasure de la porte avant de pénétrer, avec une grâce étudiée, dans la pièce. Elle portait une robe de piqué sans manches, du jaune citron le plus pâle, des sandales et un bracelet en argent sur son poignet blanc. Elle avait consacré la totalité de son après-midi à se laver les cheveux et à les arranger sur sa tête : ils pendaient en un long carré sur sa nuque tandis que de petits accroche-cœurs entouraient son visage comme des cornes de bélier. Cette coiffure ressemblait à celle d'Hermione, nota Villy. Rupert se leva.

« Ma parole ! C'est toi Angela ?

— Eh oui, la même Angela. » Elle lui présenta sa joue parfaitement poudrée à embrasser.

« Non. Pas la même... pas la même du tout.

— Ferme la porte, chérie, dit sa mère. Oh, non, attends. Phyllis arrive avec le thé. Où sont les autres ?

— Quels autres ?

— Louise et Nora. Et Neville et Lydia. Tu sais pertinemment de qui je parle.

— Ah ! les enfants... Je n'en ai pas la moindre idée. » Elle se jucha gracieusement sur l'accoudoir du canapé.

Phyllis entra avec le thé, et Villy l'informa : « Nous aurons besoin d'une autre tasse pour Miss Angela.

— Angela peut aller la chercher, intervint Jessica avec une certaine brusquerie.

— Surtout, ne bouge pas. J'y vais. » Rupert suivit Phyllis hors de la pièce. Lorsqu'il revint avec la tasse, Angela dit : « Oh, merci, Oncle Rupert. Même si tu n'es pas vraiment mon oncle, si ?

— Ce qui est sûr, c'est que tu peux laisser tomber "Oncle".

— Oh, merci. » Elle lui adressa un sourire modeste et – s'il savait ! – extrêmement entraîné. Villy, en servant le thé, échangea des regards avec Jessica. Elle est un peu friponne, mais sacrément séduisante, songea Rupert, qui se demanda un instant si Zoë elle aussi avait eu l'occasion d'exercer ses charmes juvéniles sur des hommes plus âgés. Sans doute. Jessica lui demandait des nouvelles de Zoë, et il répondit qu'elle allait bien, elle apprenait à conduire, sur quoi Angela déclara qu'elle mourait d'envie d'apprendre et accepterait-il de lui donner des cours ? Rupert, l'air passablement épuisé, répondit qu'il verrait, et sortit son étui pour y prendre une cigarette.

« Oh, s'il te plaît ! Je pourrais en avoir une ? Je meurs d'envie d'une cigarette. » Il lui tendit l'étui et elle en choisit une, la plaça entre ses lèvres impeccablement maquillées, puis se pencha vers lui pour qu'il la lui allume.

Nous ne pouvons pas nous en offrir, déplora Jessica, qui se voyait mal reprocher ce plaisir à sa fille. Raymond lui avait interdit de fumer jusqu'à ses dix-huit ans, et une montre en or lui avait été promise si elle tenait jusqu'à vingt et un, mais la cigarette était une autre habitude qu'elle avait contractée en France.

« Tu sais que ton père n'aime pas que tu fumes », dit Jessica.

Angela se contenta de répondre : « Je le sais bien. Mais je n'y peux rien. Si on devait respecter tous les interdits des parents, c'est à peine si on pourrait bouger ! » expliqua-t-elle à Rupert.

Il y eut un lointain roulement de tonnerre, et Rupert déclara qu'il ferait mieux de filer et de rentrer la voiture avant la pluie. Il appela Neville pour l'avertir qu'il partait et aussitôt la porte s'ouvrit à la volée et les trois cadets des enfants firent irruption dans la pièce.

« Maman ! Il a une méduse et il dit que c'est cruel de la caresser, mais caresser quelque chose, ça ne peut pas être cruel, si ?

— Oh que si. Si tu la touches, je te couperai en tout petits morceaux et je te ferai frire dans l'huile bouillante, menaça Neville. C'est ma méduse, et elle n'aime pas les filles. Elle te piquerait à mort si je la laissais faire.

— Moi, elle m'aime bien, protesta Lydia. Tu l'as dit.

— Jusqu'ici, elle t'aime bien.

— Où l'as-tu mise, Neville ?

— Dans la baignoire.

— C'est répugnant !

— Ne fais pas attention à Angela. Elle trouve tout répugnant, ou bien elle n'en a "pas la moindre idée", persifla Judy, dont l'excellente imitation de sa sœur ne masquait en rien son mépris.

— Et, Maman, dit Lydia à sa mère, on a utilisé tout le sel de la salle à manger, mais comme l'eau n'avait toujours pas le goût de la mer, on a été obligés de prendre tous les gros bocaux de la cuisine. Mais on peut se passer de sel, pas vrai, alors que, pour la méduse, c'était une urgence.

— Oui, je comprends, mais vous auriez pu demander.

— On aurait pu demander, mais si tu avais dit non, on aurait été bien avancés !

— Voyons, Nev, je t'avais prévenu, mon petit vieux, les méduses n'aiment pas beaucoup qu'on les retire de la mer. Et notre sel à nous n'est pas le même. Au revoir, tout le monde. À plus tard. Merci pour le thé. » Rupert embrassa son fils, lui ébouriffa les cheveux et s'en alla.

« Bon, soupira Villy, en se levant. Je crois que je ferais mieux d'aller voir de quoi il retourne. »

Jessica et sa fille aînée se retrouvèrent au milieu des

tasses à thé. Angela examinait ses ongles, qui étaient peints en rose pâle, les lunules laissées soigneusement blanches. Jessica l'observa un moment, se demandant ce qui pouvait bien se passer dans cette superbe tête de linotte.

Angela revivait son échange avec Rupert. « La même Angela. » Il l'avait embrassée sur la joue et avait dit : « Non. Pas la même du tout. » Lui, en tout cas, la remarquait. Son admiration, que, naturellement, il était obligé de dissimuler un peu puisqu'ils n'étaient pas seuls, n'en était pas moins flagrante. Il est vraiment chou, songea-t-elle, avant de se remémorer la scène in extenso. Cela ne donnerait rien, bien sûr ; il était marié, mais tout le monde savait que les gens mariés tombaient parfois amoureux d'autres gens. Elle allait devoir être très forte, lui expliquer qu'elle ne pouvait en aucun cas faire quoi que ce soit qui risque de blesser Tante Zoë, et il ne l'en aimerait que davantage. La situation serait horriblement tragique et elle la marquerait à jamais : Angela trépignait d'impatience.

\*

Simon avait passé une journée fabuleuse avec Teddy, qui avait non seulement deux ans de plus mais qui était, selon lui, épatant à tout point de vue. Le matin ils avaient disputé dix-sept matchs de squash, avant d'être tous les deux tellement en ébullition qu'ils avaient dû s'arrêter. Ils étaient assez bien assortis : Teddy, étant plus grand, pouvait allonger le bras plus loin, mais Simon était très doué pour placer ses balles, il pourrait même devenir le meilleur joueur des deux. Ils avaient adopté le comptage américain parce que les matchs, quoique parfois plus longs, connaissaient une fin prévisible, et qu'ils trouvaient par ailleurs amusant de raconter aux adultes le nombre de matchs qu'ils avaient disputés. « Par cette chaleur ? » s'étonnaient leurs oncles, tantes et parents, et ils souriaient : ils étaient insensibles à la chaleur. En simples shorts et tennis, ils avaient joué jusqu'à ce que leurs cheveux soient trempés et leurs figures rouges comme des écrevisses. Teddy avait gagné par deux matchs d'avance – une conclusion respectable. Ils s'étaient arrêtés, non parce qu'ils avaient trop chaud, bien sûr, mais parce qu'ils mouraient de faim. Comme il restait une demi-heure avant le déjeuner, ils avalèrent rapidement des barres chocolatées et des tomates prélevées dans la serre. Teddy, mû par des raisons à la fois bonnes et terribles, raconta à Simon davantage de choses sur sa nouvelle école, où son cousin était censé le rejoindre à l'automne. Tout ce qu'il dit emplit Simon d'une terreur qu'il dissimula sous un intérêt désinvolte. Ce matin il avait été question de ce qu'on faisait aux nouveaux, et Simon avait découvert qu'on les attachait dans une baignoire, qu'on ouvrait le robinet d'eau froide tout doucement, puis que tout le monde s'en allait et les laissait se noyer. « Et ils se noient... souvent ? » avait-il demandé, le cœur battant à tout rompre. « Oh, pas trop, je crois, avait répondu Teddy. En général, quelqu'un revient pour fermer le robinet et les détacher. » En général ! Plus il en apprenait, moins Simon avait l'impression qu'il pourrait le supporter, mais dans vingt-trois jours il serait là-bas. Dans une cinquantaine, si ça se trouve, il serait mort. Quelquefois, chose vraiment affreuse, il allait jusqu'à souhaiter être une fille pour ne pas avoir à affronter cet endroit terrifiant qui semblait régi par un tas de règles épouvantables que personne ne vous précisait avant que vous ne les ayez transgressées et soyez dans le pétrin, et encore, « pétrin », le mot était faible. Teddy, selon lui, était incroyablement courageux et sans doute capable de supporter n'importe quoi, tandis que lui, à qui sa famille avait tellement manqué à Pinewood, même si cela s'était amélioré à la fin, savait que le calvaire recommencerait dans une nouvelle école : l'estomac barbouillé, les cauchemars, les oublis et l'obligation de s'interdire de penser à la maison parce que ça le faisait pleurer comme un veau, or pleurer comme un veau entraînait des brimades, et alors il avait mal au ventre et n'arrêtait pas d'aller au petit coin, et les professeurs émettaient des remarques sarcastiques qui faisaient rire tout le monde. Teddy serait dans une plus grande classe et ne pourrait évidemment pas être son ami. Sympathiser avec des garçons plus âgés était totalement exclu ; ils s'appelleraient mutuellement Cazalet et se contenteraient de se saluer quand ils se croiseraient, exactement comme ils l'avaient fait à Pinewood. Tous les soirs il priait pour qu'il arrive quelque chose qui lui évite d'y aller, mais il ne trouvait pas ce que cela pourrait être à part la scarlatine ou une guerre, deux contretemps aussi improbables l'un que l'autre. Le pire c'est qu'il n'y avait personne à qui se confier : il savait exactement ce que Papa dirait – que tout le monde allait au collège privé, c'était comme ça, mon vieux –, tandis que Maman dirait qu'il allait lui manquer aussi, mais qu'il s'habituerait vite, c'était sûr, et puis que les vacances n'étaient pas si loin... Polly serait gentille, mais elle ne savait pas à quel point c'était affreux puisqu'elle n'était qu'une fille. Quant à Teddy... comment pouvait-il l'avouer à Teddy, à l'amitié de qui il tenait trop pour encourir le mépris que son cousin éprouverait forcément ? Malgré ces tourments, il réussissait à profiter de ses vacances et même parfois à oublier le trimestre à venir, mais la terreur avait le chic pour ressurgir à l'improviste, comme des plombs qui sautent, et à nouveau il était malade de peur et ne désirait qu'une chose, être mort avant la fin septembre. Toujours est-il que, en jouant au squash, il ne s'était pas senti mal de toute la matinée, et quand Teddy avait fait l'éloge de ses coups gagnants, il avait ressenti une petite bouffée de bonheur.

Comme ils étaient nombreux à être partis à la plage, le déjeuner avait lieu dans la salle à manger : ça signifiait se débarbouiller correctement, une fichue corvée, mais, en contrepartie, les plats étaient encore chauds quand on se resservait... Il y avait de la tourte au lapin et des *castle puddings*, qui leur donnèrent les forces nécessaires pour l'énorme randonnée à vélo que Teddy avait prévue. Ils grimpèrent jusqu'à Whatlington puis Cripps Corner, continuèrent jusqu'à Staplecross, empruntèrent la Ewhurst Road, puis longèrent une petite route étroite pour regagner la Brede Road et revenir à Cripps Corner, où ils s'arrêtèrent pour manger des Snofrutes et des tablettes de chocolat : ils étaient pas mal affamés à ce moment-là, mais, au retour, ça descendait presque tout le temps, et Teddy les fit passer par Home Place avant Mill Farm pour vérifier si son père était rentré, car on lui avait promis une chasse au lapin avant le dîner. Simon n'avait pas l'âge pour tirer au fusil, mais Teddy avait dit qu'il pourrait les accompagner s'il voulait. Agaçante, Tante Villy avait suggéré qu'il préférerait peut-être jouer avec Christopher, mais Christopher avait beau être plus grand, il n'était pas doué pour les activités physiques : ses lunettes s'embuaient et il ne voyait pas la balle. De toute façon, il était introuvable. Simon déclara qu'il avait promis de rentrer pour le thé et retourna seul à Home Place. N'empêche, cela avait été une journée fabuleuse, et un Monopoly était prévu avec Teddy après le dîner... Lorsqu'il arriva, Maman s'amusait avec Wills sur la pelouse : le bébé était sur le ventre, un jouet placé juste assez loin pour l'obliger à ramper. Il ne portait que sa couche ; la peau de son dos était d'une couleur beige rosé.

« C'est normal qu'il ait toute cette fourrure blanche le long de la colonne ?

— Ce n'est pas de la fourrure, mon chéri, c'est un petit duvet doré. Les poils ont blondi au soleil. »

Étant donné qu'il était un peu gros – il n'avait que des plis aux endroits où auraient dû se trouver ses poignets et ses chevilles –, qu'il n'avait qu'une dent et était incapable de prononcer un seul mot, Simon trouvait que Wills n'était pas désagréable comme bébé. Il ramassa l'ours en peluche qu'il rapprocha gentiment du visage de Wills. Wills leva les yeux vers lui et sourit tout en attrapant l'oreille du nounours et en la portant à sa bouche.

« Il n'apprendra jamais à ramper si tu fais ça. » Sybil reprit le nounours pour le mettre tout juste hors de portée de Wills. Simon crut que le bébé allait pleurer car sa figure vira au rose foncé et que sa respiration devint bruyante. Mais soudain il s'arrêta, l'air très concentré. Puis il parut ravi et une odeur épouvantable se répandit. Simon recula, dégoûté. « Je crois qu'il a fait quelque chose.

— Quelle perspicacité ! » Elle prit Wills dans ses bras. « Je vais le changer. Oh, mon chéri, tu as encore déchiré ton short ! »

Simon baissa les yeux. Son short était déchiré depuis avant le déjeuner : un clou sur la porte de la serre. Il était étonnant que sa mère ne s'en soit pas aperçue plus tôt, mais, ces derniers temps, Wills semblait accaparer toute son attention. Comment pouvait-elle câliner un être qui puait à ce point, mystère.

« Va te changer avant le thé. Et laisse ton short déchiré dans ma chambre, que je le raccommode. »

Simon grogna. L'ensemble des cousins et lui mettaient un point d'honneur à protester contre l'obligation de se changer, au motif que s'ils ne protestaient pas, on les forcerait à se changer encore plus souvent. « Oh, Maman, je pourrai me changer après mon bain. Je ne vais quand même pas me changer deux fois par jour. Trois fois, si on compte quand je m'habille le matin.

— Simon, va te changer. » Il obtempéra. En passant devant le bureau de son grand-père, il reconnut la voix de son père et s'arrêta. Peut-être que Papa le ferait jouer un peu au tennis après le thé. Mais son père parlait sans s'interrompre : il lisait quelque chose. Ce journal assommant qu'était le *Times*, sans doute. Les adultes semblaient adorer les journaux ; ils les lisaient et commentaient leur contenu chaque jour pendant les repas. Le pauvre vieux Brig ne voyait presque plus rien, alors les autres étaient tout le temps obligés de lui faire la lecture. Simon ferma les yeux pour voir si, aveugle, il arriverait à retrouver sa chambre, mais cela lui prit une éternité, bien qu'il ait un peu triché en haut de l'escalier. Lorsqu'il atteignit la porte de sa chambre, il se cogna contre Polly qui en sortait. « Je viens de mettre un mot sur ton lit. Pourquoi tu as les yeux fermés ? »

Il les rouvrit. « Comme ça. Une expérience.

— Ah. Bon, le message concerne la réunion du musée. Elle est fixée à cinq heures dans l'ancien poulailler. Tu es cordialement invité à y assister. Tu peux lire le message. Il est sur ton lit.

— Tu l'as déjà dit. Et puis, plus besoin de le lire maintenant que tu m'en as parlé.

— Tu viendras ?

— Ça dépend. Là, je dois descendre pour le thé. »

Elle le suivit dans sa chambre.

« Simon, ça ne sert à rien d'avoir un musée si ça n'intéresse pas les gens.

— Je trouve que c'est plus un truc pour les vacances de Noël.

— On ne peut pas fermer un musée presque une année entière tous les ans. Les œuvres seraient dans un état lamentable. »

Il repensa aux débris de céramique provenant du potager, au clou rouillé et au fragment de pierre recueillis à Bodiam, au penny de l'époque georgienne offert par le Brig, et déclara : « Je ne vois pas pourquoi elles souffriraient. Si elles ont résisté jusqu'à maintenant, elles tiendront bien quelques années de plus sans que les gens les regardent. De toute façon, je les connais par cœur. » Il défit sa ceinture en serpent si bien que son short tomba sur ses chevilles, puis, traînant les pieds, il

*Home Place. Fin de l'été 1938*

alla à son tiroir en prendre un autre. « Pourquoi tu ne demandes pas à Christopher ? Il pourrait être le conservateur d'Histoire naturelle.

— Bonne idée ! Je vais téléphoner à Mill Farm pour lui demander de venir. »

Mais, au bout du fil, elle eut Tante Villy, qui n'avait pas la moindre idée d'où était Christopher.

*

Christopher avait enduré un déjeuner dont il n'avait aucune envie puisqu'il avait encore le cœur au bord des lèvres. Les voyages en voiture étaient toujours difficiles : s'il enlevait ses lunettes, il avait un mal de tête de première catégorie ; s'il les gardait sur le nez, il était malade. Au moins c'était Maman qui conduisait. Quand c'était Papa c'était bien pire, car son père le tétanisait, et comme il rechignait toujours à s'arrêter, Christopher avait une peur bleue de vomir dans la voiture et de provoquer un terrible esclandre. Parfois il haïssait tellement son père qu'il l'imaginait tomber raide mort ou bien être frappé par la foudre et s'en sortir vivant mais sans plus pouvoir prononcer une parole. Quand il avait ces pensées-là, bien sûr, il s'en voulait d'être aussi méchant. Mais la plupart du temps il se voyait faire des choses incroyables – des choses peut-être tout à fait ordinaires pour la majorité des gens, mais qui étaient des prouesses pour lui –, et les faire tellement bien que son père s'exclamait : « Ça alors, Christopher, mon garçon, c'est formidable. Je n'ai jamais connu personne qui sache faire ça... si je m'attendais ! » Il se délectait du compliment, et parfois son père allait jusqu'à jeter négligemment un bras autour de lui, un geste qui, vu qu'ils étaient des hommes, suggérait une profonde affection, et pourquoi pas, bien que ce sentiment ne soit jamais mentionné, de l'amour. Quelquefois il imaginait son père en train de lâcher des remarques sarcastiques et drôles non pas sur lui mais sur d'autres gens, et de l'inviter à se moquer d'eux avec lui. C'était comme un luxe scandaleux : il en avait tout de suite honte, avant de se sentir minable. Comment pouvait-il accepter d'être spectateur ou complice d'un acte qu'il savait cruel sous prétexte qu'il n'en était pas la victime ? Il recommençait alors à détester son père, et à se détester lui-même de rechercher l'approbation d'un être aussi ignoble. Il était forcément ignoble lui aussi, et son père avait toutes les raisons de se montrer si dur avec lui. C'était la vérité, il était nul dans tous les domaines que son père jugeait importants : le sport, la compétition, même des activités peu physiques comme fabriquer des maquettes d'avion ou encore les maths. Il ne savait pas raconter les histoires ni blaguer, et il était atrocement maladroit... un pauvre balourd d'éléphant dans un magasin de porcelaine, avait dit son père la semaine dernière quand il avait cassé le sucrier. Ces trois dernières années il avait contracté un bégaiement qui s'aggravait automatiquement quand on lui posait des questions, si bien qu'il se bornait désormais à essayer de faire tout ce que désirait son père, comme charger la voiture ce matin, sans rien dire du tout. Il était un incapable qui souhaitait simplement qu'on le laisse tranquille, mais Maman s'efforçait toujours de lui remonter le moral en l'interrogeant sur des sujets censés l'intéresser, et comme cela lui donnait envie de pleurer, il s'était mis à ne pas lui dire grand-chose à elle non plus. Il savait qu'elle devait beaucoup l'aimer pour prendre cette peine et il la méprisait pour cela : il était stupide d'aimer quelqu'un dont il n'y avait rien à tirer pour la seule et unique raison que ce quelqu'un était votre fils. Pourtant, à présent, malgré son estomac barbouillé et son mal de tête insidieux, il avait pleinement conscience d'une sorte de légèreté : il se sentait à la fois libre et en sécurité... un drôle de mélange. Quitter Londres, son père et l'école suffisait à le rendre

*Home Place. Fin de l'été 1938*

heureux, conclut-il. Après le déjeuner, il avait enfilé ses sandales et s'était éclipsé. Personne ne l'avait vu partir.

Il remonta l'allée de la ferme, puis gravit la colline vers Home Place, où ils avaient toujours logé auparavant. Il retrouva sa brèche habituelle dans la haie, et contourna le boqueteau couronnant le talus derrière la cuisine. Il atteignit la piste cavalière menant au pré dans lequel on mettait en général les chevaux. Il y en avait deux tête-bêche sous le bouquet de châtaigniers : chacun chassait les mouches de l'autre. Il marcha lentement jusqu'à eux pour voir s'ils voulaient lui parler, et c'était le cas. Ils dégageaient leur chaude et merveilleuse odeur de cheval et il enfouit son visage dans l'encolure du poney pour en aspirer de profondes goulées. Le vieux gris hennit doucement et le regarda avec de grands yeux qui avaient le velouté du raisin noir. Des sillons creusaient son front au-dessus de ses yeux et ses dents étaient jaunes : il était très vieux. Quand il s'en alla, ils commencèrent à le suivre mais renoncèrent bientôt. Il traversa deux champs, progressant maintenant plus lentement parce qu'il se sentait suffisamment éloigné de la maisonnée. Il faisait une chaleur incroyable et il n'y avait pas un souffle d'air ; le seul son était celui des hautes herbes qui frottaient contre ses genoux et, quand il s'arrêtait, celui de minuscules insectes, vrombissant ou cliquetant. Le ciel était d'une sorte de bleu délavé, à peine qualifiable de bleu, et les arbres du bois vers lequel il se dirigeait étaient immobiles. À l'endroit où il les avait dénichés l'année dernière, il découvrit deux énormes champignons, qu'il ramassa. Il retira sa chemise et les enveloppa dedans ; il aurait quelque chose à manger si la faim le prenait. Le dernier champ se terminait par un talus en pente planté d'une haie au bout de laquelle une barrière s'ouvrait sur son bois. Il longea avec lenteur la haie où foisonnaient la bryone, les mûres, les aubépines et les églantines. Certaines mûres, les plus proches du sol, étaient à point, et il cueillit toutes celles qu'il put trouver. Les toutes petites pommes sauvages, vert vif, n'étaient pas mûres, pas plus que les prunelles, ou les noisettes, pourtant délicieuses. Il en récolta quelques-unes pour sa réserve. Je pourrais ne jamais rentrer à la maison, songea-t-il. Je pourrais rester vivre ici.

Un geai annonça son entrée dans le bois. Il avait remarqué que c'était toujours un merle ou un geai – le plus souvent un geai – qui s'envolait en poussant des cris retentissants. Il sourit : il avait vu juste.

Son petit ruisseau n'avait pas changé. D'un mètre de large au maximum, il coulait, cristallin, sur des cailloux et autour de petits bancs de sable, entre des berges presque au ras de l'eau tapissées d'une mousse au vert étincelant, ou bien, quand elles étaient plus escarpées, d'ail sauvage et de fougères. L'endroit où il avait dressé un barrage présentait toujours un bassin beaucoup plus large, même si le barrage était démoli et en train de pourrir. S'asseyant sur la rive, il envoya promener ses sandales et plongea les pieds dans l'eau à la fraîcheur délicieuse. Quand le froid commença à lui piquer les pieds, il se remit debout et entreprit de remonter le ruisseau jusqu'à l'île. Elle était trop petite pour y habiter, ou même pour s'y tenir, mais les berges, d'un côté, remontaient en pente douce vers une clairière baignée de soleil. Ici, l'année dernière, il avait essayé de construire une maison en plantant, par paires, de vieux piquets de clôture en châtaignier, et en comblant l'intervalle avec des branches coupées sur le noisetier et le sureau. Il n'avait terminé qu'un seul mur, aujourd'hui argenté et cassant, et maintenant que les branches étaient dépouillées de leur feuillage, complètement ajouré. Il n'avait pas envie de s'y atteler aujourd'hui ; au lieu de cela, il fit un petit feu qu'il alluma avec sa loupe. Quand le feu eut pris, il se procura un bâton fourchu et fit griller ses champignons l'un après l'autre. Il les avait d'abord épluchés, léchant sur ses doigts la riche poudre brune laissée par les

*Home Place. Fin de l'été 1938*

spores. Il avait une faim de loup. Les champignons ne cuisaient pas très bien ; ils fumèrent allègrement, mais au moins ils n'étaient pas tout dégoulinants d'huile et de friture. Il les mâcha tout doucement : ils avaient une saveur assez magique et pourraient bien opérer en lui un changement considérable. Puis il mangea les mûres, qui s'étaient un peu écrabouillées dans sa chemise, désormais tachée de bleu. Ce qui était intéressant, c'était que chaque mûre avait un goût différent : certaines avaient un goût de noisette, d'autres étaient acides, d'autres lui rappelaient la gelée de mûres sauvages. Son feu n'était plus qu'un tas de cendres d'un gris soutenu. Il arracha une grosse poignée de mousse qu'il trempa dans le ruisseau puis posa sur les cendres. Il y eut un délicat sifflement et la fumée bleue devint blanche. Il était prêt pour la mare.

La mare occupait une profonde cuvette à l'autre extrémité du bois. Elle était surplombée par des branches d'énormes arbres, dont quelques-unes trempaient dedans. Les eaux étaient noires et stagnantes ; il y avait des joncs et deux libellules. Il enleva son short et pataugea dans l'épaisse couche de vase, faisant remonter des bulles iridescentes. Juste au moment où il s'apprêtait à se jeter dans l'eau, il aperçut une petite vipère, sa tête élégante dressée au-dessus de la surface, son corps ondulant tandis qu'elle traversait sans bruit le milieu de la mare. Il savait que c'était une vipère à cause du V sur sa tête ; c'était drôle que le sillage autour d'elle dessine aussi un V. Il attendit qu'elle atteigne la rive opposée et disparaisse. Il avait eu de la chance de la voir. Il s'élança dans l'eau noire veloutée, qui était tiède comparée au ruisseau. La mare était un peu petite pour nager, et en sortir était toujours affreux à cause de la vase ; il savait qu'il lui faudrait retourner au ruisseau se laver, sans quoi, à la maison, ils feraient tout un plat de ces taches de boue, qui auraient déjà séché le temps qu'il revienne. Il régnait une délicieuse odeur de marécage, comme du jonc concentré. Il n'avait pas vu le héron, qui était souvent là, mais la vipère constituait un prix de consolation formidable. Après avoir rincé presque toute la boue, il s'allongea dans sa clairière à côté du mur de sa cabane, et s'endormit.

Quand il se réveilla, le soleil était couché et les oiseaux poussaient leurs cris du soir. Il remit sa chemise, et reprit le chemin de la maison. Le premier champ grouillait de lapins : les plus vieux mangeaient, les jeunes s'amusaient. Il aurait aimé les observer un moment, mais il pourrait revenir un matin de bonne heure pour le faire. Il avait à nouveau faim. Il devinait à l'état du soleil qu'il avait loupé le thé, mais les bonnes pourraient peut-être lui donner quelque chose qui lui permette de tenir jusqu'au dîner. Il se mit à courir d'un trot régulier. Trois colverts s'envolèrent du petit cours d'eau qui bornait le champ en direction de son bois : ils allaient sans doute vers sa mare. C'était peut-être le même trio que celui qu'il avait vu à cet endroit l'année dernière. Si seulement je pouvais habiter ici, songea-t-il. Ne jamais retourner à Londres de ma vie, être un fermier, ou entretenir des jardins, par exemple. M'occuper d'animaux, ou de la propriété de quelqu'un. Il avait les yeux baissés, à cause des terriers de lapin, mais le bruit d'une détonation lui fit dresser la tête et il s'arrêta. Des lapins couraient vers lui, s'éloignant de la barrière pour entrer dans le pré des chevaux. Il y eut un deuxième coup de feu, et un lapin chavira à quelques mètres de distance, essaya de se relever, poussa un atroce petit couinement puis retomba, agité de soubresauts. Il se précipita vers l'animal et toucha sa fourrure : il était chaud, et mort.

« On ne t'avait pas vu... on n'avait aucune idée que tu étais là. » Oncle Edward émergea de l'ombre d'un grand arbre en compagnie de Teddy.

« Je l'ai eu ! » Teddy exultait. Il ramassa le lapin par ses pattes de derrière ; il y avait du sang rouge vif sur

*Home Place. Fin de l'été 1938* 317

son ventre blanc. Il fit tournoyer l'animal dans les airs. « Mon premier des vacances ! »

Le regard de Christopher naviguait du père au fils. Oncle Edward souriait avec indulgence, Teddy rayonnait. Ils ne trouvaient cela horrible ni l'un ni l'autre, alors que ça l'était, Christopher en était convaincu.

« Un tir bien net, commentait Oncle Edward.

— Il a crié, bredouilla Christopher, qui sentit des larmes lui brûler les yeux. Le tir ne devait pas être si net que ça.

— Il n'a rien senti, mon vieux. C'était trop soudain.

— Enfin bon, il est mort maintenant, pas vrai ? » Sa voix sonnait faux, même pour lui. « Il faut que j'y aille », marmonna-t-il, se détournant juste au moment où ses larmes jaillissaient, puis se mettant à courir. Il escalada tant bien que mal la barrière et regarda un instant derrière lui. Le père et le fils s'éloignaient, se dirigeant vers le talus près de son bois : ils allaient essayer de tuer d'autres lapins. Un renard aurait pu attraper l'animal, mais il l'aurait fait par nécessité. Eux tuaient pour se distraire… Tu parles d'une distraction ! Le lapin n'avait rien de vital pour eux. S'il vivait dans son bois, il aurait un arc et des flèches et il tuerait des lapins pour se nourrir, comme le renard. Il faut dire que pour le lapin ça revenait au même. Il avait ralenti le pas maintenant qu'il s'était passablement éloigné d'eux et cheminait dans le champ plus petit où il n'y avait pas le moindre lapin en vue. Pas étonnant qu'il soit difficile d'observer des animaux sauvages : il fallait patienter une éternité. Les animaux savaient que les gens étaient épouvantables et avaient l'intelligence de les fuir. Il essaya de penser à la mort… la mort finissait, bien sûr, par frapper toute chose, mais la provoquer était cruel, c'était même un meurtre, qui valait aux hommes la pendaison quand ils tuaient leurs semblables, mais leur valait des médailles à la guerre. Lui serait pacifiste comme le père d'un garçon à l'école, et il deviendrait vétérinaire plutôt que médecin car les animaux, semblait-il, n'avaient pas suffisamment d'alliés. Puis, apercevant une belle-dame, il repensa à la façon dont il avait tué des papillons l'année dernière pour le simple plaisir de les collectionner, et il dut reconnaître qu'il était lui-même un peu un meurtrier. S'il ne voulait plus tuer les papillons, c'était simplement parce qu'il avait attrapé toutes les espèces présentes dans la région ; il n'y avait donc rien de très admirable à y renoncer. Il ne valait pas mieux que son cousin, qui avait, après tout, un an de moins que lui... quatorze ans seulement. Mais s'il voulait être cohérent, il allait devoir se séparer de sa collection. C'était une pensée atroce. Maman lui avait offert un meuble de collectionneur doté de douze minces tiroirs, et il venait de tout bien ranger à l'intérieur : il avait installé chaque spécimen sur du papier buvard bleu pâle, avec une petite étiquette blanche pour préciser le nom de chacun. Et s'il gardait le meuble et l'utilisait pour collectionner autre chose ? Le problème, c'était qu'il adorait les papillons et n'avait pas envie de s'en séparer, mais il se rendait compte par ailleurs, non sans un certain malaise, que la question n'était pas là. Cela ne rimait à rien d'affirmer qu'on était contre quelque chose si, en réalité, on faisait le contraire. Il se demanda si être pacifiste équivaudrait à ça, en pire ; il ne savait pas trop ce que cela impliquait, sinon que Jenkins se faisait chahuter sous prétexte que son père l'était. Il supposait qu'il essuierait des brimades, mais il y était habitué : on lui en faisait déjà subir parce que son père à lui était l'intendant de l'école. Il pourrait peut-être attendre d'avoir quitté l'école pour être pacifiste, et commencer simplement par être contre le fait qu'on tue des animaux pour d'autres raisons que se nourrir ? N'empêche qu'il devrait se séparer de sa collection de papillons. En se séparant également du meuble, il risquait de faire de la peine à sa mère. Voilà qu'il remettait ça... d'accord, le risque était bien là, mais, surtout, il avait envie de

*Home Place. Fin de l'été 1938*

garder le meuble. « Admets-le ! s'écria-t-il, furieux, à voix haute.

— Admettre quoi ? Salut, Christopher ! Tu viens à la réunion du musée ? C'est maintenant, dans l'ancien poulailler. Tu es cordialement invité à y assister. »

C'était Polly. Habitué aux étés à Home Place, il était arrivé machinalement dans la cour des écuries. Polly était assise sur le mur qui menait au potager. Elle portait une robe bleu vif et mangeait un Crunchie. Il en eut l'eau à la bouche.

« T'en veux ? » D'une main hésitante, elle tendit la barre chocolatée vers la bouche de Christopher. « T'as pris un gros morceau, dis donc ! »

Il acquiesça. Quand sa bouche fut moins pleine, il dit : « J'ai raté le goûter.

— Oh, mon pauvre ! » Elle lui donna le reste de sa friandise. Il se sentit alors obligé d'aller à la réunion du musée.

\*

Quand Rupert revint à Home Place mettre la voiture au garage, il entendit crier Mrs Tonbridge : elle faisait une scène à son mari dans l'appartement que le Brig avait eu le tort d'aménager pour eux au-dessus du garage. Il l'entendit qui hurlait avant même d'avoir coupé le moteur. Il y eut ensuite un bruit de vaisselle fracassée, puis, peu après, Tonbridge surgit en bras de chemise, les traits plus tirés et plus sombres encore que d'habitude. Il s'immobilisa dans l'encadrement de la porte au pied de l'escalier, prit une cigarette derrière son oreille et l'alluma. Ses mains tremblaient. Rupert, qui récupérait des serviettes de bain dans la malle en feignant de n'avoir rien entendu, se redressa et le salua.

Tonbridge, d'un geste expert, éteignit sa cigarette entre ses doigts et la replaça derrière son oreille. « Bonsoir, Mr Rupert. » La malle était toujours ouverte. « Je vais rentrer le pique-nique, monsieur. » Il n'était pas arrivé à manger une seule miette du goûter épouvantable préparé par Ethyl, qui n'arrêtait pas de déblatérer contre la morosité de la campagne. Tout ce qui était frit réveillait son ulcère, quelque chose de terrible : elle le savait très bien et s'en fichait éperdument. Mrs Cripps lui offrirait une bonne tasse de thé et une brioche avant qu'il ne parte chercher Miss Rachel à la gare. Rupert, qui se doutait que le chauffeur ferait n'importe quoi pour échapper à sa femme, saisit une anse du lourd panier de pique-nique en osier, et tous deux ainsi chargés gagnèrent la porte de derrière donnant sur la cuisine. Rupert rejoignit le devant de la maison. La porte du bureau de son père était ouverte et le vieil homme se mit à appeler dès qu'il entendit les pas de Rupert.

« Hugh ? Edward ? C'est lequel de vous deux ?

— C'est moi, Papa.

— Ah, Rupert. Justement, c'est toi que je voulais voir. Entre, mon garçon. Prends un whisky. Ferme la porte. Je voulais te dire un mot. »

\*

« Chérie, mange ton gâteau.

— Tu as raison. Qu'au moins j'aie ma part de quelque chose ! » Elle vit les yeux de Rachel s'embuer de compassion et de souffrance, et s'empressa d'ajouter : « Ne fais pas attention. J'ai toujours le cafard quand tu repars. » Elle découpa un morceau du gâteau aux noix avec sa fourchette et le mangea. « Je voulais dire... ce serait bien de pouvoir l'emporter pour le manger dans le bus du retour. »

Le visage de Rachel s'éclaira. « Pourquoi pas ? Mieux encore, prends-en un autre pour le bus... Prends le mien. Je n'en ai pas du tout envie. »

Elles buvaient le thé chez Fuller's sur le Strand, avant que Rachel ne reprenne son train pour Battle. Elle était

*Home Place. Fin de l'été 1938*

montée à Londres pour la journée : une assemblée avait été convoquée afin de collecter des fonds pour son Hôtel des Tout-Petits. La réunion avait eu lieu le matin, et elle avait retrouvé Sid pour déjeuner – un pique-nique composé de sandwichs au jambon et de pommes qu'elles avaient avalé à Chester Terrace au milieu des meubles sous leurs housses. La maison était fermée pour l'été : seule la vieille Mary, installée dans l'immense sous-sol, y servait de gardienne. Ensuite, elles s'étaient promenées dans Regent's Park bras dessus bras dessous, discutant, comme presque toujours, du problème des vacances et d'Evie, dont la santé et l'état d'esprit entraîneraient des difficultés pour le séjour de Sid à Home Place. Il avait finalement été décidé que Rachel sonderait la Duche pour savoir si Evie pourrait venir aussi, au cas où le chef d'orchestre pour qui elle travaillait comme secrétaire partirait en tournée et n'aurait pas besoin de ses services.

« Le gâteau aux noix me rappelle la pension, disait maintenant Rachel. La Duche m'emmenait prendre le thé, mais la maison me manquait trop et je ne pouvais jamais rien avaler. Alors, je t'en prie, prends-le, ajouta-t-elle.

— D'accord, si tu y tiens. » Sid enveloppa le gâteau dans la serviette en papier et le fourra dans son vieux sac fatigué, pendant que Rachel faisait semblant de déguster un toast beurré.

« Tu sais que je resterais à Londres si je pouvais. »

Tu pourrais, si tu n'étais pas si fichtrement altruiste, songea Sid.

« Ma chérie, j'ai fini par accepter l'idée que tu vis pour les autres. Seulement voilà, quelquefois, j'aimerais être un de ces autres. »

Rachel reposa sa tasse. « Mais c'est impossible ! » Il y eut un silence. La rougeur qui avait envahi ses traits reflua peu à peu tandis que Sid l'observait. Puis, d'une voix à la fois désinvolte et mal assurée, elle déclara, sans regarder Sid : « Je voudrais être avec toi plus qu'avec qui que ce soit au monde ! »

Sid se révéla incapable de rien dire. Elle plaça sa main sur celle de Rachel, puis, croisant le regard innocent mais troublé de son amie, elle lui fit un clin d'œil et s'écria : « Hou là là ! Il ne faut pas rater ton train. »

Elles réglèrent l'addition puis marchèrent sans un mot jusqu'à Charing Cross et le portillon d'accès au quai.

« Tu veux que je t'accompagne jusqu'au wagon ? »

Rachel secoua la tête. « Ça a été une journée vraiment merveilleuse, dit-elle, en s'efforçant de sourire.

— N'est-ce pas ? Au revoir, ma chérie. Pense à me téléphoner. » Elle posa deux doigts sur la joue de Rachel, et les arrêta un instant sur sa bouche pour recevoir un infime baiser tremblant. Pivotant sur ses talons avec maladresse, elle sortit de la gare sans se retourner.

\*

« Le fait est, ma chère, que c'est drôlement injuste. On est les seules à ne pas avoir droit au dîner des adultes.

— Wills non plus.

— Wills ! C'est à peine s'il existe ! Ce n'est même pas un enfant.

— En tout cas, on n'est pas obligées de dîner avec lui. Et puis je l'aime bien. C'est mon frère, ajouta-t-elle.

— Oh, ce n'est pas un mauvais gars. Mais ça ne change rien au fait que c'est injuste. Même Simon dîne dans la salle à manger, et il n'a que douze ans. Tu dois reconnaître qu'il n'y a pas beaucoup de justice là-dedans.

— Non, en effet. Passe-moi le savon. »

Elles étaient chacune à un bout de la baignoire, sans se laver. L'appareil de Clary trônait sur l'étagère en acajou à côté des verres à dent. Leurs dos étaient rouges de coups de soleil, avec les marques blanches de leurs maillots de bain. Leurs plantes de pied étaient gris foncé car elles n'avaient pas mis leurs sandales. Polly frotta son gant avec du savon et entreprit de laver un de ses pieds.

« On devrait arrêter de se laver en signe de protestation, décréta Clary.

— Je ne lave que les parties qui sont sales, que les pieds, en fait. Maman les inspecte toujours. »

Clary resta silencieuse. Jamais de la vie Zoë ne vérifierait ses pieds, et Papa ne remarquerait rien. À certains égards, c'était mieux, et à d'autres, pire. Polly leva les yeux et, notant le silence de Clary, se hâta de dire : « C'était une réunion drôlement réussie. Christopher a été formidable. Tu te rends compte, avoir tous ces papillons ! Tu as eu raison de le nommer conservateur du département d'Histoire naturelle.

— Et Louise devra faire avec, que ça lui plaise ou non. »

Sans un mot, Polly sortit du bain et s'enroula dans une des serviettes élimées que la Duche jugeait assez bonnes pour les enfants.

« Tu ne t'es pas lavé l'autre pied !

— Je ne veux pas rester dans le bain avec toi. Tu es trop méchante. D'abord, tu es contre tout le monde, puis tu t'en prends à ce brave Wills, et maintenant à Louise. On dirait Richard III.

— Pas du tout ! » Comme Polly ne répondait pas, elle insista : « Pas du tout, je t'assure. Donne-moi ton autre pied. Je vais te le laver.

— Comment je sais que tu ne vas pas en profiter pour me faire tomber ? Tu es d'humeur traîtresse. Je ne te fais pas confiance. »

Polly avait parfaitement raison, bien sûr. Elle était horrible. L'aigreur montait en elle au point de devoir s'exprimer – une explosion de méchanceté –, et ensuite elle se sentait atrocement mal, comme maintenant, elle avait honte et se reprochait d'être beaucoup moins noble que Polly, qui semblait ne jamais avoir de sentiments mesquins envers quoi que ce soit, et certainement pas envers des gens. « Je ne te ferai pas tomber », marmonna-t-elle. Ses yeux étaient pleins de larmes brûlantes. Un pied gris tout calleux jaillit soudain au-dessus de son épaule gauche.

« OK, dit Polly. Merci. »

Clary lui lava le pied avec un soin infini. « J'essaie de ne pas te chatouiller », expliqua-t-elle humblement quand Polly se trémoussa.

Elle ne voulait pas être trop gentille, de peur de faire encore pleurer Clary, et elle dit : « Je sais que tu fais attention.

— Je parie que Jésus a chatouillé les pieds des disciples quand Il les a lavés. Il y en avait tellement : Il est forcément devenu négligent.

— Je parie qu'ils n'ont pas osé rire. Tu as remarqué comme, dans les livres, les gens font des choses avec leurs cheveux qui seraient impossibles pour nous ?

— Comme quoi ?

— Eh bien, comme Marie Madeleine, qui essuie les pieds de Jésus avec, ou les héroïnes qui s'en servent pour broder des mouchoirs. Je parie qu'en les repassant les cheveux fondraient en grésillant. Et Raiponce, Raiponce, laisse descendre ta chevelure... Il n'est pas possible de grimper à des cheveux comme à une échelle... ça ferait un mal de chien.

— D'après moi, c'est simplement que, dans les livres, on peut dire ce qu'on veut.

— Ils devraient respecter la réalité, affirma Clary en sortant du bain. Quand je serai écrivain, je ferai ça. Je n'écrirai pas des absurdités qui ne tiennent pas debout.

— Tu as tellement de chance d'avoir la vocation ! N'oublie pas ton appareil. » Clary contempla l'appareil. Elle avait de la chance, et puis, la seconde d'après, l'inverse.

« J'allais l'oublier, dit-elle tristement. Tu aurais pu te taire.

— Mets-le, et puis enlève-le, conseilla Polly, et je ne dirai rien : comme ça, ce ne sera pas vraiment mentir. »

Clary prit son appareil et le mit en place avec un déclic perceptible. Puis elle l'enleva à nouveau. Elle regarda Polly : « Toi, tu ne ferais jamais ça. Tu es trop honnête. »

Leurs yeux se croisèrent, et Polly s'écria : « Tu as sûrement raison. Mais tu n'es pas obligée de le porter...

— Toi, si tu devais le porter, tu le porterais. » Elle remit son appareil. « J'admire ton caractère », dit-elle d'un ton encore plus triste. L'appareil lui faisait mal : il gâchait tous ses repas. Elle attrapa sa serviette et éternua.

« Tu ne le porteras pas toute la vie, et je te trouve terriblement courageuse. À la fin, tu seras belle comme le jour.

— Mais pas bonne comme le pain, contrairement aux princesses dans les livres. Je serai plutôt la méchante sœur. Ou la méchante cousine.

— Tu sais quoi ? Quand ils auront commencé leur dîner, on n'aura qu'à emporter le nôtre dans le verger et on grimpera dans l'arbre pour un festin nocturne.

— Excellente idée ! Il faudra attendre qu'ils nous aient dit bonne nuit. On fera semblant d'avoir mangé : on cachera la nourriture dans nos lits, et ensuite on sortira. »

Elles étaient à nouveau amies.

\*

Rupert titubait carrément en sortant du bureau de son père. Il s'apprêtait à monter rejoindre Zoë, puis se ravisa et alla dans le salon ; il savait qu'il serait désert puisque la Duche attendait toujours l'après-dîner pour l'utiliser. Il y faisait frais, et Rupert reconnut le parfum agréablement familier des pois de senteur : la Duche en raffolait et, en été, il y en avait toujours de pleins vases partout dans la maison. Les stores étaient encore tirés à cause du soleil : la Duche, qui regrettait que la pièce ne soit pas orientée au nord, la gardait bien calfeutrée jusqu'à ce que tout danger soit passé. Il se rendit à la fenêtre et releva le store, qui remonta avec un claquement, dévoilant un tumultueux coucher de soleil orange et pourpre. Tandis qu'il regardait dehors, un train au loin, semblable à un petit jouet noir, arrivait de droite en crachant régulièrement des bouffées de fumée. Il mourait d'envie de parler à quelqu'un, mais pas à Zoë car il imaginait très précisément ce qu'elle dirait, et cela ne résoudrait pas son dilemme. « Le Brig m'a proposé de rejoindre l'entreprise. » « Oh, Rupe ! Quelle idée merveilleuse ! » « Il m'a simplement demandé d'y réfléchir. Je n'ai pas encore pris ma décision. » « Mon Dieu, mais pourquoi ? » Ainsi se déroulerait la conversation. Zoë verrait uniquement là un moyen de soulager leurs soucis financiers. Elle ne penserait pas un instant à ce que ce serait pour lui de renoncer à sa carrière de peintre pour devenir homme d'affaires – une activité qui lui déplairait et pour laquelle il n'aurait aucun talent. D'un autre côté, il fallait reconnaître qu'il ne peignait plus guère : pendant l'année scolaire, il était trop crevé par ses journées de cours ; quant aux vacances, elles étaient consacrées exclusivement ou presque à Zoë et aux enfants. Il ne faisait aucun doute que leur voiture était au bout du rouleau et, avec le traitement dentaire extrêmement coûteux de Clary, il ne voyait pas comment il pourrait en acheter une neuve dans un avenir proche. Sans compter que quand elle saurait conduire, Zoë réclamerait plus que jamais une auto.

S'il rejoignait l'entreprise, il n'aurait pas à s'inquiéter de détails comme l'achat d'une nouvelle auto. Il pourrait peindre pendant ses vacances. Non, il ne pourrait pas. Il n'aurait que quinze jours de vacances par an, plus Noël et Pâques, et s'il n'était pas fichu de réussir à peindre pendant les longues vacances scolaires, il n'y arriverait sûrement pas mieux lors de vacances plus courtes. Zoë s'attendrait à ce qu'il l'emmène dans des lieux exotiques... au ski ou des destinations de ce genre. Il pensa fugitivement aux peintres du dimanche, et encore plus fugitivement à tout ce que Gauguin avait osé faire pour suivre sa vocation. Peut-être ne suis-je pas un vrai peintre, songea-t-il. La peinture doit passer en premier, et avec moi ce n'est jamais le cas. Autant y renoncer. Il aurait aimé que Rachel soit rentrée de Londres. Elle ferait la meilleure interlocutrice. Ses frères auraient sans doute des préjugés dans un sens ou dans l'autre qui les empêcheraient de bien le conseiller. « Tu n'as pas à te décider tout de suite, avait dit le Brig. Réfléchis-y. C'est une décision importante. Mais je n'ai pas besoin de te dire à quel point je serais ravi que tu acceptes. » Le pauvre vieux était obligé de lâcher petit à petit, même s'il était résolu à lutter contre sa cécité. Il ne voulait pas de ce qu'il décrivait comme des étrangers. Mais il était difficile d'accepter un poste quand on avait le sentiment que son plus grand, voire son unique atout était de s'appeler Cazalet. L'horloge du salon sonna sept heures. Il allait devoir monter s'il voulait avoir le temps de prendre un bain.

Il avait prévu de ne rien dire à Zoë, qui, allongée sur leur lit, lisait un autre roman d'Howard Spring, mais lorsqu'il s'approcha pour lui baiser le front et lui demander comment elle allait, elle répondit simplement : « Bien, merci », sans quitter son livre des yeux.

Une sorte de besoin enfantin de la surprendre, d'attirer son attention, le poussa à déclarer : « Le Brig m'a demandé de venir travailler dans la boîte. »

Elle laissa tomber son livre sur son ventre. « Oh, Rupe ! Quelle idée merveilleuse !

— Je n'ai encore rien décidé. J'ai tout le temps d'y réfléchir.

— Et pourquoi ?

— Pourquoi je n'ai rien décidé ? Parce que c'est une décision très importante et que je ne suis pas du tout sûr de vouloir changer de métier.

— Et pourquoi diable ?

— Parce que c'est une activité que j'exercerais à temps plein. Le restant de mes jours », expliqua-t-il patiemment, mais elle se redressa, rabattit l'édredon et courut vers lui, lui jetant les bras autour du cou et s'écriant : « Je sais ce qu'il y a ! Tu as peur de ne pas y arriver. Tu es tellement... » Elle cherchait ce qui, selon elle, serait le mot juste. « Vraiment tellement... dénué de prétentions. Tu ferais un homme d'affaires merveilleux. Tout le monde t'adore. Tu serais fabuleux ! »

Elle avait pris un bain et elle était toute fraîche ; sa peau sentait le géranium rosat. Il se rendait compte que ses charmes le touchaient, non de manière sensuelle, mais par le caractère poignant de leur fidélité. Il l'embrassa avec une tendresse qu'elle ne perçut pas et dit : « Je file prendre un bain. Précision... C'est un secret. Je ne veux pas discuter de ça *en famille\** ce soir, ni en discuter du tout, d'ailleurs. Tu tiendras ta langue ? »

Elle hocha la tête.

« C'est vrai, Zoë ? Tu promets ?

— Tu me prends pour qui ? » déclara-t-elle de sa voix hautaine. Être traitée comme une enfant ne lui plaisait pas toujours.

Alors qu'elle se maquillait et s'habillait pour le dîner, elle réfléchit à tout ce qui s'améliorerait pour eux si Rupert cessait d'être professeur pour devenir comme ses frères. Ils pourraient avoir une plus jolie maison – elle détestait Hammersmith –, acheter une voiture correcte, Clary pourrait être envoyée dans un bon pensionnat (l'adjectif « bon » prouvait qu'elle tenait au bien-être de Clary), ils pourraient sortir plus souvent le soir, puisque Rupert serait moins fatigué. Elle recevrait pour le soutenir – elle donnerait de fabuleux dîners qui l'aideraient

*Home Place. Fin de l'été 1938*

dans sa carrière –, mais surtout, délivré des problèmes d'argent, il redeviendrait le Rupert insouciant et enjoué qu'elle avait épousé. Car, au fond, elle savait que leur mariage n'était plus tout à fait ce qu'il était il y a quatre ans, même si, Dieu sait, ce n'était pas elle qui avait changé : elle n'avait jamais, pas une seconde, cessé de prendre soin de son apparence, contrairement à la plupart des femmes – il suffisait de voir Sybil et Villy et, le record, la pitoyable sœur de Villy –, mais malgré tous ses efforts, elle sentait fugacement, et avec une terreur qui virait à la rancœur, que Rupert ne réagissait plus à ses attraits avec la même passion irréfléchie que jadis. Elle avait parfois constaté qu'elle n'était plus irrésistible, alors qu'elle était convaincue que cela n'arriverait jamais. Il était plus gentil avec elle en public, et moins quand ils étaient seuls. « Ne sois pas ridicule, ma chérie », ou « Zoë, ce que tu peux être sotte ! », s'exclamait-il souvent autour de la table familiale, et elle était horriblement blessée. Mais leurs querelles sur ces choses-là se réglaient sur l'oreiller – merveilleusement, fabuleusement – et c'était finalement toujours elle qui s'excusait de s'être montrée stupide, de ne pas avoir compris ce qu'il voulait dire. Elle avait toujours été disposée à reconnaître ses erreurs. Or il n'énonçait plus jamais ce genre de remarques aujourd'hui ; cela faisait une éternité qu'il ne l'avait pas taquinée ou remise à sa place, et la douceur de l'inévitable réconciliation avait elle aussi quelque chose de distant. Bien sûr, un jour, elle serait vieille, et les choses changeraient sûrement, mais ce n'était pas pour tout de suite… Elle avait vingt-trois ans et les femmes étaient censées devenir plus séduisantes jusqu'à l'âge de trente ans, au minimum, et vu la peine qu'elle s'était toujours donnée, elle tiendrait sûrement plus longtemps. Devant la glace, elle examina son visage avec une attention sévère et impartiale : elle serait la première à le critiquer, mais il n'y avait rien à critiquer. Tout ce que je veux, c'est qu'il m'aime, songea-t-elle. Je me moque du reste. Elle ignorait que les mensonges dont on se persuadait étaient les plus coriaces.

*

Après son retour du golf, Hugh fit la lecture à son père pendant une heure, puis joua patiemment au tennis dans la canicule avec Simon. Le service de son fils était toujours très aléatoire, mais son revers devenait plus précis. Sybil vint les regarder un moment, puis partit prendre un bain et donner à manger à Wills qui commençait à avoir faim et à s'agiter. La présence de sa femme lui manquait et les moucherons, des nuées de moucherons pareilles à des auréoles animées autour de leurs têtes, gênaient sa concentration. « Je crois qu'on va en rester là, mon vieux », dit-il après le deuxième set. Simon acquiesça en affectant la contrariété qu'exigeait son orgueil, mais, en réalité, malgré un énorme goûter, il avait une faim de loup et le dîner, puisqu'il devait le prendre dans la salle à manger, ne surviendrait pas avant des lustres. Il fila à la cuisine voir ce qu'il pourrait soutirer à Mrs Cripps, qui avait un faible pour lui et admirait son appétit. Hugh, laissant son fils enrouler le filet et ramasser balles et raquettes, s'était dirigé vers la roseraie de la Duche, où il l'apercevait au loin avec son tablier en jute et sa corbeille de jardinier en train de couper les fleurs fanées de ses rosiers chéris. Mais je n'ai pas envie de lui parler maintenant, se dit-il, faisant signe à sa mère puis tournant à droite sur le sentier cendré qui menait à la maison. Passant devant le bureau de son père, il l'entendit qui discutait... Un silence, puis la voix de Rupert. Il emprunta l'escalier de service et se rendit dans leur chambre à coucher, la pièce dans laquelle Wills était né, dans laquelle la petite fille inconnue était morte. Il y avait un monceau d'affaires de bébé d'un blanc éblouissant à un bout du lit : Sybil devait être en train de le baigner. D'habitude, il adorait le voir dans son bain, mais ce soir il avait envie d'être seul.

Il délaça ses chaussures de tennis et s'allongea sur le lit. La conversation du déjeuner avec Edward continuait à le turlupiner. Il y avait bien un risque de guerre ; tout ce qu'Edward avait dit à ce sujet paraissait raisonnable et correspondait, il le savait pertinemment, à ce que disaient la plupart des gens, mais Hugh n'était pas convaincu pour autant. La plupart des gens, de sa génération du moins, ne voulaient tellement pas de guerre qu'ils refusaient de réfléchir à son éventualité. Quant aux plus jeunes, on ne pouvait pas attendre d'eux qu'ils sachent grand-chose. Lorsque la dernière guerre venait par hasard sur le tapis – au club, ou à des dîners dans la City –, elle était évoquée d'une manière à la fois joyeuse et héroïque : vieilles chansons, récits de camaraderie, allusions à la der des ders. Tu te souviens de cette fille dans ce troquet à Ypres ? Celle avec le petit grain de beauté sur la lèvre ? Oui, celle-là ! Jamais on n'expliquait aux jeunes l'horreur que cela avait été. Même lui, quand il avait ses cauchemars de guerre – moins souvent dernièrement, mais encore de temps en temps –, n'avait jamais avoué à Sybil leur réelle teneur. Non, le long silence sur le sujet continuait, et il en était complice à sa manière. Mais si le silence sur cette guerre était une chose, le refus général d'examiner la réalité de ce qui était en train de se passer en était une autre. L'Allemagne avait établi la conscription depuis plusieurs années, presque quatre ans, et les gens ne semblaient pas y déceler quoi que ce soit de bizarre. Quant à Hitler... on se moquait de lui, on l'appelait Schicklgruber, ce qu'on trouvait désopilant, alors que c'était son nom, on le traitait de peintre en bâtiment, ce qu'il avait été, et on jugeait l'homme non seulement absurde mais fou, ce qui, d'une certaine façon, permettait de ne pas le prendre au sérieux. Les Allemands, à l'évidence, le prenaient on ne peut plus au sérieux. Il s'était presque réjoui de voir Hitler annexer l'Autriche au printemps dernier, au moins il ne serait plus le seul Anglais à se méfier de lui. Mais apparemment cela n'avait rien changé. Un seul politicien s'en était pris au régime nazi, et on s'était contenté de l'exclure du Cabinet. Quant à Chamberlain, même si, bien sûr, il avait une histoire politique familiale respectable, il ne lui faisait pas l'effet d'un chef qui réussirait à contraindre la population à ne plus se voiler la face.

En rentrant de Rye, il avait tenté une nouvelle fois de pousser Edward à réfléchir à la question ; il lui avait demandé ce qui, d'après lui, allait se produire en Tchécoslovaquie, pays où vivait une minorité allemande et qui semblait être la prochaine cible des nazis. Edward avait répliqué qu'il ne savait rien de la Tchécoslovaquie, sinon que les Tchèques étaient doués pour fabriquer des chaussures et du verre, et que si le pays comptait des tas d'Allemands, il était tout à fait compréhensible qu'ils veuillent s'allier à leurs congénères ; cela n'avait vraiment rien à voir avec l'Angleterre ou la France. Quand Hugh, qui mesurait alors, pour la première fois, le degré d'ignorance de son frère en la matière, fit remarquer que la Tchécoslovaquie était une démocratie dont les frontières avaient été déterminées par l'Angleterre et la France lors du traité de Versailles, et que, par conséquent, on pouvait raisonnablement affirmer que oui, cela avait quelque chose à voir avec les deux pays, Edward avait répondu presque avec agacement que Hugh en savait manifestement beaucoup plus que lui sur le sujet, mais que l'essentiel était que personne n'avait envie d'une autre guerre, et il serait idiot d'avoir maille à partir avec Hitler (qui paraissait plutôt hystérique, comme bonhomme), à propos d'une chose qui avait indéniablement plus à voir avec l'Allemagne qu'avec l'Angleterre, et, de toute façon, il y aurait sans doute un référendum comme pour la Saar,

*Home Place. Fin de l'été 1938*

et l'affaire serait résolue. Inutile de se ronger les sangs, avait-il ajouté, pour se demander aussitôt comment ils allaient pouvoir dissuader le Patriarche d'acheter l'énorme quantité de teck et d'iroko qui semblait largement excéder les besoins de la boîte, et immobilisait une part de capital bien trop importante. « Il y a déjà une cargaison en entrepôt à la Compagnie des Indes orientales. Tout ce bois va occuper une place folle, sans parler de l'acajou d'Afrique de l'Ouest qu'on a à Liverpool. Je ne vois absolument pas où on va caser tout ça. Touche-lui-en un mot, mon vieux. Moi, il n'y a pas moyen qu'il m'écoute. »

Comme toi avec moi, songea Hugh, sans le dire.

Il avait fermé les yeux et avait dû s'assoupir car, sans qu'il les ait entendus, il découvrit Sybil assise sur le lit à côté de lui avec Wills dans les bras, enveloppé dans une serviette de bain.

« Voilà un bébé », dit-elle, l'installant sur le lit. Hugh se redressa et prit l'enfant dans ses bras. Il sentait le savon Vinolia, et ses cheveux, longs et hirsutes sur sa nuque – comme un compositeur maudit, avait dit Rachel –, étaient humides. Il sourit à Hugh, et planta ses doigts aux ongles étonnamment coupants dans la joue de son père.

« Tiens-le le temps que j'aille chercher ses vêtements de nuit. »

Hugh ôta de sa figure la main de l'enfant. « Du calme, mon vieux, c'est mon œil, là. » Wills le regarda un instant d'un air de reproche, puis ses yeux se posèrent sur la chevalière au doigt de son père, qu'il empoigna et attira vigoureusement vers sa bouche.

« C'est un coquin, non ? » dit Sybil en revenant avec des langes.

Hugh la regarda avec soulagement. « Ça, c'est sûr.

— Il se moque de nous », dit Sybil en s'adressant au bébé. Elle plia le carré en éponge et y allongea Wills dans la position adéquate. L'enfant resta étendu à observer ses deux parents avec une dignité bienveillante tandis qu'on l'emmaillotait pour la nuit et qu'on épinglait ses langes.

« Il n'a pas un souci au monde, dit Hugh.

— Oh que si ! Il a perdu son canard dans le bain, et Nanny lui fait manger de la cervelle chaque semaine alors qu'il l'a littéralement en horreur.

— Cela ne m'a pas l'air bien grave.

— C'est ce qu'on pense toujours des problèmes des autres, répondit Sybil, avant d'ajouter : Il n'y a pas que toi, mon chéri, tout le monde est pareil. Tu peux garder un œil sur Wills pendant que je vais chercher son biberon ?

— Où est passée Nanny ?

— Elle est à Hastings avec Ellen. C'est leur jour de repos. Elles sont allées au spectacle des *Fol-de-Rols* sur la jetée. Et après elles prendront un goûter atrocement indigeste avec des éclairs et des meringues, et demain Nanny aura une crise de foie.

— Comment diable sais-tu cela ?

— Parce que c'est comme ça chaque semaine. Les nounous doivent bien conserver un côté enfantin, sans quoi elles n'auraient pas le don de jouer avec les enfants. C'est par ailleurs une très bonne nounou. »

Quand sa mère s'éclipsa, Wills fronça les sourcils et commença à s'empourprer : Hugh le prit dans ses bras et lui montra comment marchaient les interrupteurs électriques, ce qui dérida le garçonnet sur-le-champ. Hugh se demanda s'il deviendrait un scientifique. Il pourrait devenir une multitude de choses, même marchand de bois, mais ce qu'il y avait de formidable, c'est que Wills serait autorisé à choisir et n'atterrirait pas forcément dans l'entreprise familiale comme cela avait été le cas pour lui. La guerre, là encore. Il avait l'impression que cette guerre avait été sa jeunesse ; avant, il y avait eu son enfance, une vie rythmée par des vacances merveilleuses et des trimestres en pension rendus

## Home Place. Fin de l'été 1938

supportables uniquement par ses séjours réguliers en famille et, surtout, ses retrouvailles avec Edward. (Selon un principe mystérieux qu'il n'avait jamais compris, les deux frères avaient été envoyés dans des établissements différents.) Il avait d'excellents résultats à l'école et n'en tirait aucun plaisir ; Edward avait de mauvais résultats et s'en fichait pas mal. Et puis il y avait eu le dernier trimestre, avec non seulement l'été radieux qui se profilait, mais la perspective encore plus radieuse d'étudier à Cambridge... Le mois d'août avait coupé court à tout ça.

Il s'était enrôlé dans les Coldstream Guards en septembre ; Edward, qui rêvait de partir avec son frère, avait essayé de faire pareil mais il avait dix-sept ans et s'était entendu expliquer qu'il devait attendre une année. Alors, il s'était présenté au Machine Gun Corps, avait menti sur son âge et avait été incorporé. Au bout de quelques mois, ils se battaient en France, où ils avaient emmené leurs propres chevaux. Durant ces quatre années, Hugh n'avait vu Edward que deux fois : une fois sur une route boueuse près d'Amiens, quand leurs chevaux avaient henni à distance avant que les deux frères ne se reconnaissent ; et une fois quand il avait été blessé et qu'Edward s'était débrouillé pour venir le voir à l'hôpital avant qu'on ne le rapatrie. Edward, déjà commandant à moins de vingt et un ans, était entré d'un air dégagé dans la salle commune, subjuguant les infirmières volontaires et ordonnant à la virago émaciée de surveillante générale : « Prenez tout particulièrement soin de lui parce que c'est mon frère », et la harpie avait souri, elle avait rajeuni de vingt ans, et répondu : « Bien sûr, commandant Cazalet. » « Comment as-tu eu un sauf-conduit ? » avait-il demandé. Edward avait fait un clin d'œil. « Pas besoin de ça. J'ai dit : "Un sauf-conduit ? Vous plaisantez..." Alors ils ont répondu : "Pardon, commandant" et ils m'ont laissé passer. » Hugh, qui avait commencé à rire, s'était retrouvé à pleurer irrépressiblement, et Edward s'était assis sur le lit et avait tenu la main qui lui restait, puis lui avait séché les joues avec un mouchoir de soie qui sentait bon la maison. « Mon pauvre vieux ! Ils ont réussi à extraire l'éclat d'obus de ta tête ? » Il avait opiné, mais en réalité, lui avait-on expliqué après, un morceau était trop enfoncé, il allait devoir s'en accommoder. L'ironie, c'est que le plus douloureux à l'époque avait été ses deux côtes cassées... son moignon, après l'amputation, constituait plus une torture psychologique. C'était douloureux, bien sûr, mais on le gavait de morphine, et le pire était quand on lui faisait son pansement. Il ne supportait pas qu'on touche son moignon, ou plutôt, la seule façon pour lui de le supporter était de ne pas regarder ce qui se passait pendant ce temps. Entre deux pansements, son moignon lui faisait mal et le démangeait, et il avait souvent l'impression que sa main était toujours là. Pourtant, tout cela n'était rien à côté de certaines choses qu'il avait vues. Aujourd'hui il regardait son moignon recouvert de soie noire avec son petit coussinet au bout et se disait qu'il avait eu une chance incroyable.

Quand Edward s'était relevé pour partir, il l'avait embrassé – chose que les deux frères ne faisaient jamais en temps normal – et avait dit : « Fais attention à toi, mon vieux. » « Toi aussi », avait-il répondu, essayant de prendre un ton désinvolte. « Compte sur moi. » Il s'était éloigné dans la salle commune sans se retourner. Lui était resté étendu là à contempler au bout de la pièce les portes qui continuaient à battre doucement derrière son frère, en se disant : C'est un monde foutrement abominable et je ne reverrai jamais mon frère. Puis il s'était aperçu qu'il tenait le mouchoir d'Edward en boule dans sa main gauche.

On l'avait rapatrié dans un hôpital en Angleterre – une sorte de grande maison de campagne transformée en maison de convalescence –, et ses côtes et son moignon avaient guéri, les horribles maux de tête, les cauchemars et les sueurs froides s'étaient un peu calmés et on l'avait renvoyé chez lui, faible, irritable, déprimé et trop fatigué et trop vieux pour se soucier de grand-chose. Il avait vingt-deux ans. Edward, bien sûr, était revenu, sans rien de plus grave que des poumons fragiles à cause du gaz qui, des semaines durant, avait flotté dans les tranchées, et des engelures qui lui avaient valu de perdre un orteil, mais le plus bizarre c'était que lui ne paraissait pas changé du tout, il semblait exactement le même qu'avant leur départ pour la France, il était plein d'énergie et de facétie, passait des nuits blanches à danser, et allait travailler toute la journée, frais comme un gardon. Les filles tombaient facilement amoureuses de lui : il recevait sans arrêt de petits stylos et autres bracelets en or gravés des prénoms Betty, Vivien ou Norah, partait constamment en week-end jouer au tennis, chasser ou assister à des bals campagnards, devait avoir rencontré plus de parents de jeunes filles auxquelles il s'était fiancé à la légère que la plupart des hommes, mais s'en sortait chaque fois haut la main. Il ne parlait jamais de la guerre ; c'était comme s'il s'était agi d'un pensionnat particulièrement sévère où la mort et la mutilation avaient remplacé les simples persécutions, mais qu'aujourd'hui le calvaire était fini et qu'il savourait des vacances éternelles. La seule fois où Hugh l'avait vu perdre un peu pied, c'était quand Edward était tombé amoureux d'une jeune femme dont le mari souffrait d'une grave psychose traumatique qui l'avait rendu invalide. Il était réellement fou d'elle – Jennifer quelque chose, elle s'appelait –, mais bientôt il avait rencontré Villy, et l'affaire avait été réglée – non sans rebondissements. Ensuite, lui-même avait rencontré Sybil et il était tombé tellement amoureux d'elle qu'il avait cessé de remarquer ce qui pouvait se passer autour de lui. Sybil ! Elle avait changé sa vie : la rencontrer avait été la chose la plus incroyablement...

« Désolée d'avoir été si longue. Le biberon était beaucoup trop chaud et j'ai dû le refroidir. » Pressant la tétine, elle fit gicler une goutte de lait sur le revers de sa main. « Tu ferais mieux de me le donner, sinon il va se fâcher. » Hugh embrassa son bébé sur la nuque – en séchant, ses cheveux dessinaient de tendres petites boucles –, puis, tout en lui confiant le nourrisson, il embrassa sa femme sur la bouche.

« Chéri ? Qu'est-ce qui t'arrive ? » Elle prit le bébé qui rouspétait et s'installa dans un fauteuil.

« Je repensais à notre rencontre.
— Ah bon ? » Elle lui lança un regard mi-flatté, mi-timide.

« Le plus beau jour de ma vie. Écoute, je suppose qu'avec cette chaleur, tu ne voudrais pas venir à Londres... juste pour une nuit ?
— Bien sûr que si ! » Elle s'était demandé si elle devait se dérober. Non qu'elle n'ait pas envie de le voir, mais elle avait horreur de laisser Wills, et Londres paraissait vraiment étouffant et fétide quand on arrivait de la campagne.

« Tu es sûre ? Parce que je suis parfaitement heureux tout seul.
— Sûre. » Elle savait qu'il ne l'était pas.

« Je t'emmènerai au théâtre voir Lunt et Fontanne. À moins que tu ne préfères la pièce d'Emlyn Williams ?
— Les deux me vont. Tu préfères quoi, toi ?
— Tout me va. » Il aurait préféré dîner tranquillement avec elle sans aller nulle part. « La saison des huîtres a dû commencer. On pourra aller d'abord chez Bentley's. On passera une soirée formidable. »

Au jeu de l'abnégation, entre eux, c'était échec et mat.

\*

Sid attrapa son bus 53 à l'angle de Trafalgar Square et monta à l'étage s'asseoir tout à fait à l'avant. Elle régla ses quatre pence avant de prendre l'escalier ; maintenant, avec un peu de chance, on lui ficherait la paix. Elle s'installa, se moucha, et s'efforça d'être raisonnable selon la définition de Rachel. Mais comme presque chaque fois, ce fut une rancœur qui s'empara d'elle, amère et continue, et d'une ampleur qu'elle dissimulait totalement à sa R chérie. Elle pouvait comprendre que le Brig était en train de devenir aveugle, et que c'était affreux pour lui, mais pourquoi fallait-il forcément que ce soit Rachel qui s'occupe de lui ? Il était marié, non ? Et si la Duche y mettait du sien, pour changer ? Cette idée semblait n'être jamais venue à aucun d'eux. La Duche était parfaitement capable de lui faire la lecture, d'écrire sous sa dictée s'il le fallait, de l'aider pour son courrier et de le guider dans ses déplacements. Pourquoi fallait-il que Rachel ait la sensation que ses parents, l'un comme l'autre, se reposaient si entièrement sur elle ? Pourquoi ne voyaient-ils pas qu'elle avait droit à une existence propre ? Rachel avait même laissé entendre aujourd'hui qu'elle serait peut-être obligée de renoncer à l'Hôtel des Tout-Petits, car le Brig serait bientôt trop accaparant pour qu'elle puisse y remplir convenablement ses fonctions. Or si Rachel renonçait à ce travail, adieu son unique excuse pour s'éclipser durant ces vacances sans fin. La faute au concept victorien de la fille de famille célibataire. L'espace d'une seconde, Sid imagina une Rachel mariée, qui aurait échappé à ce pénible destin, mais la pensée de quelqu'un d'autre, un homme, en train de la toucher s'avérait plus insupportable encore. Il y aurait peut-être eu des enfants, des bambins dont Rachel n'aurait jamais pu se dépêtrer. Mais si le mari était mort ou était parti avec quelqu'un, elle aurait pu aider Rachel à s'occuper des rejetons... elles auraient pu vivre ensemble. Mais non, elle rêvait : Evie aurait toujours été là avec sa santé fragile, sa dépendance, ses malheureux béguins pour des individus impossibles qui ignoraient généralement les sentiments qu'elle avait pour eux et qui se volatilisaient dès qu'ils en prenaient conscience. Evie n'avait qu'elle au monde, comme elle le disait si souvent. Pour une raison ou une autre, elle n'arrivait jamais à conserver un emploi ; elle était jalouse de l'existence de Sid dès que celle-ci ne recoupait pas la sienne. Elle n'avait pas d'argent, et les deux sœurs survivaient tant bien que mal sur le salaire de Sid à l'école, ses cours particuliers et les contributions épisodiques d'Evie. Leur mère leur avait laissé pour seul héritage la petite maison de Maida Vale. Non, décidément, elle aussi était ligotée, ligotée de manière plus inextricable que Rachel. Mais elle n'avait pas la bonté de Rachel : elle détestait son emprisonnement, et n'était même pas sûre que si Rachel était libre, elle n'enverrait pas promener sa sœur... lui laissant la maison et lui intimant de se secouer. Mais Rachel ne serait jamais d'accord. L'image de Rachel dans le salon de thé quand elle avait dit : « Je voudrais être avec toi, plus qu'avec qui que ce soit au monde » lui revint en mémoire. Sur le moment, cela l'avait tellement émue qu'elle avait réagi avec une gaieté de bastringue, mais maintenant qu'elle était seule, cette douloureuse déclaration s'imprimait profondément dans son cœur, aussi apaisante qu'un baume. « Elle m'aime... elle m'aime, moi... entre tous, elle a choisi de m'aimer moi ! Que demander de plus ? » Bon Dieu, absolument rien.

Cette sensation de richesse, ce bonheur d'être aimée à ce point lui permit de supporter la chaleur et la monotonie de la soirée, d'avaler la tourte au poisson au goût de linge mouillé qu'avait confectionnée Evie, de supporter les questions persistantes de sa sœur sur ses activités de la journée, et même, tandis qu'elle préparait un café digne de ce nom, la fouille de son sac par Evie pour y trouver des cigarettes (elle était tout le temps à court, et trop paresseuse pour aller s'en acheter) et y découvrir le gâteau aux noix. « Qu'est-ce que tu fabriques avec ce truc-là dans ton sac ? Oh... du gâteau aux noix ! J'adore le gâteau aux noix ! C'est Rachel qui te l'a donné ? Ça ne te fait rien si j'en prends un tout petit bout ? Je sais bien que c'est mauvais pour mon ulcère, mais je rêve d'une gâterie ! » Là-dessus elle l'engloutit, ses yeux pâles, anxieux et sournois rivés sur le visage de sa sœur pour y guetter le moindre signe de rejet ou de contrariété. Les traits de Sid ne reflétaient ni l'un ni l'autre : chaque fois qu'elle sentait diminuer sa pitié ou son affection, elle adoptait une voix à la désinvolture mal assurée et parvenait à conserver une gentillesse empreinte de détachement.

Après le dîner, elles montèrent le plateau du café dans la salle de séjour étouffante, tellement encombrée par le piano à queue qu'il y avait à peine la place pour leurs deux vieux fauteuils défoncés. On y suffoquait tellement que Sid ouvrit les portes-fenêtres qui donnaient sur le jardin de derrière. Il comportait un énorme tilleul et un petit carré de pelouse qu'elle n'avait pas tondu depuis des semaines. Des épilobes et des asters poussaient dans les étroites plates-bandes contre les murs de brique noirs, et le sentier de gravier qui séparait les plates-bandes de la pelouse était hérissé de pissenlits et de mouron blanc. Ce n'était pas un jardin où elles se plaisaient. L'escalier et la balustrade en fer menant des portes-fenêtres au jardin étaient rouillés ; la peinture cloquée avait besoin d'être décapée. Si sa sœur et elle n'étaient pas invitées à Home Place, se dit Sid, il allait vraiment falloir qu'elle passe une partie des vacances à remettre les lieux en état. Elle n'osa pas parler à Evie de cette possibilité infiniment plus attrayante, car sa déception, puis ses ruminations si cela tombait à l'eau seraient intolérables. Sans compter que Waldo ne partirait peut-être pas en tournée. Les musiciens juifs de son orchestre étaient extrêmement mal à l'aise à l'idée de se rendre dans certaines régions d'Europe, et il semblait probable que la tournée serait écourtée, sinon annulée. Auquel cas Evie tiendrait à rester à Londres et Sid ne pourrait pas s'en aller. Se détournant de la chaleur poussiéreuse du jardin, Sid regagna la chaleur plus poussiéreuse de la pièce et demanda s'il y avait du nouveau au sujet de la tournée.

« Il refuse de m'emmener. J'ai posé la question carrément, ce matin. Je pense que c'est sa femme. Elle est atrocement jalouse, elle n'arrête pas d'entrer dans la pièce quand il me dicte des lettres. C'est d'un ridicule achevé ! »

C'était ridicule, en effet. Mais on ne pouvait guère espérer de la pauvre femme qu'elle sache faire la différence entre une menace potentielle et une autre, son mari étant célèbre pour ses liaisons, aussi bien les aventures d'un soir que les deux maîtresses officielles qu'il entretenait, et dont l'une l'accompagnait bel et bien chaque fois qu'il partait à l'étranger. Evie semblait être la seule à ne pas être au courant pour les maîtresses, ou, plutôt, à refuser de croire à ce qu'elle appelait des médisances. Ce qu'elle voulait dire en réalité, c'était que par son extrême vigilance, l'épouse, une ancienne cantatrice prénommée Lottie, interdisait à la situation de devenir d'un ridicule achevé. Waldo embrassait toutes les femmes qui s'approchaient suffisamment et avait donc embrassé Evie, qui avait été incapable de résister à la tentation de le répéter à Sid. Le baiser s'était produit six mois plus tôt, et Evie laissait désormais entendre que les immenses difficultés de la situation étaient tout ce qui s'interposait entre elle et une joie cosmique. (Parmi les difficultés figurait le tempérament héroïque de Waldo : la colossale et sinistre Lottie constituait, selon Evie, la croix qu'il devait porter.)

Evie était renversée dans son fauteuil, sur l'accoudoir duquel une boîte de *coffee creams* était posée en équilibre : de temps à autre, elle allongeait une main, cherchait à tâtons un chocolat, puis le fourrait dans sa bouche. Elle raffolait des sucreries et était sujette à de fréquentes crises de foie que, tout comme son teint

*Home Place. Fin de l'été 1938*

cireux et sa peau grasse, elle n'attribuait jamais à cette prédilection. Pour sa gourmandise, comme pour sa vie affective, elle refusait catégoriquement de tirer les leçons de l'expérience. C'est un monstre, se disait Sid, mais avec compassion. Depuis la naissance de sa sœur, quand elle avait quatre ans, Sid avait été conditionnée pour penser que les défauts d'Evie étaient dus à la fatalité plutôt qu'à sa propre nature : sa sœur avait toujours été la proie d'affections diverses, et une rougeole, une appendicite aiguë et une péritonite avaient affaibli son corps et renforcé ses pouvoirs de manipulation au point qu'elle pouvait être certaine de bénéficier d'égards particuliers quoi qu'elle fasse ou ne fasse pas. Résultat, son mécontentement était devenu chronique.

Entamant un deuxième bâillement avant même d'avoir fini le premier, elle s'exclama, de cette voix sourde de corne de brume qu'ont les gens qui bâillent, qu'elle était sûre qu'il allait y avoir de l'orage. « Tu avais dit que tu me couperais les cheveux, ajouta-t-elle, passant une main indolente dans sa frange. Ils sont beaucoup trop longs, mais tu les couperas moins que la dernière fois.

— Certainement pas ce soir. Et puis, il serait temps que tu ailles chez un vrai coiffeur : je ne sais faire que les coupes au bol.

— Tu sais que j'ai horreur d'aller seule dans ce genre d'endroits. Et tu ne veux pas que j'aille chez le tien.

— Evie, pour la centième fois, je ne vais pas chez un coiffeur pour dames. Le salon où je vais ne coiffe pas les femmes.

— Il te coiffe bien, toi. »

Comme Sid ne répondait pas à cette remarque, Evie insista : « Si tu te les faisais couper à la garçonne, un coiffeur pour dames s'en chargerait.

— Je ne veux pas d'une coupe à la garçonne. J'aime simplement qu'ils soient très courts. Maintenant ça suffit, Evie. »

Evie avança sa lèvre inférieure en un silence maussade, durant lequel le roulement du tonnerre fut nettement perceptible. Se levant à nouveau, Sid gagna la fenêtre. « Seigneur, si seulement il pouvait pleuvoir. Ça rafraîchirait un peu l'atmosphère. »

Comme Sid le pressentait, Evie continua à bouder jusqu'à ce qu'elle lui propose une partie de bézigue, qui fut acceptée à contrecœur. Trois parties, pas plus, se dit Sid, ensuite je m'échapperai pour écrire à R.

« De toute façon, je ne peux pas te couper les cheveux avec l'orage qu'il y a dans l'air, prétexta-t-elle. Tu te souviens que Maman enveloppait toujours les couteaux dans son imperméable ? Qu'elle pensait que la gomme servait de parafoudre ? »

Evie sourit. « Elle s'inquiétait pour tout. Les échelles, la nouvelle lune, les chats noirs... Pauvre petite Maman, elle a vraiment eu une vie épouvantable ! J'imagine qu'on a hérité de certains de ses travers. Moi oui, en tout cas. Je m'inquiète souvent. Par exemple, tu vois, j'avais peur que tu ne rentres pas ce soir. Je me disais que Rachel allait t'inviter dans le Sussex, et que tu irais là-bas sans te soucier de moi.

— Evie ! Quand ai-je jamais fait une chose pareille ?

— N'empêche, ça pourrait arriver. Maintenant que Maman n'est plus là, nous ne pouvons compter que l'une sur l'autre. Jamais je ne te laisserai, Sid. Si je devais me marier, je n'accepterais que s'il disait que tu peux vivre avec nous.

— Chérie, on y pensera en temps voulu.

— Je sais que tu crois que nous ne nous marierons jamais, mais il peut se produire des choses extraordinaires, tu sais. Le destin peut s'en mêler... » La partie fut suspendue tandis qu'Evie s'abandonnait à ses espoirs et à ses craintes à propos de Waldo, mais surtout, d'après Sid, aux purs fantasmes de son imagination. Deux heures plus tard elles allèrent se coucher.

*

Quand il eut pris son bain et se fut changé pour le dîner, Edward annonça qu'il allait faire un saut au pub afin d'acheter des cigarettes. Villy trouvait qu'elle en avait assez pour eux deux, mais Edward estimait qu'il valait mieux être prudent. En réalité il voulait téléphoner à Diana. Il dut avaler un gin en vitesse pour obtenir de la monnaie à mettre dans l'appareil que Mr Richardson avait récemment fait installer. Le téléphone se trouvait dans un couloir sombre conduisant aux toilettes... pas vraiment intime, mais toujours mieux que rien. Diana répondit au moment où il commençait à se dire qu'elle devait être sortie.

« C'est moi.

— Ah, chéri ! Pardon d'avoir été si longue, j'étais au bout du jardin.

— Tu es seule ?

— Pour l'instant. Et toi ?

— Je suis au pub. Dans un couloir, ajouta-t-il au cas où elle l'aurait imaginé dans un coin tranquille.

— Tu appelles au sujet de demain ?

— Oui. J'arriverai assez tard, j'en ai peur. Sans doute vers neuf heures. Et les garçons ?

— Ian et Fergus sont encore dans le Nord chez leur grand-mère.

— Et Angus ?

— Il est avec eux. Jusqu'à la fin de la semaine. Il n'y a que moi et Jamie.

— Tant mieux !

— Quoi ?

— Tant mieux. Enfin, tu m'as compris.

— Je suppose, oui. Je t'aime.

— C'est réciproque. Il faut que je file. Prends soin de toi. »

Tandis qu'il redescendait la colline en direction de Mill Farm, il s'aperçut qu'il n'avait pas acheté de cigarettes ; puis il se souvint qu'il y avait un paquet de Gold Flakes dans la boîte à gants. Il avait de la chance, décidément ! Ses infidélités ne prêtaient pas à conséquence tant que sa femme n'était pas au courant, mais quelle bêtise ce serait de se trahir par un petit détail comme ça.

*

Ils étaient quatorze et dînèrent tous autour de l'immense table à triple piétement qui avait été rallongée le plus possible, mais, même là, ils étaient serrés. Ils mangèrent quatre poulets rôtis avec de la sauce à la mie de pain, de la purée et des haricots d'Espagne, suivis d'une tarte aux prunes et de ce que la Duche appelait une dariole, en l'occurrence un blanc-manger. Les adultes burent du bordeaux et les enfants de l'eau. Ils parlèrent de ce qu'ils avaient fait ce jour-là ; la sortie à la plage – Rupert fut très drôle en évoquant Neville et sa méduse. « Bexhill ? répéta la Duche, en s'essuyant les yeux (elle pleurait toujours quand elle riait). Où est-il allé chercher un nom pareil ? Bexhill ! » Rupert, qui ne pensait pratiquement qu'à cela, ne dit rien de la proposition du Brig. Edward raconta le tir formidable de Teddy avec le lapin, et Teddy resta là, cramoisi et souriant ; naturellement, Edward ne dit rien de son coup de téléphone. Hugh imita son caddy qui l'imitait en train de jouer au golf d'une main ; il ne dit rien de son anxiété politique. Rachel décrivit le président de l'Hôtel des Tout-Petits presque sourd et, selon elle, complètement fou, menant la réunion sans savoir du tout quelle œuvre de bienfaisance il était occupé à présider. « Il a passé la première demi-heure convaincu qu'il s'agissait d'un établissement pour chevaux à la retraite... c'est seulement quand il a commencé à parler pâtée de son et vermifuge que la directrice s'est aperçue qu'il y avait un malentendu quelque part. » Elle ne dit rien de sa journée avec Sid au sujet de qui, par un effort qui lui avait donné mal à la tête, elle n'avait pas pleuré dans le train. Le Brig raconta deux longues histoires, une sur l'époque où il était en Birmanie et avait rencontré un type extrêmement brillant, lequel type s'était avéré avoir connu quelqu'un qu'il avait rencontré en Australie-Occidentale (ce genre de coïncidences déconcertantes, dont sa longue vie semblait avoir fourmillé, ne cessait de l'émerveiller), et une autre sur le canal de Suez, et quand Edward dit oui, ils l'avaient déjà entendue, le Brig se contenta de répondre peu importe, il allait la leur raconter à nouveau, et le fit. Son récit prit une éternité, et c'est à peine si la tablée feignit de l'écouter.

Zoë et Angela se lorgnaient mutuellement : Zoë avait tout de suite compris qu'Angela s'intéressait à Rupert et l'examina donc plus attentivement. Il fallait reconnaître qu'elle était très jolie... pour qui aimait les blondes aux yeux bleus plutôt pâles. Elle était grande et charpentée, comme sa mère, avec un long cou blanc très ferme, ce que n'était assurément plus celui de cette pauvre Jessica. Elle avait les mêmes pommettes que sa mère, et la même bouche sculptée, sauf que la sienne était peinte d'un rose un peu vif qui s'estompait à mesure qu'elle avalait son dîner. La jeune fille était à l'évidence fascinée par Rupert, qui semblait, Dieu merci, ne pas s'en rendre compte, mais elle croisait le regard de Zoë sans la moindre ruse. Ce n'est qu'une collégienne, au fond, conclut Zoë avec un mélange de soulagement et de mépris.

Angela, qui n'avait pas vu Zoë depuis plus de deux ans, n'en revenait pas de la trouver à ce point inchangée. Elle, Angela, avait tellement changé durant cette période qu'elle supposait qu'il en irait de même pour Zoë, mais la femme de Rupert ne montrait aucun signe de vieillissement. Elle était plus éblouissante et plus belle que jamais, mais Angela avait lu assez de romans pour la soupçonner de ne pas comprendre son mari, auquel cas peu importait son physique. Le Brig termina son histoire ; il ne parla pas de sa satisfaction d'avoir construit largement de quoi héberger sa famille, précaution qui, comme l'énorme quantité de bois dur qu'il avait achetée pour le placage, avait été prise simplement au cas où...

Christopher et Simon renversèrent tous deux leur verre d'eau, et Simon un peu de sauce à la mie de pain, mais personne, nota Christopher, ne fit de remarques sarcastiques sur cette maladresse. Il croisa le regard de Simon lors de l'incident de la sauce et lui adressa un clin d'œil compatissant. Aussitôt, Simon décida que Christopher était le meilleur bougre de l'assemblée. Et lorsqu'on évoqua la fin des vacances – dans à peine trois semaines à présent, et Simon sentit la terreur et le désespoir l'engloutir –, il vit à nouveau le visage de Christopher, inquiet et affligé pour lui. À partir de là, Christopher devint son héros. Alors qu'il souriait et mentait en réponse à la question idiote de Tante Jessica lui demandant s'il était impatient de découvrir sa nouvelle école (impatient !), Christopher lui fit un autre clin d'œil, ce qui était drôlement gentil à lui.

Villy, qui découpa magnifiquement les poulets, donnant à chacun les morceaux qui convenaient et répartissant les quatre bréchets entre Teddy, Louise, Nora et Simon, ne dit pas grand-chose. Après son paisible après-midi avec Jessica, elle se sentait étrangement vidée : le poids de ce qui n'avait pas été dit – de sa part, du moins – pesait sur son estomac comme une indigestion. Elle sentait que Jessica l'enviait, et rêvait de lui expliquer que ce lit de roses n'était pas sans épines. Que sa sœur ait indéniablement trop à faire n'était pas, selon Villy, si malheureux. Jessica n'avait pas le temps de se demander à quoi elle servait, de s'ennuyer, et d'en avoir honte, de rêver d'une catastrophe qui lui offrirait l'occasion de faire quelque chose et par conséquent d'être quelqu'un. Mais outre ces sentiments généraux sur sa vie, il y avait un fait particulier dont elle avait eu la ferme intention de discuter avec sa sœur, et sur lequel elle avait achoppé tout l'après-midi de peur que Jessica ne s'y montre peu sensible, pour des raisons différentes de celles qu'aurait pu lui opposer Sybil, par exemple, ou encore Rachel... Rachel ? Rachel trouvait qu'avoir un bébé était la chose la plus merveilleuse au monde. Car il s'agissait de cela. Elle n'avait pas eu ses règles le mois dernier, la deuxième échéance approchait, elle était presque certaine d'être enceinte, et cette perspective l'épouvantait. Elle avait quand même quarante-deux ans ; à la vérité, elle n'avait pas envie de tout recommencer, d'avoir ce qui équivaudrait à un enfant unique... Lydia avait sept ans. Mais que diable pouvait-on faire si on ne voulait pas de bébé ? Elle savait, bien sûr, qu'il y avait des gens qui se chargeaient de ce genre de choses, mais comment se débrouiller pour les dénicher ? Elle avait envisagé Hermione comme source éventuelle d'information, mais elle n'avait aucune envie de se confier à elle. Et puis, bien sûr, elle n'était pas absolument décidée ; elle s'accrochait à l'idée qu'elle pouvait fort bien se tromper. Elle allait attendre ses règles suivantes, et si elles n'arrivaient toujours pas, elle irait à Londres consulter le Dr Ballater.

Nora, qui était par nature très goulue, décida de renoncer à un deuxième morceau de tarte aux prunes pour l'amour de Dieu. Elle ne prit cette décision qu'après avoir avalé la moitié de son premier délicieux morceau, puis ne put s'empêcher de supposer que Dieu aurait préféré qu'elle s'en prive complètement. « Qu'elle s'en détourne, au lieu de s'en gaver », Lui expliqua-t-elle, espiègle, voulant toujours encourager Son sens de l'humour. Malgré tout, Il comprenait forcément que son sacrifice était beaucoup moins réfléchi si elle ignorait à quel point cette tarte était délicieuse. En réalité, cette excuse ne tenait pas : la nourriture était toujours délicieuse à Home Place... comme le déjeuner du dimanche à la maison, mais tous les jours. Maman était excellente cuisinière, bien sûr ; seulement, elle avait moins de matières premières à cuisiner, et les occasions de sacrifice étaient rares. Se nourrir suffisamment pour rester en vie relevait du bon sens, aussi mangeait-elle avec appétit. Elle se sentait pleine de bon sens, et rêvait d'être moins raisonnable, pleine de certitudes mystiques. Elle parlait énormément à Dieu, mais Il ne lui répondait pas souvent : elle commençait à se dire qu'elle L'ennuyait peut-être, ce qui serait très contrariant, puisqu'Il était connu pour ne pas se soucier de l'apparence des gens et qu'Il devait se soucier d'autant plus de leur essence profonde. Or être ennuyeuse, lui avait toujours dit Maman, était ce qui pouvait vous arriver de pire. Elle avait donné sa part de tarte à Christopher, qui en était à sa troisième, mais comme elle savait qu'il avait toujours une faim de loup après avoir été malade, elle ne lui en voulait pas. Angie avait mangé les fruits et laissé la pâte. Enfin bon, si Dieu se moquait vraiment de l'apparence des gens, Il devait trouver Angela très ennuyeuse. Elle regarda Louise de l'autre côté de la table. Elles avaient passé toutes les deux un long après-midi fascinant dans les hamacs où un certain nombre de secrets avaient été échangés, même s'il restait des choses qu'elle ne lui avait pas encore confiées, ce qui était sans doute aussi vrai de Louise. Ce qui est certain, c'est que presque rien de ce dont elles avaient discuté n'aurait convenu au public familial et elles auraient à coup sûr choqué leurs mères, car, si fou et saugrenu que ce soit, elles semblaient toujours être communément considérées comme des enfants.

Quand il ne resta plus une miette des tartes aux prunes, les plus jeunes convives n'eurent qu'un désir, sortir de table : Simon, Christopher et Teddy parce qu'ils ne voyaient pas l'intérêt de rester à table une fois qu'on avait mangé tout ce qu'il y avait dessus ; Louise et Nora parce qu'elles rêvaient de reprendre leur conversation intime ; et Angela parce qu'elle voulait que Rupert admire plus intégralement sa personne qu'il ne le pouvait quand elle était assise. Les femmes, elles aussi, étaient prêtes à déserter, car le Brig avait attaqué son Stilton plus qu'à point – Christopher trouvait étonnamment gentil de sa part de laisser les vers continuer à manger avec lui –, et commencé à exposer ses opinions sur Mr Chamberlain, qu'il jugeait bien moins compétent comme Premier ministre que Mr Baldwin, qu'on n'aurait jamais dû mettre au placard, selon son expression. La Duche surprit tout le monde en déclarant qu'elle n'avait jamais aimé Mr Baldwin, mais ne trouvait certes pas que Mr Chamberlain constituait un progrès. Ce à quoi Rupert répondit : « Maman chérie, tu sais bien que la seule personne que tu admires réellement est Toscanini, mais comme la population anglaise ne l'accepterait jamais à un tel poste, te voilà condamnée à la déception », et avant qu'elle n'ait pu répliquer que *même elle* n'était pas stupide à ce point, le tonnerre qui grondait au loin par intermittence éclata soudain au-dessus de leurs têtes. Sybil se leva pour aller voir si le bruit avait réveillé Wills, permettant par là aux femmes et aux enfants de laisser le Brig et ses fils déguster tranquillement leur porto.

Dans le vestibule, la pluie tambourinait sur la lucarne et, quelques instants plus tard, Louise et Nora, cherchant des impers à emprunter pour rentrer à Mill Farm, tombèrent sur Clary et Polly, trempées comme des soupes dans leurs chemises de nuit. « Mais enfin, vous venez d'où ? » demanda Louise, qui, en réalité, avait deviné. Festin nocturne, comme elle-même en avait organisé l'année dernière avec Polly.

« Festin nocturne, répondit Polly. Où est tout le monde ? Il faut qu'on arrive à monter sans qu'on nous voie. » Elle trouvait que Louise, ô tristesse, avait le même ton que les adultes et risquait fort de ne pas les soutenir.

\*

La pluie cessa au petit matin et la journée commença dans une brume blanche. On décréta que ce n'était pas un jour pour aller à la plage. Clary essaya de pousser les autres à s'indigner, mais même si tout le monde s'accordait à reconnaître que c'était injuste, personne ne semblait s'en offusquer suffisamment pour réagir. « À quoi bon ? On ne sait pas conduire », souligna Polly. Tante Rachel annonça que Mrs Cripps avait besoin de tonnes de mûres pour faire de la gelée, et qu'il y avait une récompense pour celui qui en cueillerait le plus. Les sept plus grands se mirent en route armés de saladiers et de paniers. Bexhill était morte dans la nuit ; Neville refusait de croire Ellen, mais Tante Villy, quand on alla la chercher pour qu'elle examine la masse blanche gélatineuse immobile dans la baignoire, déclara que cela ne faisait hélas aucun doute.

« Mais elle n'a pas souffert, n'est-ce pas ? demanda Judy avec sérieux. Ou bien si ? »

Villy s'empressa de répondre qu'elle était sûre que non.

« Enfin, qu'est-ce qui s'est passé ? demanda Neville, impérieux. Pourquoi elle a arrêté brusquement d'être en vie ?

— Elle a rendu l'âme, dit Lydia. Elle est morte. Tout le monde meurt un jour. » Elle avait l'air un peu effrayée. « C'est une chose tout ce qu'il y a d'ordinaire. Soit on se fait assassiner, soit on meurt comme ça. On n'est plus là. On ne peut plus faire quoi que ce soit. On est juste... un souffle. »

Ces remarques ne rassurèrent personne, Villy s'en rendit compte, aussi suggéra-t-elle qu'ils organisent un bel enterrement. Cette perspective sembla remonter le moral de l'assemblée, et les enfants passèrent le reste de la matinée à mettre au point la cérémonie.

*

Assise dans sa cuisine, Mrs Cripps offrait gâteau après gâteau à Tonbridge, qui passait toujours en milieu de matinée. Son ulcère, aggravé par la friture forcenée des petits déjeuners de Mrs Tonbridge, ne pouvait être apaisé que par des pâtisseries et une oreille compatissante. Mrs Cripps ne fit aucune réflexion sur Mrs Tonbridge mais accueillit l'information indirecte lâchée à son sujet avec un intérêt impassible qui n'en montrait pas moins dans quel camp elle était.

« C'est le calme, vous comprenez. Ça lui tape sur les nerfs.

— J'imagine. » Elle déploya le *Sunday Express* sur sa table immaculée. FIN DE CRISE DANS HUIT JOURS, pouvait-on lire. AUCUNE SURPRISE À PRÉVOIR. Attrapant la corbeille de jardinier, elle déversa un tas de haricots d'Espagne sur le journal. « Voulez-vous une autre tasse de thé ?

— Je ne dis pas non. »

Elle gagna le fourneau et, s'emparant de la grosse bouilloire en fer qui trônait dessus, elle remit de l'eau dans la théière marron. Elle a une belle poitrine, songea Tonbridge, avec regret. La poitrine n'avait jamais été l'atout essentiel de Mrs Tonbridge.

« Je l'ai emmenée boire un verre au pub l'autre soir.

— Ah oui ?

— Elle a dit que ça manquait d'animation. Bien sûr, ça vaut pas les pubs de Londres.

— Normal. » Mrs Cripps était allée à Londres une fois ou deux, mais elle n'avait jamais été dans un pub là-bas, et depuis la mort de Gordon, il n'y avait eu personne pour l'emmener dans un pub ici. « Quel dommage ! » Elle n'était pas du genre à faire des remarques sur les autres, mais celle qu'elle se garda de faire demeura en suspens, presque tangible. Tonbridge prit le dernier gâteau et regarda Mrs Cripps enlever les fils des haricots. Ses manches retroussées laissaient voir des bras musclés blancs comme du marbre ; ils contrastaient vivement avec ses mains, pas blanches du tout.

« Elle pourrait aller en bus à Hastings. Regarder les boutiques et autres.

— Elle pourrait. » Il n'épilogua pas ; il avait déjà eu cette idée et l'avait rejetée. Ce qu'il espérait, c'était que sa femme trouve les lieux tellement calmes qu'elle retourne à Londres, et le laisse en paix. Il rota doucement, le nez de Mrs Cripps se fronça, mais elle fit comme si elle n'avait rien entendu. Elle décida de changer de sujet pour aborder une question dénuée d'importance.

« Et qu'est-ce que vous pensez de ce qui se passe avec Hitler et tout ça ?

— Si vous voulez mon avis, Mrs Cripps, tout ça c'est entre la presse et les politiciens. Une tempête dans un verre d'eau ; des rumeurs alarmistes. Aucune raison de s'inquiéter. Si Hitler se pousse trop du col, il y a toujours la ligne Maginot.

— Oui, c'est pas rien », acquiesça-t-elle. Elle ne savait absolument pas de quoi il parlait. Une ligne ? Quel genre de ligne ? Où ça ? Non, elle ne voyait pas du tout ce qu'une ligne venait faire là-dedans. Elle revint à des commentaires plus anodins. « Si vous voulez savoir, Mr Tonbridge, je trouve qu'Hitler devrait se faire tout petit.

— Il devrait, Mrs Cripps, mais n'oubliez pas, c'est un étranger. Bon, c'est pas tout ça, fit-il en se levant, faut nettoyer les fusils de Mr Edward. Merci pour ce moment très agréable. Ça me change. D'avoir quelqu'un avec qui discuter », ajouta-t-il, histoire de bien souligner qu'il la jugeait plus intéressante qu'une certaine personne.

Mrs Cripps redressa la tête et une énorme pince à cheveux dégringola sur la table.

*Home Place. Fin de l'été 1938*

« Quand vous voulez ! » dit-elle en remettant la pince en place.

\*

Dans la soirée, une voisine de la mère de Zoë appela pour prévenir que cette dernière avait eu une crise cardiaque et qu'il n'y avait personne pour s'occuper d'elle. Le lendemain, Rupert emmena Zoë à la gare. « Je suis sûre que je ne serai pas obligée de rester, affirma-t-elle, entendant par là qu'elle n'y tenait pas le moins du monde.
— Reste aussi longtemps qu'il faudra. S'il est plus facile de s'occuper d'elle chez nous, installe-la à la maison. » Depuis le mariage de Zoë, sa mère habitait un appartement minuscule. « Oh, non ! Je ne pense pas que ça lui plairait. » L'idée de devoir affronter sa mère en plus de leur maison vide sans Ellen pour assurer l'intendance l'épouvantait. « Je suis sûre que Maman préférera de loin être chez elle.
— En tout cas, passe-moi un coup de fil pour me dire comment ça va. Ou moi je t'appellerai. » Sa belle-mère avait la phobie des appels longue distance. Il emporta la valise de Zoë au guichet et lui acheta son billet. « Tu as assez d'argent, ma chérie ?
— Je crois. »
Pour plus de sûreté, il lui donna cinq livres supplémentaires. Puis il l'embrassa ; perchée sur le liège de ses semelles compensées, elle lui arrivait plus haut que d'habitude. Ils s'étaient disputés au lit la veille au soir sur la question de savoir s'il devait ou non entrer dans l'entreprise. En le voyant si indécis, elle avait essayé de lui forcer la main et, pour une fois, il s'était mis en colère et elle avait boudé jusqu'à ce qu'il s'excuse, puis elle avait pleuré pour l'inciter à la réconciliation coutumière sur l'oreiller, mais la chose avait été moins amusante que d'ordinaire. « Je sais que tu feras ce qui est bien », lui dit-elle à présent, et elle vit l'expression

sévère et lasse de son mari se détendre dans un sourire. Il l'embrassa à nouveau et elle insista : « Je sais que tu prendras la bonne décision. » Heureusement, le train arriva, et il n'eut pas à répondre.

Mais quand elle fut partie et qu'il eut regagné la voiture en s'efforçant de refréner une terrible impression de soulagement, il se sentit plus perdu que jamais.

*

Partager leur chambre avec Angela les rendait chèvres : leur cousine se comportait comme une star de cinéma ou une maîtresse d'école, et à vrai dire Louise et Nora ne savaient pas ce qui était le pire. Elles décidèrent d'émigrer. Le seul refuge pour elles était une des mansardes, à laquelle on accédait par une petite échelle escarpée dissimulée par une porte de placard. Elles montèrent au grenier et se retrouvèrent dans une pièce en longueur avec un toit à la pente si raide qu'elles ne pouvaient se tenir debout qu'au milieu. À chaque extrémité se découpait une petite fenêtre à carreaux sertis de plomb couverte de vieilles toiles d'araignée poussiéreuses. La pièce sentait vaguement la pomme et le sol était jonché de cadavres de mouches bleues. Louise ne trouvait pas les lieux très prometteurs, contrairement à Nora, qui était enchantée. « On va tout récurer, blanchir le plafond et les murs à la chaux et ce sera merveilleux ! » Elles s'y attelèrent. Le grenier était une véritable étuve et elles se mirent en maillot de bain pour le chaulage, jusqu'à ce qu'un des ouvriers du Brig, qui travaillaient sur l'un de ses divers chantiers, vienne réparer les fenêtres. Ce fut pendant qu'elles chaulaient la pièce ensemble qu'elles eurent une conversation qui changea sa vie. Elle n'arrêtait pas de disserter sur sa carrière auprès de Nora, qui savait très bien écouter et avait l'air dûment impressionnée par l'ambition de sa cousine de jouer Hamlet à Londres.

*Home Place. Fin de l'été 1938*

« Mais... tu ne seras pas obligée d'intégrer une troupe de répertoire ? Enfin, tu sais, à Liverpool, Birmingham ou ailleurs ?

— Oh, je ne crois pas. Ce serait trop barbant. Non, je m'inscrirai dans un cours de théâtre, l'École royale centrale ou l'Académie royale d'art dramatique, et je serai repérée quand on montera la pièce de fin de trimestre. Voilà mon plan.

— Je suis sûre que ça marchera. Tu es extrêmement douée. » Louise lui avait interprété quelques passages de Shakespeare durant l'été dernier, et son Ophélie l'avait fait fondre en larmes. « Pourquoi Hamlet en particulier ? demanda-t-elle après un silence. Pourquoi pas Ophélie ?

— C'est un rôle minuscule. Hamlet est le meilleur rôle qui soit. Alors, évidemment, c'est celui-là que je veux.

— Je vois. » Elle dit cela avec un grand respect, sans chicaner ni persifler comme la plupart des gens.

« En attendant, bien sûr, au lieu d'entamer ma carrière, je dois continuer à perdre mon temps avec Miss Milliment. Et pas moyen qu'on me dise quand je serai enfin autorisée à suivre un cours de théâtre. Les autres n'ont pas ce genre de problème. Polly veut simplement avoir sa maison à elle pour y caser tout ce qu'elle a accumulé, et Clary veut devenir écrivain, donc peu importe ce qu'elle fera ensuite. J'ai fini ce bout-là... Soufflons un peu. »

Elles allèrent s'asseoir près de la petite fenêtre et se partagèrent un Crunchie. Un silence paisible s'installa.

« Toi, qu'est-ce que tu vas faire ? » demanda Louise avec indifférence. Elle ne s'attendait pas à une réponse passionnante.

« Tu promets de ne le répéter à personne ?

— Promis.

— Eh bien... j'hésite encore... mais je crois que je vais devenir bonne sœur.

— Bonne sœur ?
— Pas tout de suite. Maman m'envoie d'abord dans une sorte d'école de cuisine pour jeunes filles de bonne famille l'été prochain. Je n'ai pas le choix parce que c'est Tante Lena qui paie, et elle se fâche tout rouge quand les gens ne font pas ce qu'elle veut.
— Mais la cuisine... et les autres trucs qu'on t'apprend dans ces boîtes-là... à quoi ça te servira si tu dois finir bonne sœur ?
— On peut faire des tas de choses pour la gloire de Dieu, répondit Nora d'un ton serein. Ce qu'on fait n'a en réalité aucune importance. Tu ne veux pas venir avec moi ? »

L'idée lui parut absurde, mais Nora lui fit remarquer qu'elle ne pouvait pas devenir une actrice mondialement connue si elle n'arrivait pas à se détacher de sa famille et à quitter sa maison. « Si tu venais avec moi, on partagerait une chambre, et tu te sentirais beaucoup moins mal. Je parie qu'ils te laisseraient venir : on dit toujours que c'est bien pour les filles d'apprendre les arts ménagers.

— Je vais y réfléchir. » En sentant son cœur commencer à battre à grands coups et sa nuque se glacer, elle décida de reporter sa réflexion. Elle détourna l'attention de Nora en lui posant une foule de questions sur ce qu'impliquait le fait d'être bonne sœur.

\*

Le vendredi matin, Raymond téléphona à Jessica pour dire que Tante Lena avait pris froid et qu'il lui était impossible de la laisser. Cette nouvelle, quand il l'apprit, causa à Christopher un tel soulagement qu'il vomit dans l'allée de Home Place en allant chercher Simon. C'était merveilleux : cela voulait dire qu'avec un peu de chance ils auraient rassemblé suffisamment d'affaires pour être partis avant que son père n'arrive, bien plus facile que d'agir sous son nez. Car Simon et lui avaient décidé de s'enfuir : Simon parce qu'il était terrifié par sa nouvelle école, et Christopher parce qu'il ne pouvait plus supporter la vie à la maison. Chipant tout ce qu'ils pouvaient trouver, ils avaient passé quatre jours fiévreux à transporter provisions et matériel dans la cachette de Christopher dans les bois – une petite tente car il avait renoncé à son projet de construire une maison étanche. Ils avaient pris des choses en se disant qu'ils ne coûteraient plus rien à personne après leur départ et qu'il n'était donc que justice d'emporter le nécessaire, à condition d'opérer en toute discrétion. Mrs Cripps ne comprenait pas où était passée la casserole qu'elle utilisait pour faire les œufs à la coque, tout comme la petite bouilloire qui venait en renfort de la grande. Il manquait des couverts à Eileen, du plaqué, Dieu merci, pas l'argenterie, et deux grandes boîtes en fer-blanc qui servaient à ranger les biscuits et le cake avaient disparu de l'office. Elle avait également remarqué qu'elle avait beau remplir les sucriers, ils étaient vides le lendemain matin. Christopher dressait d'énormes listes de ce dont ils avaient besoin, et ils cochaient les articles une fois qu'ils les détenaient. Le coup le plus rude avait été les lits de camp, que la Duche remisait dans l'armurerie et qui, pile au moment où ils s'apprêtaient à les prendre, avaient été transportés à Mill Farm pour ce foutu grenier des filles. Ils avaient déniché dans la resserre des transats un vieux matelas gonflable, mais il était troué et ils durent passer beaucoup de temps à le réparer. Et puis, Simon avait découvert dans le quartier des cuisines un placard à provisions bourré de confitures, de boîtes de sardines et de corned-beef, et, tous les soirs, quand Teddy dormait – par chance, il dormait comme une souche –, il descendait à pas de loup remplir de ces victuailles son nouveau sac à linge acheté pour l'école. Il était atrocement fatigué parce qu'il devait rester éveillé une éternité une fois Teddy endormi, et être sûr que les adultes aussi s'étaient tous retirés dans leur chambre. La liste semblait ne pas avoir de fin, parce qu'ils n'arrêtaient pas de penser à des objets indispensables ou qui pourraient le devenir : ouvre-boîte, piles pour lampe de poche, sans oublier un seau... Christopher proposait en effet d'aller traire les vaches de très bonne heure dans les champs voisins avant qu'elles ne soient ramenées à la ferme. Simon jugeait cette idée épatante.

Ce matin ils comptaient dérober des pommes de terre dans la remise où Mr McAlpine les entreposait. Ils avaient tous les deux des sacs à dos, parfaits pour cet usage, mais Christopher prévint Simon qu'ils allaient devoir effectuer plusieurs voyages. « Tant qu'on n'aura pas appris à faire du pain, il nous en faudra. » Simon, essayant d'imaginer la vie sans pain, fut pris d'une telle fringale qu'ils durent marquer un arrêt le temps qu'il croque quatre pommes. Ils avaient l'intention de garer le vélo de Simon à l'autre bout du bois, de façon que celui-ci puisse aller chercher des vivres s'ils étaient à court. Le problème le plus embêtant était l'argent. Christopher avait trois livres et six pence, Simon seulement cinq shillings. Prendre de l'argent, c'était voler, et Christopher y était catégoriquement opposé : ils allaient devoir apprendre à exploiter les ressources de la nature, dit-il. Cette perspective n'emballait pas Simon. La nature n'offrait ni chocolat ni limonade, mais il savait que c'étaient là des pensées indignes. « Il faut être prêt à renoncer à certaines choses », disait Christopher, mais lui voulait fuir ses parents alors que Simon appréhendait un peu de ne plus revoir sa mère, Polly ou Papa – lesquels, à l'exception de Wills – quoique ? –, risquaient d'être accablés de chagrin. « Et si on a besoin d'aller chez le dentiste ?

— Si tu étais sur une île déserte, il n'y aurait pas de dentiste. On sera obligés d'arracher la dent cariée. On ferait mieux d'emporter de la ficelle pour ça. » Simon pensa à Mr York qui n'avait que trois ou quatre dents

– quoique ultra longues dans sa mâchoire du haut – mais bon, il était vieux ; il se passerait beaucoup d'années avant qu'ils lui ressemblent.

« Et s'il y a une guerre ? demanda-t-il quand ils eurent casé les pommes de terre dans la tente maintenant pleine à craquer.

— Je serai objecteur de conscience.

— Tu ne serais pas obligé d'aller à Londres pour ça ? Je veux dire, comment les gens le sauraient, sinon ?

— Oh, je suppose qu'il suffit d'envoyer son nom quelque part. J'étudierai le problème le moment venu », ajouta-t-il assez pompeusement. Dans leur relation, il était désormais le meneur et celui qui savait tout : il n'était pas habitué à ce rôle, mais il l'appréciait trop pour accepter l'érosion de son autorité.

« Peut-être qu'il n'y a plus d'école en cas de guerre ? suggéra Simon tandis qu'ils repartaient d'un pas lourd.

— J'en doute. Tu veux traverser le bois, ou tu préfères que ce soit moi aujourd'hui ?

— J'y vais. »

Afin de repérer d'éventuels espions à l'affût de leur cachette, Christopher avait décrété qu'il leur fallait rentrer à la maison séparément et par des chemins différents. Simon ne voyait personne s'intéresser un tant soit peu à eux, pourtant il remonta par le côté est du bois derrière la maison, s'assit sur l'échalier à l'entrée, et compta docilement jusqu'à deux cents avant d'entreprendre de le traverser, sans se presser. L'après-midi, il allait devoir jouer au squash avec Teddy qui commençait à remarquer qu'il n'était plus disponible pour des balades à vélo. Teddy n'aimait pas beaucoup Christopher, qu'il jugeait un peu bizarre ; d'après Christopher, c'était celui qui ne devait en aucun cas soupçonner leur projet. Simon avait expliqué à Christopher qu'il ne pouvait pas couper aux parties de squash et parfois de tennis, et Christopher avait dit : « Tu as raison », et passé ces moments-là à leur fabriquer des arcs et des flèches et à réorganiser la liste. En réalité, Simon aimait jouer au squash – un sport qu'il abandonnerait bientôt à jamais –, mais aujourd'hui ce qui lui ferait vraiment plaisir ce serait de se servir deux fois de chaque plat au déjeuner et puis d'aller dormir.

*

Tous les matins au réveil, Angela se postait à la fenêtre de la chambre que, Dieu soit loué, elle avait désormais pour elle seule. En se penchant, elle apercevait tout juste la fumée bleue qui sortait de la cheminée de la cuisine de Home Place trois cents mètres plus haut sur la colline : elle avait soigneusement mesuré la distance. Puis elle priait, avec ferveur, en marmonnant. « Oh, mon Dieu, faites qu'elle ne revienne pas aujourd'hui », et jusqu'ici Dieu l'avait exaucée. Cinq jours auparavant, elle était une personne complètement différente ; à présent elle avait changé du tout au tout, et ne serait plus jamais la même. À présent, quelquefois, quand l'absence se combinait au manque, elle éprouvait presque la nostalgie de son ennui de jadis, de ces semaines, ces mois et même ces années interminables qu'elle avait passés à attendre quelque chose, ou à s'occuper de stupides petits détails parce qu'elle ne trouvait aucun sujet qui mérite sa sérieuse considération. La vieille rêverie récurrente où Leslie Howard, Robert Taylor ou Monsieur de Croix (le médecin de famille à Toulouse), agenouillé à ses pieds, ou dressé au-dessus d'elle, était contraint d'avouer sa passion éternelle, et où, assise là parée de divers atours romantiques qu'elle ne portait pas dans la vie ordinaire, elle acceptait ses hommages avec grâce et lui cédait sa main (rien que sa main !), sur quoi le rêve s'évanouissait dans sa gratitude silencieuse et pleine de révérence… cette vieille rêverie n'était plus qu'un mythe à la fois ridicule et embarrassant. Elle se souvenait de tout cela, elle se souvenait aussi qu'à

*Home Place. Fin de l'été 1938*

cette époque elle s'alimentait, dormait et vivait ses journées dans la fastidieuse sérénité de l'ignorance. Elle ne pouvait pas regretter ce passé infantile quand elle ne savait absolument pas à quoi rimait la vie. À présent, cependant, elle y voyait très clair ; elle existait chaque seconde de chaque jour dans un humble délire tremblotant qu'elle parvenait, non sans un certain brio, à dissimuler totalement. Jessica avait remarqué que, Dieu merci, sa fille aînée semblait avoir cessé de bouder et, à Home Place, où Angela passait le plus de temps possible, la Duche trouvait ses manières et son désir de plaire tout à fait charmants. Le premier jour où elle avait gravi lentement la colline jusqu'à Home Place, elle avait traîné sur la pelouse de devant, en espérant qu'il se passe quelque chose. Teddy, Clary et Polly faisaient la course à vélo en tournant inlassablement autour de la maison. Au troisième tour, Clary était tombée en essayant de doubler Teddy.

« Aïe ! C'est pas juste ! cria-t-elle dans le dos de Teddy. Tu m'as coincée contre le porche ! »

Angela regarda la grande écorchure sale où perlait le sang. « On ferait mieux d'aller trouver ton père. Il faut nettoyer ça.

— Il est pas là. Il a emmené Zoë à la gare parce que sa mère est malade.

— Franchement, Clary, il vaudrait mieux mettre un peu d'iode. Je vais m'en occuper. »

Polly avait lâché son vélo. « C'est gentil, mais tu ne saurais pas où sont les choses », dit-elle à Angela, en entraînant Clary dans la maison.

Angela était donc libre de s'en aller. Elle se mit à descendre la colline, dépassa Mill Farm et se dirigea vers Battle. Elle marchait avec lenteur, car elle ne voulait pas mourir de chaud et avoir le nez luisant. Elle n'en était pas moins très fatiguée quand la voiture de Rupert ralentit et qu'il la héla.

« Où est-ce que tu vas comme ça ?

— Je me promène, c'est tout.

— Grimpe. Tu te promèneras en auto. » Il poussa la portière de l'intérieur, et elle monta d'un air sage. Un jeu d'enfant ! se dit-elle ce premier matin.

Ils remontèrent la colline en silence, mais lorsqu'ils atteignirent le portail de Home Place, Rupert dit : « Je n'ai pas envie de rentrer tout de suite. Si on continuait un peu notre balade ? Mais je te laisse descendre si tu as mieux à faire.

— Je t'accompagne », dit-elle, comme si elle lui faisait une concession.

Il dut prendre la chose pour telle, car il dit : « C'est gentil. En fait, j'ai un problème et je serais content de pouvoir parler à quelqu'un. »

C'était si inattendu et si flatteur pour elle qu'il ne lui vint aucune réponse suffisamment mûre et spontanée. Elle lui lança un regard oblique : il fronçait légèrement les sourcils, les yeux fixés sur la route. Il portait une chemise de flanelle bleu foncé ouverte au col si bien qu'elle pouvait voir son long cou osseux. Elle se demanda quand il allait se mettre à lui exposer son problème, et ce que diable ce problème pouvait être pour que Zoë et lui...

« Je t'emmène admirer une vue fantastique, dit-il.

— Ah, très bien », répondit-elle, lissant sa robe de voile vert pomme sur ses genoux.

Lorsqu'ils arrivèrent là-haut, elle n'eut guère de surprise. Elle n'avait jamais compris l'intérêt des panoramas : ils semblaient simplement beaucoup plus étendus que ce qu'on pouvait voir quand il n'y en avait pas, en l'occurrence des kilomètres de champs de houblon, de champs ordinaires et de bois, ainsi que quelques vieilles fermes. Rupert se gara sur le bas-côté, et ils marchèrent jusqu'à une barrière jouxtant un échalier. Il l'invita à s'asseoir sur l'échalier, puis, appuyé sur la barrière à côté d'elle, il se mit à contempler le panorama. Quant à elle, elle l'observait.

« Merveilleux, n'est-ce pas ?

— Oui, merveilleux.
— Tu veux une cigarette ?
— S'il te plaît. »

Quand il eut allumé leurs cigarettes, il la regarda, et dit : « Tu es quelqu'un de très calme, n'est-ce pas ? D'une compagnie très reposante.

— Ça dépend », répondit-elle. Elle n'avait pas envie d'être d'une compagnie reposante ; pourtant, elle rêvait qu'il continue à parler d'elle... qu'il découvre la personne fascinante qu'elle comptait être pour lui.

« En fait, mon père veut que je plaque l'enseignement pour entrer dans la boîte familiale. Mais bien sûr, si je fais ça, ça reviendra à brûler mes vaisseaux pour ce qui est de la peinture. D'un autre côté, l'enseignement me prend tellement de temps et d'énergie que je ne peins presque pas de toute façon, alors ça semble un peu injuste, pour tout le monde, de ne pas choisir une vie beaucoup plus confortable. Qu'est-ce que tu en penses ?

— Grands dieux ! lâcha-t-elle enfin, après avoir tenté d'y réfléchir en pure perte. Qu'est-ce qu'en pense Zoë ?

— Oh, elle est complètement pour. Bien sûr, je comprends son point de vue. C'est vrai, ce n'est pas très amusant pour elle d'être le parent pauvre, et la peinture ne l'a jamais particulièrement intéressée. Et puis il y a les enfants... » Il suspendit sa phrase, l'air profondément dubitatif.

« Mais, et toi ? Je veux dire, toi, qu'est-ce que tu veux ? » Elle avait recouvré son assurance, et une chose était tout à fait claire pour elle : elle ne serait pas du côté de Zoë.

« C'est le problème. Je ne semble pas vouloir réellement quoi que ce soit, du moins, pas assez fort. C'est pourquoi je pense que je devrais...

— Faire ce que veulent les autres ?
— Je suppose que oui.
— Alors tu ne seras jamais fixé, pas vrai ? Et, d'ailleurs, comment sais-tu que tu arriveras à tenir ?

— Bien vu ! Évidemment, je n'en sais rien.
— Tu ne pourrais pas arrêter d'enseigner pour être simplement peintre ?
— Non, pas possible. J'ai vendu exactement quatre tableaux dans ma vie, dont trois à la famille. Je ne pourrais pas subvenir aux besoins de trois personnes, plus moi, avec ça.
— Et tu ne pourrais pas entrer dans l'entreprise tout en peignant pendant tes loisirs ?
— Non. L'ennui, vois-tu, quand on est un peintre du dimanche, c'est que les dimanches sont consacrés aux enfants... et à Zoë, naturellement.
— Si j'étais Zoë, commença-t-elle avec prudence, je m'occuperais des enfants le dimanche. Je tiendrais à ce que tu peignes. Si on aime quelqu'un, on veut que ce quelqu'un fasse ce qui lui plaît. » En s'entendant affirmer cela, il lui parut que c'était sûrement vrai.

Mais Rupert se contenta de jeter son mégot de cigarette et d'éclater de rire. Puis, voyant ces immenses yeux bleus s'emplir de reproche, il reprit : « Tu es vraiment chou, et je suis sûr que tu es sincère, mais ce n'est pas aussi facile.
— Je n'ai jamais prétendu que c'était facile », répliqua-t-elle. Elle n'aimait pas être qualifiée de chou.

Rupert, dans une situation plus familière pour lui qu'elle ne pouvait l'imaginer, se crut obligé de se racheter.

« Pardon. Je ne voulais pas paraître condescendant. Je trouve que tu es une personne merveilleusement lucide, très sage pour ton âge, et par-dessus le marché, dit-il en lui caressant légèrement le visage, tu es extrêmement belle. Est-ce que ça ira ? » Il la regarda, scrutateur, avec un petit sourire d'excuse.

Elle se sentit soudain foudroyée : littéralement foudroyée par l'amour. Son cœur bondit, et s'arrêta, puis se mit à battre à coups irréguliers, rapides et affolés ; elle avait le souffle coupé, la tête qui tournait, elle ne voyait

*Home Place. Fin de l'été 1938*

plus, et quand le visage de Rupert redevint net, elle éprouva une sensation de faiblesse indicible, comme si ses membres se liquéfiaient et qu'elle allait tomber de l'échalier, se dissoudre dans l'herbe et ne plus jamais réussir à se mettre debout.

« ... tu ne crois pas qu'on devrait ?
— Oui. Quoi ?
— Rentrer déjeuner. Tu ne m'as pas entendu, n'est-ce pas ? Tu étais à des kilomètres. »

Elle descendit, avec précaution et maladresse, de l'échalier, et le suivit à la voiture. Son visage, où les doigts de Rupert l'avaient caressée, était en feu.

Sur le chemin du retour, il déclara qu'elle avait été drôlement gentille d'écouter ses problèmes assommants, mais qu'en était-il pour elle ? Quels étaient ses projets ? C'était l'ouverture dont elle avait rêvé tout à l'heure, dans l'espoir de le fasciner, de l'impressionner et de le prendre au piège. À présent il était trop tard : elle était incapable d'être autre chose que son nouveau moi, dont elle ne pouvait, ni ne pourrait jamais rien dire.

\*

« Voyons voir... nous sommes le 15 ; tu aurais dû avoir tes règles le premier ?
— Le 2, en réalité. Mais, bien sûr, je ne les ai pas eues le mois dernier. Et franchement, Bob, je ne me sens pas à même de...
— Allons, allons, ne brûlons pas les étapes. Passe derrière le paravent, déshabille-toi, et je vais t'examiner. Cela dit, il est sans doute trop tôt pour être sûr. »

Mais moi je suis sûre, songea Villy, tout en obéissant aux instructions du Dr Ballaster. La plaisanterie entre les belles-sœurs de la famille comme quoi il suffisait de faire un tour en voiture avec Tonbridge si elles avaient des doutes sur leur grossesse – il roulait à vingt à l'heure dès qu'elles étaient enceintes de cinq semaines – lui avait paru très fondée ce matin-là. Tonbridge avait conduit avec une lenteur si lugubre qu'elle avait eu peur de rater son train. Toujours est-il qu'elle s'allongea sur le dur petit divan d'examen haut perché avec une espérance fébrile. Bob n'était pas seulement un très bon médecin traitant, qui avait mis au monde ses deux filles, mais un ami : Edward et lui jouaient au golf en hiver le dimanche, et les deux couples se recevaient régulièrement à dîner. Si quelqu'un était en mesure de l'aider, c'était certainement lui.

« Eh bien, dit-il après plusieurs minutes un peu gênées, je ne peux pas être catégorique, évidemment, mais je pense qu'il est très probable que tu aies raison. »

Villy, avec une soudaineté qui la déconcerta, fondit en larmes. Elle avait voulu se montrer calme, rationnelle et persuasive, et elle se retrouvait en train de sangloter en petite culotte, son sac contenant un mouchoir resté sur la chaise près du bureau du médecin. Mais il lui apporta son sac sans qu'elle le lui demande et lui dit de se rhabiller et qu'ils allaient bavarder un peu. Lorsqu'elle le rejoignit, il avait mystérieusement fait apparaître des tasses de thé et lui offrit une cigarette.

« Bon. Admettons que tu sois enceinte. Est-ce ton âge qui t'inquiète ?

— Entre autres.

— Parce que moi je ne m'inquiète pas du tout pour ça. Tu es une femme en parfaite santé qui a mis au monde trois enfants en parfaite santé. Ce n'est pas comme si tu t'y mettais à... quarante ans, c'est cela ?

— Quarante-deux. C'est surtout que je me sens trop vieille pour tout ce tintouin... sans compter que ce ne serait pas très amusant pour l'enfant, qui serait comme un enfant unique. » En réalité, elle avait envie de dire : « C'est simple, je ne veux à aucun prix d'un autre enfant », mais, en plus d'être son médecin, Bob était un homme, et il y avait fort peu de chances qu'il comprenne. « Je suis sûre qu'Edward ne veut plus d'enfants, ajouta-t-elle.

— Oh, ça m'étonnerait qu'Edward fasse des histoires. Il peut se le permettre financièrement, ce qui est le principal. J'en déduis que tu ne lui as rien dit, mais je te parie qu'il sera aux anges quand tu lui annonceras la nouvelle. » Il y eut un bref silence, durant lequel chacun se demandait ce qu'il pourrait bien dire ensuite.

« Il ne pourrait pas s'agir... des premiers signes... de la ménopause, si ?

— Pas de bouffées de chaleur ? De sueurs nocturnes ? » Elle secoua la tête, rougissant de ces évocations répugnantes.

« Pas de déprime ?

— Eh bien, si... justement. À vrai dire, je ne me sens pas du tout d'attaque pour un autre bébé.

— Eh bien, on ne choisit pas toujours. J'ai connu des tas de femmes qui croyaient ne plus en vouloir et qui découvraient combien elles avaient eu tort quand le bébé arrivait.

— Tu ne vois donc rien que je puisse faire ?

— Non, dit-il d'un ton brusque, et j'espère ne pas lire dans tes pensées, ma chère, mais si tel est le cas, laisse-moi te dire deux choses. Je serais prêt à te rendre énormément de services, mais ne crois pas que je vais t'aider à te débarrasser d'un bébé. J'ai reçu dans ce cabinet des femmes qui auraient donné tout ce qu'elles possédaient pour être à ta place. Et je te conseille également de ne pas chercher d'autres moyens. J'ai aussi reçu des femmes massacrées par des avortements clandestins. Je veux que tu me promettes de ne rien faire du tout, de revenir me voir dans six semaines quand nous serons en mesure de confirmer ou non ton état. » Il se pencha par-dessus son bureau et attrapa une des mains de Villy. « Villy, je serai à tes côtés, je te le promets. Et toi, tu me promets ? »

Elle y fut obligée.

En la raccompagnant et pour apaiser la légère tension qui régnait, il lui demanda si Edward s'inquiétait de la crise, et elle lui répondit qu'elle n'en avait pas l'impression : « Mais je ne l'ai pas vu parce que je suis dans le Sussex avec les enfants, et qu'il n'a pas pu venir le week-end dernier.

— Ah ? En tout cas, gardez les enfants là-bas... c'est bien mieux pour eux. Mary a emmené les deux miens en Écosse, et l'idée m'a traversé l'esprit de les laisser là-bas quelques semaines, le temps qu'on sache à quoi s'en tenir.

— Tu es inquiet, alors ?

— Non, non. Je suis sûr que notre imperturbable Premier ministre arrangera les choses. Je dois avouer que je l'admire d'avoir pris l'avion pour la première fois à soixante-neuf ans. Et j'imagine qu'il ne parle pas un mot d'allemand. C'est impressionnant. Prends bien soin de toi, ma chère. Et réfléchis à ce que je t'ai dit. »

Dehors, elle demeura plantée, indécise : elle avait dit à Jessica et à sa mère qu'elle prendrait le train de quatre heures vingt pour Battle, mais elle n'était qu'à quelques pas de Lansdowne Road, et elle éprouva soudain le puissant besoin de retrouver sa maison, merveilleusement vide de tout occupant, avec la perspective d'un thé et d'une sieste, puis d'une paisible soirée avec Edward, à qui, lui sembla-t-il, elle réussirait peut-être même à parler de tout cela. Elle traversa le grand jardin de Ladbroke Square, privé pour l'été de ses landaus, de ses nounous et de ses bambins, et rejoignit Ladbroke Grove, où elle avait vu de la paille étalée sur la chaussée parce qu'un vieux monsieur était en train de mourir dans la grande maison qui faisait le coin. Elle passa devant la maison de Hugh et Sybil, aux volets clos et à l'apparence très fermée, même si elle savait que Hugh y habitait dans la semaine, puis tourna dans Ladbroke Road. À la vue de l'arrière de sa maison, elle éprouva une bouffée de soulagement : la campagne, c'était bien

*Home Place. Fin de l'été 1938* 371

joli, mais elle adorait Londres, et en particulier cette maison. Edna serait là, si ce n'était pas son après-midi de congé, et elle pourrait prendre son thé et un bain. Le temps aujourd'hui avait été lourd et couvert ; elle mourait de chaud et se sentait poisseuse.

Une fois à l'intérieur de la bâtisse silencieuse, elle se rappela qu'on était mercredi et qu'Edna, par conséquent, serait très certainement sortie. Je vais devoir me faire mon thé moi-même, se dit-elle, en se demandant si elle saurait trouver les accessoires. Il y avait deux piles de lettres sur la table du vestibule, mais elles semblaient être toutes pour Edward : il exagérait de les laisser s'empiler comme ça. Elle décida de lui téléphoner pour le prévenir qu'elle était là, au cas où, se croyant seul, l'envie le prendrait d'aller jouer au billard à son club. Le bureau, où se trouvait le téléphone, avait l'air assez poussiéreux et, près de l'appareil, un gros cendrier, plein des mégots d'Edward, paraissait ne pas avoir été vidé depuis des jours. Elle espérait que le reste de la maison n'était pas dans le même état, sinon elle allait devoir renvoyer Edna. Lorsqu'elle obtint la communication et demanda Edward, il y eut un silence, puis Miss Seafang répondit au poste d'Edward, pour annoncer que Mr Edward était parti à l'heure du déjeuner en précisant qu'il ne repasserait pas. Elle était absolument navrée, mais elle ignorait où il était allé. Elle le préviendrait demain matin que Mrs Edward avait téléphoné et lui dirait d'appeler Mill Farm sans délai. Elle raccrocha avant que Villy n'ait pu lui expliquer qu'elle était à Londres. Non que cela ait la moindre importance, songea-t-elle. Cela ne changeait rien à l'affaire. Frustrée de la soirée dont elle commençait tout juste à se réjouir, elle se sentit gagnée par une profonde colère. Elle se rendit dans la salle de séjour où les stores étaient baissés. On y étouffait littéralement et la pièce, mal aérée, sentait la fumée, ainsi qu'un autre parfum un peu rance dont elle supposa, en remontant un store et en apercevant un vase d'œillets à moitié morts, qu'il venait des fleurs. Décidément, Edna ne faisait pas du tout son travail : il fallait impérativement que Phyllis la mette au pas. Elle renonça à son thé et opta plutôt pour un grand gin tonic qu'elle dégusterait dans son bain. Puis elle se dit qu'elle allait essayer de joindre Edward à son club. Il n'y était pas. La baignoire la plus agréable se trouvait dans le dressing-room d'Edward, qui était dans un désordre effrayant. Elle commençait à supposer qu'Edna devait être partie, peut-être ce matin même, sans quoi Edward l'aurait sûrement prévenue, car même elle n'aurait pas laissé des serviettes de bain humides partout sur le sol, le lit du dressing pas fait, et des chemises, des slips et des chaussettes dans tous les coins. Tout cela était choquant. Pauvre Edward, revenir à la maison après une dure journée de travail pour trouver ce chaos ! Elle allait devoir congédier Edna, en admettant qu'elle apparaisse pour se faire congédier, et faire venir Phyllis à Londres dès demain pour s'occuper de lui. Elle ramassa les serviettes et les drapa sur le porte-serviette, mais décida de laisser le lit tel quel, vu qu'Edward dormirait dans leur chambre. C'était bizarre qu'il dorme là, de toute façon. Elle allait prendre son bain et se changer avant de se mettre à ranger les vêtements de son mari.

Après avoir bien macéré, et bu son gin tonic, elle se sentait beaucoup mieux. Bien sûr, le gin et les bains brûlants étaient une des bonnes vieilles techniques censées provoquer une fausse couche, mais Villy avait conscience de manquer de conviction. En réalité, elle voulait simplement ne pas être enceinte ; le Dr Ballater était arrivé à la mettre mal à l'aise en insistant sur sa responsabilité. En parler à Hermione lui semblait maintenant d'une difficulté insurmontable. Hermione pourrait aisément lui recommander quelqu'un, mais elle n'aurait aucune idée de la compétence ou de la discrétion du praticien. Elle se demanda combien de ses amies – enfin, des relations avec qui Edward et elle dînaient, allaient au théâtre ou sortaient danser – s'étaient jamais trouvées dans cette fâcheuse situation. Il devait y en avoir, mais l'ennui, c'était qu'il s'agissait d'un sujet qu'aucune d'entre elles ne mentionnait jamais, alors en discuter, encore moins. Il allait de soi qu'on avait autant de bébés qu'on le désirait, puis qu'on utilisait la contraception en espérant que tout se passe pour le mieux. Lui revinrent en mémoire plusieurs femmes qui avaient eu tardivement ce qu'on appelait un « petit dernier », et leurs amies disaient toujours qu'elles trouvaient cela extrêmement agréable et facile maintenant qu'elles connaissaient toutes les ficelles.

Si elle avait poursuivi sa carrière, les choses auraient été différentes. Elle savait, quand elle faisait partie de la troupe, que des filles étaient tombées enceintes, mais elles étaient tellement dévouées à leur art – elle se souvenait des pieds en sang, des représentations où elle dansait malgré des déchirures musculaires abominables, des périodes alitées entre les répétitions parce que Diaghilev n'avait pas payé la troupe depuis trois semaines et qu'elle vivait d'un demi-litre de lait et de deux petits pains par jour – qu'un avortement clandestin n'aurait constitué à leurs yeux qu'un aléa de l'existence. Mais quand elle s'était mariée, elle avait quitté cette société-là pour une société où les femmes semblaient ne se consacrer à rien d'autre qu'avoir des enfants et diriger les domestiques. La vie était un grand traquenard, se dit-elle, et le sexe, qui à l'évidence ne devait pas manquer d'attraits pour que des femmes l'envisagent malgré ce que cet acte représentait – au fil des années, d'innombrables heures de rapports intimes douloureux, déplaisants et, au bout du compte, ennuyeux et inexplicablement frustrants –, le sexe n'était qu'une chose qu'on partageait pour le confort et la sécurité de former un couple et de vivre par ailleurs d'assez agréables moments... Après tout, il suffisait de voir les femmes célibataires de sa connaissance ! Elle n'aurait certes pas voulu appartenir à cette clique qui ne faisait que susciter condescendance et pitié ! Même si elle avait continué la danse, elle aurait arrêté à l'heure qu'il est, ou du moins elle serait sur le déclin. Elle pensa à Miss Milliment. Jamais personne n'avait pu souhaiter épouser Miss Milliment, qui avait passé sa vie laide, seule et extrêmement pauvre, et quand les enfants cesseraient de prendre des cours avec elle, elle serait plus pauvre encore. Elle devait faire quelque chose pour Miss Milliment... Elle pourrait l'inviter dans le Sussex pendant les vacances ; ce ne serait pas facile vu qu'Edward n'était pas fou d'elle et qu'elle dînerait forcément avec eux, mais, quand même, elle méritait des vacances tous frais payés. Elle en toucherait un mot à Sybil pour voir si elle accepterait de l'aider. La dernière fois qu'elle avait parlé à Edward, il avait fait remarquer que Miss Milliment gagnait sept livres dix par semaine, trois fois plus qu'un receveur de bus qui avait sans doute une famille à entretenir. « Et puis c'est une femme », avait-il ajouté, comme si cela faisait d'elle un réceptacle moins coûteux pour la nourriture, le logement et l'habillement. « Il faut que je m'en occupe », se répéta-t-elle ; elle se sentait favorisée, coupable et un peu effrayée, comme si souvent lorsqu'elle s'aventurait en dehors de son propre mécontentement.

Elle avait revêtu une robe de foulard crème à pois bleu marine, une petite robe légère avec un spencer assorti, le genre de robe qui, comme l'avait souligné Hermione, pouvait convenir à n'importe quel genre de soirée, s'était appliqué un peu de poudre, une touche de fard à joues et un rouge à lèvres discret, avait mis sa montre-bracelet et changé de sac. Elle n'avait pas envie de ranger les affaires d'Edward, et était franchement tentée par un deuxième gin, mais ce n'était sans doute pas très sage. Elle garnit son étui à cigarettes et redescendit. Elle allait réessayer le club d'Edward, et

*Home Place. Fin de l'été 1938*

s'il n'était pas là, elle appellerait Hugh pour voir s'il voudrait bien l'emmener dîner.

Edward n'était pas à son club. Hugh, toutefois, était rentré du bureau : il s'apprêtait à prendre un bain. Tout allait bien à la campagne, n'est-ce pas ? Elle expliqua qu'elle était à Londres.

« Edward semble avoir disparu. Miss Seafang a dit qu'il avait quitté le bureau à l'heure du déjeuner, et qu'elle n'avait aucune idée d'où il était allé. Il n'est pas à son club. Tu ne saurais pas où il est, par hasard ? »

Il y eut un silence, puis Hugh dit : « Aucune idée. Écoute. Pourquoi ne pas dîner avec moi ? Tu veux bien ? Parfait. Je passe te prendre dans une heure. »

Elle était en train de raccrocher quand elle entendit la porte de la maison s'ouvrir, la voix d'Edward, puis une femme qui riait. Qui diable... songea-t-elle en gagnant le vestibule.

Dans l'entrée, elle trouva Edward et, debout à côté de lui, une grande femme brune assez splendide qu'elle n'avait jamais vue de sa vie. Elle portait un ample manteau blanc jeté sur ses épaules et, lorsqu'ils la virent, ils s'écartèrent l'un de l'autre : le bras droit d'Edward, dissimulé par le manteau, apparut soudain tandis qu'il disait : « Juste ciel ! Villy ? J'ignorais complètement que tu venais à Londres ! » Il s'approcha et l'embrassa.

« Je suis juste venue pour la journée. Puis je me suis dit autant rester.

— Formidable ! Ah, je te présente Diana Mackintosh, je ne crois pas que vous vous connaissiez. Le mari de Diana avait cette merveilleuse chasse dans le Norfolk dont je t'ai parlé. Nous déjeunions et il a dû partir pour l'Écosse, le pauvre, alors nous l'avons accompagné et j'ai ramené Diana à la maison boire un verre. »

Pendant les explications de son mari, Villy eut une pensée tellement horrible qu'elle en fut momentanément étourdie, avant de se sentir aussitôt incrédule, et honteuse qu'une idée aussi perfide et innommable ait pu lui effleurer l'esprit. Tandis qu'elle conduisait Mrs Mackintosh dans le salon en s'excusant du désordre, remontant les stores, allant fourrer les œillets morts dans un coin, elle s'efforçait résolument de se convaincre qu'elle n'avait jamais eu une pensée pareille. « J'ai l'impression que notre maudite bonne a dû disparaître, conclut-elle.

— Ah, ce qu'elles peuvent être pénibles... » Elle avait un sourire ravissant et une fine mèche de cheveux blancs élégamment coiffée en accroche-cœur sur son front. Dans les trente-huit ans, d'après Villy.

« Vous habitez dans le Norfolk, Mrs Mackintosh ?

— Oh, je vous en prie, appelez-moi Diana. Non, à Londres, en fait. Angus gère la chasse là-bas pour son frère aîné. Il est parti pour l'Écosse récupérer nos aînés pour l'école.

— Vous avez combien d'enfants ? » Ces informations étaient rassurantes.

« Trois. Ian a dix ans, Fergus huit, et puis il y a Jamie, qui a trois mois. » Un petit dernier, songea Villy. Je me demande s'il était désiré.

Edward revint avec un plateau de boissons. Diana dit : « Je racontais à votre femme qu'Angus avait eu la gentillesse d'aller chercher les enfants. Ils ont passé l'été chez leur grand-mère dans l'Easter Ross.

— Les petits veinards, commenta Edward. Cocktail pour tout le monde ?

— Alors un seul. Je ne peux pas rester, il faut que je rentre pour Jamie. »

Un bébé de trois mois. J'espère avoir aussi fière allure trois mois après la naissance. Edward, agitant le shaker, dit : « Eh oui, Angus m'a offert un déjeuner tellement exquis, le moins que je pouvais faire était de l'emmener à la gare. Ces lieux épouvantables... Euston grouillait de monde.

— King's Cross », rectifia Diana, assez vivement. Puis, avec son séduisant sourire, elle ajouta avec plus de douceur : « C'était King's Cross. Vous n'avez pas fait attention ?

— Edward est incapable de distinguer les gares, dit Villy. Il ne prend jamais le train. Ni le bus.

— J'en ai conduit un pendant la Grève générale.

— Ça ne risquait pas de vous donner une meilleure connaissance des transports publics... Non, merci, je ne fume pas. » Edward avait allumé sa cigarette et celle de Villy, et, remarquant qu'il n'en avait pas proposé à Diana, Villy lui avait tendu son étui. Il y eut un bref silence tandis qu'ils sirotaient leurs cocktails, et Villy se demanda pourquoi elle avait à nouveau cette drôle de sensation, comme elle la qualifiait. Elle demanda : « Chéri, est-ce qu'Edna t'a abandonné ? La maison est dans une pagaille monstrueuse.

— Sa mère est malade, alors je l'ai laissée rentrer chez elle s'en occuper. J'ai oublié de te le dire.

— Ah. Elle revient quand ?

— Je n'en sais rien. Je ne lui ai pas posé la question, je le crains. »

Il y eut un autre silence, puis Edward, vidant son verre, reprit : « Je me demande comment se débrouille ce vieux Chamberlain. Il faut que les choses aillent bien mal pour qu'un Premier ministre britannique soit obligé de faire tout ce voyage pour persuader un chef étranger de se montrer raisonnable.

— Parfaitement d'accord, acquiesça Diana. Ce devrait être l'inverse, en réalité. Avez-vous vu ce dessin humoristique qui montre une énorme colombe transportant un parapluie dans son bec ? Enfin quoi, on ne devrait pas demander, on devrait ordonner à Mr Hitler de se calmer, un point c'est tout.

— C'est vrai. Mais je suppose que, pour le Foreign Office, "demander" équivaut à "ordonner", n'est-ce pas, Edward ?

— Eh bien, tout cela me dépasse un peu, mais j'imagine que vous avez raison. Mais d'après un type très sensé, au club, les Tchèques n'ont pas le choix, alors à mon avis nous n'avons pas à nous inquiéter outre mesure. »

L'atmosphère s'était détendue. Diana se leva et dit : « Il faut vraiment que je m'en aille. Merci infiniment pour le verre. »

Edward proposa : « Je vous ramène ?

— Il n'en est pas question. Je vais prendre un taxi. »

Villy dit : « Nous pouvons en appeler un. La station est un peu plus loin dans la rue.

— Non, je vous assure, marcher me fera du bien. »

Elle avait laissé son manteau blanc dans l'entrée. Quand Edward le lui eut posé sur les épaules – il faisait trop chaud pour l'enfiler, dit-elle –, elle se tourna vers Villy en lui disant merci beaucoup, c'était un plaisir de faire votre connaissance. Elle avait un teint merveilleux et ses beaux yeux étaient couleur lavande foncé. Une femme superbe. « Tournez à gauche et la station est au croisement suivant, indiqua Villy.

— Merci. Au revoir.

— Au revoir », dirent Edward et Villy presque à l'unisson.

« Elle paraît charmante. Et lui, comment est-il ?

— Angus ? Oh, un brave bougre. Mais un peu oisif. Chérie, qu'est-ce qui t'amène ? Tu ne m'as pas dit.

— J'avais envie de faire quelques courses, et je suis passée voir le Dr Ballater.

— Rien de grave, j'espère ?

— Petit problème féminin.

— Bon, maintenant que tu es là, où aimerais-tu dîner ? Au Hungaria ? » Il savait qu'elle adorait ce restaurant et sa musique.

« Ce serait merveilleux. Oh ! mon Dieu, j'ai failli oublier ! N'arrivant pas à te trouver, j'ai appelé Hugh, et il a dit qu'il m'emmènerait dîner. Il sera là d'une minute à l'autre. » Zut, maintenant elle ne pourrait plus lui annoncer la nouvelle au dîner.

Edward se renfrogna. Il avait vidé le shaker et son verre dans la foulée. « Merde ! Le pauvre vieux, on ne peut pas le décommander.

— Pourquoi, tu regrettes ?

— Eh bien, il est obsédé par ce qu'il s'obstine à appeler la crise. Il dit qu'on se met à plat ventre, ou qu'on se prostitue, je ne sais plus... En tout cas, il ressasse sans arrêt et tu sais comme il peut discutailler.

— Nous pourrions aller chez Bentley's et ensuite au cinéma. Il ne pourra pas parler pendant le film.

— Bonne idée ! Je monte prendre un bain en vitesse.

— Chéri, je t'enverrai Phyllis demain pour qu'elle s'occupe de toi. Ton dressing est un bazar indescriptible. »

Il fit une grimace. « Ah bon ? Enfin, comme tu sais, je ne suis pas un maniaque du ménage. Prépare-nous un autre verre à tous les trois. Hugh voudra sûrement un whisky. » Et il disparut à l'étage.

Ils allèrent chez Bentley's, où Villy et Edward mangèrent des huîtres et Hugh du saumon fumé, puis à Leicester Square voir *Les Trente-Neuf Marches*, avec Robert Donat. Le film leur plut. Le sujet de la crise fut à peine abordé ; le nom des Mackintosh fut cité, mais Hugh ne les connaissait pas. Elle le trouva très gentil avec elle. Il ne dit pas grand-chose à Edward. Quand ils rentrèrent après avoir déposé Hugh, Edward annonça qu'il était claqué, qu'il dormait debout, et il était à l'évidence trop tard pour se mettre à peser le pour et le contre d'une adjonction à la famille. Elle décida d'attendre les conclusions de la prochaine consultation chez le médecin.

\*

Le week-end suivant, forte de la certitude que la tournée de Waldo était annulée et qu'Evie serait donc occupée, Sid accepta l'invitation de la Duche à séjourner à Home Place. « Ça ne t'embêtera pas de partager ta chambre avec elle, n'est-ce pas, ma chérie ? » avait dit la Duche à sa fille. La maison était pleine à craquer étant donné que deux de ses sœurs célibataires, jugées incapables d'affronter la Situation, comme on l'appelait désormais dans la famille, avaient été récupérées à Stanmore par Tonbridge, qui, à son immense satisfaction, avait réussi à se débarrasser de Mrs Tonbridge par la même occasion. Il avait souligné que si elle voulait rentrer à Londres, il serait plus agréable d'aller en voiture porte à porte plutôt que de prendre le train et le métro jusqu'à Kentish Town. « Et ne me demande plus jamais d'endurer quoi que ce soit de ce genre », avait-elle déclaré quand il l'avait déposée. Aucun risque, ah ça, jamais de la vie. C'est le cœur léger qu'il était passé chercher les deux vieilles dames à Cedar House, avait mis dans le coffre leurs valises en bougran ornées des initiales tout usées de leur père, et les avait installées dans la voiture. Elles étaient vêtues de tailleurs en jersey et transportaient des sacs en toile de Hollande contenant d'épouvantables ouvrages de broderie ainsi qu'une Thermos de Bovril qui fuyait. Elles avaient déployé la peau d'ours sur leurs genoux osseux et il les conduisit posément jusque dans le Sussex, tandis qu'elles lâchaient tous les quarts d'heure les remarques rituelles sur la beauté du paysage et demandaient des nouvelles de sa femme et de son enfant afin de prouver qu'elles étaient bonnes envers les domestiques. Rien de tout cela ne le dérangeait : une existence à la fois apaisante et excitante avec Mrs Cripps semblait se profiler à l'horizon.

Sybil et Villy eurent une conversation sérieuse mais vague sur le fait de savoir s'il fallait, au cas où la Situation s'aggraverait, renvoyer ou non les garçons à l'école. Sybil pensait que Hugh serait d'accord pour dire que non ; Villy savait qu'Edward penserait le contraire. Elles décidèrent de téléphoner à l'école pour tâter le terrain.

*Home Place. Fin de l'été 1938*

Lady Rydal, qui logeait à Mill Farm depuis presque une semaine et passait ses journées entières à soupirer dans le plus gros fauteuil sans rien faire du tout, déclara que s'il y avait une autre guerre, la meilleure solution pour elle serait de mettre la tête dans le four à gaz. « Il n'y a pas de gaz dans la maison, Grania, avait objecté Nora. Tu pourrais choisir l'électrocution, sauf qu'à mon avis il faut plus de connaissances techniques. » Cette suggestion obligea Jessica et Villy à quitter la pièce, tant elles riaient. « Franchement, dit Jessica, s'il y avait la guerre, Maman serait convaincue que ce serait dans le seul but de fiche sa vie en l'air. Un ultime malheur qui la viserait personnellement...

— Mais il n'y aura pas la guerre, n'est-ce pas ? » commença Villy, et à ce moment-là, Nora les rejoignit. « Tout va bien, dit-elle, pas besoin d'être fâchées. Je lui ai expliqué que le mieux à faire était de prier pour la paix. Elle a été obligée d'être d'accord. Dieu est un argument très commode avec les personnes âgées. »

Le samedi soir, Clary, qui avait été rouge et grognon toute la journée, fut déclarée Atteinte de Quelque Chose par Ellen, qui passa un savon à la fillette pour lui avoir répondu avec insolence. Sa température fut prise : elle avait 38,4. On la mit au lit et on appela le Dr Carr. Simon se rendit seul sur le court de squash, où il pria à voix haute pour qu'elle ait la rougeole, ce qui arrangerait bien ses affaires. Comme Zoë n'était toujours pas revenue, Clary avait à son chevet Rupert et Tante Rachel, qui lui fit de la citronnade. Le Dr Carr annonça que la maladie, quelle qu'elle soit, allait sans doute se développer le lendemain, et que, pour l'instant, Clary devait rester au lit. « J'y serais de toute façon, puisque c'est le soir, dit Clary à Polly avec un certain agacement. Il n'imagine quand même pas que je vais en boîte de nuit. » Mais Polly, gentille et compréhensive, répliqua que le médecin n'agissait que par précaution, « comme souvent les adultes ». « Je te ferai la lecture, si tu veux », proposa-t-elle. L'idée lui avait traversé l'esprit qu'elle pourrait être une infirmière d'une extrême bienveillance quand elle serait grande. Mais Clary répondit qu'elle préférait lire elle-même. Quand son père vint l'embrasser, elle lui dit qu'à son avis il devrait continuer à être peintre et ne pas entrer dans l'entreprise. Rupert, qui avait désormais consulté Rachel, Sybil, Jessica et Villy (toutes favorables à son entrée dans l'entreprise), et Louise et Nora (l'une et l'autre contre), n'en était pas plus avancé que la semaine précédente, et déclara que l'opinion de Clary lui était extrêmement précieuse et qu'il y réfléchirait. « Oh, Papa ! J'aime vraiment quand tu me parles comme si j'étais une grande personne !

— Ce n'est pas ce que je fais toujours ? »

Elle secoua la tête. « La plupart du temps tu me traites comme une enfant. J'ai vraiment horreur de ça. Quand j'aurai des enfants, je les traiterai d'une manière merveilleuse, comme si... – elle chercha la profession la plus adulte qu'elle puisse imaginer – comme s'ils étaient des directeurs de banque.

— Tiens donc ! Tu sais, ils ne sont pas si bien traités... Soit les gens leur lèchent les bottes en disant des choses du genre : "Oh, Mr Complégris, est-ce que vous pourriez m'accorder encore trois petites livres ?" Soit ils les haïssent et les évitent comme la peste.

— C'est vrai ? C'est ce que tu fais ? Ces deux choses-là ?

— Les deux.

— Mon pauvre Papa. Ça doit être affreux de vieillir et de ne pas avoir assez d'argent. Si j'étais toi, tant qu'il est encore temps, je chercherais un beau fauteuil roulant d'occasion.

— D'accord, j'y penserai. Maintenant, laisse-moi te border.

— Non ! Je meurs littéralement de chaud. Papa ! Dis à Ellen que je regrette. Et est-ce que je pourrais avoir un verre d'eau ? Et est-ce que tu pourrais demander à

*Home Place. Fin de l'été 1938*

Polly de monter ? Et, Papa, tu viendras me voir quand tu auras fini de dîner ? Pour vérifier que je vais bien parce que peut-être que non ?

— D'accord », dit-il avant de s'en aller.

Ce soir-là, Sid s'assit au bord du lit de Rachel et la tint dans ses bras. Toute la journée, elles avaient bavardé chaque fois qu'elles étaient seules : en revenant de la gare, après le déjeuner, quand elles avaient fait une longue promenade et étaient tombées dans les bois sur une tente branlante près d'un ruisseau, qu'elles n'avaient pas explorée car Rachel avait dit qu'elle avait un aspect mystérieux et qu'il fallait la laisser tranquille. « Elle doit être à Teddy. C'est le genre de gamin à aimer camper. » Et puis, après le thé, elles s'étaient à nouveau esquivées, et s'étaient assises dans le champ après le bois à côté de la maison. C'était une soirée nuageuse qui sentait l'automne. Elles parlèrent d'aller ensemble dans la région des lacs – à Pâques, peut-être –, et se demandèrent si Sid serait mieux rémunérée si elle enseignait à temps partiel dans deux écoles au lieu d'une, et si elle devait essayer d'acheter une petite voiture d'occasion. Rachel rêvait de la lui offrir, mais Sid ne voulait pas en entendre parler. J'aurais dû le faire, voilà tout, songea Rachel. Et elles parlèrent de la seconde visite imminente de Mr Chamberlain en Allemagne, se demandant cette fois si l'apaisement était la meilleure stratégie. Rachel pensait que oui, forcément, mais Sid s'inquiétait pour les Tchèques qui, selon elle, allaient être sacrifiés. « Après tout, argua Rachel, le pays n'existerait même pas s'il n'y avait pas eu le traité de Versailles. »

Mais Sid avait répliqué : « Exactement. Par conséquent, nous sommes responsables de leur souveraineté. Les traités peuvent déclencher des guerres tout aussi facilement qu'ils peuvent en arrêter. » Elle sourit. « Je sais que tu penses que c'est mon côté gauchiste qui me fait me disputer avec toi, mais non. Des tas de gens dans ton camp partagent cet avis. Le plus terrible, c'est que nos opinions, quelles qu'elles soient, n'y changeront absolument rien. Je trouve cela très effrayant.

— S'il y avait la guerre, tu ne resterais pas à Londres, tout de même ?

— Sans doute que si. Il y a Evie. Qu'est-ce que je pourrais faire d'autre ?

— Je ne sais pas. Mais ce que je sais, c'est que je ne supporterais pas que tu sois là-bas et moi coincée ici.

— Tu serais coincée ici ?

— J'imagine. Peut-être qu'Evie et toi pourriez habiter la maison des Tonbridge. Ce serait une solution.

— Evie serait invivable. » Elles évoquèrent à nouveau le problème d'Evie, et quand la conversation eut effectué un tour complet, elles n'insistèrent pas et reprirent nonchalamment le chemin de la maison.

On dîna, puis Sid joua au bridge avec Hugh, Sybil et Rupert pendant que Rachel faisait de la couture et les observait. Elle aimait constater que Sid s'entendait bien avec sa famille ; de temps à autre, leurs regards se croisaient de manière fugitive, et toutes deux se trouvaient fortifiées par ce contact.

À présent elles étaient seules pour la nuit, et il régnait une légère tension dans la chambre. Rachel voulait laisser son lit à Sid pendant qu'elle-même dormirait sur l'étroit petit lit d'enfant installé de l'autre côté de la pièce, mais Sid refusa. Ce que Sid voulait, et finit par obtenir, c'était passer plusieurs heures étendue auprès de son amour, à faire comme si elle ne désirait rien de plus, un plaisir doublé d'une torture qu'elle n'aurait manqué pour rien au monde, mais les perspectives secrètes qu'il ouvrait demeurèrent secrètes et, à l'aube, alors que Rachel dormait du sommeil du juste, elle rampa jusqu'au petit lit étroit pour y prendre sa récompense imaginaire. Ensuite, quand elle voulut s'endormir, sombrer dans l'oubli et se réveiller au seuil d'un jour nouveau, elle n'y arriva pas. Elle resta allongée à penser à Rachel, qui lui donnait énormément mais était incapable de tout lui donner ; Rachel, dont la nature douce et affectueuse était enclose d'un mur d'innocence impénétrable. Elle avait un jour dit à Sid qu'elle savait qu'elle n'aurait jamais d'enfants, étant incapable de supporter ce qui devrait se passer au préalable. « Cette idée me révulse, avait-elle lâché avec un début de rougeur douloureuse. Je suppose que certaines femmes réussissent à s'abstraire... pendant l'acte, enfin, tu sais bien... mais je sais que moi je ne pourrais pas. Et l'idée que l'homme... y prenne du plaisir... cette idée ne fait qu'aggraver mon dégoût envers eux. » Quelqu'un, qu'elle croyait apprécier, l'avait un jour embrassée. « Mais ce n'était pas un baiser ordinaire... c'était répugnant. » Elle avait tenté de s'esclaffer, et ajouté : « Je ne suis pas douée pour les choses du corps. Déjà que j'ai du mal à accepter le mien, je ne veux rien avoir à faire avec celui des autres. » Sid avait gardé le silence : cette révélation était nouvelle pour elle. Rachel avait glissé son bras dans le sien – elles se promenaient dans Regent's Park – et ajouté : « C'est pourquoi j'adore tellement être avec toi, Sid chérie. Nous pouvons être ensemble sans qu'il y ait jamais cette dimension-là. »

Et ce sera toujours comme ça, se disait maintenant Sid. Alors que je ne pourrais même pas lui donner un enfant. Alors que je l'aime et ne désirerai jamais personne davantage, ni personne d'autre. Elle pleura avant de s'endormir.

\*

Le lundi, Clary était couverte de boutons et le Dr Carr déclara qu'elle avait la varicelle. En apprenant la nouvelle, Louise convoqua une assemblée autour de l'arbre à terre dans le bois derrière Home Place. Nora, Teddy, Polly, Simon et Christopher furent invités, et Neville, Lydia et Judy, qui avaient eu vent de la réunion, s'y rendirent.

« Toi, toi et toi, on ne vous a pas invités, dit Louise, tandis que le trio se tenait indécis en périphérie.

— Tu as dit réunion des enfants, et on est des enfants, protesta Lydia.

— De toute façon, on est là, dit Neville, alors autant qu'on participe.

— Allez, laisse-les rester, dit Nora.

— Vous promettez de ne jamais rien répéter aux adultes de ce qui se dira près de cet arbre en ce lundi 19 septembre 1938 ?

— D'accord.

— Ne dis pas d'accord comme ça. Dis : nous le promettons solennellement. »

Les filles répétèrent la phrase, mais Neville dit : « Je promets théâtralement. C'est pareil, ajouta-t-il, quand Lydia parut choquée.

— Bon. Alors, si nous sommes ici réunis, c'est à cause de la varicelle de Clary. Que ceux qui ont eu la varicelle lèvent la main. »

Personne ne leva la main.

« Ce qu'il y a, c'est que si on s'organise bien, on pourrait tous être en quarantaine ou avoir la varicelle pendant le restant du trimestre. Vous comprenez ?

— Un peu, que je comprends ! s'exclama Teddy. Impossible de retourner à l'école !

— Exactement. On serait obligés de rester ici jusqu'aux vacances de Noël et, à ce moment-là, ce seraient à nouveau les vacances.

— Comment on l'attrape ? demanda Polly. Je veux dire, comment on peut être sûrs ?

— Tu l'as sans doute déjà, vu que tu partages une chambre avec Clary. C'est très contagieux, c'est une très longue quarantaine.

— On va tous aller la serrer dans nos bras ! s'écria Judy. Ça suffirait ?

— Non. On n'ira pas tous. Sinon, on risquerait de tous l'attraper en même temps et ça ne servirait à rien.

Il y en a deux qui vont y aller. Et il faudrait qu'un des deux soit toi, Polly, puisque tu es très certainement la suivante.

— Attendez une minute, fit Teddy. Qui vous dit qu'on n'a pas envie de retourner à l'école ? » Il avait beau aimer les vacances, il mourait d'impatience de retrouver son équipe de squash. Après tout, il s'était énormément entraîné.

« Et moi je ne veux pas avoir la varicelle, dit Christopher. Et toi non plus, Simon, pas vrai ? »

Simon rougit, écrasant une pomme de pin sous sa chaussure en toile. « Ça dépend... non... non, pas vraiment », ajouta-t-il. Il avait décidé, lâchement, il le savait, d'aller serrer Clary dans ses bras en douce, toutes les nuits, pour plus de sûreté.

« Est-ce que ça fait mal ? demanda Lydia. Je veux dire, est-ce qu'on risque d'en mourir ? Est-ce que les adultes peuvent l'attraper ?

— Ils peuvent, mais en général ils l'ont déjà eue.

— De toute façon, on n'en meurt pas, Lydia », la rassura gentiment Louise, se rappelant son anxiété chronique.

La réunion se termina par une liste établissant l'ordre dans lequel ils étaient censés aller rôder autour de Clary, et par des instructions les exhortant à opérer le plus secrètement possible.

« Il faudra bien qu'elle, elle sache, donc ça peut pas être complètement secret, fit remarquer Neville.

— Bien sûr qu'elle saura. Mais elle sera de notre côté. »

\*

Le mardi, le Brig, ayant mesuré le court de squash, alla à Londres et acheta vingt-quatre lits de camp aux Army and Navy Stores. Ceux-ci devaient être transportés sur-le-champ dans un des camions de l'entreprise jusque dans le Sussex. Il ne parla de cette initiative à personne.

\*

Le mercredi, au réveil, Sybil et Villy prirent conscience que la varicelle de Clary signifiait que tous les enfants, à l'exception de Christopher, étaient en quarantaine. Elles appelèrent l'école de Simon et de Teddy pour les en informer. Villy se dit qu'il valait peut-être la peine d'écrire à Miss Milliment, qui n'avait pas le téléphone, pour savoir si elle voudrait descendre dans le Sussex leur faire la classe. La Duche approuva cette idée, mais précisa qu'on serait obligé de loger Miss Milliment dans le cottage des Tonbridge. « Tonbridge pourra très bien dormir dans le local où on cire les bottes », ajouta-t-elle tranquillement. Rachel dit que les enfants étaient tous adorables avec Clary, à toujours aller voir si elle avait besoin de quelque chose : c'était vraiment assez touchant. « Plutôt assez contagieux, rectifia Rupert, entrant à la fin de cet échange. Ces petits sagouins sont très futés. » Villy retourna à Mill Farm expliquer à Jessica le plan concernant Miss Milliment. « Et Nora et Judy pourraient se joindre aux autres.

— Oh, ma chérie, tu ne veux quand même pas qu'on reste, si ? » Jessica avait passé la matinée à se demander ce qu'elle pourrait bien faire d'autre. Raymond était toujours coincé chez Tante Lena, qui semblait maintenant en train de mourir, avec une extrême lenteur et sans aucune douleur, comme elle avait toujours vécu. Ramener les enfants à Hendon pour se débattre avec la varicelle et l'avenir d'Angela lui paraissait, après ces semaines de bonheur, une horrible perspective.

« Bien sûr que vous devez rester. Au moins jusqu'à ce que les choses se tassent.

— Et Maman ?

*Home Place. Fin de l'été 1938*

— On ferait sans doute mieux de lui demander ce qu'elle préfère. »

Lady Rydal répondit que ce qu'elle préférait n'avait pas la moindre importance et qu'elles pouvaient faire d'elle ce qui leur chantait. Bryant, sa cuisinière, serait rentrée de vacances, et Bluitt, sa femme de chambre, reviendrait la semaine prochaine, mais peut-être vaudrait-il mieux qu'elle reste jusqu'à ce qu'elles soient de retour l'une et l'autre car elles n'étaient jamais trop de deux pour s'occuper de la malheureuse vieille dame.

« C'est décidé, alors. » Villy fit une grimace quand elle se retrouva seule avec Jessica. « Edward a dit qu'il ne pensait pas pouvoir supporter un autre week-end avec elle, mais il va devoir s'y résigner.

— Après tout, il en a loupé un à cause du travail, fit remarquer Jessica.

— Oui, n'est-ce pas ? Des nouvelles de Raymond ?

— Je pense que je ferais mieux de l'appeler ce soir. Pour prendre des nouvelles de Tante Lena. »

\*

Le jeudi, à Londres, Hugh attendait Edward qui était en retard pour le déjeuner. C'était le club d'Edward, alors il était obligé de patienter pour commander à boire, et il se dirigea vers la grande table ronde parsemée de journaux et de magazines. Le *Daily Express* proclamait en gros titre : LES TCHÈQUES ACCEPTERONT-ILS L'ULTIMATUM D'HITLER ? SON EXIGENCE : L'ÉVACUATION DES SUDÈTES AVANT LE 1$^{er}$ OCTOBRE. Il était penché au-dessus de l'article pour en lire davantage quand Edward posa une main sur son épaule en disant : « Ne t'en fais pas, mon vieux. Tout dépend des Tchèques maintenant, non ? Et ils vont devoir céder. Ils n'ont pas le choix. Deux grands pink gins, s'il vous plaît, George. Je vais t'offrir un excellent déjeuner. »

Mais au déjeuner ils rencontrèrent quelqu'un qui

connaissait quelqu'un qui avait rencontré le colonel Lindbergh à une réception, et l'homme leur avait raconté un tas de choses intéressantes mais alarmantes sur l'aviation allemande, qui était plus imposante et mieux équipée qu'on ne le supposait généralement. Il leur apprit aussi qu'on creusait des tranchées dans les parcs, et ce détail sembla bien plus troubler Edward que ce qu'ils avaient découvert sur l'aviation. « Peut-être qu'en fin de compte il va falloir prendre ces salopards au sérieux. Mon Dieu, cette fois je m'engagerai dans la Marine.

— La Marine ne peut pas grand-chose contre des bombardiers, dit Hugh. Nous sommes totalement vulnérables à une attaque aérienne massive. Ce ne sera pas comme la dernière guerre. Ils n'hésiteront pas à bombarder des civils.

— Alors nous laisserons nos civils à la campagne », répliqua Edward avec cette légèreté qui indiquait qu'il était mal à l'aise. Durant le reste du déjeuner, ils parlèrent boutique et de l'indécision de Rupert.

« S'il nous rejoint, il va falloir qu'il apprenne à se décider plus vite. Ses performances de ce point de vue là laissent à désirer.

— Mais nous serons là pour l'encadrer, dit Hugh.

— Rien n'est moins sûr. » Un bref silence s'établit quand tous deux s'aperçurent qu'ils s'étaient rapprochés du danger. Puis Hugh déclara : « Je pense qu'il serait raisonnable d'avoir un plan d'urgence.

— Pour Rupe ?

— Pour tout. »

Edward regarda son frère : les yeux anxieux et honnêtes de son frère, le tic nerveux à présent perceptible sous sa pommette droite, le moignon de soie noire qui reposait sur le coin de la table, puis à nouveau ses yeux. L'expression de Hugh n'avait pas changé. Il dit : « Tu me prends pour un vieux raseur obstiné, mais tu sais que j'ai raison. »

Zoë s'était fourrée dans une situation assez délicate. La solution était aussi simple que barbante, et elle l'envisageait comme un dernier recours. L'état de sa mère s'était amélioré suffisamment pour qu'elle puisse se lever une partie de la journée, et Zoë devait lui tenir davantage compagnie que quand Mrs Headford était obligée de garder le lit. Cela signifiait aussi que le Dr Sherlock avait beaucoup moins de raisons d'effectuer ses visites, même s'il continuait à passer. Les trois premiers jours, quand Maman était vraiment très malade, Zoë lui avait préparé des œufs à la coque et de très fines tartines – elle avait même confectionné une compote de prunes –, elle lui faisait son lit et nettoyait la baignoire – d'affreuses corvées dont la seule perspective, chaque matin, tandis qu'elle était étendue sur l'inconfortable divan du salon, la fatiguait. Elle ne sortait que pour échanger leurs livres de bibliothèque ; Ruby M. Ayres pour sa mère, qui avait besoin de lectures légères, et, pour elle, tout ce qu'elle pouvait trouver : Somerset Maugham et Margaret Irwin principalement. Elle s'ennuyait à mourir, et les seuls temps forts de sa journée étaient le coup de fil du soir de Rupert, trois minutes, pas plus, étant donné que la Duche considérait le téléphone, surtout les appels longue distance, comme un luxe excessif, et la visite du Dr Sherlock. Le Dr Sherlock devait avoir une quarantaine d'années, car ses cheveux, épais et ondulés, étaient striés de gris. Il était particulièrement grand, avait des yeux marron et une voix apaisante, et Zoë avait remarqué que sa mère déployait d'énormes efforts pour être, comme elle disait, « présentable » lorsqu'il passait les voir. La première fois qu'il était venu, elle l'avait conduit dans la chambre de sa mère, où celle-ci, vêtue de sa liseuse couleur pêche bordée de cygnes blancs, trônait adossée dans son lit, puis, refermant la porte sur eux, elle était retournée sans bruit dans le petit salon encombré pour y mettre de l'ordre. Sa mère avait emménagé dans un appartement plus petit et moins cher après le mariage de Zoë, et comme elle ne s'était pas résignée à se séparer de grand-chose, les lieux étaient pleins à craquer. Zoë n'avait nulle part où mettre ses vêtements, ni même les draps qu'elle utilisait la nuit sur le canapé : elle devait laisser son maquillage dans la minuscule salle de bains sombre. Chaque surface plane était remplie de photographies – surtout de Zoë, aux différents stades de son enfance, et jusqu'à l'époque actuelle. Les murs, pour la plupart rose pêche – couleur dont sa mère avait appris de Miss Arden qu'elle était la plus seyante pour les femmes –, étaient aujourd'hui discrètement sales et en harmonie avec les voilages opaques qui, couvrant chaque fenêtre, amortissaient et masquaient toute clarté naturelle. L'appartement se situait au quatrième étage d'un immeuble victorien ; pour sortir, il fallait utiliser un ascenseur-cage d'une lenteur incroyable qui se trouvait fréquemment bloqué à un autre étage parce que les locataires avaient mal refermé la lourde grille récalcitrante. On croirait une prison, se dit Zoë au moment même où le Dr Sherlock entrait dans la pièce.

« Eh bien, Mrs...
— Cazalet.
— Mrs Cazalet, votre mère est en bonne voie de guérison. Je lui ai dit qu'elle devait rester tranquille encore au moins quelques jours. Il faut qu'elle mange légèrement : du poulet, du poisson, ce genre de choses...
— Je ne suis pas très bonne cuisinière... vous ne pensez pas qu'elle devrait aller à l'hôpital ?
— Non, non, je suis sûr qu'elle préfère de loin que vous vous occupiez d'elle. Vous pouvez rester quelques jours, n'est-ce pas ? Elle paraissait assez inquiète à ce sujet.

— Quelques jours. Mon mari est à la campagne... avec les enfants.

— Ah, je vois. Et vous ne voulez pas les laisser trop longtemps.

— Enfin, c'est plutôt mon mari. Il n'aime pas que je le quitte trop longtemps. »

L'homme esquissa un sourire. « Je comprends ça. Eh bien, vous pourrez peut-être emmener votre mère à la campagne dans quelques jours.

— Oh, non, impossible ! Nous habitons chez les parents de mon mari, voyez-vous. La maison est bondée. »

Il était en train de rédiger une ordonnance, et il leva les yeux vers elle. Cette fois son regard était indéniablement admiratif. Il détacha l'ordonnance du bloc et la lui tendit.

« Quels que soient vos projets, tenez votre mère au courant. Le plus important est qu'elle n'ait pas de sujet d'inquiétude. Je lui prescris un calmant léger qui devrait atténuer ce genre d'angoisses, et également lui assurer de bonnes nuits de sommeil.

— Vous reviendrez demain ?

— Oui. Au fait, avez-vous un bassin hygiénique ?

— Je... je ne crois pas. » Elle n'en avait jamais vu de sa vie.

« Vous en trouverez à la pharmacie. J'aimerais que votre mère ne bouge absolument pas pendant un jour ou deux. Et évitez qu'elle se trimballe jusqu'aux toilettes. » Il avait remis le bloc dans son sac et s'apprêtait à partir. « À demain, Mrs Cazalet. Inutile de me reconduire. »

Elle l'entendit ouvrir la porte d'entrée, la refermer, puis ce fut le silence. Elle passa une journée atroce, achetant à manger, allant chercher les médicaments et le bassin hygiénique, puis persuadant sa mère de s'en servir, avant de se voir contrainte de le vider, le nettoyer puis le rapporter dans la chambre à coucher couleur pêche avec une serviette couleur pêche par-dessus. Une brave femme chez le poissonnier d'Earl's Court Road – elle dut marcher des kilomètres pour trouver une poissonnerie – lui expliqua comment cuisiner les filets de carrelet qu'elle avait choisis. « Pour une malade, c'est ça ? Mettez-les simplement entre deux assiettes, ma jolie, sur une casserole d'eau bouillante. » C'était dans ses capacités, mais elle n'avait pas demandé combien de temps et elle se brûla les doigts à l'assiette du haut lorsqu'elle essaya de regarder si le poisson était cuit. Tout l'appartement ne tarda pas à empester le poisson, après quoi sa mère refusa catégoriquement d'en manger. « Tu sais bien que je n'aime pas le poisson, Zoë. Tant pis, je me contenterai de pain et de lait. Et d'un peu de raisin, cria-t-elle une fois que Zoë eut quitté la pièce avec le plateau. Tu as bien pris du raisin ?

— Tu ne m'avais pas dit que tu en voulais. Je t'ai demandé si tu voulais quelque chose et tu n'as rien dit. J'irai cet après-midi.

— Je ne veux surtout pas t'embêter. »

Mais tu le fais, songea Zoë en raclant l'assiette de poisson au-dessus de la poubelle. L'affaire du bassin hygiénique lui avait totalement coupé l'appétit. Elle ressortit acheter du raisin et une boîte de soupe pour le dîner de sa mère. Le soir elle rouspéta un bon coup auprès de Rupert, à qui elle raconta à quel point ce qu'elle vivait était épouvantable et à quel point il lui manquait. Il se montra adorable, affirmant qu'il était sûr qu'elle faisait une infirmière merveilleuse, disant qu'on n'y pouvait rien et qu'il rappellerait demain.

À partir de là, les choses changèrent rapidement. Le Dr Sherlock vint le matin, elle avait préparé du café – à peu près la seule chose qu'elle sache préparer – et lui en proposa après sa visite à sa mère. Il accepta une tasse en vitesse. L'état de sa mère s'améliorait à vue d'œil, dit-il, elle allait très bientôt pouvoir se lever une heure ou deux, mais il lui avait ordonné de se reposer

*Home Place. Fin de l'été 1938*

l'après-midi et de commencer sa nuit pas trop tard. « Et qu'est-ce que vous faites une fois que votre mère dort tranquillement ? »

Zoë haussa les épaules. « Rien. Il semble que tous mes amis soient absents, et je n'aime pas aller au cinéma seule. » Elle avait essayé une ou deux vieilles copines d'école, mais sans résultat. Elle baissa les yeux vers la tasse sur ses genoux, puis regarda à nouveau le médecin avec un petit sourire attendrissant. « Enfin, je ne devrais pas me plaindre.

— C'est pourtant dur de s'en empêcher. Moi aussi j'ai de quoi me plaindre. Ma femme a emmené les enfants à Hunstanton pour ce qui était censé être une quinzaine de jours ; ça fait maintenant trois semaines et ils n'ont pas l'air de revenir.

— Mon pauvre ! » Elle tendit la cafetière pour le resservir.

« Merci, il était délicieux, mais j'ai encore plusieurs visites avant le déjeuner. » Il se leva. Il était décidément très grand. Cet après-midi-là, elle passa chez elle à Brook Green récupérer quelques vêtements supplémentaires.

À la fin de la semaine, sa mère restait debout une partie de la journée, arrivait à prendre un bain et à aller aux toilettes. Le vendredi, le Dr Sherlock demanda à Zoë si elle accepterait de dîner avec lui. « Si vous n'avez pas mieux à faire. » Elle n'avait pas mieux à faire.

Par un accord tacite, sa mère ne fut pas réellement informée de cet arrangement. Zoë raconta à sa mère qu'elle allait au cinéma, et lui ne dit rien. Il l'emmena chez Prunier et, tout en dégustant leur pâté Traktir et leur chablis, ils échangèrent sur leurs vies personnelles ces fascinantes informations elliptiques, souvent trompeuses, qui ouvrent la voie à l'attirance physique. Depuis combien de temps était-elle mariée ? Presque quatre ans. Elle devait être très, très jeune à l'époque. Dix-neuf ans. Une enfant. Et ses enfants ? Ils n'étaient pas d'elle.

Son mari avait déjà été marié ; les enfants qu'elle avait évoqués étaient ceux de sa première femme. Elle était bien jeune pour assumer la charge d'enfants d'un autre lit. Oui, c'était parfois difficile. Avec sa robe dos-nu, ses petits haussements d'épaules censés minimiser son extrême jeunesse, et les difficultés qui en découlaient, s'avéraient particulièrement séduisants. Elle avait voulu faire du théâtre, avoua-t-elle spontanément, mais le mariage avait mis un terme à tout cela. Il comprenait parfaitement qu'elle ait eu envie de monter sur les planches. Ils en étaient à présent à la sole Véronique et elle lui posa des questions sur lui. Rien de spécial à dire : médecin généraliste avec une assez nombreuse clientèle, il avait une maison sur Redcliffe Square, était marié depuis douze ans et avait deux enfants. Sa femme n'aimait pas Londres et, avec l'argent hérité de son père, elle avait acheté un cottage dans le Norfolk auquel elle avait du mal à s'arracher. Lui-même ne raffolait pas de la campagne ; il préférait nettement la ville. Oh, oui, elle aussi ! Ce point commun, qu'ils célébrèrent en trinquant et en se regardant dans les yeux, se trouva investi d'une merveilleuse portée symbolique. « Il est extraordinaire que nous soyons aussi semblables ! » s'exclama-t-il avec une légèreté feinte. Ils en étaient au café lorsqu'un serveur vint avertir le médecin qu'il avait un appel. À son retour, il était affreusement navré, mais ils allaient devoir partir... un patient à aller voir. Non, non, finissez votre café. Il demanda l'addition.

« Quel dommage, dit-il. Moi qui espérais vous emmener danser.

— C'est vrai ? » Elle n'arrivait pas à entièrement réprimer sa déception. « Comment savaient-ils que vous étiez au restaurant ?

— Je laisse toujours un numéro pour mes malades les plus graves. Cela fait partie du boulot. Je n'ai pas d'associé. »

Alors qu'il la déposait devant l'immeuble, il dit :

*Home Place. Fin de l'été 1938*

« Vous ne m'en voudrez pas si je ne vous raccompagne pas à l'intérieur ?

— Bien sûr que non. Merci pour le dîner. C'était très agréable de sortir un peu.

— C'était très agréable de sortir avec vous, répondit-il. Peut-être, une autre fois, pourrons-nous aller danser ?

— Peut-être. »

Il la regarda gravir le perron d'un pas leste puis ouvrir avec sa clé la porte de l'immeuble. Elle se retourna pour lui faire signe, et il lui envoya un baiser. C'était la première fois qu'elle sortait dîner avec un homme qui n'était pas Rupert depuis son mariage, et elle renouait là avec des circonstances aussi familières qu'excitantes.

Le lendemain elle retourna chez elle chercher une robe du soir, et deux jours après, il l'emmena au Gargoyle. Il dansait divinement, l'orchestre joua tous ses morceaux préférés, et le maître d'hôtel la salua par son nom. Cette fois, aucun coup de téléphone ne les interrompit : elle portait sa vieille robe dos-nu blanche (après tout, lui ne saurait pas qu'elle était vieille), un collier de chien de velours vert rehaussé d'une boucle en strass, et ses vieux souliers verts confortables qui étaient idéaux pour danser. L'excitation et le plaisir animaient sa beauté, la rendant à la fois plus enfantine et plus mystérieuse, et il fut pris au piège. Il lui dit qu'elle dansait divinement et qu'elle était ravissante, d'abord sur un ton badin ; elle reçut ces timides compliments avec politesse, comme une femme riche à qui on offrirait un bouquet de marguerites. Mais plus tard dans la soirée, quand ils eurent pas mal bu et que l'admiration du médecin vira du compliment à l'hommage – « Je n'ai jamais vu une femme plus belle que vous » –, les réponses de Zoë devinrent plus assurées. Certaine de l'effet qu'avait produit son apparence, elle put s'autoriser des demi-vérités un brin coquines. « Je suis affreusement ennuyeuse, en réalité. J'ai un esprit assez frivole.

— Ah ça, vous n'êtes sûrement pas ennuyeuse. Voulez-vous un brandy ? »

Elle fit non de la tête. « Mais si ! Et je n'y connais rien en politique, je ne lis pas de livres sérieux... et je ne... » Elle chercha des défauts inoffensifs. « Je n'assiste à aucune réunion sur rien, et je ne fais pas de bénévolat. » Il y eut un silence, il n'arrivait pas à la quitter du regard. « Et je ne sais pas si vous avez remarqué, mais il y a beaucoup de tableaux, de dessins de femmes, sur les murs du bar... Eh bien, ils sont de quelqu'un de très célèbre du nom de Matisse, mais je ne leur vois vraiment pas le moindre intérêt. »

Il dit : « Décidément, j'adore votre franchise.

— Elle vous lasserait vite. »

Elle regarda le brandy qu'il buvait, et il fit signe au serveur. « Vous changez toujours d'avis sur le brandy, on dirait. » Elle s'était ravisée ainsi la veille au soir ; il se flattait d'avoir repéré ce détail de son caractère.

Elle lui lança un regard réprobateur. « Pas toujours. Il n'y a rien que je fasse "toujours".

— Je n'en doute pas.

— Et je suis très mauvaise ménagère... je ne saurais pas faire la cuisine si ma vie en dépendait... et, pour vous dire la vérité vraie, au fond, je ne crois pas être un tant soit peu maternelle. »

Mais il était bien trop sous son charme pour reconnaître les vérités vraies.

Et aujourd'hui, huit jours plus tard, elle se rendait compte que son charme avait bien assez opéré. Il était éperdument amoureux d'elle. Il avait essayé de la mettre dans son lit, mais elle avait résisté à ce qui s'était avéré une tentation étonnamment puissante. Elle n'était donc pas sans éprouver une certaine fierté lors de ses conversations téléphoniques avec Rupert, qui étaient devenues de plus en plus malhonnêtes. L'état de Maman s'améliorait, mais lentement, avait-elle prétendu ; elle ne pouvait décemment pas la laisser avant d'avoir la certitude

*Home Place. Fin de l'été 1938*

qu'elle était suffisamment rétablie pour habiter seule. Sa mère, elle, n'était pas dupe. Philip appelait au moins trois fois par jour et Zoë venait de terminer un de ses prudents échanges téléphoniques avec lui quand sa mère avait levé les yeux de son roman : « Vous sortez ensemble, pas vrai ?

— Enfin, mais de quoi tu parles ?

— Avec lui... Le Dr Sherlock. Rupert est au courant ? »

Ignorant la question, Zoë reconnut : « J'ai dîné avec lui une fois ou deux... oui. Pourquoi pas ?

— Ce n'est pas bien, Zoë. Toi qui as un mari si gentil. Mais si Rupert est au courant, et que ça ne le dérange pas, je suppose que ce n'est pas grave... »

Zoë ne répondit pas non plus à cette question tacite, et sa mère n'eut pas le courage de la reposer plus franchement.

Zoë demanda à Rupert de ne jamais téléphoner après sept heures du soir, pour éviter de réveiller sa mère, et se sentit rassurée.

Ce soir-là, Philip l'emmena, comme il l'avait promis, voir Lupino Lane dans *Me and My Girl*. Cette comédie musicale lui plut, et son plaisir fut accentué par la sensation que, pendant tout le spectacle, il préféra la regarder elle plutôt que l'action sur la scène. Après, ils allèrent au Savoy, où ils dînèrent et dansèrent. Elle portait sa robe-bustier de soie côtelée vert olive, sa robe la plus neuve, qu'elle avait achetée parce que la couleur était assortie à ses yeux et faisait ressortir la blancheur éclatante de ses épaules. Elle avait amassé ses cheveux sur le sommet de sa tête et attaché autour de sa gorge le ruban de velours vert en plaçant la boucle en strass sur sa nuque (ses bijoux étaient dans le Sussex, ce qu'elle regrettait grandement). Elle se savait particulièrement en beauté, et était vexée que, jusqu'ici, il ne lui ait rien dit. Néanmoins, il semblait être le seul à ne pas le remarquer : le maître d'hôtel, le sommelier, et même

Carroll Gibbons au piano lui souriaient, ses lunettes renvoyant la lumière quand ils se rendirent sur la piste pour danser.

« Vous êtes bien silencieux, dit-elle enfin. Vous n'aimez pas ma robe ? Je l'ai mise exprès pour vous. Vous ne me trouvez pas assez élégante ?

— Élégante... Ce n'est pas le mot que j'emploierais. » Elle sentit sa main lui appuyer sur le creux des reins. « Vous êtes complètement irrésistible. Je vous désire plus que tout au monde.

— Oh, Philip ! »

Peu de temps après, quand ils eurent dîné et que les lumières eurent baissé, il lui demanda si, dans l'hypothèse où tous deux seraient libres, elle l'épouserait.

Elle le dévisagea, incrédule : il avait l'air on ne peut plus sérieux.

« Mais nous sommes mariés !

— Dans mon cas, pas vraiment. Ma femme m'a écrit pour me dire qu'elle pensait qu'il allait y avoir la guerre, et que par conséquent elle ne rentrait pas à Londres. Elle va rester avec les enfants à la campagne. Je crois qu'elle m'accorderait le divorce si je le lui demandais. Cela fait des années que notre mariage bat de l'aile.

— Mon pauvre ami ! »

Il la regarda avec un sourire légèrement sardonique. « Ne me plaignez pas. J'ai trouvé de temps en temps des consolations ailleurs qui me paraissaient suffisantes... jusqu'à aujourd'hui. Je suis un très bon amant », ajouta-t-il.

Il y eut un bref silence : elle était gênée. Elle chercha un argument sage et altier à lui opposer.

« Bien sûr, je suis extrêmement flattée, mais, bien sûr, c'est hors de question. Rupert ne m'accorderait jamais le divorce.

— Vous le regrettez ? »

Par la suite, elle s'aperçut que si seulement elle avait été sincère – si elle avait dit qu'elle ne voulait pas

*Home Place. Fin de l'été 1938*

divorcer, qu'il l'attirait mais qu'elle n'était pas amoureuse de lui –, les choses auraient pu, presque certainement, prendre un tour différent. Seulement elle avait déjà commis l'erreur de sous-entendre que les choses étaient « difficiles » à la maison, et s'était délectée de son attention compatissante. Si elle n'avait pas été aussi sotte, elle ne se serait jamais fourrée dans ce pétrin. Car c'était bien un pétrin. Elle s'aperçut, mal à l'aise, qu'il était beaucoup plus épris qu'elle ne l'avait escompté. Son ardeur l'effraya et elle bascula dans la plus impudente mauvaise foi. Il serait rasséréné, se dit-elle, si elle lui laissait croire qu'elle éprouvait les mêmes sentiments que lui, mais que ses principes l'empêchaient de faire ce dont ils avaient envie tous les deux. Ce choix sembla détendre l'atmosphère entre eux, mais au moment de la ramener chez sa mère, il la supplia de venir chez lui ; elle refusa et il insista ; elle refusa et il l'embrassa ; elle pleura et il se fit tendre et contrit. Lorsqu'elle se coucha enfin sur son petit canapé, elle était tellement épuisée qu'elle n'arriva pas à dormir : elle se sentait coupable, irritable et totalement démoralisée, avec une seule envie, se tirer de ce guêpier.

Le lendemain matin, sa mère, qui se faisait beaucoup plus de souci qu'elle ne l'avait laissé voir à Zoë, annonça qu'elle allait passer sa convalescence chez sa vieille amie Maud Witting, qui habitait l'île de Wight et l'invitait sans cesse à venir la voir. « Comme ça, tu pourras rentrer dans le Sussex : je sais que tu rêves d'y retourner. »

Profondément soulagée, Zoë se comporta, comme dit sa mère, « en véritable petit ange », lui faisant sa valise, sortant lui acheter ses articles de toilette et la boîte de pâtes de fruit Meltis qu'elle apportait rituellement quand elle allait chez cette amie, puis l'accompagnant en taxi à la gare de Waterloo et veillant à ce qu'elle soit confortablement installée dans le train. « Mes amitiés à Rupert. Tu l'as prévenu que tu rentrais ce soir ? »

Zoë mentit. Elle savait qu'elle était loin d'avoir été assez gentille avec sa mère et ne voulait pas l'inquiéter. En ressortant de la gare, elle éprouva une sensation de liberté. Sa mère allait mieux et prendrait du bon temps au lieu de rester confinée dans ce sinistre petit appartement, et elle, Zoë, pouvait désormais, si elle voulait, se contenter de disparaître en ce qui concernait Philip. Étant donné qu'elle devait débarrasser de chez sa mère et ramener à Brook Green ce qui était devenu une garde-robe considérable, elle décida de passer une soirée supplémentaire à Londres et avertit Philip qu'elle repartait pour le Sussex le lendemain. Elle parvint à lui annoncer cela au téléphone (il ne rendait plus visite à sa mère, suffisamment retapée pour se passer de lui). Il y eut un silence au bout du fil, puis il dit : « Peut-être préférez-vous couper à une soirée d'adieu ? » À quoi elle se surprit à répondre pas du tout, elle serait ravie de le voir si lui en avait envie. Elle avait l'impression d'avoir été honnête, et très calme ; s'il voulait la voir, la décision dépendait de lui.

Il vint la chercher à l'heure habituelle, ils dînèrent à Soho dans un restaurant où il ne l'avait jamais emmenée, et tout semblait se dérouler comme à l'accoutumée, mais non. Elle se rendit compte assez vite qu'il ne faisait aucun commentaire sur son apparence, un sujet d'ordinaire récurrent, et cette indifférence finit par la perturber. Elle portait une robe qu'il commençait à bien connaître, et puis, elle avait mal dormi la nuit d'avant, ce dont elle lui toucha un mot, mais il se borna à dire qu'il la trouvait inchangée et continua à parler d'une foule de choses impersonnelles : la télévision allait-elle conquérir le grand public ? Est-ce qu'elle l'avait déjà regardée ? Non ? Bien sûr, si jamais elle se développait, elle signerait la fin de la radio et, sans doute, du cinéma. « J'aurais aimé être une actrice de cinéma, dit-elle.

— Ah oui ? Eh bien, vous devez avoir cette ambition en commun avec toutes les petites vendeuses de

*Home Place. Fin de l'été 1938*

Londres. » Elle n'aimait pas être mise dans le même sac que les autres, et se renfrogna. Ce n'était pas du tout le genre de dernière soirée qu'elle avait imaginée. Enfin, ils allèrent danser, il cessa de parler, et l'ambiance s'améliora. Juste avant de partir, alors qu'ils étaient sur la piste, il l'embrassa et elle sut qu'il avait toujours envie d'elle.

Il annonça qu'il allait monter avec elle à l'appartement pour s'assurer qu'elle rentrait sans encombre, et elle lui dit de ne pas se donner cette peine : elle ne voulait pas réveiller sa mère. « Votre mère ? » Oui, ils l'avaient malheureusement réveillée hier soir, et elle avait promis de ne pas recommencer. « Je promets que nous ne réveillerons pas votre mère, dit-il, pénétrant dans l'ascenseur avec elle. J'entre juste prendre une tasse de thé et bavarder un peu. Après tout, c'est notre dernier soir, ajouta-t-il.

— On se sera bien amusés, dit-elle.
— Vous trouvez ? »

Elle referma la porte d'entrée avec un excès de précaution, puis ils restèrent plantés dans l'étroit et morne petit vestibule. Il lui ôta son châle, qu'il posa sur une chaise.

« En fait, vous ne voulez pas de thé, n'est-ce pas ?
— Non, dit-il, absolument pas », et il la prit dans ses bras et l'embrassa. Chaque fois, jusqu'ici, la situation avait été excitante, mais surtout à cause de son désir à lui : ses sentiments à elle demeuraient maîtrisés et distants. Là, elle se sentait réagir à son désir, et l'affolement l'envahit.

Elle essaya de se dérober et, quand il cessa de l'embrasser, elle dit : « Ce n'est pas bavarder, ça. Je crois que vous feriez mieux de partir, Philip. »

Posant ses mains sur les épaules nues de Zoë, il déclara d'une voix neutre : « Vous trouvez que tout cela est allé assez loin ?

— Oui ! Oui, exactement !

— Vous ne voudriez pas que nous fassions quelque chose que nous pourrions regretter tous les deux ?
— Bien sûr que non. » Elle tenta de s'exprimer de manière désinvolte, mais la lueur de tendre admiration à laquelle elle était habituée ne se trouvait pas dans ses yeux, et elle n'aurait su dire ce qui l'avait remplacée. « Et puis, je vous ai prévenu, je ne veux pas réveiller Maman. » Dans le très court silence qui suivit, elle eut le temps de songer que l'appartement était horriblement silencieux et que personne ne l'entendrait si elle criait, avant de s'apercevoir qu'il était très en colère, et qu'il souriait.

« Espèce de petite menteuse ! Votre mère m'a appelé ce matin pour que je lui poste une ordonnance. Vous auriez pu rejoindre votre mari aujourd'hui, pas vrai ? Mais vous n'avez pas pu résister à une soirée de plus à jouer les coquettes ! Vous êtes très belle, c'est vrai. Vous êtes aussi la petite créature la plus égocentrique que j'aie jamais rencontrée de ma vie. Vous avez toujours eu conscience du pouvoir qui est le vôtre, n'est-ce pas, mais vous ignorez tout de votre faiblesse : il est grand temps que vous la connaissiez. » D'un seul mouvement aussi brusque qu'habile, il la souleva dans ses bras, la transporta dans le salon et la déposa sur le canapé.

S'écoulèrent alors plusieurs heures qu'elle se rappellerait à jamais avec une sorte de honte à double tranchant. Une honte d'un genre conventionnel, à la pensée qu'une telle chose ait pu se produire, et une honte d'un genre plus sincère et plus insidieux : à l'idée que sa résistance avait été purement symbolique, qu'elle s'était totalement abandonnée à une étreinte qui n'avait rien à voir avec l'acte d'amour tel qu'elle l'avait connu jusque-là. Car il ne la courtisa pas avec des mots doux, ne fit pas mine de solliciter son amour, ne dit absolument rien. Il entreprit simplement de libérer sa sensualité par le toucher, en observant chaque effet. Des années plus tard, lorsqu'elle vit un film français

*Home Place. Fin de l'été 1938*

sur des hommes en train de cambrioler une banque, où l'un d'eux cherchait au toucher la combinaison du coffre, elle reconnut cette expression de profonde et impassible concentration, et elle jouit, rougissant dans le noir. Une fois qu'il eut découvert ce qui l'excitait, il s'en servit, si bien que Zoë, qui avait toujours été celle qui accordait ses faveurs, devint la suppliante, menée de sa lointaine protestation initiale vers la docilité, au point d'être insatiable et d'en perdre la tête quand il se retenait, condamnée à s'entendre l'implorer pour le restant de ses jours. Des heures plus tard, quand ce schéma se fut répété avec succès plusieurs fois, elle dut s'endormir, car elle se rendit compte soudain qu'elle était seule, une couverture sur elle, la lampe toujours allumée sur la table branlante dans l'angle de la pièce, son éclat adouci par la lumière grise du matin.

Au début elle se dit qu'il était sûrement encore là, mais quand elle se leva, la couverture enroulée autour d'elle, elle ne tarda pas à découvrir que non. Son corps était ankylosé et douloureux, et elle avait un torticolis d'avoir dormi dans une mauvaise position sur le canapé. Ses vêtements de la veille étaient disséminés sur le sol où il les avait jetés. Savoir qu'il était parti lui procura une sorte de soulagement. Pendant qu'elle prenait un bain, le téléphone sonna. Il ne s'imaginait tout de même pas qu'elle allait répondre, songea-t-elle, ramassant les miettes de son ancien moi, la Zoë hautaine et adorable qui pouvait manipuler n'importe quel homme tout en demeurant parfaitement calme. Néanmoins, quand la sonnerie s'arrêta, elle se demanda ce que diable il lui aurait dit. Elle avait du mal à réfléchir à quoi que ce soit.

Bien plus tard, lorsqu'elle se fut habillée et se fut préparé une tasse de thé, le téléphone sonna à nouveau. Elle laissa passer deux sonneries, puis décrocha. Qu'il parle ; elle ne dirait rien, tout comme lui, hier soir.

« Zoë ? Ma chérie, je sais qu'il est extrêmement tôt pour toi, mais j'ai pensé que je devais appeler... »

C'était Rupert. Hugh avait téléphoné hier soir ; Edward et lui s'inquiétaient du tour que prenaient les choses, et, d'après Hugh, Londres ne serait pas l'endroit idéal si la situation se gâtait. Il avait essayé d'appeler hier soir, mais elle devait être sortie. Qu'elle amène sa mère, s'il le fallait, mais elle devait prendre le train ce matin. Il y en avait un à dix heures vingt-cinq, ajouta-t-il.

Zoë s'entendit expliquer que sa mère était partie, et déclarer qu'elle prévoyait de rentrer aujourd'hui de toute façon. « C'est toi qui as appelé tout à l'heure ? demanda-t-elle.

— Dieu du ciel, non. Je sais que tu as horreur d'être réveillée par le téléphone... Je te retrouve à Battle, alors. Au revoir, mon chou. »

Elle raccrocha ; elle tremblait et ses genoux flageolaient. Elle tituba jusqu'au salon et s'effondra sur la petite chaise dorée près de la lampe. Elle était trop à vif et trop déboussolée ; elle avait besoin de temps avant de revoir Rupert, et voilà qu'elle n'en aurait pas. Tout en pleurant, elle tentait d'élaborer une version des événements qui ait l'air supportable. Elle était allée trop loin avec cet homme et il avait profité d'elle... il l'avait violée. Mais il ne l'avait pas violée. Elle n'y pouvait rien si elle était si désirable ; il était bien plus âgé, elle lui avait expliqué qu'elle était mariée et ne quitterait jamais son mari, alors pourquoi n'avait-il pas simplement accepté cet état de fait et renoncé ? Pourtant elle avait cherché à l'attirer, elle avait voulu qu'il soit amoureux d'elle, elle avait joué avec le feu. « Espèce de petite menteuse ! »

Il était tombé tellement amoureux d'elle qu'il avait dû lui faire l'amour, et elle avait cru lui devoir au moins cela. Mais hier soir, elle commençait à s'en rendre compte, n'avait rien à voir avec l'amour. Elle ne s'était pas donnée à lui de bonne grâce : « Oh, Philip... non, je t'en supplie ! » Il l'avait séduite, il avait à l'évidence une grande expérience : il avait dû coucher avec des dizaines de femmes. Il avait tout manigancé depuis le début. Si elle lui avait résisté hier soir, il l'aurait sans doute violée. Mais si on allait danser tous les soirs avec un homme qu'on savait fortement entiché, puis qu'on l'invitait dans ce qu'on savait être un appartement désert, à quoi pouvait-on s'attendre ? Qu'est-ce qu'il avait dit, déjà ? Quelque chose comme : « Vous ne connaissez pas votre faiblesse. » À présent, elle ne connaissait rien d'autre, elle ne semblait constituée que de faiblesse. C'était de la faiblesse de se trouver réduite à l'état d'une espèce de... là, les mots lui manquèrent... d'animal ? De putain ? Mais les putains le faisaient pour l'argent, non ? S'il avait été question d'argent hier soir, c'est elle qui aurait payé... Aucune reconstitution des faits ne paraissait assez honnête pour être satisfaisante. Elle éteignit la lampe et, engourdie de lassitude, se mit à ramasser ses vêtements sur le sol, à s'habiller et à faire sa valise pour retourner dans le Sussex.

\*

Le même matin, Raymond téléphona à Mill Farm à l'heure du petit déjeuner pour annoncer que Tante Lena était morte. Nora comprit au ton affecté de sa mère que c'était ce qui avait dû se passer. Personne, d'après Nora, ne pouvait franchement déplorer que Tante Lena soit morte, vu qu'elle était affreusement vieille et ne semblait jamais avoir apprécié grand-chose dans la vie, mais elle remarqua que Tante Villy prenait la voix de sa mère et que toutes deux avaient exactement la même intonation lorsqu'elles dirent que c'était bien triste. L'enterrement devait avoir lieu lundi, expliqua Jessica, et Raymond était d'avis qu'Angela et Christopher l'accompagnent à Frensham. « Oh, je ne pourrais pas y aller, moi aussi ? s'écria Nora. Je ne suis jamais allée à un enterrement !

— Mais si, dit Neville. On a enterré Bexhill la semaine dernière. Tu y étais.

— En une petite semaine, dit Louise, rêveuse, avant d'avoir usé les souliers avec lesquels elle suivait le corps de cette pauvre méduse[1]...

— Silence, les enfants ! Si vous avez fini de déjeuner, filez. »

Lydia sortit aussitôt de table. « Où veux-tu qu'on aille, Maman chérie ? Je veux dire, où tu préférerais vraiment qu'on aille ?

— Au diable, dit Neville, ou au petit coin, je dirais. »

Judy, qui avait toujours mangé lentement, enfourna son toast et dit : « Est-ce que c'est difficile d'enterrer des gens gros ? Tante Lena était gigantesque, expliqua-t-elle.

— Judy, aie la gentillesse de te taire et de quitter la pièce !

— On doit y aller aussi », dit Louise à Nora, anticipant leur expulsion.

Villy poussa un soupir de soulagement, avant de s'apercevoir qu'Angela était toujours là.

« Tout va bien, Maman, il faut que je file, sinon je serai en retard pour ma séance de pose. » Rupert peignait son portrait de dix heures à une heure tous les jours, ce qui permettait à la jeune fille de passer de longs moments seule avec lui sans être obligée de rien dire. Le portrait était presque terminé, mais elle vivait dans l'espoir de le voir en commencer un autre.

« Je me demande parfois si elle n'a pas un petit béguin pour Rupert, dit Jessica quand sa fille fut sortie.

— Oh, ça n'a pas d'importance. Avec lui, elle ne risque rien. Je suppose qu'elle est simplement excitée qu'on peigne son portrait. Tu te souviens comme tu étais excitée quand Henry Ford t'avait peinte pour illustrer un conte de fées ?

---

1. Citation dérivée de *Hamlet*, acte I, scène 2.

— Oui, mais je n'en pinçais pas pour lui. Ma vanité était flattée, c'est tout. » Elle se secoua un peu. « Oh là là ! Pauvre Raymond ! Tout devoir organiser pour les obsèques, lui qui est si peu doué pour ce genre de choses.

— Tu vas y aller, bien sûr ?

— Bien sûr. Mais je ne tiens pas à emmener les enfants. Christopher risque d'être affreusement bouleversé, ce qui va exaspérer Raymond, et Angela fera la tête sous prétexte qu'elle n'aura pas la tenue qui convient. Moi non plus, d'ailleurs.

— J'ai une robe noir et blanc que je pourrais te prêter si elle n'est pas trop courte pour toi. Et si tu laisses les enfants ici, tu auras une excuse pour revenir plus vite. »

Bien qu'elle n'ait rien dit à Jessica concernant sa grossesse, Villy savait que sa sœur, pendant son absence, lui manquerait : il n'existait personne d'autre avec qui elle ait la même intimité. Ces semaines passées avec Jessica lui avaient ouvert les yeux sur la solitude qui était habituellement la sienne.

\*

À onze heures ce matin-là, un des camions des Cazalet remonta lentement l'allée, puis le chauffeur descendit de sa cabine et tapota à la fenêtre de la cuisine avec un gros crayon pris derrière son oreille. Mrs Cripps, en pleine confection d'un ragoût avec trois kilos de collet de mouton, envoya Dottie chercher Mrs Cazalet mère. Or Dottie n'était pas douée pour trouver les gens. Elle disparut aussitôt mais ne reparut pas : revenir bredouille devant Mrs Cripps était la dernière chose à faire. Le temps passa ; le chauffeur remonta dans sa cabine où il mangea un pain au lait recouvert de noix de coco râpée, but une Thermos de thé et lut le *Star*. Mrs Cripps oublia sa requête, jusqu'à ce qu'elle ait besoin des prunes Victoria et s'aperçoive que Dottie n'avait pas rentré la corbeille, alors qu'elle aurait dû la prendre à la porte de derrière, où McAlpine l'avait forcément déposée. Elle cria pour appeler Dottie, et Eileen dit qu'elle ne l'avait pas vue depuis un moment. Quant aux prunes, le soleil avait donné dessus et les guêpes grouillaient partout autour.

« Eileen, tu ferais mieux d'aller chercher Mme Mère, même si maintenant, c'est évident, il y aura une personne de plus au déjeuner. » Eileen alla donc frapper à la porte du salon où la Duche et Sid étaient en train de jouer.

« Incroyable, dit la Duche à Rachel et Sid lorsqu'elle revint dans la pièce. L'homme apporte vingt-quatre lits de camp que William lui aurait ordonné de livrer. Dans quel but, je me demande ?

— En cas d'évacuation », répondit Sid.

La Duche parut soulagée. « Ah, j'espère de tout cœur que ce n'est que ça ! Vous vous rappelez la fois où il avait rencontré dans le train cette équipe de cricket, qu'il les avait tous invités pour le week-end, et qu'on n'avait rien d'autre que du gratin de macaronis ? Qui croyez-vous qu'il a l'intention d'évacuer ? Oh, mon Dieu ! Ce sont peut-être les membres de son club... Ils s'attendent tous à une nourriture tellement riche.

— Maman chérie, je suis sûre que ce n'est pas ça. Tu sais qu'il aime prendre ses précautions. Et quand il achète des choses, il faut toujours que ce soit par douzaines. » Rachel parlait d'un ton apaisant, mais elle éprouvait un certain malaise.

« Où est-il, d'ailleurs ?

— Il est allé à Brede. On lui a parlé d'un excellent sourcier. Il voudrait que l'homme creuse un autre puits pour les nouveaux cottages. Il a dit qu'il serait de retour pour le déjeuner. Nous allons nous occuper du livreur, tu veux bien, Sid ?

— Pas de problème.

— Ne la laissez pas soulever quoi que ce soit,

d'accord, Sid ? Son dos vient tout juste de se remettre d'aplomb.
— Comptez sur moi. »

*

« Voilà.
— Il est terminé ?
— Non... non. Mais je dois filer. » Il essuyait son pinceau sur un chiffon. « Il faut que j'aille chercher Zoë à la gare. Je vais être en retard si je ne me dépêche pas. Tiens, est-ce que tu pourrais être une perle et nettoyer mes pinceaux ? »
Bien sûr qu'elle pourrait.
« Tu es adorable. »
Et il s'esquiva. Cette nouvelle, totalement inattendue, lui avait fait l'effet d'une bombe... Il n'avait pas soufflé mot du retour de Zoë. Il faut que j'aille chercher Zoë à la gare... Peut-être n'en avait-il pas envie ; il y était simplement obligé parce qu'ils étaient mariés. Elle se mit debout avec lenteur. Elle s'ankylosait terriblement à poser en gardant la tête tournée vers lui ; il lui arrivait de trembler dans ses efforts pour ne pas bouger. Mais ces souffrances valaient la peine car tous deux étaient seuls, et il y avait ces interruptions de dix minutes toutes les heures où il lui offrait une cigarette et lui disait qu'elle faisait un excellent modèle. Allait-il arrêter, maintenant que Zoë revenait ? Quand même, il terminerait sans doute le tableau après y avoir consacré tellement de temps. Elle rejoignit le chevalet pour contempler le résultat. Il l'avait peinte assise dans le grand fauteuil à dossier haut qui se trouvait à une extrémité de la salle de billard. Son cuir était d'un noir verdâtre, et il l'y avait fait asseoir de travers mais la tête levée vers lui, les mains sur les genoux. Elle avait beau lui avoir apporté une sélection de ses plus beaux vêtements pour qu'il choisisse parmi eux, il les avait écartés

et lui avait fait enfiler une très vieille chemise de soie à lui d'un blanc verdâtre. La chemise était beaucoup trop grande pour elle, mais il en avait roulé les manches et laissé défaits deux des boutons de devant. Elle était partagée entre le plaisir intense de porter un vêtement à lui, et le sentiment de n'être pas du tout à son avantage. Il l'avait également empêchée de se boucler les cheveux ; il les lui avait attachés sur la nuque avec un ruban vert pâle qui appartenait malheureusement à Zoë, et il avait déclaré qu'il la préférait sans rouge à lèvres. Elle se trouvait un air terne et délavé : il avait même donné à ses yeux une teinte d'aigue-marine. Ce portrait ne lui ressemblait pas du tout. Lui la trouvait belle, c'était le principal. Que cela dure éternellement, songea-t-elle, sentant ses yeux se remplir de larmes. Quelquefois elle faisait exprès de prendre une mauvaise pose pour qu'il vienne lui déplacer la tête avec ses mains, mais il ne lui avait plus jamais caressé le visage. Elle sortit les pinceaux du bocal à confiture où il les avait abandonnés et entreprit de les essuyer avec le chiffon imbibé de térébenthine. Cela ne va faire qu'empirer, se dit-elle. Non seulement Zoë sera rentrée à l'heure du déjeuner, mais notre séjour s'achèvera bientôt et on m'obligera à retourner à Londres et à le quitter. Et ça, je ne pourrai pas le supporter.

*

Quand Polly se réveilla le vendredi matin, elle se sentait exactement comme quand elle s'était endormie la veille au soir, tout aussi mal et effrayée, et pleine d'appréhension. C'était comme un cauchemar, qui ne se limitait pas à la nuit : la nuit, d'ailleurs, était le seul moment où elle n'éprouvait rien ; elle n'en rêvait même pas. Il semblait incroyable que, subitement, quand tout paraissait on ne peut plus normal – à quelques inquiétudes près, comme le fait de savoir si elle attraperait

*Home Place. Fin de l'été 1938*

la varicelle à temps ou comment expliquer à la Duche que le lait chaud était un poison qui la rendait malade et ne pouvait donc lui faire du bien –, la chose qu'elle redoutait le plus au monde depuis des années devienne non seulement probable mais imminente. Cela avait commencé après le thé hier : elle était allée à son arbre préféré dans le verger derrière le potager – l'arbre que Louise et elle partageaient autrefois, sauf qu'aujourd'hui Louise s'en fichait et qu'elle avait obligé Clary à avoir son arbre à elle –, et s'était installée sur la meilleure branche plate bien en hauteur, là où elle pouvait lire adossée au tronc sans que personne la voie. Elle avait emporté son devoir de vacances : Miss Milliment leur avait permis de choisir dans une liste qu'elle avait établie et Polly avait choisi *Cranford*, qu'elle trouvait du reste assez barbant. C'est pourquoi, en entendant des voix approcher, elle se laissa volontiers distraire. Elle reconnut Tante Rach et Sid. Elle s'apprêtait à les appeler quand elle s'aperçut que Tante Rach pleurait, chose très inhabituelle pour une grande personne. Constatant qu'elles s'arrêtaient sous l'arbre, elle estima alors qu'il était trop tard pour signifier sa présence. Les deux amies parlaient d'une certaine Evie qui faisait tout un plat de l'absence de Sid, et Tante Rach s'écria soudain : « Mais si tu retournes à Londres, et qu'il y a la guerre, il y aura des bombes... de terribles raids aériens... quelqu'un a dit que deux ou trois bombardements suffiraient à raser Londres... ou qu'ils pourraient utiliser du gaz... je ne supporterais pas que tu affrontes tout ça sans moi ! »

— Mon trésor, tu fais là tout un tas de suppositions effroyables. Il n'est pas sûr qu'il y ait une guerre...

— Si les Tchèques n'acceptent pas l'ultimatum d'Hitler, il y en aura une. Tu l'as dit toi-même.

— Chérie, ils construisent des abris antiaériens. C'était dans le journal.

— Ça ne servira à rien contre le gaz ! Hugh a dit que le gaz...

— Ils vont distribuer des masques à gaz à tout le monde...

— Là n'est pas la question. Si nous devons tous y passer, je veux être avec toi. Je te supplie de demander à Evie de venir ici, seulement voilà, il faut le faire tout de suite. Si on attend que l'état d'urgence soit déclaré, plus personne ne pourra voyager.

— Sans doute. Et on risque d'être envahis...

— Oh, tais-toi ! Quand même pas ! Nous sommes une île.

— Nous ne sommes surtout pas prêts pour une guerre, ai-je cru comprendre. Et ça n'a pas dû échapper à Hitler.

— Sid, arrête ! Ne change pas de sujet. Tiens-t'en à faire venir Evie.

— Autrement dit, tiens-t'en à ton nombril...

— C'est tout ce qu'on peut faire, non ? Ça ne durera peut-être pas longtemps. Ce sera peut-être la fin... de tout. »

Il y eut un silence, et quand Polly, tremblante, se pencha pour regarder, elle vit que la gentille Sid enlaçait Tante Rach et l'embrassait pour la réconforter.

« Courage, ma chérie, je suis là pour toi et tu es là pour moi. D'accord, je vais appeler Evie. Si tu es sûre que la Duche n'y voit pas d'inconvénient.

— Bien sûr que non. Elle ne veut pas qu'on en parle devant les enfants, c'est tout. Elle ne veut pas les effrayer. »

Elles reprirent leur route, et disparurent presque immédiatement de son champ de vision.

Polly demeura sans bouger. Son cœur battait tellement fort qu'elle eut l'impression qu'il cherchait à sortir de son corps. Quand elle décida enfin de descendre de l'arbre, elle se trompa d'itinéraire et, manquant tomber, s'érafla grièvement le tibia. Elle voulut cracher sur l'écorchure, mais elle avait la bouche complètement desséchée. Des images atroces surgissaient dans son esprit : les arbres de ce verger devenus des souches noircies, le sol un océan de boue, et, la nuit, les gémissements de pauvres gens blessés... sauf que moi je ne serais pas blessée, se disait-elle, je serais déjà morte à cause des bombes et du gaz. Londres était peut-être plus dangereux – sûrement, sans quoi Tante Rach n'aurait pas été dans un état pareil –, n'empêche que des bombes pouvaient fort bien être larguées par erreur à d'autres endroits. Mais Londres... Papa... Oscar ! Elle allait devoir convaincre Papa de ramener Oscar avec lui demain soir... s'il y avait un demain soir. Oh, mon Dieu, il fallait qu'elle les convainque de revenir maintenant... tout de suite ! Elle se redressa et se mit à courir comme une dératée vers la maison.

Elle avait essayé d'appeler Papa à son bureau : il n'y était pas, et elle leur demanda de dire à son père de rappeler Miss Polly Cazalet. Elle envisagea de se confier à Clary et de lui demander ce qu'elle en pensait, mais les boutons de Clary la démangeaient et tout ce qu'elle semblait désirer c'était qu'on la dorlote comme Peggotty avec David Copperfield, or la situation était bien trop grave pour jouer. Et puis, les enfants ne pouvaient pas savoir, on n'en avait pas discuté devant eux. C'étaient les adultes qu'elle devait sonder. Les réactions qu'elle obtint ne furent ni utiles ni rassurantes. Elle essaya Mr York quand il apporta le lait du soir, et il répondit qu'il n'avait jamais fait confiance aux Allemands et que ce n'était pas aujourd'hui qu'il allait commencer, pas à l'âge qu'il avait. Elle essaya Mrs Cripps parce qu'elle semblait lire un journal dans son fauteuil en osier grinçant, et elle répondit que les guerres n'étaient qu'une perte de temps pour tout le monde et qu'elle avait mieux à faire. Quand Polly insista pour savoir si le journal disait quelque chose sur la guerre, elle répondit qu'elle ne croyait jamais un mot de ce qu'elle lisait dans les journaux. Peut-être, songea Polly, ne parlait-on pas de la guerre devant les domestiques : « *Pas devant les* *domestiques\**», disaient parfois en français Maman et Tante Villy lorsqu'elles abordaient certains sujets. Alors elle essaya sa mère, occupée à coudre des étiquettes au nom de Simon sur ses vêtements scolaires dans la chambre d'enfants, où Wills, assis dans un parc, bavait à qui mieux mieux en regardant sourcils froncés deux cubes de couleur qu'il avait attrapés. Désormais plus habile dans ses questions, Polly attaqua en demandant pourquoi Mr Chamberlain ne retournait pas voir Hitler, et Maman répondit que la situation était complexe. Mais si Hitler voulait à tout prix faire la guerre, il pouvait bien en déclencher une, non ? Maman répondit que ce n'était pas aussi simple que cela – mais Polly remarqua qu'elle commençait à avoir l'air un peu aux abois –, puis elle s'écria, presque soulagée : que diable Polly s'était-elle fait à la jambe ? Elle devait vite aller la rincer dans la salle de bains et lui rapporter la teinture d'iode avec du sparadrap. On n'avait pas idée de faire des histoires pour une petite égratignure quand une guerre pouvait éclater d'une minute à l'autre, songea Polly avec lassitude, tout en obéissant. Puis elle se fit la réflexion que, peut-être, les hommes, qui après tout déclenchaient les guerres et y combattaient, n'en parlaient pas devant les dames. La seule personne qui restait était le Brig. Il se trouvait dans son bureau, qui, comme toujours, sentait le géranium et la cave à cigares, et était penché sur un énorme livre, une loupe à la main.

« Ah, fit-il, justement la personne dont j'avais besoin. Tu es qui ?
— Polly.
— Polly. Très bien. Lis-moi simplement ce que j'ai écrit ici à propos de l'exportation de teck birman entre 1926 et 1932, veux-tu ? »

Elle s'exécuta. Ensuite, il lui raconta une longue histoire sur les éléphants birmans, qui savaient précisément à quel niveau saisir une bille de bois avec leur trompe – et ce n'était pas nécessairement au milieu, elle devait bien le comprendre – et cessaient tous le travail en lâchant leurs troncs au même moment l'après-midi, quand ils sentaient que l'heure du bain dans la rivière était arrivée. C'était une histoire beaucoup plus intéressante que celles sur les gens qu'il avait croisés par hasard dans les endroits les plus exotiques, mais elle n'était pas d'humeur à écouter des histoires, quelles qu'elles soient. Lorsqu'il s'interrompit un instant, réfléchissant de toute évidence à un autre récit à lui faire, elle s'empressa de lui demander si, d'après lui, une guerre allait éclater ce week-end.

« Qu'est-ce qui te fait poser cette question, mon canard ? » Elle vit qu'il essayait de la distinguer derrière le voile de ses yeux bleus.

« J'ai juste... le sentiment... que c'est possible.

— Ah ça alors, ça me ferait mal !

— Mais, qu'en penses-tu ? » persista-t-elle.

Il continua à s'efforcer de la discerner ; puis il eut un tout petit hochement de tête. « Ça reste entre toi et moi, dit-il.

— Papa est à Londres... » Sa voix tremblait et elle ne voulait pas pleurer. « Et Oscar.

— Qui diable est Oscar ? Un nom fichtrement ridicule. Qui est-ce ?

— Mon chat. Ce n'est pas un nom ridicule pour un chat. C'est celui d'un célèbre dramaturge irlandais. Je ne veux pas qu'il meure sous les bombes. Je veux que Papa le ramène ici. Ça ne t'embête pas ? »

Il sortit un immense mouchoir de soie de sa poche et le lui tendit. « Tiens, j'ai l'impression que tu as besoin de te moucher. Bien sûr que tu peux avoir ton chat.

— Est-ce que tu pourrais faire revenir Papa aujourd'hui ?

— Pas la peine. Il devrait y avoir une autre conférence la semaine prochaine et, qui sait, elle aboutira peut-être. Qui t'a flanqué la frousse comme ça, mon canard ?

— Personne, mentit-elle, son instinct lui dictant de ne pas trahir sa tante.

— Eh bien, cesse de tourmenter ta jolie petite cervelle. » Fouillant dans une autre de ses nombreuses poches, il en extirpa une demi-couronne. « Allez, file, mon canard. »

Comme si une demi-couronne allait la rassurer ! En tout cas, Papa l'avait rappelée et il avait promis de ramener Oscar. Aujourd'hui, vendredi, la même horrible appréhension pesait sur son cœur, mais au moins, dans dix heures au maximum, Papa serait rentré, et elle pouvait passer la matinée à prévoir les repas d'Oscar et à lui préparer un lit. Elle savait qu'il ne dormirait pas dedans, mais il lui en voudrait si elle ne se donnait pas cette peine.

*

Miss Milliment, avec une excitation qui la rendait des plus inefficaces, faisait ses bagages. Dès réception de l'adorable lettre de cette chère Viola, elle était allée, comme on le lui demandait, dans une cabine téléphonique afin d'appeler Mill Farm. Elle ne téléphonait presque jamais et avait affreusement peur de ne pas entendre convenablement dans le combiné, mais cette chère Viola avait été très claire : vendredi après-midi, elle devait prendre à Charing Cross le train de quatre heures vingt pour Battle, et on l'attendrait à la gare. On était à présent vendredi matin et, ayant posé sur son lit la plus grande valise de son père, dont la doublure semblait malheureusement imprégnée de moisi, elle la remplissait de vêtements. Elle ne possédait pas de tenues d'été à proprement parler et portait simplement moins de couches qu'en hiver. Toutefois, ne pas avoir à effectuer ce type de choix n'empêchait pas la plus extrême confusion. Des bas gris pâle et couleur café en fil d'Écosse, résolument dépareillés, gisaient en quantité surprenante sur l'unique fauteuil. Elle ignorait qu'elle en avait autant, et fut découragée d'en dénombrer si peu de paires complètes. D'immenses culottes en point de jersey étaient réunies en tas, et quelques maillots de laine, tous gris pâle, sans exception, formaient une autre pile. Quelqu'un lui avait expliqué des années plus tôt que, quand on faisait ses bagages, il fallait partir de la peau pour aller vers l'extérieur. Mais dans son angoisse de devoir choisir entre son ensemble en jersey vert bouteille et son tailleur de tweed chiné à dominante grise, elle oubliait régulièrement cette technique. Il y avait aussi le problème du cardigan : le gris acier paraissait infesté de ce qui ressemblait à des miettes de porridge desséché, et le fauve présentait d'indéniables trous de mite. Quant au plus beau, en foulard moutarde et brun, elle devait assurément le prendre pour le soir. Les jarretières ! Elle les égarait toujours, alors mieux valait emporter toutes celles qu'elle pouvait trouver. Si elles ne maintenaient pas réellement ses bas, elles les empêchaient de dégringoler tout à fait. Ses chemises de nuit – l'une avait vraiment besoin d'être lavée, mais l'autre n'avait été portée que quelques jours – étaient drapées sur la tête de lit en fer. Il y avait aussi deux chemises Viyella qui avaient été confectionnées pour elle par la cousine de sa logeuse ; elles n'étaient pas véritablement à sa taille, mais elles passeraient très bien sous un cardigan. Sa trousse de toilette était assez épouvantable. Encore un objet qui avait appartenu à son père et dont elle avait la nette impression qu'il ne résistait pas à l'eau ; elle décida d'envelopper son gant et sa brosse à dents dans du papier journal avant de les ranger dedans. Elle n'allait pas prendre beaucoup de livres : la famille Cazalet en possédait à coup sûr à foison et elle serait certainement autorisée à en emprunter. Sa deuxième paire de chaussures, marron à lacets, avait besoin d'un ressemelage ; elles étaient atrocement usées et l'une avait un trou dessous.

Comment diable allait-elle faire pour mettre tout cela dans une seule valise ? Elle entreprit de la remplir, plaçant au fond le cardigan en foulard dans l'espoir qu'il n'en sortirait pas totalement froissé, puis entassant le reste par-dessus. La valise ne tarda pas à déborder, et elle s'avéra incapable de la fermer. Elle ne voulait pas demander à Mrs Timpson de l'aider, car l'ambiance était clairement à l'orage depuis qu'elle avait annoncé qu'elle s'absentait quelque temps. Mrs Timpson semblait considérer qu'elle aurait dû prévenir plus tôt, ce qui ne tenait pas debout puisqu'elle continuerait à payer son loyer. Manifestement, la valise ne se fermerait que si elle renonçait à prendre son cardigan. À moins qu'elle ne le mette sur elle ? Mais elle avait tendance à transpirer pas mal, et elle devait, bien sûr, voyager avec son plus beau manteau, qui était très épais. Il n'y avait pas à tortiller : elle allait devoir prendre deux valises, ce qui voulait dire un taxi, et une course dont le montant, de Stoke Newington à Charing Cross, s'élèverait facilement à deux livres. Voire plus. Cela dit, elle avait rassemblé tout son courage ce matin-là et encaissé un chèque de dix livres. « Je pars en voyage », avait-elle expliqué au guichetier avant que celui-ci n'ait le temps de s'étonner. À genoux, elle s'évertuait à tirer l'autre valise remisée sous le lit. Elle semblait horriblement lourde, et elle se souvint qu'elle était pleine de papiers, de photos et de quelques pièces de porcelaine qu'elle avait conservées de ses parents : une théière ornée de primevères et une paire de compotiers à liseré bleu foncé et doré avec des raisins et des cerises au milieu. Tous ces objets allaient devoir rejoindre la commode où ils ne seraient pas à l'abri des incursions de Mrs Timpson. Elle emporterait les lettres d'Eustace, qui devaient demeurer personnelles ; pour le reste, à Dieu vat. Partir en voyage ! Quelle chance incroyable elle avait ! Et l'invitation était survenue à la fin d'un long été, à un moment où, elle devait le reconnaître, elle commençait à se lasser un peu de sa propre compagnie. Ce n'étaient pas tant les journées, où elle était parfaitement en mesure de courir les expositions, mais les soirées, quand, les yeux fatigués, elle ne pouvait pas toujours lire comme elle l'aurait voulu. Un brin de causette aurait alors été agréable, s'il y avait eu quelqu'un avec qui s'entretenir.

Aller à la campagne ! Cela faisait si longtemps. Il y aurait le ramassage des foins, et, peut-être, dans cette région-là, la récolte du houblon, et puis ils n'étaient qu'à une petite quinzaine de kilomètres de la mer ! Elle n'avait pas vu la mer depuis des années. Cependant, il ne s'agissait pas d'oublier qu'elle partait travailler, donner des cours aux filles ; elle avait énormément pensé à elles tout l'été... tellement différentes, mais chacune avec des qualités qu'elle s'efforçait de faire ressortir, et des petits défauts face auxquels elle craignait de ne pas être assez stricte pour les corriger. Louise, par exemple, son élève la plus âgée qui avait aujourd'hui quinze ans, avait besoin d'être incitée à travailler davantage les matières qui ne l'intéressaient pas, mais elle était très douée pour vous enjôler : après leur lecture matinale de Shakespeare, elle avait l'art de prolonger les discussions afin de ne pas attaquer son latin ou ses mathématiques. Au cours de l'année écoulée, Miss Milliment avait commencé à se dire que Louise était trop grande pour suivre les mêmes cours que Polly et Clary, qui ne constituaient pas une émulation suffisante. Évidemment, elles avaient deux ans de moins, ce qui faisait beaucoup à leur âge. Louise était devenue distante et indolente, et Miss Milliment avait remarqué pendant ses déjeuners du vendredi que ses rapports avec sa mère étaient un peu tendus. Elle grandissait, alors que Polly et Clary étaient encore des enfants. Polly ne l'inquiétait pas. Elle semblait enchantée de lire Shakespeare sans souhaiter le moins du monde devenir actrice, elle écoutait les rédactions de Clary avec une admiration sincère et aucun désir de rivaliser, et elle ne faisait jamais de minauderies même si c'était une enfant très séduisante qui promettait de devenir une véritable beauté. Elle était pleine de franchise et de ferveur ; les questions morales, que Louise esquivait habilement au moyen de boutades, et qui mettaient Clary dans une rage telle qu'elle se lançait dans des diatribes émues, étaient analysées par Polly avec une sorte d'honnêteté angoissée que Miss Milliment trouvait extrêmement attachante.

Mais Clary, c'était plus fort qu'elle, était sa préférée. Clary n'était pas jolie comme Polly, ni superbe comme Louise ; Clary, avec sa bouille ronde cireuse, ses taches de rousseur, ses cheveux châtain terne fins et raides, son sourire dénaturé par la brèche dans ses dents de devant et par son appareil, avec ses ongles rongés, sa tendance à bouder, était à certains égards une petite fille très ordinaire et pas très attrayante, mais elle remarquait les détails, et c'était sa façon de le faire puis de coucher ses observations sur le papier qui, selon Miss Milliment, n'était pas ordinaire du tout. Ses rédactions, durant l'année, étaient passées de récits anthropomorphiques sur le monde animal à des histoires sur des êtres humains, qui prouvaient qu'elle pressentait, percevait ou savait à leur sujet une incroyable quantité de choses pour une enfant de treize ans. Miss Milliment l'encourageait, lui assignait toujours des devoirs qui lui permettent d'exploiter ce don, lui faisait souvent lire ses écrits à haute voix, et se montrait scrupuleuse sur le sens des mots lorsque ceux-ci étaient approximativement ou inexactement employés. Cette concurrence avait incité Louise, qui n'aimait pas être devancée, à écrire davantage elle-même, et elle avait composé une pièce en trois actes, une comédie de mœurs distrayante qui reflétait également une certaine précocité. Il faudrait que ces deux-là aillent à l'université, se disait Miss Milliment, mais elle se le disait sans grand espoir, étant donné le peu d'intérêt que semblait accorder la famille à l'éducation des filles.

*Home Place. Fin de l'été 1938*

Voilà qu'elle rêvassait à quatre pattes avec ses genoux qui s'ankylosaient devant cette valise pleine à craquer. Elle allait boucler ses bagages et se rendre à une cabine téléphonique pour appeler la station de taxis la plus proche. Autant se rendre à la gare, acheter son billet, et elle aurait peut-être encore le temps de s'offrir une tasse de thé avec un friand, ou une audacieuse gâterie de ce genre.

Bien plus tard, tandis qu'un taxi la conduisait à la gare – elle n'arrivait vraiment pas à se rappeler la dernière fois qu'elle en avait pris un et cette extravagance, malgré sa nécessité, la contrariait –, elle songea avec une anxiété soudaine que les Cazalet l'entretiendraient et que, par conséquent, elle ne toucherait peut-être pas son salaire complet. Ils risquaient d'estimer légitime d'amputer de trois livres ses émoluments, alors qu'elle allait devoir continuer à payer les vingt-huit shillings de sa chambre chez Mrs Timpson, faute de quoi elle risquait de se retrouver à la rue. « Allons, allons, Eleanor, il sera temps d'y penser le moment venu, se sermonna-t-elle. Un souci dérisoire, par rapport à ce que ce pauvre Mr Chamberlain a à affronter ! » Elle lisait le *Times* tous les jours, et on n'y couperait pas : ce splendide pays si protégé semblait une nouvelle fois au bord du carnage et de la catastrophe.

\*

Edward arriva tard à Mill Farm ce soir-là. La circulation, argua-t-il, et il avait trop différé son départ. En réalité, il était passé chercher Diana, Jamie et pas mal de bagages à St John's Wood pour les emmener à Wadhurst chez la sœur d'Angus, où ce dernier, appelant d'Écosse, avait décrété qu'elle devait séjourner en attendant, comme il disait, que les choses se tassent. C'était un coup effroyable pour Diana : elle serait dans l'impossibilité de voir Edward pendant une durée indéterminée, sans compter, lui confia-t-elle, qu'elle trouvait sa belle-sœur exaspérante. Quand il lui demanda pourquoi, elle répondit qu'Isla était très croyante et nourrissait des opinions politiques un peu trop libérales.

« Seigneur ! Est-ce que ça veut dire que je ne pourrai même pas te téléphoner ?

— Il serait plus sûr que ce soit moi qui t'appelle au bureau lundi, quand elle sera sortie. Elle a toutes sortes de réunions et d'activités. Nous devons être prudents. » Il y a dix jours, tomber sur Villy à Lansdowne Road leur avait flanqué une peur bleue ; Edward s'était exclamé qu'ils l'avaient échappé belle, mais Diana avait pris la chose plus au sérieux. Et si Villy avait débarqué alors qu'elle avait passé la nuit là ? Alors qu'ils étaient à l'étage, dans le dressing-room d'Edward ? Elle lui en voulait de l'avoir exposée à un danger aussi humiliant. La réponse d'Edward, comme quoi Villy n'avait jamais fait ça, avait un peu arrangé les choses, mais pas beaucoup. Le pire c'était qu'elle ne se voyait pas retourner là-bas. Elle avait demandé à Edward si Villy soupçonnait quelque chose, et Edward avait dit : Seigneur, non, bien sûr que non, ce n'était pas son genre. Le mien si, songea Diana. Si j'étais mariée à Edward, je serais forcément soupçonneuse. Même si, naturellement, elle s'était gardée de l'avouer à Edward, elle avait été fascinée de voir Villy. Elle s'attendait à une jolie femme peut-être un peu fanée, et elle avait découvert cette petite créature impeccable à la beauté plutôt intellectuelle ; des cheveux bouclés grisonnants, d'épais sourcils d'un noir saisissant, un nez aquilin et une bouche pincée... pas du tout le physique qu'elle avait imaginé. C'était bizarre qu'Edward ait épousé une personne comme elle, lui qui avait l'embarras du choix. Ce devait être merveilleux pour Villy de ne jamais avoir à s'inquiéter pour l'argent ; Diana avait l'impression de passer chaque minute de sa vie à sauver une quantité ahurissante d'apparences, et à faire bonne figure entre-temps. Angus, en tant que second fils, n'allait pas hériter de grand-chose, bien qu'il ait reçu une coquette somme d'un parrain, qui s'était révélée un cadeau empoisonné puisqu'elle l'avait poussé à éviter tout travail un peu sérieux. Il avait des idées romantiques (irréalistes) sur ce qui lui était dû. L'honneur de la famille (son propre confort) occupait une place prépondérante, et laissait souvent Diana dans un dénuement mortifiant. Une des apparences qu'il fallait sauver (aux yeux des parents d'Angus) était celle selon laquelle leur fils travaillait beaucoup, et avec succès, un mensonge qui l'obligeait, entre autres, à voyager en première classe pour aller les voir à Inverness, à leur envoyer des cadeaux d'une extravagance indescriptible à Noël, et, heureusement une seule fois par an, à les inviter à déjeuner au Ritz. Leurs amis étaient tous plus riches qu'eux et, depuis des années maintenant, Diana s'habillait en seconde main grâce à une annonce dans *The Lady* passée par une femme qui avait pour vertu principale de faire exactement sa taille et de vivre la plupart du temps à l'étranger. Elle soupira, et Edward posa sa main sur son genou. « Courage, ma chérie. Ce n'est pas pour toujours. »

S'il y avait la guerre, cela risquait de durer très longtemps, songea-t-elle. Elle savait que si Edward était séparé d'elle plusieurs mois d'affilée, il trouverait quelqu'un d'autre, et elle devait se débrouiller pour empêcher cela. Ils gravissaient la colline en direction de Wadhurst ; dans quelques minutes il l'aurait déposée et aurait filé rejoindre sa famille, et Villy. Peut-être perçut-il ses craintes. Il ralentit, et demanda : « Qu'est-ce qui ne va pas, ma chérie ?

— J'ai juste un peu le cafard.

— Et si on s'arrêtait dans un pub prendre un verre en vitesse ?

— Ce serait formidable, mais il y a Jamie.

— On le boira dans la voiture. »

Or, dès qu'ils se garèrent, Jamie, qui avait été sage

comme une image dans son couffin à l'arrière pendant tout le voyage, se réveilla et se mit à pleurer. Elle le prit et fit les cent pas avec lui dans les bras. Elle le trouvait exceptionnellement beau : à la différence des deux autres, qui étaient deux gros pépères aux cheveux blond-roux, Jamie était brun et maigre avec un adorable petit nez crochu, un nez qui paraissait trop adulte comparé au reste de son visage. Je suis sûre que c'est le bébé d'Edward, se dit-elle pour la millième fois. De temps en temps, quand elle le regardait, elle se sentait défaillir d'amour. Il était mouillé... Il ne pleurait jamais sans raison valable. Elle l'étendit sur la banquette arrière et prit des couches propres dans son couffin. Alors qu'elle lui enlevait les épingles de nourrice, il lui adressa un bref sourire de conspirateur tellement plein de gaieté et de confiance que les yeux de Diana se remplirent de larmes.

« Tiens, ma chérie.

— Attends une seconde. » Une larme s'écrasa sur le ventre de Jamie, qui cligna des yeux.

Quand elle eut fini de le changer, et l'eut remis dans son couffin, elle se tourna vers Edward pour accepter le verre, mais il suggéra : « Remontons dans la voiture. »

Il donna son verre à Diana et mit un bras autour de ses épaules. « Ma pauvre chérie, tu es bien triste. Courage. Que veux-tu, à toute chose malheur est bon.

— Et tu trouves ça réconfortant ? Qui a pu inventer un dicton aussi stupide ? »

Il haussa les épaules. « Je ne sais pas. Tout ce que je sais, c'est que je t'aime. J'ai horreur de te quitter. C'est mieux ?

— Beaucoup mieux. » Elle prit le mouchoir qu'il lui tendait et s'en servit.

« Tes mouchoirs sentent tellement bon !

— Cèdre du Liban. Termine ton verre, mon chou, il faut qu'on y aille. »

Il l'embrassa, puis rapporta les verres au pub.

« Tu dois reconnaître que Jamie a été un ange, dit-elle tandis qu'ils traversaient le village.

— Un splendide petit gars », répondit-il distraitement. Il se demandait souvent si c'était lui le père, mais redoutait qu'évoquer le sujet ne l'entraîne sur un terrain glissant. « Maintenant tu vas devoir me guider. »

Voilà pourquoi, le temps de la déposer, de sortir toutes ses affaires de la voiture, d'échanger quelques mots enjoués avec la belle-sœur (qui le trouva absolument charmant) et de parcourir la quinzaine de kilomètres qui restaient, il était sept heures passées, mais Villy ne semblait ni fâchée ni curieuse : elle appréhendait bien trop la façon dont il allait réagir en apprenant que non seulement Lady Rydal était encore là, mais que Miss Milliment s'était jointe à eux.

\*

Quand Christopher et Simon firent leur visite matinale à leur campement, ils eurent un choc terrible. Les rabats à l'avant de leur tente étaient ouverts. Simon allait se récrier, mais Christopher leva la main et mit un doigt sur sa bouche. Ensemble, à pas de loup, ils se rapprochèrent en silence. Un côté de la tente était bombé et remuait légèrement. Il y avait quelqu'un à l'intérieur. Christopher lâcha les provisions qu'il transportait et ramassa un bâton ; ce n'était pas l'idéal, mais toujours mieux que rien. Simon l'imita. Puis Christopher beugla : « Sortez de là, qui que vous soyez ! »

Un temps d'arrêt, puis Teddy sortit de la tente en rampant. Il mangeait un paquet de biscuits, mais Simon voyait bien qu'il avait l'air menaçant.

« Dites donc, fit-il. Vous faites une sacrée paire de cachottiers. Depuis combien de temps ça dure, ce petit manège ? » Et Simon comprit que Teddy était très en colère.

« Pas longtemps.

— Vous savez que j'aime camper. Vous auriez pu me prévenir. Qu'est-ce que vous manigancez, de toute façon ?

— C'était l'idée de Christopher, marmonna Simon.

— Tiens donc ? N'empêche, il y a aussi pas mal de trucs à toi. Qu'est-ce que vous fabriquez ?

— C'est un secret, dit Christopher. Je ne veux pas que les autres l'apprennent.

— Et je suis un des autres, c'est ça ? Tu n'es qu'un invité, dit-il en désignant Christopher. Tu aurais pu avoir la politesse élémentaire de mettre les copains au courant. Quant à toi, poursuivit-il en se tournant vers Simon, pas étonnant que tu n'aies jamais le temps de jouer au squash, de m'aider à m'entraîner au tennis, ou même d'aller faire un tour digne de ce nom à vélo. Tu n'es qu'un traître.

— Je ne suis pas un traître !

— C'est ce que disent tous les traîtres. Vous avez assez à manger ici pour nourrir une équipe de cricket. Qu'est-ce que vous mijotez ?

— Nous allons... » commença Simon, mais Christopher s'exclama : « La ferme ! »

Il y eut un silence fiévreux. Puis Teddy se redressa et dit : « Tu vas m'expliquer ?

— Non.

— Pourquoi ?

— Parce que je ne veux pas. Voilà pourquoi. »

Ils se dévisageaient avec fureur. Puis Teddy déclara : « Je vois. Tu veux la guerre.

— Christopher est objecteur de conscience, intervint Simon. Il ne peut pas vouloir la guerre.

— La ferme, Simon. » Ils étaient tous les deux contre lui à présent...

Christopher dit : « Je ne veux pas la guerre. Qu'est-ce que tu veux, toi ? »

Teddy parut un brin interloqué. « Beaucoup de choses. Énormément. Il va falloir que j'y réfléchisse. Vos biscuits sont tout ramollis, au fait. Vous auriez dû les mettre dans une boîte en fer.

— On sait, mais on est à court de boîtes.

— Simon, prends les trucs qu'on a apportés et range-les dans la tente. Teddy et moi avons à discuter. »

Vous pourriez aussi bien discuter en ma présence, songea Simon. Il était furieux qu'on le traite comme un bébé, qu'ils lui aient tous les deux demandé de la fermer, et de recevoir des ordres de Christopher devant Teddy. Ça me donne envie de pleurer de rage, se dit-il, et il était assurément au bord des larmes. « De toute manière, d'ici, j'entends tout ce que vous dites ! » Mais ils ne répondirent pas.

En fait, Teddy avait très bien compris que s'ils avaient été aussi cachottiers, c'était parce qu'ils voulaient éviter que les adultes sachent pour leur campement. Par conséquent, si Teddy n'obtenait pas ce qu'il voulait, il n'hésiterait pas à moucharder. Christopher déclara que c'était ignoble, et Teddy répondit que Christopher avait été ignoble avec lui et qu'il ne faisait qu'être ignoble à son tour. Il n'avait toujours pas précisé ce qu'il voulait. Eh bien, quel que soit le projet, il voulait être le chef. Christopher pourrait être le général, et Simon la piétaille. Cela pour les punir de ne pas l'avoir informé au départ, et maintenant ce qu'il voulait savoir, c'était ce qu'ils complotaient. Christopher répondit du tac au tac : rien.

« Ça ne peut pas être rien. Vous n'auriez pas trimballé tous ces trucs pour rien. Et, d'ailleurs, je vous signale, cette tente est à moi.

— C'est pas vrai ! » Simon, profondément outré du mensonge éhonté de Teddy, sortit de la tente. « Le Brig nous l'a donnée à tous. Elle est autant à moi qu'à toi.

— Mais elle n'est pas du tout à Christopher.

— On n'y tient pas à trois.

— Ça n'a pas la moindre importance. Tu pourras dormir à l'extérieur. Tu n'es que troufion, après tout.

— Tu changes complètement les règles !

— Ah, vraiment ? Quelles règles ? »

Christopher, qui était devenu très silencieux, déclara alors : « Énonce tes conditions. Je les examinerai et je te dirai demain si je peux les accepter ou non. Tu ferais mieux de les mettre par écrit.

— Tu n'es pas prêt à me dire ce que vous comptiez faire ?

— Non. Et si tu parles à qui que ce soit de cet endroit, je ne te le dirai jamais. »

Teddy le regarda. « Tu veux la bagarre ?

— Pas particulièrement.

— Pas particulièrement. Et ça veut dire quoi, je te prie ? Que tu as peur ? Je parie que oui. Tu n'es pas seulement un faux jeton, tu es un lâche.

— C'est pas vrai ! »

Simon les vit qui se foudroyaient du regard. Teddy était écarlate, et Christopher blême de rage. Puis Teddy prit son canif et en ouvrit la lame la plus grande. Bon sang ! songea Simon. Il ne peut pas se servir d'un couteau alors que Christopher n'a pas d'arme. Il ne peut pas être horrible à ce point !

Mais Teddy rejoignit la tente et, plantant son canif dans le toit, il y fit une grande entaille. Avec un cri de fureur inarticulé, Christopher se jeta sur lui.

Ce fut un combat assez équitable, d'après Simon. Bien que Christopher ait un an de plus, il était loin d'avoir une constitution aussi robuste que Teddy, qui, par-dessus le marché, apprenait la boxe à l'école. Mais Christopher avait de plus longs bras, et il luttait corps à corps, essayant de faire perdre l'équilibre à Teddy et de le jeter au sol, si bien que chaque fois que Teddy se rapprochait assez pour administrer un coup de poing, il risquait de se faire agripper et renverser. La fureur, cependant, leur faisait mépriser le danger, et deux des coups de poing de Teddy atterrirent dans la figure de Christopher. Son nez se mit à saigner et un de ses yeux commença à avoir une drôle d'allure.

Le combat prit fin parce que Christopher parvint à attraper l'épaule droite de Teddy ; l'empoignant et la tordant, il poussa Teddy si violemment à terre que celui-ci eut le souffle coupé. Haletant, il se tint une seconde au-dessus de son adversaire, puis se retourna et alla au ruisseau se rincer le visage. Quand Teddy fut en mesure de parler, il dit : « Bien, je t'ai dit mes conditions. Mais, bon Dieu, hors de question que je les mette par écrit. Si tu ne les as pas acceptées avant onze heures demain matin, je déclare la guerre. » Il se leva, se frictionnant l'épaule droite, et s'éloigna. Il n'eut pas un regard pour Simon.

Un silence s'établit. Simon ramassa le canif de Teddy, puis alla inspecter la tente. L'entaille n'était pas trop grave : ils devraient arriver à la recoudre ou à plaquer le tapis de sol dessous, de manière que la pluie n'abîme pas les affaires à l'intérieur. Il rejoignit ensuite Christopher, qui, agenouillé près du ruisseau, avait enlevé sa chemise et se tamponnait la figure avec ; son dos était blanc et noueux, et il n'avait pas du tout l'air de quelqu'un à même de gagner un combat.

« Tu as été drôlement fort, dit Simon. Tu as gagné ! »

Christopher cessa de se tamponner le visage ; en dehors de son œil enflé et du filet de sang qui recommençait à couler de son nez, il pleurait. Simon s'accroupit à côté de lui. Ce qu'il y avait de bien, quand les gens pleuraient, c'était qu'on pouvait les consoler. « C'est vraiment pas de veine qu'il nous ait trouvés. Mais tu peux être sûr qu'il ne dira rien. Il veut faire partie du truc. Et puis, la tente, on peut la réparer. »

Christopher, se touchant le nez avec la main et contemplant la trace sur ses doigts, déclara : « Je prétends être contre la violence. Et c'est moi qui ai déclenché la bagarre ! » Son œil intact reflétait un tel désespoir qu'il semblait presque pire que l'œil blessé.

« C'est lui qui l'a déclenchée. Mais, au moins, on connaît ses conditions.

— Oui. Et on doit négocier. »
Simon ne répondit pas. Il se disait que négocier allait revenir à faire ce que Teddy voulait.

*

Ils étaient onze au dîner à Mill Farm, car Villy avait invité Rupert et Zoë, consciente que ce malheureux Edward, sinon, allait être submergé par tous les membres féminins de sa famille, auxquels s'ajoutait Miss Milliment. Elle avait également invité Teddy, pensant que ce serait bien pour Christopher, mais Christopher avait oublié de lui transmettre le message. Judy, Neville et Lydia étaient censés être au lit, mais tandis qu'Ellen, dans la cuisine, aidait Emily à remplir les plats, le trio imitait une scène d'hôpital sans manquer de se chamailler : Lydia faisait la malade (varicelle), Judy l'infirmière et Neville, pour l'unique raison qu'il était le garçon, le médecin. Malgré ces défections, onze convives à table dans l'étroite pièce en longueur rendaient le service difficile, comme Phyllis, arrivée par le train de l'après-midi et qui servait les légumes, eut tôt fait de le constater.

Villy avait placé sa mère entre elle et Jessica ; Lady Rydal s'était comportée toute la journée comme si la mort de Tante Lena, qu'elle n'avait jamais rencontrée, était une tragédie personnelle qui faisait que sa présence au dîner (en grand deuil) constituait une courageuse concession réclamant compassion et soutien constants. Jessica se montra très douée en cela, adoptant le timbre assourdi légèrement religieux qu'on attendait d'elle et qui exaspérait au plus haut point son fils et sa fille, pour des raisons différentes : Christopher parce qu'il détestait l'hypocrisie, et Nora parce qu'il lui semblait sacrilège de jouer la comédie en ce qui concernait Dieu. Villy s'était par ailleurs arrangée pour qu'Edward soit assis entre Zoë et Angela, attention qui, selon elle, compenserait un peu l'âge avancé

*Home Place. Fin de l'été 1938*

de certaines personnes de la tablée, mais Angela, qui portait une robe gris pâle sans forme et qui n'avait pas pris la peine de se maquiller, était très silencieuse et tellement éteinte que sa mère fit une réflexion. « Ma chérie, j'espère que tu n'es pas la prochaine victime de la varicelle. » Mais Angela dit que non, elle avait simplement un mal de tête atroce. Zoë, qui d'habitude flirtait avec Edward (d'une manière parfaitement convenable, bien sûr), n'avait pas l'air dans son assiette, et Edward dut s'intéresser à l'œil au beurre noir de Christopher. « Dis donc, mon vieux, c'est un sacré coquard que tu as là ! Qu'est-ce qui t'est arrivé ? » Et Christopher, pour la quatorzième fois, raconta qu'il était tombé d'un arbre. Nora savait que c'était un mensonge, et se demandait ce qui s'était vraiment passé. Il s'est sûrement disputé avec quelqu'un... Chris était soupe au lait, même si ses colères ne duraient jamais longtemps. Les convives les plus enjoués, au grand étonnement de Villy, se nommaient Rupert et Miss Milliment : ils parlèrent avec une vive admiration de la peinture française et, à partir de là, de la peinture sous tous ses aspects. Rupert, qui n'avait rencontré Miss Milliment qu'une fois quand Clary avait commencé ses leçons avec elle, fut enchanté par cette surprenante créature, vêtue de couleurs évoquant une banane trop mûre, qui adorait bon nombre de ses peintres préférés. Mais Louise, assise en face d'eux, fut bientôt obsédée par les fragments de plus en plus visibles d'épinard et de poisson qui s'accumulaient dans les divers replis du menton de Miss Milliment... Elle faisait de discrets petits gestes d'essuyage, pour tenter d'attirer l'attention de sa préceptrice, qui, bien sûr, à cette distance, ne pouvait rien voir. Ce fut Nora qui, plongeant sous la table, émergea avec la serviette de Miss Milliment pour la lui proposer en disant : « J'avais fait tomber ma serviette et on dirait que j'ai trouvé la vôtre en même temps ; on en a vraiment besoin avec le poisson, vous ne trouvez pas ? »

Et Miss Milliment, saisissant aussitôt l'allusion, s'essuya presque la totalité du visage, ainsi, réflexion faite, que ses minuscules lunettes cerclées d'acier. « Merci, Nora. »

Louise, furieuse de n'avoir pas pensé à ce stratagème impressionnant de tact, s'empressa de dire : « Mais vous aimez aussi la peinture chinoise, n'est-ce pas, Miss Milliment ? Vous vous souvenez de ce merveilleux dessin aux trois poissons, à l'exposition où vous nous aviez emmenées ?

— Oui, en effet, Louise. C'était un de tes préférés, n'est-ce pas ? Un dessin à la plume absolument exquis... parfait de simplicité. Croyez-vous, continua-t-elle, en baissant la voix, qu'ils vont retirer certaines œuvres majeures de nos musées de Londres pour les mettre en lieu sûr ? Je serais rassurée de le savoir.

— Vous voulez dire, s'il y a la guerre ? s'enquit Rupert. Ils ne manquent sûrement pas de place dans leurs sous-sols. À moins, bien sûr, qu'ils n'en fassent des abris antiaériens. »

Edward fit les gros yeux à son frère. Il trouvait inadmissible de parler de la Situation devant des vieilles dames et des enfants. « Peu importe, dit-il, du moment que ça n'effraie pas les chevaux. » C'était l'expression familiale pour signifier : « La ferme ! »

Louise, qui l'ignorait, commenta aussitôt : « Mrs Patrick Campbell disait ça, mais je crois que c'était à propos de quelque chose d'assez grossier. Pas de la guerre, en tout cas.

— Qui est Mrs Patrick Campbell ? demanda Zoë, et Rupert lui lança un coup d'œil surpris... non par son ignorance, mais par le fait qu'elle n'essaie pas de s'en cacher.

— Une actrice, mais il y a des années de ça, bien sûr, puisqu'il est question de chevaux et pas encore d'automobiles. »

Les assiettes furent débarrassées, et Phyllis apporta

*Home Place. Fin de l'été 1938*

deux gros puddings aux fruits rouges sur un plateau qu'elle plaça devant Villy.

« Hourra ! s'exclama Edward. Mon dessert préféré. Tu ferais bien de mettre un bifteck cru sur ton œil, ajouta-t-il, à nouveau à l'adresse de Christopher qui, remarqua Nora, verdit légèrement à cette suggestion.

— Quelle idée répugnante ! s'écria-t-elle. De toute façon, on a mangé du poisson, alors ça n'ira pas.

— Je ne sais pas, dit Louise, pensive. C'est toujours mieux que de la viande pourrie.

— Sottise, lâcha Miss Milliment, qui avait bu un verre de vin et ne se sentait pas dans son état normal, autrement dit, beaucoup mieux. Puisque tout serait préférable à de la viande pourrie, c'est évident.

— Non, de la méduse pourrie, ce serait pire ! s'écria Nora, qui se mit à glousser.

— Vraiment, vous êtes dégueulasses ! » Angela se tourna vers sa grand-mère pour chercher du soutien, mais Lady Rydal, dont le double rang de perles en cristal de roche pendait dangereusement au-dessus du pudding, se redressa de toute sa hauteur pour déclarer : « Angela chérie, les jeunes filles n'utilisent pas des mots pareils. Tu devrais dire "ignobles", si c'est là ce que tu as en tête.

— Prenez un peu de crème », proposa Edward en lui faisant un clin d'œil, mais elle était tellement contrariée qu'elle refusa de croiser son regard.

\*

Polly et Clary, l'humeur maussade, dînaient dans leur chambre. Clary allait beaucoup mieux, même si certains boutons la démangeaient encore, mais elle s'ennuyait. Elle avait écrit cinq nouvelles ce jour-là – pour en arriver à sept, chacune sur un péché capital –, et à présent elle s'ennuyait parce qu'elle était trop fatiguée pour faire quoi que ce soit d'intéressant. Polly déployait de tels efforts pour ne pas parler de la guerre à Clary qu'elle n'arrivait pas à trouver d'autres sujets de conversation. Oscar dominait la pièce. Malgré un énorme repas composé de mou et de lait, il leur faisait bien comprendre que leur repas à elles lui aurait davantage convenu. Il avait le même sentiment à propos de son lit, dans lequel Polly l'avait hissé plusieurs fois, sur quoi, refusant de s'y asseoir et a fortiori de s'y coucher, il avait attendu qu'elle cesse de le tenir pour le quitter d'un bond. Il avait alors entrepris de lécher les extrémités blanches de ses pattes, passant régulièrement sa langue, couleur jambon rose, sur le somptueux pelage gris de ses flancs : il avait pourtant une allure impeccable. Quand Polly prononça son nom, il s'interrompit pour la fusiller du regard avec ses yeux de topaze bleu foncé, avant de sauter sur le lit de Clary, où il s'installa dans un bruit de papier froissé sur le cahier de la fillette.

« Ça ne me dérange pas, affirma Clary. Je l'aime bien, je t'assure.

— Mais s'il ne veut pas se servir de son lit, tu crois qu'il se servira de sa litière ? » Elle lui avait préparé une boîte, garnie de papier journal et de cendres provenant de la chaudière de la serre, et l'avait placée dans un angle discret de la pièce. Il n'y avait pas prêté attention non plus.

« Je suis sûre que oui. Les chats sont extrêmement propres. » Il y eut un silence tandis qu'elles regardaient toutes deux Oscar s'assoupir peu à peu. Polly surprit Clary qui lui jetait un coup d'œil à la fois suppliant et gêné. Elle sait quelque chose, se dit Polly. Si elle sait quoi que ce soit, il serait juste qu'elles en discutent.

« Est-ce qu'on pense à la même chose ? demanda-t-elle.

— Pourquoi ? À quoi tu penses ?

— Toi d'abord.

— En fait, c'est à propos de la luxure, fit Clary, se mettant à rougir. Je sais à peu près de quoi il s'agit,

*Home Place. Fin de l'été 1938*

mais pas complètement. Je m'en ficherais un peu, sauf que c'est un des péchés capitaux et que j'ai fait tous les autres à part la gourmandise, où il sera question d'un cochon qui se transforme en garçon, ou d'un garçon qui se transforme en cochon, je n'ai pas encore décidé. Et celui-là.

— Lequel ?

— Ce que je t'ai dit. La luxure. Tu penses quoi de la luxure ?

— Eh bien… commença Polly. Ça me fait penser à l'Ancien Testament, et à la végétation. Tu sais, une végétation luxuriante.

— Enfin, Polly, je ne vois pas quel rapport une végétation touffue pourrait avoir avec un péché capital ! Ça ne peut pas être ça. Ce que je veux dire, c'est : comment elle s'exprime ? Quelle impression elle fait ? Les écrivains savent forcément ces choses-là. Je sais quelle impression font tous les autres péchés…

— Je suis sûre que non !

— Mais si, je le sais. Et toi aussi. » Elle feuilleta un cahier pour retrouver sa liste. « Écoute. L'orgueil. Quand j'ai écrit cette histoire sur la naissance de Jésus du point de vue de l'aubergiste, je pensais que c'était la meilleure histoire qui ait jamais été écrite au monde. La gourmandise. J'ai sorti tous les chocolats à la violette et à la rose de la boîte que j'ai donnée à Zoë pour Noël l'année dernière, et je les ai remplacés par d'infectes bouchées à la noix de coco prises dans une vieille boîte avant de la lui offrir. Bien sûr, les chocolats fourrés, je les ai mangés. L'envie. Je vous envie toi et Louise d'avoir une mère. Souvent. Presque tout le temps. L'avarice. J'ai été trop radin pour acheter une grande boîte de cire à modeler pour l'anniversaire de Neville. J'ai gardé le reste de l'argent pour acheter mon cactus. La paresse…

— OK, dit Polly. Pas la peine de continuer, j'ai commis tous ces péchés-là, moi aussi.

— Mais pas la luxure ?
— À moins qu'on puisse commettre celui-là sans le savoir. Et vu comme il est facile de commettre les autres péchés, c'est tout à fait possible. C'est drôle, non ? On pourrait penser que "capital" voudrait dire plus difficile.
— Pas étonnant qu'il y ait des meurtres, des guerres et des horreurs pareilles, avec tous ces gens qui pèchent à tour de bras dans la vie de tous les jours, dit Clary. La luxure doit avoir un rapport avec le corps et, franchement, rien ne pourrait moins m'intéresser que ça.
— À part celui des animaux, dit Polly en caressant tendrement son chat adoré. Est-ce que la guerre t'inquiète ? ajouta-t-elle, d'un ton aussi dégagé que possible.
— C'est pour ça que tu as demandé à ton père de ramener Oscar ? »

Polly dévisagea sa cousine, déconcertée. « Oui. Mais je t'en supplie, ne le dis à personne.
— En tout cas, s'il y avait la guerre, on resterait ici un moment... longtemps après la varicelle. Ça pourrait être assez chouette !
— Pas du tout ! Tu ne comprends pas ! Elle sera dix fois pire que la dernière guerre. Tu ne te rends pas compte. Tu ne sais rien des gaz toxiques, et puis, cette fois, il y aura beaucoup plus de bombes et tout le monde vivra dans des tranchées avec des barbelés et des rats... ce ne sera pas comme si ça se passait en France, quelque part au loin, ce sera partout, même ici ! Ça continuera jusqu'à ce que tout le monde soit mort, je le sais ! » Elle pleurait ; elle se moquait désormais d'effrayer Clary, elle voulait presque lui faire peur, ne serait-ce que pour pouvoir partager un peu sa propre angoisse avec quelqu'un. Mais Clary ne semblait pas avoir peur du tout.

« Tu te fais des idées. Ça m'arrive souvent, à moi aussi. » Clary s'agenouilla dans le lit et serra Polly dans ses bras. « Je suis là, moi. Et Oscar. Il ne va pas y avoir la guerre. Et si elle a lieu, rappelle-toi ce qu'on a appris en histoire... On gagne à chaque fois. »

Rien de tout cela n'aurait dû la réconforter, Polly en avait conscience, n'empêche, elle fut ragaillardie. Elle se moucha, et les deux amies décidèrent que Polly allait devoir chercher le mot luxure dans le dictionnaire du Brig, et peut-être consulter Miss Milliment.

« Elle sait tout. Elle sait forcément tout sur la luxure », affirma Clary. Quant à Polly, chargée de redescendre leur plateau du dîner à Eileen, elle se sentait remplie d'espoir pour la première fois depuis vingt-quatre heures.

\*

Après le dîner, la Duche et Sid jouaient encore des sonates de Brahms quand Hugh fit comprendre à sa femme qu'il aimerait bien s'éclipser avec elle. Lorsqu'ils furent sortis du salon, il lui prit la main, et ils montèrent, faisant escale dans la petite pièce où Wills dormait d'un sommeil voluptueux, ses couvertures rabattues et une jambe en l'air. Sybil l'abaissa délicatement puis borda son fils. Ses paupières frémirent et il soupira. Elle ramassa le petit *golliwog* qui gisait sur le sol pour le remettre à côté de lui.

« Où a-t-il eu ça ?

— C'est Lydia qui le lui a donné. Il était à elle. Il s'appelle J'en Reviens Pas. C'est son jouet préféré.

— Un nom très pertinent pour une poupée aux yeux écarquillés comme ça.

— N'est-ce pas ? » Elle éteignit la lumière et ils passèrent dans la pièce à côté. « Qu'y a-t-il, mon chéri ? Quelque chose te tracasse ?

— Oui. Edward dirait que je suis alarmiste, mais Londres regorge de gens comme moi à l'heure actuelle. On distribue des masques à gaz à toute la population. On ira les chercher demain.

— Oh, mon chéri ! Où ça ?
— À Battle, sans doute. À la salle paroissiale, d'après le Brig. Il va se renseigner demain matin. Il est d'accord avec moi.
— Ils en auront pour les bébés ? s'enquit-elle, l'air déjà apeuré. Parce que je n'en mettrai pas si...
— Bien sûr qu'il y en aura.
— Ça ne va pas lui plaire... c'est terrifiant pour un bébé.
— Ça se passera très bien. Mais nous devons d'abord nous occuper des autres enfants. Je ne veux pas les effrayer. Je crois que Polly a déjà peur.
— Pourquoi ?
— Parce qu'elle m'a demandé d'amener Oscar. Est-ce qu'elle t'a dit quelque chose ?
— Non. Hugh... » Elle s'assit au bord du lit. « Oh, Seigneur ! Hugh, tu crois vraiment...
— Je ne sais pas, mais je pense qu'il faut envisager cette éventualité.
— Mais personne ne veut de cette guerre ! C'est ridicule ! Un cauchemar ! Pourquoi diable devrions-nous entrer en guerre pour la Tchécoslovaquie ? »
Il essaya de lui expliquer pourquoi la chose serait peut-être nécessaire, mais il voyait bien que les raisons qu'il lui exposait n'avaient aucun sens pour elle. En définitive, faisant mine d'accepter ses arguments, elle dit : « Bon, si la guerre a lieu, qu'est-ce que je suis censée faire ?
— Rester ici avec les enfants. On avisera par la suite.
— Mais toi, qu'est-ce que tu feras ? Je ne peux pas te laisser à Londres tout seul.
— Ma chérie, je ne sais pas où je serai.
— Que veux-tu dire ?
— Je serai peut-être réquisitionné pour quelque chose. Ne t'inquiète pas. Ce sera probablement un travail de bureau. » Il indiqua son moignon. « L'époque de Nelson est terminée. Ou bien, si Edward s'enrôle,

*Home Place. Fin de l'été 1938*

je serai peut-être amené à aider le Brig à faire tourner l'entreprise. Le pays va avoir besoin de bois.

— Tu parles comme si ça allait forcément se produire !

— Pour l'amour de Dieu ! Tu m'as demandé ce que je ferais. J'essaie de t'expliquer. »

Elle avait l'air tellement anéantie qu'il la rejoignit, et l'aida à se lever. « Je suis désolé, trésor. Je suis fatigué. Allons nous coucher. »

Lorsqu'ils furent étendus dans le noir, main dans la main comme souvent, elle soupira : « Au moins Simon n'a pas l'âge. »

Heureux de l'entendre conclure la journée par cette pensée réconfortante, il acquiesça chaleureusement : « Loin de là ! »

\*

« ... elle l'est, je t'assure.

— N'importe quoi, ma chérie, elle avait simplement mal à la tête.

— Ce n'était pas ça. Elle est amoureuse de toi.

— Pour l'amour du ciel ! Elle est comme une nièce !

— Si tu la peins depuis tout ce temps, tu as forcément remarqué ! »

Rupert enfila son bras dans le sien. « Eh bien, non. Tu dis toujours que les hommes ne remarquent pas ces choses-là. Je suis un homme. »

Ils remontaient la colline vers Home Place. Il faisait noir et le ciel était couvert ; une mince brume blanche voilait le sol du grand champ de houblon qui avait jadis fait partie de Mill Farm. Après ce qui lui sembla être un silence complice, Rupert reprit : « C'est une enfant. Elle n'a que dix-neuf ans.

— J'avais quel âge quand tu m'as épousée ? »

Il s'arrêta. « Oh, Zoë, ma chérie ! D'accord. Il n'y a aucune raison au monde pour que je ne sois pas amoureux d'elle. Elle a dix-neuf ans, elle est très agréable à regarder, et tu as été absente beaucoup trop longtemps. Mais le fait est que je ne le suis pas. Et puis, est-ce que je sais, moi, ce que tu as fabriqué à Londres ?

— Je te l'ai dit, je n'ai vu qu'une ancienne camarade d'école. » Elle se mit à marcher devant lui dans l'allée.

Oh là là, elle va m'en vouloir et faire la tête... Il la rattrapa. « Je te taquinais, c'est tout. Je sais que ça a été difficile avec ta mère. Je t'admire réellement d'être si dévouée et d'être restée chez elle si longtemps. Tu as dû terriblement t'ennuyer. Je suis content que tu aies vu ton amie. »

Ils avaient atteint le petit portail blanc qui menait à la pelouse de devant et à la porte principale. En l'attirant vers lui, il vit que ses yeux brillaient.

« Tu es tellement belle... » Mais elle le fixa du regard comme si, pour une fois, elle ne recherchait pas ce compliment.

« C'est tout ce que je suis, s'exclama-t-elle. Je ne suis rien d'autre ! » Elle se détourna et courut vers la maison.

Refermant le portail et marchant derrière elle, sans se presser, il se dit qu'elle était épuisée par toutes ces tâches d'infirmière qu'elle avait assumées et dont elle n'avait pas l'habitude. Il se rappela qu'elle avait dormi tout l'après-midi. Elle devait être indisposée. Mais elle avait eu ses règles juste avant d'aller à Londres... elle ne les aurait donc pas avant au moins une semaine. Il ne pouvait pas s'agir de cela.

Il se demanda ensuite si elle avait raison à propos d'Angela ; si tel était le cas, il était sacrément obtus de n'avoir rien remarqué. Mais qu'aurait-il pu y faire ? Il ne l'avait en aucun cas menée en bateau... ce n'était sûrement qu'une phase. Il se reprocha soudain son hypocrisie. C'était ce que disaient toujours les adultes face aux sentiments ou aux comportements embarrassants des jeunes gens... Comme si les adultes n'étaient pas eux-mêmes sujets à des phases. Quelle expression stupide, d'ailleurs ! Zoë ne lui avait posé aucune question sur sa décision de rejoindre ou non l'entreprise, et c'était un soulagement, car il ne l'avait toujours pas prise, et si le Brig et Hugh ne se trompaient pas, il n'aurait pas à la prendre. Il serait appelé ; il pourrait même s'engager avant l'heure dans un des différents corps d'armée.

Il avait à présent atteint la chambre de Clary ; il voulait vérifier qu'elle allait bien avant de se coucher. Mais un écriteau sur la porte disait : « OSCAR EST LÀ. NE PAS OUVRIR LA PORTE LA NUIT SVP. » Qui diable était Oscar ? Il n'en savait rien. Il tendit l'oreille un moment, mais ne perçut aucun son. La maison tout entière était silencieuse. S'il s'en allait, qui s'occuperait de Clary ? Elle resterait ici, et elle aurait Miss Milliment, laquelle, il l'avait compris après le dîner, avait beaucoup d'affection pour elle. Il alla aux toilettes, puis se pencha par la fenêtre ouverte de la salle de bains. Une brume blanche recouvrait le potager, l'air avait une faible odeur de fumée de bois refroidie ; une chouette hulula comme une corne de brume spectrale, se tut, puis cria encore deux fois. S'il avait été seul, il serait allé contempler son tableau pour décider s'il l'avait terminé, à peu près convaincu que oui, mais parfois il n'était pas évident de savoir quand s'arrêter. Isobel serait venue le regarder avec moi, songea-t-il, et il enfouit aussitôt ce regret car penser à Isobel s'apparentait à une forme de déloyauté qu'il ne pouvait se permettre. Ce ne fut qu'en approchant enfin de la porte de leur chambre et en élaborant des excuses à lui présenter si elle boudait, ou tenait des discours provocants en déambulant à demi déshabillée, qu'il fut subitement frappé par ce qu'elle avait rétorqué quand il avait commencé à lui dire qu'elle était belle. « Je ne suis rien d'autre ! » Une vérité certes effrayante et pénible à admettre... Mais il avait mal pour elle. L'honnêteté de Rupert se doublait d'un amour protecteur ; si elle reparlait de cela, il protesterait.

Dans la chambre presque noire où n'était allumée

que la petite lampe de chevet de son côté à lui, elle était couchée, tellement immobile et silencieuse qu'il la crut endormie. Lorsqu'il se mit au lit et lui toucha l'épaule, elle se retourna et se jeta dans ses bras, sans un mot.

*

Le samedi matin, la Duche se réveilla comme d'habitude lorsque le soleil matinal traversa à flots les rideaux de mousseline pour tomber en une large bande sur son petit lit blanc étroit et dur. Dès qu'elle fut réveillée, elle se leva : se prélasser au lit était une (paresseuse) habitude moderne qu'elle déplorait, tout comme elle jugeait superflu, voire décadent, le thé du petit matin. Elle enfila sa robe de chambre bleue et ses pantoufles puis se rendit à pas feutrés dans la salle de bains où elle remplit la baignoire d'une eau tout juste tiède : l'eau chaude était un autre plaisir dont elle était avare ; elle l'estimait mauvaise pour l'organisme et ne passait de toute façon dans le bain que le temps nécessaire pour se laver. De retour dans sa chambre, elle défit la natte qu'elle avait relevée sur sa tête pour son bain, et donna à ses cheveux cinquante coups de brosse. Comme sa fille, elle avait un penchant pour le bleu, et ses vêtements, été comme hiver, étaient à peu près identiques : une jupe en jersey bleu foncé, une chemise de coton ou de soie d'un bleu plus pâle, et une veste-cardigan. Elle portait des bas gris pâle et des souliers à double bride à talons plats. S'asseyant à sa coiffeuse – drapée de mousseline blanche, mais sans presque rien dessus hormis son nécessaire en écaille à monogramme d'argent composé d'une brosse, d'un peigne, d'un chausse-pied et d'un tire-bouton –, elle se fit un chignon. Elle avait un joli teint, un front large, au-dessus duquel ses cheveux s'enroulaient en volute, et un visage en forme de cœur sans aucun signe de double menton. Elle avait été très belle et, à soixante et onze ans, était encore d'une beauté rare, mais semblait aujourd'hui, comme de tout temps, d'ailleurs, ne pas se soucier de ses attraits et ne se regardait dans la glace que pour vérifier qu'elle était bien coiffée. La touche finale consistait à mettre sa montre-bracelet en or, cadeau de mariage de William, et à glisser dessous son minuscule mouchoir garni de dentelle de sorte qu'il dissimule la petite tache de naissance qu'elle avait au poignet. S'emparant de la croix de nacre et de saphir montée sur sa chaîne en argent, elle l'accrocha à son cou. Elle était prête pour cette nouvelle journée. Durant sa demi-heure de toilette et de préparation, son esprit avait grouillé de listes embryonnaires établissant les choses à faire ce matin-là. Elle rabattit ses draps pour aérer son lit – elle avait grandi à l'époque des matelas en plume, quand aérer la literie était une affaire sérieuse –, ouvrit grand les fenêtres de manière, là aussi, à bien aérer la pièce, puis descendit dans le petit salon où elle prenait son repas du matin avant le reste de la famille : du thé indien avec deux toasts, l'un tartiné de beurre, l'autre de marmelade. Mettre les deux sur la même tranche constituait, selon elle, un gaspillage absurde. Munie de sa deuxième tasse de thé, elle prit une enveloppe usagée dans son secrétaire et commença à rédiger des listes présentant des en-têtes différents. Avec quinze personnes dans la maison, sans compter cinq domestiques à demeure, qui, bien sûr, devaient être inclus dans les bouches à nourrir, l'intendance était devenue une besogne d'envergure. Elle irait à Battle avec Tonbridge aussitôt après avoir vu Mrs Cripps et discuté des menus du week-end. Hugh et Edward emmèneraient les uns et les autres chercher leurs masques à gaz, mais elle s'aperçut que les domestiques eux aussi allaient devoir être emmenés à Battle, et quand diable Mrs Cripps trouverait-elle le temps de se libérer pour une telle excursion ? Après le déjeuner, décida-t-elle.

Et puis il y avait la sœur de Sid à récupérer à la gare,

dans la matinée. Sid et Rachel pouvaient être mises à contribution. Les lits de camp encombraient désormais le vestibule et elles pourraient aller les entasser dans le court de squash, où, au moins, on ne les aurait pas dans les jambes. Ou bien elles pouvaient mettre la dernière main à l'ancien cottage de Tonbridge qu'elle avait commencé à préparer pour accueillir le trop-plein. Elle avait fini de piquer les rideaux à la machine hier. Mais avant de prendre une décision à ce sujet, elle devait impérativement s'assurer que William n'avait pas invité vingt-quatre personnes à dormir sur les lits de camp ; si elle espérait de tout cœur que non, elle ne voyait pourtant pas pour quelle autre raison il les aurait achetés. Il ne semblait pas avoir pensé à la literie, aux oreillers, aux couvertures et aux choses de ce genre, mais c'était un homme et un tel oubli n'avait rien d'étonnant. Acquérir du matériel de couchage, toutefois, exigerait un voyage à Hastings, et même en le commandant, on avait peu de chance d'être livré avant la semaine prochaine. Or la semaine prochaine, on serait peut-être en guerre. À nouveau.

La Duche appartenait à une génération et à un sexe dont l'opinion n'avait jamais été sollicitée pour quoi que ce soit de plus sérieux que les maux des enfants ou d'autres préoccupations ménagères, mais cela ne voulait pas dire qu'elle n'en avait pas ; la guerre faisait simplement partie de la multitude de sujets jamais mentionnés, et encore moins discutés, par les femmes, non par pudeur, comme dans le cas de leurs fonctions corporelles, mais parce que, dans le cas de la politique et de l'administration générale des affaires humaines, leur intervention était inutile. Les femmes savaient que c'étaient les hommes qui dirigeaient le monde, possédaient le pouvoir et, corrompus par lui, se battaient à la moindre occasion pour en acquérir davantage, tandis que l'injustice était omniprésente dans leur vie à elles. Il n'y avait qu'à voir ses sœurs vieilles filles. Comme pour elle, l'éducation qu'elles avaient reçue visait exclusivement le mariage, mais même cette carrière-là, la seule estimée convenable par la gent masculine, signifiait la dépendance vis-à-vis de l'homme qui, peut-être, les choisirait, homme qui, dans le cas de ces malheureuses Dolly et Flo, ne s'était jamais présenté. Et puis, une fois mariée, quelle femme sensée voudrait voir ses fils partir pour la France comme Edward et Hugh, lors de la dernière guerre ? Elle avait eu la conviction qu'ils ne reviendraient ni l'un ni l'autre ; elle avait vécu tourmentée par une anxiété secrète durant ces quatre années et demie, alors que toutes les autres femmes voyaient leurs fils mourir ou rentrer complètement brisés. Quand elle avait appris que Hugh avait été blessé et allait être rapatrié, elle s'était enfermée où personne ne la trouverait, dans la chambre d'ami de Chester Terrace, et avait pleuré de soulagement, d'angoisse pour Edward encore au front, et enfin de rage devant l'abominable folie de tout cela... d'être là à sangloter de soulagement parce que la santé de Hugh était peut-être ruinée à jamais, mais qu'il allait revenir. Cette fois, Edward était sûrement trop vieux pour être enrôlé, mais ils prendraient Rupert et, si le conflit durait assez longtemps, Teddy, l'aîné de ses petits-fils. Dire qu'elle était toujours passée pour une incroyable veinarde sous prétexte que William, âgé de cinquante-quatre ans en 1914, avait été jugé trop vieux, malgré tous ses efforts pour s'engager : ses fils l'avaient surnommé « le Brigadier » en guise de compensation malicieuse.

Son thé était froid et sa liste n'avançait pas. Elle en entama une autre. Les pénuries en tout genre de la dernière fois lui revinrent en mémoire. Stocker serait incongru ; néanmoins, quelques dizaines de bocaux Kilner supplémentaires pour les fruits, de la colle de poisson pour conserver les œufs, et du sel pour les haricots d'Espagne, dont la récolte cette année était exceptionnelle, ces dispositions n'étaient pas exactement stocker. Après une hésitation, elle ajouta « pochette d'aiguilles pour machine à coudre » à la liste. Bon, ça suffisait. La maison résonnait de bruits à présent : des voix d'enfants, le couvert de leur petit déjeuner qu'on dressait, la radio de William dans son bureau – il avait dû rentrer de sa promenade à cheval du matin –, Wills qui pleurait à l'étage et, dehors, McAlpine qui tondait le court de tennis. Il semblait impossible qu'ils soient au bord d'une nouvelle guerre. Elle sonna afin qu'Eileen rapporte du thé pour William et ses sœurs. Elle les entendait descendre lentement l'escalier du fond en s'asticotant gentiment, une manie qui horripilait son mari. Elle ramassa ses listes, se rendit à la fenêtre et contempla avec frustration sa nouvelle rocaille, où elle aurait volontiers passé la matinée s'il n'y avait eu tant à faire. Rachel et Sid remontaient avec nonchalance le sentier qui la longeait ; elle résista à la tentation de les rejoindre, mais elles l'aperçurent et se dirigèrent vers la maison. Rachel savait qu'on ne pouvait pas laisser son père déjeuner seul avec ses tantes, et Sid était adorable de lui lire le *Times* afin de couvrir les propos parfois atrocement décousus de Dolly et Flo. Sid était bel et bien adorable, et la Duche aimait énormément jouer de la musique avec elle ; on l'avait prévenue que la sœur était un peu rabat-joie, mais la période interdisait de chipoter. Rachel semblait avoir mal au dos : elle avait sa démarche hésitante et légèrement voûtée. Il était hors de question qu'elle transporte les lits, mais elle pourrait être utile de mille autres façons, comme, à vrai dire, elle l'était toujours. C'était merveilleux d'avoir Rachel à la maison ; bien sûr, elle n'avait pas tenu à se marier, elle se satisfaisait parfaitement de ses œuvres de charité et d'aider son père. Elle avait tout loisir d'agir comme il lui plaisait : il n'y avait donc absolument pas lieu de la comparer à Dolly et Flo.

Quand Eileen arriva avec la nouvelle théière et les toasts, la Duche se rendit compte que ses sœurs, mystérieusement, n'avaient pas fait leur apparition ; elles avaient dû intercepter William dans son bureau et l'empêcher d'écouter les nouvelles de huit heures. Par la fenêtre, elle appela Rachel au moment même où Dolly et Flo entraient dans la pièce. Leur progression, comme toujours, était entravée par leurs gigantesques sacs à ouvrage bourrés de crochets et de *petits points\**, et par leurs sacs à main fatigués, presque aussi immenses. Elles rangeaient dedans leur batterie de remèdes, leurs foulards, leurs lunettes, leurs mouchoirs blancs empestant l'eau de lavande et leurs carrés de mousseline décolorée qui protégeaient leurs houppettes en plume de cygne imprégnées de cette poudre couleur pêche que Dolly appliquait fréquemment, même si le geste donnait à son teint naturel de fraise moisie un aspect mauve quasi spectral. Elles avaient écouté les informations, dirent-elles, mais il n'y avait rien de nouveau. « Il faut avouer, dit Flo, que ce cher William ayant mal orienté le poste, il était assez difficile d'entendre. » Elle était un peu sourde et débordait de théories de ce genre.

« Le petit déjeuner de la salle à manger est-il prêt ? demanda la Duche à Eileen.

— Mrs Cripps est en train de s'en occuper, ma'me. »

Rachel et Sid arrivèrent, et Dolly proposa immédiatement à Rachel de faire le service, suggestion qui, s'il avait été là, aurait exaspéré William, la Duche le savait, tant par la manière dont elle était énoncée que par le simple fait qu'elle le soit. Il était évident que, en l'absence de sa femme, c'était sa fille qui servait le thé. Elle les laissa se débrouiller, rassembla ses listes et partit à la recherche de Mrs Cripps.

\*

Quand Hugh réunit la première fournée d'enfants pour aller chercher les masques à gaz, Christopher et Teddy demeurèrent introuvables, mais la voiture, entre

Sybil, Wills, Polly, Simon, Neville et Lydia, était déjà pleine. Il fut conclu avec Edward, lorsque Hugh passa prendre les deux derniers gamins à Mill Farm, qu'il embarquerait plus tard un autre contingent comprenant Nora, Louise, Judy, Angela et les deux garçons manquants. Villy déclara qu'elle emmènerait sa mère, Jessica, Miss Milliment, Phyllis et Ellen en allant récupérer la viande et d'autres provisions. Edward trouva qu'il s'en tirait à bon compte.

Hugh, mitraillé de questions, répondit patiemment aux enfants quand l'un d'eux ne répondait pas à sa place avec mépris à celui qui l'avait posée.

« Ça sent quoi ?

— Gros bêta. Ça sent rien... seulement l'odeur de l'air.

— Qu'est-ce que tu en sais ? Comment Polly pourrait le savoir, Oncle Hugh ?

— Je le sais parce que Papa a été gazé pendant la guerre et que j'ai lu des choses là-dessus.

— Tu avais un masque à gaz, Oncle Hugh ?

— Oui.

— Comment tu as pu être gazé si tu en avais un ? Ils ne doivent pas être très utiles, alors.

— Eh bien, le gaz a flotté dans l'air pendant assez longtemps. Il fallait bien enlever les masques de temps en temps, pour manger et tout ça.

— On ne peut pas ne pas manger !

— Si, on pourrait. On pourrait choisir entre être de plus en plus maigre ou être gazé. Qu'est-ce que tu préférerais, Oncle Hugh ?

— Ne sois pas stupide, Neville.

— S'il y a une chose que je ne suis pas, c'est stupide. Seul quelqu'un de très stupide me trouverait stupide. Seul quelqu'un de très, très stupide...

— Ça ira, Neville, dit Sybil d'un ton ferme, et le gamin n'insista pas.

— Quoi qu'il en soit, vous n'aurez pas à porter vos masques ; il s'agit juste d'une précaution.

— C'est quoi, une précaution ?

— C'est être prudent à l'avance, expliqua aussitôt Neville. Pour ma part, je n'ai jamais compris à quoi ça servait », ajouta-t-il assez pompeusement. L'idée qu'il était stupide lui restait en travers de la gorge.

« Tu es bien silencieuse, Poll », dit son père, mais sa fille, ne pouvant se livrer à la moindre confidence en présence des autres, se borna à répondre : « Non, pas spécialement. »

À l'arrière de la voiture, elle échangea des regards avec Simon, lui aussi silencieux : quelque chose le tracassait. Autrefois, avant qu'il ne parte en pension, elle aurait su ce qui le contrariait sans qu'il ait à prononcer un mot, mais ils étaient séparés depuis si longtemps qu'elle n'arrivait plus à deviner ce qu'il pensait et que lui n'arrivait plus à parler. Lydia et Neville n'arrêtaient pas de jacasser sur le gaz asphyxiant, l'odeur qu'il avait et si on pouvait le voir, et son père déclara qu'il y en avait un qui sentait le géranium. « C'est la lewisite », précisa-t-elle spontanément.

À l'avant de la voiture, Hugh haussa les sourcils et lança un coup d'œil à sa femme. Puis il dit : « Il est très improbable qu'on ait recours au gaz, tu sais, Polly. Ce n'était pas très rentable la dernière fois. Il faut les bonnes conditions climatiques, et ainsi de suite. Et puis, évidemment, si on a tous des masques, ça vaudra encore moins la peine.

— Ce qui serait une bonne idée, dit Neville, ce serait que les Allemands larguent depuis leurs avions d'immenses papiers tue-mouches de quatre cents mètres de long : les gens s'y retrouveraient collés comme des mouches à viande et ils ne pourraient pas s'en dépêtrer... ils resteraient englués à agiter les bras et les jambes jusqu'à ce qu'ils meurent. Je trouve que c'est une excellente idée, commenta-t-il, comme si elle avait été émise par quelqu'un d'autre.

— Si tu la fermes pas, s'écria férocement Simon, je t'en colle une ! »

Neville, qui n'était pas sûr de ce que voulait dire « en coller une », préféra se taire. À l'avant, Hugh et Sybil s'accordèrent tacitement pour ne pas relever, mais Hugh se demandait s'il appréhendait son changement d'école, et Sybil s'il couvait la varicelle. C'était d'ordinaire un garçon tellement doux et facile à vivre, se dit-elle, berçant dans ses bras Wills endormi et commençant à redouter de le réveiller pour un masque à gaz.

*

Même après la bagarre, Teddy était encore tellement en colère qu'il arrivait à peine à réfléchir à ce qui s'était passé. Dès qu'il essayait, il attisait les braises : la rage s'enflammait en lui, il avait envie de tuer Christopher et il détestait Simon. Il avait l'habitude d'être le chef de ses entreprises et Simon, deux ans de moins, avait toujours été son fidèle exécutant, ravi de faire tout ce que Teddy pouvait inventer. La dernière fois que Christopher était venu, il y avait toujours quelque chose qui l'empêchait de participer aux activités physiques – pour lesquelles il était nul de toute façon –, ou, comme disait sa mère, « de trop se dépenser », quel que soit le sens de cette expression. Il lisait à longueur de temps, et Teddy et Simon, gênés, s'étaient sentis obligés de jouer parfois aux cartes avec lui, mais passaient sinon leurs journées à jouer au polo-vélo, à faire de longues balades à bicyclette, à aller à la plage, à jouer au tennis, au squash et à certains jeux familiaux qu'aimaient les filles et qui les amusaient encore en secret bien qu'ils prétendent les mépriser. Cette fois Simon s'était éclipsé avec Christopher, avait menti à Teddy, qui s'en rendait compte à présent, sur la raison pour laquelle il ne pouvait pas faire des trucs avec lui, et n'avait même pas envisagé de lui proposer de se joindre à ce qu'ils mijotaient. Il avait tenté de tirer les vers du nez à Simon, mais quand Simon, presque en larmes, avait persisté à dire que c'était le secret de Christopher et qu'il ne pouvait pas le répéter, Teddy lui avait battu froid, avait refusé de lui répondre ou même de lui adresser la parole. Mais plus Simon avait refusé de lui raconter, plus la curiosité de Teddy s'était exacerbée : ce devait être quelque chose de très important et de très grave pour que Simon tienne bon. Teddy avait donc décidé de retourner dans le bois au petit matin pour voir ce qu'il pourrait découvrir. Il serait en mesure de durcir les conditions lors de leur réunion s'il savait dans quel but il les imposait. Il s'était échappé de leur chambre sur la pointe des pieds, laissant Simon endormi, avait soudoyé une des bonnes pour qu'elle lui donne de gros sandwichs à la marmelade, et s'était dirigé vers le bois.

Il y avait beaucoup de rosée et la longue prairie était remplie de lapins. Il regrettait de ne pas avoir pris son fusil, mais Papa avait dit pas de fusil quand il était tout seul. Il se souvint alors qu'il avait vu un arc et des flèches dans la tente... sa tente, se dit-il avec défi et une colère accrue, car, au fond de lui, il savait que ce n'était pas vrai, la tente était bien un cadeau pour eux tous. Stupide, de donner à des dizaines de personnes quelque chose qui ne pouvait servir qu'à deux d'entre elles. La tente était devenue sa tente parce que seuls Simon et lui l'avaient jamais utilisée, et elle était plus à lui qu'à Simon parce qu'il était l'aîné.

Il trouva l'arc et les flèches. Il ne semblait pas y en avoir beaucoup ; Christopher avait dû les fabriquer car Simon n'aurait pas su faire ce genre de chose, et Teddy devait reconnaître que les flèches n'étaient pas mal du tout, avec leurs plumes d'oie bien taillées au bout, et leurs pointes légèrement calcinées puis affûtées. Il décida de s'entraîner avant de s'attaquer aux lapins, et cela s'avéra une bonne idée : viser correctement était bien plus dur qu'il ne l'avait imaginé. Il n'arrêtait pas de perdre les flèches, c'était ça l'ennui. Au début, il ne s'en faisait pas trop s'il n'arrivait pas à en retrouver une, et c'est seulement quand il ne lui en resta plus que deux, qu'il chercha plus sérieusement, mais, dans le bois, avec toutes les fougères, les feuilles mortes et les machins qui poussaient, les flèches étaient difficiles à repérer. Lorsqu'il ne parvint même pas à retrouver la dernière, il regagna la clairière et ouvrit la tente pour voir s'il y en avait d'autres, mais non. Il chercha quelque chose à se mettre sous la dent : les sandwichs à la marmelade lui semblaient remonter à plusieurs heures. Il mit la main sur des œufs et une poêle, et décida d'allumer un feu. Il y avait un endroit où ils en avaient fait. Il rassembla des brindilles, et il arracha quelques feuilles d'un cahier en guise de papier. Il était occupé à faire partir le feu quand Christopher arriva, avant même qu'il n'ait eu le temps de bien explorer la tente. Il n'était pas du tout onze heures, l'heure qu'ils s'étaient fixée pour leur rendez-vous.

\*

Christopher n'avait pas réussi à avaler grand-chose au dîner de la veille. En plus de son mal de tête, il avait deux dents de devant qui bougeaient : lorsqu'il essayait de mordre dans quelque chose, elles semblaient se promener dans sa bouche et lui donnaient un peu envie de vomir. Il s'était excusé tout de suite après le repas, et était monté se réfugier dans sa chambre. Il s'était jeté sur le lit avant de s'apercevoir qu'il y avait un chapeau dessus, et qu'il l'avait pas mal écrabouillé. Il se leva d'un bond et essaya de le décabosser, mais le chapeau semblait récalcitrant et reprenait sans cesse son aspect écrasé. Pour finir, il le posa sur une chaise dans un coin sombre de la chambre où son propriétaire ne le remarquerait peut-être pas avant le matin, puis longea le couloir jusqu'au petit débarras où un lit lui avait été préparé. Mais il n'arriva pas à dormir. Être objecteur de conscience impliquait à l'évidence de

*Home Place. Fin de l'été 1938*

ne jamais se mettre en colère, or, quand c'était arrivé, il s'était simplement jeté sur Teddy sans réfléchir, et c'était épouvantable. Comment pouvait-on avoir la garantie de ne jamais perdre son sang-froid ? Et que diable allait-il faire, pour Teddy ? Lui dire la vérité ? Il sentait que Teddy ne cautionnerait pas l'idée de s'enfuir et, s'il était contre, il ne manquerait pas de répéter où ils étaient allés. Mais maintenant qu'il connaissait leur cachette, il le répéterait de toute façon, non ? Déménager le campement ? Cela semblait presque impossible : ils avaient mis deux semaines à rassembler toutes les affaires là-bas, et l'emplacement était idéal. Le campement devait forcément être établi près du ruisseau, et donc, même s'il le déplaçait, Teddy n'aurait aucune difficulté à suivre sa trace et à le retrouver. Il parlait au singulier... mais Simon ? Depuis la conférence de la varicelle, il avait compris que le cœur de Simon n'était pas à cent pour cent dans l'aventure. Il ne voulait pas aller à l'école, mais à cause de la varicelle, le retour à l'école était reporté et, ensuite, s'il y avait la guerre, Simon avait l'air de penser que les écoles fermeraient et qu'il ne serait jamais obligé d'y aller. C'est pourquoi, même s'il avait continué à faire comme s'ils étaient de mèche, il avait cessé de compter sur Simon. Il trouverait peut-être un autre ruisseau dans un autre bois... mais il ne lui restait plus beaucoup de temps, et à vrai dire il savait qu'un tel endroit n'existait pas dans les parages.

Ces vaines possibilités semblèrent l'agiter la nuit entière, mais il avait dû s'endormir, car, quand il se réveilla avec le soleil du petit matin, il était sept heures et demie, bien plus tard que son heure habituelle, et, en descendant, il entendit les domestiques qui déjeunaient. Il prit une poignée de Grape-Nuts dans la boîte de céréales et se mit en route vers le bois.

À son réveil, il avait eu tout à coup l'impression qu'il existait une solution. Forcément. Les gens pacifiques finissaient toujours par gagner : tout ce qu'ils avaient à faire, c'était se montrer apaisants et persuasifs, ne pas rendre les armes. Quelle drôle de tournure à employer ! Les armes étaient la dernière chose à laquelle il voulait avoir affaire, et de toute manière il n'en avait pas. C'était Teddy qui se servait d'un fusil.

Il essaierait de découvrir ce que Teddy voulait réellement, ou ce qu'il voulait le plus, et alors, sans doute, il y aurait un moyen de le lui donner, et tout irait bien. Si c'était la tente qu'il voulait, et une partie des provisions, elles pourraient être partagées. S'il voulait que Simon campe avec lui ? Simon était beaucoup plus jeune et il n'avait pas voix au chapitre... eh bien, il lui laisserait Simon. Si c'était le territoire qu'il convoitait, il leur faudrait conclure un accord, un traité, et Teddy allait devoir s'y tenir s'il signait, comme bien sûr lui-même le ferait s'il signait. Il s'excuserait pour la bagarre, pour s'être mis en colère, et se conduirait de manière extrêmement raisonnable pour parvenir à un accord équitable.

Ce qu'il n'avait pas prévu, c'était de trouver Teddy déjà sur place, pas du tout où ils avaient rendez-vous, c'est-à-dire au chenil, et pas du tout à onze heures, c'est-à-dire bien plus tard. Quand il s'aperçut que Teddy s'était servi de son arc et avait perdu toutes les flèches, il sentit monter en lui son effroyable et inacceptable colère, mais cette fois il la ravala et réussit à présenter ses excuses pour la bagarre, annonçant qu'il allait noter les conditions de Teddy afin de bien les examiner. Dans la tente, il constata que son précieux cahier avec toutes les listes à l'intérieur avait eu des pages arrachées, de sorte que plusieurs listes avaient disparu. Une autre mise à l'épreuve. Encaissant également cette déprédation scandaleuse – avec un peu de savoir-faire, n'importe qui pouvait allumer un feu sans papier –, il s'assit pour écouter Teddy et, là, il découvrit que, mystérieusement, ses conditions étaient devenues bien plus draconiennes que la veille...

*Home Place. Fin de l'été 1938*

\*

Zoë se réveilla quand Eileen leur apporta leur thé du matin, mais elle garda les yeux à demi fermés tandis qu'Eileen posait le plateau avec précaution sur la table à côté d'elle, tirait les rideaux et murmurait qu'il était sept heures et demie. Rupert, auprès d'elle, dormait profondément. Elle se redressa pour leur servir du thé à tous les deux. Le moindre mouvement lui faisait mal – elle était encore tout endolorie, et avait eu mal aussi quand Rupert lui avait fait l'amour hier soir, mais elle était certaine d'avoir su le cacher. Si encore ce n'était qu'un peu de douleur qu'elle avait à affronter, ce ne serait rien, elle ne méritait pas autre chose. Mais c'était bien davantage : il avait été tellement confiant, tellement tendre et attentif à son plaisir, et elle tellement menteuse. Elle avait éprouvé de la reconnaissance et de la douleur, et s'était sentie complètement indigne. Le fossé entre son corps et son cœur lui paraissait un abîme, et il lui semblait n'avoir qu'une envie, se confesser, tout lui avouer, être punie et pardonnée, et pouvoir recommencer à zéro. Seulement elle ne pouvait pas lui avouer, jamais elle ne pourrait l'avouer à personne ; si ce n'avait été qu'un viol, elle aurait peut-être pu, mais ce n'était pas – du tout – un viol, et elle ne pouvait ni lui mentir à ce sujet ni lui avouer. C'est là mon châtiment, se dit-elle. Être obligée de continuer à mentir le restant de mes jours.

« Ma chérie ! Tu en as, un air tragique ! Que se passe-t-il ? »

En se détournant pour attraper la tasse de Rupert, elle sentit ses yeux qui la piquaient.

« Je n'ai franchement pas été assez gentille avec Maman », dit-elle, se souvenant que cela aussi, c'était vrai.

Il lui prit la tasse des mains. « Je suis sûr que si, mon

lapin. Ces efforts t'ont épuisée. Que dirais-tu d'un petit déjeuner au lit ? »

Elle fit non de la tête : si seulement il cessait d'être aussi prévenant avec elle...

« Tu ne voudrais pas m'accompagner à Hastings ce matin ? Je dois racheter des tubes de peinture, et il me faudrait quelques pinceaux, si j'en trouve des corrects. » Il savait combien elle aimait les virées seule avec lui.

« Je comptais aider la Duche à aménager le cottage. Rachel a dit qu'il y avait des tas de choses à finir avant ce soir. » L'idée de la matinée en tête à tête avec Rupert lui était insupportable.

« Ma chérie, qu'est-ce que tu pourrais faire ? Tu sais que tu as horreur de ce genre de choses. Je suis sûr qu'elle n'attend pas ça de toi.

— Sans doute. » Personne n'attendait rien d'elle, songea-t-elle, non sans tristesse.

« Tu décideras après le petit déjeuner. Je vais tenter ma chance avec la salle de bains. Tu veux en prendre un ? Un bain, j'entends ?

— Non, j'en ai pris un hier soir. » Elle avait des bleus sur le haut des bras, et elle ne voulait pas qu'il les voie. Elle attendit qu'il sorte pour se lever et se dépêcher d'enfiler un vieux pantalon et une vieille chemise à lui, puis s'attacher les cheveux avec un bout de ruban noir. Elle s'assit ensuite sans rien faire à la coiffeuse, se revoyant hier à la même heure dans l'appartement de sa mère en train de préparer ses bagages et de se demander comment faire face à son mari. Et voilà que, vingt-quatre heures plus tard, elle avait retrouvé sa vie conjugale comme s'il ne s'était absolument rien passé, installée dans cette pièce familière qui, la première fois qu'elle l'avait vue, lui avait paru morne et démodée ; aujourd'hui la tapisserie avec ses énormes paons fabuleux, les rideaux de coton à motif cachemire, le napperon de dentelle blanche sur la coiffeuse, les meubles classiques en bois de rose et les gravures de l'empire des

*Home Place. Fin de l'été 1938*

Indes, le tapis turc aux couleurs fanées avec, autour, le parquet ciré semé de taches, tout cela lui semblait familier, réconfortant, luxueux, même, par rapport à la pseudo-sophistication de l'appartement de sa mère. Comme elle avait toujours détesté cet appartement, et celui d'avant, où elle avait vécu avant son mariage ! Aujourd'hui, pourtant, elle se disait qu'il n'était peut-être pas du goût de sa mère non plus, laquelle, par manque d'argent, n'avait sûrement pas pu l'améliorer. Or s'il y avait une personne responsable de ce manque d'argent, c'était elle : sa mère avait été obligée de travailler pour envoyer sa fille dans une bonne école, elle avait dépensé plus d'argent pour les vêtements et les distractions de Zoë qu'elle n'en avait jamais dépensé pour elle-même. Je me suis contentée de prendre tout ce que je pouvais, puis j'ai fichu le camp, se dit-elle. Je n'ai jamais été gentille avec elle, jamais été reconnaissante. Avec un sursaut de honte, elle se rendit compte que sa mère, à mesure qu'elle vieillissait et devenait plus fragile, s'était mise à avoir peur d'elle, et qu'elle, Zoë, en avait eu conscience et s'en était moquée, avait même, non sans suffisance, trouvé plus facile de rationner ses visites, ses coups de téléphone, bref, toute espèce d'attention, même minime. Elle devait se débrouiller pour changer. Mais comment ? Elle repensa à ce que disaient Rachel, Sybil, Villy et parfois la Duche lorsqu'un des enfants se conduisait mal. « Ce n'est qu'une phase. » Mais la remarque concernait toujours une chose bien précise, et c'étaient des enfants. Zoë avait vingt-trois ans et on aurait dit que rien n'allait chez elle.

Rupert, au retour de son bain, annonça : « Il me faut une autre chemise. Il manque trois boutons à celle-là... je ressemble à Seth dans *La Ferme de Cousine Judith*.

— Je te les recoudrai.

— Ça ira, ma chérie, Ellen le fera.

— Tu ne me crois même pas capable de recoudre un bouton ?

— Bien sûr que si. C'est simplement que c'est toujours Ellen qui s'en charge, voilà tout. » Il était en train de ranger les pans de l'autre chemise dans son pantalon. « Tu as toujours dit que tu avais horreur du raccommodage.

— Je sais quand même recoudre un bouton, répliqua-t-elle, avant de fondre en larmes.

— Zoë ! Ma chérie, qu'y a-t-il ? » Il n'ajouta pas « encore », mais elle perçut le sous-entendu au ton de sa voix.

« Tu me trouves totalement incompétente ! Tu penses que je ne sais rien faire !

— Bien sûr que non.

— Quand j'ai proposé de donner un coup de main pour le cottage ce matin, tu n'as pas voulu. Et maintenant je ne peux même pas recoudre un bouton à ta chemise !

— Je croyais que tu n'aimais pas faire ces choses-là. Bien sûr que tu peux si tu y tiens. »

Mais la détermination nouvelle de Zoë ne se satisfaisait pas de cette concession.

« Je peux vouloir faire des choses sans en avoir envie, déclara-t-elle, consciente, soudain, que sa phrase n'avait pas le sens qu'elle lui prêtait.

— Très bien, ma chérie, fais ce que tu n'as pas envie de faire si ça te chante... Je ne voudrais pas te contrarier. Et si nous allions prendre notre petit déjeuner ? »

\*

« Tu ressembles un peu à un cheval, mais pas très...

— À un de ces chevaux qui portent des machins sur la tête et à qui on ne voit que les yeux et le nez, tu sais, comme dans les Croisades, ajouta Nora.

— Le problème, c'est qu'ils vous empêchent complètement de respirer. » Sur sa chaise à la table du goûter, Neville faisait entendre un râle sifflant : il avait eu une crise d'asthme dans la voiture en revenant d'aller chercher les masques à gaz.

« Moi j'adore le mien ! Il me donne un air vraiment différent, s'écria Lydia, caressant la boîte accrochée au dossier de sa chaise.

— Ils nous donnent à tous un air différent.

— Pas à Miss Milliment, protesta Lydia, pensive. D'après moi, un Allemand aurait beaucoup de mal à savoir si elle porte le sien ou non.

— Ça suffit, Lydia, ordonna Ellen. Et passe les tartines à ton cousin.

— Maman a dit que si on les porte cinq minutes chaque jour, on s'y habituera vite. » Nora avait compris que Neville avait peur, et tâchait gentiment de l'encourager.

« Je porterai le mien presque tout le temps sauf pour les repas. C'est vrai qu'on ne peut pas manger avec. On ne peut pas embrasser non plus.

— Bois ton lait, Neville. »

Il obéit, puis il dit : « L'avantage c'est que si les grands-tantes les gardent en permanence, on n'aura jamais à les embrasser.

— Oh, les pauvres ! s'écria Judy de sa voix la plus affectée.

— C'est facile pour toi. Ce ne sont pas tes grands-tantes. Imagine ce que ça fait d'embrasser leurs pauvres joues de vieilles !

— Comme de vieilles fraises trop mûres, dit aussitôt Neville. Toutes mollasses et bleutées... avec des poils de moisissure.

— C'est seulement une des deux, précisa Lydia. L'autre fait l'effet... d'embrasser un énorme biscuit pour chien. Tout dur et tanné, avec des trous dedans.

— Ça suffit, Lydia, répéta Ellen.

— Pourquoi est-ce que ça suffit toujours pour moi et pas pour Neville ?

— Ça suffit pour tous les deux.

— Avec Tante Lena on a l'impression d'embrasser un blanc-manger, dit Judy, et avec Grania…

— Tais-toi, fit sèchement Nora. Tante Lena est morte. Tu ne devrais rien dire sur elle. »

Dans le silence assez inattendu qui suivit, elle servit une tasse de thé à monter à Louise, qui était allongée avec un mal de tête.

\*

C'est vrai, c'était oppressant, songea Miss Milliment, tandis que, légèrement zigzagante, elle gravissait la colline vers Home Place après avoir pris le thé avec Angela. Ils étaient allés chercher les masques à gaz, et ensuite elle s'était rendue utile en lisant à Lady Rydal les rubriques du *Times* qui l'intéressaient : la nécrologie, le bulletin de la Cour, et certaines lettres de lecteurs. Elle avait exprimé auprès de ces chères Viola et Jessica son désir d'aller voir Clary, et Angela avait proposé de l'accompagner. C'était une très jolie jeune fille, qui ressemblait de façon stupéfiante à sa mère au même âge (Miss Milliment avait été la préceptrice de Viola et Jessica jusqu'à, respectivement, leurs dix-sept et dix-huit ans), mais elle semblait terriblement renfermée, alors que Jessica avait toujours été une fille extravertie pleine de bonne humeur et d'entrain. Elle tenta de discuter avec Angela de la France, mais Angela n'avait pas l'air de vouloir en parler du tout, et Miss Milliment, se disant qu'Angela avait dû tomber amoureuse d'un jeune Français dont elle était désormais séparée, eut le tact de changer de sujet.

« Votre oncle me disait qu'il avait peint votre portrait. Pensez-vous que je puisse voir ce tableau ? »

Angela, qui marchait à grands pas devant elle, s'arrêta aussitôt et, se retournant, s'exclama avec empressement : « Oh ! j'aimerais bien ! Je suis allée à ma séance de pose ce matin, mais il m'a dit que le tableau était

*Home Place. Fin de l'été 1938*

fini. Moi je ne trouve pas du tout ! Je serais vraiment contente d'avoir votre avis ! »

Elles franchirent la porte d'entrée, traversèrent une pièce où Mrs Cazalet mère, coiffée d'un chapeau, cousait des rideaux à la machine, pénétrèrent dans une immense salle où on était en train de dresser le couvert du dîner pour les enfants, remontèrent un couloir, assez sombre, où Miss Milliment faillit trébucher, mais c'était parce qu'un de ses lacets était dénoué – ils n'étaient pas assez longs pour faire des doubles nœuds –, passèrent une porte matelassée et débouchèrent sur une longue pièce peu éclairée avec un billard et un bow-window à un bout. Le tableau se trouvait là. Un portrait intéressant, de l'avis de Miss Milliment. L'artiste semblait avoir saisi l'ardeur et la langueur paradoxales d'une jeune fille, cet air à la fois passif et plein d'attente, et elle remarqua que la bouche, talon d'Achille de nombreux peintres, si l'on pouvait utiliser cette métaphore, avait été grandement facilitée dans son exécution, car Angela avait la bouche de sa mère, une bouche préraphaélite, charnue mais finement dessinée, comme si la nature imitait l'art, et que la perception créative de l'auteur du tableau s'était révélée superflue... Les portraitistes à la mode, bien sûr, avaient coutume de plaquer sur le visage de leurs sujets certains traits caractéristiques, telle la bouche en cerise chez Peter Lely, par exemple.

« Vous voyez ce que je veux dire ? Ma peau a l'air toute marbrée. Et il tenait à ce que mes cheveux soient tout raides comme ça, ajouta-t-elle.

— Je pense que seul l'artiste peut décider du moment où il a terminé, déclara Miss Milliment. Les peintres courent toujours le risque d'en faire trop. Je trouve ce portrait extrêmement intéressant, et vous devriez vous sentir honorée d'en avoir été le modèle.

— Oh, je le suis ! Je suis sûre que c'est un peintre merveilleux. Mais il faut des années et des années pour être un vrai peintre, non ? Alors il n'a peut-être pas eu...

« — Eh bien, peut-être voudra-t-il en faire un autre.
— Oui, je suppose que oui. Oh ! Miss Milliment ! Votre lacet est défait. »

Et mes bas dégringolent déjà, songea Miss Milliment, baissant les yeux sur les plis épais autour de sa cheville.

« Vous voulez que je vous refasse le nœud ?
— Merci, ma chère. Ce serait très gentil. »

Angela s'agenouilla et noua le lacet en se disant : La pauvre vieille ! Je ne vois pas comment elle arrive à se baisser pour lacer ses chaussures elle-même.

Et Miss Milliment, qui, matin et soir, se débattait toute seule au bord de son lit, le pied posé sur une chaise, eut une inspiration subite : « Je me demande si vous pourriez me renseigner... Cette chère Louise m'a offert une boîte de quelque chose qui s'appelle du talc pour Noël. Je l'ai pris avec moi, étant donné qu'avec la Situation on ne sait pas quand on pourra retourner chez soi, mais je ne comprends pas tout à fait quel en est l'usage... » Angela, qui s'était relevée, parut déconcertée.

« J'ai essayé sur ma figure, persista Miss Milliment, mais cela ne devait pas être ça.
— Ah... » Miss Milliment vit qu'Angela était stupéfaite. « Ce n'est pas du tout pour la figure, Miss Milliment, c'est pour le corps. Vous savez, après le bain...
— Pour le corps, après le bain, répéta Miss Milliment, plus déroutée que jamais quant à l'utilisation de ce talc. Merci, Angela. Peut-être voudrez-vous me montrer la chambre de Clary ? »

Angela la conduisit jusqu'à la porte, puis s'éloigna, espérant tomber sur Rupert quelque part, sans Zoë.

\*

Le train d'Evie était en retard, ce qui n'était pas plus mal puisque Tonbridge était lui aussi en retard pour l'accueillir. Il avait eu une journée fatigante, à emmener les domestiques chercher leurs masques à gaz. Mrs Cripps avait aimé voyager devant avec lui, mais avait profondément regretté la présence des filles à l'arrière, les rembarrant dès qu'elles ouvraient la bouche. Il s'ensuivait alors un silence gêné, et elle avait deviné, agacée, que les filles prêtaient une oreille attentive à tout ce qu'elle pouvait dire à Mr Tonbridge, qu'elle appelait maintenant Frank lorsqu'ils étaient seuls. Elle s'était donc limitée à des remarques irréfutables sur le temps, que Tonbridge se dépêchait d'approuver : ça ne faisait pas un pli, ils auraient un autre orage avant la fin de la journée ; non qu'on ait besoin d'eau, mais une bonne saucée pourrait rafraîchir l'atmosphère et renvoyer à Londres dans leurs foyers ces maudits cueilleurs de houblon.

Puis il était retourné à Battle, où il avait dû aller jusqu'au quai à la rencontre de Miss Evie puisque Miss Rachel n'était pas avec lui. Elle avait les plus lourds bagages qu'il ait jamais eu à transporter, et elle semblait très contrariée que personne ne soit venu l'attendre. Tonbridge transmit le message comme quoi Miss Rachel s'était fait mal au dos en déplaçant des meubles, et Miss Sidney était occupée à déménager ses affaires dans le cottage où elles dormiraient, la maison étant pleine comme un œuf. Le message ne sembla pas l'apaiser. Tant pis. Il avait pour ordre de l'accompagner jusqu'à la porte de la maison, puis d'aller déposer ses bagages dans le cottage. Ensuite il pourrait prendre son thé.

\*

William avait eu une journée productive. Les deux cottages jumeaux, situés sur un chemin rural à une centaine de mètres de la route entre Mill Farm et Home Place, et inhabités depuis la mort de leur locataire, une certaine Mrs Brown, il y a presque un an, étaient à vendre. Il avait été laborieux d'identifier leur propriétaire, qui s'était révélé être York, le fermier, dont la ferme se trouvait quatre cents mètres plus loin sur le chemin. Mr York ne disait jamais rien à moins d'y être obligé, et n'avait jamais mentionné qu'il possédait ces cottages, mais William, qui les avait repérés lors de ses promenades à cheval matinales, avait appris qu'ils étaient à lui par Sampson. Son fidèle entrepreneur avait convenu, avec délectation, qu'à force de rester vides les cottages ne seraient bientôt plus d'aucune utilité pour personne. Alors, William était allé voir York et l'avait trouvé dans son étable, occupé à une tâche qu'il exécutait avec une extrême lenteur.

En voyant le vieux Mr Cazalet, York cala sa fourche contre la porte de l'étable et demeura planté là à attendre qu'il parle. Lorsque le vieux Mr Cazalet annonça qu'il était venu pour les cottages, le fermier répondit : « Les cottages ? », avant de le conduire en silence vers sa maison. Ils entrèrent par-derrière. La porte de devant ne servait que pour les enterrements ou les mariages ; la dernière fois, c'était quand sa mère était morte. York ne s'était pas marié, disait-on, parce que sa fiancée s'était aventurée dans la mare en bottes de caoutchouc et s'y était noyée. Une femme du nom de Miss Boot s'occupait du ménage, mais son physique n'était pas du genre à susciter des pensées licencieuses, et, de fait, il régnait sous ce toit la plus grande bienséance. Ils traversèrent l'office, où Miss Boot, grande, peu souriante et légèrement barbue, s'employait à battre le beurre, puis la cuisine, qui sentait les plats en train de mijoter et les chemises fraîchement repassées, avant de longer les couloirs dallés jusqu'au petit salon, qui, obscurci par des stores, empestait l'encaustique et le Flit : les cadavres de mouches bleues jonchaient les appuis de fenêtres tels de gros raisins de Corinthe brûlés sur le dessus d'un cake. William fut installé dans le meilleur fauteuil et certains stores relevés, laissant voir un petit

*Home Place. Fin de l'été 1938*

piano droit en noyer avec une partition sur son support entre les chandeliers, trois autres fauteuils, une cheminée dotée d'un petit berceau en fer et, au-dessus, dans un cadre, une grande gravure d'*Adieu à l'Angleterre*.

Les cottages. Ah ! Eh bien, il n'avait pas vraiment réfléchi à ce qu'il pourrait en faire. Il les tenait de sa mère, Mrs Brown avait été son amie et, bien sûr, elle avait eu sa part de problèmes ; quatorze enfants, elle avait eus, ou quinze, elle avait jamais trop su. Et quand elle était décédée, les enfants étaient grands, ou bien partis vivre avec leur tante à Hastings. Cet accès de loquacité sembla l'épuiser, et il resta là à marmonner, confirmant pour lui-même la véracité de ses dires.

À ce moment-là, Miss Boot apparut portant un plateau avec deux tasses d'un thé indien très fort, auquel un lait crémeux donnait une teinte presque pêche, et une assiette de biscuits au gingembre. Elle le plaça avec précaution entre eux sur une petite table qui branlait dangereusement. Puis, lançant un coup d'œil accusateur aux bottes de York – interdites dans la maison, et encore plus dans le petit salon –, elle s'éclipsa.

Les cottages. Eh bien, ça dépendait de ce que Mr Cazalet avait en tête. William expliqua qu'il voulait les acheter et les convertir en habitation pour une partie de sa famille. Ah. Mr York mit quatre morceaux de sucre dans son thé. Il y eut un silence durant lequel William prit conscience du tic-tac sifflant d'une petite pendule noire sur la cheminée. Il attendit que York ait fini de remuer son thé avant de citer un prix. Il y eut un autre silence, le temps que Mr York évalue dans sa tête les cinq cents livres proposées, somme la plus élevée qu'il ait jamais reçue de sa vie. Un toit neuf surgit au-dessus de l'étable, une porcherie fut construite en un clin d'œil, une bâche vint protéger la meule de foin qui se dressait à l'arrière, une nouvelle faux se logea dans sa main ; il pourrait acquérir une pelleteuse pour la mare, acheter son propre taureau pour couvrir ses vaches et faire réparer les barrières du grand champ si bien qu'il pourrait se payer des moutons s'il en avait envie, et construire pour Miss Boot cette petite serre devant la cuisine qu'elle réclamait depuis des lustres...

« Je suppose que vous voulez y réfléchir.

— C'est pas impossible.

— Je voulais vous demander autre chose... »

Il aurait dû se douter qu'il y aurait un hic. « Je sais que les toits ont besoin de petites réparations.

— Ce n'est pas ça. Je voudrais en plus un bout de terrain à l'arrière. Après la haie du jardin, je veux dire.

— Ah ! » Acheter des biens immeubles était une chose, il n'avait jamais raffolé de ce genre de biens, mais la terre, c'était différent. Il n'avait pas envie de vendre sa terre.

« Je n'en veux qu'une petite surface. Une acre. De quoi faire un potager.

— Ah, eh bien, ça, c'est une autre affaire. La terre, c'est une autre affaire. »

Ses tristes yeux marron considérèrent William d'un air pensif. « C'est de la bonne terre par là-bas. »

Ce n'était pas vrai. Du moins, pas dans son état actuel, pleine de chardons, de terriers de lapin et de massifs de ronces. Mais William eut le bon sens de ne pas chinoiser. Il se contenta de proposer cinquante livres de plus, et même s'il fut décidé que Mr York y réfléchirait, ils savaient tous deux que c'était tout réfléchi.

« Bon. Eh bien, York... une réponse demain matin ? Je veux avancer, vous comprenez. Nous risquons d'avoir une autre guerre sur les bras. » Cela ramena York au cauchemar d'autrefois, quand, à dix-huit ans, il avait passé quatre ans en France, où, dans son souvenir, il avait été constamment trempé et presque constamment terrifié, où il avait vu des choses faites à des hommes qu'il ne supporterait pas de voir faites à une bête, où la terre n'était qu'un magma de rats, de vermine, de boue et de sang, et tout ça à cause de ces saletés de Boches. Il dit : « Jamais vous me verrez retourner là-bas, pas pour tout l'or du monde. »

William se leva. « Cette fois c'est eux qui risquent de venir chez nous. »

York lui jeta un regard furtif pour voir si le vieil homme le faisait marcher, mais non.

« S'ils viennent sur ma terre, ils comprendront leur douleur », déclara-t-il d'un ton calme. William le regarda, surpris : York était très sérieux.

*

« Ce qu'on doit faire, c'est prier », dit Nora, avec une telle véhémence que Louise sursauta.

Elles étaient allongées sur leurs lits après le dîner ; les rideaux étaient ouverts pour pouvoir observer les zébrures enfiévrées des éclairs puis compter jusqu'à ce que résonne le faible grondement du tonnerre.

« Tu crois franchement que ça sert à quelque chose ?
— Bien sûr, ça marche. Ça n'apporte pas toujours exactement ce pour quoi on prie, mais ça apporte toujours quelque chose de bien.
— Ne pas vouloir la guerre est une bonne chose, non ? Alors, si les prières marchent, Dieu devrait faire en sorte qu'il n'y en ait pas. »

Nora, qui, malheureusement, avait déjà essuyé certaines déceptions dans le domaine des prières, dit : « Ce n'est pas aussi simple. En priant, on aura peut-être une guerre moins abominable. Je vais à l'église demain quoi qu'il arrive, et je t'en supplie, viens avec moi.
— D'accord. Nous ne sommes pas une famille très pieuse. On ne va à l'église qu'à Noël, pour les baptêmes et les occasions de ce genre.
— La Duche non plus n'y va pas ? »

Louise secoua la tête. « Seulement à Noël. Son père était un scientifique, tu comprends. Les hommes de science ne croient pas en la religion. On va devoir y aller à pied, personne ne nous emmènera.

— On pourrait y aller à vélo.

— Oui. Je te préviens, si je vais à l'église avant le petit déjeuner, j'ai tendance à m'évanouir. Il faut que je mange quelque chose d'abord.

— C'est impossible. Tu ne peux pas communier si tu n'es pas à jeun. Tu as fait ta confirmation, non ?

— Bien sûr. L'évêque de Londres... il y a des années. À l'église d'ici, on a droit à des petits morceaux de pain, pas à des hosties comme à Londres.

— Je trouve ça mieux : c'est censé être du pain... Tu as encore mal ?

— Ça va mieux. J'ai moins l'impression d'avoir avalé un fer à lisser. Tu iras quand même dans cette école de cuisine s'il y a la guerre ?

— Aucune idée. Ce serait un peu futile, je trouve.

— Pas autant que la comédie », dit Louise tristement. Elle voyait déjà sa carrière partir en fumée. Auquel cas, elle ne serait peut-être pas obligée de quitter sa famille... Si, car il lui fallait partir aussi pour d'autres raisons. Elle ne pouvait pas en parler à Nora. Nora régla son réveil sur six heures et demie. Le tonnerre était maintenant tout près et elles n'arrivaient pas à dormir, mais comme elles étaient tombées d'accord pour aimer les orages, elles laissèrent leurs rideaux ouverts.

\*

Simon avait eu une journée atroce. Quand Teddy avait refusé de lui adresser la parole il avait cherché Christopher. Il était presque l'heure du déjeuner lorsqu'il l'avait enfin trouvé, et Christopher était de mauvaise humeur. Il lui annonça que Teddy avait renforcé ses exigences, mais qu'il essayait d'arranger les choses et où diable Simon avait-il passé la matinée ? En réalité, Simon, qui avait mal à la tête, s'était endormi dans le

*Home Place. Fin de l'été 1938*

hamac et ne s'était pas senti bien du tout en se réveillant. Après le déjeuner Christopher l'avait emmené au chenil et lui avait expliqué les nouvelles conditions. Christopher et Teddy semblaient le laisser en dehors, le traiter comme s'il n'avait aucune importance, après tous les trimballages qu'il avait faits et tous les trucs qu'il s'était procurés. On le transformait en une sorte d'esclave féodal et Christopher n'avait pas l'air particulièrement reconnaissant de sa loyauté. Il finit par se disputer avec Christopher, qui lui dit qu'il ne pouvait plus faire marche arrière, qu'il allait devoir rester et suivre leurs instructions. Il les haïssait tous les deux, et à la fin il cria ses pires injures à Christopher avant de partir en courant se cacher. C'était facile car il connaissait bien mieux les bonnes cachettes que Christopher, qui cessa bientôt de le chercher. Quand il vit Christopher disparaître en direction de l'allée, il sortit du champ de haricots et tomba sur un Mr McAlpine fou de colère parce qu'il avait piétiné ses plantations. Fuyant le jardinier, il regagna la maison et monta tout droit à l'étage afin de se réfugier dans sa chambre. Craignant d'y trouver Teddy, il continua jusqu'à la chambre de sa mère, habituellement vide l'après-midi, mais sa mère était là, étendue sur son lit en train de lire.

« Simon ! On frappe avant d'entrer dans la chambre des gens.

— J'ai oublié. Et puis, je ne pensais pas que tu serais là.

— Pourquoi es-tu venu, alors ?

— Je voulais juste...

— Eh bien, ferme la porte, mon chéri. »

Il la ferma par mégarde assez bruyamment. Sa mère se redressa dans le lit. « Ne claque pas les portes. Tu vas réveiller Wills.

— Wills », marmonna-t-il. Il cogna le pied de la chaise. Il n'y en avait que pour Wills. Du matin au soir.

« Simon, qu'y a-t-il ? Allons, qu'y a-t-il ? » Elle ramena ses jambes sur le côté du lit. « Viens ici. Tu m'as l'air bouillant. » Elle lui posa la main sur le front et des larmes jaillirent de ses yeux. Elle l'enlaça et il se blottit contre elle, se sentant mieux et plus mal à la fois.

« Je crois que tu as de la température, mon chéri. » Elle l'embrassa et il se cramponna à elle comme un petit crabe. « Voyons. J'ai l'impression que tu appréhendes un peu ta nouvelle école. C'est de ça qu'il s'agit, n'est-ce pas ? Je sais que c'est une perspective assez effrayante. Mais il y aura Teddy là-bas, tu sais. Tu ne seras pas tout seul.

— Mais si ! Teddy est devenu mon ennemi ! Ce sera pire avec lui ! » Il sanglotait à présent. « Franchement, j'y ai réfléchi, et je ne pense vraiment pas pouvoir supporter ça ! Je ne veux pas m'en aller et me retrouver tout seul. Est-ce que je ne pourrais pas simplement être externe comme Christopher ? Je ferai tout ce que tu voudras si je n'ai pas à m'en aller !

— Oh, mon chéri ! Je ne veux pas que tu t'en ailles. Tu me manques toujours tellement. Écoute, mon chou. Allonge-toi sur mon lit pendant que je prends ta température. Nous rediscuterons après. »

Mais ils ne rediscutèrent pas beaucoup car il avait 39 de fièvre, et quand il dit qu'il ne pouvait pas dormir dans la chambre avec Teddy, elle l'installa dans leur dressing-room, lui apporta un mug de thé bien chaud avec plein de lait ainsi qu'une aspirine, et alla téléphoner au Dr Carr. Lorsqu'elle revint, il était fébrile et somnolent. « Je parie que tu n'enverras pas Wills en pension. En tout cas, je n'ai pas mouchardé. Il doit reconnaître que j'ai tenu ma langue », marmonna-t-il, et il s'assoupit.

À son chevet, Sybil le regardait, triste et désemparée. Pourquoi fallait-il l'envoyer durant tant d'années loin de son père, son frère, sa sœur et, surtout, loin d'elle ? Pourquoi avait-on toujours envoyé les garçons en pension ? Il y était depuis ses neuf ans, et il n'avait que douze ans aujourd'hui. Même les petits pages médiévaux qu'on envoyait dans une autre maison avaient la châtelaine pour s'occuper d'eux. Ce n'était pas comme si Hugh avait été heureux à l'école – il en avait détesté chaque minute, disait-il –, mais il nourrissait l'opinion apparemment immuable que son fils devait subir les mêmes épreuves que lui. La remarque de Simon au sujet de Wills l'avait frappée au cœur. C'était vrai, elle se plaisait à chouchouter ce dernier bébé, elle lui prêtait bien plus d'attention qu'elle n'en avait jamais prêté aux deux autres. Il était vrai, aussi, que depuis que Simon était parti dans son école privée elle s'était blindée contre cette perte en essayant de faire preuve de calme et de sagesse, même si la première fois qu'elle lui avait dit au revoir à la gare de Waterloo elle avait pleuré amèrement pendant tout le trajet de retour dans le taxi. D'une certaine façon, elle avait compris que c'était l'amorce de leur inéluctable séparation. Si les lettres qu'elle lui envoyait à l'école étaient sereines et joyeuses, elle les trouvait de plus en plus difficiles à écrire... Comment savoir ce qu'il aurait envie d'entendre ? Et comme elle ne pouvait absolument pas lui dire combien il lui manquait, elle ne racontait jamais rien de vraiment important. Dans ses lettres à lui, au début, la nostalgie de la famille était palpable : « Maman chérie, s'il te plaît ramène-moi, je m'annuie, je m'annuie, je m'annuie. Il n'y a carrément rien à faire ici. » Puis leur contenu s'était réduit à des requêtes diverses concernant surtout la nourriture : « S'il te plaît envoie-moi encore six tubes de dentifrice. J'ai dû manger les miens ! » Il y avait de mystérieuses descriptions de ses maîtres : « Quand Mr Attenborough mange ses toasts à la marmelade au petit déjeuner, il a la tête qui fume. Nous n'avons pas eu de cours de latin aujourd'hui parce que Mr Coleridge a encore une fois perdu la boussole, il est tombé à vélo dans la piscine : il lisait en fumant une cigarette et il s'est fait piquer par une guêpe mais personne ne l'a cru. » Elle avait lu les lettres à Hugh, qui avait ri et déclaré que le gamin semblait s'habituer. Dans un sens, c'était vrai. Mais le collège n'avait rien à voir avec l'école, et il en avait désormais pour six ans. Pauvre petit. Au moins, il est trop jeune pour la guerre, se dit-elle pour la centième fois, et puis Polly est une fille, et Wills un bébé, et Hugh ne peut pas être enrôlé. Elle posa un verre d'eau près du lit de Simon ; puis elle se pencha et l'embrassa avec une tendresse presque coupable. Il dormait, et il n'y avait personne pour la voir.

\*

Cette nuit-là, qui fut chaude et étouffante, le tonnerre gronda par intermittence jusqu'à l'aube, où tomba une grosse averse rafraîchissante. Evie, dans le cottage, s'assoupit enfin, et Sid, qu'elle avait empêchée de dormir avec ses peurs, fut à même de retourner à pas de loup dans l'autre petite chambre, où elle se mit au lit et put au moins s'abandonner à ses propres pensées. Il avait été prévu que Miss Milliment partage le cottage avec Evie, mais un malentendu avait retardé son installation et Evie avait refusé d'y dormir seule. Elle avait été exaspérante à ce sujet, et Sid avait décidé qu'elle remuerait ciel et terre pour que Miss Milliment y emménage le lendemain. Evie considérait un peu comme une insulte de devoir loger là-bas. Elle n'était pas reconnaissante le moins du monde de l'hospitalité qu'on lui accordait, et elle avait apporté avec elle toutes les pièces d'argenterie les plus inutiles, les plus lourdes et les plus hideuses ayant appartenu à sa mère, ainsi que pratiquement l'intégralité de sa garde-robe. « Après tout, nous sommes peut-être là pour des années. Toi, c'est bien simple, tu te fiches de porter les mêmes choses jour après jour, mais tu sais à quel point je tiens à être soignée de ma personne. »

Sid avait répugné à quitter Rachel, qui avait à l'évidence très mal au dos. William avait apparemment

*Home Place. Fin de l'été 1938*

décidé que, si le pire survenait, il faudrait évacuer l'Hôtel des Tout-Petits. Et quand Rachel comprit qu'il destinait les lits du court de squash aux infirmières, elle avait insisté pour aider à les transporter. La Duche s'était enquise avec douceur de l'endroit où allaient dormir les petits résidents, et le Brig avait simplement répondu qu'ils étaient petits et qu'on pourrait bien les caser quelque part. La table de billard pourrait être retirée de la salle de billard, avait-il ajouté sans plus de précision. Toujours est-il que le transport des lits de camp avait démoli le dos de Rachel, et que Sid rechignait à la laisser seule. Ou plutôt, qu'elle rechignait à ne pas partager une chambre avec elle. Dans la journée, elle se rendit compte avec désespoir qu'Evie s'arrangerait pour ne jamais les laisser tranquilles toutes les deux. Comme on s'habituait vite aux choses ! Il y a une semaine, elle aurait été au comble de la joie à la perspective de passer une journée et une nuit avec Rachel ; aujourd'hui elle rageait parce qu'elle ne pouvait pas passer tout son temps avec elle. « Sois reconnaissante de ce que tu as », se sermonna-t-elle, mais, en l'occurrence, ce qu'elle avait était Evie, dont la présence n'avait jamais engendré la reconnaissance chez quiconque. « Ce qu'on gagne d'un côté, on le perd de l'autre », se dit-elle pour se donner du courage ; elle ne savait jamais trop quel côté était lequel, mais la balance penchait en général plus de l'un que de l'autre.

\*

Louise se leva une demi-heure plus tôt que nécessaire car aller à l'église la poussait à faire le point sur son caractère, et s'il y avait une chose qui n'était pas formidable dans son caractère, c'était la façon dont elle avait cessé de parler sérieusement avec Polly. Elle était sans doute la seule à savoir à quel point l'idée de la guerre tourmentait Polly, mais elle ne lui avait pas laissé une seule fois l'occasion d'en discuter. Elle décida donc qu'en allant chercher la deuxième bicyclette à Home Place, elle passerait proposer à Polly de se rendre à l'église avec Nora et elle.

C'était une magnifique matinée avec un soleil jaune et un ciel d'un bleu laiteux ; les talus escarpés qui bordaient la route, requinqués par la grosse averse, scintillaient de toiles d'araignée emperlées fragilement tendues entre de petites fougères détrempées, et l'air sentait les champignons et la mousse. Elle croisa dans l'allée Mr York, portant ses seaux de lait fumant, et lança : « Bonjour, Mr York. » Il lui sourit, dévoilant sa dentition absolument effrayante, et la salua d'un signe de tête. La porte d'entrée de Home Place était ouverte, et les bonnes étaient en train de secouer des chiffons à poussière ; il flottait une odeur de bacon en train de frire et on entendait, grinçant et irrégulier, le bruit lointain du balai mécanique. Elle monta l'escalier d'un pas léger et longea le couloir jusqu'à la chambre de Polly et Clary. Clary n'était pas réveillée, mais Polly était assise dans son lit avec Oscar enroulé à ses pieds dans un sommeil voluptueux. Elle avait pleuré. Elle se frotta le visage du revers de la main puis, après une œillade de mise en garde vers le lit de Clary, annonça : « Simon a attrapé la varicelle.

— Ce n'est pas pour ça que tu pleures ?

— Non. »

Louise alla s'asseoir sur le lit, et Oscar leva la tête, aussitôt réveillé. Elle caressa son riche pelage et il la dévisagea comme s'il ne l'avait jamais vue de sa vie.

« Je suis venue te demander si tu voulais venir à l'église avec Nora et moi. Prier pour la paix. Nora dit que c'est très important.

— Louise, comment je pourrais ? Je te l'ai dit, je ne suis pas du tout sûre de croire en Dieu.

— Je ne suis pas sûre non plus, mais je ne pense pas que ce soit la question. Je veux dire, s'il y en a un, Il devrait nous entendre, et s'il n'y en a pas, ça ne changera rien.

— Vu sous cet angle... Oh, c'est tellement affreux ! Pourquoi ne fait-on pas de masques à gaz pour les animaux ? J'ai voulu mettre le mien à Oscar hier soir... J'ai tout essayé, tu sais, mais impossible de l'enfiler correctement. Et il a tout bonnement détesté. Pas moyen qu'il le garde.

— Tu ne peux pas lui donner le tien, parce que le jour où il lui en faudra un, toi aussi tu en auras besoin.

— Pas plus que lui. De toute façon, j'avais décidé de dire que j'avais perdu le mien pour en avoir un autre. Tant pis, j'aurais menti. » Elle regarda Oscar avec des larmes d'angoisse. « Je suis responsable de lui. C'est mon chat ! »

Elle tendit la main pour lui caresser le cou et il se leva, s'étira puis sauta pesamment du lit, produisant un faible bruit mécanique en atteignant le sol.

« Écoute, Poll, viens avec nous. Ça ne peut pas faire de mal.

— D'accord. »

Elle quitta son lit d'un bond et entreprit d'endosser les vêtements posés sur la chaise à côté.

« Tu ne peux pas y aller en short !

— Ah, non... Je n'avais pas réfléchi. »

Dès que Polly fut levée, Oscar retourna sur le lit, prenant sa place et espérant être un peu tranquille.

« Il te faut un chapeau.

— Oh, zut ! J'ai rangé tous mes coquillages dedans. » Elle les vida sur la coiffeuse et le tintamarre réveilla Clary, qui voulut se joindre à elles aussitôt qu'elle apprit leur projet.

« Tu ne peux pas. Tu vas refiler la varicelle à tout le monde.

— Mais non. On a dit que je pouvais me lever aujourd'hui.

— Il n'y a pas d'autre vélo.

— J'emprunterai celui de Simon.

— Tu vas t'évanouir, dit Louise. Tu t'es levée, mais tu n'as pas encore pris l'air. »

Clary cherchait des vêtements. « Même si je dois souligner, fit-elle remarquer en enfilant par la tête une robe de coton bleue tachée de jus de mûre, que je doute que les prières marchent quand on n'est pas croyant. N'empêche, il ne faut rien négliger, ajouta-t-elle voyant que Louise lui lançait un regard noir et que Polly replongeait dans ses angoisses.

— Tu n'as pas de chapeau », dit Louise d'un ton cinglant.

Le regard de Clary naviqua du canotier blanc de Louise avec son ruban bleu marine au chapeau de paille de Polly au bord décoré de bleuets et de coquelicots ; Zoë ne lui achetait pas de chapeaux et Ellen en choisissait de tellement atroces qu'elle faisait exprès de les perdre.

« Je vais prendre le béret que met Papa pour peindre dehors. Il est dans l'entrée. »

\*

« Seize élèves infirmières, plus la surveillante et sœur Hawkins, et trente-cinq enfants de moins de cinq ans ! Comment s'imaginent-ils qu'on va pouvoir tous les caser ? »

Rachel, assise bien droite sur son coussin gonflable, posa sa tasse à thé. « Duche chérie, tu ne pourrais pas lui parler toi-même ? »

La controverse sur le déménagement prévu de l'Hôtel des Tout-Petits avait fait rage toute la journée, et Rachel, pour qui se déplacer était une torture, avait dû faire la navette d'un parent à l'autre : ils refusaient de traiter ensemble, William parce qu'il avait déclaré ne pas avoir de temps pour les ergotages de bonnes femmes, et la Duche parce que son mari n'écoutait pas un mot de ce qu'elle disait.

*Home Place. Fin de l'été 1938*

« Je t'ai expliqué qu'il avait dit que Sampson était en train d'installer trois toilettes portatives sur le côté du court de squash.

— Je n'en doute pas, mais il n'y aura pas assez d'eau !

— Il dit qu'il va creuser un autre puits. Il est en train de jouer les sourciers en ce moment même. »

La Duche pouffa. « Tu te souviens du temps qu'a pris le dernier ? Trois mois ! » Elle étala une très fine couche de beurre sur son toast. « Et comment croit-il qu'on va nourrir tout ce monde ? Réponds-moi ! »

Rachel garda le silence. Quand elle avait posé cette même question à son père plus tôt dans la journée, il avait répliqué qu'ils avaient une excellente cuisinière et que, de toute façon, il était bien connu que les bébés se nourrissaient de lait, ce que York pouvait leur fournir, et s'il ne pouvait pas, lui, William, pourrait lui procurer une autre vache.

« Eh bien, dit la Duche, qui portait son chapeau pour le thé, signe indubitable de fureur. S'il croit que Mrs Cripps peut faire la cuisine pour dix-huit personnes supplémentaires, sans compter les bébés, il doit être fou.

— Maman chérie, c'est un peu une situation de crise.

— Si Mrs Cripps rend son tablier, c'en sera certainement une.

— D'un autre côté, il se peut que les choses se tassent. Après tout, le Premier ministre est rentré et, jusqu'ici, rien ne s'est passé : c'est de bon augure, non ?

— Je ne crois pas que Mr Chamberlain soit du genre à parler de guerre un dimanche », répliqua la Duche. Il n'était pas évident de savoir s'il s'agissait d'une accusation ou d'une marque d'approbation...

Le silence s'établit et Rachel songea que la situation était décidément irréelle. Puis, étonnée que la Duche et elle soient seules, elle demanda : « Où sont les tantes ?

— Elles prennent le thé avec Villy et sa mère. Elle est formidable pour ça, cette chère Villy.

— Villy et Sybil ont proposé d'aider pour la cuisine. Et Zoë aussi.

— Ma chère, elles n'ont jamais préparé un repas de leur vie. Elles ont peut-être appris à faire une génoise à l'école, mais c'est loin de suffire, tu ne crois pas ? »

Et Rachel, qui elle non plus n'avait jamais préparé un repas de sa vie et avait oublié comment on faisait une génoise, fut obligée d'acquiescer.

\*

Sybil fut à la fois étonnée et touchée de voir à quel point les autres enfants étaient gentils avec Simon. Pendant la journée, tous ou presque lui avaient rendu visite alors qu'il ne semblait pas particulièrement reconnaissant, mais étant donné qu'il ne se sentait vraiment pas bien, elle ne lui en voulait pas. Elle le borda après le déjeuner pour qu'il fasse une bonne sieste et laissa une affichette sur sa porte disant de ne pas entrer, mais lorsqu'elle monta avec son thé elle trouva Lydia et Neville assis de chaque côté sur son lit.

« Ils m'ont apporté des cadeaux. Je ne pouvais pas leur dire de s'en aller », expliqua Simon. Il était très congestionné, constata-t-elle.

« Vous n'avez pas lu l'écriteau ? demanda Sybil après les avoir délogés.

— Non. Lire me demande trop d'efforts. Je ne lis pas naturellement », répondit Lydia, et Neville déclara qu'il ne lisait les choses que quand il en avait envie. « Soit pratiquement jamais, ajouta-t-il.

— Donc, s'il y avait écrit sur une barrière à l'entrée d'un champ "Interdit, Serpents venimeux", tu te ferais mordre et tu mourrais, dit Simon.

— Non. Je lirais le mot "serpents" et me méfierais.

— Et, de toute façon, conclut Lydia avec douceur, un champ, ce n'est pas la même chose qu'une chambre, pas vrai ? À demain, Simon. Je pense que, d'ici là, tu seras couvert de boutons. »

Ce soir-là, Dottie, qui, comme le fit remarquer Eileen, avait été plus maladroite que d'habitude et encline aux larmes depuis le petit déjeuner, eut une éruption de boutons. C'était la varicelle, ou elle voulait bien être pendue, dit Mrs Cripps. Elle semblait considérer la chose comme un affront personnel, et se montrait très cruelle envers la pauvre Dottie, qui venait de casser une saucière et se tenait là hésitante avec sa pelle et sa balayette, à devoir nettoyer à la fois de la sauce et des débris de porcelaine. « Enfin, ne reste pas plantée là... nettoie ça, petite ! Et ensuite tu changeras de blouse et tu iras t'excuser auprès de Mrs Cazalet. » Rachel, alertée par Eileen, surprit ce sermon en entrant dans la cuisine. « Et ne te sers pas de la pelle et de la balayette ! Sers-toi d'abord d'une serpillière ! Oh... Miss Rachel ! Une pièce en moins dans le service d'été de Mrs Cazalet ! Sans parler de la sauce à la mie de pain, que je n'ai pas le temps de refaire ! Et puis on dirait bien qu'elle a attrapé la varicelle ! Comme si on n'avait pas déjà assez de soucis... »

Rachel quitta des yeux le visage luminescent de Mrs Cripps pour regarder son buste qui ondulait telle une houle contenue par la fragile digue de sa blouse à fleurs, et fit appel à tout son charme.

« Oh là là ! lança-t-elle, suppliante, aux femmes de chambre qui contemplaient la scène avec soulagement (par chance, elles n'y étaient pour rien, et jamais de la vie elles n'auraient été aides-cuisinières pour Mrs Cripps). Peut-être que l'une de vous aurait l'immense gentillesse de nettoyer pour elle, car je crois vraiment que Dottie devrait aller au lit.

— Sa place est bien au lit, acquiesça Mrs Cripps, mais il va falloir trouver une remplaçante, Miss Rachel. Hitler est une chose. Mais je ne peux pas faire marcher ma cuisine sans personne pour m'aider. On ne peut tout de même pas attendre ça de moi.

— Non. Bon, nous discuterons de tout cela demain, Mrs Cripps. Je crois que la jeune Edie, de Mill Farm, a une sœur qui pourrait venir. Allez, Dottie, je vous accompagne là-haut. »

Laissant Peggy et Bertha réparer les dégâts, elle conduisit Dottie, qui pleurait maintenant très bruyamment, jusqu'à sa petite mansarde surchauffée.

Pendant que Dottie se déshabillait, Rachel alla chercher un thermomètre. Marcher lui faisait mal, comme presque tout le reste. Elle rêvait d'aller se coucher à son tour, débarrassée des tensions et des disputes qui avaient marqué la journée. Elle avait à peine vu Sid, qui avait passé la plus grande partie de l'après-midi à apaiser Evie, vexée d'avoir été reléguée dans le cottage avec Miss Milliment pendant que sa sœur regagnait la chambre de Rachel dans ce qu'Evie n'arrêtait pas d'appeler la grande maison. Dans une situation normale, elle serait allée à Londres consulter Marly, son magicien du dos qui réussissait toujours à la remettre d'aplomb. La pensée de ne pas pouvoir le faire, ni demain, ni aucun autre jour, était proprement effrayante. Mais il était ridicule de se préoccuper d'un détail aussi insignifiant quand on était très certainement à deux doigts d'une guerre. Et si l'Hôtel des Tout-Petits était évacué, elle allait devoir se ressaisir et se débrouiller pour organiser le ravitaillement et les dispositions sanitaires, même si cette simple perspective l'accablait d'avance. Il faudrait déménager tout le monde de Mill Farm et s'arranger pour y entasser les infirmières et les nourrissons, et installer les enfants dans le court de squash. Il ne servirait à rien de parler de cela au Brig ou à la Duche. Villy serait celle qui ferait preuve du plus grand sens pratique d'autant que ce changement affecterait sa famille au premier chef. Mais il ne s'agissait pas seulement des enfants, bien sûr. Il y avait la vieille Lady Rydal : l'imaginer sur un lit de camp dans le court de squash lui donna envie de rire, mais rire lui faisait mal aussi.

*Home Place. Fin de l'été 1938*

Elle retourna auprès de Dottie, à présent étendue sur le dos, le drap jusqu'au menton, à renifler doucement. La pièce était étouffante. Elle abritait le ballon d'eau chaude, qui laissait très peu de place pour l'étroit lit en fer, la chaise et la petite commode. La petite fenêtre était fermée, et lorsqu'elle demanda à Dottie si elle voulait qu'on l'ouvre, Dottie répondit qu'il n'y avait pas moyen. Le ballon faisait par intermittence de gros bruits de giclement : ce n'était pas un lieu très agréable pour une malade, songea Rachel. Dottie avait presque 39 de fièvre. Rachel lui adressa un sourire rassurant et annonça qu'elle allait demander à Peggy ou Bertha de lui apporter une grande cruche d'eau ainsi que quelques cachets d'aspirine. « Vous devez boire le plus possible pour faire descendre votre température. Je demanderai au Dr Carr de venir vous voir demain. Et je vais tâcher de trouver quelqu'un pour décoincer votre fenêtre. Essayez de bien dormir. Vous avez été très courageuse de travailler toute la journée en étant malade.

— J'ai pas fait exprès de la casser, il faut me croire.
— Quoi ? Non, bien sûr que non. Je le dirai à Mrs Cazalet. Elle comprendra que vous ne vous sentiez pas bien. »

Elle partit et demanda à une des bonnes de la suivre pour lui confier de l'aspirine. « Et il faut lui donner un pot de chambre. Dottie a beaucoup de fièvre, il faut qu'elle boive énormément. Mais je suis sûre que je peux compter sur vous pour vous occuper d'elle et venir me dire si elle a besoin de quoi que ce soit. Le docteur viendra demain. »

Bertha, qui trouvait que Miss Rachel était une très gentille dame, dit qu'elle veillerait à tout. L'annonce de la visite du docteur rehaussait le statut de Dottie, même aux yeux de Mrs Cripps, qui déclara aussitôt qu'elle préparerait ce soir un bon caillé.

Rachel gagna sa chambre et s'allongea sur son lit. Se

mettre sur le dos lui fit tellement mal qu'elle se demanda comment diable elle allait faire pour se relever un jour.

\*

Après un silence, Hugh demanda : « Comment va Oscar ?
— Il va bien. » Elle ne le regardait pas, et ils continuèrent leur marche, à nouveau silencieux. C'était la fin de journée, le soleil avait disparu, mais il faisait chaud et le même calme gris régnait. « Tu veux qu'on aille faire un petit tour, Poll ? » lui avait-il proposé tout à l'heure, et elle avait glissé de sa chaise avec empressement en disant qu'elle allait juste voir si Oscar allait bien puis qu'elle le retrouverait sur la pelouse de devant. Mais, une fois avec lui, elle s'était montrée peu communicative ; s'il ne la connaissait pas aussi bien, il aurait pensé qu'elle faisait la tête. Il lui demanda où elle avait envie d'aller et elle répondit que ça lui était égal, alors ils prirent par le petit bois derrière la maison et ressortirent dans la grande prairie aux châtaigniers ; elle avançait d'un pas lourd à côté de lui comme s'il n'était pas là.

« Je suis fatigué, dit-il quand ils atteignirent les grands arbres. Asseyons-nous un peu. »

Ils s'assirent contre un arbre mais elle ne disait toujours rien.

« Qu'est-ce qui t'inquiète ?
— Rien.
— J'ai l'impression qu'il y a quelque chose.
— Toi, tu ne t'inquiètes pas ?
— Si. Énormément.
— Oh, Papa ! Moi aussi. C'est la guerre, n'est-ce pas ? Il va y avoir une autre guerre. » L'angoisse dans sa voix lui transperçait le cœur. Il passa son bras autour d'elle ; elle était tendue comme un arc.

« On ne sait pas encore. Peut-être. Ça dépend...

*Home Place. Fin de l'été 1938*

— De quoi ?
— Eh bien, de ce qu'Hitler a dit à Chamberlain cette semaine. Si un accord raisonnable a pu être obtenu. Si les Tchèques sont susceptibles de l'accepter.
— Ils sont obligés !
— Comment en sais-tu aussi long, Poll ?
— Je ne sais rien. Je ne sais pas s'ils veulent un accord ou non. Je veux dire, il faut qu'ils acceptent. Pour arrêter ça. Ils devraient faire tout ce qu'ils peuvent pour arrêter ça !
— Cela ne dépend plus d'eux.
— De qui, alors ?
— De nous... et d'Hitler, bien sûr.
— Enfin, tout le monde dit que Mr Chamberlain est pour l'apaisement. Ça veut dire pas de guerre.
— Oui, mais il y a une limite à ce qu'on peut tolérer par souci d'apaisement. Personnellement, j'en ai peur, je crois que nous avons atteint cette limite.
— Personnellement, je ne crois pas », répliqua-t-elle avec raideur.
Il la regarda, étonné : elle n'arrêtait pas de plisser le front, comme elle le faisait toujours quand elle essayait de résoudre un problème, ou s'efforçait de ne pas pleurer. Il n'aurait su dire si c'était l'un ou l'autre. Il mit sa main sur une des siennes et la serra ; les doigts de Polly cherchèrent les siens et les agrippèrent, mais il n'y eut pas de larmes. Elle poussa un soupir. Un son très triste, selon son père.
« Qu'est-ce qui te tracasse, Poll ?
— Je me demandais... d'après toi, comment ça va se passer ? Quand ça commencera, je veux dire ? » Elle se tourna pour le dévisager et, face à la candeur et à l'intensité de son regard, il flancha.
« Je ne sais pas. Ça commencera sans doute par une attaque aérienne. Sur Londres, probablement. » Il n'en doutait pas. « Je ne pense pas qu'ils utiliseront du gaz, malgré notre excursion d'hier... qui n'était qu'une sage

précaution. » Ça, il en était moins sûr. « Je ne pense pas qu'il y aura une invasion ni rien de ce genre », et il s'en voulut de dire une chose aussi stupide – alors qu'il était loin d'en être sûr, qu'elle n'avait peut-être pas envisagé cette éventualité, et qu'il cherchait à la rassurer.

Mais elle l'avait envisagée.

« Ils pourraient bien mettre des tanks dans des bateaux et les débarquer ici, non ? Les tanks, rien ne peut les arrêter. » Elle jeta un coup d'œil vers le bois derrière eux et aussitôt il vit, tout comme elle, il le savait, un tank en train d'écraser la muraille des arbres et de progresser lentement, redoutable monstre animé.

« Nous avons une marine, tu sais. Ce ne serait pas si facile. Mais écoute, Poll, nous faisons trop de suppositions. Si ça se trouve, il n'y aura pas de guerre. Ce que nous avons fait aujourd'hui, c'est établir des plans d'urgence, au cas où. Et j'aimerais en discuter davantage avec toi. Je sais que tu es courageuse et sensée, et tu auras peut-être des commentaires très utiles. »

Courageuse et sensée, ah ça oui, elle l'était, se dit-il plus tard, se rappelant combien sa fille lui avait serré le cœur en s'escrimant à afficher ces deux qualités. Quand ils avaient repris le chemin de la maison, elle semblait un peu rassérénée, mais pas beaucoup. Seigneur ! Quelle conversation à avoir avec sa fille de treize ans, songea-t-il après coup, lorsqu'elle fut partie chercher le dîner d'Oscar et qu'il se retrouva seul. Il n'était plus que rage et impuissance ; il aurait donné sa vie pour elle – pour tous ses enfants, d'ailleurs –, mais l'équation n'était plus aussi simple. Les civils allaient être impliqués dans cette guerre : les innocents, les jeunes, les faibles, les vieux. Il n'était même pas capable de la protéger de la peur qu'elle ressentait ; son expression quand elle avait regardé en direction du bois lui revint en mémoire, et il réentendit le tank et le revit qui approchait. Home Place n'était qu'à quinze kilomètres de la côte.

« Désolé que tu aies la varicelle.

— Ça va, c'est pas grave. » Il regarda Christopher qui se tenait, gêné, dans l'encadrement de la porte. De vieux sentiments d'allégeance et d'affection ressurgirent : c'était drôlement chic de sa part de venir. « Qu'est-ce qui se passe avec Teddy ? demanda-t-il. Tu peux me dire... je le déteste.

— Il veut transformer le campement en forteresse. Creuser une tranchée autour. Il veut jouer à une espèce de guerre complètement idiote.

— Mais tu ne vas pas le laisser faire ?

— Je voudrais l'empêcher, mais je ne sais pas comment. Il dit que c'est son territoire, et que je suis un envahisseur. Il veut s'approprier toutes nos affaires, il dit que la plupart des trucs, comme la tente, sont à lui de toute façon.

— Tu ne peux pas jouer à la guerre si tu es objecteur de conscience.

— Bien sûr que non ! Mais ça ruine tous mes plans. On croirait que je fais ressortir ce qu'il y a de pire en lui. Après tout, tu ne peux plus t'enfuir maintenant que tu es malade.

— Je sais. Mais pourquoi lui parler de nos plans ?

— Il la fermerait peut-être si je lui disais. Il pigerait peut-être et il me rejoindrait au lieu de s'accrocher à son idée stupide.

— Tu ne pourrais pas simplement attendre un peu ? Il pourrait attraper la varicelle. Ou retourner dans sa saleté d'école. » Simon se sentait très fier et partie prenante d'entendre Christopher dire « nos affaires » et lui demander s'il voulait bien qu'on dise la vérité à Teddy ; c'était curieux comme il était plus facile de donner des conseils quand on était au lit sans pouvoir remuer le petit doigt. « Je n'ai pas cafté, tu sais, ajouta-t-il, cherchant l'approbation.

— Bien sûr que non, andouille. Pourquoi je te demanderais ton avis si tu lui avais déjà parlé ?
— Pardon. J'avais pas réfléchi.
— Ce n'est rien. Tu dois être complètement patraque. » Simon prit l'air aussi patraque qu'il put. Christopher s'approcha du lit et piqua du raisin sur une assiette. « Il est tout le temps là-bas, à manger nos provisions et à semer la pagaille, dit-il, dépité. Et il a aussi amené son fusil.
— Il n'a pas droit à son fusil s'il n'y a pas d'adulte. Tu pourrais le dire à Oncle Edward.
— Je ne vais pas moucharder... » Il se tut car Oncle Hugh venait d'entrer dans la pièce. Il avait un petit jeu d'échecs avec lui.

« Je me suis demandé si tu voudrais faire une partie avant le dîner, lança-t-il. Bonjour, Christopher. Je ne dérange pas, j'espère ?
— Oh, non », s'écrièrent-ils en chœur, sur quoi Christopher précisa qu'il allait partir, de toute façon.

Quand ils eurent disposé les pièces sur l'échiquier et que Simon eut pris le pion blanc dans la main tendue de son père, il demanda : « Papa ! S'il y a la guerre, est-ce que je serai obligé d'aller à l'école ?
— Je ne sais pas, mon bonhomme. Ça t'inquiète ?
— L'école ?
— La guerre.
— Oh, non, fit Simon avec gaieté. Ce serait plutôt excitant, je trouve. » En somme, il était assez content que son père ne creuse pas le sujet ; il ne voulait pas avoir confirmation qu'il lui faudrait y aller, et puis, de toute manière, il restait plusieurs semaines avant l'échéance.

\*

Le lundi, Jessica quitta Mill Farm à neuf heures pour se rendre à l'enterrement. Angela et Nora l'accompagnaient ; elle n'était pas arrivée à persuader Christopher de se joindre à elles, et Judy était beaucoup trop jeune. Elle portait la robe noir et blanc de Villy, et un chapeau de paille noir muni d'une élégante voilette était posé sur la banquette arrière à côté d'Angela, qui, bien que très pâle et silencieuse, semblait consentir à tout et n'avait pas protesté quand Nora avait déclaré que c'était son tour de s'asseoir devant. Nora portait sa veste et sa jupe bleu marine et avait cousu un brassard noir sur sa manche. Angela avait permis à Villy de l'habiller d'une robe de lin noir et d'un imperméable un peu trop clair. Divers gants et sacs de la teinte appropriée leur avaient été prêtés par la famille pour l'occasion.

« Vous devriez être rentrées pour le dîner, dit Villy au moment de leur départ. Sinon, appelez pour prévenir », ajouta-t-elle. Jessica avait beau lui avoir assuré que rien ne saurait la convaincre de passer la nuit là-bas, Villy savait que Raymond était parfaitement capable de la faire changer d'avis. « Nous n'avons pas pris d'affaires de nuit, avait déclaré Jessica, alors, tout de même, il ne pourra pas espérer que nous restions », et elle avait adressé à sa sœur son petit sourire mystérieux, l'air de dire : « C'est comme ça que je le manœuvre : je suis toujours d'accord avec lui, mais ensuite je place un petit obstacle sur sa route et il est obligé de céder. » « Il me reprochera simplement de manquer de sens pratique, poursuivit-elle d'un ton serein. J'ai l'habitude. »

N'empêche, l'aller et retour jusqu'à Frensham faisait une bonne trotte en une seule journée, surtout dans leur vieille Vauxhall (Jessica avait refusé d'emprunter la voiture de Villy). Villy agita la main une dernière fois puis retourna dans la maison commencer cette « belle journée tranquille » que Jessica lui avait enviée tout à l'heure. La salle à manger devant servir pour les cours, le petit déjeuner devait être débarrassé au plus vite, puis l'attendait la tâche interminable consistant à faire lever sa mère et à l'habiller, ce qui voulait dire un bain, lequel, à son tour, signifiait évacuer les enfants et les femmes de chambre des couloirs, puisque Lady Rydal refusait d'être vue aussi bien en train d'entrer dans une salle de bains ou des toilettes que d'en sortir. S'apercevant que les enfants n'avaient pas de manuels scolaires, Villy les ajouta à la liste des choses à récupérer à Lansdowne Road le lendemain. Elle tomba sur Louise, qui boudait parce qu'elle voulait aller à l'enterrement. « Je ne suis jamais allée à un enterrement. C'est atrocement injuste. Je n'ai jamais été demoiselle d'honneur, je ne suis jamais allée à l'étranger, et je ne suis jamais allée à un enterrement. Franchement, tu ne me laisses pas avoir la moindre expérience de la vie.

— Je te l'ai dit cent fois, tu ne peux pas aller à l'enterrement de quelqu'un que tu ne connaissais pas.

— Ce n'est pas ma faute si je ne la connaissais pas.

— Va à Home Place demander à la Duche si elle peut te donner du papier buvard et une bouteille d'encre. Et si elle a des blocs de papier ou des cahiers...

— On n'en a pas besoin. Clary en a toujours des dizaines.

— Alors, demande-lui de les apporter. » Un cri étouffé leur parvint de l'étage.

« Il faut que je monte. Allez, dépêche-toi, Louise », fit-elle avant de se précipiter au premier.

« Sangdieu ! Elle ne pourrait pas téléphoner ? Va là-bas, fais ceci... elle me prend vraiment pour une esclave. Une enfant esclave. »

Pendant toute l'ascension de la colline, Louise se prit pour une jeune esclave : docile, belle, avec un lourd bracelet à la cheville droite qui servait à l'enchaîner la nuit. Ses longs cheveux noirs lui pendaient presque jusqu'à la taille ; les gens étaient dévastés par sa beauté, mais ses cruels maître et maîtresse la traitaient plus mal que leur éléphant domestique. Lorsqu'elle trouva la Duche, elle était tellement attendrie par la douceur et la beauté qui étaient les siennes qu'elle ne se souvenait plus de ce qu'elle était venue chercher. Quant à la Duche, elle n'arrivait pas à mettre la main sur le Brig, qu'elle voulait charger de demander à Sampson d'envoyer quelqu'un à la maison pour décoincer la fenêtre de Dottie.

« Où est-il ? »

La Duche leva les yeux de l'immense pile de draps en lin qu'elle était en train de trier afin de les donner à raccommoder à ses sœurs. « Il est sorti, ma chérie, sinon je l'aurais trouvé moi-même. Sans doute derrière le court de squash. À moins qu'il soit allé voir les cottages de York. Dépêche-toi. Dottie a la varicelle et c'est très malsain pour elle de ne pas pouvoir aérer sa chambre. »

Louise commença par le court de squash, où elle trouva son grand-père avec Christopher. Chacun tenait une baguette fourchue et tous deux arpentaient lentement le carré d'herbes folles. Alors que Louise approchait, Christopher poussa un cri. « Hé ! Regardez ! Venez voir ! » Il recula d'un pas, puis en refit un en avant, et la baguette parut essayer de lui échapper des mains.

Louise crut qu'il faisait semblant, mais le Brig les rejoignit et dit : « Recommence, Christopher. » Christopher s'exécuta, et cette fois elle vit distinctement la baguette se tortiller toute seule. « Ça alors, ma parole ! » s'exclama le Brig. Il essaya le même endroit à son tour, mais il ne se passa pas grand-chose. Il enleva son chapeau – un grand feutre gris – pour le poser sur la tête de Christopher. Il était trop grand et lui descendait sur les yeux. Le Brig fit tourner le garçon, puis, le poussant doucement en avant, ordonna : « Réessaie. » Christopher, à l'aveugle, après quelques pas tâtonnants, retrouva le même emplacement, et cette fois la baguette faillit carrément lui sauter des mains. Le Brig lui retira le chapeau et le remit sur sa propre tête en le faisant claquer sur sa nuque. Il souriait. « Bravo, tu as le don. Nous donnerons ton nom au puits. » Christopher s'empourpra.

« Je peux essayer ? »

Le Brig donna son bâton à Louise. « Tu peux. Non. Tiens la baguette comme ça. Les pouces vers le centre. »

Louise essaya, mais rien ne se passa. Elle lui transmit le message de la Duche, sur quoi le Brig l'envoya aux écuries dire à Wren d'aller à cheval chez Sampson pour faire envoyer quelqu'un à la maison. « Regarde si tu trouves par où circule l'eau maintenant, dit-il à Christopher. Allez file, toi, tu seras mignonne. »

Mignonne ! Elle avait des missions à ne savoir qu'en faire, or elle n'avait plus l'âge pour ce genre de corvée. Elle se rendit le plus lentement possible aux écuries, où Wren était en train d'affûter les pointes de sa fourche avec une grande lime. Le crissement, horrible, lui fit grincer les dents. Elle transmit le message, mais l'homme continua à affûter sa fourche. « Vous avez entendu, Mr Wren ? »

Il s'interrompit. « J'ai entendu.

— Pourquoi vous faites ça ? Vous n'avez pas besoin de pointes archi-aiguisées pour le foin, si ? » Il lui lança un regard dans lequel la férocité se combinait horriblement à la ruse. « J'ai mes raisons, Miss. »

Elle déguerpit en vitesse. Elle n'aimait pas beaucoup Wren. Depuis qu'elle était trop grande pour le poney, il lui donnait le vieux gris qu'elle n'arrivait pas à maîtriser car sa bouche était dure comme du bois – le Brig l'avait monté sans ménagement des années durant avec une bride complète –, mais Wren, à l'évidence, ne tenait pas en grande estime ses talents de cavalière. Les balades à cheval s'étant révélées aussi effrayantes qu'ennuyeuses, elle n'avait pas tardé à renoncer. Dans l'allée, elle aperçut Miss Milliment avec Clary et Polly qui se dirigeaient vers Mill Farm. Elle se rappela qu'elle n'avait pas demandé à la Duche le papier et les autres fournitures, et décida de le faire maintenant, ce qui la mettrait en retard. Le plus embêtant à ses yeux, c'était que Nora ne serait pas là. Avec Nora, les leçons avaient recouvré un

*Home Place. Fin de l'été 1938*

attrait indéniable, mais maintenant, à cause de l'enterrement, Louise serait à nouveau la cinquième roue du carosse. Marchant très, très lentement, elle contourna la maison par le court de tennis pour aller retrouver la Duche.

\*

Il faisait à nouveau gris et très chaud. Mrs Cripps fit bouillir le lait pour l'empêcher de tourner, mais le beurre se changeait en huile dès qu'on le sortait deux minutes du cellier. Edie, de Mill Farm, avait envoyé sa très jeune sœur à Home Place pour aider, mais Mrs Cripps ne la connaissait pas assez pour la tyranniser, et la cuisine, avec le fourneau, était une véritable étuve : les petites fenêtres à battants avaient beau être ouvertes, aucune brise ne venait rafraîchir l'atmosphère étouffante. Emmeline gratta quatre kilos de pommes de terre nouvelles, rangea la vaisselle du petit déjeuner, récura le sol du cellier, garnit le fourneau, enleva les fils de deux kilos de haricots d'Espagne qu'elle débita en tronçons, lava les tasses du thé de dix heures, graissa deux moules à cake, éplucha un kilo et demi de pommes Bramley qu'elle évida et découpa en rondelles pour les tartes de la salle à manger, dressa le couvert des domestiques, fit la vaisselle de leur repas puis lava tous les ustensiles utilisés pour le déjeuner de la salle à manger, ne répondit que quand on lui adressait la parole, et encore, de façon inaudible, ce qui, d'après Phyllis, dénotait un authentique respect, mais, malgré tout, Phyllis, fine mouche, sentait que Mrs Cripps prenait sur elle : elle menait ses affaires d'un air de patience et de bonne humeur artificielles qui avait peu de chances de durer. La cuisinière aurait largement préféré être une martyre à court de main-d'œuvre en droit de persécuter une des femmes de chambre... Elle aboyait cependant beaucoup plus fort qu'elle ne mordait, du moins en ce qui concernait Dottie : une série d'appétissantes petites gâteries furent placées avec véhémence sur un plateau circulaire orné de deux perroquets, et montées par une des bonnes jusqu'à sa chambre de malade. Un flan, un toast à la graisse de rôti, le caillé préparé la veille, un œuf à la coque avec un petit pain aux raisins, toutes ces douceurs, accompagnées chaque fois d'une tasse de thé très sucré, se succédèrent à intervalles réguliers pour demeurer intactes, la pauvre Dottie étant trop malade pour se laisser tenter. Bertha, envoyée ranger la chambre avant la visite du médecin, proposa de liquider la nourriture : il n'y avait rien qu'elle aime davantage que de grignoter en lisant un numéro de *True Romances* dans son lit. Bertha lui prêta également une chemise de nuit, car Dottie n'en possédait qu'une et que, d'après Bertha, il ne fallait pas que le docteur la voie dans celle-là parce qu'elle était trop petite, et pas bien jolie. Dottie, qui n'avait jamais reçu la visite d'un médecin de sa vie, se sentait très importante et assez apeurée. « Il va faire quoi ? » demanda-t-elle, et Bertha, qui n'avait pas plus d'expérience dans ce domaine, répondit qu'il ferait simplement ce qu'il avait à faire, et qu'elle serait derrière la porte.

Un des hommes de Mr Sampson arriva et décoinça la fenêtre, mais la pièce, située sous le toit, demeura une vraie fournaise. « Essaie de ne pas transpirer jusqu'au départ du docteur », lui recommanda Bertha, mais ça ne servait à rien, elle transpirait malgré elle, ses yeux lui faisaient mal quand elle les bougeait, et, décidément, c'était dommage, alors qu'elle avait toutes ces bonnes choses à manger et qu'elle pouvait rester au lit sans avoir rien à faire, de ne pas être en état de mieux en profiter. Mais Bertha dit qu'il ne fallait pas prendre ses désirs pour des réalités, et Dottie, qui ne comprenait pas du tout ce que ça voulait dire, répondit qu'elle avait sans doute raison.

*Home Place. Fin de l'été 1938*

*

Zoë passa la matinée à repriser des draps avec les grands-tantes.

« On se croirait déjà en guerre, fit placidement remarquer Flo, alors qu'elle ajustait une portion de drap sur son champignon à repriser.

— Je ne nous revois pas ravauder des draps pendant la dernière guerre, dit Dolly.

— C'est parce que tu n'as pas très bonne mémoire, répliqua Flo. Je nous revois clairement passer notre temps à en raccommoder. À raccommoder des choses, en tout cas.

— Des choses ! » répéta Dolly avec dédain.

Elles étaient installées à la table à abattants dans la salle du petit déjeuner. Zoë s'était jointe à elles car toutes les autres personnes à qui elle avait réclamé quelque chose à faire avaient pris un air vague sans être capables de lui confier la moindre besogne. La Duche, toutefois, l'avait fermement mise à l'ouvrage. « Vous nous rendriez un immense service, ma chère Zoë », avait-elle ajouté, et Zoë avait rayonné de fierté, elle avait même réussi à demander aux tantes de lui montrer comment procéder. Les deux femmes n'étaient pas d'accord sur la méthode, bien sûr : Tante Dolly avait une préférence pour les pièces, découpées dans des taies d'oreiller usées ; Flo était favorable à un reprisage extrêmement minutieux sur et autour de la déchirure. Zoë faisait tout ce que les tantes lui ordonnaient et s'aperçut qu'elle était assez douée. Elle avait toujours aimé le passefilage, que sa mère lui avait appris. Les tantes se chamaillèrent gentiment toute la matinée, mais Zoë écoutait à peine : elle avait une nouvelle culpabilité à affronter, et se sentait si malheureuse qu'elle était condamnée à ressasser les pensées qui lui tournaient dans la tête. Elle n'avait pas utilisé de contraception avec Philip – pas eu l'occasion – et la crainte qu'il ait pu la mettre enceinte la hantait.

Cette idée était aggravée par le sentiment que la seule façon pour elle de se rattraper auprès de Rupert serait d'avoir l'enfant qu'il avait toujours désiré. Le dilemme lui était apparu la nuit de son retour, au moment où, normalement, elle aurait pris ses précautions habituelles. Mais alors qu'elle allait attraper la petite boîte contenant son diaphragme, le fait qu'elle n'avait utilisé aucune protection la veille au soir la frappa. Elle était paralysée par la peur et la mauvaise conscience : la pensée d'un enfant de Philip la dégoûtait, mais d'un autre côté, si elle était déjà enceinte, il fallait que Rupert croie que l'enfant était de lui. Elle n'avait donc pas utilisé de contraception cette nuit-là non plus. Elle songea avec abattement qu'elle s'était couverte, mais que si elle tombait enceinte, elle ne saurait pas qui était le père jusqu'à la naissance de l'enfant, et encore, peut-être même pas à ce moment-là. « Oh, pourquoi ai-je fait ça ? ne cessait-elle de se répéter. Pourquoi n'ai-je pas simplement attendu mes prochaines règles, pour avoir ensuite le bébé de Rupert ? » Parce qu'elle avait eu atrocement peur d'être déjà enceinte, voilà pourquoi. Mais si elle l'avait été, elle aurait peut-être pu s'en débarrasser, et alors tout serait rentré dans l'ordre. Mais comment ? L'idée de demander à Sybil ou Villy (ce qui l'obligerait à leur raconter ce qui s'était passé) était terrifiante. Ses belles-sœurs ne l'avaient jamais beaucoup aimée ; elles la jugeraient décidément infréquentable si elles apprenaient pour Philip. *Je pourrais leur dire, ou dire à l'une d'elles, qu'il m'a violée,* songea-t-elle. Le pire, c'était que chaque nouvelle solution impliquait de nouveaux mensonges.

« Bien sûr, vous êtes trop jeune, Zoë, pour vous souvenir des zeppelins.

— Mais si, je suis sûre qu'elle s'en souvient.

— Enfin Flo, elle devait être toute petite !

— Les enfants ont une très bonne mémoire. Bien meilleure que la nôtre. Quand êtes-vous née, ma chère ?

— En 1915.
— Tiens, qu'est-ce que je t'avais dit ?
— Dans une minute, tu vas dire que ça se voit comme le nez au milieu de la figure, nez qui, comme disait toujours Père, ne passe pas inaperçu. »

Le teint naturellement mauve de Tante Dolly prit une couleur lavande foncé et elle fit claquer ses dents. Tante Flo croisa le regard de Zoë et osa un clin d'œil ; avec le bandeau rouge quelque peu de travers qui lui entourait les cheveux, elle avait l'air d'un vieux pirate, songea Zoë, soulagée d'arriver à penser à autre chose. Mais la matinée sembla interminable. À un moment donné il lui vint à l'esprit que Philip, en tant que médecin, pourrait l'aider si elle s'avérait enceinte, mais alors même qu'elle se représentait son regard entendu et sardonique, une petite anémone toute chaude commença à s'épanouir dans son ventre... Elle ne pourrait jamais le revoir de sa vie...

« ... Affreux cette chaleur, ma chère. Voulez-vous qu'on ouvre une autre fenêtre ? Dolly pourra toujours mettre un deuxième plaid sur ses genoux. Elle a tout le temps froid, très mauvaise circulation et pourtant il faut toujours lui rappeler de mettre son jersey en société. »

Zoë, qui ignorait complètement ce qu'était un jersey, sourit comme on l'attendait d'elle, mais Tante Dolly, réellement en colère, s'extirpa de sa chaise, marcha d'un pas raide vers la fenêtre et l'ouvrit toute grande. « Je souhaiterais vraiment, dit-elle, son ton laissant entendre qu'elle ne se faisait guère d'illusions, que tu t'abstiennes de discuter de mes sous-vêtements en public. Tu seras gentille.

— Cela ne me gêne en rien de discuter de sous-vêtements, quand le sujet vient sur le tapis. Les jerseys sont une chose de la vie. Pourquoi faire comme s'ils n'existaient pas ? Dolly possède en abondance ce que je ne peux qu'appeler une hypocrisie victorienne, tandis que Kitty et moi en avons toujours été dépourvues... »

Zoë, bien qu'elle n'ait pas faim, ne fut pas mécontente lorsque l'heure du déjeuner arriva.

\*

Rupert passa la plus grande partie de la journée à accompagner Rachel à Tunbridge Wells, où le Dr Carr avait recommandé, pour reprendre ses mots, un petit homme assez louche, mais très doué pour régler les problèmes de dos. Il était lui-même allé le voir, ajouta-t-il. Rachel souffrait tellement que, pour une fois, elle accepta d'embêter les autres. Sid aurait dû les accompagner, mais Evie, qui avait décidé que la meilleure façon de protester contre le fait d'avoir été logée dans le cottage était d'y jouer les enquiquineuses, avait déclaré qu'elle avait une migraine, et ne pouvait tout de même pas attendre des domestiques qu'ils fassent tout ce chemin pour lui apporter ses repas. « Je vais être obligée de rester, ma chérie, dit Sid, tâchant, en vain, de prendre la chose gaiement... même si j'adorerais venir avec vous.

— Mais je suis sûre qu'un des enfants lui apporterait ses repas, dit Rachel. Et, de toute façon, elle n'aura pas très faim dans son état, j'imagine ?

— Je t'avais prévenue qu'elle nous ferait une vie d'enfer !

— Je sais. Mais, au fond, là n'était pas la question, si ? Ce n'est pas le moment d'être égoïstes. »

Est-ce que ça le sera un jour ? grommela Sid dans sa barbe après avoir vu Rachel se hisser péniblement dans la voiture de Rupert et les avoir regardés partir. Bientôt, le Brig la réquisitionna pour calquer un grand plan qu'il avait fait en vue de la transformation des deux cottages qu'il comptait acquérir. « Rachel était censée s'en charger, et ça ne peut pas attendre. » Elle passa donc la majeure partie de la journée dans le bureau du Brig, du papier sulfurisé étalé sur le plan à reproduire. Il s'absenta toute la matinée, mais l'après-midi elle dut lui lire le *Times*, s'interrompant pour l'écouter raconter les incroyables coïncidences qu'il avait connues dans sa vie. Il avait beau être un peu tyrannique, elle aimait bien ce vieux bonhomme.

Evie, qui avait mangé jusqu'à la dernière miette de son petit déjeuner complet, avala l'intégralité du substantiel déjeuner que Sid lui apporta au cottage, se plaignit que sa sœur l'évite, et n'arrêta pas de demander ce que faisaient les uns et les autres. Elle posa deux fois la question au sujet de Rachel, comme si elle ne croyait pas au voyage à Tunbridge Wells, et Sid, venue récupérer le plateau du déjeuner, perdit alors son sang-froid. « Tu n'as qu'à te lever si tu veux savoir ce que font les gens ! Je t'ai dit ce matin que Rachel était partie faire soigner son dos. Si tu continues à te comporter comme ça, tu vas rentrer à la maison. » Evie lui avait tellement gâché la journée, que Sid ne regrettait pas ce mouvement d'humeur. Evie se mit à pleurer, ce que Sid, qui était sensible, ne pouvait en général pas supporter, mais là elle ne se laissa pas émouvoir du tout. « Pour l'amour de Dieu, Evie ! Arrête de pleurer et surtout ne t'avise pas de bouder. Tu peux parfaitement rentrer à Londres si tu préfères. »

Evie entreprit de sortir du lit. « Ma place est auprès de Waldo, dit-elle. Si je ne peux pas être à ses côtés, peu importe où je suis. »

\*

« Elle prétend qu'elle pourrait être n'importe où, ce serait pareil. » Villy servait un whisky-soda à sa sœur. Elles avaient dîné tard, et les enfants étaient couchés.

« Elle m'a dit qu'elle souhaitait rentrer chez elle. Merci, ma chérie. Très bonne idée !

— Tout le monde a le même souhait, mais je crois qu'il faut attendre encore un peu. »

Elles parlaient, comme souvent, de leur mère, à

propos de qui elles étaient toujours parfaitement d'accord. Si elles ne goûtaient ni l'une ni l'autre les commentaires d'Edward ou de Raymond à son sujet, elles se sentaient libres, lorsqu'elles étaient seules, de discuter de son caractère impossible, un caractère dont chacune, lors de certains désaccords, décelait des indices chez l'autre.

Jessica haussa les épaules, étira ses longues jambes minces et envoya promener ses chaussures. « Seigneur ! D'habitude, je ne bois pas de whisky, mais après une journée pareille...

— Comment c'était... franchement ? » Nora leur avait donné au dîner une version très enjolivée des obsèques.

« Et cette pauvre Tante Lena était bien calée dans son cercueil dans la salle à manger. Elle ressemblait à une de ces immenses poupées hors de prix qu'on voit chez Whiteleys à Noël. Sauf qu'elle était plus pâle, bien sûr. Le sang avait quitté ses joues, je suppose. » À ce moment-là, Angela, avec une protestation inaudible, était sortie de la pièce. Louise, elle, était fascinée. « Elle ne portait quand même pas une robe de soirée, si ?

— Bien sûr que non. Une chemise de nuit blanche, avec un gros jabot autour du cou. » Et ainsi de suite jusqu'à ce qu'on ordonne aux enfants de se lever de table, ce qu'ils rêvaient de faire.

« Comment c'était ? Affreux, pour être franche. Tous les stores baissés dans la maison, incroyablement étouffante, et les gens qui trébuchaient contre d'énormes fauteuils dans l'obscurité. Et puis, au cimetière, il pleuvait. Il n'y avait pas beaucoup de monde, et bien sûr je ne connaissais personne à part le pasteur, qui a fait l'oraison la plus outrancière. Sur la merveilleuse force de vie de Tante Lena... il pensait sans doute à celle d'avoir vécu aussi longtemps ! Tu sais, comme ces gens qui s'exclament qu'une vue est merveilleuse sous prétexte qu'elle est dégagée.

— Comment allait Raymond ?

— Très frappé. Ça lui fait vraiment quelque chose : sûrement le seul à être ému.

— L'autre neveu n'était pas là ?

— Oh, non. Bien tranquille au Canada. Ce qui m'amène au testament. »

Villy se redressa. « Non ! Tu veux dire qu'il a été lu tout de suite, comme dans les pièces de théâtre ?

— Dans le salon à notre retour du cimetière. Évidemment, j'ai envoyé les enfants dans le jardin. Elle a laissé trente mille livres à l'autre neveu – Jessica marqua une pause – et le reste à Raymond. La maison, son contenu, et en réalité pas mal d'argent.

— Oh, ma chérie ! C'est merveilleux ! Raymond devait être fou de joie ?

— Difficile à dire. Il a pas mal rougi, toussé et a regardé droit devant lui comme si cette histoire n'avait rien à voir avec lui. Tout ce que j'espère, c'est qu'il ne voudra pas habiter la maison.

— Elle est plutôt jolie, non ?

— Oh, la maison est très bien. Mais si on y habitait, elle resterait pleine des affaires de la tante et je sais qu'il ne permettrait pas qu'on change quoi que ce soit. Tous ces affreux tableaux... quatre rangées sur chaque mur ! Et ces vieux meubles victoriens tellement hideux dans tous les coins. »

Villy fut tentée de dire : « Ce serait forcément mieux que votre maison actuelle », mais elle se retint. Elle préféra se lever pour se resservir. « Je pense que ça mérite un autre verre.

— Je vais être complètement paf.

— Aucune importance. Tu pourras faire la grasse matinée. J'ai eu moi aussi une sale journée. »

Jessica regarda sa sœur ; c'était vrai, elle avait l'air fatiguée. « Chérie, qu'est-ce qu'il y a ?

— Oh... » Ce serait le moment, se dit-elle, mais je ne sais pas ce qu'elle en penserait, je n'ai encore pris aucune décision, et elle ne serait pas d'un grand secours. « Oh, tu sais bien. Maman plus tragique que jamais. Essayer de concilier les repas et les cours ; les domestiques qui sont fâchés parce qu'ils ne peuvent pas mettre le couvert quand ils veulent. Et j'ai eu une petite prise de bec au téléphone avec Edward ce soir. Je déteste les disputes à distance. L'interlocuteur n'est pas là, et il peut raccrocher quand ça lui chante. » Elle se tut, car sa voix tremblait. Jessica se leva prestement, et passa un bras autour de sa sœur.

« Villy ! Qu'y a-t-il ? Est-ce qu'Edward... » Elle s'arrêta là. Elle ne pouvait pas se permettre une suggestion aussi terrible, elle devait laisser sa sœur se confier d'elle-même.

Mais Villy, avec ce petit sourire héroïque exaspérant, déclara simplement : « Oh, ce n'était rien. Juste que je lui ai dit que je venais à Londres demain récupérer quelques affaires à Lansdowne Road, qu'il a répondu qu'il devait s'absenter le soir et que ça ne rimait pas à grand-chose que je dorme là-bas. Je suis crevée. Tu dois l'être, toi aussi. Tu as bien dû conduire près de deux cents kilomètres. Et je vais devoir t'imiter demain. »

Jessica, tandis qu'elle dénouait ses cheveux et les nattait pour la nuit, se disait que Villy avait toujours fait cela : elle semblait réclamer de la compassion, puis vous repoussait dès que vous tâchiez de lui en manifester. Elle se croit courageuse, mais en réalité elle vous rabaisse en vous donnant l'impression que vous ne méritez pas de recevoir la moindre confidence importante. Elle tient beaucoup de Maman, cet orgueil démesuré et cette façon de penser que les choses sont toujours pires pour elle que pour quiconque.

Mais, une fois au lit, elle se dit que si Raymond avait trouvé quelqu'un d'autre, elle aussi aurait beaucoup de mal à l'avouer à Villy, et elle eut honte de l'avoir critiquée. Jamais il ne ferait une chose pareille, bien sûr : il lui était extraordinairement dévoué. Comme elle avait fait son lit, elle savait devoir se coucher, mais alors

*Home Place. Fin de l'été 1938*

qu'elle commençait à s'endormir, l'idée lui vint (et la fit sourire) qu'au moins ce lit, désormais, aurait des draps de lin. Ou de soie, si l'envie l'en prenait. Et Angela pourrait être présentée à la Cour comme Raymond l'avait toujours voulu. À condition qu'une saison mondaine lui en donne l'occasion. Quelles pensées futiles ! Le whisky, sans doute. Dans son demi-sommeil, Jessica offrait à Nora une nouvelle garde-robe complète pour rejoindre son école de jeunes filles bien nées, à Judy des leçons d'équitation et Christopher... que désirait-il ? Christopher aurait tout ce qu'il désirait...

Villy, qui se déshabilla très vite en n'espérant qu'une chose, sombrer dans l'inconscience et s'abstraire de tous ses soucis pour la nuit, ferma sa porte à clé, mit son dentier dans un verre à son chevet avec du Steradent (l'enlever était un luxe qu'elle ne pouvait se permettre que quand elle était seule), éteignit la lumière et se retrouva immédiatement, anxieusement, incapable de dormir. Elle ruminait sans fin sa conversation téléphonique et la manière dont elle s'était terminée. « Il faut que j'y aille, ma chérie, on m'appelle. Pour l'amour du ciel, Villy, tu as entendu ce que je t'ai dit ? » Et lui, avait-il entendu ce qu'elle avait dit ? L'écoutait-on jamais, d'ailleurs ? Les gens écoutaient-ils jamais quoi que ce soit ? Ou bien étaient-ils tellement égocentriques qu'ils ne prêtaient attention qu'à ce qui les flattait ? Ce n'était pas vrai dans son cas. J'ai écouté Jessica ce soir, et je suis contente pour elle. Qu'elle en ait fini de tirer constamment le diable par la queue ! Qu'a-t-elle dit, déjà, quand j'ai failli lui faire mon aveu ? « Est-ce qu'Edward... » Je parie qu'elle allait demander : Est-ce qu'Edward boit ? Une question typiquement victorienne ; elle ressemble pas mal à Maman à certains égards. Bien sûr, jamais je ne le lui dirais. Edward boit, et cela ne change rien à son caractère : il tient l'alcool, comme son père. Il faut que je m'endorme, sinon, demain, je ne serai bonne à rien. Elle entreprit de récapituler tous les articles qu'elle devait récupérer à Londres. La totalité des manuels scolaires pour Miss Milliment. Du linge de maison supplémentaire : serviettes de bain, etc. Une partie des vêtements d'hiver des enfants : d'un jour à l'autre, le temps allait fraîchir, et la maison était froide. Le radiateur électrique dans la chambre d'ami, et les deux poêles à mazout qu'il y avait au grenier. Elle avait envisagé une deuxième visite chez Bob Ballater, mais avait renoncé. Cela ne servirait à rien : elle n'avait plus aucun doute à présent, et le médecin lui avait bien fait comprendre qu'il ne l'aiderait pas. Hermione... Mais si en effet il y a la guerre, tout va être extrêmement compliqué ; il se peut que je n'arrive pas à rallier Londres, ou que je ne trouve plus de prétexte assez valable pour m'y rendre. Je suis prise au piège. Par la situation internationale, les opinions d'autrui et le mariage. Si encore elle faisait partie de ces femmes qui aimaient faire l'amour. J'aurais pu devenir religieuse ou épouser un de ces pauvres bougres qui avaient perdu leurs parties génitales à la guerre. Cela ne m'aurait pas dérangée du tout. J'aurais adopté quelques-uns de ces malheureux bébés, abandonnés par leurs parents, dont s'occupe Rachel. Elle ralluma sa lampe, trouva le flacon d'aspirine et en avala deux cachets sans eau. Sa bouche fut envahie par une sécheresse amère, mais elle savait que l'aspirine l'aiderait à s'endormir.

\*

« Il fallait que je vienne maintenant, à cause des cours.

— Ah, bon. Alors, fais vite. »

Polly s'agenouilla sur le lit, enlaça son frère et planta plusieurs baisers sur ses joues boutonneuses. « Tu ferais mieux de me souffler un peu dessus. »

Simon ouvrit la bouche et lui souffla régulièrement

sur le visage. « Ce serait sans doute plus efficace si je te léchais la langue.

— Tais-toi, c'est répugnant !

— De toute façon, s'il y a la guerre, on n'aura pas besoin de la varicelle. On restera ici. »

Elle ne répondit pas. Il se gratta distraitement puis dit : « Teddy a fait un truc ignoble et je ne l'aime plus.

— Qu'est-ce qu'il a fait ?

— Oh. Il a bousillé quelque chose qu'on était en train de faire, Christopher et moi.

— Quoi ? »

Simon recommença à se gratter tandis qu'il luttait contre la tentation de tout lui raconter. Ce n'était pas cafarder, puisque Polly n'était pas une adulte ; il en avait assez de son lit et il voulait impressionner sa sœur. « Tu promets de ne pas le répéter... surtout aux adultes ?

— Bien sûr. Je me demandais ce que vous fabriquiez. Clary et moi, on vous a souvent vus partir... avec des affaires. On n'arrivait pas à deviner à quoi vous jouiez.

— On ne jouait pas. On a fait un campement... dans les bois. Pour nous enfuir.

— Vous enfuir ? Mais pourquoi ça ?

— Christopher est très malheureux dans sa famille. Il est objecteur de conscience. Il ne croit pas à la guerre. Mais voilà, Teddy a trouvé notre campement et a déchiré notre tente, et Christopher et lui se sont battus, et maintenant Teddy veut être le chef, mais il n'est pas au courant que le but est de s'enfuir.

— Simon, tu avais l'intention de t'enfuir avec lui ? » Comme son frère hésitait, elle ajouta : « Parce que ce serait méchant. Maman pourrait bien en mourir de chagrin.

— Je sais. C'est pour ça que je ne voulais pas, au fond. De toute façon, maintenant, je ne peux plus. Mais c'est différent pour Christopher. Son père est atroce avec lui, et je crois que sa mère n'a pas beaucoup de courage, elle n'est pas capable d'arrêter les disputes entre eux. Alors

Christopher s'est dit qu'il vaudrait mieux qu'il parte. Ça a commencé un peu comme un jeu, mais ensuite c'est devenu sérieux... l'idée de s'enfuir, je veux dire. Je n'ai rien dit à Teddy même s'il a menacé de me torturer. Tu comprends ?

— Mais on le retrouverait, non ? Il aurait besoin de choses comme du sparadrap et du dentifrice... et les gens remarqueraient qu'il les a pris.

— On avait déjà tous ces trucs-là. C'était un vrai campement, avec des provisions et tout. Mais ça ne sert à rien que Christopher s'enfuie là-bas maintenant, puisque Teddy saurait le retrouver.

— Ah, fit Polly, soulagée. Alors il va être obligé de laisser tomber.

— Je n'y compterais pas trop. Il risque de s'enfuir plus loin, et alors on ne réussira jamais à le retrouver.

— Ah. » Elle n'avait rien à ajouter, et lui dit seulement d'éviter de se gratter.

*

« Maman ! Qu'est-ce que je vais mettre ? Allons, ouvre la porte, Maman. »

Villy émergea en sursaut. Elle s'empara de son dentier. D'ordinaire, elle l'aurait rincé sous le robinet ; elle détestait le goût du Steradent.

« Qu'y a-t-il ?

— Comment je m'habille pour Londres ? Pour ma sortie ? » demanda-t-il patiemment.

Elle avait complètement oublié. Il avait été prévu des semaines plus tôt qu'il irait passer la journée à Londres, déjeunerait avec Edward à son club et irait au cinéma l'après-midi. Il était censé prendre le train, mais maintenant, bien sûr, elle allait l'emmener avec elle en voiture. Pourquoi Edward n'en avait-il pas parlé au téléphone hier ?

« Allons voir ce que tu as comme vêtements », dit-elle.

Sa chambre, bien que presque vide, paraissait sens dessus dessous, en partie parce que la tringle, qui s'était décrochée d'un côté, pendait en travers de la fenêtre, les rideaux en tas sur le sol.

« J'ai à peine tiré dessus et elle est tombée, expliqua-t-il quand il vit l'œil de sa mère.

— Tu devrais mettre ton costume du dimanche.

— Oh, non, Maman... tout sauf ça. Je me sens trop nigaud dedans.

— Bon alors, qu'est-ce que tu suggères ? »

Ce qu'il aurait aimé, c'était une culotte de golf en Harris tweed – comme celles de Papa quand il partait jouer –, un gilet jaune canari comme celui que portait le Brig pour monter à cheval, et un haut-de-forme gris comme celui que Papa mettait pour les mariages. Avec de magnifiques grosses chaussettes et des chaussures couleur caramel. Mais inutile de rêver. Sa mère était nulle, côté habillement. En fin de compte, ils optèrent à leur insatisfaction mutuelle pour son pantalon gris et un blazer, avec sa chemise du dimanche et la cravate en foulard que Tante Zoë lui avait offerte pour Noël, seul élément qui lui plaisait et dont sa mère trouvait qu'elle faisait bien trop âgé pour lui.

« Où diable sont passées toutes tes chaussettes ?

— Je m'en suis servi pour une expérience », répondit-il d'un ton boudeur. Il n'avait guère envie d'entrer dans les détails.

« Tu m'emmènes à la gare ? demanda-t-il quand elle revint avec une paire de chaussettes de son père.

— Je t'embarque en voiture. Je dois aller chercher des choses à la maison.

— Ah, très bien ! Comme ça tu pourras déjeuner avec nous et venir au cinéma. » Le plaisir flagrant qu'il prenait à l'inclure la toucha. Elle eut envie de le serrer dans ses bras.

« Je ne suis pas sûre d'avoir le temps pour tout ça. Nous verrons. »

*

Christopher courait, avec autour du cou ses chaussures en toile lâchement attachées par leurs lacets. Il préférait courir pieds nus ; en fait, il considérait les chaussures uniquement comme un accessoire d'urgence, à n'utiliser que si le sol était authentiquement dangereux, parsemé de périls comme du verre ou des clous. Les chardons et les pierres ne gênaient en rien ses pieds calleux, et le contact de l'herbe humide était si rafraîchissant qu'il avait l'impression qu'il pourrait courir indéfiniment. Il effectuait son parcours habituel jusqu'au bois, seulement, cette fois, il avait la merveilleuse certitude que Teddy ne serait pas là-bas, qu'il ne surgirait pas subitement pour l'interrompre, qu'il avait bienheureusement quitté le secteur pour la journée entière. Il avait décidé d'utiliser ce délai pour déménager ; il ne pouvait pas aller loin, et il serait inutile de prendre la tente, car il ne voulait pas que Teddy se rende compte qu'il avait levé le camp. Il n'emporterait que le strict nécessaire, laissant un peu de tout derrière lui. Malgré cela, il y avait énormément de matériel à transbahuter, et il devait prendre une décision définitive quant au nouveau bivouac. Le choix évident était l'autre extrémité du bois, près de la mare, en attendant de découvrir un emplacement plus éloigné où il y ait de l'eau. Le fait qu'il puisse trouver de l'eau à l'aide d'une branche de noisetier signifiait, bien sûr, qu'il avait beaucoup plus de possibilités, mais si détecter une source souterraine était une chose, creuser pour y accéder en était une autre. N'empêche, ses talents de sourcier le stupéfiaient autant qu'ils l'enchantaient : dire que, toutes ces années, il avait eu ce don en lui, inexploité et méconnu ! Quelles autres aptitudes pouvait-il posséder ? Il se demanda s'il existait un livre qui inventoriait les pouvoirs magiques, histoire de vérifier, mais là, il n'avait pas de temps pour ce genre de chose. L'objet le plus difficile à déplacer sans que Teddy le remarque allait être le tapis, dont il ne pourrait pourtant pas se passer s'il n'avait plus la tente. Il dormirait enroulé dedans s'il pleuvait, ce qui menaçait de se produire. Il faisait gris et l'air était immobile, avec une brume blanchâtre ; les arbres se paraient d'or, de jaune et de cuivre, les baies de tamier en train de mûrir viraient du vert au rouge, les gratte-cul et les cenelles étaient déjà mûrs, les prunelles étaient noires sous leur poussière bleu lavande. Dommage qu'aucune de ces baies ne soit bonne à manger, mais il y avait toujours les mûres, et les châtaigniers étaient chargés de fruits dont la bogue ressemblait à de petits hérissons verts : l'amande était délicieuse, rôtie. Tandis qu'il approchait du bois, il aperçut un héron survolant à faible altitude le talus marécageux qui le bordait d'un côté : l'oiseau chassait la grenouille. Si les gens devaient passer leur journée entière à chercher de quoi se nourrir comme les animaux, ils n'auraient pas le temps de fabriquer des avions ou des bombes. La simplicité et la vérité de cette notion le frappèrent avec tellement de force qu'il se sentit en devoir de réagir : écrire une lettre au *Times* ou au Premier ministre, qui avait plutôt l'air d'une bonne pâte et pas du tout favorable à la guerre. Il avait à présent atteint son campement – le ruisseau, la petite île, la berge moussue à l'aspect accueillant –, où il ne pouvait plus s'établir désormais. Il défit les rabats de la tente, se faufila à l'intérieur, dénicha un biscuit qui ne croustillait pas trop ainsi que son cahier, et entreprit de dresser sa liste des produits essentiels.

*

« ... et vous déjeunez à votre club avec Mr Teddy à une heure.

— Mon Dieu ! C'est vrai ! J'avais complètement

oublié. Merci, Miss Seafang. » Son sourire exprimait le fameux « Que ferais-je sans vous ! » qui ne manquait jamais de lui réchauffer le cœur.

« Donnez-moi dix minutes, puis je verrai Hoskins.
— Très bien, Mr Edward. »

Bon Dieu ! Je dois devenir gâteux ! songea Edward. Déjeuner avec Teddy signifiait qu'il ne pourrait pas se rendre sur les quais l'après-midi, puisque son fils espérerait un spectacle ou un film, de préférence suivi d'un thé chez Gunter's. Lui qui comptait aller sur les quais assez tôt, puis, comme il serait du bon côté de Londres, pousser jusqu'à Wadhurst afin d'emmener Diana dîner... Il avait réussi à se débarrasser de Villy, même si la chose, à l'évidence, n'avait pas plu, mais il se trouvait maintenant dans un véritable pétrin. Écartant son fauteuil, il mit les pieds sur son bureau, position dans laquelle il parvenait à mieux réfléchir. Au moins je ne joue pas du violon, se dit-il pensant à ce frère cadet un peu excentrique du Brig qui avait demandé à rejoindre l'entreprise pour finalement passer son temps à racler son instrument. Quand le Brig avait fait remarquer que ce n'était guère propice aux affaires, il avait répondu que sa femme n'aimait pas qu'il joue à la maison. Il était devenu une sorte de parent entretenu, relégué quelque part dans le Nord. Ce bureau avait été le sien, et parmi les grandes photos fanées d'hommes en salopette blanche debout tout fiers mais minuscules à côté d'énormes billes de bois, subsistait une photo floue qu'Edward affectionnait en secret, et qui montrait Szigeti avec son violon.

Bon. Et s'il emmenait Teddy sur les quais ? Non, le gamin ne pourrait pas prendre de train de là-bas. Et s'il allait sur les quais juste après avoir vu Hoskins ? Mieux. Il devait commencer par appeler Diana.

Ce ne fut pas une réussite. Elle dit qu'elle avait trouvé quelqu'un pour s'occuper du bébé toute la journée, qu'elle venait à Londres et pouvait-il déjeuner avec elle ?

Au moins la retrouver plus tard à son appartement, mais pas trop tard étant donné qu'elle devait rentrer ? À la fin, il fut conclu qu'il la rejoindrait aux alentours de six heures, qu'ils dîneraient tôt, et qu'il la raccompagnerait en voiture. Il pourrait poursuivre sa route jusqu'à Mill Farm et y rester dormir : cela ferait plaisir à Villy. Il sonna Miss Seafang, qui fit entrer Hoskins.

\*

Quand Mr York apporta le lait à la maison ce matin-là, il apporta aussi une lettre. Il n'en avait pas écrit depuis la mort de sa mère – il n'avait pas eu de raison –, alors, bien sûr, quand il avait sorti ses outils d'écriture, la plume de son stylo était rouillée et l'encre de la bouteille avait complètement séché. Il avait dû emprunter de l'encre à Enid, qui passait son temps à écrire : elle écrivait une lettre par semaine, une ruine en timbres puisqu'elle envoyait son courrier à Broadstairs par la poste ; ça revenait à cinquante-deux pence par an, comme il le lui avait fait remarquer plus d'une fois. Puis il avait dû réfléchir à ce qu'il allait dire. Il ne comprenait pas comment le papier faisait pour se salir tout seul, n'empêche qu'il avait eu besoin de plusieurs feuilles. Finalement, il avait pris le crayon du lait, celui qu'il utilisait pour compter les pintes consommées à la grande maison, et avait rédigé son brouillon avec.

L'encre d'Edith se révéla être de l'encre féminine, violette, et donc, pour compenser, il donna à sa lettre le ton le plus professionnel qu'il put.

« Cher Monsieur, écrivit-il, évitant le nom chic trop compliqué. Relativement au terrain situé derrière les cottages. Je pourrais vendre une acre pour soixante livres. Vente des cottages telle que déjà définie. Total 560 £. Je vous prie d'agréer, Albert York. »

Il n'avait pas mis de date. Il savait qu'on était tout près du 27, car Arthur venait chercher le veau roux ce jour-là, il inscrivit donc cette date au bas de sa lettre sur la dernière ligne de la feuille. Les enveloppes s'étaient collées. Il dut se servir de la bouilloire pour en ouvrir une, mais comme elle n'était pas à la taille du papier, il replia la page en un petit carré délicat qu'il glissa dedans. Il lui fallut alors réfléchir au libellé de l'adresse, qui n'avait rien d'indispensable s'il montait lui-même sa missive à Home Place, si bien qu'il inscrivit simplement « Mr William » sur l'enveloppe. Il était presque dix heures quand il eut terminé. Dix livres de rab, c'était toujours ça de pris.

Il se rendit aux cabinets à l'arrière de la maison, remontant un petit sentier de brique qui ne sentait pas la rose. Il flottait dans les gogues une odeur de carotte sauvage, d'urine et de désinfectant, mais au moins la nuit il n'y avait pas de mouches. En ressortant, il renifla l'atmosphère : le vent avait tourné à l'ouest et il allait pleuvoir. Il avait intérêt à faire venir Dick Cramp – un des frères d'Edie Cramp – pour l'aider à rentrer le foin resté dans le champ sud, au cas où un orage éclaterait. Il éteignit la grosse lampe à huile de la cuisine et rejoignit sa chambre dans le noir. Payer Dick coûtait moins cher que de perdre le foin. Cinq cent soixante livres ! Il avait bien estampé ce vieux jobard. Il aurait cédé les cottages pour beaucoup moins, mais s'il ne demandait pas plus pour le terrain, le vieux risquait de deviner qu'il s'était fait gruger. C'était un étranger, après tout, il n'était pas du coin, le parfait gogo, mais il n'était pas radin, fallait lui reconnaître ça.

Ainsi, le lendemain matin, la lettre rangée dans sa poche de gilet, il monta à la grande maison et remit le pli à Mrs Cripps, qui le donna à Eileen pour qu'elle le pose sur l'assiette de Mr Cazalet au petit déjeuner.

\*

Assis droit comme un *i* entre ses parents, dans la Salle à manger des Visiteurs du club, Teddy épluchait une magnifique carte qui arborait, en haut, le guidon du Yacht Club en relief. Il y avait un choix effrayant pour chacun des trois plats : en entrée, des rillettes de crevettes ou du saumon fumé (ainsi qu'un potage tristouille dont il n'imaginait pas qu'on puisse vouloir) ; puis des côtelettes d'agneau, de la tourte au bœuf ou au gibier, et un assortiment de malheureux légumes ; et, en dessert, un pudding à la mélasse, de la tarte aux mûres et aux pommes servie avec de la crème, ou une glace. Finalement, il opta pour les rillettes de crevettes et la tourte au gibier, car dire aux autres écoliers que la tourte au gibier du club de son père n'était pas mal du tout semblait dénoter une plus grande expérience du monde que de dire la même chose sur des côtelettes ou du bœuf. Il n'avait pas besoin de mentionner le pudding à la mélasse, dont il était fou : il pourrait inventer le dessert qu'il avait pris (le premier soir du trimestre après l'extinction des feux, se tenait une discussion prolongée à propos des mets consommés pendant les vacances, se terminant invariablement par des commentaires paillards sur les menus à venir). C'était un merveilleux déjeuner. Pour une fois, ses parents faisaient un peu attention à lui et n'avaient pas de longues conversations barbantes sur des sujets qui ne pouvaient en aucun cas l'intéresser, même si la chose ne l'aurait pas dérangé tant la cuisine était bonne. Sur une assiette rien que pour lui, les rillettes de crevettes se présentaient sous une croûte de beurre jaune, avec de minces toasts en triangles à l'abri d'une serviette blanche. La tourte au gibier ressemblait à une part de gâteau : une pâte croustillante d'un brun brillant à l'extérieur, puis un bon centimètre de pâte blanche pas très cuite, absolument délicieuse, puis une couche d'une gelée brun pâle un peu ferme, et ensuite de gros morceaux de gibier roses, très juteux, avec un goût comme si la viande était presque trop vieille mais pas tout à fait. Il but également deux verres de cidre. La conversation, comme d'habitude avec les adultes, se limita aux questions creuses qu'ils lui posèrent. « Et qu'est-ce que tu as fait toute cette matinée ? lui demandait à présent son père.

— J'ai aidé Maman à charger des trucs dans la voiture. Si une bombe tombait sur notre maison, est-ce qu'elle serait totalement détruite ?

— C'est possible, si elle atterrissait pile dessus.

— J'ai pris ma collection de cartes de cigarettes, au cas où, dit-il. Mais, quand même, c'est drôlement excitant, non ? Avec Maman, on les a vus qui construisaient des abris antiaériens, et qui creusaient des tranchées dans Hyde Park. Il ne va tout de même pas y avoir des combats dans Hyde Park ? Si tu pouvais t'enrôler, si tu n'étais pas si vieux, dans quel corps d'armée tu irais ? Moi je choisirais l'Air Force. Ils ont un nouvel avion incroyable qui s'appelle le Spitfire et qui peut aller à plus de trois cents à l'heure… » Il s'interrompit. « Ou peut-être plus de six cents… en tout cas, c'est l'avion le plus rapide du monde. Tu t'engagerais dans l'Air Force, Papa, si tu n'étais pas trop vieux ?

— J'irais dans la Marine. Là, mon petit bonhomme, je ne serais pas trop vieux.

— Et Maman pourrait sans doute être infirmière, dit-il, soucieux d'inclure sa mère (elle avait été drôlement chouette de ne pas faire d'histoires pour les chaussettes).

— Je m'engagerais peut-être dans les Wrens, dit Villy.

— C'est quoi ? Ah, merci. » Une serveuse lui avait apporté un supplément de crème.

« C'est la Marine pour les femmes.

— Ah. Je trouve que ce serait mieux que tu sois infirmière, ajouta-t-il gentiment. Je ne trouve pas que la place des femmes soit sur un navire, pas toi, Papa ? Je veux dire, des jupes dans des sous-marins, ce serait idiot… » Il écarta les mains et renversa son verre de cidre. « Pardon !

— Ce n'est rien. » Une serveuse vint éponger le cidre, et voyant que Teddy était plutôt dépité, Edward continua : « En fait, un gars qui travaille pour nous est venu ce matin m'annoncer qu'il s'était engagé dans l'Air Force. Un type très utile... il va nous manquer.

— N'empêche, c'est ce que les gens sont censés faire, non ? Papa, s'il y a la guerre, tu crois qu'elle durera assez longtemps pour que j'aille combattre ?

— Aucune chance, répliqua Edward, en croisant le regard de Villy.

— Peut-on prendre le café à côté ? demanda-t-elle. J'aimerais bien fumer.

— Il est plus de deux heures, tu peux fumer ici si tu veux. Ou nous pouvons aller à côté. Tu as terminé, Teddy ?

— On dirait bien. » Cette remarque ne lui valant pas une deuxième part de dessert, il se leva en même temps que ses parents et les suivit dans la salle où ils avaient bu un verre avant le déjeuner. Tandis qu'ils y entraient, un très vieux monsieur à la mine violette et aux cheveux blancs interpella Edward : « Chamberlain doit s'exprimer à la radio ce soir. Pour nous tenir au courant... il serait temps ! C'est votre fils ? »

Teddy fut présenté à l'homme, qu'il appela « sir » car il était extrêmement vieux.

« Et votre tendre épouse. Comment allez-vous, ma chère ? Laissez-moi vous offrir un porto. Je dois bien ça à votre fichu mari... il m'a ratatiné au billard la semaine dernière. »

Maman n'avait pas envie de porto, mais Papa accepta et lui permit de goûter. « J'ai goûté du porto, allait-il pouvoir raconter. Pas mauvais du tout... »

Ils burent un café grisâtre dans de petites tasses décorées de roses jaunes, et l'envie commença à le démanger d'aller au cinéma. Mais Maman et Papa entamèrent une de ces discussions où ils semblaient ne jamais être d'accord. Il apparut que Maman ne pouvait finalement pas venir voir *Scarface* car elle avait beaucoup à faire, et comme Papa devait retourner travailler juste après, la question était de savoir comment leur fils allait rentrer dans le Sussex. Il aurait très bien pu prendre le train tout seul, mais Maman disait que si Papa le ramenait, elle pourrait mettre dans la voiture beaucoup plus de choses pour le Sussex. Cette idée n'avait pas l'air d'emballer Papa et il fut décidé qu'il prendrait le métro depuis Oxford Circus ou un nom comme ça jusqu'à Holland Park et retrouverait Maman vers six heures, ce qui signifiait qu'il n'aurait pas droit à un goûter. Il le fit remarquer et elle se borna à dire : « Mais tu sors d'un déjeuner gargantuesque ! » comme si cela avait un quelconque rapport. Là-dessus, il alla aux toilettes, et lorsqu'il revint, ses parents ne parlaient plus. Quand elle partit, Maman eut ce sourire joyeux qui ne ressemblait pas du tout à un sourire, et lança : « Amusez-vous bien », avant de l'embrasser, alors que cela faisait des années qu'il essayait de lui apprendre à s'abstenir de ce geste devant des étrangers... il y avait plusieurs groupes dans la salle. Après son départ, il frotta sur sa joue l'endroit où elle avait peut-être laissé du rouge à lèvres, et Papa dit : « Bon ! Je m'en vais faire ce que personne ne peut faire à ma place, et je te rejoins », sur quoi l'atmosphère se détendit nettement.

\*

« Que ce soit dimanche ou non, ça ne fait rien, on doit continuer à prier.

— Tu ne crois pas qu'on pourrait aussi bien prier dans notre chambre ? »

Nora secoua la tête. « Je pense que ça aurait plus de poids avec une cérémonie. Et il faudrait qu'on soit le plus nombreux possible.

— Neville, Lydia et Judy seront en classe.

— Oui, on n'y peut rien. Mais Polly pourrait venir. Et Clary, et Christopher. Et Teddy, je suppose.
— Il est à Londres.
— Ah, oui, c'est vrai. Alors, les bonnes...
— Les bonnes ?
— Tout le monde est pareil aux yeux de Dieu, déclara Nora avec sévérité.
— Il doit atrocement s'ennuyer dans ce cas.
— Louise, si tu dois badiner avec une chose aussi grave que celle-là, je ne te parlerai plus jamais !
— Je vais me retenir. J'ai une personnalité avec plein de facettes, c'est ça, d'être actrice, et tu ne peux pas espérer qu'elles soient toutes acceptables.
— Si on faisait la cérémonie après le thé, les enfants pourraient venir. Et Miss Milliment.
— Bientôt, tu vas inviter les grands-mères ! Et Bully et Cracks. » C'étaient les surnoms qu'elles donnaient entre elles aux grands-tantes : Dolly ressemblait à un bouledogue et Flo à un casse-noix.

« Pourquoi pas ? Tout le monde devrait avoir le droit de venir. Et puis, la Duche nous laissera peut-être le salon, et alors on pourra se servir du piano pour les cantiques. »

Elles passèrent l'après-midi à préparer l'événement, embringuant Polly et Clary pour aider. La Duche dit que bien sûr elles pouvaient disposer du salon, mais elles allaient devoir prendre les chaises dans la salle à manger et les y remettre ensuite. Polly rédigea de splendides cartons pour inviter les gens et Clary les distribua. « Est-ce que "tout le monde" inclut Mr Wren ? » demanda-t-elle assez craintivement. On racontait que Mr Wren devenait cramoisi et se mettait à hurler si on le dérangeait l'après-midi au cours de sa sieste dans le fenil. « Laisse l'invitation sur le couvercle du bac à avoine. Il la verra forcément », conseilla Louise.

« Mais je ne crois pas en Dieu, dit Evie quand Clary la trouva dans le hamac.

— Vous savez, je ne suis pas certaine que tous ceux qui viennent y croient non plus. Mais vous croyez en la paix, non ? » Comme Evie paraissait indécise sur ce point, Clary ajouta : « Et puis, vous n'aimez pas Hitler, pas vrai ? Et c'est Hitler qui veut qu'il y ait la guerre.

— Non, c'est sûr, je n'aime pas Hitler. Très bien, je me rends. Je viendrai. »

Mrs Cripps dit à Clary : Bah ça alors ! Elle ne pouvait pas abandonner sa cuisine, mais merci quand même. Tante Jessica dit qu'elle amènerait Grania en voiture. Papa donnait une leçon de conduite à Zoë, mais quand elle s'arrêta dans l'allée, il dit : oui, bien sûr, ils viendraient tous les deux. Tante Sybil dit qu'elle adorerait, mais qu'elle serait peut-être obligée d'amener William. Les seules personnes qu'elles ne purent solliciter étaient Tante Rachel et Sid, qui étaient allées à la piscine à St Leonards – un peu mesquin, d'après Clary, de ne pas avoir demandé aux enfants s'ils avaient envie d'y aller, quand, évidemment, ils auraient tous bondi sur l'occasion –, et Christopher, que personne n'avait vu de la journée. McAlpine, occupé à planter des poireaux, s'interrompit dans sa tâche pour prendre le carton d'invitation qu'il contempla un moment sans la moindre expression, si bien que Clary lui expliqua ce qu'il disait, et il secoua la tête en le lui rendant, mais avec un sourire, signe que ça ne lui avait pas déplu qu'on pense à lui. Dans l'ensemble, l'idée fut applaudie.

Il plut beaucoup l'après-midi, ce qui était affreux pour Christopher mais excellent pour les poireaux. La pluie gâcha la baignade dont l'homme de Tunbridge Wells avait dit à Rachel qu'elle ferait du bien à son dos, mais elle permit à Sid de passer un après-midi entier seule avec son amie sans craindre de voir surgir Evie. Sid conduisait la voiture de Rupert et, avec Rachel à côté d'elle, elle aurait pu, comme elle dit, rouler jusqu'à Land's End. « Tu conduis tellement bien, dit Rachel. Je voudrais vraiment que tu me laisses t'offrir une voiture », mais elle savait que Sid refuserait. « Un jour, j'en dégoterai une », répondait-elle toujours, orgueilleuse, l'air de dire qu'elle aurait déjà pu le faire mais n'avait pas eu le temps. J'aurais dû la mettre devant le fait accompli, songea à nouveau Rachel, en observant le profil sérieux de Sid : le front haut plutôt bombé, le nez fin et busqué (comme une Peau-Rouge, avait dit Sid la première fois que Rachel avait fait une remarque dessus), la bouche bien dessinée, à la fois large et étroite, et son cou rectiligne au-dessus de son costume-cravate. Sid conduisait prudemment, évitant les secousses. Il y avait une grande piscine en plein air à St Leonards ; Rachel n'avait pas envie de trébucher sur les galets cruels de la plage de Cooden. Toutefois, tandis qu'elles roulaient, le ciel s'assombrit, passant du gris froid à l'indigo, et il se mit à pleuvoir à torrents. En fin de compte, elles allèrent voir *La Vie privée d'Henry VIII* et prirent le thé dans un salon de thé. Un après-midi merveilleux, avait déclaré Rachel, bien qu'elle n'ait guère aimé le film, à part Merle Oberon en Anne Boleyn au début. Sid, quant à elle, avait trouvé Charles Laughton excellent.

« Tu ne trouves pas ça très bizarre ? Chaque jour, on semble s'enfoncer davantage dans cet horrible cauchemar, mais tout le monde continue comme si de rien n'était... » Elle prit la cigarette que Rachel lui offrait et se pencha vers elle pour l'allumer. « Enfin quoi, un salon de thé ! Dire que nous sommes là à déguster des toasts et des feuilletés aux épices...

— Allons, ma chérie, que voudrais-tu qu'on fasse ? Ce n'est pas comme si nous avions le moindre pouvoir d'intervenir.

— Tu veux dire que nous n'avons jamais eu aucun pouvoir ? Ou bien qu'avec celui que nous avions, nous avons simplement élu les gens qu'il ne fallait pas ?

— Je ne pense pas qu'on ait élu les gens qu'il ne fallait pas. Je pense que le climat général est mauvais : l'opinion, l'ignorance, les préjugés, la suffisance...

— Nous ? Les Allemands ? Ou les deux ?

— Oh, les Allemands ne sont pas dans la même situation. Ils en ont assez bavé pour vouloir le changement à tout prix.

— Tu crois qu'ils veulent la guerre ?

— Je crois qu'ils la voient venir. Je ne crois pas que les gens quittent leur pays et tout ce qu'ils possèdent pour rien.

— Quels gens ? demanda Rachel, surprise.

— Les Juifs, répondit Sid, guettant sur les traits de Rachel le plus petit signe d'indifférence ou de mépris et espérant n'en discerner aucun.

— Mais ils ne font pas ça, si ? Je n'en ai jamais entendu parler !

— Ils s'exilent depuis 1936 pour venir ici, ou aller en Amérique.

— Ce n'est pas parce que tu en connais un ou deux qui...

— Oh, je suis d'accord, c'est un nombre infime par rapport à tous ceux encore là-bas. Mais c'est un signe. Si je devais craindre une aggravation de la situation, c'est le facteur dont je tiendrais le plus compte.

— Sid chérie, c'est parce que tu... » Elle chercha la meilleure façon de formuler la chose. « Parce que tu es...

— Parce que je suis à moitié juive ? dit Sid, terminant sa phrase. Tu as sans doute raison. Ce n'est peut-être pas ma pure intelligence qui parle, mais simplement la peur.

— Là je ne te suis plus.

— Tant pis, laisse tomber. » Elle regretta soudain d'avoir abordé le sujet ; c'était une conversation gênante et risquée, qu'il valait peut-être mieux éviter avec cette personne qu'elle aimait tant.

Mais Rachel se pencha en avant et lui prit la main. « Sid ! Je ne comprends pas, mais je t'écoute. Je veux savoir ce que tu... ressens. »

*Home Place. Fin de l'été 1938*

Bon, se dit Sid, c'est parti. Elle respira profondément. « Les Allemands ont eu une guerre tout aussi terrible que nous. Mais après, ils ont été affaiblis, humiliés, privés des moyens de se défendre, et l'économie a fait d'eux les victimes d'une inflation vertigineuse. Survient alors quelqu'un qui affirme qu'il peut leur rendre leur fierté nationale et le sens de leur identité. C'est un leader, un maniaque du pouvoir comme tous les leaders, et il entreprend de bâtir une autocratie. Il réarme le pays, met les gens au travail ; tout lui réussit et ses idées de grandeur s'amplifient. Il n'est plus un simple leader inspiré, il acquiert le pouvoir absolu, et la seule façon pour lui de conserver ce pouvoir est de faire des conquêtes, d'enrichir le pays... il annexe les Sudètes, l'Autriche. Mais l'autre chose dont les tyrans ont besoin pour que leurs sujets restent unis en leur faveur, c'est d'un adversaire auquel s'opposer. Or il y a toujours au sein de la population globale une minorité commode, définie par sa race ou son credo : les Slaves, les catholiques... tu comprends ce que je veux dire. Cette fois, je crois que ce sont les Juifs : d'une pierre deux coups, comme qui dirait. Le climat est propice à cette hostilité.
— Comment ça, "propice" ? Comment sais-tu ce que ressentent les Allemands envers les Juifs ?
— Je ne le sais pas. Mais je sais ce que les gens ici ressentent à leur égard, et nous sommes dans une démocratie sans un maniaque du pouvoir à la tête du pays. L'antisémitisme est monnaie courante en Angleterre. Sous la forme de plaisanteries, de condescendance, d'exclusion et d'exceptions à la règle. "D'habitude je n'aime pas les Juifs, mais toi tu n'es pas pareil." Voilà de quoi sont faits les préjugés. Ah, oui, et puis nous accuser d'avoir la manie de la persécution quand nous remarquons la différence de traitement et nous montrons blessés. Nous sommes les boucs émissaires idéaux. » Sid s'aperçut qu'elle avait commencé à dire « nous » et en fut raffermie. « Comme avec les chiens

bâtards, conclut-elle. Plus souvent reconnus pour leur flair que pour leur beauté. »

Rachel la regardait sans souffler mot. À la fin, ce fut Sid qui détourna les yeux. Rachel dit alors : « Je t'aime vraiment. Je t'aime tellement. »

Sid lui effleura le visage du bout des doigts. « Et moi je t'aime, dit-elle, entre mille autres choses, parce que tu n'ergotes pas, tu ne protestes pas.

— Je ne peux pas. Ce que tu as dit est vrai. Je ne peux pas le nier. »

Elles quittèrent le salon de thé et, une fois dans la rue, Rachel prit Sid dans ses bras et l'étreignit longuement. Les gens les regardaient avec curiosité – un couple faillit leur rentrer dedans –, mais Rachel ne relâcha pas son étreinte.

\*

La radio du Brig avait été transportée dans le salon afin qu'il y ait de la place pour ceux qui allaient écouter l'allocution du Premier ministre. Les opinions divergeaient sur leur identité : la Duche pensait que le discours n'était peut-être pas fait pour les enfants ; Lady Rydal était d'avis qu'il ne convenait peut-être pas aux filles. Aucune des deux grands-mères ne jugeait nécessaire la présence des domestiques, mais Rachel et Sid allèrent chercher le poste de Mill Farm qu'elles branchèrent dans la salle des domestiques à Home Place. Tonbridge fut désigné pour le faire marcher, et le dîner fut organisé par rapport à l'heure de l'allocution radiophonique. Les chaises de la cérémonie religieuse – qui s'était très bien passée, jusqu'à ce que Nora suggère que chaque membre de l'assistance promette de faire don d'un objet cher à son cœur en échange de la paix – demeurèrent en place afin que tout le monde, ou presque tout le monde, puisse s'asseoir. Les enfants, à part les quatre plus jeunes et, bien sûr, Simon, furent finalement admis et s'installèrent par terre, sommés par leurs mères de ne faire aucun bruit et de ne pas prononcer une parole durant le discours de Mr Chamberlain. Tout le monde se taisait. Rupert – sans doute le plus concerné de l'assemblée, puisqu'il était le seul dans la pièce à risquer de partir combattre – se trouva néanmoins tellement fasciné de les voir tous si silencieux et si immobiles qu'il ne put s'empêcher de passer d'un visage à l'autre, et d'espérer qu'ils n'estiment pas trop désinvolte de sa part de dessiner la scène. Il avait tort : l'art occupait un espace strictement réglementé dans l'univers des Cazalet.

Il regarda d'abord sa mère : la Duche était assise, hiératique, les yeux fixés sur la radio comme si Mr Chamberlain était dans la pièce et lui parlait personnellement. « Comme il est horrible, invraisemblable, incroyable que nous soyons en train de creuser des tranchées et d'essayer des masques à gaz ici à cause d'une querelle dans un pays lointain entre des peuples dont nous ne savons rien. » Il regarda sa sœur, qui était allongée sur le canapé, Sid assise sur l'accoudoir à l'autre bout. Elles semblaient ne pas se regarder, mais Sid tendit soudain un cendrier à Rachel pour qu'elle écrase sa cigarette. « Je n'hésiterais pas à me rendre même une troisième fois en Allemagne si je pensais que cela pourrait servir à quelque chose. » Il regarda Polly et Clary, côte à côte par terre, les bras autour des genoux : Polly fronçait les sourcils et se mordait la lèvre du bas ; Clary, sa fille, observait sa cousine et, tandis qu'il regardait, elle fit basculer ses genoux, qui touchèrent ceux de Polly. Polly leva la tête et un infime sourire flotta sur le visage de Clary, reflétant un tel encouragement et un tel amour qu'il fut frappé par sa beauté : ébloui, il ferma les yeux. Lorsqu'il les rouvrit, il retrouva sa Clary habituelle, qui contemplait le plancher. « Je suis moi-même un homme de paix jusqu'au fond de mon âme. Un conflit armé entre nations est un cauchemar pour moi... » Lady

Rydal, son nez aquilin souligné par la lampe, occupait le meilleur fauteuil, son coude droit posé sur l'accoudoir, sa main élisabéthaine, hérissée de grosses bagues en diamant pas mal encrassées, appuyée contre sa joue pâle. Elle affichait une expression tragique que la plupart des gens seraient incapables de garder longtemps, mais alors qu'il l'observait, celle-ci demeura inchangée. Villy, assise sur une inconfortable chaise de salle à manger à côté d'elle, avait tout simplement l'air épuisée. Elle ne ressemblait à sa mère que dans la mesure où un très mauvais portrait ressemble à son sujet, songea Rupert. « ... la vie pour les gens qui croient à la liberté ne vaudrait pas la peine d'être vécue... » (Ah, donc, il veut la guerre, finalement ?) « mais la guerre est une chose redoutable et nous devons être absolument certains, avant de nous engager dans cette voie, que ce sont bien les valeurs fondamentales qui sont en cause. » Il regarda de l'autre côté de la pièce ; Angela le dévisageait. Lorsqu'elle croisa son regard, elle s'empourpra. Seigneur, se dit-il, je me demande si Zoë n'aurait pas vu juste en fin de compte ! Sa femme était assise sur l'appui de fenêtre derrière Angela. Il lui envoya un baiser et son air angoissé se mua en une gratitude inattendue, expression que, jusque-là, il n'avait lue sur ses traits que quand il lui offrait un cadeau. Il arriva à son père au moment précis où l'allocution prenait fin.

« Que tous les enfants viennent dire bonsoir à leur grand-père, dit-il, et demain tout le monde se mettra à creuser un abri antiaérien... Il m'était totalement sorti de l'esprit, jusqu'à ce que ce bougre me le rappelle. »

*

Edward et Diana écoutèrent le discours dans un pub. Il l'avait retrouvée à son appartement où, après un intermède dans la chambre, ils burent la bouteille de champagne qu'il avait apportée. Elle voulut ensuite

*Home Place. Fin de l'été 1938* 525

rassembler quelques affaires, si bien que quand ils furent enfin sur le départ, la question du dîner se posa. Edward était pour dîner à Londres, mais Diana se faisait du souci pour son bébé et pensait également qu'ils devraient écouter l'allocution. Ils décidèrent de chercher un hôtel où dîner en chemin, mais quand ils arrivèrent à Sevenoaks, le seul établissement qui servait à dîner avait fermé ses cuisines et même le charme d'Edward ne parvint pas à convaincre le tenancier de les rouvrir. Finalement, ils trouvèrent un pub à la sortie de Tonbridge dont le patron pouvait leur proposer des sandwichs au jambon. L'homme les conduisit dans une petite pièce privée à l'écart de la salle de bar où il y avait une radio. Curieusement, la soirée ne se passait pas bien. Edward s'en voulait de la façon dont il avait traité Villy, et ses pensées étaient en partie accaparées par la surprise qu'il allait lui faire en rentrant à Mill Farm ce soir-là. L'allocution imminente le tracassait aussi, car elle risquait de contenir une annonce, dans un sens ou dans l'autre. Diana, de son côté, semblait *distraite\**, et pas vraiment sensible à la peine qu'il se donnait pour la voir. Elle était encore contrariée qu'il n'ait pas pu déjeuner avec elle, et elle était secrètement inquiète à l'idée qu'Angus téléphone d'Écosse et s'étonne qu'elle ne soit pas à la maison. Outre la nécessité de prendre quelques vêtements d'hiver (le cottage était très humide et elle y avait froid), elle avait inventé un dentiste pour expliquer son excursion à Londres, mais elle allait maintenant rentrer beaucoup plus tard que ces stratagèmes ne le justifiaient. Elle aurait préféré ne pas s'arrêter du tout. « Tout sera dans les journaux du matin », avait-elle finalement dit à propos du discours. « Il faut que tu manges quelque chose », avait-il répondu. C'était bizarre : durant toute sa grossesse, qui s'était déclarée quelques semaines après leur rencontre, Edward avait été incroyablement gentil, généreux et prévenant. Mais voilà que ce soir, où elle était profondément angoissée d'avoir abandonné

Jamie si longtemps et d'avoir dû mentir à sa belle-sœur, il semblait résolu à la retarder davantage.

Elle mangea son sandwich du bout des dents, en refusa un deuxième, et but son gin tonic un peu vite. Puis elle s'aperçut qu'elle l'agaçait, et comme ce n'était pas du tout le but, elle réclama un autre verre. « Ah, j'aime mieux ça », dit Edward, allant tout de suite lui en chercher un. Elle retoucha son rouge à lèvres et se repoudra le nez. Quand il revint avec les verres, elle lui demanda ce qu'il ferait s'il y avait la guerre, et il répondit qu'il s'engagerait dans n'importe quelle armée qui voudrait bien de lui. « Mais alors tu t'en irais ! Je ne te verrais plus ! »

Il affirma qu'au contraire elle le verrait sans doute davantage car il n'habiterait pas chez lui. « Mes mouvements ne seront pas connus comme ils le sont maintenant. »

Je pourrais continuer à être sa maîtresse des années, songea-t-elle. C'est fréquent pendant les guerres ; d'un autre côté rien ne dit qu'il ne trouvera pas quelqu'un de plus jeune. « Ce que je déteste, dit-elle, c'est cette obligation que nous avons de mentir et de nous cacher en permanence. Moi qui ai horreur des cachotteries.

— Je sais bien, dit-il avec affection. C'est une des choses que j'adore chez toi. » Il lui prit la main et la baisa. Elle vit la balle revenir dans son camp ; elle ne put que la ramasser et la mettre dans sa poche.

Le discours arriva. À la fin, Edward éteignit sa cigarette en disant : « Ma parole, que je sois pendu si j'en sais plus qu'avant. Qu'est-ce que tu en as pensé ?

— Il m'a semblé qu'il essayait de nous annoncer le pire avec ménagement.

— Bon sang ! Tu as sûrement raison. En attendant, on ferait mieux d'y aller... Que je te rende à ta progéniture. »

Diana ne voulait pas que sa belle-sœur le voie : garés près du portail devant le cottage, ils se dirent au revoir dans la voiture. Ils s'embrassèrent, chacun sentant que l'autre avait besoin que ce baiser soit passionné, mais la passion se fit attendre. Cette tiédeur n'inquiéta nullement Edward – après tout, Diana était sacrément passionnée au lit, et c'était ce qui comptait –, mais elle inquiéta Diana, qui resta éveillée la moitié de la nuit à se dire qu'elle était en train de le perdre.

\*

« Papa, tu comprends, n'est-ce pas, que j'étais obligée de te le dire ? »

Rupert la regarda tandis qu'elle se tenait accroupie devant le petit tuyau moussu crachant de l'eau potable. Ils s'employaient à remplir des bouteilles à la source qui jaillissait à flanc de coteau juste avant Mill Farm. Ses bras étaient mouillés, elle portait une chemise de coton déchirée et une de ses chaussures en toile avait un trou d'où dépassait son gros orteil. Elle n'a jamais rien de joli à se mettre, songea-t-il, le cœur serré. « Oui, bien sûr que je comprends, répondit-il.

— Enfin bon, maintenant, je vois pourquoi les gens écrivent des pièces sur la loyauté et la déloyauté. Polly a choisi de me le dire parce que je suis sa meilleure meilleure amie et qu'elle était inquiète, et, bien sûr, elle m'a demandé de ne le dire à personne, mais je trouve la situation trop grave pour être obligée de lui obéir. Tu n'es pas d'accord ?

— Si, absolument. » Elle lui tendit une bouteille pleine et Rupert en prit une vide dans la caisse pour la lui donner.

« Alors, tu pourrais parler à Christopher, tu crois ? Enfin, il a une mère, et elle deviendrait folle s'il partait. Elle perdrait complètement la tête, d'après Polly.

— Je vais réfléchir au problème, puis je déciderai.

— Tu crois que je dois dire à Polly que je te l'ai répété ?

— Pas tout de suite, répondit-il, voyant ses traits anxieux et se rappelant son expression de la veille pendant l'allocution.

— Enfin, si elle me pose la question, je serai obligée de lui avouer, mais j'ai peur de sa colère et de son mépris. C'est la personne la plus honnête que je connaisse.

— Toi aussi tu es honnête.

— C'est vrai ? Mais pas comme Polly, loin de là. Tu ne trouves pas que c'est la personne la plus incroyablement jolie que tu aies jamais rencontrée ? À part Zoë, évidemment. »

Cette remarque le toucha tellement qu'il dut s'esclaffer. « Toi aussi. Je suis cerné par des créatures ravissantes. Sauf que je ne te trouve pas jolie, Clary, je te trouve belle.

— Ne dis pas de bêtises, Papa ! Belle ! » Il voyait bien qu'elle savourait le compliment. « Quelle idée absurde ! » Elle rougissait jusqu'à la racine des cheveux. « Moi, belle ? répéta-t-elle, tentant de masquer son enchantement sous du dédain. Je n'ai jamais rien entendu d'aussi sot de toute ma vie ! »

\*

En disant que tout le monde devait se mettre à creuser un abri antiaérien, le Brig était sérieux. Il avait choisi un emplacement entre le court de tennis et le potager, planté des piquets et tendu des ficelles pour en figurer les dimensions, ordonné à McAlpine de sortir tous les outils de terrassier en sa possession, et envoyé Clary et Polly rassembler les troupes. Rupert, Sybil, Zoë et Sid vinrent grossir les effectifs. Seules furent exemptées la Duche, Rachel, à qui son père souhaitait dicter des lettres, et dont le dos lui interdisait de creuser, et Evie, qui prétendait avoir une épaule abîmée. Celle-ci s'était d'ailleurs trouvé la planque rêvée : elle passait des heures à ravauder, assez magnifiquement – bien mieux que Zoë, qui semblait avoir renoncé –, en compagnie des grands-tantes, qu'elle régalait d'anecdotes pour la plupart fictives sur sa vie. Les tantes la jugeaient extrêmement intéressante et pourvue d'un grand sens artistique, et tous les autres furent soulagés d'être débarrassés d'elle. Il apparut bientôt, néanmoins, que seul un nombre limité d'ouvriers pouvaient creuser en même temps, et Rupert organisa des roulements. Les deux enfants censés suivre des cours avec Miss Milliment furent renvoyés à leurs études. Billy fut délégué pour couper les racines rencontrées presque tout de suite, mais, très vite, il s'entailla si grièvement la main qu'il fut expédié auprès de Rachel pour faire nettoyer et bander sa blessure, opération fort longue, car sa peau était profondément encrassée. (McAlpine se moquait qu'il se lave ou non, et il ne se lavait pas.)

« La petite canaille ! » Voilà tout ce que dit McAlpine quand il vit Billy pisser le sang. L'homme avait creusé environ une heure, abattant deux fois plus de besogne que tout le groupe réuni, puis annoncé qu'il devait s'esquiver : il avait du travail. Il considérait l'ensemble de l'entreprise comme une lubie de gentilhomme.

Villy et Jessica échappèrent elles aussi à la corvée de terrassement, du moins le matin, car il y avait d'énormes courses à faire à Battle pour les deux maisons. Il fut décidé que Jessica aiderait Lady Rydal à se lever, et que Villy irait chercher la liste à Home Place. Cet arrangement convenait à Villy, qui avait des nausées le matin – le trajet d'hier jusqu'à Londres avait été épouvantable – et se sentait encore épuisée après cette journée exténuante. Elle avait compris lors du déjeuner avec Teddy qu'Edward, au téléphone, n'avait pas entendu ce qu'elle avait dit au sujet du bébé. Cela paraissait presque incroyable, mais il n'avait vraiment pas entendu. Avant le déjeuner en question, elle avait connu une de ces matinées où elle n'arrivait pas à faire efficacement ce qu'elle avait prévu. La maison était terriblement en désordre... enfin, pas réellement en désordre, mais avec plein de choses à régler. Elle avait changé les draps de leur lit défait, récupéré quatorze chemises sales dans le panier à linge du dressing-room d'Edward pour les rapporter à laver dans le Sussex. Il y avait une lettre d'Edna disant qu'elle ne pouvait pas revenir parce que sa mère était toujours malade et n'aimait pas la savoir au loin. Pas plus mal, songea Villy. Elle aurait été embêtée de laisser cette pauvre fille isolée dans la maison s'il devait y avoir des attaques aériennes. Ou même une seule : une pouvait suffire. Elle demanda à Teddy de l'aider à mettre l'argenterie, les livres scolaires et les partitions dans l'entrée. Elle avait dû ensuite se changer pour le déjeuner, auquel elle s'était rendue pleine de rancœur après la façon dont, croyait-elle, Edward avait accueilli la nouvelle de sa grossesse. Puis, découvrant qu'il n'avait pas saisi, elle se sentit frustrée et en colère d'avoir été tellement en colère, parce que, bien sûr, elle ne pouvait rien dire devant Teddy, et que, ne pouvant pas évoquer le sujet, elle avait eu du mal à en aborder d'autres. Mais Teddy semblait s'amuser, et ni son fils ni son mari ne remarquèrent quoi que ce soit d'anormal.

Après les avoir laissés au club, elle roula lentement de Knightsbridge à Hyde Park Corner, mais au moment où elle atteignait la fameuse cahute vert foncé où les chauffeurs de taxi se réunissaient pour boire un thé ou déjeuner, et surtout pour faire des paris, elle décida soudain de se rendre à la boutique d'Hermione, histoire de voir ce qu'elle proposait. Après tout, elle n'aurait peut-être plus l'occasion de repasser et, compte tenu de la Situation, il se pouvait même qu'il y ait des soldes intéressants.

Ce n'était pas le cas, mais Hermione fut ravie de voir Villy. « Quelle bonne surprise ! s'exclama-t-elle de sa délicieuse voix traînante qui faisait paraître amusants la plupart de ses propos. Je reviens du déjeuner le plus assommant au monde avec Reggie Davenport, je m'attendais à l'après-midi le plus assommant, et te voilà ! Que puis-je faire pour toi, ma chérie ?

— Je ne sais pas. Je suis venue jeter un coup d'œil pour me remonter le moral.

— Tu tombes à pic. J'ai des tenues d'automne divines, et les Londoniens tardent à revenir en ville. Ils se cachent à la campagne à cause de Mr Schicklgruber.

— Qui ça ?

— Hitler, ma chérie. C'est son vrai nom, et il était peintre en bâtiment. Enfin, quand même, on ne peut pas le prendre au sérieux, si ? Moi, je le trouve totalement dépourvu de charme. » Elle claqua des doigts et aussitôt Miss MacDonald surgit d'un recoin de la boutique. « Regardez qui nous avons là ! D'après vous, qu'est-ce qui pourrait tenter Mrs Cazalet ?

— Je ne peux acheter qu'une seule chose, Hermione.

— Bien sûr, ma chérie. Tu peux même acheter la moitié d'une chose si ça te chante. »

Une heure et demie plus tard, quand elle ressortit de la boutique, Villy était en possession de la plus coquette petite robe de laine noire, au col et aux poignets brodés de jais et à l'énorme ceinture à boucle de jais, d'un tailleur de tweed couleur jacinthe des bois, classique et merveilleusement coupé, d'un manteau de flanelle d'un gris très foncé garni de faux astrakan noir – « Sur le cintre, on dirait une tente, mais il tombe plutôt joliment une fois sur soi... essaie-le » –, et d'une robe de crêpe à manches longues, couleur purée de mûres, selon Villy, chaudement applaudie pour sa comparaison. « Nous devrons nous en souvenir, n'est-ce pas, Miss MacDonald ? Une description bien plus éloquente que le banal "couleur prune". » Elle monta dans sa voiture, pleine d'euphorie et de mauvaise conscience. Elle avait dépensé presque soixante guinées, mais elle adorait tout ce qu'elle avait acheté, et retourna à Lansdowne Road légèrement enivrée. Elle ne s'avisa qu'une fois rentrée que la seule tenue qu'elle pourrait mettre pendant l'hiver était le manteau, qui continuerait à dissimuler ses formes jusqu'à la fin. L'idée qu'elle avait caressée de consulter Hermione au sujet des médecins lui était complètement sortie de l'esprit. Impossible, de toute façon, en présence de Miss MacDonald. Quant à ses autres acquisitions, elle pourrait les porter après l'accouchement. Cela faisait des mois qu'elle n'avait rien acheté. Cette partie de la journée avait été un pur plaisir, un doux accès de frivolité. Edward ne lui en voudrait pas, il était toujours généreux quand il s'agissait de lui offrir des vêtements, même si elle regrettait qu'il ne les remarque pas davantage. Elle songea avec délectation qu'elle pourrait les montrer à Jessica, chose autrefois exclue : sa sœur aurait désormais les moyens de s'habiller convenablement. Après tout, je n'ai pas acheté une seule robe du soir, conclut-elle, voulant ajouter une touche de vertu à son extravagance.

Mais le reste de la journée avait été l'enfer absolu. Elle avait fait carton sur carton et chargé elle-même la voiture puisque Teddy était en retard : Edward l'avait laissé à Leicester Square et le gamin s'était trompé en prenant sa correspondance. Il s'était mis à pleuvoir très fort au moment de leur départ, et Teddy lui avait raconté en détail la moindre chose advenue à Paul Muni pendant tout le film, ce qui non seulement était à bâiller d'ennui, mais rendait l'intrigue incompréhensible. Ils n'étaient pas arrivés à Mill Farm avant huit heures, et ils avaient à peine eu le temps de dîner avant l'allocution radiophonique. Après le discours, elle s'était sentie obligée de décharger la voiture, et puis, juste au moment où elle allait se coucher, Edward avait débarqué à l'improviste, convaincu de lui faire une merveilleuse surprise. Le type qu'il devait voir, et avec qui il devait dîner, se trouvait habiter à mi-chemin entre

*Home Place. Fin de l'été 1938*

Londres et ici, et il s'était dit qu'elle serait contente de voir son mari.

« N'allons pas nous coucher tout de suite, dit-il. Je prendrais bien un whisky-soda. Et toi, ma chérie ?

— Non, merci. » Elle regagna le canapé et s'assit.

« Je crois que Teddy s'est bien amusé.

— Oui, il m'a dit qu'il s'était régalé.

— Jessica est encore là ?

— Oui. Elle est allée à l'enterrement hier. Raymond a hérité d'une somme rondelette... et d'une maison.

— Excellente nouvelle. Du moment qu'il ne claque pas tout. » Il y eut un silence. Il reprit : « Au déjeuner aujourd'hui... je t'ai sentie en colère contre moi. Je ne me trompe pas ? Qu'est-ce qu'il y a ? » Elle voyait bien qu'il était agité, car il avait commencé à se triturer le bord des ongles, lesquels étaient souvent à vif. Edward avait la terreur des scènes.

« Je l'étais... un peu... parce que, la veille, j'ai essayé de te dire quelque chose au téléphone, et tu m'as pratiquement raccroché au nez, mais ensuite je me suis rendu compte que tu n'avais pas entendu ce que j'avais dit. »

Il était désormais très silencieux. « Et c'était quoi ? »

Elle respira profondément. « Que j'étais pour ainsi dire certaine d'attendre un autre enfant. »

Il la dévisagea quelques secondes, l'air stupéfait et presque soulagé, pensa Villy, puis ses traits s'éclairèrent. Il sourit et la serra dans ses bras. « Seigneur ! Tu m'as annoncé ça et je n'ai pas entendu ? Il y avait un marteau piqueur dans la rue, et Miss Seafang était en train de me dire qu'on me demandait sur l'autre ligne. Je suis désolé, ma chérie, tu as dû me prendre pour une brute abominable !

— Tu es content ?

— Bien sûr que je suis content, dit-il avec chaleur. Mais un peu étonné. Je croyais, vois-tu, que tu prenais des précautions.

— Oui. Mais celui-là est passé entre les mailles.
— Seigneur ! s'exclama-t-il encore, en vidant son verre et en se levant. On ferait mieux de monter, non ? J'imagine que tu dois être crevée. » Il tendit la main et l'aida à s'extraire du canapé.

Pendant qu'ils se déshabillaient, elle dit : « En fait, je me sens un peu vieille pour être à nouveau mère.

— Ne dis pas de sottises, ma chérie. Tu n'es pas vieille du tout ! » Il l'embrassa avec affection. « Tu as besoin d'une bonne nuit de sommeil. Je vais devoir partir tôt. Ne te soucie pas de moi demain matin. »

Tandis qu'elle gravissait la colline vers Home Place et se remémorait la scène, elle s'aperçut qu'il n'était pas venu à l'idée de son mari de lui demander si *elle* voulait un autre enfant. Il avait simplement présumé que oui. « Ce qui est fait est fait, se dit-elle. Et puis, s'il y a une guerre, il se peut qu'on meure tous sous les bombes, de toute façon. »

\*

Il plut après le déjeuner, ce qui, selon Louise, les dispenserait de leur corvée de terrassement. « Allons nous laver les cheveux », dit-elle. Elle avait lu que le jaune d'œuf était censé leur faire un bien fou et elle avait hâte d'essayer. Nora, qui se fichait complètement de ses cheveux, déclara que c'était quand même du gâchis pour les œufs, mais Louise argua qu'elles feraient des meringues avec les blancs et que ce ne serait donc pas du gâchis du tout. « Si on devait simplement faire des meringues, là les jaunes seraient perdus », affirma-t-elle.

Louise leur lava les cheveux à toutes les deux ; ceux de Nora étaient très sales et elle utilisa de l'eau trop chaude, si bien que les œufs cuisirent et se brouillèrent un peu, et en définitive elle dut avoir recours en outre à un autre shampooing. Le feu dans le salon n'étant pas encore allumé, il n'y avait nulle part où les sécher ; elles

## Home Place. Fin de l'été 1938

s'étendirent sur leurs lits avec leurs serviettes de bain et leurs chandails pour ne pas attraper froid.

« Pour la cérémonie religieuse, commença Louise. Tu sais quand tu as suggéré que chacun donne quelque chose en échange de la paix ? Eh bien, d'après toi, pourquoi les gens ont-ils semblé hésiter ?

— Je ne sais pas. Maman a dit après que ça regardait chacun, mais je ne vois pas comment on peut savoir s'ils font un vrai sacrifice. De toute façon, elle a dit que c'était autoritaire et indiscret... deux choses que je suis souvent. »

Louise la regarda avec effroi. L'autorité et l'indiscrétion n'étaient pas des défauts romanesques, comme être colérique ou trop franche (dénuée de tact), et elle savait que jamais de la vie elle n'aurait avoué publiquement en être affligée.

« Tes cheveux sont superbes maintenant, dit-elle, tout brillants et tout beaux.

— Ah ! Je m'en fiche un peu, parce que, quand je serai bonne sœur, on me les coupera complètement. Tu pourrais renoncer à ta vanité, suggéra-t-elle.

— Est-ce que je suis vaniteuse ? Je n'aime pas beaucoup mon visage. » Elle passait des heures devant la glace, à modifier sa coiffure, à essayer du maquillage, à prendre différentes expressions pour voir laquelle était la plus seyante. Nora était à peu près sûre que ce comportement relevait en effet de la vanité. « Mais, bien sûr, ajouta-t-elle, tu n'es pas obligée de *renoncer* à quelque chose. Tu pourrais choisir d'agir, de *faire* quelque chose. »

Ce fut à ce moment-là que Louise décida de revenir sur sa décision précédente de se soustraire à l'institution de jeunes filles où elle devait aller avec Nora sous prétexte qu'elle souffrirait trop d'être éloignée de sa famille. S'il y avait la paix, elle irait. S'il y avait la guerre, elle n'aurait pas besoin. Elle annonça à Nora qu'elle avait décidé de son sacrifice, mais ne voulut pas dire lequel.

« Tu n'as pas besoin de me dire, répondit Nora. Note-le simplement sur un bout de papier et mets-le dans mon plumier. Je l'ai vidé exprès.

— Toi aussi, tu l'as fait ?

— Bien sûr. Et j'ai demandé à Polly et Clary. Et Christopher, et même Angela. Mais pas à Teddy : il a l'air de se moquer qu'il y ait une guerre ou non.

— Simon ?

— Je l'ai oublié. Maintenant, à toi. Ah, et j'ai demandé à Miss Milliment. Je l'aime vraiment bien, et elle a dit qu'évidemment elle le ferait... pas de faux-fuyants stupides et d'échappatoires comme les autres adultes.

— Et les enfants ?

— Pas eu l'occasion de leur demander. On le fera après le thé. »

Neville, Lydia et Judy, tous secrètement impressionnés d'être convoqués à une réunion même si celle-ci ne comprenait que Nora et Louise, se tenaient en rang devant Nora. La jeune fille était assise à la table de salle à manger, plumier fin prêt, papier et crayon à portée de main.

« Je ne vois pas de quoi je pourrais me passer, dit aussitôt Neville.

— Ton train électrique.

— Mais j'en ai besoin ! On ne peut pas se passer des choses dont on a besoin.

— Tu n'en as pas besoin, décréta Judy. Je n'ai pas de train électrique et je me débrouille très bien sans. »

Neville s'en prit à elle. « Tu n'es qu'une fille », lança-t-il avec mépris. Ils furent tous réduits quelques instants au silence. Puis Nora déclara : « Très bien. Si tu ne veux pas te priver de quelque chose, tu pourrais faire quelque chose à la place. Une mission... un travail.

— Aider Tonbridge à laver les voitures ! s'écria Neville. Ça, je peux.

— Tu lui demandes tout le temps, fit Lydia d'un ton de reproche, et tu sais qu'il ne veut pas. Il n'a pas du tout compris le principe, dit-elle aux autres.

*Home Place. Fin de l'été 1938*             537

— Oublions Neville. Toi, qu'est-ce que tu vas faire ?

— Je vais... » Elle ferma les yeux et se balança d'avant en arrière sur ses pieds. « Je vais... économiser tout mon argent de poche et le donner aux pauvres. Voilà ! » Elle rouvrit les yeux et vérifia l'effet produit par son annonce. « C'est un bon sacrifice, non ?

— Très bon, acquiesça Nora. Voilà ton bout de papier. N'oublie pas de préciser le nombre de semaines d'argent de poche que tu vas donner.

— Oh, un an, au moins, déclara Lydia, légèrement grisée par sa générosité. Disons, un an.

— Comment tu feras pour reconnaître les pauvres à qui donner l'argent ? demanda Neville, boudeur.

— Facile. Il suffira que j'accoste les gens et que je leur demande s'ils sont pauvres, et s'ils répondent oui, je leur donnerai. »

En fin de compte, on lui suggéra de donner son argent aux enfants pauvres du foyer de Tante Rach.

Judy, qui avait la manie de copier, se dit Lydia, annonça qu'elle ferait la même chose. Pour écrire, les enfants s'étaient installés à la table, et Nora reporta son attention sur Neville.

« Ce que je vais faire, dit-il enfin, c'est que j'irai voir les grands-tantes et que je les embrasserai deux fois par jour... une fois sur chaque joue, deux fois. Tout le temps qu'elles resteront ici. »

Ce geste n'était pas entièrement satisfaisant, mais ses aînées décidèrent qu'il était sans doute incapable de faire mieux.

\*

« Rien ne vaut le changement d'air », se rappela Miss Milliment tandis qu'elle s'efforçait de retrouver son imper suspendu parmi des dizaines d'autres aux patères de l'entrée à Mill Farm. Le dîner était terminé et elle projetait de filer à l'anglaise, de remonter en vitesse la colline et de se coucher tôt, car, en réalité, elle était un peu vannée comme disait son frère Jack. Mais très consciente de sa chance et très reconnaissante. Tout était différent ici, alors, évidemment, il y avait certains petits problèmes, mais rien que le temps et la pratique ne puissent effacer. L'un des plus désagréables était qu'elle semblait avoir en permanence les pieds humides, mais c'était entièrement sa faute : elle n'avait qu'à faire réparer ses chaussures. Je suis aussi lamentable que la Rosamond de Maria Edgeworth dans *Le Vase violet*, se dit-elle, même si, dans son cas, elle n'avait pas consacré son argent à un achat aussi excentrique, et qu'elle n'avait pas seulement une paire de chaussures en piteux état, mais deux. Peut-être pourrait-elle demander demain à cette chère Viola de l'emmener à Battle, où, certainement, elle trouverait une paire de caoutchoucs à acquérir.

À présent parée pour son périple, elle souleva le gros loquet en fer de la porte d'entrée : la pluie semblait avoir cessé, même si le sol était encore très mouillé sous ses pieds. Chargée de son parapluie, et de l'exemplaire du *Times* que Lady Rydal avait fini de lire, elle se mit à trottiner dans l'allée de son pas chancelant. C'était une nuit sombre, calme et sans étoiles ; de temps en temps un arbre au-dessus d'elle frissonnait et une averse de lourdes gouttes dégringolait. Il y avait également des flaques que, bien sûr, elle ne voyait pas. Cette chère Viola avait proposé de la ramener en voiture, mais elle avait estimé que c'était abuser de sa gentillesse ; elle allait devoir s'habituer à ce trajet, qui n'était pas long. La petite conversation, accompagnée d'un délicieux verre de sherry, qu'elle avait eue avec Viola à propos de son salaire était close. Viola avait été d'une générosité fabuleuse : comprenant qu'elle avait déjà un loyer à assumer, elle avait refusé catégoriquement de lui faire payer un centime pour son gîte et son couvert, avait tenu à ce que le tarif de deux livres dix shillings par enfant et par semaine demeure le même pour les trois enfants plus jeunes, dont elle savait qu'ils étaient tout aussi fatigants (la pure vérité, mais Miss Milliment avait connu bien des employeurs qui refusaient de l'admettre), et avait précisé également que ses frais de voyage seraient inclus dans son chèque du premier mois. Elle allait gagner dix-sept livres dix par semaine : « Par conséquent aucune excuse, Eleanor, pour ne pas t'acheter une nouvelle paire de chaussures en plus des caoutchoucs. »

Et puis, être à nouveau à la campagne ! Elle respira l'air exquis qui sentait bon les feuilles humides : cela lui rappelait terriblement la maison familiale, ses retours au crépuscule après avoir décoré l'église pour les grandes occasions comme la Fête de la Moisson, lorsqu'elle dégustait des toasts à la graisse et faisait la lecture à son père. À cause de ses yeux, il aimait que son bureau ne soit pas trop éclairé, et la pénombre rendait l'exercice un peu difficile. *Histoire de la Révolution française* de Thomas Carlyle était un de ses livres préférés ; il s'agissait d'une vieille édition qu'elle avait dénichée à la vente paroissiale et dont les caractères étaient atrocement petits, mais son père avait toujours considéré que les jeunes gens n'avaient pas besoin de lunettes. Cette affirmation, dans le cas de sa fille, s'était révélée fausse. Une des premières mesures qu'elle avait prises après sa mort avait été de se faire examiner la vue, et les lunettes avaient accompli un véritable prodige, un miracle, selon elle : elle parvenait à voir toutes sortes de détails qu'elle n'avait jamais discernés avant. C'est à cette époque-là qu'elle avait commencé à regarder des tableaux, parce qu'elle pouvait enfin les voir. Quelle sensation merveilleuse ! Et quelle chance elle avait aujourd'hui ! Elle adorait enseigner, appréciait ses trois petites élèves, et était ravie d'y adjoindre Nora, la fille de cette chère Jessica, car, de toute évidence, Louise était très entichée d'elle. Sans oublier les trois plus jeunes : Neville l'amusait beaucoup, mais, naturellement, elle le traiterait de la même manière que les deux filles ; elle ne ferait pas de différence. Elle se réjouissait de retrouver sa petite chambre dans le cottage. Les sœurs Brontë seraient très choquées de voir à quel point je me régale, songea-t-elle en tournant dans l'allée de Home Place. Elle pensa aux Brontë car, entre autres devoirs de vacances, elle avait assigné à ses troupes la lecture de *Villette*. Louise connaissait déjà le roman, mais Miss Milliment lui ordonna simplement de le relire, ainsi que *Le Professeur*, afin qu'elle puisse comparer les deux. Polly ne lisait pas aussi abondamment ni aussi facilement, mais elle comprenait vite, et Clary... Clary, elle le savait, avait le don. Les nouvelles que la fillette lui avait remises quand elle lui avait rendu visite à la fin de sa varicelle l'avaient réellement stupéfaite. Elles faisaient montre d'un élan, d'une énergie et d'une précocité assez rares chez une enfant de douze ans. Certains sujets la dépassaient incontestablement, mais Miss Milliment avait pris soin de ne pas critiquer cet aspect-là ; elle avait confiné ses remarques à la grammaire, la ponctuation et l'orthographe. « Pas d'ingérence », s'était-elle dit, bien décidée à se garder d'intervenir. Le processus créatif avait beau excéder en tout point ses compétences, il n'en était pas moins vénérable : nombre de gens avaient vu leur talent gâché par des attentions mal placées. C'était un processus naturel pour Clary, et il devait le rester. L'absence d'intérêt que manifestait la famille était probablement une bonne chose.

La maison se profilait à présent devant elle : une lumière dorée éclairait les fenêtres carrées et, en longeant les cuisines, elle perçut les bruits lointains des domestiques en train de faire la vaisselle. Lorsqu'elle atteignit le cottage et gravit péniblement l'escalier escarpé, les effets du verre de sherry qu'on lui avait offert à l'apéritif commençaient à se dissiper. Elle envisageait de faire les mots croisés au lit – un véritable luxe –, quand elle se dit que le journal regorgerait de commentaires sur la Situation, cette situation déplorable de l'Europe qu'elle avait ignorée avec frivolité pendant tout son trajet de retour. Elle était tellement euphorique qu'elle avait oublié les menaces qui planaient. S'il y avait une guerre... mais il y aurait une guerre... sinon maintenant, en tout cas tôt ou tard. Elle pensa aux merveilleux Renoir de la galerie Rosenberg et Helft qu'elle avait hantée tout l'été, et pria le ciel pour que les tableaux soient déménagés à temps.

*

Hugh entra dans le bureau d'Edward juste avant le déjeuner qu'ils étaient censés partager. Miss Seafang, qui se tenait près de la table de travail de son patron pour récupérer les lettres qu'elle lui avait données à signer, eut un discret sourire de bienvenue.

« J'en ai pour une minute, mon vieux. Assieds-toi. »

Mais Hugh, qui avait été assis toute la matinée, préféra arpenter la grande pièce, lambrissée de bois noir, semblant étudier les mornes photos. Miss Seafang l'observait avec sollicitude. Il avait l'air affreusement fatigué, plus, même, que d'habitude : il était ce que sa mère appelait un inquiet chronique, et cette anxiété laissait des traces. Hugh faisait ressortir son côté maternel, rien à voir avec Mr Edward, qui faisait ressortir tout autre chose. Le regard de Miss Seafang se posa à nouveau sur son patron. Aujourd'hui, il était vêtu d'un costume à fines rayures du gris le plus pâle avec une chemise blanche aux rayures grises presque imperceptibles, et une cravate en gros-grain jaune citron. De sa poche de poitrine dépassait un coin de mouchoir en foulard orné d'un motif où on retrouvait du jaune citron, avec du gris et du vert foncé. Ses cheveux légèrement bouclés luisaient de brillantine, et un faible parfum assurément excitant de cigare et de lavande semblait émaner de lui au moindre de ses mouvements. Sa main gauche, posée sur le bureau, arborait une chevalière en or gravée des armoiries familiales, un peu usées mais représentant sans conteste un lion rampant, et des boutons en or étincelaient aux manchettes de la chemise immaculée d'où émergeaient ses poignets poilus, le gauche entouré comme il se doit d'une montre chic et masculine. Avec sa main droite, de sa grande écriture assez insouciante, il signait les lettres au stylo à plume. Celui-ci semblait manquer d'encre ; il le secoua par deux fois, puis se tourna vers elle. « Oh, Miss Seafang, voilà qu'il refait des siennes ! » Esquissant un sourire, elle en sortit un autre de sa poche de cardigan. Que ferait-il sans elle ?

« Si quelqu'un appelle, à quelle heure dois-je dire que vous serez revenu, Mr Edward ?

— Il ne reviendra pas, dit Hugh. Je l'emmène sur les quais. »

Edward lança un coup d'œil à son frère et haussa les sourcils ; Hugh lui adressa ce regard à la fois obstiné et doux qui était une de ses expressions coutumières.

« Espèce de vieux tyran ! s'exclama-t-il. Je serai donc sur les quais, Miss Seafang. »

Bracken les conduisit au club de Hugh, moins loin du fleuve que celui d'Edward. Ils s'arrêtèrent en chemin pour acheter un *Evening Standard* dont le gros titre concernait le voyage du Premier ministre ce matin-là.

« "Sur cette épine, le danger, nous cueillerons cette fleur, la sûreté...[1]", lut Edward à voix haute. Ce genre de remarque est plus ton rayon que le mien. Qu'est-ce qu'il entend par là ? »

Hugh haussa les épaules. « Qu'il n'a guère d'espoir, mais qu'il va essayer, dirais-je. Cette fois Daladier et Mussolini seront là, on approche sans doute du moment décisif.

---

1. *Henry IV*, Shakespeare, acte II, scène 3, traduction François-Victor Hugo.

— À quoi bon leur présence ? Si Hitler ne tient pas compte de notre Premier ministre, il ne va pas leur prêter attention à eux...

— Eh bien, je suppose qu'ils ne veulent la guerre ni l'un ni l'autre... trois contre un, ce genre de chose. »

Edward ne répondit pas. Il se demandait pourquoi Hugh voulait qu'ils aillent sur les quais, mais on ne discutait pas de ces affaires-là devant le personnel.

Installés dans l'immense salle à manger qui écrasait ses occupants par ses colonnes de marbre gigantesques et son plafond vertigineux, ils se mirent à déguster leur sole accompagnée d'un verre de vin du Rhin. Comme Hugh n'avait toujours pas reparlé des quais, Edward dit : « Allons, mon vieux. Accouche. Il s'agit de toute évidence d'un truc avec lequel tu crois que je ne serai pas d'accord.

— Eh bien, il y a deux choses. D'abord, les billes de bois... » Il exposa son projet de mettre toutes leurs billes les plus précieuses dans la Lea afin de les préserver en cas d'attaque aérienne. « Si on les laisse où elles sont, c'est-à-dire, pour la plupart, entassées contre la scierie, et qu'il y a des bombes incendiaires, tout va flamber. La scierie, on risque de la perdre de toute façon, mais une scierie, ça se remplace. Beaucoup de ces billes de bois, elles, sont irremplaçables.

— Mais en plus d'être sujette aux marées, la rivière est très étroite, et je ne vois pas les autorités nous permettre de la bloquer.

— Nous pouvons demander au Port de Londres des péniches où stocker les billes, mais tu les connais, le temps qu'on obtienne le feu vert, ce sera peut-être déjà fichu. Si nous nous bornons à larguer les billes dans la rivière, ils montreront beaucoup plus de zèle à nous accorder les péniches pour débloquer le passage.

— Et la grue ? Il nous faudra forcément une grue.

— J'en ai une. Je l'ai commandée hier. Elle devrait être là cet après-midi.

— Tu as discuté de ça avec le Patriarche ?
— Non. J'ai pensé qu'il vaudrait mieux le mettre devant le fait accompli. Mais je crois que nous avons intérêt à être présents pendant l'opération, ajouta-t-il. Sinon ils risquent de faire n'importe quoi, ou bien quelqu'un risque de rappliquer en leur disant qu'ils n'ont pas le droit et ils arrêteront.
— S'il s'avère qu'on se trompe, on aura dépensé des fortunes, sans parler des autorités qu'on se sera mises à dos, pour rien. J'entends, si la paix l'emporte. » Edward se tut puis s'esclaffa. « C'est ridicule ! C'est moi qui aurais dû avoir cette idée et toi qui devrais être en train de me contredire ! Qu'est-ce qui nous prend ? Je suis partant. Je trouve que c'est une rudement bonne idée. »

*

Ils passèrent ensuite à d'autres sujets. Hugh voulait embaucher un nouveau veilleur de nuit sur les quais : Bernie Holmes occupait cet emploi depuis maintenant plus de trente ans ; personne ne savait quel âge il avait, mais il était trop vieux, d'après Hugh, pour avoir la responsabilité des locaux lors d'une attaque aérienne. Edward répondit qu'il ne pouvait décemment pas le mettre à la porte, et il fut convenu de recruter un homme plus jeune pour lui tenir compagnie. Puis vint la question de l'exercice d'évacuation en cas d'incendie, ou simplement d'attaque aérienne, non seulement pour le personnel des quais mais celui des bureaux. Ils en débattirent sur les quais, pendant que des ouvriers attachaient chaque extrémité de chaque bille avec des chaînes, fixaient le câble en acier entre elles, attachaient le crochet de la grue à l'anneau du câble et entamaient le lent processus consistant à soulever la bille dans les airs au-dessus de la rivière et à la lâcher dans la vase – la marée était basse –, où elle se logeait en dégageant des bulles gazeuses et une puanteur d'algues pourries et de gasoil. La manœuvre prit des heures. À cinq heures et demie, ils avaient transféré seize billes dans la rivière, quand le grutier indiqua qu'il en avait assez et que, de toute manière, ils avaient utilisé la totalité de leur empiètement autorisé. Edward était favorable à remonter en amont, tant pis pour la légalité, mais Hugh déclara que cela ne ferait que les mettre dans leur tort quand le Port de Londres s'apercevrait de ce qu'ils étaient en train de faire. Ils décidèrent donc d'arrêter, rentrèrent chez eux prendre un bain, et dînèrent chez Hugh où un repas sommaire leur avait été préparé par la femme de chambre. Ils écoutèrent les actualités de neuf heures à la radio, mais il n'y avait rien de nouveau, sinon que la réunion de Munich était toujours en cours. Hugh téléphona à Sybil pour l'avertir qu'il rentrerait demain soir quoi qu'il advienne, et Edward jugea bon de faire la même chose avec Villy. « Tout va bien ? » s'enquirent-ils mutuellement après ces deux intermèdes. Ils décidèrent d'avaler un whisky et d'en rester là.

« Est-ce que Louise est bouleversée à la perspective de la guerre ? demanda Hugh.

— Tu sais quoi, je n'en ai aucune idée. Elle n'a pas l'air. Pourquoi ? Polly oui ?

— Oui, assez. » Edward remarqua que la tempe de Hugh s'était mise à palpiter. Il vida son verre. « Écoute, mon vieux. Tu as eu une longue journée, et tu te fais trop de souci. Ta fille va sans doute très bien. Tu te fais trop de souci », répéta-t-il avec affection, tapant sur l'épaule de son frère pour dissimuler sa profonde tendresse, avant de s'en aller.

Hugh, montant lentement l'escalier pour aller se coucher, se demanda ce que voulait dire « trop ». Trop pour lui ? Ou trop par rapport à la Situation ? Il n'avait pas abordé la deuxième question évoquée au déjeuner, l'éventualité qu'Edward s'enrôle et le laisse avec tout le fardeau de l'entreprise sur les épaules. À moins que Rupert ne les rejoigne. Mais Rupert voudrait très certainement s'engager aussi. Il commençait à avoir la migraine et prit un cachet pour dormir avant que les coups de marteau ne débutent dans sa tête.

\*

Le vendredi matin, le Brig, forcé d'admettre que l'abri antiaérien ne progressait pas efficacement (certains participants avaient des pelles en bois), ordonna à Sampson de mettre deux hommes sur le coup. « Je ne peux pas m'occuper en même temps des toilettes portatives et de l'abri, Mr Cazalet », déclara Sampson, mais cet argument se révéla sans effet. « N'importe quoi, Sampson ! Je suis sûr que vous pouvez organiser ça. »

Ce matin-là, une douzaine de réchauds à pétrole furent livrés de Battle par le magasin Till's. Tonbridge reçut l'ordre de sortir les voitures du garage, qui allait sans doute devenir une cuisine. Wren, depuis son écurie, observait la scène avec jubilation. « D'abord sa maison et maintenant son lieu de travail. On sera bientôt débarrassés de lui. » Il avait toujours détesté Tonbridge.

Ce matin-là, pendant les cours, Miss Milliment demanda à Polly de dessiner une carte de l'Europe, en inscrivant les noms des pays de sa plus belle écriture. Les frontières, bien sûr, étaient d'ores et déjà caduques, puisqu'elles ne tenaient pas compte des plus récentes conquêtes d'Hitler, qu'elle leur signalait à présent. Elle trouvait important que les enfants aient une certaine compréhension de ce qui était en train de se passer et une vision claire de la juxtaposition des pays directement concernés.

Mrs Cripps passa la matinée à plumer et vider deux paires de faisans pour le dîner ; elle hacha également les restes du filet de bœuf pour faire un Parmentier, confectionna un quatre-quarts, trois douzaines de tartelettes aux quetsches, un litre de crème aux œufs, deux gâteaux de riz, un litre de sauce à la mie de pain, un flan aux pruneaux et un litre de pâte à crêpes pour le *toad-in-the-hole* du déjeuner des domestiques, deux tartes au citron meringuées, et une quinzaine de pommes au four pour le déjeuner des maîtres. Elle supervisa par ailleurs la cuisson de quantités colossales de légumes – les pommes de terre pour le Parmentier, le chou pour accompagner le *toad-in-the-hole*, les carottes, les haricots verts, les épinards, ainsi que deux courges d'une taille monstrueuse, prodige potager qui valait chaque année à McAlpine le premier prix dans cette catégorie. Comme l'avait un jour fait remarquer Rupert à Rachel, elles étaient l'équivalent légumier des cartes postales balnéaires les plus osées... cette comparaison ne serait jamais venue à l'idée de Mrs Cripps.

Chacun, en somme, vaquait à ses tâches habituelles à part Rupert, de plus en plus conscient qu'il n'avait pas de réelle activité. Il avait glissé à Zoë que, d'après lui, Clary avait besoin de nouveaux vêtements, et, chose inattendue, sa femme était allée à Battle avec Jessica et Villy acheter du tissu pour lui faire une robe. Au moment précis où il se disait que c'était formidable, il se souvint de ce que Clary lui avait raconté la veille au sujet de Christopher. Il n'était pas intervenu. Il se trouvait dans la salle de billard, « son atelier », à contempler distraitement le portrait d'Angela en cherchant quel détail il avait pu omettre, et se demanda durant plusieurs minutes à qui il devrait s'adresser à propos du gamin. Christopher... Il le connaissait à peine, et s'il s'y prenait mal, sa bourde risquait d'aggraver les choses. Dans un sens, Jessica était la personne évidente à aller voir, mais comme Clary avait dit qu'elle perdrait complètement la tête, il y réfléchit à deux fois. Villy, alors. Elle était à Battle. Rachel... Bien sûr : en cas de problème, sa sœur était celle qu'il fallait consulter. Il partit à sa recherche, mais la Duche lui apprit que Sid l'avait emmenée pour son traitement à Tunbridge Wells. Puis il se dit... les sœurs. Bien sûr, Angela serait de loin la meilleure interlocutrice. Elle s'était montrée tellement raisonnable le jour où il lui avait confié ses problèmes professionnels. Elle était plus âgée que Christopher, mais pas trop : le gamin serait plus susceptible de l'écouter que qui que ce soit d'autre. La jeune fille était presque toujours dans les parages.

Il la trouva qui lisait dans le hamac dans le verger. Elle portait une jupe blanche et la chemise vert pâle qu'il lui avait prêtée pour qu'elle pose avec. Elle ne l'entendit pas approcher ; il dut lui causer une peur bleue, car, quand il l'appela, elle sursauta si violemment que le livre lui échappa des mains pour tomber dans l'herbe.

« Pardon, dit-il en ramassant le volume. Je ne voulais vraiment pas t'effrayer. » Il regarda le livre. « Les *Sonnets portugais*. Ah ! Elizabeth Barrett Browning. Ils sont bons ? Elle les a traduits ?

— Non, elle les a écrits à Robert. Il l'appelait "ma petite Portugaise". Je crois que c'était parce qu'elle avait des cheveux très noirs et des yeux d'un marron très foncé. »

Il y eut un bref silence – il était en train de se dire qu'il aurait dû la peindre dans le hamac –, puis elle demanda : « Il y a du nouveau ?

— Pas que je sache. Non, je suis venu te trouver parce qu'il y a une chose dont je veux te parler. On peut aller faire un tour ?

— Oh, oui ! Allons-y. » Elle sortit illico du hamac, laissant le livre derrière elle.

« Où aimerais-tu aller ?

— Oh... n'importe où ! Où tu voudras.

— Eh bien, alors, quelque part où nous ne serons pas dérangés.

— Oh, oui ! s'écria-t-elle encore.

— Bon, il y a un vieil arbre à terre juste de l'autre côté du bois derrière la maison, dit-il. J'y emmenais Clary quand elle voulait jouer au naufrage, comme elle disait. Allons-y. »

\*

Teddy se sentait très démoralisé. Après cette épatante journée à Londres, il semblait ne pas y avoir grand-chose à faire à la campagne. En réalité, il n'avait personne avec qui faire quoi que ce soit. Simon se grattait toujours et était d'humeur assez grincheuse. Il s'était disputé avec lui, mais bon, s'il avait été là, ils auraient sans doute pu se rabibocher. Il se rendit au campement le matin. Les lieux paraissaient inchangés, mais en quelque sorte différents : déserts, inhospitaliers. Aucun signe de Christopher. Il eut ensuite l'idée de jouer les empereurs romains, et d'avoir Neville, Lydia et Judy pour esclaves. Ils parurent enthousiastes au début, mais le temps qu'il les ramène au bivouac, il constata que leur attitude était on ne peut moins servile.

« Pourquoi on doit tout le temps faire ce que tu veux ? demanda Neville.

— Oui... pourquoi ? » l'imita Judy.

Il expliqua qu'il était empereur, sur quoi Lydia affirma aussitôt qu'elle était reine. Ils pillèrent les provisions sans demander, et quand il les envoya chercher du petit bois pour faire un feu, ils s'éloignèrent et ne revinrent qu'au bout d'une éternité. Il eut l'idée de construire un barrage dans le ruisseau et essaya de les inciter à l'aider, mais ils ne tardèrent pas à se lasser et commencèrent à déserter. « Hé ! cria-t-il en voyant Judy trottiner à la suite des deux autres. Avant que vous partiez ! » Lydia et Neville s'arrêtèrent et se retournèrent quand ils atteignirent la haie mêlée de noisetiers. « J'ai oublié de vous expliquer. Ici, c'est un endroit secret.

— Bien sûr que non, puisqu'on sait qu'il existe, répliqua Neville du tac au tac.
— Je veux dire, secret pour les autres.
— Quelle importance ? fit Judy d'une voix affectée des plus agaçantes.
— Vous devez promettre, tous les trois, de n'en parler à personne d'autre.
— C'est tellement barbant... qui tu voudrais que ça intéresse ? dit Lydia.
— C'est vrai. Le campement est déjà fait, renchérit Neville. On aime faire nos campements nous-mêmes. On en a fait des milliers. Si tu voulais de nous, tu n'avais qu'à nous le proposer au début. »

Il n'y avait rien à tirer de ces sales gosses. Il essaya les menaces, mais le trio ne semblait pas du tout effrayé. « Tu ne peux pas nous priver d'argent de poche, ni nous envoyer au lit de bonne heure.
— Il a un fusil, intervint Lydia. Il pourrait nous tuer.
— Oui, et alors les gens le sauraient et tu serais pendu, dit Judy. Et il n'y aurait personne pour te plaindre, même pas ta mère, puisque tu aurais tué ta sœur.
— Ne dis pas des bêtises pareilles. Bien sûr que je ne te tuerais pas, Lyd... ni personne, d'ailleurs. Écoutez. Je vous donnerai une carte-image de ma collection, une chacun, si vous la fermez.
— Une seule carte ! pouffa Neville. Tu nous prends pour des crétins. »

À la fin, il dut leur promettre une glace Snofrute à chacun ainsi que deux cartes-images. Ils s'en allèrent.

« N'empêche, Teddy, je trouve que tu devrais jouer avec des gens de ton âge », lança perfidement Lydia. La dignité interdisait à Teddy de partir avec eux. Il resta planté les bras croisés à les regarder traverser la prairie, bavardant entre eux, et lorsqu'il fit demi-tour pour regagner le campement, il se sentait plus seul que jamais. Il aurait largement mieux valu que

Christopher et lui ne se disputent pas. Il n'y avait personne de son âge. Au moins, il y en aurait à l'école. Sa deuxième année là-bas serait forcément meilleure que la première. Il serait moins déconcerté par toutes les règles qu'on ne vous expliquait que quand vous les enfreigniez par ignorance ; il serait moins persécuté. D'affreux souvenirs l'envahirent : il se revit ligoté dans la baignoire avec le robinet d'eau froide ouvert et la cuve qui se remplissait lentement ; glacé de froid à se dire que s'ils ne venaient pas le détacher il allait se noyer ; à se faire fouetter à coups de serviettes humides auxquelles on avait fait un nœud... ça, c'était au dernier trimestre quand ils avaient natation ; à découvrir une crotte sous les draps au pied de son lit ; à se faire tabasser – deux fois –, ce qui avait eu le mérite d'atténuer les brimades. Un seul ami, un autre nouveau, qui était excellent lanceur au cricket. Il ne pouvait rien raconter de tout cela. Durant l'année, il avait constaté que les plus forts martyrisaient les plus faibles, et décidé de devenir fort pour pouvoir s'en prendre à quelqu'un, pour changer. Le squash, le sport où il était le meilleur, n'avait servi à rien : les élèves de première année n'étaient pas autorisés à y jouer, mais cette année il aurait le droit. Tout l'été il s'était convaincu qu'il avait hâte de retourner à l'école ; en réalité, ce n'était pas vrai. Il avait hâte d'être trop âgé pour l'école, et alors, s'il y avait toujours la guerre, il s'enrôlerait et il serait le meilleur pilote de chasse du monde. Il n'avait que quatorze ans, encore quatre à attendre.

\*

« On ne pourrait pas regarder discrètement puis replier les papiers ?
— Louise ! Bien sûr que non. C'est une mission sacrée.

— Très bien. C'était juste une idée. On en a combien, maintenant ?

— Toi et moi. Les trois enfants. Christopher et Angela.

— Ça alors, comment tu as fait pour la convaincre ?

— Peu importe. Ne m'interromps pas. Miss Milliment, Simon, Ellen... j'ai essayé les bonnes, mais elles ont juste dit que c'était bien joli, mais qu'elles ne voyaient pas quoi mettre, Tante Sybil, Tante Rach, Maman, bien sûr, et la tienne. Oncle Rupe. J'ai essayé Grania et elle a dit qu'elle donnerait volontiers sa vie pour éviter la guerre, mais évidemment cette promesse ne valait rien.

— Pourquoi ?

— D'abord, parce qu'elle avait l'air de s'en réjouir, et ensuite, parce qu'elle est trop vieille, en réalité, pour se suicider. J'ai été obligée de lui expliquer ça... gentiment, bien sûr. »

\*

Elle réussit à retourner vers la maison avec lui d'un pas digne et normal, comme si rien ne s'était passé – du moins rien d'important –, ou comme si, peut-être, même dans le cas contraire, le problème était à présent résolu. Dans l'allée, elle annonça qu'elle devait rentrer à Mill Farm pour le déjeuner, et il répondit : bien sûr. Puis il l'arrêta en lui posant un bras sur l'épaule : « Écoute, je suis vraiment désolé. Je veux dire, d'avoir été aussi obtus... de ne pas avoir compris. Tu es quelqu'un de vraiment bien. Tu trouveras un gars merveilleux. » Il y eut un silence ; le visage d'Angela lui semblait aussi raide et figé que s'il était recouvert d'un masque de beauté. Il reprit : « Et tu n'oublieras pas pour Christopher, n'est-ce pas ? »

Elle avait secoué la tête, puis, réagissant avec la noblesse qui selon elle s'imposait, elle avait souri

*Home Place. Fin de l'été 1938*

et répondu : « Non, bien sûr que non », avant de se détourner et de remonter l'allée d'une démarche énergique. Elle ne s'était éloignée que de quelques mètres quand elle avait entendu le déclic du portail indiquant qu'il entrait dans le jardin, et elle n'avait pas regardé derrière elle. Elle avait continué sa marche et commencé à descendre la colline, mais elle se savait incapable de rentrer tout de suite à Mill Farm. Elle prit à gauche sur le chemin rural menant à la ferme de York, et lorsqu'elle arriva à une barrière dans la haie, elle l'enjamba et courut dans l'éteule, puis se jeta sur le sol. Les sanglots la submergèrent par grandes vagues déchirantes et muettes. Le chagrin s'écoulait de son corps comme s'il n'avait jamais rien contenu d'autre. Quand les larmes se tarirent et qu'elle se calma, les mots et la réflexion prirent le relais. Ce qu'il avait dit, ce qu'elle avait dit, et, plus cuisant et honteux, ce qu'elle s'était figuré en sortant du hamac et qui semblait déjà si loin. « Il y a une chose dont je veux te parler. » Pourquoi avait-elle supposé que le moment tant désiré était arrivé ? Qu'il allait lui avouer à quel point il l'aimait ? À présent elle ne voyait pas du tout ce qui avait pu lui faire imaginer cela, or elle y avait cru dur comme fer. Et puis, plus tard, alors qu'elle avait encore la possibilité de tenir sa langue, pourquoi n'avait-elle pas gardé le secret ? Pourquoi lui avait-elle saisi la main pour l'attirer face à elle ? « Je t'aime. Je suis complètement amoureuse de toi », avait-elle déclaré, voyant non sans effroi sur les traits de Rupert la compréhension naissante et l'horreur, oui, l'horreur, céder bientôt la place à une gentillesse compatissante qui faisait presque aussi mal. Il était désormais trop tard pour s'arrêter... tout était sorti. Elle ne lui avait avoué ses sentiments que parce qu'il risquait d'y avoir la guerre, et qu'il risquait d'être tué, ou en tout cas de partir, et qu'elle ne le reverrait pas. « Je ne supportais pas l'idée de ne pas te le dire », avait-elle lâché, trouvant maintenant insupportable l'idée de le lui avoir avoué. Elle pleurait à présent, comme alors, mais sans les bras de Rupert autour d'elle. Car il l'avait prise dans ses bras, il avait essayé de la réconforter en lui débitant tous ces pauvres arguments désespérants qui n'avaient aucun sens. Elle s'en remettrait, elle était si jeune, elle avait toute la vie devant elle. (Comme si toute une vie renfermant tant de souffrance pouvait être réconfortante !) Tout ce qu'il avait dit n'avait fait que la rabaisser, dénigrer ce qu'elle éprouvait. En cherchant à lui présenter l'amour qu'elle lui vouait comme un sentiment passager, il lui confisquait tout ce qu'elle possédait. « Jamais je ne te dirais une chose pareille ! » s'était-elle écriée. Cette protestation l'avait fait taire. Il l'avait enlacée jusqu'à ce que ses larmes cessent, lui avait donné son mouchoir. Puis il avait dit combien il l'appréciait et l'admirait, elle ne se rappelait pas les mots exacts, il avait dit qu'il était bien trop vieux, et, en plus, marié, or elle savait tout cela, et à la fin il avait conclu qu'il était réellement désolé et qu'il n'y avait rien qu'il puisse dire et elle s'était rendu compte que c'était vrai. Elle s'était tamponné le visage et s'était mouchée. « Garde le mouchoir », avait-il dit. Ils avaient repris leur marche sans souffler mot. Puis, dans l'allée, il avait ajouté : « Tu n'oublieras pas pour Christopher, n'est-ce pas ? » Comment pouvait-il dire ça ? Mais elle avait oublié. Elle avait écouté tout son bla-bla sur Christopher, hébétée, dans l'attente radieuse de ce qui allait survenir. Rien n'allait survenir, songea-t-elle. Rien ne surviendrait jamais. Elle roula à nouveau sur le ventre et ses larmes s'insinuèrent directement dans la terre.

\*

Quand Polly et Clary revinrent à Home Place à temps pour le déjeuner après leurs cours, elles découvrirent la porte de leur chambre ouverte et, évidemment, Oscar se révéla introuvable.

« Il y a un écriteau sur la porte, gémit Polly au bord des larmes. Quand même, tout le monde peut le lire ! » Après une fouille frénétique et néanmoins complète de la chambre, elles discutèrent sur le palier de ce qu'elles allaient faire.

« C'est sûrement une des bonnes, dit Clary.

— Oui, mais, d'après toi, où est-il passé ? Il cherche peut-être à retourner à Londres... les chats font ça.

— Je vais essayer la cuisine. Il est très gourmand. Toi tu fouilles tout cet étage. »

Clary fila au rez-de-chaussée, traversa le hall à toutes jambes et franchit la porte capitonnée donnant sur les cuisines. Elle n'y fut pas bien reçue.

« Non, Miss Clary, on n'est jamais allées dans cette chambre », affirmèrent les bonnes, et Mrs Cripps, dans l'état de tension réprimée qui précédait toujours les repas, beugla pour de bon : « Allez, ouste, Miss. Vous connaissez les règles. Pas d'enfants dans la cuisine quand je m'apprête à servir !

— Mais je peux bien le chercher dans la pièce ?

— Non, pas question. De toute façon, il n'est pas ici. Combien de fois t'ai-je dit de mettre les légumiers à chauffer sur cette plaque, Emmeline ? Maintenant tu vas devoir les passer sous l'eau chaude. Regardez Flossy, Miss. Elle n'accepterait pas un autre chat dans sa cuisine. Allez, du balai, maintenant, soyez mignonne. »

Clary regarda Flossy couchée sur l'appui de fenêtre, aussi ronde et voluptueuse qu'une toque en fourrure, et la chatte, qui semblait toujours savoir quand on la regardait, souleva la tête ; Clary se déroba à son regard fixe et malveillant.

« Tu l'as trouvé ? cria-t-elle depuis le vestibule.

— Non. » Le visage blême de Polly apparut par-dessus la rambarde. « Oh, qui peut avoir été assez méchant pour laisser la porte ouverte ? »

La plupart des adultes étaient dans le bureau du Brig en train d'écouter les actualités, mais Clary trouva son père et Zoë dans le petit salon. Debout devant la table à abattants, ils contemplaient un morceau de tissu que Zoë était en train de déballer et Papa avait un verre à la main.

« Ah, Clary ! Viens voir ! dit-il.

— Papa, je ne peux rien venir voir pour l'instant. Une personne vraiment horrible et stupide a laissé la porte de notre chambre ouverte, Oscar s'est échappé et on ne le retrouve pas. »

Zoë cessa de retirer le papier qui enveloppait le tissu, regarda Papa, et dit : « Oh là là, j'ai bien peur que ce ne soit moi !

— Toi ? » Clary la dévisagea. Tous les sentiments qu'elle nourrissait envers Zoë et qu'elle n'osait plus confier à personne tant ils étaient abominables remontèrent comme du vomi dans sa gorge. « Toi ! Forcément ! Espèce d'idiote ! Il a fallu que tu perdes le chat de Polly ! Je te déteste. Tu es la personne la plus stupide que j'aie jamais rencontrée de ma vie ! »

Avant qu'elle ne puisse poursuivre, son père lui empoigna un bras et dit : « Comment oses-tu parler à Zoë de cette façon ? Excuse-toi immédiatement !

— Pas question ! » Elle lui lança un regard furieux. Il ne lui avait jamais parlé comme ça avant, et elle ressentit un frisson de terreur.

Zoë dit : « Je suis vraiment affreusement désolée », et Clary songea : Non, tu ne l'es pas ! Tu ne dis ça que pour faire plaisir à Papa.

« Pourquoi tu es allée dans ma chambre, d'abord ? demanda-t-elle.

— Zoë est allée chercher une de tes robes parce qu'elle a acheté du tissu pour t'en faire une neuve », expliqua Papa, et Clary, percevant dans sa voix une affection qui ne lui était pas destinée, s'écria : « Je parie que ton seul but, c'était de faire plaisir à Papa. Je me trompe ? » Elle fixait sa belle-mère d'un air renfrogné en tâchant coûte que coûte de rester en colère.

Mais Zoë, quittant la table des yeux pour regarder Clary bien en face, déclara simplement : « Oui, vois-tu, je sais à quel point il t'aime, alors... bien sûr. »

C'était la première phrase sincère que sa belle-mère ait jamais prononcée, et c'était trop. Habituée à la rancœur et à la jalousie, quoiqu'elles aient connu cette année une sorte de trêve, Clary ne pouvait s'en défaire par miracle ; incapable de réagir, elle enfouit sa tête dans ses mains et son appareil, qui avait eu la bonne idée de se desceller un peu, tomba sur la table. Papa la prit dans ses bras, tandis que Zoë ramassait l'appareil dentaire et le lui rendait en disant : « Ce sera merveilleux, non, quand tu n'en auras plus besoin ? » Le plus réconfortant, c'est que ni l'un ni l'autre n'avait ri.

Il était presque l'heure du thé quand Oscar fut enfin retrouvé. Polly avait pourtant sauté le déjeuner pour le chercher. Lorsque Clary rejoignit sa cousine après le repas, celle-ci avait déjà exploré la maison, les écuries – au grand dam de Mr Wren, qui avait hurlé mais était trop somnolent pour se tenir droit – « Il est retombé dès qu'il s'est levé pour me crier après », dit Polly –, le cottage, le court de squash, l'ensemble des dépendances, y compris l'horrible cave à charbon près de la serre. Clary et elle inspectèrent ensuite le verger, le bois derrière la maison et enfin l'allée.

« J'ai mal à la gorge à force d'appeler, dit Polly.

— S'il est allé sur la route, il se sera peut-être fatigué et se sera endormi quelque part. Je sais qu'on va le retrouver », affirma Clary, histoire de leur remonter le moral à toutes les deux, mais Polly la crut sur-le-champ. Au bout de l'allée il y avait un immense vieux chêne, et tandis qu'elles s'en approchaient elles entendirent la voix d'Oscar. Il devait être très haut dans l'arbre, car, au début, elles n'arrivèrent pas à le repérer, mais chaque fois qu'elles l'appelaient, il répondait.

« Il veut redescendre », décréta Polly. Clary suggéra d'aller lui chercher à manger parce qu'il était bien connu que les chats pouvaient flairer les choses à des kilomètres. Elle se chargea de cette mission pendant que Polly essayait de grimper à l'arbre. Mais la branche la plus basse était trop haute. Quand Clary revint avec une soucoupe de poisson, elle découvrit son amie en larmes.

« Je ne crois pas qu'il soit à même de redescendre. Il en a envie, mais il a peur », dit-elle. Les deux amies brandirent le poisson en appelant l'animal. On percevait des raclements comme si Oscar essayait de descendre, mais il n'y avait aucun signe de lui.

« Qu'est-ce qui se passe ? »

Elles n'avaient pas entendu la bicyclette. Teddy avait décidé d'aller faire un tour tout seul. Elles lui racontèrent le problème et il déclara : « Je vais vous le chercher.

— Oh, Teddy, tu pourrais ? Tu pourrais vraiment ? »

Mais même lui n'arriva pas à atteindre la branche la plus basse. « Vous savez quoi ? Vous allez tenir mon vélo bien droit, parce que si je me hisse sur le guidon, j'atteindrai peut-être la branche. » La manœuvre réussit. « Il n'est pas très haut. Je le vois, dit Teddy. Le problème, c'est que je ne pourrai pas redescendre avec lui dans les bras. Zut ! » ajouta-t-il. Puis : « Que l'une de vous aille chercher un cabas, un panier ou quelque chose, avec un long morceau de corde. »

Elles partirent chercher ce qu'il demandait, mais l'opération prit un certain temps. Le cabas s'avéra facile à trouver, mais pas la corde. Finalement, elles en dénichèrent une longueur dans l'abri de jardin. Polly retourna voir Teddy pour lui expliquer pourquoi c'était si long. Teddy réagit très gentiment en indiquant qu'il avait sur lui une tablette de chocolat, et à la seconde même où Polly se rappelait qu'elle n'avait pas déjeuné, Teddy, généreux, lui en céda deux carrés.

*Home Place. Fin de l'été 1938* 559

Elles attachèrent une extrémité de la corde aux poignées du cabas. Teddy dut descendre jusqu'à la branche la plus basse afin de l'attraper. « Mettez le reste de la corde dans le sac, dit-il. Et puis non. Essayez de me lancer le bout de la corde. » Elles essayèrent à maintes reprises, et juste au moment où Teddy commençait à s'impatienter de les voir si nulles, Clary exécuta un très bon lancer et il attrapa la corde. La suite serait facile, d'après lui. Il attacha l'autre bout de la corde à une branche puis grimpa au niveau d'Oscar, mais il n'avait pas pensé qu'il faudrait mettre le chat dans le sac. Oscar miaula, et le griffa sérieusement, mais Teddy parvint à le fourrer dans le cabas et entreprit d'abaisser la corde. Et voilà le travail !

« Oh, Teddy, tu as été merveilleux ! s'exclama Polly en étreignant le garçon. On ne l'aurait jamais récupéré sans toi. » Clary acquiesça. Elle tenait les poignées du sac bien serrées, mais Oscar réussissait quand même à sortir sa tête indignée du cabas.

« Vous voulez que je le porte ? » proposa Teddy. Il rayonnait de fierté d'être si utile et si admiré.

Clary s'apprêtait à dire que ce n'était pas la peine, qu'elles le feraient, mais Polly répondit : « S'il te plaît, oui. Je me sens très fatiguée et il risquerait de s'échapper à nouveau. »

Clary poussa le vélo de Teddy et ils regagnèrent la maison. Ils firent irruption dans le salon où presque tout le monde semblait réuni et Clary s'écria : « On l'a trouvé ! Et Teddy a été... » Elle s'interrompit car ils avaient tous quelque chose de changé, affichant des sourires et des mines enjouées comme à Noël, et la Duche annonça : « Mr Chamberlain est rentré, les enfants. » Puis, remarquant la tête de Polly, elle ajouta : « Ton père a téléphoné de Londres, Polly. Il tenait particulièrement à ce que tu le saches. Nous allons avoir la paix avec l'honneur. » Clary vit les traits de Polly devenir blêmes et ses yeux se voiler, après quoi son amie s'évanouit.

\*

« Qu'est-ce que je vous avais dit, Mrs Cripps ? Il y a loin de la coupe aux lèvres.

— Ça prouve juste qu'on ne peut jamais savoir », acquiesça-t-elle. Elle enroulait de fines bandes de bacon autour de pruneaux blanchis qu'elle mettrait à cuire autour du faisan. « Voulez-vous un autre pancake écossais, Mr Tonbridge ?

— Je ne dis pas non. Mais... comme je vous disais, à quelque chose malheur est bon... Enfin, au moins, maintenant, on va tous pouvoir revenir à la normale. » Mrs Cripps, qui, personnellement, ne s'en était jamais éloignée, opina. Pour lui, cela signifiait sortir ces maudits réchauds de son garage ; pour elle, faire redescendre Dottie quand la jeune fille aurait fini de se gratter comme une folle. Ce soir-là, chose qui n'avait rien de normal du tout, Tonbridge l'emmena au pub pour la première fois, et Mrs Cripps passa un excellent moment.

\*

« "Nous considérons l'accord signé hier soir, et le traité naval germano-britannique, comme symboliques du désir de nos deux peuples de ne jamais plus entrer en guerre l'un contre l'autre." » Assis à côté d'Edward dans la voiture, Hugh lisait le journal du soir qu'ils avaient acheté sur la route en retournant dans le Sussex.

« Autre chose ?

— Ça continue un peu. "Nous sommes résolus à ce que la méthode de consultation soit la méthode adoptée pour traiter de toute autre question qui pourrait concerner nos deux pays et nous sommes bien décidés à poursuivre nos efforts pour éliminer les sources éventuelles de différends et ainsi contribuer à assurer la paix en Europe." »

Edward grogna. Puis il dit : « Un vieil homme merveilleux, Chamberlain. Je dois avouer que je ne croyais pas vraiment qu'il y arriverait.

— N'empêche, ce n'est que de l'apaisement. Je ne vois pas bien où l'honneur entre en ligne de compte... les Tchèques non plus, j'imagine.

— Allons ! C'est toi qui tenais à tous crins à ce qu'il n'y ait pas la guerre. Décidément, mon vieux, tu n'es jamais content. Allume-moi une sèche, tu veux ? »

Hugh obtempéra. Prenant la cigarette, Edward poursuivit : « Enfin, au moins ça nous donne du temps pour réarmer. Même dans ta vision atrocement pessimiste, tu dois en convenir.

— Si nous réarmons.

— Oh, Seigneur, Hugh ! Réjouis-toi un peu. Pense aux bons moments que nous allons passer à ressortir ces billes de bois de la rivière.

— Et à amadouer le Port de Londres. » Hugh sourit. « Une vraie partie de plaisir. »

\*

« D'après toi, demanda Louise, qui partageait ce soir-là un bain avec Nora, est-ce que tous ceux qui ont mis leur promesse dans le plumier tiendront parole ?

— Je suppose qu'on ne le saura jamais. » Nora se frottait distraitement la même portion de bras avec son gant. « On pourrait leur poser la question, ça les obligerait peut-être à respecter leur serment, mais on ne sera jamais sûres. C'est une affaire de conscience personnelle. Moi je tiendrai parole.

— On se dit quel serment on a fait ? » Louise brûlait de connaître celui de Nora. Que pouvait-il y avoir de pire que de projeter d'être bonne sœur ?

« D'accord. Toi d'abord.

— Non... toi.

— J'ai promis que s'il n'y avait pas la guerre, je serais infirmière au lieu d'être bonne sœur. » Elle regarda Louise d'un air d'attente. « Vois-tu, je n'ai pas envie d'être infirmière, mais je meurs d'envie d'être bonne sœur.

— Je vois. » Elle ne voyait pas, en fait : les deux lui semblaient des professions épouvantables, mais bon.

« Et toi ?

— Moi, dit-elle, s'efforçant de prendre un ton modeste, j'ai juré que, s'il n'y avait pas la guerre, je viendrais en pension avec toi. »

Nora pouffa. « Je pensais que tu viendrais de toute manière.

— Non. Je ne peux pas découcher une nuit sans que la famille me manque. Alors, ça ne te paraît peut-être pas grand-chose, mais pour moi c'est très dur.

— Je te crois. » Nora la regarda avec affection. « N'empêche, tu t'y feras vite. » Une horrible réflexion d'adulte qui ne lui ressemblait pas du tout, songea Louise.

\*

Angela patientait au portail au bout de l'allée de Mill Farm pour coincer Christopher en tête à tête. Elle était rentrée à la maison peu après qu'Edward eut appelé Villy pour lui apprendre qu'il n'y aurait pas la guerre, et la nouvelle n'avait suscité en elle qu'une vague reconnaissance à l'idée que, désormais, il n'ait plus à partir combattre. Elle était montée dans sa chambre et avait fermé la porte à clé. Soudain elle avait repensé à Christopher, et elle était ressortie l'attendre. Elle le vit qui dévalait la colline. Quand il la rejoignit, il s'arrêta en disant : « Salut », et allait poursuivre sa route lorsqu'elle le retint. « Ne t'en va pas. J'ai quelque chose à te dire. » Elle se lança, et avant qu'elle n'ait eu le temps de lui expliquer qu'elle ne pouvait pas lui dire comment elle était au courant, il l'interrompit.

« Du nouveau sur la guerre ?

— Ah, oui. Il ne va pas y en avoir.

— Ouf ! » Après son soupir de soulagement, il reprit : « Tu n'as pas besoin de continuer. S'il n'y a pas de guerre, je ne vais pas pouvoir m'enfuir. C'était ça ma promesse. Tu sais... dans le plumier de Nora.

— Ta promesse ?

— Bien sûr. C'était ma promesse, dit-il. Tu n'en as pas fait une ? Enfin, mais qu'est-ce qui t'arrive ? Ange ! » De fait, les larmes qu'elle croyait épuisées pour une vie entière avaient recommencé à couler. Son frère passa son bras autour d'elle, lui donnant de petites secousses censées être réconfortantes.

« Ange ! Mon pauvre chou ! Ange ! ne cessait-il de répéter.

— Oh, Chris. Je suis tellement malheureuse, tu ne peux pas imaginer ! Je ne peux pas te dire pourquoi. Je suis malheureuse, c'est tout ! » Et elle se cramponnait à lui.

« Je ne t'ai jamais vue comme ça, mais ça doit être terrible. Quelle poisse. » S'imposèrent tristement à lui des visions où il retournait à l'école, et où son père l'accablait de sarcasmes et se disputait avec Maman à son sujet. « Au moins il n'y a pas la guerre. Ce serait ça le pire », affirma-t-il, alors que son nouveau petit bivouac près de la mare se muait en une simple frasque estivale. Une pensée lui vint. « Est-ce que ta promesse à toi était quelque chose de difficile ?

— Elle a capoté, répondit-elle. Tout ça ne rime à rien... » La lassitude douloureuse dans la voix d'Angela lui serra le cœur. Il lui prit la main.

« Tous les deux, on va se soutenir », dit-il et, en levant le regard vers son frère, car il était plus grand qu'elle, Angela vit des larmes dans ses yeux. Cela faisait toujours une petite consolation.

« Nous voilà donc revenus à la décision essentielle, dit Rupert, tandis que Zoë et lui se changeaient pour le dîner.
— C'est ça qui t'a tracassé ? Toute la journée ?
— Pas uniquement. » Il repensa, comme il l'avait fait plusieurs fois depuis le matin, à la scène pénible, embarrassante et perturbante avec cette pauvre enfant ; il avait l'impression de s'y être mal pris, en quelque sorte, mais ne voyait pas comment il aurait pu s'y prendre autrement. Il ne voulait pas parler de l'incident à Zoë : ce serait déloyal envers elle, et, de toute manière, il était loin de savoir comment sa femme réagirait... Mieux valait en rester là.

« Je ferai ce que tu veux. » Agenouillée devant l'armoire, elle cherchait une paire de chaussures. Elle avait déjà dit cela dans le passé, mais cette affirmation avait à présent une sonorité différente... comme quand elle s'était adressée à Clary ce matin-là. Zoë devenait quelqu'un avec qui compter juste au moment où, d'une certaine manière, il avait renoncé à compter avec elle.

« Tu l'as déjà dit », répliqua-t-il, agacé, sans réfléchir. Pourtant, quand elle se redressa, il vit que Zoë ne boudait pas après cette rebuffade, mais paraissait meurtrie. Il eut honte.

« Pardon, ma chérie.
— Ce n'est rien. » Elle rejoignit la coiffeuse et entreprit de se peigner.

« En fait, dit-il, hésitant, il est arrivé quelque chose aujourd'hui qui m'a contrarié. Non, pas Clary. Autre chose. Mais je n'ai pas très envie de t'en parler. Tu ne m'en veux pas ? »

Elle le regarda dans la glace sans un mot.

« Je veux dire, parfois, même dans un mariage, il peut

*Home Place. Fin de l'été 1938*

y avoir des choses, tout à fait inoffensives – pour le mariage, j'entends –, qui n'ont pas besoin d'être racontées. Tu es d'accord ?

— Tu veux dire qu'il peut y avoir des secrets dans un couple, mais que ce n'est pas grave ?

— Quelque chose de ce genre.

— Ah ! fit-elle. Je suis vraiment contente que tu penses ça. Je suis sûre que tu as raison. » Elle se leva et, attrapant la robe de laine rose sur le dossier de la chaise, elle l'enfila par la tête avant de se retourner pour qu'il la lui boutonne. « L'important, ce n'est pas les autres, dit-elle, mais nous. » Lorsqu'il réclama un baiser, elle lui en donna un sans se faire prier, mais il n'y avait rien ni de sensuel ni d'enfantin dans ce baiser, et il songea fugitivement qu'il en avait souvent eu assez de la gamine capricieuse d'autrefois, et que maintenant, de manière perverse, cette gamine lui manquait.

« Je veux que tu sois la réponse à tout ce que peut souhaiter un homme », dit-il soudain. Autrefois elle l'aurait regardé de sous ses longs cils et aurait demandé : « Lequel ? » et il aurait répondu : « Moi » avant de l'entraîner au lit.

Là, la mine sincèrement inquiète, elle protesta : « Mais, Rupert, je ne suis pas sûre de savoir comment !

— Tant pis. Je viens de décider de devenir un homme d'affaires. »

Elle déclara alors, d'un ton presque guindé : « Ça fera tellement plaisir à ton père. » Elle le poussa doucement. « Va donc lui annoncer ! »

\*

William était dans son bureau avec son whisky du soir à portée de main. Il était seul, et pour une fois ravi de l'être. Sa porte, comme toujours, était ouverte et il entendait les bruits rassurants de la maisonnée : des bains qui coulaient, des portes qui claquaient, des voix d'enfants, le tintement de couverts qu'on transportait sur un plateau dans la salle à manger, le son d'un violon et d'un piano – Sid et Kitty, à coup sûr. Il avait écouté le bulletin de six heures avec Rachel et Sid, puis les avait chassées. Il était très fatigué. L'immense sensation de soulagement qu'il avait éprouvée quand Hugh avait appelé de Londres avait été supplantée par divers doutes qu'il ne voulait pas communiquer à la famille. Il n'aurait su dire pourquoi, mais il y avait quelque chose dans toute cette affaire, qu'on pouvait presque qualifier de transaction, qui lui inspirait de la méfiance. Les intentions du Premier ministre étaient irréprochables, c'était un homme respectable et sincère. Mais cette qualité en soi ne valait pas tripette si on ne traitait pas avec un autre homme respectable et sincère. Au pire, on avait gagné un peu de temps. On allait avoir besoin de bois tendres en quantité faramineuse, et aussi de bois durs, si, comme de juste, on se mettait à construire des navires. Il allait dire à Sampson de laisser tomber l'abri antiaérien et les toilettes portatives pour se consacrer aux cottages. La lettre de York l'avait amusé. Convaincu de l'avoir floué sur le prix des bâtisses, le vieux brigand avait eu le toupet de lui réclamer dix livres de plus pour le terrain, ignorant la valeur que le lot avait pour lui : s'il avait fallu, il aurait accepté de débourser deux cent cinquante livres supplémentaires. Enfin bon, ils étaient satisfaits tous les deux. Il avait contrarié Kitty avec ses projets, désormais inutiles, pour les évacués, mais il se ferait pardonner. Il lui achèterait un nouveau phonographe, un de ces fabuleux engins munis d'un pavillon pour passer des disques et toutes ces symphonies de Beethoven dirigées par Toscanini. Ce cadeau lui ferait plaisir. Et puis Rupert avait surgi en annonçant qu'il voulait bien entrer dans l'entreprise. Alors pourquoi n'était-il pas plus gai ? « Ma vue baisse et je n'aime pas ça », se dit-il, attrapant la carafe et se reservant du whisky. Il avait monté ce soir un bon porto, un Taylor 1921. Il ne lui en restait plus beaucoup. Des tas de choses touchaient à leur fin. Il allait devoir arrêter de monter à cheval si sa vue se dégradait. Il s'y habituerait. Il se souvint de la dernière fois qu'il avait passé quelques heures avec, comment s'appelait-elle, Millicent Greenway, non, Greencroft, c'était ça, dans son appartement de Maida Vale. C'était une fille franchement adorable. « Tant pis, avait-elle dit cette dernière fois, ce n'est pas ton jour, voilà tout. » Il lui avait envoyé une caisse de champagne accompagnée des vingt-cinq livres habituelles. Il s'était habitué à la disparition de cette chose-là. Kitty n'avait jamais aimé ça, ce qui était normal chez une fille de bonne famille. Il pourrait continuer à aller au bureau, même s'ils élisaient domicile à la campagne et se débarrassaient de Chester Terrace. Il n'était pas obligé de renoncer à travailler. Pas encore. Et il n'y aurait pas la guerre.

*

« Quand mon père viendra me voir, ça ne te dérangera pas si je le vois seule ?
— Pas du tout », répondit Clary. N'ayant jamais connu personne qui se soit évanoui, elle se sentait très intimidée par Polly, et, de toute façon, Polly avait de la température et couvait probablement la varicelle. Clary partit donc trouver Simon lorsque Hugh arriva.

« Ohé, mon lapin. Alors, comme ça, tu es mal fichue ? » Il vint s'asseoir sur son lit. « J'ai eu la varicelle, je peux t'embrasser. » Le visage de Polly était très chaud. Oscar était couché à côté d'elle.

« Eh bien, Poll, c'est une bonne nouvelle, non ?
— Incroyable, dit-elle. Tu sais qu'Oscar s'est perdu aujourd'hui ? On l'a retrouvé en haut d'un arbre et Clary et moi avons tenu le vélo de Teddy... » Elle se lança dans le récit de l'aventure.

« En tout cas, vous l'avez récupéré. » Hugh caressa la tête d'Oscar et il éternua.

« Tout va bien, alors.

— Oui, acquiesça-t-elle mollement. Dans un sens, bien sûr, oui. Dans un autre, non.

— Qu'est-ce qui ne va pas ?

— Il y a cette boîte dans laquelle Nora nous a fait mettre des promesses, tu comprends, pour s'il n'y avait pas la guerre, et maintenant qu'il n'y a pas de guerre, on doit tenir parole. Du moins, je crois que je dois. Voilà ce qu'il y a.

— Tu veux bien me dire ce que tu as promis ?

— D'accord, concéda-t-elle, mais personne d'autre ne doit le savoir.

— Soit. »

Il fit mine de se trancher la gorge, et elle s'écria : « Oh, Papa, ne sois pas si démodé !

— Je suis vieux, dit-il. Je n'y peux rien. » Ils se regardèrent et tous deux éclatèrent de rire. Voilà qui ressemblait plus à Polly.

« Eh bien, ça a commencé quand on est allées à l'église et que j'ai dit que je ne savais pas trop si je devais y aller, parce que, tu vois, Papa, je ne suis pas du tout sûre de croire en Dieu. » Elle regarda le moignon de soie noire au bout du bras de son père et dit : « En fait, je n'y crois pas. Mais Nora a dit que si on priait pour qu'il n'y ait pas la guerre et qu'il n'y en avait pas, ça me prouverait le contraire. Alors, au moment des promesses, j'ai pensé, s'il n'y a pas de guerre, je vais devoir croire en Dieu, et c'est ça que j'ai mis comme promesse dans le plumier. »

Elle parut simplement faire une pause, et il demanda : « Et ?

— Eh bien, je n'ai pas changé. Je ne me sens pas du tout croyante. Comment peut-on se forcer à croire en quelque chose ? Je veux dire, faire semblant ne sert à rien, c'est même mal, j'imagine.

— Je suis d'accord pour dire que faire semblant ne sert à rien.

— Tu crois en Dieu, toi ?

— Tu sais, Poll, je ne suis pas sûr.

— Tu as bien dû y réfléchir, dit-elle d'un ton sévère, vu l'âge que tu as.

— Oui. Alors, non, je n'y crois sans doute pas.

— Je veux dire, en admettant que je réussisse à croire et qu'ensuite on ait quand même la guerre. » Nous y voilà, songea-t-il, elle ne croit pas à la bonne nouvelle de ce soir.

« Polly, il ne va pas y avoir de guerre. La paix a triomphé.

— Je le sais bien. Mais peux-tu jurer solennellement, Papa, qu'il n'y en aura jamais ?

— Non.

— Tu vois ? Oh, j'aurais dû renoncer au sucre dans mon thé ou à un truc faisable de ce genre !

— Tu ne peux pas changer de promesse ?

— Papa ! Ce serait de la triche !

— Enfin, il me semble que si tu dis tous les soirs que tu aimerais croire en Dieu, et qu'il y en a un, il t'entendra.

— Mais je n'ai pas envie d'y croire.

— Dans ce cas, tu n'as qu'à dire que tu aimerais avoir envie d'y croire. Je ne vois pas ce que tu peux faire de plus.

— Et le reste du temps faire comme si de rien n'était ?

— Oui.

— D'accord, dit-elle. La routine quotidienne, si je comprends bien ? Faire comme si de rien n'était.

— Ça te paraît barbant ?

— Vu de loin, oui, mais quand on y est, pas autant. »

Lorsqu'il l'embrassa, elle dit : « Papa ! Tu sais la qualité que je préfère chez toi ? Le fait que tu doutes. Toutes les choses que tu ne sais pas. » Tandis qu'il atteignait la porte, elle ajouta : « Je t'admire vraiment pour ça. »

\*

Clary croisa Zoë et Rupert qui descendaient. Elle s'arrêta et dit : « Oh, salut, Zoë ! Tu es vraiment superbe. Le rose est une couleur qui te va très bien. » Elle commençait à accomplir la promesse du plumier. Comment vais-je faire pour tenir ? se demanda-t-elle. Trouver des choses comme ça à dire tous les jours. En mettant sa promesse dans le plumier, elle avait cru qu'il lui suffirait d'inventer, mais maintenant que Zoë avait été honnête avec elle, elle se sentait obligée de penser ce qu'elle disait, d'être honnête en retour. À savoir, s'extasier à n'en plus finir sur l'apparence de sa belle-mère, car Clary devait bien reconnaître que Zoë était extrêmement jolie et belle. À part cela, elle ne voyait pas quelle autre qualité elle pourrait souligner. Je vais devoir m'en tenir à son physique, se dit-elle.

\*

« Je parie qu'elle savait qu'il n'y aurait pas la guerre. » Neville était très grognon et jugeait Nora responsable de l'horrible perspective qui l'attendait.

« En réalité, les tantes vont rentrer chez elles, et alors tu seras libre. C'est bien pire pour nous.

— Oui, confirma Judy. Bien pire.

— Tu imagines ne pas avoir d'argent de poche du tout pendant un an ? Devoir vivre de cadeaux de Noël et d'anniversaire pendant douze mois entiers ?

— Six pour moi, en fait, rectifia Judy. J'ai changé d'avis juste avant de mettre le papier dans la boîte. » Lydia la regarda avec dégoût, et Judy rougit.

« Au fond, ça aurait été bien plus facile pour nous qu'il y ait la guerre, dit Neville. Ça ne m'aurait pas dérangé du tout. Des avions et des chars partout... Le rêve.

*Home Place. Fin de l'été 1938*     571

— C'est stupide, Neville. Tu aurais pu te faire tuer.
— Mais non. Vu du ciel, je ne serais qu'un point minuscule pour les Allemands... ils ne me verraient même pas. »

Il y eut un silence. Puis il reprit : « On pourrait oublier notre promesse. Faire comme si c'était pour rire.
— Oh, non, ce n'est pas possible ! s'exclamèrent les deux filles, mais il voyait bien que leur protestation n'était pas très sincère.
— Moi, c'est ce que je ferai, déclara Neville. Faites comme vous voulez. »

\*

« Eh bien, Miss Milliment, après l'effroi de ces dernières semaines, nous n'aurions guère pu prévoir une issue aussi heureuse.
— En effet, Lady Rydal. » Un petit sourire tordit sa bouche étroite et disparut dans ses nombreux mentons. Elle connaissait Lady Rydal depuis des années, et les issues heureuses n'étaient pas son fort.

Villy entra dans la pièce. Elle portait une robe noire absolument ravissante. « Oh là là ! Vous n'avez pas eu votre sherry !
— Je ne voulais pas gêner Miss Milliment. » C'était la manière la plus délicate qu'elle ait trouvée pour faire comprendre à Viola qu'on n'offrait pas à boire aux préceptrices, même si on se voyait contraint par les circonstances à les recevoir à sa table. Selon Lady Rydal, la démocratie ne devait surtout pas tomber dans de mauvaises mains, mais Viola ne saisit pas le sous-entendu.

« Je suis sûre que Miss Milliment meurt d'envie de boire le sien, dit Villy en leur tendant un verre à chacune.
— Mourir d'envie, c'est beaucoup dire, Viola, mais j'en rêve, ça c'est vrai. » Miss Milliment sirota son sherry avec un sourire reconnaissant.

Lady Rydal refusa le sien, lorgnant avec dégoût l'ensemble couleur banane de Miss Milliment. Il avait tout l'air du genre d'article qu'on achetait dans un magasin.

« Polly a la varicelle, ça y est, annonça Villy. Je dois dire que j'aimerais bien que toute la marmaille l'attrape.

— Auquel cas, Miss Milliment, vous n'auriez plus d'élèves, souligna Lady Rydal. Remarquez, poursuivit-elle avec ce qu'elle considérait comme la plus grande gentillesse, je suis certaine que vous avez hâte de retrouver votre petit nid douillet avec tous vos objets personnels autour de vous. Je sais que moi il me tarde. »

Tous les autres arrivèrent dans la pièce – Edward avait apporté deux bouteilles de champagne – et la célébration commença. Par intervalles, cependant, durant le reste de la soirée et durant le long et – malgré Lady Rydal – joyeux dîner qui lui sembla plein de rires, d'affection et d'humour, et plus que tout lorsqu'elle s'esquiva pour regagner le cottage dans le noir, Miss Milliment pensa à son logis. Elle pensa à la chambre miteuse qui n'avait pas de chauffage si elle ne dépensait pas des fortunes en pièces à insérer dans le compteur à gaz ; au matelas défoncé et aux couvertures aussi minces que rêches ; à l'unique éclairage au plafond, avec son abat-jour de porcelaine blanche, trop haut au-dessus du lit pour pouvoir lire à l'aise (en hiver elle passait ses soirées couchée car c'était la façon la plus simple de se préserver du froid) ; au linoléum dont les parties usées risquaient sans cesse de la faire trébucher ; au papier peint couleur café avec sa frise d'oranges et de poires. Elle pensa à la fenêtre, avec ses voilages gris, par laquelle il n'y avait rien à voir sinon la rangée de maisons identiques à celle qu'elle habitait : pas un arbre en vue, rien pour nourrir l'œil durant ces longues soirées où, après son dîner solitaire,

*Home Place. Fin de l'été 1938*

elle devait tuer le temps, sans compagnie ni distraction d'aucune sorte, jusqu'à ce qu'il soit l'heure de préparer son verre d'eau chaude et de se retirer pour la nuit. Toutes ces choses importunes se bousculaient avec violence dans sa tête, faisant voler en éclats l'atmosphère de chaleur, de fête, d'exquise compagnie et de délicieux confort qui l'entourait. Allons, Eleanor, pas question de broyer du noir. Pense à la chance que tu as eue de bénéficier de ce merveilleux changement ; de cet endroit magnifique, de la campagne, de cette adorable famille. Une véritable oasis... mais cela ne pouvait pas durer.

Dans le cottage, elle trouva Evie, dont la porte était ouverte et la chambre jonchée de bagages et d'effets personnels.

« Je rentre chez moi demain, annonça-t-elle. J'ai passé un coup de fil à mon ami musicien et on a besoin de moi à Londres. Je m'en doutais. Je savais qu'il n'y aurait pas la guerre, mais ma sœur ne m'écoute jamais. Il faut toujours qu'elle ait raison. » Elle semblait euphorique et pleine d'entrain.

Miss Milliment lui souhaita bon voyage et alla dans sa chambre. Elle se posta quelque temps à la fenêtre ouverte, savourant la douceur de l'air chaud et humide sur son visage. Il flottait une odeur de fumée de cheminée, et un parfum de pin lui parvenait de certains arbres, dans le bois à l'arrière. Le cafard ne la quittait pas et elle se dit que c'était peut-être parce qu'elle avait eu tellement envie de voir la mer, à une quinzaine de kilomètres dans l'obscurité, et que maintenant elle n'en aurait plus l'occasion. C'était peut-être ça. On ne peut pas espérer avoir toujours ce qu'on veut, Eleanor. Quel merveilleux parfum de pin ! Elle n'en avait pris conscience qu'aujourd'hui, quand, avant le dîner, elle avait rempli la promesse qu'elle avait faite pour le plumier de Nora. Elle avait pris le paquet de lettres jaunissantes et l'avait glissé, avec la mèche de cheveux roux, dans la vieille blague à tabac en soie huilée de son père, puis elle était allée dans le bois, avait creusé une petite tombe dans l'épaisseur moelleuse de feuilles décomposées et enfoui les lettres dedans. Ainsi, lorsqu'elle mourrait, il n'y aurait pas d'yeux indiscrets ou indifférents pour considérer avec dédain ce souvenir d'Eustace.

Elle envisageait de faire un geste de ce genre depuis très longtemps maintenant, mais ce n'était pas facile. Elle avait si peu de choses pour lui rappeler sa mémoire, et, après toutes ces années, les rares souvenirs qui demeuraient étaient devenus des fragments lointains et décolorés, des petits éléments sans réel lien entre eux, et s'ils ne s'étaient pas changés en fantasmes évanescents, c'était par la seule grâce de quelques reliques, désormais enterrées dans le bois. À présent qu'elle ne pouvait plus lire ses lettres, elle savait que le reste du personnage s'éteindrait peu à peu : déjà, elle l'avait remarqué, l'invention s'était substituée au souvenir. Comme dans les mauvaises biographies, elle se livrait à des suppositions au lieu de s'en tenir à la réalité. Elle ne voulait pas de cela pour lui.

Elle ferma les yeux pour se le représenter une dernière fois la veille de son départ pour l'Afrique du Sud, ce fameux soir où il l'avait emmenée dans le jardin, lui avait empoigné la main et lui avait récité la fin de « La Plage de Douvres ».

*Ah mon amour, soyons fidèles*
*L'un à l'autre : le monde, bien qu'il semble*
*S'étendre devant nous comme un pays de rêve*
*Aussi varié que beau et neuf*[1]...

---

1. « Dover Beach », poème de Matthew Arnold, traduit ici par Pierre Leyris (dans *Rencontres de poètes anglais*, Paris, José Corti, 2001).

À la fois basse et haut perchée, sa voix un peu pédante – malgré les *r* qu'il ne savait pas prononcer – lui revint comme par magie... Elle n'arriva pas à retrouver la suite du poème, et tandis qu'elle sondait la plaine obscurcie, la voix diminua, puis se tut.

Ce fut tout.

FIN DU PREMIER TOME

| | |
|---|---|
| Arbre généalogique de la famille Cazalet | 10 |
| La famille Cazalet et ses domestiques | 11 |

### PREMIÈRE PARTIE

| | |
|---|---|
| Lansdowne Road. 1937 | 15 |
| Home Place. 1937 | 101 |

### DEUXIÈME PARTIE

| | |
|---|---|
| Home Place. Fin de l'été 1938 | 257 |

Vous avez aimé *Étés anglais* ? Les aventures des Cazalet se poursuivent dans le tome II de la saga, *À rude épreuve*.

Septembre 1939. Le discours de paix prononcé un an plus tôt par Chamberlain n'est plus d'actualité : la Pologne est envahie et la famille Cazalet apprend l'entrée en guerre de l'Angleterre. Les enfants sont immédiatement mis en sécurité à Home Place, et les adultes tentent coûte que coûte d'y maintenir la routine quotidienne, régulièrement bousculée par les raids allemands. Mais même la guerre ne saurait désamorcer les affres de l'adolescence. Polly voit son pire cauchemar devenir réalité tandis que Louise, qui rêve toujours de jouer Hamlet, est confrontée aux secrets de ses parents. Clary, dont le père est porté disparu quelque part sur les côtes françaises, renseigne scrupuleusement chaque parcelle de sa vie dans des carnets.

> « Elizabeth Jane Howard écrit merveilleusement bien, et ses personnages sont criants de vérité. Elle fait rire, elle choque, et fait souvent pleurer. »
>
> Rosamunde Pilcher

En voici les premières pages...

# HOME PLACE

## Septembre 1939

Quelqu'un avait éteint la TSF et, bien que la pièce fût pleine de monde, il régnait un silence tel que Polly sentit, et entendit presque, son cœur tambouriner. Tant que personne ne parlait, que personne ne bougeait, c'était encore la toute fin de la paix...

Mais le Brig, son grand-père, bougea. Elle le regarda se lever lentement – toujours dans le silence – et rester debout un instant, une main tremblante posée sur le dossier de son fauteuil pendant qu'il passait l'autre sur ses yeux vitreux. Puis il traversa la pièce et embrassa l'un après l'autre ses deux fils aînés, Hugh, le père de Polly, et Oncle Edward. Elle attendit qu'il embrasse Oncle Rupe, mais il ne le fit pas. C'était la première fois qu'elle le voyait embrasser un autre homme, mais cela ressemblait plutôt à un geste d'excuses et d'hommage. *Pour ce qu'ils ont enduré la dernière fois qu'il y a eu une guerre*, songea-t-elle, *et parce que ça n'a servi à rien.*

Polly voyait tout. Elle vit Oncle Edward croiser le regard de son père et lui adresser un clin d'œil, puis le visage de son père se contracter comme s'il se remémorait un souvenir presque insupportable. Elle vit sa grand-mère, la Duche, assise très droite, contempler Oncle Rupert avec une sorte de colère lugubre. Elle n'est pas en colère *contre* lui, elle a peur qu'il doive participer à cette guerre-là. Elle est tellement vieux jeu qu'elle s'imagine que seuls les hommes doivent combattre et mourir ; elle ne comprend pas. Polly comprenait tout.

Les adultes commençaient à remuer sur leur siège, à murmurer, à allumer des cigarettes, à dire aux enfants d'aller jouer dehors. Le pire était arrivé, et ils faisaient presque comme si de rien n'était. Ainsi se comportait sa famille en cas de crise. Ils avaient tous réagi différemment l'année précédente, au moment de « la paix dans l'honneur », mais Polly n'avait pas eu le temps d'y prêter attention, parce que la surprise et la joie l'avaient frappée de plein fouet. Elle s'était évanouie. « Tu es devenue toute blanche et comme aveugle, puis tu es tombée dans les pommes. C'était terriblement intéressant », lui avait raconté sa cousine Clary. Clary l'avait noté dans le *Livre d'expériences* qu'elle tenait en prévision du jour où elle serait écrivain. Polly sentit les yeux de Clary se poser sur elle. À l'instant où leurs regards se croisèrent et où, d'un petit hochement de tête, elle convint qu'il était temps de ficher le camp, le mugissement modulé et lointain d'une sirène retentit. Son cousin Teddy cria : « Un raid aérien ! Ça alors ! Déjà ! », et tout le monde se leva. Le Brig leur ordonna d'aller chercher leurs masques à gaz et d'attendre dans le vestibule, avant de rejoindre l'abri antiaérien. La Duche alla prévenir les domestiques ; Sybil, sa mère, et Tante Villy dirent qu'elles devaient aller à Pear Tree Cottage récupérer Wills et Roly, tandis que Tante Rach annonça qu'elle filait à Mill Farm pour aider la directrice à s'occuper des bébés évacués – en fait, presque personne n'obéit à l'ordre du Brig.

« Je porterai ton masque si tu veux prendre tes carnets, dit Polly alors qu'elles fouillaient leur chambre à la recherche des cartons contenant leurs masques à gaz. Zut, où est-ce qu'on les a mis ? » Elles cherchaient toujours quand la sirène résonna de nouveau, non plus en une vague montant et descendant, mais en un hurlement continu. « Fin de l'alerte ! cria quelqu'un depuis l'entrée.

— Ça devait être une fausse alerte », dit Teddy ; il semblait déçu.

« De toute façon, on n'aurait rien vu, enterrés dans cet horrible vieil abri, dit Neville. En plus, vous avez entendu : la guerre leur sert de prétexte pour ne pas aller à la plage, et ça, c'est le truc le plus injuste que j'aie jamais entendu de ma vie.

— Ne sois pas idiot, Neville ! le rabroua Lydia. Personne ne va à la plage quand c'est la guerre. »

Il y avait de l'électricité dans l'air, songea Polly, bien que tout semblât inchangé dehors en ce beau dimanche matin de septembre, imprégné de l'odeur des feuilles que brûlait McAlpine. Tous les enfants avaient été chassés du salon : les adultes voulaient avoir une conversation sérieuse, ce qui, naturellement, déplaisait au plus haut point à ceux qui n'entraient pas dans cette catégorie. « On croirait qu'ils n'arrêtent pas de faire des blagues drôles et de hurler de rire quand on est là », fit remarquer Neville lorsqu'ils se regroupèrent dans le hall. Avant que quiconque ait pu l'approuver ou le rembarrer, Oncle Rupert passa la tête par la porte du salon. « Tous ceux qui n'ont pas retrouvé leur masque ont intérêt à aller le chercher tout de suite. À l'avenir, ils seront rangés dans l'armurerie. Et on se dépêche. »

\*

« Ça m'énerve d'être rangée parmi les enfants, dit Louise à Nora, alors qu'elles se rendaient à Mill Farm. Ils vont rester assis là pendant des heures à tout organiser pour nous comme si nous étions des pions. Nous devrions avoir au moins la possibilité de contester leurs plans, avant qu'ils ne nous les imposent.

— Le mieux, c'est d'acquiescer, puis d'agir selon sa

conscience, répliqua Nora, ce qui, soupçonna Louise, signifiait agir à sa guise.

— Que comptes-tu faire quand nous quitterons notre école de cuisine ?

— Je n'ai pas l'intention d'y retourner. Je vais commencer une formation d'infirmière.

— Oh, non ! Reste au moins jusqu'à Pâques, et on partira toutes les deux à ce moment-là. Je détesterais me retrouver là-bas sans toi. De toute façon, je parie qu'ils ne prennent pas les filles de dix-sept ans.

— Moi, ils me prendront, dit Nora. Tout ira bien, tu verras. La maison ne te manque plus autant qu'avant. Tu as fini par t'y faire. C'est dommage que tu aies un an de moins, parce que tu ne pourras pas te rendre utile tout de suite. Mais ensuite, tu seras une plus bonne cuisinière que moi...

— Une meilleure cuisinière, corrigea Louise de manière automatique.

— Une meilleure cuisinière, si tu veux, et ça, ce sera terriblement utile. Tu pourras entrer dans une des armées comme cuisinière. »

Une perspective sans le moindre attrait pour Louise. Elle ne voulait pas du tout être *utile*, elle voulait être une grande actrice, un projet que Nora jugeait frivole, elle le savait à présent fort bien. Le sujet avait donné lieu à une... non pas une dispute, à proprement parler, mais à une vive discussion pendant les vacances ; depuis lors, Louise restait prudente dans l'expression de ses aspirations. « Les actrices ne sont pas *indispensables* », avait dit Nora, tout en concédant que, sans la perspective de la guerre, le métier de Louise n'importerait pas autant. Louise avait riposté en contestant l'utilité des religieuses (la profession choisie par Nora et désormais mise entre parenthèses – en partie parce qu'elle avait promis l'année précédente d'y renoncer s'il n'y avait pas la guerre –, et exclue dans l'avenir immédiat en raison du besoin d'infirmières). Mais Louise ne se rendait pas

*Home Place. Septembre 1939*

compte de l'importance de la prière, avait déclaré Nora, et de la nécessité qu'il y ait des gens pour y consacrer leur vie. Le problème, c'est que Louise se moquait que le monde ait ou non besoin d'actrices : elle voulait en être une, voilà tout, ce qui la plaçait en position d'infériorité morale vis-à-vis de Nora et la désavantageait quand elle comparait la valeur de leurs personnalités. Mais Nora devançait toujours toute possibilité de critique voilée en tendant elle-même un plus gros bâton pour se faire battre. « C'est vrai que j'ai un sérieux problème de pédanterie », disait-elle, ou alors : « Si un jour on voulait bien de moi comme novice, j'imagine que ma maudite suffisance me barrerait la route. » Que répondre à cela ? Là encore, Louise n'avait aucune envie de se connaître avec l'horrible lucidité de Nora.

« Si tu te vois réellement comme ça, comment le supportes-tu ? avait-elle demandé à la fin de la dispute/vive discussion.

— Je n'ai pas vraiment le choix. Mais au moins, ça signifie que je sais contre quoi lutter. Et voilà que je recommence ! Je suis sûre que tu connais tes défauts, Louise, comme la plupart des gens les connaissent, au fond d'eux-mêmes. C'est la première étape. »

Désirant toujours convaincre Nora de la valeur du métier de comédienne, Louise avait avancé les noms des plus grands, tels Shakespeare, Tchekhov et Bach (Bach, elle l'avait ajouté par ruse – il était célèbre pour sa piété). « Tu ne crois tout de même pas que tu deviendras comme eux ? » Et Louise avait été réduite au silence. Parce qu'une toute petite partie secrète d'elle-même était sûre qu'elle serait l'un d'eux – ou du moins une Sarah Bernhardt ou un David Garrick (elle avait toujours guigné les rôles masculins). Le désaccord, comme tous ceux qui l'avaient déjà opposée à autrui, n'avait pas été tranché : elle était confortée dans ce qu'elle voulait, et Nora d'autant plus persuadée qu'elle se fourvoyait.

« Tu n'arrêtes pas de me juger ! s'était-elle écriée.
— Toi aussi, avait répliqué Nora. Tout le monde le fait. En plus, je ne suis pas sûre que ce soit vraiment juger ; c'est plus une façon de comparer quelqu'un à des normes. Je le fais tout le temps avec moi-même, avait-elle ajouté.
— Et, bien sûr, tu es toujours à la hauteur.
— Pas du tout ! » L'innocent éclat de déni avait fait taire Louise. Mais ensuite, en regardant les épais sourcils broussailleux de son amie et l'ombre légère, quoique indéniable, d'une moustache au-dessus de sa lèvre supérieure, elle s'était aperçue qu'elle se réjouissait de ne pas ressembler à Nora, et que ça, c'était une forme de jugement. « Je juge que tu es une bien meilleure personne que moi », avait-elle dit, sans ajouter qu'elle préférait malgré tout être elle-même.

« Oui, je pourrais sans doute être cuisinière quelque part », dit-elle, alors qu'elles s'engageaient dans l'allée de Mill Farm, où elles vivaient encore deux jours plus tôt. Vendredi matin, il avait été décrété que tout le monde devait déménager dans les nouveaux cottages du Brig, transformés en une très grande maison rebaptisée Pear Tree Cottage en raison d'un vieil arbre du jardin. Elle possédait huit chambres, mais une fois qu'elle avait été investie par Villy et Sybil, qu'Edward et Hugh rejoindraient le week-end, par Jessica Castle, arrivée pour sa visite annuelle avec Raymond (reparti à Londres chercher Miss Milliment et Lady Rydal), il ne restait de la place que pour Lydia, Neville et les bébés, Wills et Roland.

Le déménagement à Pear Tree Cottage avait pris toute la journée, puisqu'il avait fallu transférer les plus âgés des enfants à Home Place, où logeaient aussi Rupert et Zoë, ainsi que les grands-tantes et Rachel. Le samedi, l'Hôtel des Tout-Petits était arrivé : vingt-cinq nourrissons, seize élèves infirmières, la directrice et sœur Crouchback. Ils avaient été amenés dans deux cars, respectivement conduits par Tonbridge et par Sid, l'amie de Rachel. Les infirmières devaient dormir dans le court de squash, à présent équipé de trois toilettes portatives Elsan et d'une douche extrêmement capricieuse. La directrice et sœur Crouchback occupaient Mill Farm avec les bébés et les élèves infirmières qui se relayaient pour les aider la nuit. Le samedi après-midi, Nora avait proposé que Louise et elle se chargent du souper des infirmières, une offre que Tante Rachel avait acceptée avec reconnaissance : debout depuis l'aube, elle était épuisée par ses efforts pour transformer le court de squash en un espace où l'on pouvait non seulement coucher, mais aussi ranger des affaires personnelles. Leur tâche avait été compliquée par le fait que les ustensiles de cuisine de Mill Farm se trouvaient maintenant à Pear Tree Cottage, et que l'équipement de l'Hôtel des Tout-Petits – transporté dans un camion des Cazalet – s'était perdu en chemin et n'avait pas reparu avant neuf heures du soir. Elles avaient dû préparer le repas à Pear Tree Cottage, et Villy l'avait transporté avec elles en voiture. Ce qui signifiait cuisiner sous le regard d'une condescendance presque vexante d'Emily, pour qui les dames et leurs enfants auraient été incapables de cuire un œuf même si leur vie en dépendait ; elle avait aussi refusé de leur dire où étaient les choses, au double prétexte qu'avec autant de chambardements, elle n'avait plus toute sa tête, et qu'elle ne voulait pas les laisser utiliser ses affaires. Louise avait dû reconnaître que Nora faisait preuve d'un tact merveilleux et paraissait imperméable aux affronts. Elles avaient mitonné deux énormes hachis Parmentier, et Louise avait préparé une fournée de véritables brioches au sucre, parce qu'elle venait d'apprendre la recette et la réussissait très bien. Le dîner avait été accueilli avec gratitude, et la directrice leur avait dit qu'elles étaient deux chics filles.

Elles entendirent des pleurs de bébés en approchant de la maison. Leur sieste du matin avait dû être perturbée par l'alerte, déclara Nora, et par la nécessité d'être emmenés dans l'abri antiaérien que le Brig avait fait construire. « Même si je me demande comment les infirmières réussiront à arriver là-bas à temps en cas d'attaque nocturne », ajouta-t-elle. Imaginant des bombes tombant de nulle part dans le noir, Louise frissonna. Les Allemands *pourraient-ils* faire une chose pareille ? Sans doute pas, songea-t-elle, mais elle ne dit rien, parce qu'elle ne voulait pas vraiment savoir.

La directrice et Tante Rach se trouvaient dans la cuisine. Tante Rach déballait des caisses remplies d'ustensiles. Assise à la table, la directrice dressait des listes.

Une élève infirmière prélevait des doses de lait en poudre dans une énorme boîte en fer-blanc Cow and Gate pendant qu'une autre stérilisait des biberons dans deux casseroles sur la cuisinière. Il régnait une atmosphère de bonne humeur dans la crise.

« Nécessité fait loi », disait la directrice. Son visage évoquait celui d'une reine Victoria de plein air, songea Louise : les mêmes yeux bleu pâle un peu globuleux et le même petit nez crochu, mais ses joues rebondies, en forme de poires, avaient une couleur de pots de fleurs, striées de petits vaisseaux éclatés. Sa silhouette, en revanche, était pure reine Mary – de l'édouardien rembourré. Elle portait une robe bleue en serge à manches longues, un tablier d'un blanc éclatant et une coiffe au voile amidonné.

« Nous sommes venues vous aider à préparer le déjeuner, dit Nora.

— Quelle bénédiction, mes chéries, répondit Tante Rachel. Il y a des provisions dans la réserve, mais je ne les ai pas encore triées. Un jambon, je crois, quelque part, et quelques laitues apportées par Billy.

— Et il y a les prunes que la sœur infirmière a mises à tremper hier soir, dit la directrice. J'aime bien que mes filles aient leurs prunes – ça nous économise une fortune en sirop de figue.

— Il faudra tout de même les cuire, dit Nora. Je ne suis pas sûre qu'elles auront le temps de refroidir avant le déjeuner.

— On fera avec ce qu'on a », dit la directrice, accrochant son stylo plume à la bavette de son tablier, avant de se lever.

Louise annonça qu'elle s'occupait des prunes.

« Ne retirez pas encore ces biberons du feu. Ça m'étonnerait beaucoup qu'ils aient eu leurs vingt minutes. Où serions-nous, Miss Cazalet, sans nos petites mains ? Oh, ne faites pas ça, Miss Cazalet, vous allez attraper une hernie ! » Rachel, qui essayait de pousser une caisse posée dans le passage, s'immobilisa et accepta l'aide de Nora. On entendait d'autres bébés pleurer.

« M. Hitler a chamboulé nos habitudes. S'il continue comme ça, je vais devoir lui envoyer un agent de police. Un raid aérien le matin, quelle absurdité. Mais qu'y pouvons-nous ? Ah, *les hommes* ! s'exclama-t-elle. Je vais voir si la sœur a quelque chose à ajouter à cette liste – bien sûr, on est dimanche, n'est-ce pas ? Tous les magasins sont fermés. Oh, eh bien, mieux vaut tard que jamais. » Et elle quitta la pièce de sa démarche silencieuse, manquant entrer en collision, à la porte, avec une élève portant deux seaux fumants remplis de couches. « Regardez où vous allez, Susan. Et emportez-les dehors quand vous les mettez à tremper, sans quoi personne n'appréciera son repas.

— Oui, madame la directrice. » Toutes les élèves infirmières portaient des robes de coton à manches courtes et rayures mauves et blanches, ainsi que des bas noirs.

« Tu veux bien aller chercher Sid, ma chérie ? demanda Tante Rachel. Il faut sortir de la cuisine autant de caisses que possible avant le déjeuner des infirmières. Elle est en haut, à faire le black-out. »

*

L'aménagement de toutes les fenêtres des trois maisons et des dépendances habitées – dont le toit du court de squash –, en vue du black-out, occupait le Brig depuis déjà quelques jours, en conséquence de quoi Sid et Villy avaient été embauchées pour fabriquer des linteaux de bois sur lesquels clouer le tissu occultant. Sybil, Jessica et la Duche, qui toutes possédaient une machine à coudre, étaient chargées de faire des rideaux pour les fenêtres non pourvues de linteaux, et Sampson, l'entrepreneur en bâtiment, avait prêté une grande échelle grâce à laquelle l'apprenti jardinier aurait dû peindre le toit de la salle de squash, mais il en était tombé presque aussitôt, atterrissant dans une énorme cuve à eau – un coup de chance immérité, d'après McAlpine, pour qui le bras cassé de Billy et ses deux dents en moins n'étaient que de l'effronterie. Sampson ayant reçu l'ordre de s'occuper du toit du court de squash en plus de tant d'autres choses, peu de progrès avaient été réalisés le samedi matin, jour de l'arrivée prévue de l'Hôtel des Tout-Petits. Teddy, Christopher et Simon furent enrôlés pour aider l'un des ouvriers de Sampson à installer l'échafaudage puis à couvrir la vitre pentue de peinture vert foncé, tandis qu'à l'intérieur de la salle étouffante et de plus en plus obscure, Rachel et Sid montaient des lits de camp, sous le regard boudeur de Lydia et Neville dans la galerie (ils étaient censés être des messagers, mais Tante Rachel les négligeait en ne pensant pas à assez de messages). Tout le monde travaillait dur ce samedi, sauf Polly et Clary, qui s'éclipsèrent le matin et prirent le bus pour Hastings...

« À qui as-tu demandé la permission ?

— Je n'ai demandé à personne. J'ai prévenu Ellen.

— Tu lui as dit que je venais aussi ?

— Oui, j'ai dit "Polly veut aller à Hastings, donc je l'accompagne".

— Toi aussi, tu avais envie d'y aller.
— Bien sûr, sinon je ne serais pas là, si ?
— Dans ce cas, pourquoi tu n'as pas dit que nous voulions y aller toutes les deux ?
— Je n'y ai pas pensé. »

C'était typique de Clary quand elle se montrait fuyante. Bien qu'irritée, Polly n'insista pas, sachant d'expérience qu'elles finiraient sinon par se disputer, or si ce devait être la dernière journée de paix, elle ne voulait pas qu'elle soit gâchée par une querelle ou quoi que ce soit d'autre.

Ce ne fut pourtant pas une bonne journée. Polly aurait voulu se passionner pour ce qu'elles allaient faire au point de ne plus penser à ce qui risquait d'arriver. Elles passèrent chez Jepson's, un magasin qu'elle adorait d'habitude, mais en voyant Clary mettre des heures à choisir un stylo plume (leur sortie avait en partie pour but de dépenser l'argent que sa cousine avait reçu à son anniversaire), elle perdit patience et s'agaça que Clary prenne tellement au sérieux une chose aussi banale. « Elles sont dures et elles crissent toujours au début, dit-elle. Tu sais bien qu'il faut utiliser la plume pour qu'elle se fasse.

— Oui, je sais. Mais si j'achète une plume large maintenant, elle risque de devenir *trop* large ; quant à la taille moyenne, j'ai l'impression qu'elle ne sera jamais comme il faut. »

Polly observa le vendeur – un jeune homme vêtu d'un costume usé et lustré – qui regardait Clary lécher chaque plume avant de la plonger dans une bouteille d'encre et de griffonner son nom sur de petits morceaux de papier. Il ne semblait pas impatient, seulement las. Et c'était apparemment son expression la plus habituelle.

Elles étaient au rayon papeterie de la librairie – un modeste comptoir où l'on ne vendait que du papier à lettres et du papier à en-tête, des cartons d'invitation et des faire-part de mariage, ainsi que des stylos plume et autres crayons. « C'est très important de lécher les plumes neuves avant de s'en servir, disait Clary, mais je suppose que vous le dites aux clients. Je pourrais essayer le Waterman – le bordeaux – juste pour voir ? » Il coûtait douze livres et six pence, et Polly savait qu'elle ne l'achèterait pas. Elle continua d'observer l'homme pendant que Clary testait les stylos les uns après les autres : à la fin, il se contenta de regarder dans le vide. Sans doute se demandait-il avec inquiétude s'il allait y avoir la guerre.

« Que voyez-vous ? l'interrogea Polly. En pensée, je veux dire.

— Je ne vois rien quand je teste des stylos, répondit Clary d'un ton sec.

— Ce n'est pas à toi que je parlais. »

Elles regardèrent toutes deux l'employé, qui s'éclaircit la gorge, passa la main sur ses cheveux exagérément brillantinés et répondit qu'il ne comprenait pas ce qu'elle entendait par là.

« Ça ne m'étonne pas, dit Clary. Je prendrai le Medium Relief...

— Ça fera sept livres et six pence », annonça-t-il, et Polly se rendit compte qu'il avait hâte d'être débarrassé d'elles.

Une fois dehors, elles se querellèrent un peu à propos de la remarque de Polly, que Clary jugeait idiote. « Au mieux, il a cru que tu le prenais de haut, dit-elle.

— Pas du tout.

— C'est ce qu'il a cru.

— La ferme ! »

Clary regarda son amie – enfin, plutôt sa cousine ; elle n'était pas franchement amicale...

« Désolée. Je sais que tu es énervée. Écoute-moi, Poll. Tout pourrait encore rentrer dans l'ordre. Pense à l'année dernière. »

Polly secoua la tête. Les sourcils froncés, elle ressembla

soudain à Tante Rach quand elle retenait ses larmes en écoutant du Brahms.

« Je sais, dit gentiment Clary. Tu ne veux pas seulement que je te comprenne, tu veux que je ressente la même chose que toi. C'est ça ?

— Je veux que *quelqu'un* ressente la même chose !

— Je crois que c'est le cas de nos deux pères.

— Oui, mais le problème avec eux, c'est qu'ils ne prennent pas complètement au sérieux ce qu'on éprouve.

— Je sais. Comme si nos sentiments étaient proportionnels à notre taille – plus petits. C'est idiot. À croire qu'ils ne se rappellent pas avoir été des enfants.

— C'est normal, à leur âge. À mon avis, ils n'ont aucun souvenir de plus de cinq ans.

— Eh bien moi, je me forcerai à me souvenir. Bien sûr, ils s'en sortent en disant qu'ils sont responsables de nous.

— Responsables ! Alors qu'ils ne sont même pas capables d'empêcher une terrible guerre qui risque de nous tuer tous ! Je ne vois pas comment on pourrait être plus irresponsables !

— Voilà que tu t'énerves encore, dit Clary. Que fait-on maintenant ?

— Ça m'est égal. Qu'est-ce que tu veux faire ?

— Trouver des cahiers et un cadeau pour l'anniversaire de Zoë. Et tu as dit que tu voulais acheter de la laine. On pourrait se commander des beignets pour le déjeuner. Ou des *baked beans* ? » Elles adoraient toutes les deux les haricots à la sauce tomate, parce que Teddy et Simon en mangeaient souvent à l'école tandis qu'elles en étaient privées à la maison, où c'était considéré comme un plat très ordinaire.

Elles avaient marché vers le front de mer. Les vacanciers n'étaient pas très nombreux, même s'il y en avait quelques-uns sur une portion de plage, mal assis sur des galets et adossés à des brise-lames en bois de couleur argentée, en train de manger des sandwichs et des glaces en contemplant la mer gris-vert qui allait et venait en se soulevant, futile et furtive.

« Tu veux te baigner ? »

Polly haussa les épaules. « On n'a pas apporté nos affaires », dit-elle, bien que Clary sût que ça ne l'aurait pas arrêtée si elle en avait eu envie. Plus loin – après cette portion de plage – des soldats déchargeaient d'un camion d'énormes rouleaux de fil de fer barbelé et les installaient à intervalles réguliers le long du rivage, là où ce qui ressemblait à des piliers de béton était enfoncé dans le sable.

« Allons déjeuner », s'empressa de proposer Clary.

Elles commandèrent des *baked beans* sur des toasts et un délicieux thé indien corsé (ça non plus, elles n'en avaient pas à la maison), ainsi qu'un beignet à la confiture et un feuilleté fourré à la crème. Le repas parut remonter le moral de Polly, et elles parlèrent de sujets banals tels que le genre de personne qu'elles épouseraient. Polly pensait qu'un explorateur lui plairait, s'il explorait des régions chaudes du globe, vu qu'elle détestait la neige et la glace et que, naturellement, elle l'accompagnerait. Clary dit un peintre, parce que ça allait bien avec le métier d'écrivain et qu'elle connaissait les peintres grâce à son père. « En plus, ils n'ont pas l'air de trop se soucier du physique des gens ; je veux dire par là qu'ils apprécient les visages pour des raisons différentes, si bien que le mien ne le gênera pas trop.

— Tu es très bien, répondit Polly. Tu as des yeux magnifiques, et c'est ce qui compte le plus.

— Toi aussi.

— Oh, les miens sont beaucoup trop petits. Affreux, en fait. Des petits boutons de bottine bleu foncé.

— Mais tu as un teint merveilleux, d'une blancheur stupéfiante qui tourne au rose pâle, comme une héroïne de roman. Tu as déjà remarqué, poursuivit-elle d'un ton rêveur, en léchant les restes de crème sur ses doigts, que les écrivains décrivent leurs héroïnes pendant des pages et *des pages* ? Ça doit être atroce pour Miss Milliment de les lire en sachant qu'elle n'aurait jamais pu en être une.

— Elles ne sont pas toutes si belles que ça, fit remarquer Polly. Pense à Jane Eyre.

— Et quelle chance tu as d'avoir une chevelure pareille. Même si j'ai l'impression que les cheveux cuivrés se décolorent avec l'âge, ajouta Clary, songeant à la mère de Polly. Ils prennent une couleur marmelade claire. Oh, Jane Eyre ! Mr Rochester n'arrête pas de répéter qu'elle ressemble à une petite fée. C'est un moyen ingénieux de dire qu'elle était charmante.

— Les lecteurs veulent connaître ce genre de détails. J'espère que tu ne seras pas trop moderne dans ton écriture, Clary. Au point que personne ne comprend plus ce qui se passe. » Polly avait chipé *Ulysse* dans la bibliothèque de sa mère et l'avait trouvé très difficile à suivre.

« J'inventerai ma propre écriture, dit Clary. Ça ne sert à rien de me dire comment écrire.

— D'accord. Allons finir nos courses. »

Le déjeuner coûta quatre livres et six pence, soit plus que prévu, et Clary régla généreusement l'addition. « Tu me rembourseras quand ce sera ton anniversaire, dit-elle.

— Je crois que Miss Milliment doit être habituée, depuis le temps. Le désir de se marier passe assez vite, à mon avis.

— Ah bon ? Tu es sûre ? Dans ce cas, je ne me marierai sans doute jamais. Je n'en ai pas très envie maintenant, et les femmes de plus de vingt ans vieillissent rapidement. Regarde Zoë.

— Le chagrin fait vieillir les gens.

— Tout fait vieillir les gens. Tu sais ce que Lady Knebworth a dit à Louise ? L'amie de Tante Villy, la dame à la voix traînante ? » Comme Polly restait silencieuse, elle ajouta : « Elle lui a dit de ne jamais froncer les sourcils, parce que ça lui ferait des rides sur le front. Penses-y, Polly : tu fronces toujours les sourcils quand tu essaies de réfléchir. »

Elles étaient sorties du salon de thé. « Qu'est-ce que je lui achète pour son anniversaire ? reprit Clary.

— À Tante Zoë ? Je ne sais pas. Du savon, peut-être, ou des sels de bain. Ou un chapeau.

— On ne peut pas offrir de chapeau, Poll. Les gens n'aiment que les modèles affreux qu'ils se choisissent eux-mêmes. C'est bizarre, non ? poursuivit-elle alors qu'elles quittaient le front de mer pour retourner vers les magasins. Quand on les voit mettre des heures à essayer leurs vêtements, leurs chaussures et tout ça dans les boutiques – comme si chaque article devait être extraordinaire et parfait. Et regarde-les. Ils sont presque tous moches, ou du moins ordinaires. Ils auraient aussi bien pu choisir leurs affaires les yeux fermés.

— Bientôt, tout le monde sera en uniforme », dit tristement Polly. Elle redevenait morose.

« C'est pourtant une observation intéressante, je trouve, dit Clary, un peu vexée. Elle pourrait s'appliquer à d'autres choses chez les gens – et se révéler une réflexion sérieuse sur la nature humaine.

— La nature humaine ne vaut pas un clou, si tu veux mon avis. Sinon, on ne serait pas à la veille d'une guerre. Allons acheter la laine et le reste, puis rentrons à la maison. »

Elles finirent donc leurs achats : un savon au géranium rosat Morny pour Zoë, des cahiers, et de la laine bleu jacinthe pour que Polly se tricote un pull. Puis elles allèrent attendre le bus.

(*À rude épreuve* : traduction de Cécile Arnaud.)

## DE LA MÊME AUTRICE

*Aux Éditions Quai Voltaire*

UNE SAISON À HYDRA, 2019
ÉTÉS ANGLAIS, La saga des Cazalet I, 2020 (Folio n° 6992)
À RUDE ÉPREUVE, La saga des Cazalet II, 2020 (Folio n° 7132)
CONFUSION, La saga des Cazalet III, 2021
NOUVEAU DÉPART, La saga des Cazalet IV, 2021
LA FIN D'UNE ÈRE, La saga des Cazalet V, 2022

# COLLECTION FOLIO

*Dernières parutions*

6861. Danièle Sallenave — *L'églantine et le muguet*
6862. Martin Winckler — *L'École des soignantes*
6863. Zéno Bianu — *Petit éloge du bleu*
6864. Collectif — *Anthologie de la littérature grecque. De Troie à Byzance*
6865. Italo Calvino — *Monsieur Palomar*
6866. Auguste de Villiers de l'Isle-Adam — *Histoires insolites*
6867. Tahar Ben Jelloun — *L'insomniaque*
6868. Dominique Bona — *Mes vies secrètes*
6869. Arnaud Cathrine — *J'entends des regards que vous croyez muets*
6870. Élisabeth Filhol — *Doggerland*
6871. Lisa Halliday — *Asymétrie*
6872. Bruno Le Maire — *Paul. Une amitié*
6873. Nathalie Léger — *La robe blanche*
6874. Gilles Leroy — *Le diable emporte le fils rebelle*
6875. Jacques Ferrandez / Jean Giono — *Le chant du monde*
6876. Kazuo Ishiguro — *2 nouvelles musicales*
6877. Collectif — *Fioretti. Légendes de saint François d'Assise*
6878. Herta Müller — *La convocation*
6879. Giosuè Calaciura — *Borgo Vecchio*
6880. Marc Dugain — *Intérieur jour*
6881. Marc Dugain — *Transparence*
6882. Elena Ferrante — *Frantumaglia. L'écriture et ma vie*
6883. Lilia Hassaine — *L'œil du paon*
6884. Jon McGregor — *Réservoir 13*
6885. Caroline Lamarche — *Nous sommes à la lisière*

| | | |
|---|---|---|
| 6886. | Isabelle Sorente | *Le complexe de la sorcière* |
| 6887. | Karine Tuil | *Les choses humaines* |
| 6888. | Ovide | *Pénélope à Ulysse* et autres lettres d'amour de grandes héroïnes antiques |
| 6889. | Louis Pergaud | *La tragique aventure de Goupil* et autres contes animaliers |
| 6890. | Rainer Maria Rilke | *Notes sur la mélodie des choses* et autres textes |
| 6891. | George Orwell | *Mil neuf cent quatre-vingt-quatre* |
| 6892. | Jacques Casanova | *Histoire de ma vie* |
| 6893. | Santiago H. Amigorena | *Le ghetto intérieur* |
| 6894. | Dominique Barbéris | *Un dimanche à Ville-d'Avray* |
| 6895. | Alessandro Baricco | *The Game* |
| 6896. | Joffrine Donnadieu | *Une histoire de France* |
| 6897. | Marie Nimier | *Les confidences* |
| 6898. | Sylvain Ouillon | *Les jours* |
| 6899. | Ludmila Oulitskaïa | *Médée et ses enfants* |
| 6900. | Antoine Wauters | *Pense aux pierres sous tes pas* |
| 6901. | Franz-Olivier Giesbert | *Le schmock* |
| 6902. | Élisée Reclus | *La source* et autres histoires d'un ruisseau |
| 6903. | Simone Weil | *Étude pour une déclaration des obligations envers l'être humain* et autres textes |
| 6904. | Aurélien Bellanger | *Le continent de la douceur* |
| 6905. | Jean-Philippe Blondel | *La grande escapade* |
| 6906. | Astrid Éliard | *La dernière fois que j'ai vu Adèle* |
| 6907. | Lian Hearn | *Shikanoko, livres I et II* |
| 6908. | Lian Hearn | *Shikanoko, livres III et IV* |
| 6909. | Roy Jacobsen | *Mer blanche* |
| 6910. | Luc Lang | *La tentation* |
| 6911. | Jean-Baptiste Naudet | *La blessure* |
| 6912. | Erik Orsenna | *Briser en nous la mer gelée* |
| 6913. | Sylvain Prudhomme | *Par les routes* |
| 6914. | Vincent Raynaud | *Au tournant de la nuit* |

| | |
|---|---|
| 6915. Kazuki Sakuraba | *La légende des filles rouges* |
| 6916. Philippe Sollers | *Désir* |
| 6917. Charles Baudelaire | *De l'essence du rire* et autres textes |
| 6918. Marguerite Duras | *Madame Dodin* |
| 6919. Madame de Genlis | *Mademoiselle de Clermont* |
| 6920. Collectif | *La Commune des écrivains. Paris, 1871 : vivre et écrire l'insurrection* |
| 6921. Jonathan Coe | *Le cœur de l'Angleterre* |
| 6922. Yoann Barbereau | *Dans les geôles de Sibérie* |
| 6923. Raphaël Confiant | *Grand café Martinique* |
| 6924. Jérôme Garcin | *Le dernier hiver du Cid* |
| 6925. Arnaud de La Grange | *Le huitième soir* |
| 6926. Javier Marías | *Berta Isla* |
| 6927. Fiona Mozley | *Elmet* |
| 6928. Philip Pullman | *La Belle Sauvage. La trilogie de la Poussière, I* |
| 6929. Jean-Christophe Rufin | *Les trois femmes du Consul. Les énigmes d'Aurel le Consul* |
| 6930. Collectif | *Haikus de printemps et d'été* |
| 6931. Épicure | *Lettre à Ménécée* et autres textes |
| 6932. Marcel Proust | *Le Mystérieux Correspondant et autres nouvelles retrouvées* |
| 6933. Nelly Alard | *La vie que tu t'étais imaginée* |
| 6934. Sophie Chauveau | *La fabrique des pervers* |
| 6935. Cecil Scott Forester | *L'heureux retour* |
| 6936. Cecil Scott Forester | *Un vaisseau de ligne* |
| 6937. Cecil Scott Forester | *Pavillon haut* |
| 6938. Pam Jenoff | *La parade des enfants perdus* |
| 6939. Maylis de Kerangal | *Ni fleurs ni couronnes* suivi de *Sous la cendre* |
| 6940. Michèle Lesbre | *Rendez-vous à Parme* |
| 6941. Akira Mizubayashi | *Âme brisée* |
| 6942. Arto Paasilinna | *Adam & Eve* |
| 6943. Leïla Slimani | *Le pays des autres* |
| 6944. Zadie Smith | *Indices* |

| | | |
|---|---|---|
| 6945. | Cesare Pavese | *La plage* |
| 6946. | Rabindranath Tagore | *À quatre voix* |
| 6947. | Jean de La Fontaine | *Les Amours de Psyché et de Cupidon* précédé d'*Adonis* et du *Songe de Vaux* |
| 6948. | Bartabas | *D'un cheval l'autre* |
| 6949. | Tonino Benacquista | *Toutes les histoires d'amour ont été racontées, sauf une* |
| 6950. | François Cavanna | *Crève, Ducon !* |
| 6951. | René Frégni | *Dernier arrêt avant l'automne* |
| 6952. | Violaine Huisman | *Rose désert* |
| 6953. | Alexandre Labruffe | *Chroniques d'une station-service* |
| 6954. | Franck Maubert | *Avec Bacon* |
| 6955. | Claire Messud | *Avant le bouleversement du monde* |
| 6956. | Olivier Rolin | *Extérieur monde* |
| 6957. | Karina Sainz Borgo | *La fille de l'Espagnole* |
| 6958. | Julie Wolkenstein | *Et toujours en été* |
| 6959. | James Fenimore Cooper | *Le Corsaire Rouge* |
| 6960. | Jean-Baptiste Andrea | *Cent millions d'années et un jour* |
| 6961. | Nino Haratischwili | *La huitième vie* |
| 6962. | Fabrice Humbert | *Le monde n'existe pas* |
| 6963. | Karl Ove Knausgaard | *Fin de combat. Mon combat - Livre VI* |
| 6964. | Rebecca Lighieri | *Il est des hommes qui se perdront toujours* |
| 6965. | Ian McEwan | *Une machine comme moi* |
| 6966. | Alexandre Postel | *Un automne de Flaubert* |
| 6967. | Anne Serre | *Au cœur d'un été tout en or* |
| 6968. | Sylvain Tesson | *La panthère des neiges* |
| 6969. | Maurice Leblanc | *Arsène Lupin, gentleman-cambrioleur* |
| 6970. | Nathacha Appanah | *Le ciel par-dessus le toit* |
| 6971. | Pierre Assouline | *Tu seras un homme, mon fils* |
| 6972. | Maylis Besserie | *Le tiers temps* |
| 6973. | Marie Darrieussecq | *La mer à l'envers* |
| 6974. | Marie Gauthier | *Court vêtue* |

6975. Iegor Gran — *Les services compétents*
6976. Patrick Modiano — *Encre sympathique*
6977. Christophe Ono-dit-Biot et Adel Abdessemed — *Nuit espagnole*
6978. Regina Porter — *Ce que l'on sème*
6979. Yasmina Reza — *Anne-Marie la beauté*
6980. Anne Sinclair — *La rafle des notables*
6981. Maurice Leblanc — *Arsène Lupin contre Herlock Sholmès*
6982. George Orwell — *La Ferme des animaux*
6983. Jean-Pierre Siméon — *Petit éloge de la poésie*
6984. Amos Oz — *Ne dis pas la nuit*
6985. Belinda Cannone — *Petit éloge de l'embrassement*
6986. Christian Bobin — *Pierre,*
6987. Claire Castillon — *Marche blanche*
6988. Christelle Dabos — *La Passe-miroir, Livre IV. La tempête des échos*
6989. Hans Fallada — *Le cauchemar*
6990. Pauline Guéna — *18.3. Une année à la PJ*
6991. Anna Hope — *Nos espérances*
6992. Elizabeth Jane Howard — *Étés anglais. La saga des Cazalet I*
6993. J.M.G. Le Clézio — *Alma*
6994. Irène Némirovsky — *L'ennemie*
6995. Marc Pautrel — *L'éternel printemps*
6996. Lucie Rico — *Le chant du poulet sous vide*
6997. Abdourahman A. Waberi — *Pourquoi tu danses quand tu marches ?*
6998. Sei Shônagon — *Choses qui rendent heureux et autres notes de chevet*
6999. Paul Valéry — *L'homme et la coquille et autres textes*
7000. Tracy Chevalier — *La brodeuse de Winchester*
7001. Collectif — *Contes du Chat noir*
7002. Edmond et Jules de Goncourt — *Journal*
7003. Collectif — *À nous la Terre !*
7004. Dave Eggers — *Le moine de Moka*

| | | |
|---|---|---|
| 7005. | Alain Finkielkraut | *À la première personne* |
| 7007. | C. E. Morgan | *Tous les vivants* |
| 7008. | Jean d'Ormesson | *Un hosanna sans fin* |
| 7009. | Amos Oz | *Connaître une femme* |
| 7010. | Olivia Rosenthal | *Éloge des bâtards* |
| 7011. | Collectif | *Écrire Marseille.* 15 grands auteurs célèbrent la cité phocéenne |
| 7012. | Fédor Dostoïevski | *Les Nuits blanches* |
| 7013. | Marguerite Abouet et Clément Oubrerie | *Aya de Yopougon 5* |
| 7014. | Marguerite Abouet et Clément Oubrerie | *Aya de Yopougon 6* |
| 7015. | Élisa Shua Dusapin | *Vladivostok Circus* |
| 7016. | David Foenkinos | *La famille Martin* |
| 7017. | Pierre Jourde | *Pays perdu* |
| 7018. | Patrick Lapeyre | *Paula ou personne* |
| 7019. | Albane Linÿer | *J'ai des idées pour détruire ton ego* |
| 7020. | Marie Nimier | *Le Palais des Orties* |
| 7021. | Daniel Pennac | *La loi du rêveur* |
| 7022. | Philip Pullman | *La Communauté des esprits. La trilogie de la Poussière II* |
| 7023. | Robert Seethaler | *Le Champ* |
| 7024. | Jón Kalman Stefánsson | *Lumière d'été, puis vient la nuit* |
| 7025. | Gabrielle Filteau-Chiba | *Encabanée* |
| 7026. | George Orwell | *Pourquoi j'écris* et autres textes politiques |
| 7027. | Ivan Tourguéniev | *Le Journal d'un homme de trop* |
| 7028. | Henry Céard | *Une belle journée* |
| 7029. | Mohammed Aïssaoui | *Les funambules* |
| 7030. | Julian Barnes | *L'homme en rouge* |
| 7031. | Gaëlle Bélem | *Un monstre est là, derrière la porte* |
| 7032. | Olivier Chantraine | *De beaux restes* |
| 7033. | Elena Ferrante | *La vie mensongère des adultes* |

| | | |
|---|---|---|
| 7034. | Marie-Hélène Lafon | *Histoire du fils* |
| 7035. | Marie-Hélène Lafon | *Mo* |
| 7036. | Carole Martinez | *Les roses fauves* |
| 7037. | Laurine Roux | *Le Sanctuaire* |
| 7038. | Dai Sijie | *Les caves du Potala* |
| 7039. | Adèle Van Reeth | *La vie ordinaire* |
| 7040. | Antoine Wauters | *Nos mères* |
| 7041. | Alain | *Connais-toi* et autres fragments |
| 7042. | Françoise de Graffigny | *Lettres d'une Péruvienne* |
| 7043. | Antoine de Saint-Exupéry | *Lettres à l'inconnue* suivi de *Choix de lettres dessinées* |
| 7044. | Pauline Baer de Perignon | *La collection disparue* |
| 7045. | Collectif | *Le Cantique des cantiques. L'Ecclésiaste* |
| 7046. | Jessie Burton | *Les secrets de ma mère* |
| 7047. | Stéphanie Coste | *Le passeur* |
| 7048. | Carole Fives | *Térébenthine* |
| 7049. | Luc-Michel Fouassier | *Les pantoufles* |
| 7050. | Franz-Olivier Giesbert | *Dernier été* |
| 7051. | Julia Kerninon | *Liv Maria* |
| 7052. | Bruno Le Maire | *L'ange et la bête. Mémoires provisoires* |
| 7053. | Philippe Sollers | *Légende* |
| 7054. | Mamen Sánchez | *La gitane aux yeux bleus* |
| 7055. | Jean-Marie Rouart | *La construction d'un coupable. À paraître* |
| 7056. | Laurence Sterne | *Voyage sentimental en France et en Italie* |
| 7057. | Nicolas de Condorcet | *Conseils à sa fille* et autres textes |
| 7058. | Jack Kerouac | *La grande traversée de l'Ouest en bus* et autres textes beat |
| 7059. | Albert Camus | *« Cher Monsieur Germain,... »* Lettres et extraits |
| 7060. | Philippe Sollers | *Agent secret* |

*Tous les papiers utilisés pour les ouvrages
des collections Folio sont certifiés
et proviennent de forêts gérées durablement.*

*Composition Nord Compo
Impression Maury Imprimeur
45330 Malesherbes
le 15 novembre 2022
Dépôt légal : novembre 2022
1<sup>er</sup> dépôt légal dans la collection : septembre 2021
Numéro d'imprimeur : 266585*

ISBN 978-2-07-292181-0 / Imprimé en France.

**564676**